Michael Robotham

Wenn du mir gehörst

GOLDMANN

Michael Robotham

Wenn du mir gehörst

Thriller

Aus dem Englischen
von Kristian Lutze

GOLDMANN

Die Originalausgabe erschien 2021 unter dem Titel »When you are mine«
bei Sphere, einem Imprint der Little, Brown Book Group, London.

Die Zitate stammen jeweils aus:
S. 357: Shakespeares Sonette. Übersetzt von Max J. Wolff. Berlin, 1903.
S. 367: Sara Gruen, Wasser für die Elefanten. Aus dem Englischen von Eva Kemper. Für die deutsche Ausgabe: © 2007 DuMont Buchverlag Köln, S. 327.

MIX
Papier aus verantwortungsvollen Quellen
FSC® C014496

Penguin Random House Verlagsgruppe FSC® N001967

1. Auflage
Taschenbuchausgabe November 2022

Redaktion: Ann-Catherine Geuder
Umschlaggestaltung: UNO Werbeagentur, München
Umschlagmotiv: arcangel images/Marie Carr und alamy/Caia Image
Th · Herstellung: ik
Satz: Uhl + Massopust, Aalen
Druck und Bindung: GGP Media GmbH, Pößneck
Printed in Germany
ISBN: 978-3-442-49361-6

www.goldmann-verlag.de

Buch Eins

Lösch mir die Augen aus: ich kann dich sehn,
wirf mir die Ohren zu: ich kann dich hören,
und ohne Füße kann ich zu dir gehn,
und ohne Mund noch kann ich dich beschwören.

Rainer Maria Rilke

1

Mit elf habe ich meine Zukunft gesehen. Ich stand in der Nähe der Mitteltür eines Doppeldeckerbusses, als im oberen Deck eine Bombe explodierte und das Dach wegriss, als hätte ein Riese eine Dose Pfirsiche geöffnet. In einem Moment hielt ich mich noch an einer Stange fest, im nächsten flog ich durch die Luft, sah den Himmel, dann den Boden, dann wieder den Himmel. Ein Bein sauste an mir vorbei. Ein Kinderwagen. Eine Million Glasscherben, die alle die Sonne spiegelten.

Ich landete hart auf dem Bürgersteig, um mich herum fielen Trümmer und Körperteile zu Boden. Als ich durch den Staub aufblickte, fragte ich mich, was ich an Bord eines Londoner Stadtrundfahrt-Busses gemacht hatte, denn so sah er ohne Dach aus.

Menschen waren verletzt. Starben. Waren tot. Ich spuckte den körnigen Dreck zwischen meinen Zähnen aus und versuchte, mich daran zu erinnern, wer neben mir gestanden hatte. Ein tätowiertes Mädchen mit Ohrstöpseln unter schlecht geschnittenem, violettem Haar. Eine Mutter mit einem Kleinkind in einem Buggy. Auf den Sitzen an der Seite saßen zwei alte Damen, die über den Preis von Kinokarten diskutierten. Ein Typ mit Hipsterbart und Gitarrenkoffer mit Aufklebern von überall her.

Normalerweise wäre ich um 9:47 Uhr in der Schule gewesen, doch ich hatte einen Termin bei einem Hals-Nasen-Ohren-Arzt, der mir erklären sollte, warum meine Nebenhöhlen so häufig entzündet waren. Offenbar habe ich zu enge Nasengänge, was wahrscheinlich erblich ist, aber ich habe noch nicht herausbekommen, wem ich die Schuld dafür geben kann.

Als ich auf der Straße lag, tauchte über mir das Gesicht eines Mannes auf. Er redete mit mir, aber lautlos. Ich las seine Lippen.

»Blutest du?«

Ich blickte auf meine Schuluniform. Meine blau-weiß karierte Bluse war voller Blut. Ich wusste nicht, ob es meins war.

»Wie viele Finger halte ich hoch?«

»Drei.«

Er ging weg.

Die Fensterscheiben um mich herum waren zerborsten, der Bürgersteig und die Straßen waren mit Diamanten aus Glas bedeckt. In der Nähe lag eine in der Luft abgeschossene Taube, oder vielleicht war sie auch vor Schreck gestorben. Der Staub hatte sich gesetzt und alles mit einer grauen Rußschicht bedeckt. Als ich mich später im Spiegel sah, hatte ich weiße Streifen unter den Augen, die Spuren meiner Tränen.

Ich saß auf dem Rinnstein und beobachtete eine junge Polizistin, die sich zwischen den Verletzten bewegte, ihnen Mut zusprach, sie tröstete. Sie legte die Arme um ein Kind, das seine Mutter verloren hatte. Als sie mich erreichte, lächelte sie. Sie hatte ein rundes Gesicht und strahlend weiße Zähne, ihr Haar war unter ihrer Uniformmütze hochgesteckt.

Meine Ohren dröhnten nicht mehr. Worte purzelten aus ihrem Mund.

»Wie heißt du, Schätzchen?«

»Philomena.«

»Und mit Nachnamen?«

»McCarthy.«

»Bist du allein, Philomena?«

Die Polizistin gab mir eine Flasche Wasser, damit ich den Staub aus meinem Mund spülen konnte. »Ich bin gleich wieder da«, sagte sie und ging weiter von einem Verletzten zum nächsten. Sie war wie eine Figur aus einem Katastrophenfilm, von der man bei ihrem ersten Erscheinen auf der Leinwand weiß, dass sie die Heldin ist. Alles an ihr war ruhig und selbstsicher und sandte die Botschaft aus, dass die Welt das hier überleben würde. Die Stadt würde überleben. Es war nicht alles verloren.

Sechzehn Jahre später erinnere ich mich vor dem Spiegel an diese Polizistin und wünschte, ich hätte sie nach ihrem Namen gefragt. Ich stelle mir oft vor, ihr zufällig wieder zu begegnen und mich bei ihr zu bedanken. Wegen Ihnen bin ich Polizistin geworden, würde ich sagen. Sie waren die Heldin meiner Kindheit.

Bei dem Gedanken muss ich lachen. Ich starre mein Spiegelbild an und ziehe eine Grimasse, die angeblich die Wahrscheinlichkeit verringert, dass ich Falten kriege, und mich aussehen lässt, als müsste ich dringend aufs Klo. Meine Mutter schwört auf diese Übungen und empfiehlt sie all ihren Kundinnen im Schönheitssalon, die meisten von ihnen ältere Frauen, die sich verzweifelt an ihr Aussehen klammern, während ihre Ehemänner in Würde altern oder würde- und sorglos verwahrlosen dürfen.

Ich beuge mich näher zum Spiegel, betrachte mein Gesicht, das herzförmig aussieht, wenn ich mein Haar zu einem Knoten hochstecke. Ich habe graue Augen, eine gerade Nase und eine übertrieben große Unterlippe, in die Henry gerne beißt, wenn wir uns küssen. Meine Augenbrauen sind eher wie Schwestern als wie entfernte Cousinen, weil ich mich weigere, meine Mutter mit ihren Pinzetten und Stiften in ihre Nähe zu lassen.

Meine Schicht heute beginnt schon um sieben. Henry liegt noch im Bett. Schlafend sieht er aus wie ein kleiner Junge. Sein schwarzes Haar ist wild und zerzaust, und er hat einen Arm quer über die Augen gelegt, weil er es nicht mag, vom Badezimmerlicht geweckt zu werden. Wenn Schlafen eine olympische Disziplin wäre, könnte Henry für das britische Team antreten. Und es stört ihn nicht, wenn ich spät nach Hause komme und meine kalten Füße an seinen wärme. Das muss Liebe sein.

Ich blicke auf mein Handy. Es ist noch nicht einmal sechs, und ich habe schon vier Voicemail-Nachrichten, alle von meiner Stiefmutter Constance. Ich bezeichne sie normalerweise nicht als meine Stiefmutter, weil wir beinahe gleich alt sind, was mir peinlicher ist als ihr und meinem Vater überhaupt nicht. Was für ein Klischee er geworden ist – durchgebrannt mit seiner Sekretärin.

Ich spiele die erste Nachricht ab.

Philomena, Süße, hast du die Einladung bekommen? Du hast nicht geantwortet. Die Feier ist am Sonntag in zwei Wochen. Kommst du? Bitte sag Ja. Es würde Edward so viel bedeuten. Du weißt, dass er sehr stolz auf dich ist… und sich wünscht… Sie beendet den Satz nicht. *Er wird sechzig und will dich dabeihaben. Du bist immer noch sein Liebling, weißt du, trotz allem…*

»Trotz allem«, wiederhole ich höhnisch und springe zur nächsten Nachricht.

Philomena, mein Schatz, bitte komm. Alle werden da sein. Henry sollst du selbstverständlich mitbringen. Heißt er so? Oder Harry. Ich habe ein schreckliches Namensgedächtnis. Verzeih mir. Oh, lass mich nachsehen. Ich habe es… irgendwo… aufgeschrieben… ja, hier. Bring Henry mit. Keine Geschenke. Sonntag in zwei Wochen um vier.

Constance hat eine durchdringende vornehme Stimme, die jede Äußerung klingen lässt wie »yah, rah, hah, nah, yah«. Sie ist die Enkelin eines Dukes oder Lords, der vor einer Generation das Vermögen der Familie verspielt und laut meiner Onkel »keinen Pott mehr zum Pissen« hat. Die nennen sie übrigens hinter ihrem Rücken »die Herzogin«.

Henry rührt sich. Sein Kopf taucht auf. »Wie spät ist es?«

»Fast sechs.«

Er hebt die Bettdecke hoch und späht darunter. »Ich hab ein Geschenk für dich.«

»Zu spät.«

»Bitte komm zurück ins Bett.«

»Du hast deine Chance verpasst.«

Er zieht sich stöhnend die Decke über den Kopf.

»Ich liebe dich auch«, sage ich lachend.

Draußen beginnt ein Hund wütend zu bellen. Unsere Nachbarin Mrs Ainsley hat einen Jack Russell namens Blaine, der bei jedem Knarren und jedem vorbeifahrenden Auto loskläfft. Wir haben uns schon darüber bei ihr beschwert, aber Mrs Ainsley wechselt jedes Mal das Thema und weist auf irgendeinen Akt des Vandalismus in der Nachbarschaft oder ein Kleinvergehen auf der Straße hin, als weiteren Beweis für den Niedergang der Gesellschaft und dafür, dass wir in unseren Betten nicht mehr sicher sind.

Von der Marney Road zur U-Bahn-Station Clapham Common am Nordrand des Parks geht man achtzehn Minuten, vorbei an Sportplätzen und dem Skater-Park. Ich trage meine »Halbdienst-Kluft«, das Haar zu einem Dutt hochgesteckt. Auf dem Weg zur und von der Arbeit dürfen wir keine Uniform tragen. In regelmäßigen Abständen schlägt irgendein Politiker vor, diese Vorschrift zu ändern, mit dem Argument, dass Polizisten zur Abschreckung von Verbrechen sichtbarer sein sollten. Polizisten auf die Straße. Allzeit bereit, immer im Dienst.

Ich kann mir gut vorstellen, wie mein morgendlicher Weg zur Arbeit aussehen würde, wenn ich eine Uniform tragen würde. Wahllose Fremde würden sich über Schüler beschweren, die ihre Füße auf die Sitze legen und zu laute Musik spielen. Ich würde erfahren, dass der Nachbar den Müll nicht richtig trennt oder einen Hund hat, der ständig in den Vorgarten kackt. Und wenn es Ärger geben würde, wie sollte ich dann bitte ohne Funkgerät Verstärkung rufen? Wenn es zu einer Festnahme käme, wohin würde ich den Straftäter bringen? Und würde mir das dann als Überstunden angerechnet werden? Würde mir irgendjemand danken?

Ich nehme einen Zug der Northern Line bis nach Borough – das sind sechs Haltestellen –, laufe dann zwei Minuten zur Polizeistation Southwark und hole mir auf dem Weg einen Kaffee in dem Starbucks gegenüber. Der schlanke Barista heißt Paolo und redet beim Pressen, Dampfen, Schäumen und Ausschenken permanent vor sich hin, bietet den Ladys »extra Sahne« oder ein »klebriges Teilchen« an, was bei ihm klingt wie eine anzügliche Einladung. Sein Bruder bedient den Sandwich-Toaster und trägt hin und wieder zu dem Geplänkel bei.

Während ich auf meine Bestellung warte, denke ich an meinen Vater und die Feier zu seinem sechzigsten Geburtstag. Ich habe seit sechs Jahren nicht mehr mit ihm gesprochen und war seit neun Jahren nicht mehr im selben Zimmer wie er. Ich erinnere mich noch an unsere letzte Begegnung. Jamie Pike, der coolste Junge, den ich damals kannte, machte sich in unserem Wohnzimmer an meinem Höschen zu schaffen. Gerade noch fummelte seine Hand in meinem Slip herum, als hätte er eine

Pfundmünze verloren, da segelte er im nächsten Moment bereits rückwärts durch den Raum und krachte gegen ein antikes Buffet, wo ein William-und-Kate-Hochzeitsteller aus seinem Ständer kippte und neben Jamie auf dem Boden zerschellte.

Mein Vater eskortierte ihn höchstpersönlich aus dem Haus und hielt ihm einen derart strengen Vortrag, dass mich Jamie nie wieder auch nur ansah. Vor ein paar Jahren bin ich ihm zufällig in einem Kino am Leicester Square begegnet, und er ist buchstäblich weggerannt. Vielleicht rennt er immer noch, versteckt sich unter seinem Bett oder kontrolliert, ob seine Türen abgeschlossen sind. Mein Vater hat diese Art von Ruf. Um ihn ranken sich Mythen und Geschichten, meist brutaler Natur und hoffentlich übertrieben. Sie alle werden nur in dunklen Ecken und im Flüsterton verbreitet, weil niemand ernsthaft wissen will, ob sie wahr sind.

Jamie Pike ist nicht der Grund dafür, dass ich mich mit meinem Vater auseinandergelebt habe. Seit der Scheidung meiner Eltern gehen wir getrennte Wege. Ich entschied mich dafür, bei meiner Mutter zu leben, und Daddy entschied, dass ihn das nicht kümmerte – jedenfalls nicht genug, um ernsthaft um mich zu kämpfen. Ja, er schickt mir Geburtstags- und Weihnachtsgeschenke und macht Angebote, aber von jemandem, der mir das Herz gebrochen hat, erwarte ich mehr. Ich will, dass er kriechend um Gnade bettelt. Ich will, dass er leidet.

Als ich mich bei der Metropolitan Police beworben habe, musste ich etwaige Beziehungen zu bekannten Verbrechern angeben. Ich nannte meinen Vater und drei Onkel. Ich beobachtete, wie der Inspector meine Bewerbung las, und hatte das Gefühl, sämtlicher Sauerstoff würde aus dem Raum gesaugt. Er lachte, weil er das Ganze für einen Scherz hielt, und blickte an mir vorbei, auf der Suche nach der versteckten Kamera oder nach irgendjemandem, der mich dazu angestiftet haben könnte. Als er begriff, dass ich es ernst meinte, schlug die Stimmung um, und ich wurde von einer Bewerberin mit überzeugendem Lebenslauf und erstklassigem Abschluss zu einem Fuchs, der um Erlaubnis bittet, im Hühnerstall einzuziehen und einen Grill aufzustellen.

Seine Gesichtsfarbe veränderte sich. »Geldwäsche, Erpressung, organisiertes Verbrechen. Diebstahl. Ihre Familie ist die Pest für diese Stadt. Glauben Sie ernsthaft, ich erlaube Ihnen, in den Polizeidienst einzutreten?«

»Man kann mich nicht für vergangene Taten von Mitgliedern meiner Familie verantwortlich machen«, zitierte ich die Bestimmungen.

»Halten Sie mir keine Vorträge, Fräulein«, sagte der Inspector.

»Mir wäre es lieb, wenn Sie nicht ›Fräulein‹ zu mir sagen, Sir.«

»Was?«

»Ich nenne Sie ja auch nicht ›Männlein‹.«

Mein Mundwerk, das wieder mal mit mir durchgegangen war.

Meine Bewerbung wurde abgelehnt. Ich bewarb mich erneut. Eine weitere Zurückweisung. Ich drohte mit juristischen Schritten. Ich brauchte vier Anläufe, um einen Platz in Hendon zu bekommen, wo die Ausbilder mich härter rannahmen als irgendeinen anderen Rekruten, fest entschlossen, dafür zu sorgen, dass ich entweder durchfallen oder abbrechen würde. Meine Mitauszubildenden konnten nicht verstehen, warum ich für eine derart brutale Behandlung ausgesondert wurde. Ich erzählte niemandem von meinem Vater. McCarthy ist ein hinreichend verbreiteter Nachname. In England gibt es circa achtundzwanzigtausend, die so heißen, und fast genauso viele noch mal in Irland. In einer so großen Menge kann eine Person sich verstecken. Sie könnte sogar ganz verschwinden, wenn ihr Vater sie nur ließe.

In der Polizeistation Southwark lege ich meine komplette Ausrüstung an, Stichschutzweste, Gürtel, Schultergurt für das Funkgerät, Bodycam, ausziehbarer Schlagstock, CS-Gas-Spray und zwei Paar Handschellen. Mein hochgestecktes Haar passt sauber unter meinen Bowler, sodass die Krempe sich nicht nach unten neigt und mein Sichtfeld einschränkt. Ich liebe diese Uniform. In ihr fühle ich mich respektiert. Ich fühle mich gebraucht.

Ich bin zwar nur 1,67 Meter groß, aber ich habe keine Angst vor Konfrontationen. Ich unterrichte zwei Abende die Woche und manchmal auch an Wochenenden Karate an der Chestnut Grove Academy in Wandsworth. Ich kann einen Schlag abwehren und richtig fallen; aber noch wichtiger ist, dass ich eine Situation lesen und unter Stress cool bleiben kann. Ich mache Karate nicht, weil ich den Menschen misstraue oder Angst vor der Welt habe. Ich mag die Disziplin, die verbesserte Fitness, und dass es meine Reaktionszeit verkürzt.

Zwanzig Beamte versammeln sich zur Besprechung im Dienstraum. Harry Connelly, der Sergeant unseres Abschnitts, hat eine pseudo-militärische Haltung und ein paar Pfunde zu viel um die Hüften, sodass seine Uniform spannt. Einsätze der Nachtschicht müssen weiterverfolgt, Tatorte bewacht, Gefangene zum Gericht gebracht, ausstehende Haftbefehle zugestellt und eine selbstmordgefährdete Person in einem Krankenhaus beobachtet werden.

»Außerdem ist bestätigt, dass der flüchtige Terrence John

Fryer in der Nacht gesichtet wurde. Er wird wegen Konsum, Handel und Produktion von Drogen gesucht und ist gewalttätig. Er hat versucht, in das Haus seiner Freundin in Balham einzubrechen. Das Fahndungsfoto liegt Ihnen vor. Der Mann ist gefährlich. Rufen Sie Verstärkung, wenn Sie ihn sehen.«

Papierkram und Nachverfolgungsaufträge sind der Fluch im Leben eines Polizisten. Jeder HM (Haufen Mist) von einem MdÖ (Mitglied der Öffentlichkeit) produziert einen Bericht und eine Reaktion. Formulare in dreifacher Ausfertigung. Aussagen. Aktualisierungen. Zusammenarbeit mit anderen Behörden.

»Morgen, Partner«, sagt Police Constable Anisha Kohli, der neben mir aufgetaucht ist.

Kohli, genannt »Nish«, ist der Schwarm des Reviers. Er ist groß und schlank mit milchschokoladenfarbener Haut, wurde in East Ham geboren und war noch nie in Indien; trotzdem wird er immer mit Fragen über arrangierte Ehen, das Kastensystem und Cricket bombardiert.

»Warum behandeln die Leute mich, als wäre ich gerade erst hier angekommen«, hat er mich einmal gefragt.

»Weil du aussiehst wie ein Bollywood-Star.«

»Aber ich kann weder singen noch tanzen noch schauspielern.«

»Ja, aber du hast den Look, Babe.«

Wir quittieren die Entgegennahme unseres Streifenwagens, der ausnahmsweise mal nicht nach Pisse oder Kotze riecht. Was für ein Glück.

Nish setzt sich ans Steuer, während ich mich über Funk bei der Zentrale melde. Unsere ersten Jobs sind ein gemeldeter Einbruch in Brixton sowie eine Reihe demolierter Wagen in der Nähe des Bahnhofs Peckham. Nish und ich arbeiten gut zusammen. Wir entscheiden instinktiv, wer bei Befragungen die führende Rolle übernimmt. Einige der erfahreneren Beamten sind unsicher im Umgang mit weiblichen PCs, doch es wird besser. Mittlerweile ist eine von vier Beamten eine Frau, und in der Verwaltung ist die Quote sogar noch höher.

Der Vormittag bietet eine bunte Mischung aus Unfällen, Einbrüchen, einem Handtaschenraub auf einer Vespa und einem Demenzpatienten, der in einem Pflegeheim vermisst wird. Niemand auf Streife sagt je »es ist ruhig«, weil das angeblich Pech bringt.

Nach drei Jahren kann ich meinen Weg durch South London anhand der Tatorte kartieren, an denen ich gewesen bin. Ein Unfall mit Fahrerflucht an dieser Ecke. Jemand, der von jenem Gebäude gesprungen ist. Autos, die in einem leer stehenden Wohnblock angezündet wurden. Einige Örtlichkeiten sind berühmter oder berüchtigter als andere, und manche Verbrechen sind so schockierend, dass die Namen der Opfer sich in die Geschichte einer Stadt eingebrannt haben: Damilola Taylor, Stephen Lawrence, Rachel Nickell, Jean Charles de Menezes. Die meisten Menschen sehen Sehenswürdigkeiten, wenn sie London betrachten. Ich sehe die Verstümmelten, Gebrochenen und Süchtigen, die Augenzeugen, unschuldigen Passanten und die Hinterbliebenen.

Um Mittag hole ich gerade Kaffee bei einer mobilen Kaffeebar in der Nähe der London Bridge, als die Zentrale über Funk einen häuslichen Streit meldet. Eine Nachbarin kann eine Frau schreien hören. Die Adresse ist in einem der erst vor kurzem umgewandelten Lagerhäuser in der Nähe des Borough Market. Nish fädelt sich in den Verkehr ein und lässt an einer Kreuzung kurz die Sirene aufheulen. Er blickt auf die Uhr am Armaturenbrett. »Das ist aber früh losgegangen.«

Nish presst einen Knopf der Gegensprechanlage. Die Nachbarin antwortet und drückt die Haustür auf. Sie wartet im vierten Stock, eine ältere schwarze Frau in buntem Kaftan und Pantoffeln. Ihre geschwollenen Knöchel sind so breit wie ihre Füße.

»Mrs Gregg?«, frage ich.

Sie nickt und weist den Flur hinunter. »Ich kann sie nicht mehr hören. Vielleicht hat er sie umgebracht.«

»Wer wohnt dort?«, frage ich.

»Eine junge Frau. Ihr Freund kommt und geht.«

»Ist sie die Wohnungseigentümerin?«

»Der Eigentümer arbeitet in Dubai und vermietet die Wohnung.«

»Sie haben gemeldet, dass Sie Schreie gehört haben«, sagt Nish.

»Und das Klirren von Scherben. Sie hat geschrien, und er hat sie beschimpft.«

»Hat es schon öfter Streit gegeben?«

»Keinen wie diesen.«

»Okay. Gehen Sie zurück in Ihre Wohnung.«

Wir postieren uns links und rechts der Wohnungstür. Ich stelle mich breitbeinig hin, die Füße fest auf dem Boden. Nish klopft. Von drinnen hört man gedämpfte Stimmen. Er klopft noch einmal. Eine Kette wird gelöst, ein Schloss geöffnet. Das Gesicht einer Frau erscheint. Ende zwanzig, dunkles Haar. Attraktiv. Verängstigt.

»Hallo, wie geht es Ihnen?«, frage ich.

»Gut.«

»Wir haben eine Meldung über ruhestörenden Lärm erhalten. Eine Frau soll geschrien haben. Waren Sie das?«

»Nein.«

»Wer ist sonst noch in der Wohnung?«

»Niemand.«

Nish hat einen Fuß gegen die Tür gestellt, damit sie nicht wieder zugeschlagen werden kann.

»Dürfen wir reinkommen?«, frage ich.

»Sie müssen sich in der Adresse geirrt haben«, sagt sie. »Mir geht es gut.«

»Wie heißen Sie?«

»Tempe.«

»Ist das eine Abkürzung für Temperance?«

»Nein. Das ist ein Ort… in der griechischen Mythologie. Das Tempe-Tal.«

»Und Ihr Nachname?«

»Wieso?«

»Wir müssen diese Frage stellen.«

Tempes Blick zuckt zur Seite.

»Wer wohnt hier sonst noch?«

»Mein Freund. Er arbeitet nachts. Er schläft.«

»Sie haben gesagt, Sie wären alleine.«

Sie zögert, in ihrer Lüge gefangen.

»Können Sie die Tür ein Stück weiter aufmachen?«, frage ich.

»Warum?«

»Wir müssen uns vergewissern, dass es Ihnen gut geht.«

Tempe öffnet die Tür einen Spalt weiter und entblößt ihr geschwollenes linkes Auge, das voller Blut ist, außerdem eine geplatzte Lippe, die ihren Mund verzerrt. Selbst mit versehrtem Gesicht kommt sie mir irgendwie bekannt vor, und ich frage mich, ob wir uns schon einmal begegnet sind.

»Was ist mit Ihrem Gesicht passiert?«, frage ich.

»Ein Unfall.«

Ihr Blick schweift wieder nach links. Jemand steht hinter der Tür.

Ich weise mit dem Kopf in die Richtung und bewege stumm die Lippen: »Ist er dort?«

Tempe nickt.

Ich lege die Hand ans Ohr, um einen Lauscher anzudeuten.

Ein weiteres Nicken.

»Vielleicht sollten Sie Ihren Freund wecken und ihm sagen, dass wir hier sind«, erklärt Nish lauter.

»Nein. Bitte. Mir geht es gut. Wirklich.«

Sie versucht, die Tür zu schließen, doch Nish hält weiter den Fuß dagegen. Tempe weicht zurück. Die Vorderseite ihres Kleids ist blutbefleckt, und ihre Lippe sieht aus, als wäre unter der geplatzten Haut eine dicke Murmel eingenäht.

Ein Mann tritt hinter der Tür hervor und schiebt Tempe beiseite. Er trägt weder Hemd noch Schuhe, sondern nur eine graue, tief sitzende Trainingshose. Anfang vierzig. Er lächelt.

»Wie kann ich Ihnen helfen?«

»Uns wurden die Schreie einer Frau gemeldet«, sagt Nish.

»Schreie? Nee. Muss der Fernseher gewesen sein.«

»Die junge Frau hat Verletzungen erlitten.«

»Das war ein Unfall. Sie ist gegen eine Tür gerannt.«

»Wie heißen Sie, Sir?«

»Das lassen wir lieber«, sagt der Mann. Er hat das Tattoo eines römischen Zenturios auf der Schulter und Narben an Brust und Bauch. »Ich bin Polizist, okay. Das Ganze ist ein Missverständnis.«

Ich blicke unsicher zu Nish, doch an seinem Gebaren hat sich nichts geändert. Er bittet den Mann, die Wohnung zu verlassen.

»Wozu?«

»Meine Kollegin wird mit Tempe allein sprechen. Sie werden hier bei mir bleiben.«

»Das ist nicht nötig.«

»Sie hat ein blaues Auge und eine geschwollene Lippe.«

Ich will an dem Mann vorbeigehen, doch er streckt den Arm aus, um die Wohnungstür zu versperren. Ich schlüpfe darunter hindurch.

»Sie haben keine Befugnis. Ich kenne meine Rechte«, beschwert er sich.

Im Flur liegt eine zerbrochene Schale auf dem Boden, die Wand ist blutverschmiert. Tempe sitzt auf dem Sofa im Wohnbereich, das Kinn aufs Knie gestützt. Sie hat einen Beutel tiefgekühlter Erbsen gefunden, den sie an ihre Wange drückt. Sie hat lange, schlanke Füße mit Schwielen an den Zehen vom Tragen hochhackiger Schuhe.

Ihr Freund diskutiert immer noch mit Nish.

»Was ist passiert?«, frage ich.

»Ich habe ihn wütend gemacht.«

Sie hat einen nordirischen Akzent. Belfast vielleicht, aber weicher. Sie ist fünf Zentimeter größer als ich, mit mandelförmigen blassgrünen Augen. Wieder habe ich das Gefühl, als wären wir uns schon einmal begegnet, doch ich kann sie nicht zuordnen.

Von draußen dringen die Stimmen des andauernden Streites herein. Ich lenke Tempe mit einer Frage ab.

»Wohnen Sie hier?«

Sie nickt.

»Steht Ihr Name im Mietvertrag?«

»Nein.«

Tempe lässt die Tiefkühlerbsen sinken. Ihr linkes Auge ist fast vollständig zugeschwollen.

»Ihr Wangenknochen könnte gebrochen sein. Sie müssen geröntgt werden. Ich bringe Sie ins Krankenhaus.«

»Das wird er nicht erlauben.«

»Er muss.«

Ich fotografiere ihr Gesicht. »Heben Sie das Kinn.« Ich mache noch ein Bild. »Streichen Sie Ihr Haar zurück.« Und noch eins.

»Weitere Verletzungen?«

»Nein.«

»Ziehen Sie sich um. Stecken Sie das Kleid in eine Plastiktüte.«

»Warum?«

»Es ist ein Beweismittel.«

»Ich werde keine Anzeige erstatten.«

»Gut, aber ich bringe Sie ins Krankenhaus.«

Tempe geht ins Schlafzimmer, und ich sehe mich in der Wohnung um, die geschmackvoll eingerichtet ist, obwohl alles aussieht, als käme es aus einem Möbel-Showroom, wo man falsche Bücher in Regale stellt und leere Flaschen in den Weintemperierschrank. Es gibt keine persönlichen Gegenstände, keine Fotos, Andenken oder Nippes. Nichts, das Rückschlüsse auf die Bewohner erlaubt hätte.

Tempe räuspert sich. Sie steht in einem schlichten Kleid mit Wasserfall-Ausschnitt in der Tür. Sie nimmt ihre Handtasche vom Tisch und vergewissert sich, dass sie ihr Handy hat.

»Was ist mit Ihrem Pass?«

»Wozu brauche ich den?«

»Es ist gut, einen Identitätsnachweis zu haben – falls Sie nicht zurückkommen.«

»Ich komme zurück«, sagt sie entschieden.

Als wir in den Flur kommen, fasse ich ihren Unterarm. Nish diskutiert immer noch mit dem Freund.

»Warum schreiben Sie das alles auf? Ich hab Ihnen doch gesagt, es ist nichts passiert.«

»Wieso hatte die junge Dame Blut am Kleid?«

»Es war ein Unfall.«

»Ja, das haben Sie jetzt schon ein paarmal gesagt.«

»Sie werden keinen Bericht schreiben. Ich bin Detective Sergeant bei Scotland Yard. Beim CO11.«

Nish klingt nicht mehr so selbstsicher wie zuvor. »Ich brauche Ihren Namen.«

»Verpiss dich!«

Tempe versucht, um ihn herumzugehen, doch ihr Freund packt sie am Haar. Ich schlage seinen Arm weg und schiebe sie hinter mich, gehe mit leichtem Spreizschritt in Position und lasse die Arme hängen. Dieses Mal stürzt er sich auf mich. Ich tänzele einen Schritt zurück und wehre seinen Vorstoß mit gekreuzten offenen Händen ab.

Er holt unvermittelt wütend zum Schlag aus, doch ich packe ihn an der Innenseite des Oberarms und ramme die Rückseite meiner Faust gegen sein Kinn. Dann lasse ich mich auf ein Knie sinken, stelle ihm ein Bein, bringe ihn rückwärts zu Fall, rolle ihn auf den Bauch und verdrehe ihm den Arm auf dem Rücken.

All das geschieht so schnell, dass Nish keine Zeit hat, seinen Taser aus dem Holster zu ziehen oder seinen Schlagstock auszufahren. Ich nehme die Handschellen von meinem Gürtel und lasse sie um die Handgelenke des Mannes zuschnappen.

»Sie sind wegen tätlichen Angriffs auf eine Polizeibeamtin festgenommen. Sie müssen nichts sagen. Aber wenn Sie jetzt etwas nicht erwähnen, das Sie später zu Ihrer Verteidigung vorbringen, könnte das Gericht entscheiden, dass Ihr Versäumnis, es zu äußern, die Anklage gegen Sie stützt …«

Der Mann hat Blut an den Zähnen. »Sie sind erledigt! Sie sind beide am Arsch!«

»... alles, was Sie sagen, wird aufgezeichnet und kann als Beweismittel gegen Sie verwendet werden, wenn es zum Prozess kommt.«

»Ich bin Detective Sergeant Darren Goodall. Ich verlange meinen Vertreter von der Police Federation.«

Ich blicke zu Nish. Er macht sich Notizen, wirkt jedoch benommen. »Kannst du den Transport zur Wache organisieren? Ich bringe Tempe ins Krankenhaus.«

Er nickt.

Ich fühle mich ruhig, beinahe schwerelos, als ich Tempe den Flur hinunterführe.

Goodall schreit ihr hinterher. »Kein Wort! Kein beschissenes Wort!«

Im Fahrstuhl drückt Tempe sich an die verspiegelte Wand und schlingt die Arme um ihren dünnen Körper.

»Wie haben Sie das gemacht?«, flüstert sie.

»Was?«

»Sie haben ihn zu Boden geschickt wie ein ... wie ein ...« Ihr fällt kein Wort ein. »Er ist doppelt so groß wie Sie. Es war wie im Kino. Wie groß sind Sie? Was wiegen Sie? Eins siebzig. Knapp sechzig Kilo.«

»An guten Tagen.« Ich lache, langsam sinkt mein Adrenalinspiegel.

»Bringen sie einem das bei der Polizei bei?«

»Nein.«

»Sie waren so schnell. Es war, als wüssten Sie schon im Vorhinein ganz genau, was er gleich machen würde.«

»Ich wusste, dass er Rechtshänder ist.«

»Woher?«

»Mit der Hand hat er Sie geschlagen.«

Tempe berührt ihre geschwollene Wange und versucht nachzuvollziehen, was ich gesagt habe.

Wir haben den Streifenwagen erreicht. Tempe nimmt auf der Rückbank Platz, ich setze mich ans Steuer. Wir können uns gegenseitig im Rückspiegel sehen.

»Ist er ein Detective?«, frage ich.

»Ja.«

»Wie lange treffen Sie sich schon mit ihm?«

»Seit einem Jahr. Er ist verheiratet. Schockiert Sie das?«

»Alles Teil des bunten Reigens«, sage ich, bereue die Bemerkung jedoch sofort, weil sie flapsig und herablassend klingt. Ich sollte nicht über den Stand spotten, in den ich demnächst selber eintreten will.

Tempe zupft am Kragen ihres Kleides. Sie ist nervös und weiß nicht, wohin mit ihren Händen. Wir haben an einer roten Ampel gehalten, und ich nehme mir einen Moment lang Zeit, ihr Gesicht zu betrachten, nicht die Verletzungen, sondern die unversehrte Seite. Sie wirkt nachdenklich. Traurig. Einsam.

Zehn Minuten später betreten wir die Notaufnahme des Guy's Hospital. Der Wartebereich ist voll mit den Gebrochenen, Geschlagenen und Unfallanfälligen. Eine schwarze Frau, die den Arm in einer Schlinge trägt, sieht mich mit unverhohlenem Hass an. Sie hat zwei Kinder, die sich an ihren Rock klammern. Was habe ich getan, um so viel Verachtung zu verdienen? Eine Uniform angezogen? Für Sicherheit auf den Straßen gesorgt?

Eine Krankenschwester in der Aufnahme notiert Tempes Personalien, und wir setzen uns nebeneinander in den Warteraum. Eine andere Krankenschwester besorgt ein Kühlpad, das Tempe sich an die Wange hält.

»Hat er Sie schon öfter verletzt?«

Keine Antwort.

»Werden Sie eine Aussage machen?«

»Nein.«

»Warum nicht?«

»Ich bin nicht dumm.«

Ich kann es ihr nicht verdenken. Wenn Darren Goodall Polizist ist, wird er genau wissen, wie er eine derartige Anzeige behandeln, was er sagen, wen er anrufen und wie er die Einzelheiten verdrehen muss. Er wird behaupten, Tempe hätte ihn zuerst geschlagen und er habe sich nur verteidigt. Sein Wort wird gegen ihres stehen. Ein unfairer Kampf.

»Sie kommen mir so bekannt vor«, sage ich. »Ich könnte schwören, dass wir uns schon mal begegnet sind.«

»Ich glaube nicht«, erwidert Tempe.

Dann kommt sie mir – die Erinnerung an ein hübsches Mädchen, das drei Jahre über mir an der katholischen Mädchenschule St. Ursula's Convent in Greenwich gewesen ist.

»Wir waren auf derselben Schule«, sage ich. »Aber dein Name war nicht Tempe.«

»Das ist mein zweiter Vorname. Ich hab es gehasst, Margaret genannt zu werden.«

Maggie Brown. Ich erinnere mich. »Du warst Schulsprecherin.«

»Stellvertretende Schulsprecherin.«

»Und du hattest eine Schwester, die noch älter war.«

»Agnes.«

»Du bist nicht geblieben. Du bist vor dem Abschluss von der Schule abgegangen.«

»Wir sind nach Belfast gezogen.«

Ich habe eine vage Erinnerung, dass etwas vorgefallen

war – irgendein Skandal oder Zwischenfall, über den die Leute ein paar Wochen geredet haben, aber ich kann mich nicht an die Einzelheiten erinnern. Vielleicht weiß es meine Freundin Sara noch. Wir waren an der Schule beste Freundinnen, und sie kann gar nicht genug bekommen von Klatsch und Tratsch.

Maggie Brown – woran erinnere ich mich noch? Sie war hübsch und beliebt, aber nicht extrovertiert und auch keine Bienenkönigin. Sie »herrschte« nicht über die Flure, behandelte niemanden schlecht, wetteiferte nicht um Aufmerksamkeit und beanspruchte nicht jedes Mal eine Extrawurst, wenn sie sich hinten anstellen musste.

»Hast du Kontakt zu irgendjemandem von der St. Ursula's gehalten?«, frage ich.

»Nein«, sagt sie abschätzig. »Ich habe es dort gehasst.«

»Oh!« Ich fühle mich ein wenig verletzt.

Wir schweigen für eine Weile. Ich beobachte, wie die Krankenschwester an der Aufnahme einen Neuankömmling begutachtet – einen betrunkenen Mann mit einem Mund voller abgebrochener Zähne und einem T-Shirt mit dem Aufdruck *Trophy Husband*.

»Wie hast du Darren Goodall kennengelernt?«

»Meine Freundin und ich haben einen Überfall beobachtet. Ein Typ auf einem Elektroscooter hat einer Frau die Handtasche entrissen und ist abgehauen. Als er dann bei Rot über die Ampel geheizt ist, wurde er von einem Laster erfasst und war auf der Stelle tot. Ist ihm vielleicht ganz recht geschehen.« Sie klingt nicht überzeugt. »Die Polizei hat darauf bestanden, dass wir bleiben und eine Aussage machen. Darren hat unsere Namen und Adressen notiert. Ein paar Tage später hat er mich angerufen.«

»Warum?«

Tempe lacht. »Muss ich es dir vorbuchstabieren?«

Ich spüre, wie meine Ohren zu glühen beginnen.

»Woher hatte er deine Nummer?«

»Er ist Polizist«, sagt sie, als ob damit alles erklärt wäre. »Ich wusste natürlich nicht, dass er verheiratet ist. Er hat mich in dem Glauben gelassen, er wäre Single. Als ich die Wahrheit erfahren habe, hab ich versucht, es für mich zu rechtfertigen ... mir gesagt, dass ich niemandem wehtun würde.«

»Du hast gedacht, er würde seine Frau verlassen.«

»Nein. Na ja, vielleicht. Aber er hat zwei kleine Kinder. Ich bin nicht naiv.«

»Kannst du irgendwo anders übernachten?«, frage ich.

»Eigentlich nicht.«

»Ich kann dich zu einem Frauenhaus bringen. Es ist ein sicherer Ort, bis du etwas anderes gefunden hast.«

»Mittlerweile hat er sich bestimmt beruhigt.«

»Hat er dich schon mal geschlagen?«

»Nicht so.« Sie sieht mich trotzig an. »Ich bin keine verprügelte Ehefrau.«

»Das hab ich auch nicht gesagt«, erwidere ich und wünschte, ich hätte jedes Mal einen Zehner bekommen, wenn mir eine Ehefrau oder Freundin mit blutigem Gesicht und Blutergüssen am Leib das Gleiche erklärt hat. Sie alle haben sich nicht als Opfer, sondern als starke, unabhängige Frauen gesehen, die sich nie von einem Mann schlagen lassen würden ... bis sie es doch tun.

»Ich muss dir eine Reihe von Fragen stellen«, sage ich. »Wenn deine Antwort auf eine davon Ja lautet, solltest du darüber nachdenken, ob die Beziehung mit deinem Partner wirklich gesund ist.«

Tempe lacht bitter. »Ich denke, die Antwort darauf kennen wir beide.«

»Hast du Angst vor ihm?«

Sie antwortet nicht.

»Fürchtest du Verletzungen oder Gewalt?«

Wieder nichts, aber ich erwarte und brauche keine Antwort.

»War dies das erste Mal, dass er dich geschlagen hat?«

»Das hast du mich schon gefragt. Zweimal.«

»Kommt es häufiger zu körperlicher Gewalt? Wird sie extremer? Versucht er, alles zu kontrollieren, was du machst? Fühlst du dich von deinen Freundinnen und deiner Familie isoliert? Schickt er dir dauernd Textnachrichten, ruft dich an oder belästigt dich? Ist er übertrieben eifersüchtig? Hat er je versucht, dich zu würgen? Hat er je gedroht, dich zu töten?«

Tempe lässt jede Frage kommentarlos über sich ergehen, doch ich weiß, dass sie zuhört.

Eine Krankenschwester ruft ihren Namen auf. Sie wird in einen Untersuchungsraum geführt, wo frisches weißes Papier über der Liege ausgerollt worden ist. Eine junge asiatische Ärztin in grüner OP-Kleidung kommt herein. Man sieht ihr die Müdigkeit einer langen Schicht an. Sie fragt Tempe nach Alter, Größe, Gewicht und Vorerkrankungen, bevor sie sie auffordert, sich hinter einer Trennwand zu entkleiden. »Dies ist ein Testset für Vergewaltigungen. Ich muss ein paar Abstriche machen.«

»Aber ich wurde nicht vergewaltigt«, sagt Tempe.

Die Ärztin sieht mich an. »Ich dachte …«

»Nein«, sage ich und werfe Tempe einen Blick zu, um doppelt sicherzugehen. »Ich habe mir Sorgen wegen ihres Wangenknochens gemacht.«

Die Ärztin fordert Tempe auf, sich gerade hinzusetzen, und leuchtet mit einer Stiftlampe in ihr rechtes Auge. Das linke ist mittlerweile völlig zugeschwollen.

»Haben Sie Sehstörungen? Verschwommene Sicht?«

Tempe schüttelt den Kopf.

»Kopfschmerzen?«

»Und wie.«

Sie berührt Tempes geschwollene Wange und streicht mit den Fingern über Augenbrauen und Nasenrücken.

»Ich glaube nicht, dass der Wangenknochen gebrochen ist, und die Augenhöhle ist ebenfalls intakt, aber es wird einen wirklich üblen Bluterguss geben.«

»Wie lange dauert es, bis er wieder abschwillt?«, fragt Tempe.

»Wenn Sie ihn permanent kühlen – vierundzwanzig Stunden.«

Tempe wirkt entsetzt. »Aber ich habe Meetings. Wenn ich nicht arbeite ...«

»Vielleicht kannst du es überschminken«, schlage ich vor.

»Oder mir eine Tüte über den Kopf ziehen«, erwidert sie sarkastisch.

Die Ärztin streift ihre Latexhandschuhe ab. »Ich schreibe Ihnen ein Rezept für Schmerzmittel. Kühlen Sie die Schwellung weiter, bis sie abklingt.«

Ich warte, bis Tempe die notwendigen Formulare ausgefüllt hat, bevor ich sie durch den Wartebereich nach draußen eskortiere.

»Ich bin verpflichtet, dir das hier zu geben«, sage ich und übereiche ihr ein herausreißbares Formular mit vier Seiten Informationen. »Wenn du hier unterschreibst, kann ich deine Personalien an eine Betreuungsstelle weitergeben.«

»Ich unterschreibe gar nichts«, sagt Tempe. »Ich erstatte keine Anzeige, und ich brauche auch keine Anstandsdame.«

»Ja, verstanden. Dieser Bericht geht nur an die lokale Opferbetreuungsstelle. Jemand wird sich mit dir in Verbindung setzen.«

»Ich will nicht, dass sich jemand mit mir in Verbindung setzt. Ich gebe meine Erlaubnis nicht.«

Vor dem Krankenhaus halten wir kurz inne. In der Nähe des Eingangs steht eine Gruppe von rauchenden und E-Zigaretten dampfenden Pflegern in der Sonne, die ihre Rauchwolken beleuchtet. Tempe senkt den Kopf, weil sie nicht will, dass jemand ihr Gesicht sieht.

»Das hier ist die Nummer der nationalen Anlaufstelle für Opfer häuslicher Gewalt«, sage ich. »Ich verurteile dich wie gesagt nicht, doch ich denke, du solltest nicht in die Wohnung zurückkehren. Jedenfalls nicht heute. Lass ihm ein wenig Zeit zum Abkühlen.«

Tempe beißt sich auf die unversehrte Hälfte ihrer Unterlippe und überlegt.

»Ich gehe in das Frauenhaus«, flüstert sie. »Für eine Nacht.«

Das große frei stehende Haus befindet sich in einer kleinen Seitenstraße von Brixton. Es gibt keine Türschilder oder andere Hinweise auf die Natur der Einrichtung, bis auf die vergitterten Fenster und die Sicherheitskamera, die den Eingang im Blick hat. Als wir näher kommen, sehe ich an einem Fenster im oberen Stockwerk ein Kind stehen. Ein Mädchen. Ich winke. Es winkt nicht zurück.

Das Klingeln der Gegensprechanlage hallt in fernen Räumen wider.

»Kann ich Ihnen helfen?«, fragt eine Frauenstimme.

Ich halte meinen Dienstausweis in die Kamera und nenne meinen Namen und meinen Dienstrang.

»Sofort«, sagt die Stimme.

Wir warten eine weitere Minute, bis sich das Doppelzylinderschloss dreht und die Tür quietschend aufschwingt. Eine große Frau bittet uns mit einem Lächeln eilig herein und wirft einen kontrollierenden Blick auf die Straße, bevor sie die Tür wieder abschließt.

»Nennen Sie mich Beth«, sagt sie sachlich. »Hier drinnen nur Vornamen. Cassie ist mit einem weiteren Neuankömmling oben – eine Mutter mit zwei Kindern. Der kleine Junge ist ein Schatz.«

Wir steigen die Treppe hinauf. Sie redet. Tempes Zimmer hat ein Einzelbett, einen Kleiderschrank und ein Waschbecken in der Ecke. Die Möbel sehen aus wie aus einem Autobahnmotel, aber alles ist sauber, und es gibt aufmunternde Akzente wie bunte Drucke an der Wand und eine kleine Vase mit Blumen auf der Fensterbank.

»Die anderen Räumlichkeiten teilen Sie mit den anderen Bewohnerinnen«, sagt Beth. »Unten gibt es einen Waschraum und einen sicheren Garten. In der Küche ist immer viel los, aber Sie dürfen Ihre eigenen Mahlzeiten zubereiten. Für die Gemeinschaftsbereiche gibt es einen Putzplan.« Sie bindet die Vorhänge zurück. »Haben Sie Kleidung zum Wechseln?«

»Nein.«

»Wir haben einen Kleiderfundus für alle. Nichts Schickes, aber Sie werden sicher etwas finden, das Ihnen passt.«

Sie legt frische Bettwäsche auf die Matratze.

»Im obersten Regal liegen weitere Decken.« Sie zeigt auf den Schrank. »Wenn Sie sich eingerichtet haben, kommen Sie nach unten, dann füllen wir die Anmeldungsformulare aus.«

»Ich bleibe nicht lange«, sagt Tempe und sieht mich an.

»Das macht keinen Unterschied. So ist das Verfahren. Sie müssen ein Formular für Wohngeldzuschuss ausfüllen und einen Nutzungsvertrag unterschreiben. Außerdem gebe ich Ihnen eine Kopie der Hausordnung.«

»Es gibt Regeln?«

»Keine Besucher, kein Alkohol, keine Drogen, kein Mobbing oder Schikanieren von Bewohnerinnen, keine Drohungen gegen das Personal. Ich bin Ihre Betreuerin. Wir können eine Sitzung abhalten, wenn Sie sich angemeldet haben.«

»Wie schon gesagt, ich bleibe nicht«, erklärt Tempe noch nachdrücklicher.

»Gib dem hier eine Chance«, sage ich.

Beth betrachtet Tempes Gesicht und schnalzt mitfühlend mit der Zunge. »Ich hol Ihnen Eis.« Sie legt eine Hand auf die Klinke. »Sucht er Sie?«

Tempe antwortet nicht.

»Sagen Sie niemandem, wo Sie sind. Dies ist eine geheime Adresse. Wir haben hier Mütter und Kinder, die sich endlich sicher fühlen. Wir wollen, dass es so bleibt.«

Mein Handy klingelt. Nish hat mir eine Nachricht geschickt: *Du solltest zurückkommen. SO SCHNELL WIE MÖGLICH.*

»Es ist okay, du kannst gehen«, sagt Tempe.

Auf halbem Weg die Treppe hinunter krächzt mein Funkgerät. »Mike Bravo 471, von Zentrale. Kommen.«

»Hier Mike Bravo 471, kommen.«

»Wo sind Sie?«

»Ich verlasse gerade das Frauenhaus in Brixton.«

»Melden Sie sich im Arrestzellenblock.«

»Verstanden, Ende.«

Tempe und Beth stehen auf dem Treppenabsatz.

»Ich ruf dich an«, sage ich, aber Tempe antwortet nicht.

Draußen hat eine Front dunkler Wolken die Sonne verhüllt, und die Temperatur ist binnen Minuten um fünf Grad gesunken. Ich schließe den Streifenwagen auf, rutsche hinters Lenkrad und spüre eine hohle Leere im Magen. Nein, es ist nicht alles gut.

2

Mein Weg durch die Polizeistation fühlt sich eigenartig an. Ich spüre, dass die Leute mich beobachten. Sie spähen über Computerbildschirme oder tun so, als würden sie Berichte lesen, bemüht, jeden direkten Blickkontakt zu vermeiden. Ich habe versucht, Nish anzurufen, doch er geht nicht ran.

Zwei Männer mit kahl rasiertem Kopf und Klamotten aus dem Army-Shop durchlaufen die Aufnahme für den Arrest. Sie sind festgenommen worden, weil sie sich geprügelt haben, und beschimpfen sich immer noch gegenseitig. Ich warte vor Sergeant Connellys Büro, wo ich gegenüber einem schmalen Fenster sitze, das ein verschwommenes Spiegelbild zurückwirft. Ich berühre mein Haar und halte meinen Hut im Schoß.

Aus dem Büro dringen Männerstimmen, doch ich kann nicht verstehen, was sie sagen. Plötzlich wird die Tür geöffnet, ich springe auf und stecke hastig mein Handy weg. Connelly bittet mich herein. Seine Miene ist ausdruckslos.

Im Büro wartet ein weiterer Beamter, ein Fremder, der sich als Chief Superintendent Drysdale vorstellt, ein kleiner, gedrungener Mann mit blassem Gesicht und tief liegenden Augen. Er hat schütteres Haar und portweinfarbene Äderchen um die Nase. Ich sehe kurz eine Tätowierung auf der Innenseite seines linken Handgelenks, bevor er den Ärmel seiner Jacke herunterzieht. Drei Buchstaben. MDM.

»Setzen Sie sich, PC McCarthy«, sagt Connelly.

Die Männer bleiben stehen.

»Erklären Sie mir, was geschehen ist.«

»In welcher Sache, Sir?«

»Sie haben einen Polizeibeamten festgenommen.«

»Er hat mich angegriffen.«

»Da hat er uns etwas anderes erzählt.«

»Wenn Sie sich die Aufnahmen der Bodycam ansehen …«

»Darren Goodall hat sich als Mitglied der Spezialkräfte für bewaffnete Zwischenfälle ausgezeichnet. Vor achtzehn Monaten hat er die George Medal erhalten, weil er einen Messerstecher, der drei Menschen getötet hatte, verfolgt und niedergerungen hat. Dabei erlitt er zwei Stichwunden und wäre beinahe verblutet. Der Mann ist ein gottverdammter Held.«

Die Erinnerungen stürzen auf mich ein. Die Schlagzeilen. Die Fernsehberichte. Es war auf dem Camden Market, ein geschäftiger Samstagvormittag. Ein geistesgestörter Mann war mit einem Metzgermesser Amok gelaufen und hatte Einkäufer und Standbesitzer angegriffen.

»Sie haben ohne gebotenen Anlass einen Polizisten festgenommen«, sagt Drysdale.

»Er hat eine Frau angegriffen. Ihr Kleid war voller Blut und ihr linkes Auge zugeschwollen.«

»Hat sie die Polizei gerufen?«

»Nein, Sir.«

»Hat sie Anzeige erstattet oder eine Aussage gemacht?«

»Eine Nachbarin hatte sich beschwert …«

»Hat sie *Anzeige* erstattet?«

»Nein, Sir.«

Drysdale nimmt Platz, lehnt sich zurück und verschränkt seine plumpen Finger auf seinem stattlichen Bauch.

»Detective Goodall hat erklärt, die Frau habe ihre Verletzungen erlitten, bevor sie zu der Wohnung gekommen ist.«

»Da hat sie mir etwas anderes erzählt.«

»Sie haben die Wohnung ohne Durchsuchungsbefehl und ohne seine Erlaubnis betreten.«

»Ich war besorgt um das Wohlbefinden der Frau. PC Kohli wird bestätigen …«

»Wir haben mit PC Kohli gesprochen. Er hat gesagt, es sei Ihre Entscheidung gewesen, DS Goodall festzunehmen …«

»Wir haben beide …«

»DS Goodall hat sich namentlich als Polizist vorgestellt und eine Erklärung geliefert, doch Sie haben sich geweigert zuzuhören.«

»So war es nicht. Wenn Sie mit Nish sprechen …«

»Wollen Sie Detective Goodall der Lüge bezichtigen?«

»Er hat mich angegriffen, Sir. Er war übergriffig und aggressiv und hat versucht, mich daran zu hindern, mit dem Opfer zu sprechen.«

»Seine Informantin.«

»Was?«

»Tempe Brown ist eine registrierte Informantin der Polizei. Außerdem eine Prostituierte, die von ihrem Zuhälter verprügelt wurde und hilfesuchend zu Goodall gekommen ist.«

Es fühlt sich an, als hätte jemand den Boden zur Seite gekippt, sodass ich Gefahr laufe abzurutschen. »Tempe Brown wohnt unter dieser Adresse. Ich habe ihre Sachen im Kleiderschrank gesehen.«

Es ist, als hätte die Bemerkung ein Feuer unter Drysdale gezündet. Schaumige Spuckefetzen kleben in seinen Mundwinkeln.

»Sie hören nicht zu. Sie haben voreilig und völlig unangemessen reagiert und sich komplett blamiert. Sie haben dem Wort einer Prostituierten mehr geglaubt als dem eines Polizeibeamten. DS Goodall hat Beschwerde gegen Sie eingereicht. Er hat sie beschuldigt, ungesetzliche, unnötige Gewalt angewendet zu haben.«

»Das ist lächerlich.«

»Haben Sie bei der Durchführung seiner Festnahme Kampfkünste angewandt?«

Ich antworte nicht, doch Drysdale füllt die Stille. »Nach den Vorschriften der Metropolitan Police dürfen Sie nur Kontroll- und Fixierungstechniken anwenden, die Ihnen an der Polizeischule beigebracht wurden, und nicht mehr Gewalt als notwendig.«

»Ich habe keine übertriebene Gewalt angewendet«, erwidere ich, schon wesentlich weniger selbstbewusst.

»DS Goodall möchte, dass Sie wegen Dienstvergehens belangt werden.«

»Das ist Bullshit«, murmele ich.

»Was haben Sie gesagt?«

Connelly hebt die Hände, als wollte er ein scheues Pferd beruhigen.

»Ich schlage vor, wir atmen jetzt alle mal tief durch. Ich bin sicher, dass sich das ohne weitere Zwistigkeiten klären lässt.«

Zwistigkeiten, so ein altmodisches Wort, aber die Sorte Mann ist er. Ich wette, er trägt zum Schlafen einen Flanellpyjama und nennt seine Frau »Queenie« oder »Liebchen«.

»Haben Sie das Formular zu Ihrer Festnahme wegen häuslicher Gewalt schon ausgefüllt?«

»Noch nicht, Sir. Ich muss noch einige Angaben abklären.«

»Das übernehme ich. Was ist mit Ihrer Bodycam?«

Ich zeige auf meine Brust.

»Geben Sie sie mir.«

Ich zögere. »Das Material wurde noch nicht heruntergeladen.«

»Ab hier übernimmt die Opferbetreuungsstelle.«

Widerwillig löse ich die Kamera aus ihrem Gurt und überreiche sie. Ich blicke zu Drysdale und frage mich, woher er wohl kommt – aus welcher Abteilung, welchem Abschnitt.

»Gehen Sie nach Hause, Constable McCarthy«, sagt Connelly.

»Aber der Papierkram …«

»Ihre Schicht ist zu Ende.«

»Bin ich suspendiert?«

»Sie werden zu Hause bleiben, bis das geklärt ist.«

Ich bin so perplex über meinen rapiden Absturz, dass ich gar nicht bemerke, wie Drysdale mir aus dem Büro und den Flur hinunter folgt. Er berührt meine Schulter. Ich ducke mich instinktiv und nehme eine Verteidigungshaltung an.

»Sie sind schnell«, sagt er mit einem trockenen Lächeln. Die Zähne in seinem Unterkiefer stehen zu eng zusammen und sind vergilbt. »Ich weiß, dass Sie denken, es ist unfair, Constable, aber in Zeiten wie diesen müssen wir die unsrigen schützen.«

»Was für Zeiten meinen Sie, Sir?«

Er antwortet nicht.

»Wird gegen Goodall ermittelt werden?«

»Das ist nicht Ihre Sorge.«

»Das heißt also Nein.«

Sein selbstgefälliges Grinsen erstarrt. »Lassen Sie die Sache auf sich beruhen, McCarthy. Das führt zu nichts.«

Ich will mit einem dieser coolen, lakonischen Sprüche kontern, die mir immer erst einfallen, wenn es zu spät ist, aber mein Mundwerk ist eh mein größter Feind. Karate hat mir geholfen, meinen Jähzorn zu kontrollieren, aber meine Zunge braucht eine Handbremse oder einen Totmannwarner.

Ich wende mich ab und jogge die Treppe zur Umkleide hoch, wo ich meine Uniformjacke, die Stichschutzweste und den Dienstgürtel in meinem Spind verstaue und meinen Hut auf das obere Regal lege. Ich kann die Wut in meiner Kehle schmecken und wünschte, ich könnte sie ausspucken und mit Mundwasser nachspülen.

Ich würde Darren Goodall gern die Unschuldsvermutung zugutehalten, weil er bei der Rettung von Menschenleben am Camden Market beinahe gestorben wäre; vielleicht leidet er ja unter einer posttraumatischen Belastungsstörung, akutem Stress oder einer anderen Verhaltensstörung. Aber ich sehe Tempe vor mir, die in dem Frauenhaus ein Einzelbett bezieht, mit einem fadenscheinigen Handtuch duscht und ihren Bluterguss pflegt. Er hat sie als Sexarbeiterin und eine seiner Informantinnen bezeichnet. Selbst wenn das stimmen sollte, gibt es ihm nicht das Recht, sie zu verprügeln. Mein Vater hat immer zu mir gesagt, dass jeder Mann, der die Hand gegen eine Frau erhebt, ein Feigling ist, in dessen Herzen der Teufel wohnt.

Ich verriegele den Spind mit dem Zahlenschloss, streife meine Jacke über und vergewissere mich, dass ich Schlüssel und Brieftasche habe. Draußen vergrabe ich die Hände in den Taschen und mache mich auf den Heimweg, wohl wissend, dass die Welt nicht sicherer, sauberer oder gerechter ist wegen irgendetwas, das ich getan habe. Das Gute siegt nie. Es strampelt nur auf der Stelle und wartet, dass das Böse wieder auftaucht.

3

Henry ist in der Küche und arbeitet an einem Sandwich, das aussieht wie ein Kunstwerk. Jedcs Glas aus dem Kühlschrank steht auf dem Tresen, daneben zwei Schneidebretter, diverse Messer, Salat, Gemüse und Aufschnitt.

»Was machst du zu Hause?«, fragt er und schmiert Dijon-Senf auf eine Scheibe Graubrot.

»Das Gleiche könnte ich dich fragen.«

»Archie hat Zahnschmerzen. Ich gehe mit ihm zum Zahnarzt.«

»Wo ist Roxanne?«

»Sie hat ein Meeting.«

»Mit ihrem Friseur oder ihrem Therapeuten?«

Henry imitiert das Miauen einer Katze.

Ich schlinge von hinten meine Arme um seine Hüfte und drücke mein Gesicht an seinen Rücken. »Du liebst es, wenn ich eifersüchtig auf deine Ex-Frau bin. Dadurch fühlst du dich begehrt«, sage ich.

Er zeigt auf das Sandwich. »Soll ich dir auch eins machen?«

»Ich könnte die Hälfte von deinem essen.«

Er zieht eine Schnute, teilt das Sandwich jedoch diagonal und serviert es auf zwei Tellern. Wir sitzen nebeneinander am Küchentresen und brauchen beide Hände zum Essen.

»Wann holst du Archie von der Schule ab?«, frage ich.

»Um halb fünf. Roxanne hat vorgeschlagen, dass er heute bei uns übernachtet.«

»Die böse Hexe schlägt wieder zu.«

»Wie meinst du das?«

»Wir sind zu Margots und Phoebes Wohnungseinweihung eingeladen.«

»O Scheiße! Das hab ich total vergessen.«

»Roxanne nicht. Sie schmiedet just in diesem Moment Pläne für ihren freien Abend.«

»Wir besorgen uns einen Babysitter.«

»Mit vier Stunden Vorlauf. Viel Glück.«

Ich habe nichts dagegen, dass Henry schon mal verheiratet war – oder dass er einen sechsjährigen Sohn im Gepäck hat. Archie ist ein süßer kleiner Junge, der dreimal die Woche bei uns schläft und jedes Mal mit seinem ramponierten Teddybären in unser Bett krabbelt. Er nennt mich nicht »Mummy«, was gut ist, stellt mich Fremden im Supermarkt jedoch mit dröhnender Stimme als »Daddys Freundin« vor.

Ich habe Henry erst kennengelernt, als er und Roxanne sich schon getrennt hatten. Und wir haben auch erst richtig miteinander geschlafen, nachdem die Scheidung durch war – obwohl wir alles andere gemacht haben. Wir waren wie Teenager, die Autoscheiben beschlagen lassen und im Kino in der hinteren Reihe heftig rummachen. Die Kein-Sex-Regel war wichtig, weil ich nicht beschuldigt werden wollte, eine Familie zerstört oder einer anderen den Mann gestohlen zu haben. Ich kenne Frauen, die so sind, darunter meine Freundin Georgia, für die Sex eine Art Sport ist und die munter auch mit verheirateten Männern schläft. Ich habe ihr einmal vorgeworfen, anti-feministisch zu sein, doch Georgia erwiderte, Schwesternschaft und Sex würden sich nicht gegenseitig ausschließen.

»Es ist nicht meine Schuld, dass einige Frauen verschrullen, nachdem sie geheiratet haben«, sagte sie.

»Verschrullen?«

»Du weißt, was ich meine.«

Ich habe versucht, mich mit Roxanne anzufreunden, und ich würde vor Archie nie schlecht über sie reden, doch sie ist die Art Ex-Frau, über die Comedians Witze machen – »die gute Haushälterin, die am Ende das Haus behält« oder »die Geiselnehmerin, die auch noch Kontakt hält, nachdem sie das Lösegeld kassiert hat«.

Meine Hauptbeschwerde ist, dass sie Archie als Waffe zur allgemeinen Torpedierung unseres Lebens benutzt. Wann immer ich einen Wochenendausflug plane, Konzertkarten oder (wie im aktuellen Fall) die Einladung zu einer Einweihungsparty habe, wird Archie mit seiner kleinen Reisetasche und strikten Anweisungen, was er essen, tragen, anschauen und machen darf, vor unserer Türschwelle abgesetzt.

Henry legt den Kopf schief. »Und warum bist du schon zu Hause?«

»Ich glaube, ich bin suspendiert worden.«

»Bestehen darüber Zweifel?«

Ich brumme leise. »Willst du Saft?«

»Eine Antwort wäre mir lieber.«

»Ich weiche dem Thema aus.«

»Das merke ich.«

Schließlich erzähle ich ihm die ganze Geschichte. Henry stellt all die richtigen Fragen und gibt besorgte Laute von sich, und dafür liebe ich ihn.

»Du sagst, dieser Typ hat eine Frau verprügelt und dich attackiert, doch ihm wird nichts passieren.«

»Tempe hat keine Anzeige erstattet. Sie hatte zu viel Angst.«

»Wer ist er – Harvey Weinstein?«

»Nicht ganz.«

Ich nehme meinen Laptop aus der Hülle und starte eine Google-Suche mit Goodalls Namen. Der Bildschirm lädt sich neu. Es gibt Dutzende von Artikeln über die Messer-Attacke auf dem Camden Market. Ein paranoider Schizophrener namens David Thorndyke hatte sieben Menschen mit dem Messer angegriffen, von denen drei starben, bevor Goodall dazwischenging.

Ich finde die ehrenvolle Erwähnung für die Tapferkeitsmedaille:

> Sergeant Goodall war privat mit seiner Familie einkaufen, als er auf Hilferufe reagierte. Obwohl er keine persönliche Schutzausrüstung trug, rang er den Messerstecher zu Boden und hielt ihn fest, bis Hilfe eintraf, wobei er selbst lebensgefährliche Verletzungen erlitt.

Unter den vielen Artikeln und Porträts ist auch ein YouTube-Video von Goodall beim Frühstücksfernsehen, wo er steif und verlegen auf einem Sofa herumsitzt.

»Fühlen sich die Ereignisse jenes Tages für Sie real an?«, wird er von Susanne Reid gefragt.

»Nein, es fühlt sich eher an wie ein Traum.«

»Wie meinen Sie das?«

»Manchmal frage ich mich, ob ich diese Dinge wirklich getan habe. Und was hätte passieren können. Meine Frau könnte Witwe sein. Meine Kinder könnten keinen Vater mehr haben.«

»Sie haben Glück, dass Sie noch am Leben sind«, sagt Reid.

»Ja, wahrscheinlich.«

Gedrängt, sein Hemd aufzuknöpfen, präsentiert er die Narben an Bauch und Brust. Ich erkenne das Gladiatoren-Tattoo wieder und erinnere mich an den Geruch seines Schweißes.

Ich rufe weitere Artikel auf. Neben einem ist ein Foto abgedruckt, das vor dem Buckingham Palace aufgenommen wurde. Goodall trägt einen dunklen Anzug, sein Haar ist nach hinten gegelt, und er hat den Arm um seine Frau gelegt, eine hübsche Dunkelhaarige, die zu dem Anlass einen Hut trägt und ein kleines Mädchen auf der Hüfte balanciert. Ein Junge im Grundschulalter hält ihre andere Hand.

Ich weiß nicht, was ich empfinden soll. Bewunderung. Mitleid mit seiner Frau. Goodall ist zweifelsohne ein Held. Er hat an dem Tag Leben gerettet und dabei beinahe sein eigenes verloren. Außerdem ist klar, dass er ein wichtiger Trumpf für die London Metropolitan Police geworden ist, den man für Fernsehtalkshows und Rekrutierungsplakate aus dem Ärmel ziehen kann.

Henry pickt mit feuchtem Zeigefinger Krümel auf.

»Wo ist seine Freundin jetzt?«

»In einem Frauenhaus.«

»Wie lange bist du von der Arbeit freigestellt?«

»Ein paar Tage vielleicht.«

»Zu schade, dass ich nicht spontan Urlaub nehmen kann. Sonst könnten wir wegfahren.«

Henry ist Feuerwehrmann, stationiert in Brixton, seit dreizehn Jahren dabei und mittlerweile Gruppenführer. Er arbeitet in Wechselschicht – zwei Tage, zwei Nächte und dann drei Tage frei.

Er räumt die Küche auf, verstaut die Gläser und wischt die Arbeitsplatte ab.

»Du bist beinahe vollkommen stubenrein«, sage ich.

»In welchem Punkt bleibe ich denn unter den Erwartungen?«

»Manchmal lässt du den Toilettensitz hochgeklappt und

schraubst die Zahnpasta nicht wieder zu, und du stellst leere Milchkartons zurück in den Kühlschrank.«

»Kapitalverbrechen.«

»Und du brüllst den Fernseher an, wenn du Fußball guckst, obwohl der Schiedsrichter dich unmöglich hören kann.«

»Ich bin leidenschaftlich.«

»Ja, das bist du.«

Ich umarme ihn. Wir küssen uns. Ich spüre seine Erektion.

»Wann musst du Archie abholen?«

Er blickt über meine Schulter zur Herduhr. »In zwanzig Minuten.«

»Schaffen wir das?«

»Gibst du mir die Erlaubnis, mich zu beeilen?«

»Nur dieses eine Mal.«

4

Henry ist der fünftschönste Mann, den ich je getroffen habe. Filmstars und Mitglieder von Boy-Bands zählen auf dieser Liste nicht mit, weil einige von ihnen – Ryan Gosling zum Beispiel – so gut aussehen, dass sie Aliens sein könnten. Meine Top Five für die einsame Insel sind normale Menschen, denen ich auf Partys, an der Schule oder der Uni begegnet bin.

In chronologischer Reihenfolge sind es:

Rodney Grant
Patrick Hamer
Paul Crilly
David Sainsbury
Henry Chapman

Nur mit einem von ihnen habe ich geschlafen.

Die anderen waren wie Luxuswagen in einem Autohaus, die ich nicht testfahren durfte, weil ich in einer Kurve die Kontrolle hätte verlieren und die Karosserie beschädigen können.

Rodney Grant war der Erste. Er fand mich eine Woche lang toll, nachdem er gehört hatte, dass ich meine Zunge benutzt hatte, als wir auf Bridget Mahers zwölftem Geburtstag Flaschendrehen gespielt hatten. Ich kann mich nicht erinnern, welchen Jungen ich geküsst und ob ich dabei die Zunge benutzt habe, aber das war die Art Gerücht, die sich auf unserer Schule wie ein Lauffeuer verbreitete.

Als wir auf einer anderen Geburtstagsparty Verstecken spielten, folgte Rodney mir in einen Schrank unter der Treppe, in dem es stockfinster war. Am Ende küsste er seinen Kumpel Chris, in dem Glauben, er wäre ich. Das führte zu viel Spucken und Mundabwischen, doch seltsamerweise outete Rodney sich Jahre später als schwul. Ich glaube nicht, dass ich bei seinem Coming-Out eine Rolle gespielt habe, aber wer weiß.

Patrick Hamer arbeitete im örtlichen Baumarkt. Ich erfand Vorwände, alle möglichen Sachen zu kaufen, die ich nicht brauchte, wie Klebeband, Handschuhe und eine Schaufel. Wahrscheinlich dachte er, ich wollte eine Leiche entsorgen.

Paul Crilly war mein Professor für englische Literatur an der Universität. Er war erst fünfunddreißig, kleidete sich jedoch wie das Klischee des alten Knackers in Tweed-Jackett und Cordhose und roch nach Büchern und Old-Spice-Aftershave. Gott, er war wunderschön. Ich hinterließ Liebesgedichte in seinem Fach, zitierte Keats, Elizabeth Barrett Browning und Byron, doch Professor Crilly zeigte null Interesse.

Der viertschönste Mann war Richard Sainsbury, mein langhaariger Motorrad-Rebell. Er hatte vom Wein verfärbte Zähne, glühende Augen und ein Faible für Mädchen im College-Alter – für alle außer mir. Er hat mit mindestens sieben Mädchen geschlafen, die ich an der Uni kannte, darunter die Oakdale-Zwillinge. Es gab auch Getuschel über einen Freund, was mich nicht überraschte, weil Richard diese Art androgyne Schönheit hatte, die Männer wie Frauen attraktiv finden.

Und zu guter Letzt: Henry. Bevor er auftauchte, hatte ich Dates mit zwölf verschiedenen Typen gehabt, die alle irgendetwas auszeichnete: ihre Augen, ihr Lachen, ihr Geruch. Vielleicht habe ich damals die Latte auch einfach zu tief gelegt, aber wenn sie regelmäßig duschten, mich pünktlich abholten und mit geschlossenem Mund kauten, kriegten sie in der Regel ein zweites Date. Auch wenn sie mich zum Lachen brachten, konnten sie vielleicht mal bei mir landen. Puh, das klingt, als wäre ich mega selbstbewusst, mit klar festgelegten Regeln, doch nichts könnte der Wahrheit ferner sein.

Meine Mutter glaubt, dass Henry mich vor einem einsamen Jungferndasein gerettet hat oder davor, eine sonderbare Katzen-Lady zu werden, und auch wenn ich gegen Katzen allergisch bin, war ich durchaus zufrieden damit, Single und finanziell unabhängig zu sein. Ich war fünfundzwanzig, als wir uns kennengelernt haben, also noch nicht gerade alt, trotzdem bin ich ziemlich froh, dass er vorbeigekommen ist, mit seinem dunklen Haar, den durchdringenden blauen Augen und dem Grübchen im Kinn, das ihm Probleme beim Rasieren bereitet. Er hat einen Weltklassearsch, und ich sage ihm dauernd, dass er als Arsch-Double beim Film arbeiten und die Szenen übernehmen könnte, in denen Brad Pitt oder Matt Damon aus der Dusche steigen müssen.

»Ich will nicht, dass Leute meinen Arsch anglotzen«, sagt er dann immer.

»Was ist mit mir?«

»Außer dir.«

Ich habe Henry vor zwei Jahren an einem dieser schwülheißen Sommerabende kennengelernt, an denen London sich in einen Brutkasten für Wahnsinn, ethnische Spannungen und sexuelle Exzesse verwandelt. Die Leute drängten aus den Pubs auf die Straßen, aßen in Open-Air-Cafés oder machten Spaziergänge.

In der Karate-Schule war die Klimaanlage ausgefallen, weshalb ich mit meiner Nachwuchsklasse in den Park auf der anderen Straßenseite gegangen war. In ihren Uniformen und barfuß im Gras sahen meine Schüler echt niedlich aus, wie Miniatur-Ninjas. Ich ließ sie über Gegenstände springen, sich darunter hindurch winden und Bäumen ausweichen. Ich lehre Goju-Ryu, einen traditionellen Okinawa-Stil von Karate. Übersetzt heißt das »Hart-Weich«, was die Techniken der geschlossenen und der offenen Hand reflektiert. Es ist derselbe Stil, den Ralph Macchio in den *Karate-Kid*-Filmen und dem Netflix-Spin-off *Cobra Kai* gelernt hat.

Ich packte gerade die Ausrüstung ein, als mir im Schatten eines Baumes Henry auffiel, der mich beobachtete. Er trug schwarze Jeans und ein T-Shirt, und neben ihm stand ein kleiner Junge, der genau die gleiche Frisur hatte wie er.

»Sieht aus, als könnten Sie jemanden brauchen, der mit anpackt«, sagte er, als ich mit den Matten kämpfte. »Wir helfen, was, Archie?«

Ich führte sie zum Studio, wo wir die Matten an der Wand stapelten und den Rest der Ausrüstung verstauten. Henry wischte sich die Hände an seiner Jeans ab und stellte sich vor. Ich blies mir eine Strähne aus der Stirn und versuchte, nicht in seine Augen zu fallen.

»Bei Ihnen hat das ausgesehen, als würde es Spaß machen«, sagte er. »Wo können wir uns anmelden?«

»Ich kann Ihnen ein Formular und einen Stundenplan geben. Wie alt ist Archie?«

»Vier.«

»Er könnte in unserem Junior-Programm anfangen. Wir bieten dienstags und donnerstags Kurse an.«

»Was ist mit Privatstunden?«

»Für Archie?«

»Für uns beide … zusammen, meine ich.«

»Das würde nicht funktionieren. Sie sind zu groß. Er ist zu klein.«

»Ich will nicht gegen ihn kämpfen.«

»Sparring ist ein wichtiges Element des Karate-Trainings.«

»Aber es ist in erster Linie defensiv, oder?«

Seine Stimme war angenehm, tief und sexy, mit einem Londoner Akzent, der ihn manchmal Konsonanten verschlucken ließ.

»Ich hatte gehofft, dass wir es zusammen machen können – so ein Vater-Sohn-Ding. Wir sehen uns nur an bestimmten Tagen.«

Ah, ein Hinweis. Er war entweder geschieden oder getrennt; vielleicht war es auch nur ein One-Night-Stand und ein geplatztes Kondom gewesen. Er war nicht weggelaufen, was ein gutes Zeichen war.

»Ich könnte mich umhören und sehen, ob einer der anderen Lehrer bereit ist, es zu machen.«

»Was ist mit Ihnen?«

»Es gibt bessere Lehrer als mich.«

»Ja, aber Sie kenne ich. Wir haben eine Verbindung.«

Bitte, werd jetzt nicht rot. Werd nicht rot.

Ehe ich mich's versah, hatte ich eingewilligt. Später fragte ich mich, ob meine Eierstöcke die Entscheidung für mich getroffen hatten. Wenn ich in der Nähe eines Mannes bin, den ich attraktiv finde, klimpern sie manchmal. Andere Leute haben Schmetterlinge im Bauch. Ich habe klimpernde Eierstöcke.

So hat es angefangen. Die Privatstunden, das erste Date, das zweite Date, die erste Übernachtung, der Tag, an dem Henry »Ich liebe dich« sagte. Mittlerweile sind wir verlobt, auch wenn wir noch keinen Termin festgelegt haben. September wäre schön. Ich glaube nicht an eine lange Verlobungszeit. Zu viel kann schiefgehen. Ich bin der Typ Mensch, der sich selbst gern wieder etwas ausredet, wenn er zu lange darüber nachdenkt. Zum Beispiel, als ich ein neues Auto gekauft habe. Ich habe monatelang recherchiert, Testberichte und Schadstoff-Rankings studiert, mit Verkäufern gesprochen und Testfahrten unternommen, bis ich schließlich so viele Informationen zusammen hatte, dass ich mich nicht entscheiden konnte. Henry nennt das »Entscheidungslähmung«.

Zum Glück habe ich seinen Heiratsantrag nicht überanalysiert. Es war der Tag nach meinem Abschluss am Hendon Police College. Ich war dreizehn Wochen lang weg gewesen, hatte im Mehrbettzimmer geschlafen und war nur an den Wochenenden nach Hause gekommen. In dieser Zeit hatte Henry sich nach Dienstschluss um den Garten gekümmert, hatte Stauden und Sträucher gepflanzt. Am Morgen nach der Abschluss-Parade – und der Party – wachte ich in seinen Armen auf, und er sagte, ich solle die Vorhänge öffnen.

»Wie findest du den Garten?«

Ich stand am Fenster im ersten Stock, blickte nach unten und sah ein Beet mit einer Botschaft aus violetten Stiefmütterchen auf einem dunkelgrünen Teppich. Sie lautete: *Willst du mich heiraten?* Das Fragezeichen war ein wenig missraten, sodass es eher aussah wie ein Befehl als wie eine Frage, aber ich verstand es trotzdem.

»Bist du sicher?«, fragte ich.

»Selbstverständlich.«

»Ich bin sehr normal.«

»Neurotisch hatte ich schon.«

»Und rechthaberisch.«

»Auf eine gute Art.«

Wir gingen zurück und begannen, das Glas zu füllen – das Glas, in das man eine Murmel für jedes Mal legt, das man vor der Hochzeit miteinander schläft, und eine herausnimmt für jedes Mal danach. Ich weiß nicht, wie lange es dauern wird, unseres zu leeren, denn wir werden mit einem ziemlich großen Gefäß heiraten.

5

Früh am Morgen wache ich, noch in einem Traum gefangen, abrupt auf und scheine vom Bett abzuheben, mit pochendem Herzen, den Mund zu einem lautlosen Schrei aufgerissen. Henry hält mich in den Armen und flüstert: »Du bist sicher. Wir sind zu Hause.« Aber ich wehre mich gegen seine Umarmung und will verzweifelt entkommen. Es ist, als säße ich am Steuerknüppel eines abstürzenden Flugzeugs, während eine mechanische Stimme monoton blökt: »Los! Los! Hochziehen! Hochziehen!«

Allmählich hört meine Brust auf zu beben, und mein Atem beruhigt sich.

Henry hält mich immer noch und streicht mir übers Haar. »War es wieder derselbe?«

»Nein.«

Das ist gelogen. Es ist die dritte Nacht hintereinander, in der mich dieser Albtraum aus dem Schlaf reißt. Normalerweise schrecke ich mit bombardierten Bussen und herumfliegenden Leichenteilen hoch, doch dieser Traum ist anders. Ich bin in einem Kellerraum, in dem eine junge Frau von der Decke hängt. Eine dünne Nylonschnur ist um ein isoliertes Wasserrohr gebunden und um ihren Hals geschlungen. Eine Trittleiter aus Aluminium ist unter ihren nackten Füßen umgekippt. In dem Traum fallen mir die pink lackierten Zehennägel auf. Unterhalb der Beine ihrer engen Jeans sind die Blutergüsse an ihren Knöcheln uringetränkt. Ich versuche, nicht weiter nach oben zu blicken, kann mich jedoch nicht bremsen.

Tempe Browns Kopf ist ein wenig zur Seite gelegt, die Schnur drückt gegen ihr Kinn. Ihre Zungenspitze ragt zwischen blauen Lippen hervor, ihre offenen Augen blicken verwirrt oder enttäuscht.

Henry ist wieder eingeschlafen. Da ich nun eh schon wach bin, schlüpfe ich aus dem Bett und ziehe meine Trainingsklamotten an. Ein paar Minuten später sitze ich auf der Stufe vor der Haustür, binde meine Laufschuhe zu und spüre den kalten Beton unter meinem Hintern.

»Sie sind aber früh auf«, sagt Mrs Ainsley, die Blaine zu einem Spaziergang ausgeführt hat. Hund und Herrin tragen passende Halstücher, ein Liberty-Print, und sie hält eine Plastiktüte mit Hundescheiße, als wäre es ihre Lieblingshandtasche.

Ich nicke lächelnd und vermeide wegen ihrer Taubheit eine Unterhaltung. Blaine schnuppert an meinen Schuhen, und ich habe Angst, er könnte ein Bein heben.

»Er hat gestern eine Menge Lärm gemacht«, sage ich dann doch.

»Verzeihung?«, brüllt sie.

»Er hat in der Nacht gebellt.«

»Was haben Sie abbestellt?«

»Ich meine Blaine.«

»Sie müssen gehen? Dann einen schönen Tag noch«, sagt sie und schließt ihre Haustür auf.

Zumindest habe ich es versucht.

Es ist einer dieser Frühlingstage, die aussehen, als würde man sie durch eine getönte Scheibe betrachten, nur Himmel und Wolken zwischen hellen, sonnigen Flecken. Ich laufe Richtung Clapham Common los und winke diversen Anwohnern zu, darunter dem Gemüsehändler, der seit vier Uhr auf ist, und dem lokalen Zeitungshändler, der die Bündel mit den Tageszeitungen auspackt.

Im Park absolviere ich meine Übungen, arbeite an meiner Geschwindigkeit, Kraft und Beweglichkeit. Bald kämpfe ich gegen unsichtbare Schatten unter den Bäumen, gehe in die Hocke und schlage in die Luft. Nach vierzig Minuten mache ich eine Pause, um Wasser an einem Spender zu trinken und mein Handy zu checken. Wieder hat mir meine Stiefmutter ein paar Nachrichten wegen der Feier hinterlassen. Warum ist sie bloß so erpicht darauf, dass ich diesmal teilnehme? Andere Geburts- und Jahrestage sind gekommen und gegangen. Vielleicht hat mein Vater von meiner Verlobung erfahren. Edward McCarthy möchte seine einzige Tochter zum Altar führen und ihr die Art Hochzeit spendieren, von der er immer geträumt hat; etwas angemessen Extravagantes mit Oldtimern, Eisskulpturen und einem Star-Koch, der das Catering übernimmt. So wird sein Geburtstag werden, eine Feier seiner neu entdeckten Seriosität.

Wenn eine Zeitung oder Zeitschrift ein Porträt über meinen Vater bringt, wird er jedes Mal als ein Straßenhändler aus dem East End dargestellt, der es nach oben geschafft hat. Der Verkäufer von gefälschten Parfüms und Toilettenartikeln, der von der Petticoat Lane bis nach Mayfair aufgestiegen ist und ein Immobilien-Portfolio im Wert von hundert Millionen Pfund erworben hat. Vom Tellerwäscher zum Millionär. Aus der Gosse zu den Sternen. Alles dank harter Schufterei, Sechzehn-Stunden-Tage und »dem Glück der Iren«, wie er ihnen erklärt. Aber das ist nicht die ganze Geschichte. Es ist nicht einmal eine gute Fiktion.

Die Parfüms und Luxuswaren waren keine billigen Fälschungen aus Taiwan oder Südkorea, und sie waren auch nicht »vom Laster gefallen«. Es waren Originalprodukte, gestohlen aus Lkws, die vor Fernfahrer-Cafés oder auf Autobahnraststätten gekapert wurden. In den Achtzigern und Neunzigern waren die McCarthy-Brüder die berüchtigtste Verbrecherbande in Südostengland.

Mit der Zeit dehnten sie ihre Geschäfte auf die Kontrolle von Waren aus, die durch Häfen wie Harwich und Dover gingen, und kassierten Gebühren für die Be- und Entladung jedes Containers. Diese kriminellen Strukturen wurden in den Nullerjahren schließlich zerschlagen, und drei meiner Onkel kamen ins Gefängnis, nicht jedoch mein Vater, der Älteste, der Teflon-Mann. Während die anderen im Gefängnis schmachteten, erfand Eddie McCarthy sich neu und machte ein Vermögen. London hatte den Zuschlag für die Olympischen Spiele bekommen, und das East End wurde für den Bau von Sportstätten und dem olympischen Dorf zerstückelt. Er benutzte seine Beziehungen und seinen Ruf, um sich in Firmen einzukaufen, die diese Baustellen mit Beton, Gerüsten, Schalungen, Bauarbeitern und Sicherheitskräften belieferten.

Jede Woche besuchte er Daragh, Clifton und Finbar in Wormwood Scrubs. Manchmal habe ich ihn begleitet und zugehört, wie diese großen, harten Männer sich in gereimtem Slang und seltsamen Codes unterhielten. Für mich waren sie nicht böse. Sie waren meine Onkel. Sie waren Ehemänner und Väter. Sie waren Familie.

Irgendwann laufe ich wieder los, am Clapham Common entlang und weiter über die Abbeville Road Richtung Brixton. Der taufeuchte Bürgersteig trocknet unter meinen Füßen, und die salzige Luft der Gezeiten füllt meine Lungen. Ich kenne mein Ziel, doch ich weiß nicht genau, was ich sagen werde, wenn ich dort ankomme.

Eine andere Frau meldet sich über die Gegensprechanlage

und öffnet ferngesteuert die Schlösser. Ein älteres Kind schiebt ein Geschwisterchen auf einem Dreirad durch die Empfangshalle und kratzt dabei Farbe von den Wänden.

»Ich suche Tempe Brown«, sage ich, als die Frau aus einem Büro kommt.

»Sie ist nicht mehr hier.«

»Seit wann?«

»Seit gestern.«

»Ist irgendwas passiert?«

»Ein Polizist ist gekommen und hat sie abgeholt.«

»Hat er seinen Namen genannt?«

»Nein. Zuerst hat Tempe sich geweigert, aber er hat sie überredet, mit ihm zu gehen.«

»Wie sah dieser Polizist aus?«

»Um die vierzig. Dunkles Haar. Attraktiv vermutlich.« Die Frau blinzelt nervös. »Wieso?«

»Er ist derjenige, der sie verprügelt hat.«

Sie macht mehrmals den Mund auf und zu, bevor sie Worte findet, doch ich bin schon die Treppe hinunter und auf dem Bürgersteig. Ich rufe Tempes Handynummer an und werde sofort an die Mailbox weitergeleitet. Vor meinen Augen blitzt das Bild aus meinem Traum auf – Tempe, die an dem Wasserrohr hängt und mich vorwurfsvoll anblickt. Ich beschleunige meine Schritte und laufe Richtung Borough Market. Ich kenne diese Gegend. Nach der Uni habe ich eine Zeitlang in einem Haus in der Nähe der Stelle gewohnt, wo früher das Marshalsea-Gefängnis stand, berühmt geworden durch Charles Dickens, dessen Vater dort Häftling war. Für Vielleser oder Nostalgiker schwitzt London seine Vergangenheit aus allen Poren; jede Straße, jeder Abwasserkanal, jedes Gebäude, jedes Grab und jede Brachfläche erzählt eine Geschichte.

Ich bin außer Atem, als ich ankomme und auf den Knopf der Gegensprechanlage drücke. Niemand meldet sich. Ich versuche es bei Mrs Gregg, der Nachbarin. Ich will gerade erneut klingeln, als sie antwortet, hörbar verärgert über die Störung.

»Hier ist PC McCarthy. Wir haben uns vor ein paar Tagen kennengelernt.«

»Sie tragen keine Uniform«, stellt sie argwöhnisch fest.

Ich winke in die Kamera. »Heute ist mein freier Tag. Können Sie mich bitte reinlassen?«

Die Haustür öffnet sich, und ich gehe nach oben. Mrs Gregg fängt mich ab, bevor ich Tempes Tür erreiche.

»Haben Sie sie gesehen?«

»Sie ist gestern zurückgekommen, aber ich glaube, sie ist wieder weg.«

»Haben Sie gesehen, wie sie gegangen ist?«

»Nein. Aber ich habe ihren Schlüssel unter meiner Tür gefunden, als ich heute Morgen aufgestanden bin.«

»Was ist mit dem Mann, mit dem sie zusammen war?«

»Den habe ich erst vor einer Stunde gesehen. Ich habe gehört, wie er ins Telefon gebrüllt und einen Klempner angerufen hat.«

»Einen Klempner?«

»Ja.«

»Haben Sie mit ihm gesprochen?«

»Sind Sie verrückt? Ich mache doch meine Tür nicht auf!«

»Haben Sie den Schlüssel noch?«

Mrs Gregg verschwindet in ihrer Wohnung und kommt ein paar Minuten später mit den Schlüsseln und einem Umschlag zurück.

»Den habe ich gestern in meinem Briefkasten gefunden. Er ist an eine Margaret Brown adressiert. Könnte sie das sein?«

»Ja.«

Ich betrachte den Umschlag, der in Nordirland abgestempelt wurde, jedoch keinen Hinweis auf seinen Absender trägt. Er scheint zwischen diversen Adressen hin- und hergeschickt worden und Tempe von Ort zu Ort gefolgt zu sein.

»Werden Sie dafür sorgen, dass sie ihn bekommt?«, fragt Mrs Gregg.

»Ich tue mein Bestes«, antworte ich und blicke auf die Schlüssel. An einem hängt ein RFID-Transponder, mit dem man die Haustür unten öffnen kann.

Ich gehe den Flur hinunter, schiebe den Wohnungsschlüssel ins Schloss und stoße die Tür einen Spalt weit auf.

»Hallo? Ist jemand zu Hause?«

Ich habe den Grundriss der Wohnung noch im Kopf. Das Wohnzimmer liegt direkt vor mir und geht in einen offenen Koch-Ess-Bereich über. Die beiden Schlafzimmer befinden sich zur Linken, dazwischen das Badezimmer.

Ich wähle erneut Tempes Nummer. Es klingelt. Mein Herz setzt für einen Schlag aus. Das Geräusch kommt aus dem ersten Schlafzimmer. Ich spähe um den Türrahmen. Das Doppelbett ist mit Kleidern und zerwühlter Bettwäsche bedeckt. Die deckenhohen Schränke stehen offen und sind geplündert worden. Auf dem Teppich liegen zerknüllte und zertrampelte Kleider herum.

Ich rufe noch einmal Tempes Nummer an. In der dunkelsten Ecke des Raumes leuchtet ein Display auf. Ich schiebe Schuhe zur Seite und berge das Telefon. Es gibt zwölf verpasste Anrufe, drei davon von mir. Der Akku ist fast leer.

Im selben Augenblick fällt mir ein Spritzmuster aus dunklen Tropfen auf dem hellen Teppich auf. Blut. Getrocknet. Zum Bad hin sind die Flecken dicker. Von der Türschwelle aus sehe ich einen blutigen Handabdruck am Rand der Badewanne. Ich mache ein paar zögernde Schritte zur Seite und wappne mich für das Schlimmste. Ich spähe um die Duschtrennwand, eine klappbare Glasscheibe.

Die Wanne ist leer. Ich atme wieder aus, trete den Rückzug an, wähle den Notruf.

»*Welchen Dienst benötigen Sie?*«

»Die Polizei.«

Es klickt mehrmals, dann höre ich eine andere Stimme. »*Polizeinotruf. Um was für einen Notfall handelt es sich?*«

»Hier ist PC Philomena McCarthy von der Southwark Police. Ich bin in einer Wohnung am Borough Market. Im Badezimmer befinden sich Blutspuren. Die Bewohnerin wird vermisst.«

Ich werde aufgefordert, eine Adresse zu nennen und Anschlussfragen zu beantworten. Sind Waffen im Spiel? Ist die Adresse schwer zu finden?

Ich sollte draußen auf die Kollegen warten, doch ich kehre zurück ins Schlafzimmer, wo ich es vermeide, irgendetwas zu berühren. Auf den ersten Blick sieht es aus wie die Spuren eines Einbruchs oder einer hektischen Suche, doch bei genauerem Hinsehen scheint mir eher Zerstörungswut am Werk gewesen zu sein. Die Ärmel einer Bluse sind abgeschnitten, ein Blazer ist bis zum Futter aufgeschlitzt.

Ich gehe ins Wohnzimmer, wo die Sofakissen ausgeweidet wurden und Schaumfüllung den Boden bedeckt. Plastikscherben knirschen unter meinen Laufschuhen. Ich bücke mich und entdecke die Überreste einer kleinen HD-Webcam. Auf einem Regal neben dem Fernseher liegt ein Stromkabel, halb hinter einer Reihe von Büchern und einer Topforchidee versteckt. Die Kamera ist ein kleines Hightech-Modell mit interner Speicherkarte, aber der Kartenschlitz ist leer.

In der Küche entdecke ich im Tretmülleimer einen angebissenen Vollkorn-Muffin und im Waschbecken eine zerbrochene Kaffeekanne. Die Besteckschublade ist herausgezogen, ihr Inhalt auf den Fliesenboden gekippt worden. Ich weiß nicht genau, ob ich die Spuren eines Aktes von Vandalismus, eines Raubes oder einer Entführung betrachte, oder sogar den Tatort eines Mordes.

Ich verlasse die Wohnung und warte draußen auf die Kollegen. Meine Kleidung ist feucht von Schweiß, und ich stehe zitternd im Flur, als zwei Polizisten aus dem Fahrstuhl treten. Ich erkenne sie beide. Mit Stefan Albinski habe ich gemeinsam die Ausbildung in Hendon durchlaufen. Er ist groß und dünn und hatte wegen seines langen Gesichts den Spitznamen »Horse«, obwohl er behauptet, dass das nicht der Grund war. Sein Partner ist Kevin Boyd, der für Oxford United in der English Football League gespielt hat und laut Nish, der sich für Fußball interessiert, »beinahe berühmt« ist.

»Was machst du hier?«, fragt Horse.

»Ich habe einen Einsatz nachverfolgt.«

»In deiner Freizeit?«

Ich erkläre, dass ich Tempe vor drei Tagen ins Krankenhaus gefahren und anschließend zu einem Frauenhaus gebracht habe. Boyd betritt die Wohnung.

»Du glaubst, sie ist zurückgekommen?«, fragt Horse.

»Eine Nachbarin hat sie gesehen.«

»Was ist mit ihrem Freund – wo ist er?«

»Er lebt woanders. Er ist verheiratet. Hat Kinder.« Ich zögere. »Er ist Polizist. Ein Detective Sergeant.«

»Wer?«

»Darren Goodall.«

»Du meinst, *der* Darren Goodall?«

Ich nicke.

Horse lacht nervös. Boyd kommt wieder aus der Wohnung und erklärt: »Für eine ernsthafte Verletzung gibt es nicht genug Blut.«

»Was ist mit dem Handabdruck?«

»Könnte Nasenbluten gewesen sein.«

»Ihr solltet bei den örtlichen Krankenhäusern nachfragen.«

Boyd mag es nicht, gesagt zu bekommen, was er tun soll. »Hast du dir den Rest der Wohnung angeguckt? Jemand hat ein Paket Mehl in den Abfluss gekippt und das Rohr verstopft.«

»Klingt wie ein Racheakt«, sagt Horse. »Eine betrogene Frau.«

»Sie würde nie ihr Handy zurücklassen«, erwidere ich defensiv.

Die Constables wechseln einen Blick. Keiner von beiden will in die Sache verwickelt werden, doch ich zwinge sie dazu. Fragen prasseln auf mich ein. Ist Tempe drogenabhängig? Könnte sie weggelaufen sein? War sie depressiv oder selbstmordgefährdet?

»Ich kannte die Frau kaum«, sage ich.

»Trotzdem bist du hier«, erwidert Boyd.

Sie wechseln einen weiteren Blick. Sie wollen, dass ich verschwinde, und ich habe hier nichts zu sagen. Dies ist ihr Einsatz.

»Ab hier übernehmen wir«, sagt Horse und weist mit dem Kopf in Richtung Aufzug.

Ich will widersprechen, doch es ist sinnlos. Unten stoße ich die schwere Glastür auf. Es hat angefangen zu regnen. Ein plötzlicher Wolkenbruch. Fette Tropfen tanzen auf der Straße. Mist! Mein Handy vibriert. Das Display zeigt zwei verpasste

Anrufe von meiner Stiefmutter an. Zwei hinterlassene Nachrichten.

Löschen.

Löschen.

6

Zehn Tage nach meiner Suspendierung werde ich wieder zur Arbeit zitiert. In der E-Mail werden die Vorwürfe eines Dienstvergehens mit keinem Wort erwähnt, doch ich bin sicher, sie sind irgendwo abgelegt worden, ein bleibender Makel in meiner Akte. Ich kehre an einem trübseligen Tag Ende Mai zurück, an dem der Wind Abfälle durch die Gossen wirbelt und an Zäune, Laternenpfähle und nackte Beine heftet.

Als ich mir gegenüber einen Kaffee hole, hält mir ein Mann die Tür auf.

»Philomena McCarthy?«

Ich lächle, weil ich denke, dass wir uns schon einmal begegnet sein müssen, doch ich erkenne sein unrasiertes Gesicht, seine geckenhafte Frisur und seine leicht eingedellte Nase nicht.

»Ich bin Dylan Holstein. Ich schreibe für den *Guardian*. Ich wollte Sie nach Darren Goodall fragen.«

Ich dränge wortlos an ihm vorbei.

»Ein kleines Vögelchen hat mir gezwitschert, dass Sie beide Zwistigkeiten hatten.«

Zwistigkeiten ist so ein altmodisches, beinahe höfliches Wort. Ein Euphemismus für eine Auseinandersetzung, bei der heftige Worte gewechselt werden, aber niemand verletzt wird. Paare streiten. Geschwister zanken. Liebende haben Krach. Zwistigkeiten sind etwas für Nachbarn, die um drei Uhr morgens an die Tür hämmern, weil sie die Nase voll davon haben, dass AC/DC bei voller Lautstärke durch die Wände dringt.

Ich weiche dem Karren eines Straßenfegers aus und versuche, meinen Vorsprung auf Holstein zu halten, der mir hinterherjoggt. Schaum spritzt aus der Tülle meines Thermobechers.

»Haben Sie den Namen Imogen Croker schon mal gehört?«, fragt er. »Sie und Goodall waren verlobt und wollten heiraten.«

»Kein Kommentar.«

»Sie ist vor acht Jahren in East Sussex von einer Klippe gestürzt. Der Gerichtsmediziner hat festgestellt, dass es ein Unfall war, aber ihre Familie ist anderer Meinung.«

Holstein geht rückwärts vor mir her. Dabei prallt er beinahe mit einer Frau zusammen, die einen Kinderwagen schiebt. Er entschuldigt sich und holt mich wieder ein.

»Goodall weigerte sich, eine Aussage zu machen, und ließ sich von einem Anwalt vertreten.«

»Sie blockieren einen öffentlichen Durchgang.«

»Imogen Crokers Familie glaubt, dass sie ermordet wurde.«

»Bitte gehen Sie aus dem Weg.«

»Goodall hat eine Zahlung aus ihrer Lebensversicherung erhalten. Außerdem hat er einen Freund von mir um Geld erpresst. Er ist ein korrupter Bulle.«

Ich habe die Southwark Police Station beinahe erreicht. Nach drinnen kann er mir nicht folgen.

»Sie sind Edward McCarthys Tochter«, sagt Holstein.

Der Satz trifft mich, als würde mir jemand Eiswasser über den Rücken gießen. Ich gerate ins Stolpern, fange mich wieder und verkleckere weiteren Kaffee.

»Ich hab mal den Fehler gemacht, über Ihren Vater zu schreiben. Wissen Sie, was er gemacht hat? Er hat mitten in der Nacht vierzehn Tonnen Bauschutt vor mein Haus gekippt. Die Straße war blockiert. Die Nachbarn haben sich schrecklich aufgeregt, aber ich war froh, noch mal glimpflich davongekommen zu sein. Es hätte sehr viel schlimmer ausgehen können.«

Ich spüre, wie ich langsamer werde.

»Die Tochter eines Gangsters, die für die Met arbeitet. Das ist eine gute Story. Geldwäsche. Schutzgelderpressung, organisierte Kriminalität. Diebstahl. Das ist mal eine Familiengeschichte. Wissen Ihre Kollegen, wer Sie sind?«

Ich drehe mich um. »Wie haben Sie mich gefunden?«

»Ich bin gut in meinem Job.«

»Ich bin nicht wie mein Vater.«

»Beweisen Sie es.«

Auf der anderen Seite der Glastür bleibe ich stehen und öffne meine Fäuste, die ich so fest geballt hatte, dass meine Fingernägel Spuren auf der Haut hinterlassen haben. Mein Herz rast, und ich spüre die Hitze in meinen Wangen. Ich bin verärgert, so auf der Straße attackiert worden zu sein, doch der größte Teil meiner Wut richtet sich gegen meinen Vater. Nach zehn Jahren bin ich immer noch nicht frei von seinem Schatten. Ich hasse es, seinen Namen zu hören. Ich hasse es, durch Gegenden von London zu kommen, die mich an ihn erinnern. Ich hasse es, auf Märkte zu gehen und die Standverkäufer rufen zu hören. Ich hasse die Frau, die er schließlich geheiratet hat. Ich hasse sein neues Haus, obwohl ich noch nie dort gewesen bin. Ich weiß, das ist irrational, aber ich gebe ihm die Schuld für Dinge, über die er gar keine Kontrolle hat – wenn Schuhe mich kneifen, eine Ampel zu lange rot bleibt, Tage zu heiß oder zu kalt sind. Dumm, ich weiß, aber er hat diese Wirkung auf mich.

Ich steige die Treppe hinauf und komme an Judy Ellis vorbei, eine PC wie ich.

»Alles okay?«, frage ich, bemüht normal.

»Was denn sonst?«, erwidert sie knapp. Vielleicht hatte sie eine harte Schicht.

Die Umkleide ist leer. Ich stelle meine Tasche ab und beginne, meine Uniform anzuziehen, als mir ein Geruch von meiner Bluse in die Nase steigt. Nein, es ist der Spind. Ich durchsuche Regale, schiebe meine Ausrüstung hin und her. Mein Hut liegt verkehrt herum auf dem obersten Regal. So habe ich ihn nicht hinterlassen.

Ich strecke die Arme aus und hebe ihn aus dem obersten Regal auf Augenhöhe. Der Gestank lässt mich würgen. Im Hut liegt eine tote, halb ausgeweidete Ratte, die vor Maden wimmelt. Ich blicke rasch zur Tür, ob jemand gekommen ist, um mich zu beobachten oder den Augenblick festzuhalten, doch ich bin allein.

Ich halte den Hut mit ausgestreckten Armen vor mich, trage ihn in den Duschraum, werfe alles in den Mülleimer und binde den Plastiksack zu. Dann schrubbe ich mir die Hände ab und überlege, was mich ein neuer Hut kosten wird.

Anschließend durchsuche ich meinen Spind auf weitere hässliche Überraschungen, kippe meine Schuhe aus und entfalte mein Handtuch. Ich könnte mich beschweren, doch das würde alles nur noch schlimmer machen. Dies ist entweder eine einmalige Botschaft oder eine Kriegserklärung, und wenn ich das Feuer erwidere, werden die Dinge eskalieren. Ich schließe meinen Spind ab und gehe nach unten in den Dienstraum, wo ich ein Stück abseits der anderen Beamten sitze, während Connelly Befehle und Aufgaben für die Nachmittagsschicht verteilt. Ich betrachte die Hinterköpfe und frage mich, wer die Ratte in meinen Spind gelegt hat. Das hier sind meine Kollegen. Meine Freunde. Wir sollen zusammenarbeiten und uns gegenseitig den Rücken freihalten.

Ich dachte immer, meine Familie mit all ihrem Gerede von Ehre und Loyalität hätte eine Mafia-Mentalität, aber bei der Polizei herrscht ein ähnliches Stammesdenken. Das dominierende Narrativ lautet »wir gegen die«. Wir sind die dünne blaue Linie. Die Torwächter. Die Beschützer. Manchmal sterben Verbrecher, wenn sie das Gesetz brechen, aber wir verteidigen es mit unserem Leben. Und selbst wenn die meisten Menschen die Opfer, die wir bringen, und die Gefahren, denen wir uns stellen, durchaus zu schätzen wissen, wollen nur wenige mit uns befreundet sein. Deswegen verbringen so viele Polizisten ihre Freizeit mit anderen Polizisten und heiraten in Polizistenfamilien.

Aufträge werden erteilt. Für mich gibt es nur eingeschränkte Pflichten. Schreibtischarbeit. Papierkram. Eine weitere Bestrafung. Als die Dienstbesprechung zu Ende ist, bleibe ich zurück.

»Kann ich Ihnen helfen, McCarthy?«, fragt Connelly.

»Ist zwischen uns alles in Ordnung, Sir?«

»Inwiefern?«

»Vorvergangene Woche ... der Zwischenfall mit Detective Goodall?«

»Was ist damit?«

»Ist er zu Ihrer Zufriedenheit aufgeklärt worden?«

Er grunzt leise. »Die Anzeige wegen Dienstvergehens wurde zurückgezogen.«

»Danke, Sir.«

Ich warte auf mehr, doch er klemmt eine Aktenmappe unter den Arm, geht hinaus und lässt mich enttäuscht oder unzufrieden zurück.

Ich setze mich an einen Schreibtisch im Aufenthaltsraum und beginne, Berichte auszufüllen. Jeder Zwischenfall, zu dem ein Beamter gerufen wird, produziert zwischen zehn und dreißig Minuten Papierarbeit, auch ohne dass es eine Beschwerde gegeben hat. Informationen müssen in Datenbanken aktualisiert, Fakten überprüft und Telefonate geführt werden. Im Hintergrund höre ich die Kommunikation der Funkzentrale mit den Kollegen, die zu Fuß oder im Streifenwagen unterwegs sind. Es klingt wie ein typischer Abend mit Streitereien, Unfällen, Schlägereien, Raubüberfällen und häuslichen Konflikten.

Ich ignoriere die Ablenkung, arbeite zügig und verschaffe mir so ein Zeitfenster, in dem ich die Aufnahmelisten von Schutzeinrichtungen und Festnahmeprotokolle auf eine Erwähnung von Darren Goodall oder Tempe Brown durchgehen kann. Nichts. Niemand hat ein Formular für »Gewaltanwendung« ausgefüllt, es gibt keinen Bericht über eine Befragung. Der Einsatz in der Wohnung wurde nicht weiterverfolgt. Niemand sucht Tempe oder macht sich Sorgen um ihr Wohlbefinden.

Ich nehme mein Handy und rufe Nish an, der immer noch zu Hause bei seinen Eltern in South London wohnt. Als er nicht drangeht, probiere ich es auf dem Festnetz. Nish ist der Einzige meiner Kollegen, der von meinen familiären Verbindungen weiß. Ich habe es ihm erzählt, weil ich darauf vertraut habe, dass er mein Geheimnis wahrt, und es mit jemandem zu teilen macht es leichter, die Last zu tragen.

Mrs Kohli antwortet und klingt vornehmer als die Queen.

»Ist Nish da?«, frage ich und verbessere mich sofort: »Anisha.«

»Was soll ich sagen, wer anruft?«

»Es ist beruflich.«

Sie legt das Telefon ab und ruft auf Hindi. Ich höre Schritte auf der Treppe. Nishs Stimme.

»Ich bin's«, sage ich.

Schweigen. Ich befürchte schon, die Verbindung könnte zusammengebrochen sein. »Nish?«, frage ich.

»Wir sollten nicht miteinander sprechen.«

»Wieso nicht?«

Er verstummt. Ich warte. »Das ist nichts Persönliches, Philomena«, bricht er schließlich das Schweigen. »Du hast nichts falsch gemacht. Es ist bloß … Ich will nicht … die Leute …«

Ich kann nicht warten, bis er zum Punkt kommt. »Hast du einen Bericht über häusliche Gewalt ausgefüllt?«

»Man hat mir gesagt, dass ich das nicht tun soll.«

»Was ist mit den Aufnahmen der Bodycam – wurden sie hochgeladen?«

»Von mir nicht.«

»Die haben die Sache begraben.«

»Vielleicht ist es am besten so. Goodall hat Frau und Kinder.«

»Und eine Geliebte.«

»Das geht uns nichts an.«

»Die er verprügelt.«

Nish verstummt wieder.

»Die wollten mir ein Dienstvergehen anhängen«, sage ich.

»Ich weiß. Aber das wird nicht passieren – nicht, wenn sie wollen, dass es unter der Decke bleibt.«

Er hat recht, aber das Schweigen wird mich nicht davor schützen, ausgegrenzt zu werden.

»Jemand hat eine tote Ratte in meinen Spind gelegt.«

»Diese Arschlöcher!«, murmelt er. »Aber das geht vorbei. Zieh den Kopf ein und bleib sauber.«

»Ich bin äußerst sauber.«

Nish senkt die Stimme. »Hast du schon mal von den Gladiatoren gehört?«

»Du meinst die römische Variante?«

»Das moderne Äquivalent. Vor etwa zwanzig Jahren hat eine Gruppe von Auszubildenden in Hendon einen Saufclub gegründet und sich diesen Namen ausgedacht. Beim Feiern wie im Job immer die Härtesten, war ihr Motto, und sie bildeten sich ein, besser zu sein als alle anderen. Im Laufe der Zeit wurde mehr daraus.« Er zögert, als würde er nach Worten suchen. »Wenn einer von ihnen ein Problem hat oder etwas braucht – eine Beförderung, eine Versetzung, eine überschwängliche Empfehlung –, regeln die anderen das für ihn. Alle für einen und einer für alle.«

»Wie die Musketiere.«

»Viel Hauen, wenig Degen.«

»Woher weißt du das?«

»Sie rekrutieren jedes Jahr eine Handvoll Auszubildende.«

»Du wurdest eingeladen?«

»Ich habe die falsche Hautfarbe, aber jemand, den ich kenne …« Er hält inne, setzt neu an. »Es ist wie gesagt mehr ein Saufclub, aber wenn ein Mitglied sich als würdig erwiesen hat, bekommt er ein Tattoo. Drei Buchstaben: MDM.«

Ich erinnere mich an die Tätowierung an Superintendent Drysdales Handgelenk.

»Wofür stehen sie?«

»Maximus Decimus Meridius. Feldherr der nördlichen Provinzen.«

»Ich fürchte, ich kann dir nicht folgen.«

»Die Figur, die Russel Crowe in *Gladiator* gespielt hat.«

Ich lache, weil es so idiotisch klingt. Geheimclubs, Passwörter, seltsame Handgrüße – ich dachte, die Freimaurer wären ein Ding der Vergangenheit.

»Wenn du einen von ihnen angreifst, greifst du alle an«, sagt Nish.

»Ich habe ihn nicht angegriffen.«

»Du hast seinen Stolz verletzt.«

Wie kommt es, dass Männer Stolz haben, Frauen dagegen Scham?

In dem nachfolgenden Schweigen hört man nur, wie wir beide ins Telefon atmen.

»Ist zwischen uns alles gut?«, frage ich.

»War nie besser«, antwortet Nish. »Aber du musst diese Sache auf sich beruhen lassen.«

»Natürlich.«

Noch während ich das verspreche, gebe ich Darren Goodalls Namen in die zentrale Datenbank ein und suche nach früheren Zwischenfällen von häuslichem Missbrauch oder diesbezüglichen Beschwerden. Es gibt einen Treffer, doch der Zugriff auf die Informationen ist eingeschränkt. Abgesehen von der Fallnummer und dem ermittelnden Beamten sind alle Details verborgen.

Ich versuche es auf einem anderen Weg und rufe die separate Datenbank Merlin auf, in der Informationen über Kinder gespeichert werden. Jeder Fall von häuslichem Missbrauch, bei dem Minderjährige Zeugen waren oder mit im Haushalt leben, wird bei Merlin gemeldet und von dort an die für Kinderschutz zuständigen Behörden weitergeleitet.

»Bingo«, sage ich ein wenig zu laut. Rasch vergewissere ich mich, dass niemand zugehört hat, und atme erleichtert aus.

Auf dem Bildschirm erscheint ein Bericht über einen Zwischenfall vom vierzehnten August 2019. Von einem Privathaus im Westen Londons wurde ein Notruf abgesetzt. Es gibt eine Aufnahme. Ich setze Kopfhörer auf und drücke auf Play.

»Sie sind mit der Polizei verbunden. Um was für einen Notfall handelt es sich?«

Man hört ein Kind schluchzen.

»*Daddy und Mummy streiten.*«

»*Wo sind sie?*«

»*Im Schlafzimmer. Sie weint.*«

»*Tut er ihr weh?*«

Er hält den Hörer von seinem Mund weg und fängt an zu schreien: »*Hör auf! Bitte hör auf!*«

Die Frau in der Notrufleitstelle bleibt ruhig. »*Wie heißt du?*«

»*Nathan.*«

»*Hör mir zu, Nathan, wo ist deine Mummy jetzt?*«

»*Sie versucht, das Baby zu kriegen.*«

»*Welches Baby?*«

»*Meine Schwester.*« Nathan lässt das Telefon sinken und schreit: »*Bitte, Daddy, tu das nicht! Tu das nicht!*«

Die Frau in der Notrufstelle klingt langsam verzweifelt. »*Nathan? Nathan? Kannst du mich hören? Nathan? Nathan?*«

Ich halte den Atem an. Der Junge antwortet leise: »*Ja.*«

»*Wo ist das Baby?*«

»*Er hält es mit dem Kopf nach unten über die Treppe.*«

»*Die Polizei kommt. Sie sind nicht weit weg. Ist die Haustür offen?*«

»*Ich weiß nicht.*«

»*Kannst du sie öffnen und zurück ans Telefon kommen?*«

»*Okay.*«

Sekunden verstreichen. Im Hintergrund kann ich eine Frau schreien hören. Das Telefon wird wieder aufgenommen.

»*Bist du das, Nathan?*«

»*Hmh.*«

»*Wo ist das Baby?*«

»*Sie bewegt sich nicht.*«

»Wie meinst du das? Wo ist deine Mummy?«

»Nein, Daddyyy. Neeeeein! Neeeeein! Dadddyyy.«

Das Telefon fällt zu Boden.

»Nathan? Nathan?«

Jemand hebt den Hörer auf. Ich höre Atemgeräusche.

»Nathan? Bist du das?«

Die Verbindung wird unterbrochen.

Der schriftliche Teil des Berichts besteht aus einer Meldung, die den Zwischenfall zusammenfasst. Goodall wurde festgenommen und zur Polizeistation Acton gebracht, wo er über Nacht festgehalten wurde. Am nächsten Morgen wurde er entlassen, ohne dass es zu einer Anzeige kam. Seine Frau Alison wurde im Krankenhaus behandelt, weigerte sich jedoch, eine offizielle Aussage zu machen. Fotos dokumentieren die Schwellung ihres Gesichts und die Blutergüsse an ihrer Brust. Diese Fotos hätten reichen sollen, um Goodall zu erledigen, aber nichts ist geschehen. Es wurde keine Anklage erhoben, und er wurde nicht suspendiert. Er hat keine Verantwortung übernommen und sich zu keiner Therapie bereit erklärt.

Während ich den Computer herunterfahre, werfe ich einen Blick über meine Schulter, um sicherzugehen, dass mich niemand beobachtet hat. Trotzdem hat jeder Tastendruck und jede aufgerufene Seite digitale Spuren hinterlassen. Ich kann die Informationen nicht verwenden, ohne meine eigene Karriere zu gefährden.

Kurz vor Mitternacht ziehe ich meine Zivilkleidung an und mache mich auf den Weg nach unten. Nach dem Schichtwechsel sitzen neue Kollegen am Empfang. Einer macht mir ein Zeichen. Misstrauisch trete ich näher.

»Die sind für dich angekommen«, sagt er und zieht einen

großen Blumenstrauß hinter dem Tresen hervor. Rosen, pinkfarbene Lilien und Pfirsichblüten, arrangiert mit graugrünen Eukalyptuszweigen.

»Hast du heute Geburtstag?«, fragt der Kollege.

»Nein.«

Ich öffne die Karte. Der handschriftliche Gruß lautet: *Was geschehen ist, tut mir leid. Vergessen wir's …*

»Wer hat die gebracht?«, frage ich.

»Ein Kurier. Vielleicht hast du einen geheimen Verehrer.«

»Das bezweifle ich.« Ich betrachte die Karte erneut und drehe sie um, auf der Suche nach einem Hinweis.

Vielleicht will Tempe mich wissen lassen, dass es ihr gut geht. Oder Darren Goodall schickt mir ein Friedensangebot. So oder so – es ist eher irritierend als beruhigend.

7

Henry ist früh auf, poltert in der Küche herum, öffnet Schränke, mahlt Kaffee und guckt YouTube-Videos auf seinem Handy.

»Hab ich dich geweckt?«, fragt er.

»Du hast meine Großmutter geweckt, und die ist seit zehn Jahren tot.«

»Tut mir leid.«

»Blaine hat gestern Nacht gebellt.«

»Ich rede mit Mrs Ainsley.«

»Sie wird so tun, als wäre sie taub.«

»Sie *ist* taub.«

»Selektiv.«

Er bemerkt meine Kleidung. »Gehst du laufen?«

»Ich besuche eine Freundin.«

Ich stibitze eine Scheibe von seinem Toast, gehe nach unten und wünschte, ich hätte mir einen Kaffee gemacht, weil ich vielleicht länger rumsitzen und warten muss. Mein Fiat Punto sammelt mehr Herbstblätter als Meilen, weil ich ihn so selten fahre. Douglas Adams hat mal gesagt, Autofahren in London sei, als würde man eine Ming-Vase zu einem Fußballspiel mitbringen, und mein Fiat hat genug Kampfspuren, um das zu bestätigen. Jedes Mal, wenn ich Artikel darüber lese, was es kostet, in London ein Auto zu unterhalten – Versicherung, Kfz-Steuer, Benzin, Parken, Verkehrsbelastungsabgabe und so weiter –, weiß ich, dass es, finanziell gesehen, ziemlich unvernünftig ist, aber wenn ich mich ans Steuer setze, fühlt es sich trotzdem immer noch an wie ein Symbol von Freiheit und Erwachsensein.

Ich fahre über die Battersea Bridge nach Norden und blicke auf die Themse und die Reihe von Brücken in östlicher Richtung, die aussehen wie eine lose Naht, die die beiden Hälften der Stadt zusammenhält. Ich biege links ab, folge dem Fluss, bis die Straße sich wieder nach Norden wendet, und komme durch Chelsea, Fulham und Kensington.

Um kurz vor acht biege ich in die Kempe Road und parke schräg gegenüber von einem Doppelhaus, das aussieht wie alle anderen in der Straße, mit horizontalen Verzierungen, Netzgardinen und einem schmiedeeisernen Pseudo-Balkon über der Haustür. Zehn Minuten später holt eine junge Frau im Bademantel die beiden Milchflaschen rein, die auf der Stufe vor der Haustür stehen. Eine Katze huscht zwischen ihren Beinen hindurch in die Freiheit. Sie ruft ihr nach, doch die Katze ist schon auf eine Mauer gesprungen.

»Ich lasse dich nicht wieder rein! Jetzt musst du hintenrum gehen.«

Ich erkenne Alison Goodall von ihrem Foto. Sie sieht zu jung aus, um zweifache Mutter zu sein. Sie blickt zum Himmel, als wollte sie das Wetter prüfen, bevor sie die Tür wieder schließt.

Um viertel vor acht geht die Tür erneut auf. Darren Goodall jongliert mit einem Thermobecher und einem Mantel. Alison küsst ihn auf die Wange und hilft ihm in den Mantel. Er schließt einen schnittigen blauen Saab auf und winkt seiner Frau beim Wegfahren zu. Sie steht mit einem Kleinkind auf der Hüfte in der Tür.

Weitere Zeit verstreicht, während ich überlege, ob ich klingeln soll. Was würde ich sagen? »Entschuldigen Sie, Ihr Mann hält sich eine Geliebte in einem Luxusapartment am Borough Market. Und er schlägt sie auch.« Vielleicht weiß Alison von der Affäre ihres Mannes. Vielleicht machen sie eine Paartherapie, haben irgendeine Vereinbarung, oder er hat versprochen, von jetzt an ein braver Junge zu sein.

Die Tür geht wieder auf. Alison trägt Leggings und einen weiten Pullover. Das Kleinkind sitzt angeschnallt in einem Buggy. Alison ruft ins Haus, und ein kleiner Junge erscheint. Nathan. Er trägt eine graue Hose und ein weißes Hemd und zieht sich gerade einen violetten Pullover über. Alison bleibt stehen, um ihm die Schuhe zuzubinden und sein Hemd in die Hose zu stecken.

Ich erinnere mich an Nathans Stimme am Telefon, sein verängstigtes Schluchzen und Flehen, und an das schlimmste Geräusch von allen, die Unterbrechung der Verbindung.

Die Familie macht sich auf den Weg die Kempe Road hinunter, aber nur bis zur nächsten Ecke, wo hohe Platanen den Pausenhof einer Grundschule beschatten. Andere Kinder treffen ein, die Mädchen tragen lila-weiße Baumwollkleider, die Jungen sind angezogen wie Nathan.

Alison gibt ihm einen Abschiedskuss. Er wischt sich die Wange ab und rennt zu seinen Freunden. Sie plaudert ein paar Minuten lang mit den anderen Müttern und schiebt den Kinderwagen dann die Chamberlayne Road entlang und überquert die Brücke über die Eisenbahngleise. Zwei Blocks weiter südlich erreicht sie ein modern aussehendes Fitness-Center, zieht eine Mitgliedskarte durch einen Schlitz an einem Sicherheitstor und ist verschwunden.

»Kann ich Ihnen helfen?«, fragt eine junge Frau hinter dem Tresen.

»Ich bin neu in der Gegend«, sage ich. »Ich suche noch ein passendes Studio. Kann man sich alles mal ansehen?«

Die Frau überreicht mir einen Gutschein. »Wir haben ein Einführungsangebot. Die ersten drei Kursstunden sind umsonst. Um halb zehn fängt ein Yoga-Kurs an.«

Ich suche in der Umkleidekabine und der Kinderkrippe nach Alison. Als ich sie schließlich entdecke, folgt sie gerade einer Gruppe Frauen in einen Raum mit verspiegelten Wänden und einem gefederten Holzboden. Barfuß und in einem zu großen T-Shirt rollt sie weiter hinten eine Yoga-Matte aus. Ich frage sie, ob ich mich neben sie zwängen darf, und sie rückt ein Stück zur Seite, um Platz zu schaffen. Wir sitzen im Schneidersitz auf dem Boden und beginnen mit Dehnungsübungen, während wir der Lehrerin lauschen, die einen wohlgeformten Bauch und Beine hat, die biegsam sind wie Nudeln. Dann beginnen wir die Yoga-Sequenz und werden angewiesen, ein- und auszuatmen, in unsere Lenden und »den Raum hinter unserem Herzen«. Ich habe Yoga immer gemocht, aber ich glaube nicht an dieses »Tiefe Heilung«- und »Beherrschung des Geistes und der Sinne«-Gerede. Ich mag die Kraft- und Gleichgewichtsübungen, doch ich erwarte nicht, wundersam meine Leber zu reinigen oder die Blockade meiner sieben Chakras zu lösen. Ich könnte nicht mal ein einziges Chakra benennen.

Wir werden aufgefordert, uns eine Partnerin zu suchen, und ich wende mich Alison zu. Verlegen geben wir uns Hilfestellung bei einer sitzenden Vorwärts- und Rückbeuge und dem herabschauenden Hund.

»Sie ist sehr biegsam«, bemerke ich über unsere Lehrerin. »Ich wette, sie könnte sich zu einem Origami-Schwan falten.«

Alison unterdrückt ein Kichern.

»Macht dich das gelassen und heiter?«, frage ich.

»Ja, schon.«

»Ich versuche, meinen Kopf leer zu machen und an nichts zu denken, aber dann mache ich im Kopf ständig Listen oder frage mich, ob meine Titten in diesem BH schief aussehen.«

Alison lacht laut, und die Lehrerin schießt einen Blick in unsere Richtung. Wir lächeln entschuldigend und benehmen uns von da an tadellos, bis wir uns mit zusammengelegten Händen verbeugen und uns gegenseitig »Namaste« wünschen.

»Tut mir leid, wenn ich dich ablenkt habe«, sage ich, als wir unsere Yoga-Matten zusammenrollen. »Als sie uns erklärt hat, wir sollten an einen glücklichen Ort reisen, habe ich daran gedacht, nach Hause zu gehen und eine Flasche Wein zu öffnen.«

»Ein bisschen früh.«

»Stimmt.«

Alison bindet sich ihren Pferdeschwanz neu. »Ich hab dich noch nie hier gesehen.«

»Ist mein erstes Mal. Ich mache ein Probetraining. Und du?«

»Ich wohne in der Nähe.«

Auf dem Weg in die Umkleidekabine stellen wir uns gegenseitig vor. Ich werfe einen verstohlenen Blick auf Alisons Arme und Hals, auf der Suche nach Blutergüssen.

»Lust auf einen Kaffee?«, frage ich.

Alison blickt auf ihr Handy. »Klar. Ich muss bloß noch meine Kleine in der Krippe abholen.«

»Ich warte.«

Wir gehen in ein Café am Eingang zum Fitness-Center. Die gelben Stühle und Tische sind weit genug auseinandergestellt, um dazwischen Platz für Kinder und Buggys zu lassen. Ich bestelle Kaffee und kaufe ein Saftpäckchen für Chloe, die Korkenzieherlocken hat; sie hüpfen, wenn sie den Kopf wendet.

»Wie alt?«, frage ich.

»Fast drei.« Alison bemerkt meinen Verlobungsring, einen einzelnen Smaragd an einem schmalen Silberring. »Der ist hübsch.«

»Und neu.«

»Herzlichen Glückwunsch.«

»Was ist mit dir?«

Sie hält die linke Hand hoch. »Oh, ich bin schon regelkonform verheiratet. Seit sieben Jahren.«

»Ist das nicht das befürchtete verflixte Jahr?«

»Nur wenn man Zeit hat, sich darum zu kümmern.«

Sie lispelt ein wenig, ein zischender »S«-Laut, wie ein leises Pfeifen, aber nur bei bestimmten Worten. Smalltalk fällt uns leicht, doch ich muss das Gespräch auf ihren Mann lenken und mich zwingen, nicht mit Tempe und der Wohnung herauszuplatzen. Auf diese Weise kann ich sie nicht überzeugen, das spüre ich.

Alison sagt irgendwas und sieht mich erwartungsvoll an.

»Sorry. Ich war meilenweit weg«, entschuldige ich mich.

»Ich habe gefragt, was du machst … beruflich?«

»Oh, ja, also, ich nehme an, ich bin so eine Art Sozialarbeiterin. Ich habe vor allem mit Fällen von häuslicher Gewalt zu tun.«

Ihre Körpersprache verändert sich. »Das ist bestimmt ganz schön anstrengend.«

»Ja, aber auch bereichernd. Ich helfe Frauen, die in missbräuchlichen Beziehungen feststecken. Ich gebe ihnen Kraft und das nötige Handwerkszeug, um da rauszukommen. Um sich zu retten … und ihre Kinder.«

Alison antwortet nicht, also rede ich weiter.

»Oft geht es darum, ihnen klarzumachen, dass sie nicht verantwortlich sind. Es ist keine Schande und auch keine Frage der Schuld, einen missbräuchlichen Partner zu haben. Niemand gibt gern das Scheitern einer Beziehung zu, aber es ist wirklich nicht ihre Schuld.«

»Und wenn sie sich entscheiden zu bleiben?«, flüstert sie.

»Dann ist das ihre Wahl. Manche Frauen brauchen Zeit, um sich zu entscheiden. Andere werden defensiv, leugnen den Missbrauch oder glauben, dass sie den Mann, den sie lieben, ändern können.«

»Können sie das – ihn ändern, meine ich?«

»Was glaubst du?«

Sie wirkt überrascht. »Ich?«

»Du hast doch sicher eine Meinung dazu.«

»Eigentlich nicht.«

»Kennst du jemanden in einer missbräuchlichen Beziehung?«

»Ich kümmere mich um meine eigenen Angelegenheiten.«

»Du könntest ihr helfen, weißt du, deiner Freundin ...«

»Ich weiß nicht, wovon du redest.«

»Manche Frauen halten um der Kinder willen durch, oder weil sie Angst davor haben, mittellos oder allein dazustehen; vielleicht gibt es auch familiäre Erwartungen. Diese Entscheidung kann ich nicht für sie treffen. Ich kann sie nur ermutigen, einen Plan zu machen.«

»Was für einen Plan?«

»Es könnte bedeuten, ein paar wichtige Sachen in einen Koffer zu packen oder ein Codewort zu vereinbaren, irgendein abgesprochenes Signal, mit dem die Frau eine Freundin wissen lassen kann, dass sie in Not ist und Hilfe braucht. Außerdem sollte sie mit ihr einen Treffpunkt verabredet und einen Ort gefunden haben, wo sie sich verstecken kann.«

Alison starrt an mir vorbei. »Wer bist du?«, fragt sie.

»Eine Freundin.«

Ihre Gesichtszüge werden hart. Sie packt ihre Umhängetasche und drängt mit dem Buggy energisch zwischen den Stühlen hindurch, stößt dabei einen von ihnen um. Ich versuche, ihr zu helfen, und entschuldige mich bei den anderen Gästen. Ich leihe mir einen Stift von dem Barista und schreibe meine Telefonnummer auf eine Papierserviette.

Alison schiebt den Kinderwagen den Bürgersteig hinunter. Ich laufe ihr nach und drücke ihr die Serviette in die Hand.

»Nimm das, bitte.«

Alison zerknüllt die Serviette und wirft sie weg.

Ich hebe sie auf und stopfe sie in ihre Umhängetasche. Alison geht weiter. Ich rufe ihr nach.

»Ein Koffer! Ein sicheres Wort! Eine Freundin!«

8

Mein Dienstags-Kurs ist eine gemischte Gruppe von Männern und Frauen zwischen zwanzig und vierzig. Einige sind seit zwei Jahren bei mir und haben verschiedene Level durchlaufen, von Weiß über Orange bis Blau. Ricardo ist mit einem braunen Gürtel auf dem höchsten Niveau.

Wir beenden unsere Stunde, wischen Schlagsäcke ab und stapeln die Matten, während ich höre, wie die anderen sich noch zu einem Drink in einem Pub um die Ecke verabreden.

»Lust mitzukommen?«, fragt Ricardo, ein Spanier mit sexy Akzent und Hundeblick.

»Das fragst du mich jede Woche, und ich sage immer Nein.«

»Ich bin ein ewiger Optimist.«

»Und ich bin glücklich verlobt.«

»Vielleicht nächste Woche«, sagt er und grinst mich verwegen an, was eher unheimlich als charmant wirkt.

Ich lege meinen Keikogi ab und ziehe Jeans und einen dünnen Pullover an. Als ich abschließe, spüre ich, dass jemand hinter mir im Schatten steht.

»Hallo«, sagt Tempe und tritt ins Licht. »Ich hoffe, du hast nichts dagegen.«

Ich erkenne sie beinahe nicht wieder, nachdem ihr Gesicht nun nicht mehr geschwollen und ihre Lippe verheilt ist.

»Wie hast du mich gefunden?«

»Du hast mir von deinem Karate-Unterricht erzählt.«

»Habe ich das?«

»Im Krankenhaus.«

Ich erinnere mich vage an das Gespräch.

»So viele Karate-Studios gibt es nicht in South London«, sagt Tempe.

»Du hast sie abtelefoniert?«

Sie nickt.

»Hast du mir Blumen geschickt?«

»Ja.«

»Das musstest du nicht.«

»Ich wollte mich entschuldigen – für das, was passiert ist.«

»Dein Gesicht sieht besser aus«, sage ich.

»Weniger Frankenstein, mehr Igor.«

»Wohl kaum.«

Tempe blickt durch die Glastüren in das Studio. »Ich hatte gehofft … ich dachte, ich könnte …«

»Was?«

»Mich anmelden. Ich möchte mich selbst verteidigen können. Ich habe gesehen, was du mit Darren gemacht hast. Sein Gesichtsausdruck, als du ihn auf den Arsch gesetzt hast, war unbezahlbar …« Sie hält inne und setzt neu an. »Könntest du mir das beibringen?«

»Es gibt Kurse.«

»Ich möchte dich.«

»Ich bin mir nicht sicher, ob das klug wäre. Man könnte einen Interessenkonflikt darin erkennen.«

»Wieso? Ich habe keine Anzeige erstattet.«

Das stimmt zwar, trotzdem bin ich skeptisch, mich darauf einzulassen.

Ich wechsele das Thema. »Ich habe dich gesucht, doch du hattest das Frauenhaus schon verlassen. Als ich zu der Wohnung gegangen bin, habe ich überall Blut gesehen.«

»Ich habe mich geschnitten.«

»Du hast die Wohnung verwüstet.«

»Er hat mein Gesicht verwüstet.«

Sie spuckt die Worte förmlich aus, aber nach der kurzen Aufwallung von Trotz schlägt sie die Augen nieder. »Ich war wütend. Ich wollte ihn bestrafen.«

»Warum hast du dein Handy dagelassen?«

»Damit er mich nicht findet.«

»Sucht er denn?«

Sie zuckt die Schultern. »Ich werde kein Risiko eingehen.«

Ich schließe die Tür der Karate-Schule auf und hole eine Visitenkarte. »Du kannst dich online anmelden. Normalerweise gebe ich keine Privatstunden, weil ich im Schichtdienst arbeite, aber du kannst in einen meiner Kurse einsteigen, und dann sehen wir weiter.«

Tempe betrachtet die Visitenkarte und fragt: »Wohin gehst du jetzt?«

»Nach Hause.«

»Hast du Lust auf einen Drink? Es gibt ein Pub an der Ecke.«

Ich will ablehnen, überlege es mir dann aber anders. Henry arbeitet heute Nacht, und zu Hause erwartet mich nichts außer Essensresten und einem Korb Bügelwäsche. Als wir gehen, holt Tempe einen kleinen Rollkoffer aus einem Versteck unter der Treppe. Sie fährt den Griff aus und zieht den Koffer holpernd und klappernd über den Bürgersteig.

Das Pub ist pseudo-alt mit falschen Holzbalken, an denen Hufeisen und Reitzubehör hängen. Meine Kursteilnehmer haben einen großen Tisch in der Ecke besetzt. Sie winken mir zu, damit ich mich zu ihnen setze, doch ich signalisiere ihnen, dass ich in Begleitung bin. Ricardo quetscht sich hinter dem Tisch hervor und kommt auf uns zu, woraufhin ich meine gekreuzten Finger hochhalte, als würde ich einen Vampir abwehren, und er tritt traurig den Rückzug an.

Tempe stellt ihren Koffer an die Bar, setzt sich auf einen Hocker, schlägt die Beine übereinander und präsentiert ein glänzendes Knie unter ihrem schwarzen Wildlederrock.

»Ich nehme einen Gin Tonic. Und du?«

»Das Gleiche.« Ich blicke auf ihren Koffer. »Wo wohnst du?«

»Eine Zeitlang hatte ich eine Airbnb-Wohnung in Brixton, aber die war zu teuer.«

»Und jetzt?«

»Bin ich auf der Suche.«

»Du lebst aus dem Koffer.«

»Ich bin nur vorübergehend ohne Unterkunft.« Sie nippt an ihrem Drink.

»Darren Goodall hat behauptet, du seist eine Sexarbeiterin und Informantin von ihm.«

»Das ist eine Lüge.« Ihre Augen werden schmal. »Ich bin keine … Ich verkaufe meinen Körper nicht.«

»Als ich in deine Wohnung zurückgekehrt bin, habe ich auf dem Boden eine zerbrochene Kamera gefunden.«

Tempe verzieht das Gesicht. »Er hat uns gern beim Sex gefilmt.«

»Mit einer versteckten Kamera?«

»Anfangs wusste ich nichts davon.«

»Es ist verboten, sexuelle Akte ohne die Einwilligung des Partners aufzunehmen.«

Sie zuckt die Schultern. »Er hat auch andere Sachen gefilmt.«

»Zum Beispiel?«

»Manchmal hat er die Kamera im Wohnzimmer aufgestellt,

manchmal im Schlafzimmer. Ich dachte, er wolle mir nachspionieren, aber es ging ihm hauptsächlich darum, die Treffen mit anderen Leuten zu filmen.«

»Was für Treffen?«

Tempe zuckt erneut die Schultern. »Ich durfte nie bleiben.« Sie greift in die Seitentasche ihres Koffers. »Schau, was ich gefunden habe.«

Es ist ein Schuljahrbuch von St. Ursula's. Einzelne Seiten sind mit abgerissenen Papierstreifen markiert. Auf einer ist das Foto einer Schwimm-Gala abgebildet. Alle Mädchen tragen die Farben der Schule und schwenken auf einer Tribüne hinter dem Becken jubelnd Fahnen und Wimpel. Tempe zeigt auf sich selbst in der Menge. Sie sitzt auf den höheren Rängen, zusammen mit einer Gruppe älterer Mädchen, die sich das Gesicht bemalt und Bänder ins Haar geflochten haben.

»Und da bist du«, sagt sie und zeigt auf die Mädchen, die weiter unten auf der Tribüne sitzen.

»Ich sehe so jung aus«, sage ich.

»Du warst erst vierzehn«, erwidert sie.

Tempe war siebzehn, wirkte jedoch schon damals vollkommen erwachsen. Sie war groß, sportlich und elegant. Auf ihrem Klassenfoto steht sie in der hinteren Reihe, neben der stellvertretenden Koordinatorin für die elfte Stufe. Wenn sie keine Schuluniform tragen würde, könnte man denken, sie sei selbst Lehrerin.

»Ich weiß noch, dass du ziemlich plötzlich abgegangen bist.«

»Wir sind nach Belfast gezogen.«

»Aber es gab irgendeine Geschichte, die …«

»Das war nur Tratsch.« Sie klappt das Jahrbuch zu und verstaut es wieder in ihrer Tasche. »Noch einen Drink?«

»Für mich nicht.«

»Bitte. Nur noch einen.«

Tempe macht dem Barkeeper ein Zeichen. Ich beobachte, wie sie das Geld in ihrem Portemonnaie zählt und feststellt, dass es nicht reicht.

»Die Runde übernehme ich«, sage ich.

»Nein, ich kann …«

»Ich bestehe darauf.«

Ich ziehe meine Kreditkarte durch das Lesegerät.

Tempe trinkt einen Schluck von ihrem Gin Tonic.

»Arbeitest du?«

»Ich habe demnächst mehrere Aufträge.«

»Was machst du?«

»Event-Planung. Festivals. Produktpräsentationen. Premieren.«

Sie muss schreien, weil am Nebentisch drei Frauen vor Lachen kreischen. Sie haben sich für den Abend sichtlich aufgebrezelt – toupierte Frisuren und Unmengen an Make-up – und sind mit der Zeit immer lauter geworden.

Tempe steht auf und geht zu ihrem Tisch. Ich erwarte einen Streit, doch sie kehrt wenig später zurück und setzt sich wieder auf ihren Hocker. Derweil stehen die Frauen auf und gehen leise.

»Was hast du gesagt?«, frage ich.

»Ich habe ihnen erzählt, dass du Polizistin bist, die zwar gerade nicht im Dienst ist, sich aber trotzdem Sorgen macht, dass sie unter Alkoholeinfluss noch fahren könnten.«

»Woher wusstest du, dass sie Auto fahren?«

»Eine von ihnen hatte einen Autoschlüssel aus der Handtasche baumeln.«

Ich staune, wie schnell Tempe ein derartiges Detail erfasst hat. »Du bist sehr gut. Was hast du sonst noch bemerkt?«

»Du bist verlobt.« Sie zeigt auf meine linke Hand. »Wo? Wann?«

»Im September. Vielleicht.«

»Was meinst du mit ›vielleicht‹?«

»Wir wissen noch nicht wo. Die meisten Lokalitäten sind für Jahre ausgebucht. Wer bitte plant so weit im Voraus?«

»Die meisten Leute«, sagt Tempe. »Vielleicht kann ich helfen.«

»Wie?«

»Hochzeiten sind meine Spezialität.«

»Ich kann mir keine Hochzeitsplanerin leisten.«

»Ich mache es umsonst. Als Dankeschön dafür, dass du mir das Leben gerettet hast.«

»Ich habe dir wohl kaum das Leben gerettet.«

Tempe beginnt aufzulisten, was sie arrangieren könnte, nennt Beispiele, wie man bei den Kosten für Blumen und Catering sparen kann.

»Was hältst du davon?«, fragt sie schließlich. »Du sagst mir eure möglichen Termine und was ihr euch vorgestellt habt, und ich mache ein paar Anrufe. Wenn ich binnen zwei Wochen nicht die perfekte Location gefunden habe, gebe ich auf. Dann kannst du in einem Schuhkarton mitten auf der Straße heiraten.«

»In einem Pappkarton?«

»Ja.«

Wir fangen an, in aufgesetztem Yorkshire-Akzent den berühmten Monty-Python-Sketch zu zitieren.

»Mein Dad ist ein riesiger Monty-Python-Fan«, sage ich.

»Meiner auch«, sagt Tempe. »Er hatte alle DVDs.«

»Wo sind deine Eltern jetzt?«

»Noch immer in Belfast.«

Mir fällt der an Tempe adressierte Brief ein, der im falschen Briefkasten gelandet ist.

»Ich habe etwas für dich – einen Brief.«

»Verbrenn ihn.«

»Warum?«

»Ich spreche nicht mit meinen Eltern. Das ist eine lange, langweilige Geschichte.«

Ich möchte sie hören, weil wir vielleicht etwas gemeinsam haben. Meine Eltern sind natürlich nicht langweilig. Ich wünschte, mein Vater würde Versicherungen oder Klempnerbedarf verkaufen oder als Bauingenieur arbeiten. Stattdessen hat er seine Karriere darauf aufgebaut, die Polizei auszutricksen und die Steuerbehörden in die Irre zu führen.

»Wie wär's mit noch einem Drink?«, fragt Tempe.

»Diesmal muss ich wirklich gehen.«

Die Enttäuschung steht ihr ins Gesicht geschrieben.

»Ich habe eine neue Telefonnummer.« Sie wartet, bis ich mein Handy entsperrt habe, nimmt es mir aus der Hand und fügt ihre Nummer zu meinen Kontakten hinzu.

»Wegen der Hochzeit? Kann ich dich morgen anrufen? Ich brauche Zahlen und einen Kostenrahmen.«

»Okay.«

Ich bin schon fast an der Tür, als ich ihren Koffer an der Bar stehen sehe. Eigentlich möchte ich weitergehen, doch eine innere Stimme drängt mich umzukehren.

»Wo übernachtest du heute?«

»Ich find schon was.«

»Hast du Geld?«

»Mir geht es gut, wirklich.«

Ich betrachte sie einen Moment und wünschte, ich könnte ihre Gedanken lesen.

»Bleib, wo du bist«, sage ich. »Ich muss nur kurz telefonieren.«

Ich trete vor die Tür und drücke auf eine Kurzwahl meines Handys. Meine Mutter antwortet, noch bevor es klingelt. Wie macht sie das? Sie muss zu Hause sitzen, auf ihr Telefon starren und warten, dass ich anrufe.

»Was für eine angenehme Überraschung«, meldet sie sich fröhlich. In Anbetracht der Tatsache, dass ich sie zweimal am Tag anrufe, kann es *so* überraschend nicht sein, aber ich sage nichts.

Sie schaltet den Fernseher auf stumm. Aus irgendeinem unerklärlichen Grund mag sie Reality-Shows, wo Leute aus dem Dschungel, von einer Insel oder aus einem Haus abgewählt werden.

»Du bist zu Hause«, sage ich.

»Wieso sollte ich nicht zu Hause sein?«

»Ich dachte, du hättest vielleicht ein heißes Date.«

»Sehr witzig.«

Meine Mutter hat nach der Scheidung von meinem Vater nicht wieder geheiratet, was an ihrem katholischen Glauben oder an ihrer verdammten Sturheit liegen könnte.

Fünf Minuten später kehre ich zu Tempe zurück.

»Ich habe einen Übernachtungsplatz für dich gefunden. Meine Mutter hat ein Gästezimmer. Bis morgen wird sie deine gesamte Familiengeschichte kennen, aber das Zimmer ist reizend.«

Tempes Augen glänzen.

»Das war wirklich nicht nötig.«

»Komm.«

9

Es ist schon nach zehn, als ich heimkehre. Henry hat eine Nachtschicht und wird erst morgen früh nach Hause kommen. Beim Überqueren der Straße fällt mir ein zinnfarbener Jaguar XJ auf, der unter einer Laterne parkt. Der Mann hinterm Steuer hat die Mütze über die Augen geschoben, auf dem Armaturenbrett liegt eine gefaltete Zeitung mit einem halb gelösten Kreuzworträtsel.

Als ich den Bürgersteig erreiche, geht die hintere Tür auf, und eine Frau steigt aus, ein langes Bein nach dem anderen, die Füße in teuren Designer-Schuhen. Meine Stiefmutter Constance trägt einen leichten Mantel mit hochgeschlagenem Kragen und eine überdimensionierte Sonnenbrille, als wollte sie die Jackie Kennedy in sich zum Vorschein bringen, dabei ist sie eher glupschäugig als hübsch.

»Philomena«, sagt sie verlegen. »Ich hoffe, du hast nichts dagegen.«

Ich beachte sie nicht weiter.

»Du hast meine Anrufe nicht erwidert. Ich dachte, ich hätte vielleicht die falsche Nummer.«

»Mit meiner Stimme auf der Mailbox-Ansage?«

»Es ist so lange her«, erklärt sie. »Ich habe dir auch einen Brief und Sprachnachrichten geschickt.«

»Die muss ich ignoriert haben.«

»Können wir reden? Bitte.«

Ich bin normalerweise nicht unhöflich zu Menschen. Und

ich kenne Constance kaum. Nach der Scheidung habe ich die Hälfte meiner Ferien bei meinem Vater verbracht, doch er hat Constance erst geheiratet, als ich zum Studieren schon zu Hause ausgezogen war. Sie ist zwanzig Jahre jünger als Daddy und zwölf Jahre älter als ich.

Eine Nachbartür quietscht. Mrs Ainsley steckt den Kopf heraus, um mal wieder zu lauschen.

»Ich dachte, ich hätte die Klingel gehört«, sagt sie.

»Nein. Ich bin's nur.«

Blaine bellt und versucht, sich zwischen ihren Beinen hindurchzuquetschen.

Sie schließt die Tür nicht sofort. Ich warte. Das Schweigen wird unbehaglich. Constance will etwas sagen, doch ich lege einen Finger auf die Lippen und bitte sie hinein.

»Es geht um den Geburtstag deines Vaters«, flüstert sie.

Während ich sie in die Küche führe, redet sie ununterbrochen weiter über die Feier, während ich Wäsche sortiere und die Waschmaschine belade. Waschpulver. Weichspüler. Sie folgt mir ins Schlafzimmer.

»Es spielt keine Rolle, wer sonst noch kommt, der einzige Mensch, nach dem Edward Ausschau halten wird, bist du. Du bist die Einzige, die er sehen *will.*«

»Warum fragt er mich dann nicht?«

»Du hast seine Nummer blockiert.«

Stimmt.

»Er wird sechzig. Und es geht ihm nicht gut.«

»Wie meinst du das?«

»Seine Gesundheit.«

»Was fehlt ihm?«

»Das sagt er mir nicht.«

Ich runzele die Stirn und frage mich, ob sie lügt, aber ich

glaube, Constance ist nicht dazu imstande, jemanden zu täuschen. Ich betrachte sie genauer und sehe, dass ihr Make-up nicht so perfekt ist wie üblich, dass die Schwerkraft ihre Gesichtszüge allmählich untergräbt. Sie sieht immer noch aus wie eine verwöhnte, überschätzte Dame der Gesellschaft, aber weniger poliert und selbstsicher.

»Bitte sag, dass du kommst.«

»Ich glaube, an dem Tag habe ich Dienst.«

»Aber du denkst drüber nach?«

Ich verdrehe seufzend die Augen.

»Gut. Okay. Ich denke drüber nach.«

Nachdem sie gegangen ist, wärme ich mir Reste auf, sitze im Garten und lausche dem Zirpen der Grillen, dem Fernsehgelächter aus der Nachbarschaft und einer entfernten Sirene (ein Kranken-, kein Feuerwehrwagen). Ich will nicht an meinen Vater denken. Ich habe nicht das Bedürfnis, ihn wiederzusehen, und meine Karriere ist wichtiger als sein Geburtstag.

Wenn ich über ihn spreche, verwende ich häufig Worte wie Hass. Ich weiß, dass das nicht ganz fair ist. Ich erinnere mich durchaus an die guten Zeiten – Ferien in Cornwall, Scharaden zu Weihnachten, spontane Konzerte im Garten, Pilze sammeln nach einem Regen, auf seinen Füßen stehen, während er tanzt, und bei jeder Abschlussfeier, jeder Schultheateraufführung und jedem Konzert sein Gesicht im Publikum sehen. Nicht viele Väter waren jedes Mal da.

Wenn es eine unsichtbare Waage gäbe, die Gut gegen Schlecht abwiegt, würde sie sich vielleicht zugunsten meines Vaters neigen, doch manche Erinnerungen lasten schwerer als andere. Eine verfolgt mich ganz besonders – ein Ostertreffen des McCarthy-Clans. Meine Onkel, Tanten und zwölf Cousins und Cousinen ersten Grades fielen im Haus ein, schliefen dicht gepackt wie die Sardinen auf Ausziehbetten und Luftmatratzen. Zu den Mahlzeiten wurden Sandwiches und Sirupkrüge wie am Fließband gereicht. Doch an diesem Wochenende passierte irgendetwas, das die Atmosphäre binnen weniger Stunden von fröhlich in düster veränderte. Der Name Stella Luff wurde erwähnt. Stella hatte schon vor meiner Geburt als Buchhalterin für meinen Vater gearbeitet und mir immer kleine Geschenke mitgebracht, wenn sie uns zu Hause besuchte, was meine Mutter ärgerte und mich entzückte.

An jenem Abend tobte mein Vater, nachdem die Kinder zu Bett gegangen waren, durchs Haus und brüllte Clifton und Daragh an. Ich schlich auf den Treppenabsatz und spähte zwischen den Pfosten des Geländers hindurch, beobachtete, wie er einen Tisch umkippte und dieselbe antike Anrichte umstieß, gegen die Jamie Pike gekracht war, als er seine Hand in mein Höschen gesteckt hatte. So zornig hatte ich ihn noch nie erlebt. Ich wagte kaum zu atmen, während ich das Gefühl hatte, dass die Welt um mich herum sich in Knallen, Stöhnen und lautem Knacken auflöste. Ich befeuchtete meine Oberlippe mit der Zunge, meine Blase spannte sich an. Wer war dieser Mann?

Am Osterdienstag berichtete eine Lokalzeitung, dass eine Frau vor ihrem Haus in Blackheath überfallen worden war. Die Angreifer hatten sie mit einem Milzriss, einer Kieferfraktur und sechs gebrochenen Gesichtsknochen im Rinnstein liegen lassen. Daneben war ein Foto abgebildet, aber ich erkannte Stella zunächst gar nicht, weil ihr Gesicht so geschwollen war. Ich habe sie nie wiedergesehen. Sie brachte mir keine Geschenke mehr mit und kam nicht mehr zu Familientreffen. Ich weiß nicht, wie viel sie gestohlen hat, aber ich hoffe, es hat sich gelohnt.

10

Samstagabend in London. Auf der South Bank wimmelt es von Menschen, die essen, tanzen, trinken oder ins Theater gehen wollen. Ich fahre wieder Streife, und mein aktueller Partner, PC Chris Dawson, hat mich darüber informiert, dass er nicht gern mit weiblichen Kollegen zusammenarbeitet.

»Nenn mich altmodisch, aber es gibt bestimmte Aspekte unseres Jobs, die Frauen meiner Meinung nach nicht machen sollten«, sagt er. »Zum Beispiel sich mit Besoffenen auf dem Boden zu balgen. Ich würde nicht wollen, dass meine Freundin das macht.«

Ich reagiere nicht.

»Ich will nicht sagen, dass Polizistinnen nicht auch nützlich sein können. Sie sind gut im Umgang mit Vergewaltigungsopfern und trauernden Familien – weißt du, was ich meine? Aber meiner Erfahrung nach sind die meisten, mit denen ich zusammengearbeitet habe, übereifrig oder super penibel mit den Regeln. Entweder das, oder sie sind verrückt. Ich hoffe, du bist kein Psycho.«

»Ich weiß nicht. Ich bin noch nicht getestet worden«, erwidere ich kurz angebunden.

Er wirft mir einen Seitenblick zu. »Nichts für ungut.«

Dein Gesicht ist eine Beleidigung, möchte ich sagen. Und deine schiefen Zähne, deine platte Nase, dein beschränkter Verstand und dein sicherlich klitzekleiner Penis. Aber ich bleibe stumm.

In der ersten halben Stunde unserer Schicht patrouillieren wir im Vergnügungsviertel an der South Bank, was durchaus Spaß macht, weil die meisten Gäste gut gelaunt und dankbar sind, Polizisten auf Streife zu sehen. Ein paar betrunkene Unruhestifter verderben die Party, aber deswegen sind wir ja hier.

Unterm Strich sind die meisten Menschen, die in Kontakt mit der Polizei geraten, entweder arm, ungebildet, psychisch krank, drogensüchtig oder einfach Pechvögel. Aber seit der Ermordung von George Floyd und den Black-Lives-Matter-Protesten habe ich eine subtile Veränderung in der Art bemerkt, wie die Leute mich ansehen, mit weniger Vertrauen und mehr Zweifel.

Ich habe mich nicht verändert. Ich bin immer noch dieselbe empathische Frau, die so hart um diesen Job gekämpft hat. Ich habe einem Obdachlosen meine Handschuhe geschenkt, weil er gefroren hat. Ich habe die Festnahme einer jungen Frau verhindert, die ein Brot gestohlen hatte, um ihren Kindern etwas zu essen zu besorgen. Ich habe Leuten Geld geliehen, damit sie sich Fahrkarten kaufen konnten, und einen Betrunkenen wiederbelebt, der beinahe an seinem eigenen Erbrochenen erstickt wäre. Aber ich kenne Kollegen, die abgestumpft sind und den Glauben an das grundsätzlich Gute im Menschen verloren haben. Entweder das oder sie werden müde, sich mit dem Papierkrieg, den Vorschriften und den undankbaren Alltagsroutinen herumzuschlagen.

In den letzten paar Stunden wurde der Funkverkehr von einem Einsatz am Fluss beherrscht. Die Wasserschutzpolizei hat in der Gegend Boote im Einsatz, die eine Leiche suchen und einen »toten Mann« entdeckt haben, der sich an einem Pylon bei der Anlegestelle Bankside Pier verklemmt hat. Wasserleichen sind keine Seltenheit. Wir ziehen mindestens eine pro Woche aus der Themse, meistens Selbstmörder oder Unfallopfer, deren Leichen sich in Tauen von Frachtkähnen oder Fischnetzen verfangen oder flussabwärts zur Isle of Dogs getrieben werden. In diesem Fall muss es etwas anderes sein, denn das Dezernat für Kapitalverbrechen ist alarmiert worden.

»Sowas hätt ich auch gern«, sagt Dawson, als wir wieder in den Streifenwagen steigen. »Ich habe es satt, Kotze auf die Schuhe zu kriegen.«

»Wäre dir Blut an den Schuhen lieber?«

»Du weißt, was ich meine.«

Er fädelt sich in den Verkehr ein, fährt zum Bankside Pier und hält hinter drei Streifenwagen an der Ostseite des Globe Theatre. Zwischen den Pollern ist Absperrband gespannt, und die Theatergäste werden von Security-Kräften in Leuchtwesten auf der anderen Straßenseite gehalten.

Dawson duckt sich unter dem Absperrband hindurch, verschwindet zwischen den Fahrzeugen und geht Richtung Pier.

»Seid ihr unsere Verstärkung?«, fragt ein PC, der die Schaulustigen in Schach hält.

»Nein. Sorry. Was ist passiert?«

»Wasserleiche.«

»Muss mehr sein als das.«

»Beschwert mit Ketten und Beton.«

Ich folge den hellen Lichtern über das Kopfsteinpflaster bis zum Ufer des Flusses, wo ein Polizeiboot am Pier festgemacht hat, während ein zweites mit Motorkraft gegen die Strömung auf der Stelle tuckert. Das von den Turbinen aufgewühlte Wasser bildet Schaum, der mit dem Strom davontreibt. Polizeitaucher in schwarzem Neopren stehen an Deck oder strampeln im Wasser, während ein Kran ein Gewicht unter der Wasseroberfläche anhebt. Die Fluten teilen sich, und ein Netz mit einer

Leiche taucht auf. Der Arm des Krans schwenkt über den Pier, wo Sichtschutzwände aufgestellt worden sind, um den Einsatz vor Schaulustigen abzuschirmen. Ein TV-Team hat sich durch die Absperrung geschmuggelt, und das Dock wird plötzlich von einem Spot geflutet. Er erfasst die Leiche in dem Netz, ein blasses Gesicht und tropfnasses Haar, das wie Tang über seine Augen hängt. Ich dränge nach vorn, rempele Menschen beiseite, ohne die Proteste zu beachten.

Ein uniformierter Beamter versucht, mich aufzuhalten, doch ich ducke mich unter seinem ausgestreckten Arm hindurch.

»Sie müssen sich eintragen«, sagt der Polizist.

»Ich glaube, ich erkenne ihn.«

Meine Stimme wird durch einen plötzlichen Moment der Stille verstärkt. Menschen starren mich an. Ein Detective löst sich aus der Gruppe der Zuschauer. Er ist Ende dreißig, groß und schlaksig, mit rötlichem Haar und mayonnaisefarbener Haut. Als Kind müssen die Sommer für ihn schrecklich gewesen sein, mit Sonnencreme zugekleistert und gezwungen, lange Ärmel und einen Hut zu tragen. Er stellt sich als DI Martyn Fairbairn vor.

»Wie heißen Sie?«

»PC McCarthy. Ich bin in Southwark stationiert.«

»Warten Sie hier.«

Der Detective geht weg. Ich beobachte, wie Techniker Scheinwerfer aufstellen und silberne Kästen hinter die Sichtschutzwände tragen, Gestalten, die sich hinter dem weißen Tuch vereinen und wieder trennen wie Schattenfiguren.

Dawson taucht neben mir auf. »Wir werden zurück auf der Station verlangt.«

»Fahr du. Ich bleibe.«

Der Detective macht mir ein Zeichen, ihm zu folgen. Dawson

sieht mir dämlich nach, als ich über ausgetretene Holzstufen zu einem schwimmenden Dock hinabgeführt werde, das sich mit den Gezeiten hebt und senkt. Man reicht mir ein Paar Latexhandschuhe und ein Plastiknetz für mein Haar.

Fairbairn zieht den Vorhang aus Tuch zurück. Ich bewege mich langsam vorwärts in den Lichtkreis und sehe zuerst die untere Hälfte der Leiche. Um ihre Hüfte ist eine Kette gelegt, die sich auf dem Oberkörper kreuzt. Beide Enden sind durch das Mittelloch eines Betonschalsteins geschlungen.

Der Kriminaltechniker macht einen Schritt zurück, und ich habe klaren Blick auf das Gesicht. Unrasiert. Zerzaustes braunes Haar. Schiefe Nase.

»Müssen Sie sich übergeben?«, fragt Fairbairn.

»Nein, Sir.«

»Wer ist es?«

»Er heißt Dylan Holstein. Er arbeitet für den *Guardian*.«

»Ein Journalist?«

Ich nicke.

»Kommen Sie mit.«

Diesmal werde ich zu einem zivilen Polizeifahrzeug geführt, wo man mich anweist, auf der Rückbank Platz zu nehmen. Fairbairn holt eine Flasche Wasser und schraubt den Verschluss für mich auf.

»Woher kennen Sie den Typen?«

»Ich kenne ihn gar nicht … nicht wirklich. Er hat mich auf dem Weg zur Arbeit angesprochen.«

»Warum?«

Ich zögere, unsicher, wie viel ich sagen soll.

»Er hat mich nach einer Festnahme gefragt, die ich vor kurzem vorgenommen habe. Es war ein häuslicher Streit. Eine Frau war geschlagen worden.«

»Und warum hat ihn das interessiert?«

Ich trinke einen Schluck Wasser. Fairbairn spürt, dass ich ihn hinhalte. Er wartet.

»Ich habe einen Polizisten festgenommen, Darren Goodall.«

Der Name sagt Fairbairn anscheinend nichts.

»Er ist ein Held. Er hat den Messerstecher auf dem Camden Market gestoppt.«

»Ah, jetzt erinnere ich mich. Warum haben Sie ihn festgenommen?«

»Er wollte mich schlagen.«

Ich kann förmlich sehen, wie Fairbairns Verstand arbeitet. Er malt sich das Minenfeld aus, das zu überqueren ich ihn aufgefordert habe.

»Wieso interessiert ein Journalist vom *Guardian* sich für einen alltäglichen Fall häuslicher Gewalt? Das klingt eher wie Futter für die Boulevardpresse.«

»Ich habe nicht mit ihm gesprochen.«

»Er muss doch irgendwas gesagt haben.«

»Goodall hatte offenbar eine Verlobte, die vor acht Jahren in East Sussex ums Leben gekommen ist. Die Familie von Imogen Croker glaubt, dass sie ermordet wurde.«

Ich kann nicht glauben, dass ich mich an ihren Namen erinnere.

»Wieso hat Holstein Sie angesprochen?«

»Keine Ahnung. Vielleicht dachte er, ich würde ihm helfen.«

»Aber das haben Sie nicht getan?«

»Nein.«

Das Funkgerät in meinem Schulterholster summt. Die Zentrale fragt nach meinem Standort. Wahrscheinlich machen sie sich Sorgen wegen der Überstunden. Am Ufer bewegen sich immer noch Forensiker hinter dem weißen Tuch. Eine Drohne schwebt über dem Pier und macht Luftaufnahmen für die Ermittler.

Fairbairn hat mich allein im Wagen sitzen lassen, während er telefoniert. Dann kommt er zurück.

»Dylan Holstein ist heute nicht in seinem Büro erschienen, aber wir werden den Namen erst nach einer offiziellen Identifikation bekannt geben.«

»Ist er verheiratet?«

»Ist das wichtig?«

»Es macht es trauriger.«

Er legt den Kopf zur Seite, scheinbar verblüfft über meine Reaktion.

»Hat er noch gelebt, als er ins Wasser gegangen ist?«

»Wir nehmen es an.«

Ich stelle mir die Ketten um seine Brust und seine Schultern vor. Sie waren mit einem Vorhängeschloss hinter seinem Rücken befestigt. Er wird um Luft gerungen, gestrampelt und versucht haben, den Kopf über Wasser zu halten, bis die Erschöpfung ihn nach unten zog.

»Sie können gehen«, sagt Fairbairn. »Aber Sie dürfen mit niemandem über das hier sprechen. Haben Sie verstanden?«

»Ja, Sir.«

11

Es ist schon nach Mitternacht, als ich zurück zur Station komme, und der Dienstraum ist leerer als zu jeder anderen Tageszeit. Ich setze mich an einen Schreibtisch und starre auf den blinkenden Cursor des Computers, der mir eine codierte Botschaft zu senden scheint.

Ich starte eine Google-Suche nach Dylan Holstein. Auf den ersten vier Seiten gibt es Dutzende von Artikeln mit seiner Autorenzeile, meistens investigative Reportagen über Fehlurteile, politische Intrigen, Korruption und organisierte Kriminalität. Seine Bio bezeichnet ihn als »freien Journalisten und Autor«, der seit mehr als fünfzehn Jahren als Investigativ-Reporter für den *Guardian* tätig ist. Er hat zwei Sachbücher geschrieben, eins über die Londoner Unterwelt in den Sechzigern, das andere eine Geschichte der Kriminalreportage namens *Mord macht Schlagzeilen*.

Dann gebe ich den Namen Imogen Croker ein. Auf der ersten Seite finde ich Medienberichte über den Tod einer jungen Frau in Eastbourne vor acht Jahren. Ich fange an zu lesen:

Trotz verzweifelter Rettungsversuche ihres Freundes ist ein Londoner Model von den Klippen am Beachy Head in East Sussex in den Tod gestürzt.

Imogen Croker, 19, und Darren Goodall, 35, waren auf einem Fußweg oberhalb der berühmten Kreidefelsen unterwegs, als eine kräftige Böe Imogen von den Füßen und über den Rand der Klippe wehte. Goodall, ein Police Constable, kletterte die tückische Felswand hinunter, blieb jedoch stecken und musste mit einer Winde in Sicherheit gezogen werden.

Küstenwache und Polizei wurden gestern um kurz nach 16 Uhr nach Beachy Head gerufen, wo sie nur noch die Leiche am Fuß der Klippe bergen konnten. PC Goodall wurde in ein Krankenhaus gebracht, wo man ihn wegen Unterkühlung behandelte.

Das Paar kannte sich seit acht Monaten, war verlobt und wollte noch in diesem Jahr heiraten. Croker und Goodall hatten zuvor im nahe gelegenen Birling Gap Café zu Mittag gegessen. Die Polizei erklärte, Alkohol könne bei der Tragödie eine Rolle gespielt haben. Eine Obduktion wurde angeordnet.

Es gibt weitere Artikel mit Fotos. Einige sind Modeaufnahmen von Imogen, andere stammen von ihrer Facebook-Seite. Auf einem sitzt sie in Jeans und Lederjacke auf dem Rücksitz eines Motorrads. Eine jüngere Version von Goodall beugt sich über den Lenker.

Mir fallen Ähnlichkeiten zwischen Tempe und Imogen Croker auf. Beide sind groß und schlank mit Stupsnase und einem breiten Mund. Vielleicht hat Goodall einen bevorzugten Typ – obwohl seine Frau nicht in die Schablone passt.

Imogen hat vor allem für Modekataloge und Fachzeitschriften gemodelt. Außerdem hat sie studiert, um Lehrerin zu werden.

Die amtliche Untersuchung ihres Todes wurde am Eastbourne Magistrates Court verhandelt. Ein Artikel berichtet von dem Ergebnis.

Ein britisches Model ist bei Beachy Head zu Tode gestürzt, nachdem es von einer Windböe erfasst und von dem Fußweg geweht wurde, erklärte der Coroner heute.

Imogen Croker stürzte aus gut achtzig Metern in die Tiefe, als sie auf einem beliebten Touristenwanderweg oberhalb der Klippen unterwegs war. Der toxikologische

Befund ergab, dass Miss Croker eine beträchtliche Menge Alkohol getrunken hatte, auch wenn sie von Zeugen als »fröhlich, aber nicht betrunken« geschildert wurde.

In einer Erklärung für das Gericht gab ihr Verlobter Darren Goodall an, dass das Paar nur Sekunden vor der Tragödie noch Fotos gemacht habe, an einem Abschnitt des Weges, an dem Schilder Touristen davor warnen, sich dem Rand der Klippen zu nähern.

»Ich habe noch gesagt, sie solle nicht zu nah rangehen, doch sie hat die Arme ausgebreitet und erwidert, sie könnte den Wind unter ihren Flügeln spüren. In einem Moment war sie noch da, im nächsten war sie verschwunden.«

Goodall, ein Polizeibeamter, nahm einen tiefer gelegenen Pfad, um zur Leiche zu gelangen. Dabei zog er sich Handverletzungen und eine Unterkühlung zu. Er blieb bei Miss Croker, bis die Küstenwache und die Mannschaften der Rettungsboote eintrafen.

In einer bei der Untersuchung verlesenen Aussage beschrieb Miss Crokers Mutter Lydia sie als einen Menschen, der das Leben voll ausgekostet habe. »Sie war meine wunderschöne, rücksichtsvolle, gutherzige Tochter, meine Erstgeborene, und ich vermisse sie jeden Tag.«

»Dies ist ein überaus trauriger und tragischer Fall«, schloss Coroner Ressler. »Meine Gedanken sind bei der Croker-Familie, die durch einen schrecklichen Unfall eine liebende Tochter verloren hat.«

Ich lese ein Dutzend weitere Artikel. Keiner stellt die Ergebnisse der Untersuchung infrage, trotzdem hat Dylan Holstein behauptet, ihre Familie habe Zweifel. Er ist auf der Suche nach Schmutz über Goodall zu mir gekommen, und jetzt ist er tot, was entweder ein schrecklicher Zufall oder eine Warnung ist, dass ich die Sache auf sich beruhen lassen soll.

Als ich die Seite gerade schließen will, fällt mir noch etwas ein, und ich starte eine weitere Suche. Holstein wusste, dass ich Edward McCarthys Tochter bin, obwohl ich viel Mühe darauf verwende, das geheim zu halten. Eine neue Seite baut sich auf, und ich lese eine Reportage, die er vor acht Monaten geschrieben hat. Es geht um das Hope Island Development, das jüngste Immobilienprojekt meines Vaters. Drei Ratsherren wurden beschuldigt, für ihre Zustimmung zur Umwidmung eines ehemaligen Industriegebiets in Canning Town mehr als eine Million Pfund an Bestechungsgeldern kassiert zu haben. Einer der Männer, der Vorsitzende des lokalen Bauausschusses, wurde tot in seiner Garage aufgefunden, als Detectives eintrafen, um ihn zu befragen.

Mein Vater wird in dem Artikel zitiert. Er erklärt seine Bereitschaft, bei allen Ermittlungen vollumfänglich mit den Behörden zu kooperieren, und bestreitet jedes Fehlverhalten. In einem Kasten neben dem Hauptartikel ist eine Kurzbiographie abgedruckt, die seine zwei Ehen und seine einzige Tochter erwähnt, ohne meinen Namen zu nennen.

Es ist zwei Uhr in der Nacht, mein Kaffee ist kalt geworden. Ich reibe mir die Augen und schalte den Computer aus.

Der Geburtstag meines Vaters ist morgen – das heißt, eigentlich heute. Nun habe ich einen Grund hinzugehen.

12

»Wir hätten eine Limousine mieten sollen«, sagt Henry.

»Oder wenigstens deinen Wagen waschen lassen«, erwidere ich und spähe durch die verschmierte Windschutzscheibe. Das heruntergefallene Blatt klemmt seit mindestens letztem Herbst unter den Scheibenwischern.

Wir warten in einem Korso von Luxuskarossen, die sich vor dem von Säulen gerahmten Tor aufgereiht haben, wo Sicherheitsleute Nummernschilder und Ausweise kontrollieren. Sie sind muskelbepackt, haben kahlrasierte Köpfe und sehen aus wie Ex-Boxer oder -Sträflinge. In der Nähe hat sich neben einem Übertragungswagen ein Fernsehteam aufgebaut: Eine hübsche Reporterin sagt ihren Text in die Kamera und streicht sich Strähnen aus dem Gesicht, die ihr der Wind in die Stirn und Augen weht. Ein Stück weiter die Zufahrt hinunter hocken ein paar freie Fotografen auf Trittleitern und richten ihre Teleobjektive über die Mauer auf das Grundstück. Paparazzi.

»Bist du sicher, dass du das machen willst?«, fragt Henry.

»Du musstest ja nicht mitkommen.«

»Soll das ein Witz sein? Das hier würde ich für nichts auf der Welt verpassen – endlich habe ich die Chance, den berühmten Edward McCarthy kennenzulernen. Das Rätsel, das Mysterium, den Gangster.«

»Nenn ihn nicht Gangster.«

»So nennst *du* ihn auch immer.«

»Ich darf das. Und ich bin nur hier, um meine Onkel zu sehen.«

»Die bekannte Verbrecher sind.«

»Sie haben eine Zeitlang im Gefängnis gesessen. Das heißt nicht, dass sie …«

»Alte Knackis sind?«

Ich werfe ihm einen bösen Blick zu.

»War nur ein Scherz.«

Ich schrecke hoch, als jemand an mein Fenster klopft. Ich rechne mit einem von den Sicherheitsleuten, doch es ist Martyn Fairbairn, der Detective, den ich am Bankside Pier getroffen habe.

Ich lasse das Fenster herunter.

Fairbairn wirkt eher amüsiert als verärgert. »So treffen wir uns wieder. Haben Sie etwas dagegen, mir zu verraten, was Sie hier machen?«

»Ich bin eingeladen.«

Er blinzelt und reißt die Augen auf, als der Groschen fällt.

»Sie sind verwandt«, sagt er überrascht. »Eine Nichte?«

»Tochter.«

»Wow! Darauf wäre ich nicht gekommen.«

Ich möchte ihm erklären, dass ich seit Jahren nicht mehr mit meinem Vater gesprochen habe, aber das würde unaufrichtig klingen, wo ich gerade zu seiner Geburtstagsfeier erscheine.

Fairbairn verschränkt die Arme und presst sich eine Hand auf die Wange wie ein Mann mit Zahnschmerzen. Ich bemerke die Polizeiwagen, die gegenüber dem Tor parken. Ein Fotograf macht Bilder von den Nummernschildern. Man wird die Halter feststellen und Namen mit Gesichtern verbinden.

»Hat das irgendwas mit dem Mord an Dylan Holstein zu tun?«, frage ich.

»Sagen Sie es mir.«

Die Schlange bewegt sich vorwärts. Einer der Sicherheitsleute entdeckt Fairbairn und kommt breitbeinig auf uns zu. Detective Fairbairn macht einen Schritt zurück und hebt die Hände. »Alles cool. Wir sind alte Freunde«, sagt er und dann zu mir: »Viel Spaß auf der Party.«

Ich gebe dem Wächter am Tor meinen Führerschein, woraufhin er ein Tablet konsultiert und auf den Bildschirm tippt. Er trägt einen Ohrhörer und ein Mikrofon am Handgelenk.

»Alles sehr James Bond«, sagt Henry, der das Theater genießt.

Wir werden durchgewinkt und folgen dem Wagen vor uns über eine gekieste Auffahrt, wo Männer mit Leuchtstäben die Fahrer auf die Parkplätze einweisen. Jenseits der Bäume ist ein weitläufiges Haus auszumachen, dessen Türme sich über die Kronen erheben. Als der Wagen steht, ziehe ich den Reißverschluss meiner Stiefel hoch und überprüfe im Rückspiegel mein Make-up. Henry wartet auf mich und bewundert das weiß gestrichene Gutshaus aus dem siebzehnten Jahrhundert mit seinen neun Kaminen und einer von Efeu umrankten Wagenauffahrt. Ich habe nie hier gewohnt, aber ich weiß, dass es früher Robert Baldlock gehört hat, einem der reichsten Männer Englands, der seine Karriere als Schmuggler begann, bevor er sich dem Bierbrauen und dem Glücksspiel und zuletzt der Bodenspekulation zuwandte. Mein Vater mag diese Geschichte, weil sie Parallelen zu seiner eigenen Laufbahn aufweist.

Der Garten erstreckt sich bis zum River Darent, vorbei an einem Tennisplatz und einem Krocket-Rasen, einem Swimmingpool und einem Sommerhaus. In der Nähe des Teiches sind zwei große, durch einen überdachten Gang miteinander verbundene Zelte errichtet worden. Unangezündete Fackeln säumen den Pfad, und schwarz-weiß gekleidete Kellnerinnen servieren Champagner.

Ich trage meinen smaragdgrünen Jumpsuit und einen kurzen schwarzen Blazer, dazu Stiefeletten. Halb leger. Und schmeichelhaft.

»Du hast nicht gesagt, dass formelle Abendgarderobe erbeten wird«, flüstert Henry, der entdeckt hat, was die anderen Männer tragen.

»Das war optional.«

»Ich komme mir vor wie eine Möwe unter Pinguinen.«

»Du siehst gut aus.« Ich hake mich bei ihm unter.

»Und du hast gesagt, keine Geschenke.«

»So stand es auf der Einladung.«

»Nun, die hat offenbar sonst niemand gelesen.«

»Ich bin sein Geschenk«, sage ich, worüber Henry lachen muss.

Ich schnappe mir ein Glas Schampus vom ersten Tablett in Reichweite und stürze es in zwei Zügen herunter, bevor ich mir noch eins nehme.

»Selbstmedikation?«

»Nein.«

»Na, dann mach langsam. Vielleicht musst du mich retten.«

»Wieso?«

»Ich heirate Edward McCarthys einzige Tochter. Wenn er mich nicht mag, könnte ich bei den Fischen schlafen.« Er gibt eine Marlon-Brando-Imitation aus *Der Pate*.

»Nicht witzig.«

Wir gehen durch einen mit Blumen geschmückten Tunnel, der zu dem Hauptzelt führt. Eine andere Ecke des Gartens ist in einen Rummel mit Karussell, Hüpfburg und Autoscooter verwandelt worden. Überall sind Kinder, die sich die Gesichter bemalen lassen oder für ein Luftballontier Schlange stehen.

Das Stimmengewirr schwillt an und schwappt über den Rasen. Ich kann Blicke auf mir spüren. Ich komme mir vor wie ein Schmetterling, der, gefangen in einem Einmachglas, mit den Flügeln flatternd und klimpernd gegen die Wände schlägt.

»Da ist der Bürgermeister«, flüstert Henry. »Und der Typ da drüben hat früher diese Fernsehsendung moderiert – die über Autos.«

»Jeremy Clarkson?«

»Nein, nicht der. Der Kleine mit der großen Klappe.«

Wir stehen unter einer riesigen Eiche und beobachten die Gäste. Einige erkenne ich aus meiner Kindheit wieder, Freunde der Familie, Geschäftsbekanntschaften. Andere gehören womöglich zu Constances Seite der Familie. Die »kinnlosen Pinkel«, wie Onkel Finbar sie nennt. Alles in allem ergibt es eine seltsame Versammlung – einen Schmelztiegel von Kneipenwirten, Fußballern und Buchmachern aus dem East End, die sich mit B-Promis und unbedeutenden Adeligen mischen.

Ich bin bei meinem vierten Glas Champagner, als jemand meinen Namen ruft. Ich drehe mich um und sehe einen Mann auf mich zustürmen. Onkel Clifton hat die Statur eines Rugby-Props mit kurzen Beinen und einer Brust wie ein Fass. Ich erinnere mich noch, wie er mich auf seinen breiten Schultern zum Highbury Stadium getragen hat, während wir aus Leibeskräften »We Are the Arsenal Boys« gesungen haben.

Jetzt hebt er mich hoch und schwingt mich herum, als wäre ich wieder fünf Jahre alt.

»Lass mich runter. Du ziehst mir die Unterhose hoch.«

Er entschuldigt sich und stellt mich wieder auf die Füße, hält jedoch weiter meine Hand gefasst. Er trägt einen schwarzen

Kaschmirmantel mit glänzendem dunkelrotem Futter und grinst mit seinen von Portwein und zu vielen Zigarren gelben Zähnen wie eine Katze, die einen Kanarienvogel verschluckt hat.

»Was für ein Anblick«, sagt er mit seinem starken Cockney-Akzent. »Wir dachten, du wärst persona non gratis, weißt du …«

»Ich bin eine Geburtstagsüberraschung.«

»Eddie kriegt einen Herzkasper.«

»Das ist mein Verlobter. Das ist mein Onkel Clifton.«

Er packt Henrys Hand mit einem knochenzermalmenden Griff und zieht ihn dicht an sich.

»Ich habe Fragen. Wählst du Labor?«

Henry blickt nervös zu mir. »Meistens.«

»Bist du lieb zu deiner alten Mum?«

»Ja.«

»Bist du ein Gooner?«

»Ein was?«

»Ein Gunners-Fan – das mächtige Arsenal. Sag mir, dass du kein Spud bist.«

Er meint einen Tottenham-Anhänger.

»Chelsea«, sagt Henry.

»Weichei!«, sagt Clifton, stößt ihn weg und wendet sich mir zu. »Bist du sicher, dass er kein Doris-Day-Fan ist?«

»Definitiv nicht.«

»Na, okay«, willigt Clifton ein. »Was macht er?«

»Er löscht Feuer.«

»Eine Wasserfee.«

Henry wirkt vollkommen verloren.

Plötzlich brüllt Clifton so laut über den Rasen, dass das Streichquartett aufhört zu spielen und alle Köpfe sich in unsere Richtung wenden.

»Hey, Daragh! Schau mal, was die Katze angeschleppt hat!«

Onkel Daragh blinzelt in die helle Sonne und schirmt mit einer Hand seine Augen ab. Er winkt unsicher.

»Komm her, du Blindfisch«, brüllt Clifton. »Es ist das Mädchen!«

Daragh löst sich aus seiner Gesprächsrunde und bahnt sich einen Weg zwischen den Gästen hindurch. Die Musik setzt wieder ein. Er hat den Rasen halb überquert, als er mich erkennt und einen Hüpfer zur Seite macht, bei dem er die Absätze seiner glänzenden Schuhe gegeneinanderschlägt. Er trägt einen teuren Anzug, der wegen seiner seltsamen Körperform und seinen Popeye-artigen Unterarmen an ihm allerdings aussieht wie ein Sack.

Ich werde dermaßen von Freude übermannt, dass ich mich in seine Arme werfe und mein Gesicht an seiner Brust vergrabe, wo ein Knopf gegen meine Wange drückt.

Daragh war immer mein Lieblingsonkel. Als ich heranwuchs, habe ich ihn öfter gesehen als die anderen, weil er und mein Vater sich vom Alter her am nächsten stehen und unzertrennlich waren, bis Daragh ins Gefängnis ging. Laut der Geschichten – der Legenden und Mythen – war Daragh immer der Vollstrecker der Familie, ein gewalttätiger, rachsüchtiger, saufender Soziopath, der seine Fäuste für sich sprechen ließ. Diese Seite von ihm habe ich nie gesehen, nicht mit eigenen Augen. Mit Kindern ist sein Gemüt von einer Leichtigkeit, die einen an seinem Ruf zweifeln lässt. Weihnachten gab er immer den Weihnachtsmann, außerdem ist er ein Amateur-Zauberer, der Münzen und Süßigkeiten hinter Ohren, unter Pferdeschwänzen und aus Taschen hervorzaubern kann.

Er tanzt einen Walzer mit mir, bei dem meine Füße den Boden nicht berühren. Schließlich stellt er mich wieder ab.

»Du hast meinen Tag gerettet«, sagt er und hält mich auf Armlänge von sich entfernt. »Mach mal eine Drehung.«

»Ich bin doch kein Äffchen, das Kunststücke vorführt.«

»Aber frech wie eins.«

Ich stelle ihm Henry vor. Daragh tritt näher, hebt nacheinander Henrys Arme hoch und geht langsam um ihn herum. Es würde mich nicht überraschen, wenn er gegen die Reifen treten oder verlangen würde, das Fahrtenbuch zu sehen.

»Schon ein bisschen was auf dem Tacho«, sagt er. »Hast du den gebraucht bekommen?«

»Für mich ist er neu genug«, sage ich.

Ich sehe, dass Henry allmählich genervt ist.

»Eddie weiß nicht, dass sie hier ist«, unterbricht Clifton ihn.

»Wo ist der alte Protzsack überhaupt? Er ist der Einzige, der noch fehlt.«

»Die Herzogin möchte einen Auftritt.«

Ich blicke mich um und frage nach Finbar, dem dritten meiner Onkel.

»Poppy entscheidet wahrscheinlich noch, was sie anziehen soll«, sag Daragh. »Oder sie hütet die Enkel.«

»Wie viele haben sie denn?«

»Sieben und ein weiteres unterwegs.«

»Wer ist schwanger?«

»Katie.«

»Aber sie ist doch erst … wie alt?«

»Neunzehn. Und hübsch wie eine Rose.«

»Ich hab auf sie aufgepasst, als sie klein war.«

»Das passiert mit euch Gören, ihr werdet erwachsen«, sagt Clifton. »Und einige von euch werden Bullen.«

»Ihr habt davon gehört?«

»Klar haben wir das.«

»Ich hoffe, ihr nehmt es mir nicht übel.«

»Warum sollten wir? Einige meiner besten Kumpel sind Bullen.«

»Und einige meiner schlimmsten Feinde«, fügt Daragh hinzu. »In jedem Beruf gibt es Gute und Schlechte.«

»Korrupte und Ehrliche«, sage ich.

»Das auch.« Er grinst. »Wie geht es deiner Mutter?«

»Sie weiß nicht, dass ich hier bin.«

»Das ist klug, sehr klug. Ich war zusammen mit ein paar der verdammt gefährlichsten Verbrecher dieser schönen grünen Insel eingesperrt, aber deine alte Dame macht mir mehr Angst als irgendeiner von ihnen.«

»Sie mag dich.«

»Tja, nun, ich bin sehr liebenswert.«

Die Beziehung meiner Mutter zu meinen Onkeln war nie ein Thema – sie liebte sie und umgekehrt, doch die Loyalität meiner Onkel wird immer bei meinem Vater liegen.

Die meisten Gäste sind eingetroffen, und der Geräuschpegel ist gestiegen. Ein paar Gäste sprechen mich an und kennen meinen Namen. Jede Unterhaltung beginnt mit dem Satz: »Ich erinnere mich an dich, da warst du …«

Dann bricht die Musik unvermittelt ab, und eine neue Melodie erklingt, »Happy Birthday« in einer Version fürs Streichquartett. Die Leute drehen sich zum Haus um, wo mein Vater durch die Terrassentür tritt. Sein gegeltes Haar ist dunkler, als ich es in Erinnerung habe, und er trägt einen weißen Anzug, in dem er aussieht wie Colonel Sanders von Kentucky Fried Chicken. Constance steht in einem passenden weißen Kleid mit tiefem Ausschnitt und langen weißen Handschuhen neben ihm. Sie steigen Arm in Arm die Stufen herunter und gehen über den von Blumen gesäumten Pfad zum Zelt. Alle singen mit und schmettern die letzten Zeilen, bevor sie zu »For He's a Jolly Good Fellow« übergehen. Als der Jubel verklingt, wird Edward McCarthy von Gästen belagert, und ich verliere ihn aus den Augen.

»Warte hier«, sagt Daragh. »Ich hole ihn.«

»Lass ihn den Moment genießen.«

»Unsinn! Das wird ihm den verdammten Tag retten.«

Er verschwindet in dem Gedrängel. Gäste lassen ihre Gläser auffüllen und stellen sich am Buffet an. Clifton ist in eine Unterhaltung mit Henry über die Feuerwehrarbeit vertieft. Sie diskutieren über berühmte Londoner Gebäude, die niedergebrannt sind, und mutmaßen, wo es ein Unfall war und wo Versicherungsbetrug. Clifton kommt mir verdächtig kenntnisreich vor.

Cliftons Akzent lässt Henry klingen wie einen alten Eton-Boy, aber deswegen ist mein Onkel noch lange kein ungebildeter Gauner. Sein Spitzname lautet »der Buchhalter«, weil er gut darin ist, sich Daten und Zahlen zu merken. Jeder meiner Onkel hat spezielle Talente, die er in das Business eingebracht hat. Daragh lässt die Muskeln spielen, Clifton macht die Bücher, und Finbar spricht die Sprache von Motoren und kann laut meinem Vater jedes Gefährt von einem Maserati bis zu einem fahrbaren Kran kurzschließen.

In dem allgemeinen Trubel höre ich Constance klagen.

»Du kannst ihn nicht einfach wegzerren – er hat gerade mit dem Bürgermeister gesprochen … Lass seinen Arm los. Du zerknitterst seinen Anzug.«

Die Menge teilt sich. Mein Vater sucht die Gesichter ab, während er sich fragt, nach wem er eigentlich Ausschau hält. Schließlich bleibt sein Blick an mir hängen. Trotz Solarium, Dampfsauna und dunkel gefärbtem Haar sieht er älter aus. Er *ist* älter.

Er kommt auf mich zu und streckt die Hand aus, berührt meine Wange, als wollte er sich vergewissern, dass ich real bin.

»Hallo«, sage ich.

Dann geben seine Beine nach. Clifton fängt ihn auf, bevor er auf dem Boden landet, Daragh fasst seinen anderen Arm und hält ihn aufrecht.

»Eddie, alles in Ordnung?«, fragt er.

Mein Vater versucht, seine Helfer abzuschütteln, bekommt jedoch erneut weiche Knie. Seine Brüder halten ihn weiter fest.

»Ich denke, du solltest dich setzen.«

Constance hat hektisch die Hände an den Mund gehoben und sagt immer wieder: »Was ist los?«

»Holt ihm einen Stuhl!«, ruft jemand.

»Abstand! Er braucht Luft!«

Daddy ignoriert das Theater und streckt die Hand aus, damit ich in seiner Nähe bleibe.

»Zu viel Aufregung«, sagt er.

»Zu viel Sonne«, füge ich hinzu. »Er sollte einen Hut tragen.«

Ein Mann mit einer Wolke von grauem Haar bahnt sich einen Weg durch das Gedränge. Ein weiteres Gesicht aus meiner Kindheit – Dr. Carmichael, der Hausarzt unserer Familie, der mir jede Spritze und Impfung verpasst und alle Rezepte ausgestellt hat.

Er schiebt Daragh zur Seite, legt sein Ohr an die Brust meines Vaters und bittet um Ruhe. Seine Hände sind runzelig und fleckig, aber immer noch sicher.

»Okay. Bringen wir ihn rein.«

Daragh und Clifton fassen seine Arme. Daddy protestiert und droht, »alle beide umzuhauen«. Schließlich lassen sie ihn ohne Hilfe durch den Rosengarten und die Stufen zur Terrassentür hinaufgehen. Dabei winkt er Gästen zu, schüttelt Hände und wirft Kusshände.

»Es dauert nicht lang. Trinkt nicht den ganzen verdammten Schampus auf, bevor ich zurückkomme.«

Constance ist neben mir aufgetaucht.

»Das ist deine Schuld.«

»Was?«

»Warum hast du nicht gesagt, dass du kommst... warum hast du uns nicht vorgewarnt?«

»Du hast mich doch wochenlang bedrängt!«

»Aber, ich dachte nicht...«

Wir gehen in die Bibliothek, wo Kissen von einer Couch geräumt werden und Daddys weißes Jackett ausgezogen wird. Dr. Carmichael fordert alle Anwesenden auf, den Raum zu verlassen.

»Nicht Philomena.« Daddy versucht, meine Hand zu ergreifen, doch ich weiche ein paar Schritte zur Seite.

In dem Zimmer steht ein Klavier, auf dem sich Noten stapeln, und an den Wänden hängen Porträts neben Bücherregalen und einem Kamin mit einem riesigen Rost. Über dem Sims ist der polierte Propeller eines alten Flugzeugs angebracht.

Constance weiß nicht, was sie mit sich anfangen soll, und zündet sich eine Zigarette an. Dr. Carmichael weist sie an, sie sofort wieder auszumachen. Sie sieht ihn wütend an, doch ihre glänzende Stirn bleibt hartnäckig glatt.

»Wo sind seine Tabletten?«, fragt der Arzt.

»Ich hole sie«, sagt Constance.

»Was für Tabletten?«, frage ich.

Dr. Carmichael misst Puls und Temperatur und hört Daddys Herz ab, während er Fragen über Brustschmerzen, Schwindel und Übelkeit stellt.

»Was für Tabletten?«, wiederhole ich.

Der Arzt will antworten, doch Daddy schneidet ihm das Wort ab. »Es ist nichts.«

»Was fehlt dir?«

»Mir geht es gut.«

»Hör auf, das zu sagen!«, fauche ich ihn an.

Constance kehrt mit einem kleinen braunen Glasfläschchen zurück. Dr. Carmichael schüttet zwei Tabletten in die Hand meines Vaters, und ich fülle ein Glas mit Wasser, doch Constance nimmt mir den Krug aus der Hand und schiebt mich mit der Hüfte zur Seite. Ich bin die Besucherin. Sie ist die Queen.

Mein Vater schluckt die Tabletten. Farbe kehrt in sein Gesicht zurück.

»Lass dich ansehen«, sagt er und macht mir ein Zeichen, näher zu kommen. »Du bist deiner Mutter wie aus dem Gesicht geschnitten. Hab ich dir je die Geschichte erzählt …«

Bevor er den Satz beenden kann, wird die Tür zur Bibliothek polternd aufgerissen, und Finbar stürmt in den Raum, als wollte er eine Geisel retten. Daragh und Clifton versuchen, ihn zurückzuhalten.

Finbar ist der jüngste und größte meiner Onkel, mit einem rasierten und geölten Schädel und dem Bart eines Straßenräubers.

»Wo ist er?«, brüllt er.

»Ich bin hier, Fin«, sagt mein Vater. »Bleib locker.«

Finbar ist erst zufrieden, nachdem er meinen Vater umarmt und eine allgemeine Inventur vorgenommen hat.

Vater lässt es geduldig über sich ergehen und sagt dann allen, dass sie verschwinden und ihn mit seiner Tochter allein lassen sollen.

Finbar guckt übertrieben ein zweites Mal in meine Richtung, wie eine Comic-Figur. Im nächsten Moment werde ich vom Boden gehoben und in seinen Armen zerdrückt, wo ich sein Aftershave, seine Pfefferminzbonbons und etwas wie Metallpoliturpaste rieche.

Meine Füße schleifen über den Boden. Warum heben diese Männer mich dauernd hoch, als wäre ich eine Puppe?

»Lass mich runter.«

»Dafür musst du mich verhaften.«

»Das kann ich veranlassen.«

Daddy sieht meine Onkel an und seufzt müde. »Draußen gibt es Gratis-Drinks – was macht ihr Wichser noch hier drinnen?«

13

Zum ersten Mal, seit ich siebzehn war, bin ich mit meinem Vater allein. Er greift in einen Schrank mit Reihen von eleganten Flaschen und gießt sich einen Drink ein. Es sind hauptsächlich Single Malts mit Bezeichnungen, die klingen wie Zwerge aus dem Märchen. Creamy. Peaty. Grassy. Woody. Smoky.

»Solltest du überhaupt Alkohol trinken?«, frage ich.

»Ich hab heute Geburtstag.«

Er trinkt und gießt sich noch einen ein. Sein Gesicht ist aufgedunsen und eigenartig wettergegerbt mit Falten, die sich von seinen Augen aus verästeln wie winzige Flussmündungen in einem Überschwemmungsgebiet. Er ist immer ein starker Mann gewesen, gestählt durch Training und Ehrgeiz, mit einer tiefen, polternden Stimme, die alle um ihn herum klingen lässt, als würden sie Helium atmen.

»Und was gibt's Neues?«, fragt er.

»Das ist das Beste, was dir einfällt?«

»Ich bin froh, dass du gekommen bist.«

»Was fehlt dir?«

»Ich werde alt.«

»Ist irgendwas mit deinem Herzen?«

»Du hast es gebrochen. Jetzt ist es wieder heil.«

»Wage es ja nicht, mir Schuldgefühle zu machen!«

Mein harscher Ton scheint ihn zu schockieren. Ich setze mich auf das Sofa. Er will neben mir Platz nehmen, doch ich zeige auf einen anderen Sessel.

»Wie geht es deiner Mum?«, fragt er.

»Dich zu hassen hält sie jung.«

Er lächelt trocken. »Ich habe Angina. Klingt wie Angelina, oder? Ich hatte mal eine Freundin, die hieß Angelina, reizendes Mädchen. Ich bin mit ihr in den Hackney-Empire-Filmpalast gegangen. Double Feature. Hintere Reihe. Sie hatte wirklich weiche …«

»Daddy!«

»Hände«, sagt er grinsend. »Was dachtest du denn, was ich sagen würde?«

»Ich bin deine Tochter.«

»Ich dachte, den Job hättest du gekündigt.«

»Ich hab's versucht. Was ist mit deinem Herzen?«

»Zu viele Kippen und Full English Breakfasts. Meine Arterien sind verstopft. Hätte ich kommen sehen müssen. Dein Opa hatte mit zweiundfünfzig einen Herzinfarkt. Es ist in meinen Dings, weißt du.«

»Genen.«

»Ja, aber bis zur Menopause musst du dir keine Sorgen machen.«

»Danke für die Aufmunterung. Wann ist die OP?«

Er zuckt unverbindlich die Schultern.

»Du lässt dich doch operieren?«

»Im Moment hab ich mehr zu tun als ein einbeiniger Arschtreter. Durch diesen Corona-Scheiß sind wir Monate im Rückstand, außerdem kommen die Banken mit ihren üblichen schmutzigen Tricks.«

»Du hast drei Brüder. Delegiere.«

»Sie sind keine Projektmanager. Und wenn die Banken Wind von meinem Zustand kriegen, könnten sie ihre Kredite zurückziehen.« Er nimmt das Fläschchen mit Tabletten vom Tisch und klimpert damit. »Diese kleinen Biester sind der absolute Hammer: Nitroglyzerin. Derselbe Scheiß, mit dem man Sachen in die Luft sprengt, aber in kleinen Dosen weitet es die Arterien und versorgt die Pumpe. Weißt du, wer es entdeckt hat?«

Ich schüttle den Kopf.

»Alfred Nobel. Derselbe Typ, der diese Preise für Wissenschaft, Medizin und den Weltfrieden vergibt.«

»Wie lange kannst du die Operation aufschieben?«, frage ich.

»Ein paar Monate.« Er blickt zur Tür. »Constance weiß es nicht. Keiner von ihnen weiß es.«

»Warum erzählst du es mir?«

»Ich konnte dich noch nie anlügen.«

»Das ist totaler Scheiß.«

Er lächelt einfältig. »Constance würde mich in den Wahnsinn treiben, und die Jungs würden irgendeine Dummheit machen.« Er streckt den Arm aus und versucht, meine Hand zu ergreifen. Diesmal zucke ich nicht zurück. »Das muss unser Geheimnis bleiben, okay? Du darfst es niemandem erzählen.«

»Nur wenn du mir versprichst, dich operieren zu lassen.«

»Das mache ich.«

»Und ich brauche noch etwas. Eine Unterkunft. Einen Ort, um vom Radar zu verschwinden.«

»Was hast du angestellt?«

»Nicht für mich. Für eine Freundin.«

»Hat Scotland Yard keine sicheren Häuser?«

»Sie ist keine Zeugin. Sie ist das Opfer eines häuslichen Missbrauchs. Der Mann, der sie geschlagen hat, ist ein Polizist, der sie vielleicht immer noch sucht.«

»Wie heißt er?«

»Das ist nicht wichtig.«

»Wenn ich dieser Frau helfen soll …«

»Darren Goodall.«

In seinen Augen blitzt etwas auf.

»Kennst du ihn?«, frage ich.

Er antwortet nicht. »Wie lange brauchst du einen Platz?«

»Bis er das Interesse verliert.«

Ich spüre ein dumpfes Pochen im Kopf – die Anfänge eines Katers, der sich mit noch mehr Champagner, einem großen Glas Wasser oder vielleicht etwas zu essen abmildern ließe.

»Hat die Polizei mit dir gesprochen?«

»Worüber?«

»Dylan Holstein.«

Er sieht mich mit leerem Blick an.

»Stell dich nicht dumm.«

Ein Seufzen. Ein abschätziges Schulterzucken. »Er hat ein paar erfundene Artikel über mich veröffentlicht.«

»Du hast eine Ladung Bauschutt vor sein Haus gekippt.«

Ein Lächeln. »Ich fand das ziemlich kreativ.«

»Er wurde gestern Nacht tot aufgefunden. Jemand hat Ketten um seine Brust gewickelt und ihn mit Betonblöcken beschwert, bevor er ihn in den Fluss geworfen hat.«

Ich studiere sein Gesicht. Es ist, als würde man eine lachende und eine traurige Maske in einem antiken griechischen Theaterstück betrachten.

»Was willst du damit andeuten, Philomena?«

»Der Detective, der die Ermittlung leitet, steht vor deinem Tor.«

Daddy zieht die Brauen zusammen, aber sein Gleichmut kehrt ebenso rasch zurück, und seine Gesichtszüge glätten sich.

»Ich weiß, was die Leute über mich reden, Phil, aber die meisten Geschichten sind an den Haaren herbeigezogen. Dieses Land ist besessen von Gangstern, Kumpeln und Kanonen. Ich mache Guy Richie dafür verantwortlich.«

»Den Filmregisseur.«

»Ja, er dreht ständig irgendwelche gewalttätigen Fantasien über schießwütige Ganoven mit dummen Namen wie Headlock Harry oder Get Rich Raymond. Sie existieren nicht, Phil. Sie sind Fantasiegeschöpfe. Ein paar Gangsterfilme sind halbwegs okay. *Rififi am Karfreitag* und *Get Carter* haben mir ziemlich gut gefallen, aber der Rest ist nicht realistischer als diese Western, wo Cowboys aus fünfzig Meter Entfernung Indianer vom Pferd schießen oder sich auf der Straße duellieren. Das sind Fiktionen, genau wie die meisten Geschichten, die man sich über diese Familie erzählt. Sie sind nicht *wahr*. Ja, wir haben ein paar Lkw gekapert, die Ware geklaut und auf den Märkten verkloppt ...«

»Du hattest ein Schutzgeldgeschäft organisiert, du hast Geld von den Transportunternehmen erpresst. Abgestimmte Industrie-Operationen. Sabotage von Baustellen.«

»Ja, ja, okay, okay. Aber wir haben nie Drogen oder Waffen oder verzweifelte Menschen verkauft. Und wir haben es nie von denen genommen, die es sich nicht leisten konnten.«

»Genau wie Robin Hood«, sage ich sarkastisch.

»Ja, guter Vergleich.« Er nimmt seine Anzugjacke. »Du hast deine Uroma nie kennengelernt. Sie hat mich großgezogen, nachdem meine Mum gestorben und mein Dad noch im Gefängnis war. Sie war während der Großen Depression noch ein Mädchen. Aber selbst Jahre später – da war sie schon in den Achtzigern, lebte in einem reizenden kleinen Reihenhaus und hatte reichlich gutes Essen – hat sie immer noch die leeren Margarinedosen gespült und die kleinsten Seifenstückchen aufbewahrt, weil sie noch genau wusste, wie es war, arm und hungrig zu sein.« Er blickt weiter aus dem Fenster auf das Festzelt und die Kirmes. »Diese Art von Extravaganz passt nicht zu mir.«

»Du hättest mich beinahe getäuscht.«

»Constance hat das alles organisiert. Es macht sie glücklich.«

Ich will ihn fragen, warum er sich nicht mehr Mühe gegeben hat, meine Mutter glücklich zu machen, aber das ist ein Kaninchenloch, in dem ich jetzt nicht verschwinden will.

»Hast du lokale Stadträte bestochen?«, frage ich.

»Was willst du von mir – ein Geständnis?«

»Eine Antwort.«

Er wirft mir einen tadelnden Blick zu, gefolgt von einem Lächeln. »Vielleicht solltest du dich da raushalten, Phil. Die Polizei wird das klären.«

»Ich *bin* die Polizei.«

Er schnaubt und blickt aus dem Fenster in den Garten, wo der Lärm zugenommen hat.

»Wünschst du dir, ich wäre nicht zur Met gegangen?«

»Ich könnte nicht stolzer sein.«

Ich mache ein höhnisches Geräusch.

»Ich schwöre bei meinem klapprigen Herzen. Ich war bei deiner Abschlussfeier.«

»Was?«

»Ein Kumpel hat mich in Hendon reingeschmuggelt.«

»Wenn du sagst ein Kumpel …?«

»Ich habe durchaus Freunde bei der Polizei.«

»Auf deiner Gehaltsliste?«

»Nicht alle deine Kollegen sind korrupt.«

»Nur manche.«

Er lächelt und genießt dieses Geplänkel offensichtlich.

»Ich habe dich marschieren sehen. Du warst in der ersten Reihe. Du hast eine besondere Belobigung als Jahrgangsbeste bekommen.«

»Als eine von zwei gleich guten Jahrgangsbesten.«

»Das ist dasselbe.« Er macht eine unbekümmerte Handbewegung.

»Warum hast du dich nicht gezeigt?«, frage ich.

»Ich wollte dich nicht in Verlegenheit bringen.«

Ich versuche herauszufinden, was ich empfinde. Zerrissenheit. Ärger. Dankbarkeit. Warum sollte es mich kümmern, was er denkt? Ich habe ihn in den letzten Jahren auch nicht gebraucht.

»Lass dich operieren«, sage ich.

»Das mache ich.«

»Nein, versprich es mir. Schieb es nicht auf. Ich heirate im September, und wenn du stirbst, würde das meine Sitzordnung durcheinanderbringen.«

Seine Miene leuchtet auf. »Du heiratest! Ist er hier?«

Plötzlich fällt mir Henry wieder ein. Ich habe ihn draußen stehen lassen. Allein. Wahrscheinlich denkt er, ich wäre entführt worden oder meine Familie hätte eine Intervention arrangiert. Daddy marschiert zur Tür.

»Ich will ihn kennenlernen. Wo hast du ihn versteckt?«

Es ist natürlich alles Show, doch ich zwinge ihn zu warten, während ich seine Krawatte binde und sein Jackett glatt streiche.

»Wie findest du den Anzug?«, fragt er.

»Bei seinem Anblick kriege ich Hunger auf Brathähnchen.«

»Ja, das habe ich Constance auch gesagt.«

Ich finde Henry im Gebüsch. Er hat seine Hände an ein Fenster gelegt und späht hinein. Er hat Schlamm an den Schuhen, und in seinem Haar klebt ein Blatt.

»Versuchst du, einzubrechen oder zu entkommen?«

Meine Stimme lässt ihn zusammenschrecken, doch er wirkt erleichtert und auch ein wenig aufgescheucht.

»Du kannst nicht einfach so verschwinden!«, sagt er. »Ich dachte, deine Tanten würden mich fressen.«

»Bist du zwischen sie und das Buffet geraten?« Ich stelle mich auf die Zehenspitzen und küsse ihn. »Daddy möchte dich kennenlernen.«

»Warum? Was hast du ihm erzählt? Ist er wütend?«

»Entspann dich. Er beißt schon nicht.«

»Um das Beißen mache ich mir auch keine Sorgen.«

Ich nehme seine Hand, führe ihn durch die Menge, lächle und begrüße Menschen, deren Gesichter mir bekannt vorkommen, auch wenn ich keine Ahnung habe, wie sie heißen. All diese Freundlichkeit und Leutseligkeit – es hat etwas Aufgesetztes und Künstliches. Schließlich stehen wir neben Daddy, der mit einem Mann plaudert, der aussieht wie ein Schauspieler aus einer Seifenoper.

Ich tippe ihm auf die Schulter. Er dreht sich um. Strahlt.

Henry streckt die Hand aus. »Es ist mir ein Vergnügen, Sie kennenzulernen, Mr McCarthy.«

Daddy ignoriert Henrys Hand, legt den Arm um seine Schulter und zieht ihn an sich. Es sieht aus wie ein Ringergriff.

»Das ist mein zukünftiger Schwiegersohn«, verkündet er allen in Hörweite. »Er hat mich natürlich nicht um Erlaubnis gefragt, aber das verzeihe ich ihm.«

Eine Flasche Champagner wird von einem Tablett gefischt, Gläser werden gefüllt.

»Noch ein Toast«, sagt Daddy. »Auf die Jugend, die Schönheit und die Liebe.«

Die Worte werden wiederholt, Gläser erhoben. Daddys Hand liegt immer noch auf Henrys Schulter, damit er nicht weggehen kann. Er beugt sich näher zu ihm und flüstert ihm ins Ohr: »Auf ein privates Wort«, bevor er allen anderen laut erklärt: »Ich brauche einen Moment mit Henry allein.«

Ich folge ihnen. Daddy dreht sich um. »Du nicht.«

»Aber er ist …«

»Ein großer Junge. Er kann für sich selbst sprechen.«

Sie bahnen sich mühsam einen Weg an den Rand der Menge. Ich beobachte sie aus der Distanz, während sie um den Teich gehen und sich auf der anderen Seite fernab der Musik und der kreischenden Kinder auf eine gestrichene Holzbank setzen. Ihre Lippen bewegen sich. Ich wünschte, ich könnte hören, was sie reden. Henry lacht. Ein gutes Zeichen. Er nickt, legt den Kopf zur Seite, weist zum Himmel, nickt wieder. Das ist Folter.

Als ich Henry später nach der Unterhaltung frage, ist er auffallend wortkarg und ausweichend. Wir sind im Bett. Wir haben miteinander geschlafen. Ich rolle mich auf ihn, drücke seine Arme auf die Matratze und verlange, dass er mir erzählt, was sie besprochen haben.

»Er hat über dich geredet.«

»Was hat er gesagt?«

»Er hat gesagt, dass du zu viel von den Menschen erwartest und es dir deshalb bestimmt ist, enttäuscht zu werden, weil niemand deinen Idealen entsprechen kann.«

»Ist das alles?«

»Er hat gesagt, dass er Angst vor mir hätte.«

»Warum?«

»Weil ich nun der wichtigste Mensch in deinem Leben werden würde – und wenn ich es vermassele, wenn ich dich traurig mache oder dein Feuer ersticke, wenn ich dich ausbremse, würde ich einen großen Fehler machen.«

»Er hat dir gedroht.«

»Nein. Er hat gesagt, ich müsse mit dir Schritt halten, sonst würde ich dir langweilig werden. Er hat gesagt, dass du schwierig bist und es nicht besonders magst, korrigiert zu werden.«

»Das ist nicht wahr!«

Henry lächelt, weil ihm sein Punkt bewiesen scheint.

»Was noch?«

»Das ist genug.«

Ich drücke fest auf seine Handgelenke. »Ich will wissen, was er gesagt hat.«

»Er hat gesagt, du wärst kitzelig und würdest kichern wie eine Vierjährige.«

»Mache ich gar nicht.«

Henry hebt mich plötzlich hoch, wirbelt mich herum und gibt mir einen schmatzenden, prustenden Kuss auf den Bauchnabel, der mich so heftig lachen lässt, dass ich mir beinahe in die Hose mache.

14

Tempe wirkt heute anders. Munterer. Weniger belastet. Sie trägt verwaschene Jeans und eine schlichte weiße Bluse, ihr Haar fällt offen auf ihre Schultern.

»Du siehst glücklich aus.«

»Bin ich auch«, erwidert sie und setzt sich mir gegenüber auf die Bank. Das Café ist voller Montagmorgengäste, Mütter und Kindermädchen, einige mit Kinderwagen, andere in Sportkleidung. Sie hat mir etwas zu erzählen, lässt mich jedoch warten, bis wir bestellt haben. Stattdessen sprechen wir über meine Mutter und ihre Marotten. Wie penibel sie ihre Wäsche aufhängt, damit die Klammern keine Spuren auf dem Stoff hinterlassen. Und wie sie ihre Rechnungen nach Fälligkeitsdatum sortiert und erst zum spätestmöglichen Zeitpunkt bezahlt.

»Sie hat sich bei Instagram angemeldet, und ich bin die einzige Person, der sie folgt«, sage ich. »Und ihre Handtasche enthält absolut alles. Feuchttücher. Schmerztabletten. Zuckertütchen. Ersatzbatterien.«

»Und eine Fusselrolle«, ergänzt Tempe.

Wir lachen.

»Nun, bald ist das vorbei. Ich habe eine Unterkunft für dich gefunden.«

Ich beschreibe die Ein-Zimmer-Wohnung in Wandsworth, die renoviert werden soll, aber laut meinem Vater perfekt bewohnbar ist.

»Ich bestehe darauf, Miete zu bezahlen.«

»Was immer du dir leisten kannst. Und du wirst Möbel brauchen.«

Sie ergreift über den Tisch hinweg meine Hand, eine unerwartete, intime Geste. »Ich habe auch Neuigkeiten.« Sie macht eine Pause, um die Spannung zu erhöhen. »Ich habe eine Location für eure Hochzeit gefunden. Es ist nicht weit von St. Mary's entfernt und am vierten September buchbar. Ein Samstag.«

»Wo?«

»Milford Barn.«

»Aber der Laden ist bis irgendwann im nächsten Jahrhundert ausgebucht!«

»Jetzt nicht mehr.«

»Was ist passiert?«

»Eine Absage.«

»Wir stehen doch gar nicht auf der Warteliste.«

»Jetzt schon. Und zwar ganz oben. Die Location ist für euch reserviert, aber sie brauchen bis Donnerstag eine Anzahlung. Zweitausend Pfund. Ist das zu viel?« Sie sieht mich hoffnungsvoll an. »Habe ich das gut gemacht?«

Ich grinse. »Du bist fantastisch. Ich kann nicht glauben, dass du die Milford Barn gekriegt hast! Die Managerin hätte mich beinahe ausgelacht, als ich sie angerufen habe.«

»Das Lokal fasst zweihundert Gäste, aber man kann auch für weniger buchen. Die Kirche ist nur eine halbe Meile entfernt.«

»Woher wusstest du das?«

»Du hast es mir erzählt.«

»Richtig. Ja. Das hatte ich vergessen.«

Meine Gedanken rasen nach vorn. Ich habe weniger als drei Monate Zeit für die Vorbereitung. Ich hätte schon längst Savethe-Date-Karten verschicken, einen Fotografen und einen Floristen engagieren müssen.

»Ich habe mir erlaubt, für das Arrangement der Blumen Robbie Honey zu buchen«, sagt Tempe. »Und für die Hochzeitsfotos strecke ich die Fühler nach Matthew Voss aus. Ich hatte gehofft, Alexi zu kriegen, aber er ist beschäftigt.«

»Alexi?«

»Lubomirski. Er hat die Verlobungsfotos von Harry und Meghan gemacht.«

»Woher kennst du diese Leute?«

»Das ist mein Job.«

»Aber die Kosten. Wir können uns nicht leisten ...«

»Es wird nicht teuer, versprochen. Sie werden es für mich machen.«

»Als du gesagt hast, du könntest helfen ... habe ich nicht gedacht ... oder erwartet ...«

Tempe lacht, schiebt unsere Kaffeetassen beiseite, zieht einen Laptop aus ihrer Umhängetasche, stellt ihn auf den Tisch und klappt ihn auf.

»Hier sind ein paar Mustereinladungen.«

Wir gehen die Möglichkeiten durch, wählen Farben und Schriften aus, als hätten wir dies schon unser Leben lang geplant, doch ein kleiner Zweifel nagt an meinem Glück. Die Kosten. Ich möchte nicht meinen Vater um Hilfe bitten, weil er dann alles übernehmen und versuchen wird, es in etwas lächerlich Grandioses zu verwandeln wie seine Geburtstagsparty.

»Was ist los?«, fragt Tempe.

»Nichts.«

»Hast du Bedenken?«

»Nicht wegen der Hochzeit. Ich muss mit Henry sprechen. Das geht alles so schnell.«

»Ich kann auch einen Gang runterschalten.«

»Nein, nein, mach du weiter.« Ich blicke auf mein Handy. »Ich habe Henry versprochen, dass wir mit Archie in den Park gehen.«

Wir stehen auf dem Bürgersteig vor dem Café.

»Ich habe gar nicht nach dir gefragt«, sage ich. »Wie geht es dir?«

»Ein andermal«, sagt Tempe und packt ihren Laptop wieder ein. »Das war nett.«

»Mehr als nett. Du solltest mal zum Abendessen kommen. Du musst den Bräutigam kennenlernen. Henry ist ein toller Koch.«

»Sehr gern.«

»Hat Darren Goodall je über seine Ex-Freundinnen gesprochen?«, frage ich.

»Eigentlich nicht.«

»Eine ist bei einem Unfall ums Leben gekommen. Sie ist von einer Klippe gestürzt.«

Tempe reagiert nicht. Ich möchte sie fragen, ob sie glaubt, dass Goodall imstande ist, einen Menschen zu töten, doch ich will die Antwort nicht hören.

»Er sucht mich, weißt du«, sagt sie abwesend.

»Woher weißt du das?«

»Er lässt Menschen nicht gehen … nicht bevor er mit ihnen fertig ist.«

Sie blickt an mir vorbei, als hätte sie den Verdacht, dass Goodall uns beobachtet.

»Lass uns später reden«, sage ich und will sie auf die Wange küssen. Im letzten Moment dreht sie den Kopf, und unsere Lippen treffen sich. Der Kontakt ist nur kurz, aber ich ziehe überrascht den Kopf zurück.

»Tut mir leid«, sagt Tempe. »Das machen wir in unserer Familie so – uns auf den Mund küssen. Bist du schockiert?«

»Ich war bloß nicht darauf vorbereitet.«

»Manche Menschen küssen sich auf eine Wange, andere auf beide; ich küsse auf den Mund. Nur Freunde. Ich mach es nicht noch mal, wenn du ...«

»Nein, das ist okay.«

»Ruf mich an, wenn du mit Henry gesprochen hast.«

»Mach ich.«

15

»Darfst du mit dieser Frau überhaupt befreundet sein?«, fragt Henry, während er Archie auf der Schaukel anschubst. »Ist sie nicht eine Zeugin oder ein Opfer oder so was?«

»Sie hat keine Aussage gemacht, es wurde keine Anzeige erstattet.«

»Kommt mir trotzdem merkwürdig vor – sich mit jemandem anzufreunden, den du gerettet hast.«

Wir sind auf der Westseite von Clapham Common auf einem Spielplatz mit bunten Holztunneln und Rutschen. Ich sitze auf der Schaukel neben Archie, der einen Wettbewerb ausgerufen hat, wer am höchsten schaukeln kann.

»Ich gewinne, ich gewinne«, ruft er atemlos.

»Du bist zu gut für mich.«

»Strengst du dich auch an?«

»So doll ich kann.«

Henry ist nach den Neuigkeiten über die Hochzeit verstummt. Ich dachte, er würde genauso aufgeregt sein wie ich, doch seine erste Frage galt den Kosten.

»Wir müssen nicht viele Leute einladen«, sage ich defensiv.

Er brummt leise. Henry glaubt, dass ich nicht mit Geld umgehen kann, was gar nicht stimmt. Verglichen mit Roxanne gebe ich fast nichts für Kleider aus. Ja, wir haben eine hohe Hypothek, aber die Zinsen sind niedrig, und wir arbeiten beide. Wenn er, verglichen mit anderen Vätern, nicht so großzügige Unterhaltszahlungen für Archie leisten würde – und wenn er den Jungen nicht total verwöhnen würde, weil er sich schuldig fühlt … Ich weiß, ich sollte so etwas nicht denken, aber Roxanne manipuliert ihn, und Henry weigert sich, ihr die Stirn zu bieten.

Das Schweigen dauert bereits zu lange an.

»Vielleicht bedeutet es dir diesmal nicht so viel«, sage ich.

»Wie meinst du das?«

»Die Hochzeit, die Feier, die Flitterwochen. Das hast du alles schon mal gehabt und gemacht und dein Häkchen dahinter gesetzt. Es ist nicht mehr so wichtig für dich.«

»Das ist nicht fair.«

»Du machst keinen besonders begeisterten Eindruck.«

»Ich bin begeistert.«

»Wow, das klang jetzt aber wirklich enthusiastisch«, sage ich sarkastisch.

»Es kommt mir bloß so …«

»Was?«

»Roxanne und ich hatten eine Riesenhochzeit mit Oldtimern und Hunderten von Gästen, die uns etwas geschenkt haben. Ich habe ein schlechtes Gewissen, wenn ich ihnen das alles noch mal zumute.«

»Wir werden bitten, von Geschenken abzusehen.«

»Die Leute werden trotzdem welche mitbringen.«

»Das ist nicht unsere Schuld.«

»Ja, aber wir werden uns gegenseitig versprechen, uns zu lieben, bis dass der Tod uns scheidet – und meine Freunde werden zusehen und denken: ›Tja, das hat er beim letzten Mal auch gesagt‹.«

»Ist es dasselbe wie beim letzten Mal?«, frage ich und ziehe eine Braue hoch.

»Nein, natürlich nicht. Ich heirate *dich*. Und es ist für immer.«

»Gute Antwort.«

»Höher, Daddy, höher«, unterbricht Archie uns.

Henry gehorcht, aber ich habe aufgehört zu schwingen. Neben der Schaukel steht ein Mädchen und wartet darauf, dass sie an der Reihe ist. Ich halte die Schaukel fest, als sie auf den Sitz rutscht.

»Soll ich dich anschubsen?«

»Nein, ich bin schon groß«, sagt sie und streckt die Beine.

Archie versucht sofort, es ihr gleichzutun, weil er sich nicht von einem Mädchen übertreffen lassen will, aber ihm fehlt es an Koordination, und er fällt rasch zurück.

»Zeit zu gehen«, sagt Henry und bietet Archie an, ihn huckepack bis zur Picknickdecke zu tragen, die auf dem Rasen ausgebreitet ist. Ich öffne eine Tupperdose mit Apfelstücken und Weintrauben, die Henry fast alle allein essen wird.

Mein Telefon pingt. Eine Nachricht von Tempe.

Hast du es ihm erzählt? Was hat er gesagt?

Ich ignoriere sie.

»Für mich ist es das erste Mal«, sage ich zu Henry.

»Verzeihung?«

»Heiraten. Ich mache das nur einmal.«

16

Am Mittwochmorgen fahre ich mit der U-Bahn nach Camden Town, um meine Mutter zu besuchen. Ich sitze in einem Zug der Northern Line, der gerade an der Goodge Street Station losfahren will, als ein Mann mit einer Wollmütze den Waggon betritt und sich neben mich setzt. Ich blicke auf die leeren Sitze gegenüber, verärgert, dass er sich so dicht neben mich gesetzt hat. Dann wird mir klar, wer es ist.

»Entspannen Sie sich«, sagt Darren Goodall. »Ich möchte nur reden.«

Die Struktur seines Gesichts überrascht mich – die schmalen Lippen, blassen Wangen und das dunkle gegelte Haar. Ich will mich wegsetzen, doch er packt meinen Unterarm. Jedem anderen würde ich einen Rückhandschlag verpassen, aber das ist schon einmal nach hinten losgegangen.

Die Türen schließen sich. Goodall zieht einen Zahnstocher aus der Jackentasche und saugt an einem Ende. Ein alter Rauchertrick. Ich kann seinen Schweiß über dem Deodorant riechen.

»Wo ist sie?«

Ich tue unwissend.

»Ich weiß, dass Sie in Kontakt mit ihr stehen.«

»Bei allem gebotenen Respekt, Sir, Sie sollten sie in Ruhe lassen.«

»Sie hat etwas von mir genommen – ich will es zurück.«

»Was hat sie genommen?«

»Es ist persönlich.«

An seiner Stirn scheint eine Ader zu pulsieren. Er atmet ein, seufzt, reibt sich die Augen.

»Ich kann Ihnen das Leben ziemlich schwer machen.«

»Ich habe mich an die Vorschriften gehalten.«

»Das wird keine Rolle spielen.«

Er lächelt, spreizt die Beine und berührt mein Knie. Ich kämpfe gegen den Instinkt an, ein Stück abzurücken.

»Sie war beschissen im Bett, wissen Sie.«

Ich reagiere nicht.

»Sie sehen aus, als würden Sie sich im Schlafzimmer auskennen.« Er greift sich in den Schritt. »Ich würde Sie ficken, wenn Sie mich nett bitten.«

»Ich weiß nicht, ob Ihre Frau damit einverstanden wäre.«

»Lassen Sie meine Familie da raus.«

»Warum? Zählt sie so wenig?«

Ich stehe auf und gehe in dem Waggon weiter nach vorne, wo drei junge Männer in England-Trikots breitbeinig auf ihren Sitzen hocken und ihre Handys studieren. Der Zug ruckelt beim Bremsen, sodass ich einen von ihnen anrempele und mich entschuldige. Ich höre Goodall lachen.

Sobald die Türen aufgehen, steige ich aus und drängle mich zwischen den auf dem Bahnsteig Wartenden hindurch. Auch ohne mich umzusehen, weiß ich, dass Goodall hinter mir ist. Er folgt mir die Rolltreppe hinauf und durch die Fahrkartensperre. Ich hoffe, dass vor dem Bahnhof ein Taxi wartet.

Er ist dicht hinter mir. »Sagen Sie ihr, dass sie nichts mehr von mir bekommt.«

»Was soll das heißen?«

»Sie ist ein mieser Parasit.«

Ich will eine weitere Frage stellen, doch er hat sich schon

abgewandt. Mein Handy vibriert. Es ist eine Nachricht von Tempe. Wäre ich doch nur geistesgegenwärtig genug gewesen, die Unterhaltung mit Goodall aufzuzeichnen – dann hätte ich jetzt einen Beweis. Doch die Gelegenheit ist verstrichen.

Meine Mutter Rosina wurde im Umkreis von einer Meile von hier geboren, getauft, konfirmiert und verheiratet. Erst als Daddy und sie vor meiner Geburt nach Ilford zogen, konnte sie dem Ganzen entkommen. Allerdings kehrte sie nach der Scheidung zurück, wie ein Zugvogel, und ist seither in Camden geblieben.

Ihr Vater, mein Großvater Leonardo, hatte dreißig Jahre lang einen Barber Shop mit Blick auf Camden Lock. Als er in Rente ging, überließ er ihn meiner Mutter, die ihn in Belle Curls umgewandelt hat, einen Schönheitssalon, eingezwängt zwischen einem Spirituosengeschäft und einem afghanischen Lebensmittelhändler in einer Reihe bunt bemalter Läden. Im Fenster hängen Plakate, die für kosmetische Gesichtsbehandlungen, Peelings, Wimpern-Lifting und Augenbrauen-Henna werben.

Normalerweise komme ich gern in den Salon, aber mein Magen brodelt immer noch von meiner Begegnung mit Goodall. Ich sollte Tempe warnen, dass er nach ihr sucht. Wenn er mich aufspüren kann, dann auch sie.

An einem Blumenkarren auf dem Markt wähle ich sechs Stängel aus dem wilden Rausch an Nelken, Narzissen, Tulpen, Rosen und Dahlien, die sich in einem Zinkeimer drängen. Der in die Jahre gekommene Blumenhändler wickelt den Strauß in Zellophan und lässt ausdrücklich Grüße an Rosina ausrichten, deren Name er beinahe wehmütig ausspricht. Sie könnte beliebig viele Verehrer haben, wenn sie nur wollte.

Als die schwere Glocke über der Ladentür klingelt, wenden sich alle Köpfe in meine Richtung. Drei Frauen sitzen in Umhängen auf rosafarbenen Stühlen und lassen sich die Haare waschen, färben oder föhnen.

»Schau mal einer an!«, ruft Mercedes, die karibische Kosmetikerin und Geschäftspartnerin meiner Mutter. Sie hat nicht nur eine enorme Statur, sondern auch ein melodisches Lachen und den weichsten Busen der Welt.

»Lass dich erst mal ordentlich begrüßen, Schätzchen«, sagt sie und drückt mich an sich.

»Ist Mum da?«

»Ist eine rauchen.«

»Ich dachte, sie hätte aufgehört.«

»Fehlalarm, wie immer.«

Ich lege die Blumen neben die Kasse auf den Tresen.

»Sind die für uns?«

»Natürlich.«

Die Dritte im Bunde ist Lauren, zuständig für Färben und Tönen. Sie ist etwa so alt wie ich, kleidet sich jedoch, als wäre sie fünfzehn und würde in der Mosh-Pit eines Justin-Bieber-Konzertes tanzen. Jedes Mal, wenn ich sie sehe, hat sie eine neue Frisur, die sie sich auf TikTok oder YouTube abgeschaut hat.

Der Salon hat eine kleine Küche und einen Lagerraum, der auf einen Hinterhof führt, wo meine Mutter gerade mit einer Zigarette zwischen den Lippen und einem Telefon am Ohr auf einer flachen Backsteinmauer sitzt.

»Nur noch zwei Wochen«, sagt sie. »Ende des Monats.«

Als sie mich sieht, lässt sie die Zigarette fallen, tritt sie mit ihren Pumps aus und beendet hastig das Telefonat.

»Hallo, mein wunderschönes Mädchen«, sagt sie und streift

meine Wangenknochen mit ihren. Wir sind etwa gleich groß, haben beide eine herzförmige Gesichtsform und welliges Haar, obwohl ihres schon in so vielen Tönen gefärbt war, dass ich bezweifle, dass sie sich noch an seine natürliche Farbe erinnert.

Ich setze mich neben sie. »Wer war das am Telefon?«

Sie macht ein abschätziges Geräusch und fährt mit den Fingern durch meine Haare. »Wer hat die geschnitten?«

»Du.«

»Nicht in letzter Zeit.«

»Es ist okay.«

»Nichts außer Spliss und ungebändigte Strähnen. Ich kann dich dazwischenschieben.«

»Nächstes Mal. Wer war das am Telefon?«

Sie schnalzt missbilligend mit der Zunge. »Wir sind mit der Miete im Rückstand. Der Vermieter will, dass wir alles sofort zahlen.«

»Wie viel?«

»Das ist nicht dein Problem.«

»Wie viel schuldest du ihm?«

»Siebentausend Pfund.«

Der Betrag lässt mich schockiert schlucken. »Was passiert, wenn du nicht zahlst?«

»Dann verlieren wir den Salon.«

»Aber ihr seid schon hier seit …«

»Achtunddreißig Jahren, wenn du den Barber Shop mitzählst.«

»Ich könnte fragen, ob …«

»Es ist nicht Henrys Problem.«

»Ich meinte eigentlich Daddy.«

Ihre Züge drängen sich in der Mitte ihres Gesichts zusammen. »Ich werde keinen Penny von dem Mann annehmen.«

»Er hat dir bei eurer Scheidung nicht genug gegeben.«

»Ich habe bekommen, was ich wollte.«

»Er kann es sich leisten …«

»Woher willst du das wissen?« Sie wartet meine Antwort nicht ab. »Hast du ihn getroffen?«

Ich überlege zu lügen, doch sie wird es sowieso erfahren, wenn ich die Hochzeitseinladungen verschicke.

»Ich bin bei seiner Geburtstagsfeier gewesen. Er ist sechzig geworden.«

Sie schüttelt heftig den Kopf. »Du bist Polizistin. Du kannst es dir nicht leisten, mit ihm zu tun zu haben. Er und seine Brüder sind … sind …«

»Verbrecher?«

»Gangster.«

»Das alles ist doch schon so lange her.«

Ihr ganzer Körper scheint vor Wut zu zittern. »Dein Vater ist ein Betrüger, ein Lügner und ein Frauenheld.«

»Du hast ihn einmal geliebt.«

»Jetzt hasse ich ihn.«

»Andere geschiedene Eltern lernen, miteinander auszukommen.«

»Schön für sie. Ich sag dir was. Das Herz einer Mutter ist wie ihr Schoß – er dehnt sich, um Platz für ihr Kind zu schaffen. Aber das Herz dieses Mannes ist aus Stein. Vielleicht sagt er, dass er dich liebt. Vielleicht sagt er, dass du in seinem Haus willkommen bist. Aber er ist ein Frevler, ein Betrüger!«

»Ich möchte, dass er zu meiner Hochzeit kommt.«

»Gott wird ihn niederstrecken, wenn er einen Fuß in eine Kirche setzt.«

»Ich glaube, die Anglikaner sehen das mit der Scheidung nicht so streng.«

Jetzt ist sie noch wütender. Für sie ist es schon schlimm genug, dass Henry kein Katholik ist. Wenn jetzt auch noch Edward McCarthy mich den Gang hinunterführt, werde ich meinen Glauben verhöhnen, davon ist sie überzeugt.

»Ich komme nicht«, sagt sie entschlossen. »Ich werde nicht mit diesem Mann in einer Kirche oder an einem Brauttisch sitzen oder zuhören, wie er eine Hochzeitsrede hält.«

»In dem Fall heirate ich nicht. Ich werde weiter in Sünde leben. Würde dich das glücklich machen? Und wenn ich Babys bekomme, werden es Bastarde sein.«

»Benutz in meiner Gegenwart nicht solche Wörter«, sagt sie, verärgert darüber, dass sie zwischen ihrem Glauben und ihrer Sturheit in der Klemme sitzt.

»Dir ist schon klar, dass ich einen geschiedenen Mann heirate«, sage ich.

»Darüber bin ich auch nicht glücklich.«

»Aber du magst Henry.«

Sie steht auf, klopft den Staub von ihrem Hintern und weigert sich, mit mir zu diskutieren. In *ihrer* perfekten Welt hätte ich irgendeine Sandkastenliebe geheiratet, einen guten katholischen Jungen, der mich bis zu den Flitterwochen unbefleckt gelassen und mich danach schwanger gehalten hätte, bis meine Gebärmutter herausgefallen wäre. Und wenn ich schon arbeiten müsste, wäre ich jetzt Lehrerin, Krankenschwester oder Kosmetikerin, keine Polizistin. Deswegen spreche ich auch nicht über die Arbeit. Sie braucht nicht zu wissen, wie ich mit Blaulicht durch London rase, an fremde Türen klopfe und mich mit Verbrechern und Betrunkenen herumschlage.

Obwohl sie den Zweiten Weltkrieg um eine Generation verpasst hat, verfügt sie über genau die Art von stiller Duldsamkeit und Stoizismus, die ihr damals gute Dienste geleistet hätten. Ruhig bleiben und weitermachen ist das, was meine Mutter am besten kann. Natürlich klagt sie – das tun die meisten Stoiker – über das Wetter, Graffiti, Radarfallen, Politessen, den Verkehr und die Eierpreise, aber vor allem über meinen Vater.

»Wie geht es Tempe?«, frage ich, um das Thema zu wechseln.

»Sie strengt sich sehr an, gemocht zu werden.«

»Inwiefern?«

»Wenn ich ihr einen Tee mache oder ihr einen Keks gebe, ist es der *beste* Tee und der *beste* Keks aller Zeiten. Das Zimmer ist perfekt. Du bist perfekt.«

»Ich?«

»Sie stellt ständig Fragen – sie will alles über dich wissen.«

»Nun, ich habe eine Unterkunft für sie gefunden. In ein paar Tagen zieht sie aus.«

Meinen Vater erwähne ich nicht, aus Angst, ihren Zorn erneut zu entflammen. Hass bringt sie morgens auf Touren, gibt ihr Kraft und ist so tief verwurzelt, dass sie ihr eigenes Glück anzünden würde, wenn sie meinen Vater mit verbrennen könnte. Es ist, wie Sokrates gesagt hat: Aus dem tiefsten Begehren wächst der tödlichste Hass.

17

Tempe blickt durch den Spion, öffnet das Riegelschloss und löst die Sicherheitskette, die meine Mutter nie vorlegt. Sie bittet mich herein, schließt die Tür eilig wieder und hakt die Kette ein.

»Alles in Ordnung?«

»Ja, alles gut.«

»Ist irgendwas passiert?«

»Nein.«

Wir sitzen im Wohnzimmer, das meine Mutter als »Salon« bezeichnet, was großartiger klingt als das, was es ist: eine Zwei-Zimmer-Wohnung mit Blick auf die Eisenbahngleise, die vom Bahnhof Euston nach Norden führen. Mir fällt ein aufgeschlagenes Skizzenbuch auf dem Couchtisch auf, mit einer angefangenen Kohlezeichnung. Ein Porträt.

»Das sieht aus wie ich«, sage ich und beuge mich näher.

Tempe schlägt das Buch hastig zu.

»Kann ich es sehen?«

»Nein.«

»Bin das ich?«

»Irgendwie schon.«

»Was soll das heißen?«

»Ich habe es aus der Erinnerung gezeichnet.«

»Bitte lass es mich sehen.«

Sie drückt das Skizzenbuch an ihre Brust, lässt es sich jedoch abnehmen. Ich schlage die Seite auf. Das Porträt ist verblüffend. Die Augen, die Ohren und der Mund sind fertig, nur das

Haar noch nicht. Ich staune, mit wie wenigen Linien und Verwischungen sie mich erfasst hat.

Ich schlage die Seite um und entdecke eine weitere halb fertige Zeichnung. Meine Augen starren mir in Schwarz-Weiß entgegen.

»Guck dir die nicht an«, sagt sie. »Das sind nur ein paar Fehlversuche.«

Es sind keine Porträts, sondern Fragmente. Meine Augen. Meine Ohren. Meine Nase. Es ist, als hätte sie mein Gesicht in Teile heruntergebrochen, die sie einzeln geübt hat, bevor sie sie wieder zusammengesetzt hat.

»Ich wollte dir etwas schenken … zur Hochzeit … wenn es gut genug wird«, sagt sie ängstlich.

»Das ist wunderschön«, flüstere ich.

»Ich wollte dich bitten, für mich Modell zu sitzen, aber ich dachte, du würdest vielleicht Nein sagen, und die Leute sitzen sowieso nie lang genug still. Sie zappeln und reden.«

»Wie viele Stunden dauert es?«

»Kommt darauf an, wie schnell ich zeichne.« Sie lacht nervös und nimmt mir das Skizzenbuch wieder ab. »Ist nur ein Hobby von mir.«

»Du solltest mehr daraus machen. Du bist sehr gut.«

»Wolltest du über die Hochzeit sprechen?«, fragt sie.

»Nein. Über etwas anderes.«

Einen Moment ist es vollkommen still, und Tempe sieht mich so erwartungsvoll an, dass ich überlege, es ihr nicht zu erzählen.

»Ich habe heute Darren Goodall gesehen.«

Ich erwarte, Furcht in ihren Augen zu entdecken, aber sie scheint es eher gelassen hinzunehmen oder sich ins Unvermeidliche zu fügen.

»War er wütend?«

»Er sagt, du hast etwas von ihm genommen.«

»Nichts, was mir nicht zustand.«

»Was soll das heißen?«

Sie schüttelt den Kopf.

»Wenn du etwas gestohlen hast…«

»Ich habe nur genommen, was mir gehört«, sagt sie noch einmal nachdrücklicher und zieht die Brauen hoch. »Du hast ihm doch nicht erzählt, wo ich bin?«

»Nein, natürlich nicht. Und er wird nicht so dumm sein und sich dir nähern«, sage ich im Brustton der Überzeugung. »Aber wir müssen vorsichtig sein.«

»Das bin ich«, sagt sie zuversichtlich. »Und du wirst mir beibringen, mich selbst zu schützen.«

Wenn das bloß reichen würde.

Wir sprechen über die Wohnung in Wandsworth. Onkel Clifton wird dafür sorgen, dass die Gas- und die Stromrechnung auf den Namen irgendeiner Firma laufen, damit sie nicht zu Tempe zurückverfolgt werden können.

»Du solltest dich in nächster Zeit auch für nichts registrieren lassen. Schließ keinen Handyvertrag ab oder so. Und behalte die Adresse auf deinem Führerschein bei. Hast du ein Auto?«

»Nein.«

»Gut. Sei vorsichtig mit deinem Uber-Konto und irgendwelchen Lieferdiensten. Bezahle wenn möglich in bar und achte darauf, nicht immer am selben Bankomaten Geld abzuheben.«

»Wieso?«

»Du würdest sonst ein Muster schaffen, das man verfolgen kann.«

Wir sitzen auf Hockern in der Küche und trinken Tee,

unsere Knie berühren sich fast. Mit dem hochgesteckten Haar und dem arrogant zur Seite gelegten Kopf sieht sie beinahe aus wie ein Junge, aber die Wölbung ihrer Brust und die langen, dunklen Wimpern sind unverkennbar weiblich.

»Warum lässt er dich nicht los?«, frage ich. »Liebt er dich?«

»Er glaubt, er würde mich besitzen.«

Tempe spielt mit dem Anhänger eines Teebeutels, der auf einem Unterteller zwischen uns erstarrt.

»Hast du ihn geliebt?«, frage ich.

Sie kräuselt die Nase. »Woran merkt man das?«

Ich lache. »Oh, du weißt schon.«

»Woran?«, wiederholt sie, und ich merke, dass sie es ernst meint.

»Du warst doch bestimmt schon mal verliebt?«

»Ich? Nein. Ich habe eine absolute Schwäche für romantische Filme. Ich bin ein Richard-Curtis-Junkie. *Love Actually. Notting Hill. Vier Hochzeiten und Todesfall.* Aber so was passiert doch nicht im wirklichen Leben – jedenfalls nicht mir.«

»Eines Tages wird es passieren«, sage ich, doch es klingt zu glatt und locker. »Er misshandelt sie auch«, füge ich hinzu. »Seine Frau, meine ich. Sie ist im Krankenhaus behandelt worden.«

Tempe zuckt die Schultern. »Schmerz törnt ihn an.«

»Und das hast du akzeptiert?«

»Eigentlich nicht, aber er hatte anscheinend Spaß daran.«

Sie muss meinen entsetzten Gesichtsausdruck gesehen haben.

»Ich hätte ihn stoppen können«, sagt sie. »Aber er schien Gefallen daran zu finden, und ich wollte ihn glücklich machen.«

»Frauen sollten nicht unterjocht oder brutal misshandelt werden, damit Männer glücklich sind.«

»Wir bringen alle Opfer.«

»Ich nicht.«

»Wirklich?« Sie hat eine Braue hochgezogen. »Wer trifft die wichtigsten Entscheidungen, du oder Henry?«

»Wir treffen sie gemeinsam.«

»Wer macht mehr Kompromisse? Wer entschuldigt sich schneller? Wer erledigt den Großteil der Hausarbeit? Wer hat am meisten Spaß? Wessen Karriere ist wichtiger?«

»Es geht hier nicht um mich«, sage ich, wütend darüber, dass sie die Unterhaltung umgedreht hat, um meine Fragen nicht beantworten zu müssen.

Ich kann nicht mit jemandem befreundet sein, der sich freiwillig zum Opfer machen lässt. Andererseits sucht Tempe kein Mitleid und klagt nicht darüber, dass das Leben sie enttäuscht hat. Sie ist wie ein lebendes Rätsel, ein Bündel von Widersprüchen, das entwirrt und neu aufgespult werden muss. Aber es ist nicht meine Aufgabe, sie ganz zu machen.

18

Imogen Crokers Eltern leben in einem kleinen Dorf am Rand von Cambridge, das sich der wuchernden Stadt Feld für Feld und Hof für Hof zu ergeben scheint. Eine Frau öffnet die Tür. Sie trägt einen schlichten Rock, eine Bluse und eine dunkelblaue Strickjacke, die sie mit nur einem Knopf zugeknöpft hat. Lächelnd fragt sie, ob ich eine gute Fahrt hatte. Ich folge ihr durch einen Flur in Innenräume, die sich trotz der hohen Decken beengt und beengend anfühlen.

»Sind Sie Detective?«, fragt sie.

»Nein.«

»Aber Sie sind bei der Polizei.«

»Im uniformierten Dienst, ja, aber heute nicht.«

Sie sagt, ihr Name sei Lydia, und nennt mich Constable McCarthy, auch nachdem ich vorgeschlagen habe, dass wir uns mit Vornamen anreden.

Wir haben das Wohnzimmer erreicht, wo das Sonnenlicht, das durchs Fenster fällt, so hell ist, dass es einen beinahe greifbaren Strahl bildet, der auf einen fadenscheinigen Webteppich fällt. In einem Sessel vor dem Fernseher bemerke ich eine fast unsichtbare Gestalt, einen Mann mit weiß-grauem Haar und arthritischen Händen, der sich in dem Sessel aufzulösen oder aus ihm herauszuwachsen scheint.

Im Fernseher läuft eine Naturdokumentation über Pinguine, die durch ein eisiges Ödland marschieren, der Ton ist leise gedreht.

»Das ist mein Vater. Er leidet unter Demenz. Alles in Ordnung, Papa?«

Der alte Mann rührt sich und fixiert mich mit wässrigen Augen. »In der Antarktis gibt es keine Eisbären.«

»Aber Pinguine«, antworte ich.

Er nickt weise, als hätten wir einen Disput beigelegt.

Lydia führt mich zu einem dunkel lackierten Esstisch, auf dem Sammelmappen und Fotoalben ausgebreitet sind. Sie hat darauf bestanden, dass ich um zwei Uhr komme, weil ihr Mann dann außer Haus sei.

»Richard regt es auf, wenn ich über Imogen spreche. Er meint, wir sollten nach vorn schauen, aber ich kann nicht vergessen.« Neben ihrem rechten Ellenbogen steht eine Schachtel mit Papiertaschentüchern, doch ich sehe keine Spur von Tränen. »Imogen war sein Liebling, wissen Sie – unsere einzige Tochter. Ich weiß, Eltern sollten keine Favoriten haben, aber es war sehr leicht, sie zu lieben. Deswegen möchte er nicht über sie sprechen. Es tut zu sehr weh.«

Ohne Aufforderung beginnt sie, von Imogen zu erzählen, beschreibt ihre Kindheit, ihre Persönlichkeit, ihre Eigenheiten und illustriert die Geschichten mit Fotos. Ich möchte auf Imogens Tod zu sprechen kommen, erkenne jedoch, wie stolz Lydia ist, über ihre Tochter reden zu können.

Sanft dränge ich sie voran und frage, wie Imogen Darren Goodall kennengelernt hat.

»Sie war gerade erst mit der Schule fertig. Ein naives Lämmchen. Er war Polizeibeamter – ein erwachsener Mann. Er hat nebenbei als Türsteher in einem Club gearbeitet. Er hat sich Imogens Telefonnummer aufgeschrieben und sie später angerufen. Sie fand es romantisch – eine süße Kennenlerngeschichte, wie im Kino.«

»Mochten Sie ihn?«, frage ich.

»Ich fand, dass er zu alt für sie war.«

»Ist das alles?«

»Er machte einen durchaus charmanten Eindruck. Ehrgeizig. Höflich. Imogen war ein kleiner Wildfang, und wir dachten, er würde sie vielleicht beruhigen; er war immer ziemlich kontrollierend. Ich glaube, anfangs fand sie es attraktiv, einen Mann zu haben, der ihre Kleidung auswählte und sie behandelte wie eine Prinzessin. Aber nach einer Weile fing er an, sich über ihre Freundinnen zu beschweren und Imogen zu isolieren. Er entschied, wohin sie ging und wen sie traf. Er hat ihr Selbstbewusstsein unterminiert, ihr Temperament erstickt. Er hat ihr ihre Lebensfreude genommen.«

»Der Journalist Dylan Holstein hat sich die Umstände ihres Todes genauer angesehen«, sage ich.

»So ein reizender Mann. Wirklich traurig, was geschehen ist.«

»War die Polizei bei Ihnen?«

Sie nickt. »Ein Detective Fairbairn. Er hat ein paar Briefe und Unterlagen mitgenommen.«

»Was für Unterlagen?«

»Von der Untersuchung.«

»Der Coroner hat damals festgestellt, dass Imogens Tod ein Unfall war.«

»Er hat sich geirrt«, sagt sie trotzig.

»Ich habe das Ergebnis der Untersuchung gelesen. Laut Zeugenaussagen ist sie ausgerutscht und gestürzt.«

»Laut der Aussage *eines* Zeugen, meinen Sie. Desselben Zeugen, der mit einem Anwalt zu der Untersuchung gekommen ist und sich geweigert hat, weitere Fragen zu beantworten.«

»Darren Goodall.«

»Wir nehmen seinen Namen in diesem Haus nicht in den Mund.«

Sie zupft ein Taschentuch aus der Schachtel und zerknüllt es in ihrer Faust. Ihre Fingerknöchel sind weiß.

»Wissen Sie, wie oft wir seit Imogens Tod von ihm gehört haben?« Sie formt mit Daumen und Zeigefinger eine Null. »Alle Kommunikation läuft über seinen Anwalt. Wir bekommen Warnbriefe, die uns für den Fall drohen, dass wir weiter mit den Medien über ihren Tod sprechen oder versuchen, eine Wiederaufnahme der Ermittlung zu erreichen. Entweder das, oder er behauptet, wir würden ihm Geld schulden.«

»Was für Geld?«

»Imogen besaß eine Lebensversicherung, die mein Vater vor Jahren für sie abgeschlossen hatte.« Sie zeigt auf den alten Mann vor dem Fernseher. »Ich weiß, er macht nicht viel her, aber er hat die europaweit größte Firma für Tiefkühlprodukte aufgebaut.«

»Wie hoch war die Lebensversicherung?«

»Eine halbe Million Pfund. Zu ihrem einundzwanzigsten Geburtstag hätten ihr außerdem noch Zahlungen aus dem Familienfonds zugestanden.«

»Aber sie und Goodall waren nicht verheiratet.«

»Er hat ein Testament präsentiert und behauptet, sie hätte ihm alles vermacht. Dabei habe ich zwei Tage vor ihrem Tod mit Imogen gesprochen. Sie wollte die Verlobung lösen, aber sie hatte Angst, es ihm zu sagen.«

»Was glauben Sie, was passiert ist?«

»Ich glaube, er hat sie umgebracht.«

»Aufgrund welcher Beweise?«

»Seine eigenen Worte.«

»Wollen Sie sagen, er hätte gestanden?«

»Nein, er hat gelogen.«

Lydia schlägt ein Fotoalbum auf und zeigt mir ein Bild ihrer Tochter mit Darren Goodall an einem Restauranttisch. Beide haben ein Glas Champagner in der Hand und legen die Köpfe aneinander, während Goodall ein Selfie macht.

Lydia zeigt auf Imogens rechte Hand, an dem sie einen Saphirring trägt.

»Der hat meiner Urgroßmutter gehört«, sagt sie. »Sie hat ihn ihrer ältesten Tochter vermacht, als die erwachsen wurde, meine Mutter hat ihn dann mir überlassen, und ich habe ihn Imogen an ihrem achtzehnten Geburtstag gegeben. Sie hat ihn immer getragen.«

»Ich verstehe nach wie vor nicht.«

»Sie hat den Ring am Tag ihres Todes getragen. Aber als man ihre Leiche am Fuß der Klippe gefunden hat, war er verschwunden.«

»Könnte er abgerutscht sein?«

Lydia schüttelt den Kopf. »Imogen war damals so gestresst, dass sie unter Essstörungen litt, Fressattacken, nach denen sie sich dann übergeben hat. Ihre Finger waren geschwollen. Sie wollte Darren den Verlobungsring zurückgeben, konnte ihn jedoch nicht von ihrem Finger streifen.«

»Wollen Sie andeuten, Darren Goodall habe sie vom Beachy Head gestoßen und den Saphirring gestohlen?«

Sie nickt. »Alles, was danach kam, war reines Theater – sein Schluchzen über ihrer Leiche, das Schauspiel des trauernden Verlobten.«

»Er hat sich eine Unterkühlung zugezogen.«

»Meine Tochter ist gestorben!«

»Wurde Goodall nach dem Ring gefragt?«

»Er hat gesagt, sie hätte ihn schon Tage vorher verloren,

aber als sie an dem Morgen das Haus verlassen hat, hat sie ihn getragen.«

»Ist er wertvoll?«

Lydia klappt eine Aktenmappe auf und präsentiert die Schätzung einer Versicherung mit angehängtem Foto. Der Ring wird als Ceylon-Saphir beschrieben – Swimmingpool-blau –, gefasst von vierzehn Diamanten im Rosettenschliff an einem Silberring. Der Wert wird mit achtzehntausend Pfund angegeben.

Als Goodall mir in der U-Bahn gefolgt ist, hat er gesagt, Tempe hätte etwas von ihm mitgenommen. Könnte er den Ring gemeint haben? Es wäre kein Beweis dafür, dass Goodall Imogen ermordet hat, doch er würde ihn als Lügner entlarven und Zweifel an seiner Geschichte säen, wie sie zu Tode gekommen ist.

»Hat Goodall Geld aus Imogens Trust erhalten?«, frage ich.

»Richard hat einen Vergleich ausgehandelt, anstatt das ganze Geld für Anwaltskosten und Gerichtsgebühren zu verlieren.«

»Wie viel?«

Lydia zögert. Über Geld zu sprechen ist ihr offensichtlich unangenehm. »Fünfzigtausend Pfund.«

Die Haustür geht auf. Schlüssel werden auf einen Tisch geworfen. Ein junger Mann geht an uns vorbei in die Küche. Mitte zwanzig, mit schwarzem Haar und Augen von demselben Blau wie Imogens. Ohne mich weiter zu beachten, nimmt er einen Krug Orangensaft aus dem Kühlschrank, trinkt aus der Tülle und wischt sich mit der Rückseite des Ärmels den Mund ab.

Lydia Croker tadelt ihn nicht. Er steht in der Tür und starrt mich an.

»Wer sind Sie?«

»Etwas höflicher, Jared, bitte«, mahnt Lydia.

»Ich bin Polizistin«, erkläre ich.

Er verdreht die Augen in Richtung seiner Mutter. »Bist du es nicht allmählich leid, über sie zu sprechen?«

Sie antwortet nicht. Er schüttelt grunzend den Kopf und stapft an uns vorbei in den Flur und wieder aus der Haustür.

»Wohin gehst du?«, ruft Lydia.

»Aus.«

»Bist du zum Abendessen zu Hause?«

»Weiß nicht.«

Die Tür wird geschlossen.

Lydia sieht mich traurig an. »Mein Sohn.«

19

Eine Stunde später halte ich vor dem großen elektrischen Tor am Haus meines Vaters und drücke auf den Knopf der Gegensprechanlage. Heute gibt es keine Schlangen, keine Sicherheitsleute und keine wartenden Paparazzi.

»Was immer Sie anbieten, wir kaufen nichts«, kreischt Constance, irritiert von der Störung.

»Ich bin's. Philomena.«

»Oh!«, quiekt sie. »Ich habe deinen Wagen nicht erkannt.«

Sie telefoniert mit irgendjemandem, beendet das Gespräch jedoch hastig.

»Ist er zu Hause?«, frage ich.

»Nein, er ist heute auf der Baustelle.«

Es entsteht eine lange Pause. Ich kann mir vorstellen, wie Constance überlegt, ob ich als Teil der Familie hier bin oder als Polizistin. Ein metallisches Klicken ist zu hören, und das Tor gleitet auf. Ich fahre über die schmale Auffahrt bis zum Haus, das ohne die vielen Menschen und die Karussells ganz anders aussieht. Die Zelte sind abgebaut worden, zurückgeblieben sind der verfärbte Rasen und schlammige Wege. Zwei Gärtner stutzen die Hecken und bepflanzen ein beschädigtes Blumenbeet neu.

Constance öffnet die Tür, während mein Finger noch über der Klingel schwebt. Sie sieht makellos aus wie immer, leger, aber teuer gekleidet. Atemlos vor Enthusiasmus reibt sie ihre Wange an meiner, lässt ihre Hand an meinem Arm hinabgleiten und fasst mein Handgelenk, als wären wir Freundinnen.

»Wenn ich ihm erzähle, dass du hier bist, kommt er vielleicht früher nach Hause«, sagt sie und zieht ihr Handy aus der Jeans.

Ich schlendere in die Bibliothek und lausche mit halbem Ohr ihrer geflüsterten Unterhaltung. Mein Vater hat einen großen antiken Schreibtisch mit Lederintarsien. Darauf steht ein aufgeklappter Laptop mit dunklem Bildschirm. Ich drücke auf die Leertaste. Der Monitor leuchtet auf und fragt mich nach einem Passwort. Wie schicke ich ihn wieder in den Schlaf? Ich klappe den Deckel zu.

Schritte. Constance erscheint in der Tür.

»Er will dir Hope Island zeigen.«

Ich blicke auf mein Handy. Um diese Zeit werde ich vierzig Minuten in dichtem Verkehr brauchen, doch ich bin gekommen, weil ich ihn um einen Gefallen bitten möchte. Constance begleitet mich zu meinem Wagen und schiebt beide Hände in die Gesäßtaschen ihrer Jeans.

»Ich wollte dir danken«, sagt sie.

»Wofür?«

»Dass du Edward überzeugt hast, sich operieren zu lassen.«

»Ich glaube nicht, dass das mein Verdienst war.«

»Dass du zu seinem Geburtstag gekommen bist – und die Hochzeit –, das ist, als hätte er eine neue Pacht aufs Leben bekommen. Er ist fast wieder der Alte.«

Das Wort »fast« birgt mehr Gewicht, als ich tragen möchte. Vielleicht ist er so besser dran – ein veränderter, geläuterter Mensch. Constance steht winkend in der Auffahrt und bleibt im Rückspiegel, bis ich das Haupttor erreicht habe.

Während ich durch Dartford und Greenwich fahre, rechne

ich die zusätzliche Zahl von Gästen aus, die eine Einladung des McCarthy-Clans mit sich bringen würde. Ich kann nicht bloß meinen Vater einladen. Meine Onkel und Tanten und Cousins und Cousinen werden ebenfalls Einladungen erwarten. Ich nehme den Blackwall-Tunnel unter der Themse und weiter nach Osten Richtung Canning Town. Hope Island ist schon aus einer Meile Entfernung zu erkennen – ein Wald aus Kränen und Neubauten, die sich über den alten Werften, Reihen von Mietskasernen und rußschwarzen Lagerhäusern erheben. Es ist eigentlich keine Insel, sondern eine Landzunge, die am Nordufer der Themse hängt wie ein Tropfenohrring.

Das Baustellenbüro ist ein Fertiggebäude mit einer schlammverschmutzten Treppe und Reihen von Haken, an denen Helme und Leuchtwesten hängen. Ich trage mich in eine Liste ein und werde von einem Vorarbeiter in roter Weste begleitet, dessen schwere Lederarbeitsschuhe schmutzverkrustet sind und sich an der Kappe nach oben wölben. Er fährt in einem Golfcart über die Großbaustelle und weist mich auf diverse Projekte hin, während wir uns einen Weg zwischen Baumaschinen und Stapeln von Metallschalungen, Trägern und Rohren bahnen. Einige der Büroblocks sind bereits verkauft oder an große Firmen oder Kunstorganisationen vermietet, die mit großen Plakaten für ihr neues Quartier werben.

Wir erreichen eins der fertiggestellten Gebäude. An den großen Glasfenstern im Erdgeschoss kleben noch Kreuze aus Klebeband. Die umliegende Grünanlage wird mit Sandsteinblöcken und Rollrasen gestaltet. Irgendjemand pfeift laut, und ein Dutzend Bauarbeiter wenden die Köpfe in meine Richtung.

Echt jetzt, will ich fragen. Ist das noch immer so ein Ding?

Ich weiß, was meine Mutter sagen würde: »Genieße die Aufmerksamkeit, Philomena, denn eines Tages hören sie auf zu pfeifen.«

»Oberstes Stockwerk«, sagt der Vorarbeiter und zeigt auf den Fahrstuhl.

Ich hätte wissen müssen, dass der Slum-Dog-Millionär das Penthouse nimmt. Ich drücke auf den obersten Knopf. Die Türen schließen sich, und ich schieße mit einer Geschwindigkeit aufwärts, die meinen Magen sacken lässt. Als die Türen wieder aufgehen, blicke ich auf einen leeren Empfangsschreibtisch und noch in Plastik gehüllte Stühle. Ich folge dem Klang von Stimmen, bis ich ein Büro erreiche. Davor sitzt eine Rezeptionistin.

»Er wird gleich hier sein.«

Sie führt mich in ein Konferenzzimmer mit einem langen Tisch und einem Dutzend Stühle. Für ein Meeting sind Wasserkrüge und Gläser bereitgestellt worden, daneben liegen Notizblöcke. An den Wänden hängen künstlerische Impressionen des fertigen Projekts, und auf einem großen Tisch am Ende des Raumes steht ein maßstabgetreues Modell von Hope Island. Es ist erstaunlich detailliert, mit sämtlichen Gebäuden und Freiflächen, bis hin zu winzigen Plastikfiguren von Joggern, einem Radfahrer auf einem Weg am Fluss und Gästen in einem Außencafé.

Ich stelle einen umgekippten Baum wieder an seinen Platz.

»Du hast immer schon gerne mit Puppenhäusern gespielt«, sagt mein Vater. Er steht in der Tür. »Erinnerst du dich an das aus Holz? Es hat dein halbes Zimmer eingenommen.«

»Du hast mich verwöhnt.«

»Das merke ich.«

Er tritt näher. Ich bin unsicher, ob ich ihn umarmen soll. Ich vermeide die Entscheidung, indem ich zum anderen Ende des

Konferenztischs gehe, wo Fenster vom Boden bis zur Decke eine spektakuläre Aussicht über die Themse bieten. Wir sind fast auf derselben Höhe wie eine Passagiermaschine im Landeanflug auf den London City Airport. Ich kann die beiden Piloten im Cockpit erkennen. Weiter im Westen erheben sich vor dem Hintergrund der Nachmittagssonne die Türme von Canary Wharf, und die O2-Arena direkt gegenüber sieht aus wie eine halb vergrabene Seemine.

»Und, was denkst du?«, fragt er.

»Spielt das eine Rolle?«

»Ich liege nachts wach und frage mich, ob es richtig ist.«

»Warum?«

Er zeigt nach unten. »Siehst du die Wohnhäuser am Wasser?«

Ich nicke.

»Das sind die Royal Docks. Während des Krieges hat die deutsche Luftwaffe versucht, sie auszuradieren. Eine halbe Meile davon entfernt bin ich aufgewachsen. Wir hatten ein Reihenhaus mit zwei Zimmern im Erdgeschoss und zwei Zimmern im ersten Stock, mit Außenklo und einer Gasse auf der Rückseite für den Kotwagen. Fast meine gesamte Kindheit lang hab ich mir ein Bett mit Daragh geteilt. Finbar und Clifton haben in einem Anbau geschlafen, den mein Dad gebaut hat.«

Ich kenne die Geschichte, seinen Schöpfungsmythos.

»Manchmal betrachte ich all diese neuen Projekte und denke, dass wir die Vergangenheit begraben.«

»Du hast gesagt, es waren Slums.«

»Ja, aber es waren *unsere* Slums.« Er berührt die Scheibe mit dem Finger. »Die Menschen, mit denen ich aufgewachsen bin, können es sich nicht leisten, in den Häusern zu wohnen, die ich baue. Ich helfe dabei, die echten Londoner aus London zu vertreiben.«

»Was sagt Daragh?«

»Er denkt, ich werde weich. Er sagt, dass nicht wir London verändert haben. Es hat sich selbst verändert. Die Menschen haben immer über Neubauprojekte geklagt. Sie haben über die South Bank, das Barbican Centre und Canary Wharf gejammert.«

»Warum baust du nicht mehr Sozialwohnungen? Du könntest etwas zurückgeben.«

»Die Reichen wollen nicht neben den Armen wohnen.«

»Das ist keine Entschuldigung.«

»Ich weiß.«

Unter uns schwenkt ein Kran einen Stahlträger über das skelettartige Gerippe eines Gebäudes und lässt ihn in die ausgestreckten Arme eines Dutzend Männer ab, die dafür sorgen, dass er korrekt eingepasst wird.

»Die Wohnung in Wandsworth ist am Dienstag fertig. Auf dem Mietvertrag steht kein Name.« Wir gehen zurück in sein Büro, wo Schlüssel auf dem Schreibtisch bereitliegen.

Ich bedanke mich, stocke, zögere.

»Neulich auf deiner Geburtstagsparty ... du kanntest den Namen Darren Goodall.«

»Er war überall in den Nachrichten«, sagt er abschätzig.

»Ist das der einzige Grund?«

Er schnalzt mit der Zunge.

»Wenn er korrupt wäre, würdest du es mir sagen?«

»Nein.«

Ich will widersprechen. Er lächelt traurig. »Es ist sicherer so.«

»Ich brauche einen weiteren Gefallen«, sage ich.

Seine Augenbrauen berühren sich beinahe.

»Nicht für mich«, sage ich. »Mum wird den Salon verlieren. Sie schuldet ihrem Vermieter Geld.«

»Wie viel?«

»Siebentausend Pfund.«

Er nimmt ein Scheckbuch aus derselben Schublade.

»Von dir wird sie es nicht annehmen«, sage ich und sehe die Verletzung in seinen Augen.

»Wie dann?«

»Wir müssen uns eine andere Möglichkeit ausdenken.«

»Ich könnte es in einer braunen Papiertüte vorbeibringen lassen.«

Könntest du?, frage ich beinahe, erkenne jedoch, dass es ein Witz ist.

»So wird das heute nicht mehr erledigt«, setzt er nach.

»Vielleicht könntest du es telegrafisch von deinem Schweizer Konto anweisen lassen.«

Jetzt bin ich diejenige, die Witze macht, aber nicht ganz.

»Ich finde einen Weg«, sagt er.

»Versprochen?«

Er hält seinen kleinen Finger hoch, und ich fühle mich zurückversetzt in meine Kindheit, als wir uns im Garten Kleine-Finger-Versprechen gegeben haben. Als er in meinem Spielhaus saß und so tat, als würde er den aus Grashalmen und Regenwasser zubereiteten Tee trinken.

Er ist ein so charmanter alter Mistkerl. Er gleicht diesen Tieren, die harmlos, ja sogar knuddelig aussehen – ein Eisbär, ein See-Elefant oder eine Eule. Doch hinter diesen großen, klugen Augen und dem breiten, einladenden Gesicht wird immer das Bewusstsein eines Raubtiers wohnen.

20

Henry hat drei Tage frei, und wir sind nach Norden gefahren, um seine Eltern zu besuchen. Henrys Vater ist ein anglikanischer Pfarrer, der mit der perfekten Pfarrfrau verheiratet ist. Beide halten Roxanne für die perfekte Schwiegertochter, die ihnen ein perfektes Enkelkind geschenkt hat. Ich bin deswegen mehr oder weniger Luft.

Als ich Reverend Chapman zum ersten Mal getroffen habe, hatte ich Angst vor ihm, weil ich Bibelkunde-Fragen oder einen Jungfräulichkeitstest erwartete.

»Er weiß, dass du keine Jungfrau mehr bist«, sagte Henry lachend.

»Du hast ihm erzählt, ich wäre religiös.«

»Ich habe gesagt, du bist auf eine katholische Schule gegangen.«

»Das ist doch Haarspalterei.«

Bei jener ersten Begegnung haben wir ein Wochenende in dem alten Pfarrhaus verbracht, in getrennten Schlafzimmern natürlich, und Reverend Bill bat mich, das Tischgebet zu sprechen. Ich sagte ihm, dass ich das lieber nicht tun würde. Später versuchte er, mich in eine theologische Diskussion zu verwickeln, und behauptete, Gott müsse real sein, weil so viele Menschen an seine Existenz glaubten. Ich erwiderte, dass man das Gleiche auch über Allah, Shiva, Vishnu und Krishna sagen könnte. Schließlich bedachte er mich mit einem mitleidigen Blick und sagte, es sei traurig zu sehen, wie ein so junger

Mensch durchs Leben gehen und immer einen Beweis dafür verlangen würde, dass etwas existiert.

»Woher weißt du, dass die Liebe real ist?«, fragte er. »Man kann sie nicht sehen oder mit Händen greifen.«

»Henry kann ich mit Händen greifen, und ich liebe ihn.«

Das löste ein selbstgefälliges Lächeln aus. »Das klingt wie Glauben, nicht wie ein Beweis.«

»Überhaupt nicht. Bei der Polizei haben wir eine andere Bezeichnung für Liebe ohne Beweis.«

»Welche denn?«

»Stalking.«

Henry musste so heftig lachen, dass er Wein durch seine Nase prustete.

Reverend Bill und Janet hören uns ankommen. Sie stehen nebeneinander vor dem Pfarrhaus, als wollten sie das berühmte Bild *American Gothic* nachstellen, nur ohne Mistgabel und finsteren Blick. Der Pfarrer ist eine Bohnenstange von einem Mann. Er trägt ein kurzärmeliges Kollarhemd mit weißem Tab-Kragen. Janet hat wie üblich ein geblümtes Kleid an und ihr Haar so streng nach hinten gebunden, dass ihre Brauen wie in permanenter Überraschung hochgezogen sind. Es gibt Umarmungen, Küsse und Fragen nach der Fahrt, die nur eine Stunde gedauert hat, doch sie scheinen zu glauben, dass London in einer anderen Zeitzone liegt. Auch das Wetter wird behandelt, ebenso der Verkehr. Damit wäre das abgehakt. Das könnten lange drei Tage werden.

Wir tragen unsere Taschen ins Haus und bekommen unsere Zimmer zugewiesen – ja, Plural. Da wir nicht verheiratet sind, dürfen wir kein Schlafzimmer und schon gar nicht das Bett teilen. Bei meinem ersten Besuch hat Henry es geschafft, sich in mein Dachzimmer zu schleichen und mich mitten in der Nacht zu überraschen. Vielleicht wäre er damit auch durchgekommen, wenn da nicht das besonders geräuschvolle Kopfteil des Messingbettes gewesen wäre. Beim Frühstück sah Janet aus, als hätte sie eine Zitrone oder wenigstens eine halbe Pampelmuse ausgelutscht, und sie schlug das Rührei, als wollte sie es bestrafen. Wieso umgebe ich mich immer wieder mit religiösen Eltern?

Jetzt macht Janet mit ritueller Präzision Tee, wärmt erst die Kanne vor, gibt dann mehrere Löffel lose Teeblätter hinein, einen für jede Person und einen für die Kanne. Der gestrickte Teewärmer sieht aus wie eine Eule. Porzellantassen und Untertassen werden gedeckt – das gute Geschirr, das sie ansonsten wahrscheinlich nur auspackt, wenn der Bischof zu Besuch kommt.

Ich stehe an der Terrassentür und blicke in den Nachbargarten, wo zwei Teenager ein provisorisches Badminton-Netz spannen, das immer wieder in der Mitte durchhängt. Janet schneidet einen Orangenkuchen in Scheiben. Die schwarzen Körner auf der Oberseite sehen aus wie Insektenköttel. Sie spricht über die Hochzeit.

»Obwohl keiner von euch beiden in der Gemeinde wohnt oder regelmäßig den Gottesdienst besucht, ist es trotzdem möglich, weil Henry hier getauft wurde. Wir dachten, es wäre nett, wenn Pfarrer Nicholas die Trauung übernehmen würde. Er kennt dich seit deiner Kindheit.«

Henry nickt zustimmend und legt den Arm um meine Hüfte.

»Wir sollten ein Kennenlerngespräch vereinbaren«, sagt Janet.

»Aber ich kenne ihn schon«, sagt Henry.

Alle blicken mich an. Ich wirke offenbar nicht sehr erpicht.

»Es ist nur ein Gespräch«, erklärt Reverend Bill. »Er wird

euch fragen, wie du und Henry zusammengekommen seid und warum ihr euch entschieden habt, kirchlich zu heiraten.«

Wegen euch, will ich sagen, beiße mir jedoch auf die Zunge.

»Er wird mit euch offen über eure Vergangenheit, eure Hoffnungen für die Zukunft und euer Verständnis der Ehe sprechen wollen. Wollt ihr eure Kinder im christlichen Glauben erziehen – und dergleichen.«

»Es geht dabei mehr um Henry, weil er geschieden ist«, sagt Janet und klingt enttäuscht. »Er muss die Scheidungsurkunde vorlegen und erklären, was beim ersten Mal falsch gelaufen ist.«

»Das war ein Fehlstart«, sage ich, bemüht, die Stimmung aufzulockern.

»Und wir wollen nicht, dass er noch einen Fehler macht«, erwidert Janet.

Autsch!

Reverend Bill schlägt vor, dass wir über den Ablauf des Gottesdienstes sprechen.

»Wir haben einen örtlichen Drucker, der wundervolle Texthefte macht«, sagt Janet und zieht einen Ordner voll mit Beispielen heraus. »Auf das Titelblatt kann man ein Foto oder ein Zitat drucken lassen.«

»Ihr müsst noch eine Stelle für die Bibellesung aussuchen und entscheiden, welche Choräle gesungen werden sollen«, sagt Reverend Bill.

»Müssen es Choräle sein?«, frage ich.

»Es gibt eine breite Auswahl, und ich bin sicher, ihr werdet etwas finden, was euch gefällt. Für Einzug und Auszug könnt ihr andere Musik auswählen«, fügt er hinzu.

»Solange es nicht zu exzentrisch ist«, ergänzt Janet.

Ich sehe Henry an. »Wir hatten daran gedacht, einen Gospel-Chor einzuladen.«

Janet nickt, doch ihr Lächeln gefriert.

»Bei meinem Einzug soll er ›All You Need Is Love‹ singen, und wenn wir zusammen rausgehen ›Oh, Happy Day‹.«

»Alle könnten mitsingen«, fügt Henry hinzu.

Janet scheint zu ticken wie eine Zeitbombe.

»Hast du schon entschieden, wer dich zum Altar führt?«, geht Reverend Bill dazwischen. »Natürlich nur, wenn du willst. Du bist schließlich nicht jemandes Besitz, der weggegeben wird. Nicht mehr in diesem unserem Zeitalter.«

»Mein Vater«, sage ich schnell.

Niemand hält geräuschvoll den Atem an oder schreit entsetzt auf. Stattdessen herrscht Stille. Sogar das Ticken hat aufgehört. Janet stößt ein Lachen aus wie von einem Schluckauf, weil sie wohl denkt, ich wolle drollig sein. Im selben Moment trottet ein übergewichtiger brauner Labrador ins Zimmer und schnuppert an meinen Schuhen. Dann hebt er die Nase in meinen Schritt, und ich schiebe ihn weg.

»Er sucht nach Krümeln«, sagt Reverend Bill. »Auf deinem Schoß.«

»Oh.«

Er legte seine Fingerkuppen zusammen. »Ich dachte, du hättest dich von deinem Vater entfremdet.«

»Ich möchte, dass er zu meiner Hochzeit kommt. Zusammen mit meinen Onkeln.«

Wieder entsteht ein langes Schweigen. *Los, komm, Henry, sag was! Unterstütz mich.*

Janet fängt an, das Teegeschirr abzuräumen, um sich mit irgendetwas zu beschäftigen. Dabei lässt sie ein Zuckerstück fallen, das der Labrador aufsaugt, ohne zu kauen.

»Das geht nicht«, sagt Janet plötzlich, als wäre das damit geklärt.

»Wie bitte?«

»Wir wollen Edward McCarthy nicht in unserer Kirche.«

»Mein Vater ist Geschäftsmann.«

»Ja, aber ...«

»Was?«

Sie blickt zu ihrem Mann und erwartet, dass er ihr beipflichtet, doch der Pfarrer hat den Blick gesenkt, als wollte er sein Gewissen ergründen oder um göttliche Führung beten. Nach einer langen Pause räuspert er sich und sagt: »In unserer Kirche ist jeder willkommen.«

Janet will widersprechen, doch er schneidet ihr das Wort ab. »Wir haben alle unsere Schwächen, und wir haben alle gesündigt, deswegen müssen wir ein offenes Herz bewahren.«

»Mr McCarthy ist sehr nett«, erklärt Henry. Endlich zeigt er ein wenig Mumm, wie Janet wahrscheinlich sagen würde.

Mein Handy zwitschert. Es ist eine Nachricht von Tempe. Sie nimmt den Zug von London, weil wir die Milford Barn besuchen wollen, um das Catering und die Sitzordnung zu besprechen.

»Ich muss los«, sage ich, froh zu entkommen. »Kann ich deinen Wagen ausleihen?«

Henry holt die Schlüssel und flüstert mir zu: »Feigling.«

Ich gebe ein Glucksen von mir und kneife ihn in den Hintern. »Deine Familie. Dein Problem.«

Tempe wartet vor dem Bahnhof Hitchin auf mich. Sie trägt einen knielangen engen Rock, dazu eine passende Jacke und sieht aus wie eine Managerin. Wir lachen über meine zukünftigen Schwiegereltern, während das Navi uns zur Milford Barn dirigiert. Wir treffen uns mittlerweile einmal pro Woche, um die Hochzeit zu besprechen, zu shoppen, Museen zu besichtigen oder ins Kino am Leicester Square zu gehen. Meist ist die National Portrait Gallery unser Treffpunkt, weil Tempe es liebt, die Bleistift- und Kohle-Zeichnungen zu betrachten.

Über St. Ursula's sprechen wir fast nie. Damals war Tempe für mich eine distanzierte und unerreichbare Figur, die zu der »coolen Clique« gehörte. Niemand war überrascht, als sie bei der jährlichen Abstimmung zur stellvertretenden Schulsprecherin gewählt wurde. Normalerweise hatten die Lehrer trotzdem das letzte Wort, egal, wie die Schülerinnen gewählt hatten, aber es war für jeden offensichtlich, wer die besten Kandidatinnen waren. Ich kann mich nicht erinnern, ob ich Tempes Namen auf dem Wahlzettel angekreuzt habe, aber ich hoffe schon.

Ich wünschte, ich wäre schon damals mit ihr befreundet gewesen. Ich wünschte, wir wären mit der gleichen U-Bahn zur Schule gefahren oder zusammen in einem Schul-Musical besetzt worden. Stattdessen war Sara meine beste Freundin; Sara, die wankelmütig und voreingenommen war und zu rücksichtsloser Grausamkeit neigte. In einem Moment malte sie sich mit mir unsere Karriere, Freunde, Hochzeiten und Kinder aus, im nächsten ignorierte sie mich wegen irgendeiner empfundenen Kränkung komplett. Sie ist heute viel netter, aber vor ihren Launen bin ich immer noch auf der Hut.

Eins der Dinge, die ich an Tempe mag, ist, dass sie zugibt, weder besonders belesen noch besonders gut informiert über das Zeitgeschehen zu sein. »Ich glaube, ich habe zu früh meinen Gipfel erreicht«, sagt sie selbstironisch. »Ich bin an meine Grenzen gestoßen.« Sie hat eine interessante Weltsicht und teilt gern schlichte Beobachtungen mit, die eine innere Wahrheit bergen. Einmal sagte sie: »Ein Unrecht hebt das andere nicht auf, aber es liefert eine gute Ausrede.« Und ein anderes Mal:

»Das Gras ist nicht grüner auf der anderen Seite, sondern da, wo man es wässert.«

In meinem Karate-Kurs ist sie die Star-Schülerin geworden. Sie verfügt über eine exzellente Technik, aber beim Sparring mit anderen Kursteilnehmern zögert sie jedes Mal, wenn ihr Gegner eine Blöße zeigt, als hätte sie Angst, sie könnte zu weit gehen und sich selbst nicht mehr bremsen. Hinterher in der Umkleidekabine geht sie oft nackt von den Duschen zu ihrem Spind, ohne sich in ein Handtuch zu wickeln. Manchmal bleibt sie, vollkommen unbekümmert über ihre Nacktheit, vor mir stehen, um eine Geschichte zu Ende zu erzählen. Ich bin ganz bestimmt nicht prüde, aber ich fühle mich trotzdem nicht wohl damit, meine intimen Körperteile herumzuzeigen, weshalb ich mich beim Ankleiden immer beeile, mit all der Eleganz eines zusammenklappenden Liegestuhls.

Wir fahren durch das steinerne Tor und kommen zu einem Parkplatz, der von Bäumen umgeben ist. Zwischen ihnen hindurch kann man schon die Eichenscheune aus dem 17. Jahrhundert sehen. Wir folgen der Beschilderung durch einen Tunnel aus Grün bis zum Empfangsbereich, der in einem an die Scheune angrenzenden Farmhaus liegt. Durch die Fenster sehe ich Zugpferde auf einem Feld und eine Entenfamilie, die zu einem Teich watschelt. Irgendwo läuft »What a Wonderful World« von Louis Armstrong.

»Ich komme mir vor wie in einem Disney-Film«, flüstere ich Tempe zu, als wir auf die Managerin warten.

»Ist das gut?«

»Perfekt.«

Die Managerin ist eine rüstige, herzliche Frau mit einem roten Gesicht, die zur Begrüßung einen Knicks macht, als wäre ich ein Mitglied der königlichen Familie. Sie heißt Marjolein, zeigt sich begeistert von unserer Wahl und erklärt, dass sie sich wahnsinnig freue, meine Hochzeit auszurichten.

»Ich war überrascht, dass wir noch einen Termin bekommen haben«, sage ich. »Als ich Sie das erste Mal angerufen habe, waren Sie ausgebucht.«

»Oh, wir können wenn nötig immer ein bisschen hin- und herschieben«, sagt sie. »Und als Miss Brown die besonderen Umstände erläutert hat.«

»Umstände?« Ich sehe Tempe an.

Sie zuckt die Schultern, und wir lassen Marjolein weiterreden.

»An dem Tag werden die Hochzeitswagen hier ankommen«, erklärt sie und führt uns durch die Doppeltür zu einem Wendekreis. »Die Gäste werden durch eine andere Tür hereingelassen und auf Sie warten, um Sie zu begrüßen.«

Mit großer Geste zieht sie ein Scheunentor auf, hinter dem ein riesiger Raum mit frei liegenden Balken liegt, die sich unter einem Giebeldach kreuzen. Der Raum hat eine rustikale, einladende Atmosphäre, mit hohen Fenstern, die das Licht in die oberen Ecken lenken. Angestellte stellen Tische und Stühle auf und entfalten weiße Leinentischdecken. Marjolein nickt einigen von ihnen zu und bleibt stehen, um den Tafelaufsatz auf einem der Tische zurechtzurücken.

»Dieser Bereich wird oft als Tanzfläche freigelassen, und die Band baut sich normalerweise in der Ecke da drüben auf. Wir haben keine unmittelbaren Nachbarn, sodass es keine Beschwerden über Lärmbelästigung gibt.«

Aus dem Feierraum gehen wir in die Küche und weiter zu den Toiletten, bevor wir im Innenhof ein Glas Champagner und Salzgebäck serviert bekommen, während wir über Details des Buffets und die Auswahl an alkoholischen Getränken sprechen, die wir anbieten wollen.

Marjolein fragt, ob wir besondere Sicherheitsbedenken haben. »Wenn Sie sich Sorgen wegen ungeladener Gäste und Paparazzi machen, wir haben nur ein begrenztes Kontingent von Wachpersonal, und das Gelände ist ziemlich offen. Es ist schließlich nach wie vor ein normal arbeitender Bauernhof.«

»Warum sollten wir uns Sorgen wegen Paparazzi machen?«, frage ich.

Tempe berührt meinen Arm. »Ich treffe Vorkehrungen.«

Ich hatte nicht mal über die Möglichkeit nachgedacht, dass die Anwesenheit meines Vaters die Aufmerksamkeit auf mich und meine Hochzeit lenken könnte. Henrys Worte fallen mir wieder ein. *Hast du dir das gut überlegt?*

Buch Zwei

Wenn du mich jemals mit dem angesehen hättest,
von dem ich weiß, dass du es in dir hast,
wäre ich dein Sklave.

EMILY BRONTË

21

Meine Freundinnen sind da: Margot, Phoebe, Sara, Brianna, Georgia und Carmen. Einige von ihnen hat Tempe schon getroffen, aber noch nie die ganze Clique zusammen. Phoebe ist die Schöne in der Runde. Sie hat studiert, weil sie Zeitungsjournalistin werden will, doch es gibt dieser Tage nicht mehr viele Jobs in dem Bereich. Zeitungen gehen den Weg von DVD-Läden und Videokassetten. Wir sagen ihr ständig, dass sie beim Fernsehen arbeiten sollte, weil sie diesen Mädchen-von-nebenan-Appeal hat – volles Haar, breites Lächeln, weiße Zähne –, aber Phoebe hat Angst, dass sie dann als Moderatorin einer Lifestyle-Sendung endet, wo sie Leuten erzählt, wie sie ihre Küchen renovieren sollen oder ihren Trödel upcyceln können.

Brianna arbeitet in den Sozialen Medien. Sie hat einen älteren Freund, einen Überflieger bei einer Handels- oder Investmentbank. (Ich weiß nicht genau, was der Unterschied ist.) Carmen ist die Selbstsicherste. Sie ist bereits verheiratet, mit Paolo, zum ersten Mal schwanger und Geschäftsführerin einer Buchhandlung in Barnes. Meine älteste Freundin Sara unterrichtet an einer Sprachschule in Hammersmith und hat seit der Pubertät nur Jungs im Kopf. Margot ist Creative Director bei einer Werbeagentur am Soho Square und seit dem College mit Phoebe zusammen. Das ist aus uns geworden: vernünftige Mittzwanzigerinnen mit vernünftigen Freunden (oder Freundinnen) (oder Ehemännern) und vernünftigen Jobs, aber manchmal flippen wir auch ein bisschen aus.

Seit der Schule oder der Uni haben wir uns eine Wohnung geteilt, sind zusammen in den Urlaub gefahren und haben Internet-Memes ausgetauscht. Wir sind mit dem Rucksack durch Europa gereist, haben gegen den Klimawandel demonstriert und bei Bedarf Dates füreinander arrangiert.

Sara kenne ich seit der Grundschule, wir haben St. Ursula's gemeinsam durchlaufen und meistens dieselben Kurse belegt. Sobald ich Tempe erwähne, beginnen ihre Augen zu tanzen.

»Meinst du Maggie Brown?«

»Ihre Familie ist nach Belfast gezogen.«

»Sie ist im letzten Jahr abgegangen.«

»Ja.«

Sara lacht boshaft. »Erinnerst du dich nicht an die Geschichten? Dass sie dabei erwischt wurde, wie sie mit Caitlin Penney in der Umkleidekabine rumgemacht hat?«

»Das glaube ich nicht«, sage ich, allerdings ohne rechte Überzeugung.

»Es ist wahr«, erwidert sie ernst. »Und hinterher gab es diesen Vortrag, weißt du nicht mehr? Eine Nonne ist in die Schule gekommen und hat uns Mädchen davor gewarnt, ›spezielle Freundinnen‹ zu haben.« Sara deutet mit den Fingern die Anführungszeichen an.

Die Erinnerung taucht auf und löst sich gleich wieder auf in dem Wirbel aus Gerüchten, die in St. Ursula's herumflatterten wie Papierschnipsel an einem stürmischen Tag. Mädchen, die schwanger waren, Mädchen, die eine Abtreibung hinter sich hatten, oder auch Mädchen, die Pillen geschluckt hatten, sodass ihnen der Magen ausgepumpt werden musste. Dann war da noch die Oberstufenschülerin, die angeblich mit Mr Piccolo, unserem verheirateten Physiklehrer, geschlafen hatte, und, und, und …

Ich sehe, wie Sara in der Nähe von Tempe herumlungert, weil sie sie unbedingt nach Caitlin Penney fragen will, aber ich habe ihr das Versprechen abgenommen, das Thema zu meiden und Tempe eine Chance zu geben, neue Freundinnen kennenzulernen.

Wir machen uns im Mixer Frucht-Daiquiris, Mango oder Erdbeere – gefährlich hochprozentig und absolut süchtig machend. Ich versuche, nicht zu viel zu trinken und darauf zu achten, dass alle es nett haben.

Die Pizzen kommen. Carmen und Tempe sind in der Küche und schnippeln Obst für eine weitere Runde Cocktails. Vom Wohnzimmer aus höre ich, wie sie sich unterhalten. Carmen fragt, wie wir beide uns kennengelernt haben, und Tempe erwähnt weder unsere gemeinsame Schulzeit noch die Tatsache, dass ich sie vor Darren Goodall gerettet habe. Ich verstehe, warum sie gewisse Dinge geheim halten will, vor allem, dass sie die Geliebte eines verheirateten Mannes war.

Stattdessen erzählt sie eine Geschichte, wie ihr ein Typ auf einem Motorroller die Handtasche entrissen und sie ein Stück mitgeschleift hat, sodass sie sich das Gesicht aufgeschürft hat. Ich war die erste Polizistin am Tatort und habe sie ins Krankenhaus gefahren. Das erinnert mich an ihre Geschichte, wie sie Darren Goodall kennengelernt hat, nur mit einem anderen Opfer und einem anderen Ausgang. Es klingt plausibel, und Carmen gibt emphatische Laute von sich, äußert Entsetzen und Mitgefühl.

Später erzählt Tempe, dass sie Henrys Schwippcousine mütterlicherseits sei und sie und Henry sich schon als Kinder kannten und gemeinsam gebadet hätten. Es ist eine weitere gute Geschichte, die Lacher bekommt, aber ich verstehe nicht, warum sie die Menschen anlügt. Es ist wie ein Spiel.

Als ich später alleine mit ihr in der Küche stehe, finde ich endlich Gelegenheit, sie danach zu fragen, doch sie tut es mit einem Lachen ab und sagt, es würde das Leben interessanter machen.

»Hast du noch nie das Bedürfnis gehabt, etwas vorzutäuschen? In Belfast habe ich das ständig gemacht. Ich bin mit Freundinnen ausgegangen, und wir haben uns irgendwelche Storys ausgedacht. Wir waren Stewardessen, Profi-Schlammringerinnen oder Hand-Models.«

»Aber das sind meine *Freundinnen.*«

»Tut mir leid. Ich höre damit auf.«

Während des restlichen Abends beobachte ich sie genau und bemerke, dass sie nur so tut, als würde sie genauso viel trinken wie alle anderen und auch genauso beschwipst werden, während sie in Wahrheit kaum an ihrem Cocktail nippt. Sie hört zu, nickt und saugt Informationen auf, ohne eine eigene Meinung zu äußern.

Wir sind im Garten, reden über Hochzeitskleider und das Outfit der Brautjungfern. Sara, Brianna und Phoebe werden meine Brautjungfern sein. Carmens Schwangerschaft wird bis dahin schon zu weit fortgeschritten sein, und Georgia ist der Meinung, dass die Ehe ein »soziales und juristisches Konstrukt ist, das Frauen entwertet und sie zum Besitz und Objekt macht«. Eine Einladung erwartet sie natürlich trotzdem.

»Du hast versprochen, mich nicht in Taft zu wickeln«, sagt Sara. »Und auf keinen Fall Orange oder Gelb.«

»Wenn ich aussehe wie ein Baiser, spreche ich nie wieder mit dir«, stimmt Brianna mit ein.

Sie werden lauter und vulgärer. Es wird später. Um zehn scheuche ich sie zurück ins Haus, weil ich Angst habe, die Nachbarn könnten sich beschweren. Georgia fängt an, einen Joint zu drehen, was ich geflissentlich übersehe.

Sara erzählt von ihrer an Ostern geplanten Paris-Reise.

»Ich sehe dich nicken«, sagt Georgia. »Magst du Paris?«

»Sehr sogar«, antwortet Tempe. »Ich habe zwei Jahre dort gelebt.«

»Wo?«

»Am Westufer.«

»Meinst du vielleicht das linke Seineufer?«

»Oder vielleicht das andere Ufer«, sagt Brianna kichernd.

Sie machen sich über sie lustig.

»Dann sprichst du bestimmt gut Französisch«, sagt Georgia.

»Nur ein wenig.«

»*Je ne pense pas que tu parles français du tout.*«

»So viel nicht«, murmelt Tempe.

Es gibt weiteres Gelächter. Tempe begreift, warum, und verstummt. Sara hat ein Gespür für Schwäche.

»Hey, Tempe, du hast doch in Nordirland gelebt. Kennst du den irischen Klopf-Klopf-Witz?«

»Nein.«

»Er ist super. Du fängst an.«

»Klopf, klopf«, sagt Tempe.

Schweigen. Tempes eifrige Miene verändert sich langsam, als ihr dämmert, dass *sie* der irische Witz ist. Die anderen brechen in lautes Lachen aus. Ich möchte sie verteidigen, sage jedoch nichts und fühle mich deshalb noch schlechter. Ich wünschte, sie würden jetzt alle nach Hause gehen. Ich bin müde, und sie sind betrunken und nervig geworden. Tempe selbst ist daran nicht ganz unschuldig. Sie hat sich zu sehr angestrengt, gemocht zu werden, anstatt einfach sie selbst zu sein.

Um Mitternacht gehen alle bis auf Georgia, die in unserem Gästezimmer übernachtet. Sie füllt einen Krug mit Wasser und kleckert dabei auf den Tresen. Ich wische die Spritzer weg, dann wende ich mich wieder den Gläsern zu. Ich wasche sie von Hand und spüle sie hinterher mit kaltem Wasser ab.

»Warum stellst du die nicht in die Spülmaschine?«, fragt Georgia und lallt dabei leicht.

»Sie ist kaputt.«

Georgia setzt sich auf einen Hocker und rutscht fast wieder herunter.

»Warum wart ihr so gemein zu Tempe?«, frage ich.

»Sara hat angefangen.«

»Das ist keine Entschuldigung.«

»Ich weiß. Tut mir leid. Ich bin auch schon mal auf diesen Klopf-Klopf-Witz reingefallen. Irgendjemand fällt immer drauf rein.« Georgia trinkt einen Schluck Wasser. »Kann ich dich was fragen?«

»Klar.«

»Ist Tempe lesbisch?«

»Wie kommst du darauf?«

»Wegen der Art, wie sie dich ansieht. Phoebe dachte, ihr beide wärt vielleicht, du weißt schon …«

»Das kann nicht dein Ernst sein!«

Sie hebt die Hände. »Guck mich nicht so an. Ihr wart auf einer Mädchenschule. So was passiert in den Schlafsälen doch schon mal, spät abends, wenn das Licht gelöscht wird.«

»Aber ich war überhaupt keine Internatsschülerin! Außerdem klingt das wie etwas, das Henry sagen könnte. Tempe ist nicht lesbisch.«

»Wenn du das sagst«, erwidert Georgia kichernd.

»Ich gehe ins Bett.«

»Wie spät ist es?«

»Fast zwei.«

»O Gott. Morgen fühle ich mich bestimmt beschissen.«

»Du meinst heute. Ich habe dir ein paar Paracetamol ans Bett gelegt.«

Sie umarmt mich und lallt: »Eines Tages wirst du eine wundervolle Ehefrau sein.«

»Ja, und ich weiß auch schon genau, für wen.«

22

Tempe und ich shoppen im West End. Normalerweise vermeide ich so etwas, doch Kleidung zu kaufen ist anders mit Tempe, die als Stilberaterin und Lebenscoach in einem fungiert, mich ermutigt, neue Outfits zu probieren und Farben zu kombinieren, die ich normalerweise nie in Erwägung ziehen würde. Heute haben wir bei Uniqlo Kaschmirpullover und passende weiße Sneakers im ASICS-Store gekauft.

Wenn wir durch die Straßen schlendern, hakt sie sich manchmal bei mir unter, und wir gehen im Gleichschritt, als würden wir in einem Hollywood-Musical mitspielen und gleich ein Lied anstimmen.

Meine Mutter hat mir einmal erklärt, dass man ab einem bestimmten Alter nur noch sehr wenige neue Freundschaften schließt. Ich weiß nicht, warum das so ist. Vielleicht werden wir zu festgelegt in unseren Gewohnheiten und umgeben uns am liebsten nur noch mit Menschen, mit denen wir bereits eine Geschichte teilen. Ich habe alte Freundinnen, mit denen ich unterschiedlicher Meinung über den Brexit, die Wahl von Boris oder das schottische Unabhängigkeitsreferendum gewesen bin, aber wahrscheinlich wäre ich gegenüber neueren Bekanntschaften weniger nachsichtig. Sie müssen sich erst noch einen Platz in meinem Herzen verdienen.

Wir sind in der Carnaby Street und gehen auf der Suche nach einem Café zum Mittagessen in Richtung Covent Garden. Wir setzen uns draußen an einen Tisch, eine Kellnerin nimmt unsere Bestellungen auf. Da ich Tempe ausnahmsweise einmal zum Reden gebracht habe, stelle ich ständig neue Fragen. Normalerweise ist es umgekehrt. Wenn sie spricht, legt sich manchmal eine vollkommene Stille über ihren Körper, als würde sie ihrer eigenen Stimme lauschen und versuchen, den Ton und die Frequenz zu mäßigen, damit sie angenehmer klingt.

Sie offenbart, dass sie bis zum Alter von vier Jahren wegen einer Meningitis halb taub war und dass sie mit drei Schwestern aufgewachsen ist. Ihr Vater war Soldat und häufig nicht zu Hause, im Einsatz in Afghanistan und im Irak. Dann wurde er nach Belfast versetzt, weshalb die Familie umziehen musste. Ich will Tempe nach den Gerüchten auf St. Ursula's fragen, doch dann denke ich, dass sie es mir schon erzählen wird, wenn sie will, und dass es ohnehin kaum noch eine Rolle spielt.

Ihre beiden älteren Schwestern sind früh von der Schule abgegangen und haben gearbeitet, um die Familie zu unterstützen. Tempe blieb mit Elizabeth, der jüngsten, auf der Schule. Sie hatte Asthma und ist der ersten Welle der Pandemie »erlegen«.

»Wenn du sagst erlegen …«

»Sie ist gestorben.«

Ich bin schockiert. »Wie alt war sie?«

»Siebenundzwanzig.«

»Genauso alt wie ich.«

Ich bin überrascht, wie ungerührt Tempe wirkt. Nicht kalt, aber schicksalsergeben, als wäre Unglück unvermeidlich, weshalb es sinnlos ist, sich zu beklagen.

»Standet ihr euch nahe?«

»Sie war meine Schwester«, antwortet Tempe, als wäre damit alles gesagt.

»Deine Eltern müssen am Boden zerstört gewesen sein. Es ist so selten … dass ein so junger Mensch an Corona stirbt.«

Unser Essen kommt, und wir beschließen, es zu teilen, schneiden Sandwiches in zwei Hälften und schieben sie zwischen unseren Tellern hin und her. Tempe spricht weiter über ihre älteren Schwestern, die beide verheiratet sind. Ihren Vater erwähnt sie nicht, und ich spüre, dass sie sich nicht gut mit ihm verstanden hat. Sie streckt die Hand aus und wischt Mayonnaise von meiner Wange.

»Ich mache beim Essen immer eine Sauerei. Mum sagt, ich würde essen wie ein Hungry Hippo.«

»Ein was?«

»Das Spiel. Hungry Hippos. Habt ihr das nie gespielt?«

Tempe schüttelt den Kopf.

»Deswegen wollte ich auch eine Schwester haben – damit ich an regnerischen Tagen Brettspiele mit ihr spielen könnte. Jedes Jahr haben wir vor Weihnachten einen besonderen Ausflug zu Hamleys Spielwarenhandlung gemacht. Dort habe ich beim Nikolaus auf dem Schoß gesessen, habe ihm erklärt, dass ich ein braves Mädchen war, und mir von ihm eine kleine Schwester zu Weihnachten gewünscht. Aber als ich begriffen habe, wie traurig es meine Mutter machte, habe ich wieder damit aufgehört.«

»Hat sie versucht, weitere Kinder zu bekommen?«

»Jahrelang. Es gab unzählige Fehlalarme und Fehlgeburten.«

»Was ist mit künstlicher Befruchtung?«

»Die katholische Kirche glaubt, dass Kinder durch die wunderschöne sexuelle Vereinigung von Ehemann und Ehefrau empfangen werden sollen und nicht in einem Reagenzglas.«

»Das ist archaisch.«

»Von Verhütung will ich gar nicht erst anfangen.«

Tempe blickt über meine Schulter. Ich drehe mich um und sehe einen Mann, der am Rand einer kleinen Menschenmenge steht, die sich um einen Straßensänger gebildet hat.

»Kennst du ihn?«, frage ich.

»Ich glaube, ich habe ihn schon einmal gesehen.«

»Folgt er dir?«

»Ich weiß nicht.«

Als wir das Café verlassen, fällt mir der Mann erneut auf. Eine Zeitlang verlieren wir ihn aus den Augen, doch als wir an der nächsten Ampel die Straße überqueren, ist er wieder da.

»Warte hier.«

»Bitte geh nicht weg«, sagt Tempe.

»Ich will herausfinden, wer er ist.«

Ich drehe mich rasch um, laufe zurück und stelle den Mann zur Rede. Er ist Mitte fünfzig, trägt eine altmodische weite Jeans und einen Blazer.

»Verfolgen Sie uns?«

»Verzeihung?«

»Ich sehe Sie ständig in unserer Nähe auftauchen.«

»Ich weiß nicht, wovon Sie reden.« Er hat Einkaufstüten in der Hand. »Ich warte auf meine Frau«, sagt er. »Sie lässt sich die Haare machen.«

Er zeigt auf die andere Straßenseite.

»Warum starren Sie meine Freundin an?«

»Wen?«

Ich zeige auf Tempe.

»Verzeihung.« Er greift in die Innentasche seines Jacketts, zieht ein Brillenetui heraus, klappt es unbeholfen auf und setzt sich eine Brille auf die Nase. »Können Sie sie mir noch mal zeigen?«, fragt er. »Ich bin blind wie ein Maulwurf.«

Meine Wangen werden heiß. »Entschuldigen Sie. Mein Fehler.«

Ich wende mich ab, blicke mich im Gehen aber noch einmal um. Ich stelle mir vor, wie er seiner Frau erzählen wird, dass er belästigt und beschuldigt wurde, ein Stalker zu sein.

»Was hat er gesagt?«, fragt Tempe.

»Fehlalarm.«

»Bist du sicher?«

»Er ist niemand«, sage ich und verbessere mich. »Nein, nicht niemand, sondern harmlos.«

Tempe blickt auf ihr Handy. »Ich habe ein Foto von einem Mann vor meiner Wohnung gemacht. Später habe ich ihn im Supermarkt wiedergesehen.«

»Zeig mal.«

Ich versuche, das verschwommene Bild zu vergrößern, aber das Gesicht bleibt undeutlich. In diesem Moment leuchtet eine Nachricht auf dem Display auf.

Du weißt, was du tun musst, damit das aufhört.

Sie will mir ihr Telefon wieder abnehmen.

»Was ist das? Erhältst du Nachrichten?«

»Ein paar.«

Ich scrolle nach unten. Es sind Dutzende. Die Nummer des Absenders ist verborgen. Die Erste, die ich lese, ist ein Vers:

Du hast weder Zukunft
noch Vergangenheit.
Dein Leben wird enden:
bald ist es so weit.

Andere Nachrichten sind in Großbuchstaben geschrieben:

SPÄT IN DER NACHT, WENN DU ALLEIN BIST, KLOPF ICH AN DEINE TÜR.

TIKTAK, TIKTAK, DIE ZEIT LÄUFT AB.

HAST DU SCHON WAS GELERNT?

Ich blicke zu Tempe auf, die sich so heftig auf die Unterlippe beißt, dass sie einen Zahnabdruck in ihrem Lippenstift hinterlässt.

»Das musst du der Polizei melden«, sage ich.

»Und was werden die machen?«

»Sie können den Absender ermitteln.«

»So dumm ist er nicht. Und er wird es verhindern.«

»Wie hat er dich gefunden?«, frage ich.

Sie zuckt die Schultern, und ich fange an, laut zu denken. Wenn Goodall auf polizeiliche Datenbanken zugegriffen hat, um Tempe zu finden, hat er gegen Gesetze verstoßen.

»Er belästigt dich«, sage ich.

»Und ich ignoriere ihn«, erwidert sie.

»Du musst deine Nummer ändern.«

»Ich muss geschäftlich erreichbar sein.«

»Weiß er, wo du wohnst?«

»Ich glaube nicht.«

»Was ist mit dem Mann vor deiner Wohnung?«

»Ach, wer weiß, wer das war. Zumindest nicht Darren.«

»Das ist verkehrt«, sage ich. »Es gibt Gesetze …«

»Bitte, unternimm nichts! Du hast ja gesehen, was beim letzten Mal passiert ist.«

Ich schäume still vor Wut.

»Was will er?«, frage ich, ohne eine Antwort zu erwarten.

»Was er immer wollte. Mich.«

23

Wir nehmen unsere Einkäufe aus den Tüten, breiten sie auf Tempes Bett aus und fangen an, verschiedene Outfits zu kombinieren. Ihre Wohnung ist im ersten Stock eines roten Backsteinblocks, der zwischen den Kriegen erbaut wurde. Sie hat ein Schlafzimmer, eine Küche, ein Bad und ein Wohnzimmer mit einem großen Erkerfenster, vor dem eine Platane mit grau geflecktem Stamm steht.

»Sie sollten das Gebäude ›Walhalla der Geschiedenen‹ nennen«, sagt Tempe. »Es wimmelt hier nur so von getrennt lebenden Ehemännern. Ich treffe sie ständig im Keller.«

»Wieso im Keller?«

»Dort ist der gemeinsame Waschraum. Sie fragen mich immer um Rat, was man schleudern kann und was man kalt waschen sollte.«

»Sie versuchen, dich anzumachen.«

»Kann sein. Nur ein bisschen.« Sie lächelt.

Tempe hat nicht viele Möbel, aber ich helfe ihr, nach und nach Dinge zu besorgen, wie die Selbstbauregale und die beiden Nachttische, die wir mühsam zusammengesetzt haben. Schlitz A musste unter Zuhilfenahme eines Inbusschlüssels und einer halben Flasche Wein in Schlitz B gepasst werden. Tempe besitzt einen Laptop, einen kleinen Drucker und einen kabellosen Lautsprecher zum Abspielen von Musik.

Ich mache mir immer noch Sorgen wegen der Textnachrichten. Trotz Tempes Bemühungen kommt Goodall näher. Wie lange wird es dauern, bis er ihre Adresse herausgefunden hat? Würde er jemanden engagieren, um sie zu beschatten?

»Komm zum Abendessen doch zu uns.«

»Hat Henry nichts dagegen?«

»Nein. Wieso?«

Sie zuckt unverbindlich die Schultern. »Ich glaube, es gefällt ihm nicht, dass wir so viel Zeit miteinander verbringen.«

»Unsinn.«

Im Laufe des vergangenen Monats hat Tempe sich mehr und mehr in mein Leben geflochten. Sie hat ein brillantes Gedächtnis für völlig unzusammenhängende Dinge wie Geburtstage, Arzttermine und Wäsche, die bei der Reinigung abgeholt werden muss. Wenn ich eine Bemerkung mache oder etwas im Vorbeigehen erwähne wie den Namen eines Restaurants, einen bestimmten Song, den ich mag, oder eine Sendung, die ich auf Netflix gesehen habe, wird Tempe es irgendwo in ihrem Kopf abspeichern.

Sie scheint fasziniert von meiner Beziehung zu Henry, möchte wissen, wie wir uns kennengelernt haben, wie unser erstes Date, unser erster Kuss, unser erstes Alles war. Hin und wieder ertappe ich sie dabei, wie sie uns beobachtet, wenn Henry mich auf seinen Schoß zieht oder sich von hinten an mich schmiegt und an meinem Nacken schnüffelt. Diese Zuneigungsbekundungen machen sie nicht verlegen, sie scheint sie vielmehr zu studieren, als wollte sie etwas lernen.

Zurück bei mir zu Hause beginne ich, die Nudelsoße zu kochen, während Tempe im Wohnzimmer Henrys Vinyl-Sammlung durchgeht.

»Was willst du hören?«, ruft sie.

»Such du was aus.«

»Wie wär's mit *Abbey Road*?«

»Ein Klassiker.«

»Wirklich?«

»Du hast noch nie von *Abbey Road* gehört?«

»Musik ist nicht so mein Ding.«

»Aber von den Beatles hast du schon gehört?«

»Natürlich.«

Bevor sie noch mehr dazu sagen kann, fängt mein Handy an zu vibrieren. Henrys Name leuchtet auf dem Display auf. Ich stelle ihn auf laut, während ich weiter in der Soße rühre.

»Ich bin ein bisschen spät dran, Babe, aber in einer halben Stunde sollte ich da sein.«

»Das ist okay. Tempe bleibt zum Essen.«

Er stöhnt, und ich drücke schnell auf Stumm und hoffe, dass Tempe es nicht gehört hat. Ich nehme das Handy in die Hand und flüstere: »Was ist?«

»Ich hatte mich darauf gefreut, den Abend mit dir allein zu verbringen.«

»Hattest du etwas Bestimmtes im Sinn?«

»Etwas extrem Energetisches mit wenig Kleidung und viel Platz.«

»Müssen wir die Möbel verrücken?«

»Ja, ich brauche definitiv einen Probelauf.«

Ich kichere und erkläre ihm, er soll sich beeilen.

Tempe taucht neben mir auf. »Wer war das?«

»Henry. Er ist bald hier.«

»Warum müsst ihr die Möbel verrücken?«

»Ein Privatwitz.«

Sie wirkt ein wenig verletzt, tut es jedoch mit einem Achselzucken ab.

Als ich höre, wie die Haustür geöffnet wird, setze ich das Nudelwasser auf und schenke ein Glas Wein ein. Henry will erst duschen. Ich höre die Rohre klappern, als er den Hahn aufdreht. Als er wieder nach unten kommt, trägt er eine Jogginghose und einen Rugbypullover. Sein Haar ist feucht, seine Füße sind nackt.

»Ich hab dir einen Wein eingegossen.«

»Ein Bier wär mir lieber.« Er nimmt sich eins aus dem Kühlschrank, lässt sich aufs Sofa plumpsen und spielt mit seinem Handy.

»Wie war die Arbeit?«, fragt Tempe.

»Gut.«

»Irgendwelche Brände?«

»Nein.«

»Was macht ihr, wenn es keine Brände gibt?«

»Wir sitzen auf unserem Arsch rum.«

»Das soll witzig sein«, sage ich, verärgert über ihn.

»Wir testen die Ausrüstung. Wir putzen die Feuerwehrwagen. Wir machen Trainingsübungen.«

Tempe unternimmt weitere Versuche, eine Konversation in Gang zu bringen, doch Henry ist nicht interessiert. Er ist sichtlich schlecht gelaunt. Doch irgendwann scheint ihm die Stille zuzusetzen, und er sagt: »Erzähl mir von dir.«

»Ich bin langweilig«, sagt Tempe und nippt am ihrem Wein.

»Phil hat mir erzählt, wie ihr euch kennengelernt habt. Du hattest eine Affäre mit einem verheirateten Mann.«

»Schockiert dich das?«

»Nein.«

»Ich wusste nicht, dass er verheiratet ist – jedenfalls am Anfang nicht.«

»Und als du es erfahren hast…?«

»Er hat behauptet, er würde mit seiner Frau eine offene Beziehung führen.«

»Phil sagt, offene Beziehungen sind wie Kommunismus – gut in der Theorie.«

Tempe lacht, und Henry scheint aufzutauen.

Ich muss nach den Nudeln schauen und ein Salatdressing zubereiten. Ich lasse sie ein paar Minuten allein. Als ich zurückkomme, bleibe ich in der Tür stehen.

»Wirklich?«, fragt Henry und beugt sich vor. »Hast du …? Ich meine … Bist du?«

»Ob ich bisexuell bin?« Tempe zuckt die Schultern. »Vielleicht verliebt man sich ja in einen Menschen, nicht in sein Geschlecht.«

»Willst du damit sagen, dass du mit Männern und mit Frauen geschlafen hast?«

»Manchmal sogar beides gleichzeitig.«

Henry knibbelt das Etikett der Bierflasche ab.

»Fühlst du dich davon bedroht?«

»Nein.«

»Es ist das, wovon Männer fantasieren, oder nicht? Zwei Frauen gleichzeitig?«

»Manche schon, nehme ich an.«

»Würdest du gern zugucken, wie Phil und ich es miteinander treiben?«

»Nein!«, sagt er zu abrupt. »Sie würde nie …«

»Bist du sicher? Vielleicht hast du ja Angst, es könnte ihr gefallen.«

Henry gerät ins Stottern. »Ich finde, wir sollten aufhören … ich glaube nicht … das ist nichts …«

Tempe lässt sich lachend in ihren Stuhl sinken. »War nur ein Witz. Dein Gesichtsausdruck ist echt unbezahlbar.«

Schließlich stimmt Henry in das Lachen ein, aber nur ein bisschen, nicht aus vollem Herzen.

»Worüber lacht ihr beide?«

»Dreier«, sagt Tempe. »Ich habe Henry geneckt. Er dachte, ich meine es ernst.«

»Nein«, protestiert er. »Ich wusste, dass es ein Witz war.«

Wir setzen uns an den Esstisch und machen uns über die Nudeln her, begleitet von Smalltalk über Politik, den Brexit und die Frage, wie viel die Leute wohl auf Hochzeiten trinken und ob wir noch mehr Champagner bestellen sollten. Kurz darauf macht Tempe sich zum Gehen bereit. Ich bestelle ihr ein Uber-Taxi.

»Hat er weitere Nachrichten geschickt?«, frage ich.

»Ich ignoriere sie.«

Sie will sich von Henry verabschieden, der in der Küche den Abwasch macht.

»Tut mir leid, wenn ich dich in Verlegenheit gebracht habe«, sagt sie. »Aber wenn du rot wirst, siehst du aus wie ein kleiner Junge.«

Sein Gesicht errötet.

»Da ist es wieder. So süß.«

24

»Sie ist seltsam«, sagt Henry, als ich neben ihm ins Bett steige. »Was sie über Dreier gesagt hat.«

Er blättert auf zwei Kopfkissen gestützt durch meine Hochzeitsmagazine, ohne genauer hinzusehen.

»Sie sagt Dinge, um Leute zu schockieren oder eine Reaktion zu provozieren«, erwidere ich.

»Findest du sie nicht unheimlich?«

»Überhaupt nicht. Sie ist einfach nur ein wenig ungeschickt im sozialen Umgang.«

»Ich würde es als ›übertrieben selbstbewusst‹ bezeichnen.«

»Ich finde, sie hat eine schlaue Art, Menschen aus dem Konzept zu bringen. Sie bringt sie zum Nachdenken.«

»Worüber?«

»Über alles.«

»Also, mir geht es auf die Nerven. Die Art, wie sie dich ansieht und an deinen Lippen hängt.«

»Ach, Blödsinn.« Ich lache.

»Und ständig erledigt sie irgendwas für dich«, sagt Henry. »Holt deine Sachen bei der Reinigung ab und schickt dir Erinnerungsnachrichten.«

»Sie hilft, unsere Hochzeit zu planen.«

»Okay, aber das ist vollkommen einseitig! Sie verlangt nie etwas im Gegenzug.«

»Ich habe die Wohnung für sie gefunden. Ich bringe ihr Karate bei.«

Henry legt die Zeitschrift weg und schlingt die Arme um mich. »Ich frage mich bloß, wie viel wir wirklich über sie wissen.«

Ich erzähle ihm von Tempes Familie – von ihren beiden verheirateten Schwestern und der jüngsten, die in der ersten Welle der Pandemie gestorben ist. Dass ihr Vater Soldat ist und ihre Mutter ziemlich krank.

»*Little Women*«, sagt Henry.

»Was?«

»Du hast gerade die Handlung von *Little Women* beschrieben. Das Buch. Der Film. Es ist fast dieselbe Geschichte. Die Schwestern, der Vater, die Mutter…«

»Das ist nur ein Zufall«, sage ich, schalte die Nachttischlampe aus und frage mich, ob Tempe mich anlügen würde.

Eine Stunde später bin ich immer noch wach… und grübele auch immer noch. Schließlich schlüpfe ich aus dem Bett und tapse die Treppe hinunter in die Küche, wo ich den Brief an »Margaret Brown« suche, der in der Wohnung, die Tempe mit Goodall geteilt hat, im falschen Briefkasten gelandet ist. Tempe hat zwar gesagt, ich solle ihn wegwerfen, doch das habe ich nicht über mich gebracht. Ich weiß nicht, warum. Wenn etwas auf Papier geschrieben ist, hat es irgendwie eine größere Bedeutung und Dauerhaftigkeit als eine E-Mail oder eine Textnachricht. Einen Brief zu zerstören ist, als würde man Seiten aus einem Buch reißen oder ein Foto verunzieren. Es fühlt sich an wie Vandalismus.

Ich finde den Brief in dem Terminkalender, den meine Mutter mir jedes Jahr zu Weihnachten schenkt und den ich nur benutze, um Einkaufslisten oder Erinnerungen zu notieren. Der Umschlag wurde in Belfast abgestempelt, die Adresse wurde mindestens zweimal geändert, bevor er Tempe erreicht hat.

Ich nehme ein Messer aus dem Block und schlitze den Umschlag auf, wohl wissend, dass das illegal ist. Der Absender steht in der oberen linken Ecke, das Datum ist der zwölfte Oktober des vergangenen Jahres.

Liebe Maggie,
ich hoffe, dieser Brief erreicht dich, wo immer du bist. Es sind schon so viele meiner Briefe zu mir zurückgekommen, dass ich mir nie sicher bin, ob ich dich gefunden habe oder nicht. Vielleicht landet dieser zur richtigen Zeit bei der richtigen Adresse. So viel hängt vom Timing ab, nicht wahr?

Es gibt Dinge, die ich dir dringend erzählen möchte. Aber mehr als das bete ich, dass du vielleicht nach Hause kommst. Ich weiß, dass du enttäuscht von mir bist. Wir haben beide unfreundliche und verletzende Dinge gesagt, und ich wünschte, ich könnte meine Worte zurücknehmen, weil ich dich so sehr vermisse.

Ich denke immer, dass ich dir in einer Welt von Koinzidenzen und zufälligen Begegnungen eines Tages einfach über den Weg laufen werde, wenn du eine Straße hinunter oder durch die Gänge eines Supermarkts gehst. Es gibt die Theorie, dass jeder jeden über sechs Ecken kennt, aber wir sind sehr viel weniger als sechs Ecken voneinander entfernt. Wir sind uns so nahe, wie es das Blut erlaubt – Mutter und Tochter.

Es ist sehr hart, daran zu denken, wie es für uns gekommen ist, und ich konzentriere mich meist auf das »Was wäre, wenn«, obwohl ich dann häufig das Gefühl habe, eine schlechte Mutter gewesen zu sein. Ich weiß, es ist schwer zu glauben, doch es gab eine Zeit, als du meine Seite nie und nimmer verlassen hättest, als du mich völlig fraglos als den

Menschen erwählt hast, den du immer lieben würdest. Ich war eine Löwin. Du warst mein Junges. Jetzt bist du nicht mehr da.

Was gibt es für Neuigkeiten von zu Hause? Ich arbeite immer noch mit Tante Heather in der Apotheke. Sie und dein Onkel George streiten sich wie ein altes Ehepaar; nun, das sind sie ja auch. Dein Cousin Patrick hat sich mit einem Mädchen aus Derry verlobt, das einen so breiten Akzent hat, dass ich die Hälfte von dem, was sie sagt, nicht verstehe, aber sie ist sehr nett.

Ich habe Neuigkeiten von Bumble: Er ist im August gestorben. Krebs, hat der Tierarzt gesagt. Trotzdem hatte Bumble ein ziemlich gutes Katzenleben. Selbst nachdem du fortgegangen bist, hat er immer auf deinem Bett geschlafen, und wir haben ihn an seinem Lieblingssonnenplätzchen im Garten begraben und ein kleines Schild mit seinem Namen aufgestellt.

Abgesehen davon geht es uns gut. Dein Dad redet immer noch davon, auf der Werft in Frührente zu gehen, doch ich will ihn nicht zu Hause haben, wo er mir nur auf Schritt und Tritt folgen würde.

Wir vermissen dich beide so sehr. Wenn ich an dich denke, spüre ich jedes Mal einen Schmerz in der Brust und im Bauch, als würden Ketten sich fester um meinen Körper zusammenziehen. Eine Mutter und ihre Tochter sollten sich nicht voneinander entfremden, und wenn ich es mir erlaube, zu lange und zu tief darüber nachzudenken, dass du mich verlassen hast, wird mein Herz gewiss vollends brechen.

Ich hoffe, wenn dieser Brief dich erreicht, geht es dir gut. Ich lebe für dich und werde immer für dich da sein.

Mum xxx

Ich falte den Brief zusammen und schiebe ihn wieder in den Umschlag, schuldbewusst und fasziniert von der Frage, was zu einem so gründlichen Zerwürfnis geführt haben mag. Von Tempes Schwestern ist mit keinem Wort die Rede, und ihr Vater arbeitet anscheinend auf einer Werft und nicht beim Militär.

Ich klappe meinen Laptop auf, gebe die Absenderadresse des Briefes in eine Suchmaschine ein und stoße auf einen Grundbucheintrag. Das Haus wurde zuletzt 2007 verkauft, wahrscheinlich der Zeitpunkt, als Tempes Eltern nach Belfast gezogen sind. Eine weitere Seite zeigt einen Planungsantrag für einen Dachausbau auf der Rückseite, eingereicht 2014. Der Antragsteller war ein Mr William Brown.

Ich habe einen Namen. Ich suche eine Telefonnummer. Nichts. In dem Brief wurde eine von George und Heather geführte Apotheke erwähnt. Ich starte eine neue Suche mit Google Maps und stoße auf elf mögliche Kandidaten.

Die Treppenstufen knarren. Henry taucht in der Tür auf.

»Ich bin aufgewacht, und du warst nicht im Bett.«

»Ich konnte nicht schlafen.«

»Was machst du?«

»Nichts Wichtiges.«

Ich klappe den Laptop zu und folge ihm nach oben ins Bett, wo ich weiter wach liege und seinem leisen Schnarchen lausche. Tempe ist wie ein kondensierter Farbtropfen, der in meiner Wasserwelt gelandet ist, sich ausbreitet, den Dingen Kontur verleiht, Kontrast und Lebendigkeit erschafft. Mehr als ein Tropfen könnte zu viel sein.

25

Am nächsten Morgen bin ich nach einer ruhelosen Nacht früh wach. Ich ziehe mir Laufklamotten an und borge mir Henrys Fahrrad, das er immer im Flur abstellt, anstatt es vor dem Haus anzuschließen, weil schon zweimal das Hinterrad gestohlen wurde. Jetzt schürfe ich mir an den Pedalen jedes Mal die Schienbeine auf, wenn ich Wäsche über den Heizkörper hänge.

Ich stelle den Sattel ein wenig tiefer, prüfe die Höhe und vergewissere mich, dass ich mit den Zehen noch auf den Boden komme. Das Rad hat einen Rennlenker, feste Reifen und einen schmalen, keilförmigen Sattel, der mich in zwei Hälften zerschneiden würde, wenn ich zu lange darauf fahren würde. Ich starte langsam, und die Räder schweben beinahe über den Boden, als ich die Battersea Bridge überquere und durch die Ranelagh Gardens rolle, bevor ich auf den Cycleway stoße und ihm durch Chelsea, South Kensington und Bayswater nach Norden folge.

Fünfzig Minuten später habe ich Kensal Green erreicht, wo ich das Fahrrad an einen Gitterzaun lehne und meinen Helm löse. Ich setze mich auf eine niedrige Backsteinmauer, verschnaufe und warte, dass Darren Goodall herauskommt. Heute Morgen gibt es keinen ehefräulichen Kuss auf der Schwelle und auch keinen Thermobecher mit Kaffee für die Fahrt. Er ist schon fast bei seinem Wagen, als er aufblickt und mich auf der anderen Straßenseite stehen sieht. Ich bin zu weit entfernt, um seine Gesichtszüge auszumachen, doch ich sehe, wie er einen Blick über die Schulter wirft, um sich zu vergewissern, dass Alison ihn nicht beobachtet.

Während er die Straße überquert, scheint er mich von oben bis unten zu mustern. Er registriert die Schweißflecken unter meinen Armen, die Rundung meiner Brüste.

»Was wollen Sie?«, fragt er.

»Halten Sie sich von Tempe Brown fern.«

»Ich würde die verrückte Hexe nicht mal mit der Kneifzange anpacken.«

»Ich habe die Nachrichten gesehen ... die Drohungen.«

»Ich mache keine Drohungen.«

»Ich werde sie zurückverfolgen lassen.«

Er macht einen Schritt nach vorn und kommt mir aufdringlich nah. »Vielleicht sollten Sie sich vorher einen Durchsuchungsbefehl besorgen. Ich würde wirklich ungern sehen, dass Sie gegen weitere Regeln verstoßen.«

Ich blicke zum Haus. »Vielleicht können wir das drinnen besprechen.«

Der Vorschlag scheint eine Lunte zu zünden. Er packt meinen Oberarm und will mich weiter wegzerren.

»Ich weiß nicht, warum Sie hier sind und was Sie von mir wollen, aber ich war nicht mal in Tempes Nähe! Sagen Sie ihr, dass sie keinen Penny mehr von mir bekommt. Sie ist eine verdammte Irre, und wenn eine von Ihnen beiden sich meiner Familie nähert, bringe ich Sie beide unter die Erde.«

»Ich weiß von Imogen Croker«, sage ich.

Eine feuchte Böe fegt über uns hinweg, und einen Augenblick lang liegt Verwirrung in seinem Blick. Er ballt die Fäuste.

»Ich habe mit ihrer Mutter gesprochen und das Protokoll der gerichtlichen Untersuchung gelesen. Dylan Holstein hat über Sie recherchiert.«

Goodall hebt die Stimme, um mich zu übertönen. »Ist das eine Art Rachefeldzug? Oder sind Sie vielleicht besessen von mir?«

»Ich finde Sie widerlich.«

»Und Sie sind die Tochter eines kriminellen Drecksacks.«

Der Austausch von Beleidigungen fühlt sich kindisch an, als wäre ich wieder auf dem Schulhof meiner Grundschule.

Leise, aber vernehmlich murmelt er: »Sie scheinen vergessen zu haben, wo Ihr Platz in der Nahrungskette ist. Sie sind ein rehäugiges Bambi in einem Wald voller Wölfe, und wenn ich komme, um Sie zu holen, wird nicht mal Ihr Daddy Sie schützen können.«

»Ist das eine Drohung?«

»O nein, ich erkläre Ihnen lediglich den großen Kreis des Lebens, der alles andere als ein Gänseblümchenkranz ist.«

Eine Kinderstimme ruft: »Daddy!«

Auf der anderen Straßenseite ist Alison Goodall aus dem Haus getreten. Ihr kleiner Junge winkt, und Alison schirmt mit einer Hand die Augen ab, um zu erkennen, mit wem ihr Mann redet. Gleich wird sie mich aus dem Yoga-Kurs wiedererkennen.

Goodall wendet sich mir zu. »Kommen Sie nie wieder in die Nähe meiner Familie.«

»Lassen Sie Tempe in Ruhe, dann wird das nicht nötig sein.«

Ich schnalle meinen Helm fest. Goodall packt meinen Lenker, hebt das Vorderrad ein paar Zentimeter hoch und lässt es wieder herunter.

»Alles in Ordnung?«, fragt Alison, immer noch auf der anderen Straßenseite.

»Alles bestens«, ruft er zurück. »Bis heute Abend.«

Ich entwinde das Fahrrad seinem Griff, wende mich eilig ab

und schiebe es über den Bürgersteig. An der nächsten Kreuzung steige ich auf und mache mich auf die Heimfahrt, während ich die Unterhaltung im Kopf noch einmal durchgehe. Ich steige in die Pedale und strample verbissen vorwärts, getrieben von Wut und Frustration. Ich bin sauer auf mich, Tempe und meinen Vater, obwohl ich nicht weiß, was er damit zu tun hat.

Ich habe die Themse bereits überquert und fahre in der Nähe unseres Hauses durch eine enge Straße mit geparkten Autos auf beiden Seiten, als ich ein Fahrzeug hinter mir spüre. Es kommt näher, zu nahe. Ich riskiere einen Blick nach hinten und sehe einen dunkelblauen Wagen, kann das Gesicht des Fahrers jedoch nicht erkennen. Ich steige aus dem Sattel, trete fest in die Pedale und halte Ausschau nach einer Lücke zwischen den geparkten Autos. Hin und wieder lässt der Fahrer hinter mir ungeduldig den Motor aufheulen.

Plötzlich sehe ich eine Lücke, ziehe nach links, schaffe es jedoch nicht, schnell genug zu bremsen. Ich pralle gegen den Rinnstein, der Lenker wird mir aus den Händen gerissen, und ich werde kopfüber nach vorn geschleudert. Im letzten Moment drehe ich mich auf die Schulter, um meinen Kopf zu schützen, der trotzdem auf das Pflaster schlägt, sodass ich benommen zurückbleibe. Ich liege auf dem Rücken und blicke zu den weißen Wolkenfetzen am hellen, blauen Himmel hoch.

Der Saab ist stehen geblieben. Das Beifahrerfenster gleitet herunter. Goodall beugt sich über den Beifahrersitz. »Sehen Sie, wie leicht es wäre. Ich müsste nicht mal eine Kugel verschwenden.«

Ich sitze auf dem Sofa und zucke jedes Mal zusammen, wenn Henry Desinfektionssalbe auf meinen aufgeschürften Ellbogen tupft.

»Aua!«

»Tut mir leid.« Er nimmt ein frisches Wattepad. »Du solltest eine offizielle Beschwerde einreichen.«

»Bei wem genau?«

»Bei seinem Chef. Beim Dezernat für interne Ermittlungen. Er hat dich von der Straße gedrängt.«

»Streng genommen bin ich von der Straße abgekommen. Er hat mich nicht berührt.«

»Er hat dich bedroht.«

»Sein Wort wird gegen meins stehen. Er ist ein dekorierter Detective. Ich bin Edward McCarthys Tochter.«

»Gut, dann ballere ich dem Arschloch eine. Wo wohnt er?«

Henry steht auf und sucht seine Schuhe.

»Du gehst da nicht hin.«

»Ist mir egal, ob er Bulle ist. Er kann dich nicht einfach ungestraft von der Straße drängeln.«

»Wage es nicht, das Haus zu verlassen!«

»Aber ich muss irgendwas machen.«

»Wieso?«

»Weil er dir wehgetan hat, weil ich dich liebe und weil er mein verdammtes Rad demoliert hat.«

Ich zucke zusammen, als ich die Knie durchstrecke, mit beiden Händen sein Gesicht fasse und ihn auf den Mund küsse.

»Ich brauche keinen Ritter in strahlender Rüstung. Ich hab das im Griff.«

Henry antwortet nicht, doch ich will, dass er mir verspricht, nichts zu unternehmen.

»Ich habe keine Angst vor ihm«, ruft er aus dem Bad.

»Ich weiß.«

»Du solltest es deinem Vater erzählen.«

»Bist du verrückt? Der würde in den Krieg ziehen.«

26

»Er hat gesagt, du würdest keinen Penny mehr von ihm bekommen. Was hat er damit gemeint?«

»Ich habe keine Ahnung«, sagt Tempe.

»Als er mir in der U-Bahn gefolgt ist, hat er dich als Parasit bezeichnet. Erpresst du ihn?«

»Nein.«

»Hast du je damit gedroht, es seiner Frau zu erzählen?«

»Nie.«

Wir sind in der Chestnut Grove Academy und ziehen uns nach einem Kurs um. Eine Brise bauscht die Vorhänge auf und lässt Licht in die Umkleidekabine fallen.

»Als Goodall festgenommen wurde, hat er behauptet, du seist seine Informantin und eine Sexarbeiterin.«

»Er hat gelogen, um seinen Arsch zu retten. Ich bin kein Callgirl. Ich würde nie für Geld mit jemandem schlafen.«

»Ich behaupte auch gar nicht, dass du Geld genommen hast, aber ich habe die zerbrochene Kamera im Wohnzimmer gesehen.«

»Er hat uns gefilmt, das ist alles.«

Ich blicke zur Decke, auf der Suche nach neuen Fragen. »Neulich hast du Henry mit einem möglichen Dreier aufgezogen. Hast du so was … mit Goodall gemacht?«

»Es war ein Witz.«

»Hat er dich je irgendjemandem vorgestellt?«

»Wie meinst du das?«

»Ist irgendjemand zu Besuch in die Wohnung gekommen?«, frage ich sanfter. »Andere Polizisten oder Geschäftspartner?«

»Er hatte Meetings dort, aber dann musste ich die Wohnung verlassen und ihn vor der Rückkehr anrufen.«

»Wie lange bist du weggeblieben?«

»Ein paar Stunden – vielleicht auch länger, wenn sie Poker gespielt haben.«

»Würdest du diese Männer erkennen?«

»Einige.«

»Hatte einer von ihnen ein Tattoo?«

»Ich habe sie nicht nackt gesehen«, faucht sie. »Nur weil er für die Wohnung bezahlt und mir schicke Klamotten gekauft hat, bin ich doch keine Prostituierte!«

»Das sage ich auch gar nicht.« Ich zeige auf die Innenseite meines Handgelenks. »Drei Buchstaben. MDM.«

»Darren hat so ein Tattoo. Was bedeutet es?«

»Es ist das Zeichen einer Bande.«

»Wie eine Street-Gang, meinst du?«

»Nicht ganz.«

Ich muss aufhören, immer wieder dieselben Fragen zu stellen. Tempe ist ein Opfer, keine Täterin. Man sollte ihr nicht die Schuld dafür geben, ein paarmal die falschen Entscheidungen getroffen zu haben.

»Wenn ihr essen wart oder er dir Kleider gekauft hat, hat er da mit Karte oder in bar bezahlt?«

»Meistens in bar.«

»Seid ihr je in einem Casino gewesen?«

»Er mochte Pferderennen. Ist das wichtig?«

»Ich frage mich bloß, wie ein Detective Sergeant mit einer Frau, zwei Kindern und einer Hypothek in London sich ein Luxusapartment am Fluss leisten kann.«

Sie zuckt erneut die Schultern, und in mir regt sich der Verdacht, dass sie mir etwas verschweigt.

»Goodall hat gesagt, du hättest ihm etwas gestohlen. Was hat er gemeint?«

»Das hast du mich schon mal gefragt.«

»Ja, und du hast nur gesagt, dass es dir zustand – aber nicht, *was* du genommen hast.«

»Vielleicht habe ich ihm seinen Stolz genommen. Vielleicht habe ich sein Herz gestohlen.«

»Ich meine es ernst.«

»Nein. Du machst das, was alle machen – und du redest mir ein schlechtes Gewissen ein, als wäre es meine Schuld, dass er mich geschlagen und vergewaltigt hat.«

»Hat er dich vergewaltigt?«

»Die ganze Zeit.«

»Dann erstatte Anzeige. Hilf mir, ihn aufzuhalten.«

»Wenn du noch fragen musst – dann verstehst du es nicht.«

Zu Hause gehe ich in das Arbeitszimmer im ersten Stock, das irgendwann das Kinderzimmer werden soll. Jetzt ist es eher eine Abstellkammer voller Kartons und Sportgeräte, die wir voller guter Vorsätze gekauft und nach einem Monat nicht mehr benutzt haben. Ich klappe meinen Laptop auf und setze meine Suche nach Tempes Eltern fort. In dem Brief ihrer Mutter wird eine Apotheke erwähnt, die von ihrer Tante und ihrem Onkel geführt wird. Ich habe elf mögliche Kandidaten gefunden, die ich nacheinander abtelefoniere. Mein Text ist immer derselbe. Ich frage nach Heather oder George.

Beim fünften Anruf lande ich einen Treffer. »Heather ist heute nicht im Laden, und George ist mit einem Kunden beschäftigt«, erklärt eine Frau mir.

Ich zögere, unschlüssig, wie ich fortfahren soll.

»Eigentlich suche ich Mrs Brown. Sie hat eine Tochter namens Margaret.«

»Oh, Sie meinen Elsa. Was soll ich ihr sagen, wer am Apparat ist?«

»Sie meinen, sie ist da?«

»Ja.«

Ich hatte nicht erwartet, sie so schnell zu finden. »Oh, okay, sagen Sie ihr, hier ist PC McCarthy von der Southwark Police … in London.«

Sie lacht. »Ich weiß, wo Southwark ist.« Sie legt den Hörer auf den Tresen. Ich höre gedämpfte Stimmen. Der Hörer wird wieder aufgenommen. Eine nervöse Stimme sagt Hallo.

»Ist dort Mrs Brown?«

»Ja.«

»Haben Sie eine Tochter namens Maggie?«

Ich höre ein scharfes Einatmen, gefolgt von einem Schwall von Worten. »Geht es ihr gut? Ist ihr etwas zugestoßen?«

»Nein. Es ist nichts passiert.«

»Oh, Gott sei Dank. Wo ist sie?«

»Sie lebt in London. Sie weiß nicht, dass ich anrufe.«

»Hat sie Ärger?«

»Nein. Es ist nichts dergleichen. Ich bin eine Freundin von ihr. Sie haben ihr einen Brief geschickt. Ich weiß, ich hätte ihn nicht öffnen dürfen. Ich habe versucht, ihn Tempe zu geben, aber sie …«

»Tempe?«

»Sie hat gesagt, das sei ihr zweiter Vorname.«

»Nein.«

Ihre Stimme zittert. Es dauert einen Moment, bis mir klar wird, dass sie weint.

»Mrs Brown?«

»Nennen Sie mich Elsa.« Sie schnäuzt sich die Nase. »Ich kann Ihnen gar nicht sagen, was mir das bedeutet. Ich habe gebetet… und geschrieben. So viele Briefe, dass ich sie nicht mehr zählen kann. Die meisten sind ungeöffnet zurückgekommen. Ich wusste nicht, ob sie sie erreicht haben. Was macht sie? Ist sie glücklich?«

»Sie hilft mir, meine Hochzeit zu planen.«

»Oh, das ist reizend.« Ihre Stimme nimmt einen schärferen Unterton an. »Sind Sie ihre Freundin?«

»Ich glaube schon. Wir waren auf derselben Schule – St. Ursula's. Ich war ein paar Stufen unter ihr. Tempe, ich meine, Maggie redet nicht viel über ihre Vergangenheit. Sie ist sehr verschlossen.«

Es folgt ein langes Schweigen. Ich kann Elsa atmen hören.

»Sie hat drei Schwestern«, sage ich und versuche, es wie eine Frage klingen zu lassen.

»Nein, nur eine – Agnes.«

»Was ist mit Elizabeth?«

»Ich weiß nicht, wen Sie meinen.«

Nun schweige ich. Ich habe so viele Fragen, doch jetzt habe ich auch Angst vor den Antworten.

»Was macht Mr Brown?«, frage ich.

»Er ist Ingenieur. Er arbeitet auf der Werft in Belfast.«

»War er jemals Soldat?«

»Nein, meine Liebe. Maggie hat Ihnen Geschichten erzählt. In der Hinsicht kann sie schrecklich sein.«

»Warum erfindet sie so etwas?«

»Das ist eine gute Frage. Sie hat immer gern etwas vorgespielt. Schon als kleines Mädchen hat sie sich verkleidet, und wir mussten alle mitspielen. An einem Tag war sie Amelia Earhart, am nächsten Buffy, Britney Spears oder Sporty Spice. Wir haben es für ziemlich harmlos gehalten ... bis ihre Anhänglichkeitsprobleme anfingen.«

»Was für Probleme?«

»Hat sie je eine Mallory Hopper erwähnt?«

»Nein, wer ist das?«

»Jemand, den Maggie kannte.«

Elsa wechselt eilig das Thema, fragt, wo Tempe wohnt und was sie macht. Wie haben wir uns wiedergetroffen? Hat sie noch andere Freundinnen? Es kommt mir vor, als würde jemand, der zu lange nach Details gedürstet hat, den letzten Tropfen an Informationen aus mir herausquetschen.

»Können Sie mir sagen, wo sie wohnt? Oder mir ihre Telefonnummer geben?«

»Das würde sich für mich nicht richtig anfühlen«, sage ich. »Nicht ohne ihr Einverständnis.«

»Das verstehe ich. Was, wenn ich nach London komme? Würden Sie mich zu ihr führen?«

»Das kann ich Ihnen nicht versprechen. Vielleicht, wenn Sie mir mehr darüber erzählen könnten, was geschehen ist ... warum sie Belfast verlassen hat.«

»Das kann ich nicht, tut mir leid. Maggie soll es Ihnen selbst erzählen. Fragen Sie sie nach Mallory.«

Elsa bittet mich zu warten, während sie einen Zettel sucht, um meine Telefonnummer und meine E-Mail-Adresse aufzuschreiben.

»Ich muss ein paar Dinge klären. Ich rufe Sie in ein paar Tagen an«, sagt sie. »Darf ich Sie derweil um einen Gefallen bitten, PC McCarthy?«

»Sie können mich Phil nennen.«

»Erzählen Sie Maggie nicht, dass Sie mich angerufen haben.«

»Warum nicht?«

»Ich will nicht, dass sie wieder wegläuft.«

Erst später, als ich Henry die Unterhaltung schildere, wird mir klar, wie seltsam es ist, dass eine Mutter davon spricht, ihre erwachsene Tochter könnte »weglaufen«. Sie hat das Wort »wieder« benutzt? Vor wem ist Tempe weggelaufen?

27

Heute haben wir einen fünfzehnjährigen Schüler verloren. Bashir Khan wurde vor einem Fish'n'Chips-Laden in der Tower Bridge Road von einer Gang von fünf maskierten Jugendlichen angegriffen, die ihn aus einem Bus der Linie 42 zerrten und ihn vor den Augen der entsetzten Passagiere erstachen. Wir hatten binnen Minuten Notfalleinsatzteams auf der Straße, die in der gesamten Gegend ausschwärmten, doch die Angreifer hatten sich wie in Luft aufgelöst.

Bashir starb noch am Tatort – ein weiteres Opfer von Stichwaffen in London, eher eine Epidemie als eine Pandemie. Macheten, Cuttermesser, Skalpelle, Rasierklingen, Schnappmesser – Witwenmacher und Kinderräuber. Bashir hat halbtags in dem kleinen Laden seiner Eltern gearbeitet, die vor zwanzig Jahren aus Pakistan eingewandert sind. Der Laden hat eine Lizenz für den Verkauf alkoholischer Getränke und ist im vergangenen Jahr gleich dreimal ausgeraubt worden.

Polizistinnen gelten für gewöhnlich als besser darin, schlechte Neuigkeiten zu übermitteln, deshalb bleibt der Job, Angehörigen eine Todesnachricht beizubringen, oft an mir hängen. Doch ich wusste auch nicht, was ich Bashirs Familie sagen, wie ich sie trösten sollte. Seine Mutter brach zusammen, als ich ihr berichtete, was passiert war. Sie schlug schluchzend mit den Fäusten gegen die Brust ihres Mannes, als würde sie ihm die Schuld dafür geben, sie in ein so grausames und gesetzloses Land gebracht zu haben.

Jetzt sitze ich wieder an meinem Schreibtisch und gebe meine Notizen ein. Nish sitzt mir gegenüber und sichtet die Aufnahmen der Überwachungskameras in der Umgebung und in dem Bus. Zwei der Verdächtigen konnten mithilfe der Matrix-Datenbank für Bandenkriminalität identifiziert werden. Sie sortiert Verdächtige je nach Gefährdungspotenzial in eine rote, gelbe oder grüne Kategorie.

Meine Konfrontation mit Darren Goodall liegt vier Tage zurück, und die Abschürfungen sind praktisch verheilt. Ich habe keine offizielle Beschwerde eingereicht und auch die Textnachrichten, die Tempe erhalten hat, nicht nachverfolgt.

Ich blicke auf und sehe Nish an.

»Wenn du einen Kollegen verdächtigen würdest, illegal auf dienstliche Datenbanken zuzugreifen, würdest du ihn melden?«

»Kommt drauf an.«

»Worauf?«

»Auf seine Motive vielleicht. Ich meine, sie könnten harmlos sein.«

»Was, wenn du ihn verdächtigen würdest, seine Ex-Freundin zu stalken?«

»Lass es auf sich beruhen, Phil.«

»Ist das ein Rat oder die Antwort auf meine Frage?«

»Beides«, sagt er und dreht sich um, weil er Angst hat, man könnte uns belauschen. »Es geht doch um Goodall.«

»Die Frage war theoretisch gemeint.«

Nish glaubt mir nicht. Ich drehe mich mit meinem Stuhl wieder zum Bildschirm.

Der Funkverkehr aus der Zentrale ist lauter geworden. Schwere Stiefelschritte hallen durch den Flur. Der Schicht-Sergeant steht in der Tür und brüllt quer durch den Raum.

»Wir haben eine Adresse. Wir rücken aus.«

Ich spüre, wie mein Adrenalinspiegel in die Höhe schießt.

»Kann ich mitkommen, Sarge?«

Er stutzt kurz und lässt die Schultern rollen. »Einsatzbesprechung in fünf.«

Ich renne nach oben, schnappe mir Schutzweste und Helm und schließe mich den anderen an. Einsatzleiter ist Chief Inspector Jack Horgan, den ich noch nie getroffen habe. Er hat einen kahl rasierten Schädel, eine dröhnende Stimme, ist komplett in Schwarz gekleidet und mit einer schusssicheren Weste gepolstert.

»Wir konnten zwei Verdächtige identifizieren, Aldous Fisher und Darnel Redmond«, sagt Horgan.

Auf dem Fernsehbildschirm hinter ihm tauchen Fahndungsfotos auf. Die Männer sind jung, mit kurzem krausem Haar und Tattoos am Hals. »Fisher ist vorbestraft wegen Drogenbesitz und Einbruchdiebstahl. Redmond wurde vor drei Jahren für eine Messerattacke verurteilt und ist auf Bewährung. Sein Bruder Arlo Redmond sitzt eine lebenslängliche Strafe wegen Ermordung eines Ladenbesitzers in Brixton ab.«

Das Bild wechselt zu einem Plan von South London.

»Redmond hat eine Tante, die im Brandon Estate wohnt. Das ist die Adresse, die er angegeben hat, als er vor zwei Wochen wegen einer Stichverletzung im Krankenhaus behandelt wurde. Er und ein zweiter Mann, bei dem es sich vermutlich um Fisher handelt, wurden vor weniger als einer Stunde in der Nähe des Brandon Estate gesehen.«

Wir werden in zwei Teams à fünf Leute eingeteilt, beide mit einem Rufzeichen und einem Teamleiter. Das Briefing ist beendet, wir setzen uns in Bewegung. Zu zehnt quetschen wir uns in den Minivan, Schulter an Schulter, Oberschenkel an Oberschenkel, in unserer schweren Ausrüstung schwitzend. Acht Männer und zwei Frauen. Einige machen Witze, um die Anspannung zu lösen. Galgenhumor. Es bedeutet nicht, dass sie gefühllos sind oder die Aufgabe auf die leichte Schulter nehmen, sie versuchen nur, ihre Nerven zu beruhigen.

Die Fenster sind beschlagen, doch ich erkenne die Straßen auf dem Weg Richtung Kennington Park. Das Brandon Estate wurde in den Fünfzigern als Projekt des sozialen Wohnungsbaus errichtet. In den Siebzigern bezeichnete man die sechs achtzehn Stockwerke hohen Türme als Slums, in den Neunzigern als »Wohnblock aus der Hölle«. Hin und wieder werden Versuche unternommen, die Siedlung aufzuräumen und zu modernisieren, doch manche Flecken sitzen so tief, dass sie sich nicht auswaschen lassen.

Redmonds Tante wohnt im zweiten Stockwerk des Cornish House, das mit seinem willkürlichen Schachbrett aus erleuchteten Fenstern in die Nacht ragt, das Licht zum Teil von Gardinen oder Jalousien gedämpft. An den Balkonen hängt Wäsche, neben vereinzelten Union Jacks und Black-Lives-Matter-Bannern. Wir parken außer Sichtweite und rücken schnell auf den Turm zu. Stiefelschritte hallen im Treppenhaus wider. Horgan hebt die Faust. Wir bleiben stehen. Er möchte zwei Beamte an jedem Ende des Flures sowie zwei, die den Treppenabsatz bewachen. Zwei weitere werden den »großen roten Schlüssel« schwingen, einen tragbaren Rammbock. Die anderen Kollegen sichern die Treppenhäuser ab.

»Wohin soll ich gehen, Sir?«, frage ich.

Horgan ignoriert die Frage. Ich gucke zu meinen Kollegen, doch alle weichen meinem Blick aus und beziehen ihre Position.

»Was ist mit dem Balkon?«, frage ich.

»Wir sind im dritten Stock.«

»Im zweiten«, sage ich. »Man könnte springen.«

Horgan mag es nicht, wenn man ihm widerspricht. »Wenn Sie lieber draußen warten wollen, PC McCarthy, nur zu.«

Ich bin überrascht, dass er meinen Namen kennt.

Ich rühre mich nicht von der Stelle.

»Wollen Sie einen direkten Befehl verweigern?«

»Mir war nicht klar, dass es ein Befehl war, Sir.«

Ich gehe die Treppe hinunter und weiter Richtung Parkplatz. Ein Fußweg führt über den Rasen, gesäumt von Laternen, die Lichtflecken auf das Gras und den Asphalt werfen.

Zuerst höre ich den Ruf »Polizei, aufmachen!«, dann das Splittern von Holz, als der Rammbock die Tür trifft. Im selben Moment sehe ich aus dem Augenwinkel einen dunklen Schatten, der sich von einem Balkon auf den darunterliegenden schwingt. Eine zweite Gestalt klettert über das Geländer. Ich renne los, als die beiden Männer den letzten Sprung machen.

Sie sind sechzig Meter entfernt. Ich rufe, dass sie stehen bleiben sollen, doch sie rappeln sich hoch und ergreifen die Flucht.

Ich drücke auf den Knopf meines Funkgeräts: »Delta vier, zwei Männer sind über den Balkon entkommen. Ich nehme die Verfolgung zu Fuß auf. Ich laufe in westlicher Richtung und kreuze gerade die Hillingdon Street.«

Die beiden rennen über einen Asphaltweg, der zwischen den anderen Türmen hindurch zu den Sportplätzen führt. Ich kann die Umrisse von Bäumen und die gespenstischen Rechtecke von Tornetzen ausmachen.

Sie sind schneller als ich und kennen die Gegend, jede Abkürzung und jedes Versteck. Ich darf sie nicht aus den Augen verlieren, bis die Verstärkung eintrifft. Horgan sagt etwas zu mir, doch bei meinem abgerissenen Atem und den schweren

Stiefelschritten auf dem Asphalt verstehe ich seine Anweisungen nicht.

Wir erreichen eine Straße, die am Bürgerzentrum vorbei nach Norden führt. Vor mir sehe ich einen Turm, lese im Vorbeilaufen einen Namen auf der Anschlagtafel einer Kirche und gebe meinen Standort über Funk durch.

Ein Wagen biegt um die Ecke. Die Scheinwerfer blenden mich kurz, sodass ich gegen eine Mülltonne renne. Die Männer haben den Wagen angehalten und versuchen, die Türen aufzureißen, die jedoch verriegelt sind. Sie brüllen und treten gegen die Seiten. Der ältere schwarze Mann hinter dem Steuer wirkt total verängstigt.

Schließlich geben die beiden auf, laufen weiter, biegen links in den Kennington Park Place und halten sich Richtung der A3. Vor uns ist eine Baustelle. Die Straße ist gesperrt. Sie springen über zwei Betonpoller und trennen sich unvermittelt. Ich folge dem Größeren der beiden, Aldous Fisher, der auch der Langsamere ist. Er blickt sich immer wieder um und hofft, dass er mich abgehängt hat. Er wird müde.

Er wendet sich nach rechts, überquert die Straße und biegt links in eine Einbahnstraße. Schwer atmend gebe ich den Namen über Funk durch. Er verschwindet um eine weitere Ecke, und als ich mich über einen Zaun schwingen muss, verliere ich ihn aus den Augen. Ich bleibe stehen und gehe dann langsam weiter. Er könnte sich zwischen den geparkten Wagen oder hinter einer Hecke verstecken.

»Kann sein, dass ich ihn verloren habe«, flüstere ich ins Funkgerät und gebe meinen Standort und eine Beschreibung seiner Kleidung durch: schwarze Jeans, T-Shirt und eine ärmellose Steppjacke. »Ich glaube, es ist Aldous Fisher.«

»Ist er bewaffnet?«

»Unbekannt.«

Ich höre eine Frau schreien, drehe mich um und versuche den Ursprung des Geräuschs auszumachen. Es kam aus dem Erdgeschoss eines Hauses in der Nähe, einem dreistöckigen georgianischen Reihenhaus. Ich gebe die Information an die Zentrale durch.

»Halten Sie Ihre Position«, sagt Horgan. *»Wir sind fünf Minuten entfernt.«*

Die Frau schreit erneut, und ich höre ein Kind weinen. Fünf Minuten sind zu lang. Fünf Minuten reichen aus, um zu verbluten, zu ersticken oder vergewaltigt zu werden.

Ich gehe langsam auf das Haus zu. Ein umgestürzter Kinderroller blockiert die offen stehende Haustür. Daneben liegt die Handtasche einer Frau, der Inhalt ist im Flur verstreut. Er muss sie angegriffen haben, als sie die Tür aufgeschlossen hat.

Ich löse meinen Taser vom Gürtel, betrete das Haus und blicke die Treppe hinauf. Im Erdgeschoss gibt es drei Wohnungen. Eine Wohnungstür ist um das Schloss aufgesplittert. Ich höre Stimmen. Eine Frau fleht. Ein Kind weint.

»Drei Minuten entfernt«, meldet die Zentrale.

Ich halte den Taser mit beiden Händen gepackt und stoße mit dem Fuß die Tür auf. Ich blicke einen langen Flur hinunter in eine Küche. Fishers und mein Blick treffen sich. Er packt die Frau, schlingt den linken Arm um ihren Hals und hält ihren Körper wie ein menschliches Schild vor sich. Ein kleiner Junge von drei oder vier klammert sich an ihr Bein.

»Polizei«, rufe ich und halte den Taser vor mich. »Lassen Sie sie los.«

»Zurück, du Miststück!«, faucht Fisher. In der rechten Hand hält er ein Messer, das er an den Bauch der Frau drückt. Er schleift sie rückwärts bis zum Waschbecken.

»Niemand muss verletzt werden«, sage ich und komme langsam näher. »Legen Sie das Messer auf den Boden.«

»Ich stech sie ab. Ich schwöre.«

Ich richte den Taser zur Decke und sage ihm, dass er sich beruhigen soll. »Ich stecke ihn auch weg«, sage ich und lasse den Taser sinken.

»Nein, fallen lassen.«

»Das kann ich nicht machen.«

Er nimmt die Frau fester in den Würgegriff. »Fallen lassen oder ich stech sie ab.«

Ich schalte mein Funkgerät ein, um die Unterhaltung aufzunehmen. Die Verstärkungsteams werden wissen, dass ich drinnen bin … und dass er bewaffnet ist.

Fisher presst seinen Rücken an den Küchentresen und achtet darauf, dass der Kieferntisch zwischen uns ist. Seine Stirn glänzt vor Schweiß, und er hat Flecken unter den Armen.

»Aldous, richtig?«

Er wirkt überrascht. Er hat nicht erwartet, dass ich seinen Namen kenne.

»Kann ich mich setzen?«, frage ich. »Ich bin völlig fertig. Sie sollten mal versuchen, in voller Ausrüstung zu rennen.«

Die Frau ist Anfang dreißig, schick, aber leger gekleidet, wahrscheinlich eine Büroangestellte. Sie hat sich beruhigt, doch ihr kleiner Sohn klammert sich immer noch an ihr Bein.

»Ich kann nicht atmen«, krächzt sie.

Fisher lockert seinen Griff, damit sie mehr Luft bekommt.

»Wie heißen Sie?«, frage ich.

»Lucinda.«

»Und Ihr kleiner Junge?«

»Oliver.«

»Können Sie Oliver zu mir rüberschicken?«, frage ich.

Das Funkgerät an meiner Schulter rauscht und knackt.

»Schalten Sie das ab«, sagt Fisher.

Ich drehe die Lautstärke leise, aber unsere Unterhaltung wird weiter übertragen.

»Hey, Oliver, wie wär's, wenn du zu mir rüberkommst«, sage ich, beuge mich vor und strecke die Arme aus.

Seine feuchten braunen Augen sehen unfassbar groß aus, als er den Kopf schüttelt. Er trägt ein *Thomas-die-kleine-Lokomotive*-T-Shirt und oversized Shorts. Seine roten Turnschuhe haben kleine Lichter, die blinken, wenn er geht.

»Ich heiße Phil«, sage ich. »Kann ich mal deine Turnschuhe sehen? Die sind echt cool.«

Oliver schüttelt den Kopf, er will nicht von der Seite seiner Mutter weichen.

»Mittlerweile wird die Verstärkung eingetroffen sein. Sie kommen hier nicht weg«, sage ich.

Fishers Blick zuckt hin und her.

»Wenn Sie das Messer weglegen und die Frau loslassen, vermerke ich das in meinem Bericht. Ich werde sagen, dass Sie sich kooperativ verhalten haben.«

Er zeigt auf meinen Taser. »Geben Sie her.«

»Das kann ich nicht machen.«

Er drückt den Arm um Lucindas Hals fester zu. Sie kreischt.

»Okay, ich lege ihn weg.«

Ich lege den Taser auf den schiefergrauen Boden und schiebe ihn zu Fisher, aber nur ein Stück weit. Wenn er sich bückt, um ihn aufzuheben, muss er Lucinda los- oder das Messer sinken lassen. Dann habe ich vielleicht eine Chance.

»Machen wir einen Tausch«, sage ich. »Lassen Sie Lucinda los und nehmen stattdessen mich.«

Er rührt sich nicht.

»Ich lege meine Weste und meinen Gürtel ab. Sie können mich als Geisel benutzen.«

Fisher ist zu erregt, um klar zu denken. Auf der verzweifelten Suche nach einem Ausweg blickt er von der Tür in meinem Rücken zu dem Fenster hinter sich.

»Oder Sie könnten abhauen«, sage ich. »Durch den Garten. Und über den Zaun.«

Horgan wird beide Ausgänge abgesichert haben. Fisher wird keine fünfzig Meter weit kommen, bevor man ihn überwältigt.

»Aber Sie müssen jetzt gehen«, sage ich. »Die Zeit läuft ab.«

Plötzlich lässt er Lucinda los und stößt sie von sich weg. Sie stolpert über Oliver, und ich fange sie auf, bevor sie auf ihn fällt. In diesem Moment bückt Fisher sich, hebt den Taser auf und richtet ihn auf meine Brust. Lucinda und Oliver drängen an mir vorbei.

»Aufschließen«, sagt er und zeigt auf die Terrassentür zum Garten. Ich tue, was er sagt. Er wedelt mit dem Taser und befiehlt mir, Platz zu machen. Ich trete einen Schritt zurück.

»Weiter.«

Wenn ich näher herankäme, könnte ich ihm die Beine wegtreten oder den Taser aus der Hand schlagen. Aber im nächsten Augenblick ist er verschwunden, rennt durch den Garten, springt und hangelt sich über den Zaun auf der Rückseite.

»Verdächtiger ist flüchtig«, rufe ich in mein Funkgerät. »Die Gasse auf der Rückseite von Nummer siebenundachtzig.«

Lucinda und Oliver stehen auf dem Bürgersteig und werden von Nachbarn getröstet. Ich erwarte, Polizeiwagen zu sehen, doch die Straße ist leer.

»Hier ist Delta vier«, melde ich mich über Funk. »Wo ist meine Verstärkung?«

»An der angegebenen Adresse.«

»Nein.«

Verwirrung. Korrekturen. Vorwürfe. Ein paar Minuten später hält quietschend ein Transporter. Horgan hat ein Gesicht wie Donnerwetter.

»Wo ist er?«

»Er ist über den Zaun auf der Rückseite des Hauses geflohen. Ich dachte, die hätten Sie abgedeckt.«

»Sie haben uns die falsche Adresse durchgegeben. Sie haben gesagt, Cleaver Street.«

»Nein, Sir. Ich habe gesagt Cleaver Square.«

»Wollen Sie mich der Lüge bezichtigen?«

»Nein. Ich dachte nur ... Ich wollte nicht ... Ich bin sicher ...«

Horgan kehrt mir den Rücken zu, bellt Befehle und organisiert eine Suche in den Straßen der Umgebung. Polizisten laufen los, während der Minivan um den Block kreist, aber Fisher wird mittlerweile verschwunden sein.

Könnte es sein, dass ich einen Fehler gemacht habe? Es war dunkel. Ich bin gerannt.

Horgan kommt zurück und will wissen, was passiert ist. Ich schildere es ihm in Stichpunkten.

»Sie haben Ihre Waffe aufgegeben?«

»Er hat die Frau mit gezücktem Messer bedroht.«

»Sie haben ihn entkommen lassen.«

»Ich habe die Freilassung einer Geisel verhandelt.«

Er glaubt mir nicht. Er denkt, ich habe es vermasselt. Ich will entgegnen, dass er den Balkon im Cornish House nicht abgesichert hat, doch es steht mir nicht zu, die Entscheidung eines höherrangigen Beamten in Frage zu stellen. Eine Windböe erfasst meine schweißnassen Klamotten und lässt mich zittern.

»Fahren Sie zurück zur Station, Constable. Schreiben Sie Ihren Bericht.«

»Ja, Sir.«

Ich wende mich zu dem Haus.

»Wohin gehen Sie?«

»Ich wollte noch mal nach der Mutter und ihrem Sohn sehen.«

»Sie ist eine Zeugin. Sie dürfen nicht mit ihr sprechen.«

Eine Zeugin! Stehe ich hier unter Anklage?

Ich muss warten, bis ein Wagen verfügbar ist. Bis dahin stehe ich auf dem Bürgersteig gegenüber, wo Nachbarn sich versammelt haben, gaffen und spekulieren, Fotos machen und in den sozialen Netzwerken veröffentlichen.

Weiteres Personal trifft ein. Notärzte. Forensiker. Detectives in zerknitterten Anzügen. Nish bietet an, mich zurück nach Southwark zu fahren. Er ist der einzige Kollege, der sich nach meinem Wohlbefinden erkundigt hat. Die anderen behandeln mich, als hätte ich durch einen Fehler in der letzten Minute der Nachspielzeit das Spiel für sie verloren. Welches Spiel? Ich könnte schreien vor Wut. Ich habe ihn verfolgt. Ich habe ihn in die Enge getrieben. Ich habe ihn gestellt.

Ich starre stur geradeaus und lasse die Welt draußen an mir vorbeigleiten – Fußgänger, Restaurantbesucher, Hundespaziergänger, Jogger. Leute, die spät von der Arbeit nach Hause kommen oder zur Nachtschicht aufbrechen.

»Habe ich einen Fehler gemacht?«, frage ich.

»Nein. Du hast uns die richtige Adresse genannt.«

»Aber Horgan hat gesagt ...«

»Er hat dich falsch verstanden.«

Das Schweigen scheint förmlich zu summen. Nick saugt einen Atemzug ein, weitet die Brust und hält volle zehn Sekunden die Luft an, ehe er wieder ausatmet.

»Als wir zu der Adresse gekommen sind, war klar, dass du

nicht dort warst. Horgan hätte sich deinen Standort von der Zentrale bestätigen lassen können, doch er hat darauf bestanden, dass wir zunächst die andere Adresse überprüfen.«

»Warum?«

Es entsteht eine weitere lange Pause.

»Glaubst du, er wollte mich bloßstellen?«, frage ich.

Nish antwortet nicht.

Mein Blick ist flach, meine Hände sind reglos, doch ich fühle mich, als wäre ich gerade von einem Karussell gestiegen, und der Boden unter meinen Füßen würde sich heben und senken.

»Du hättest draußen bleiben sollen«, sagt Nish. »Du hättest auf die Verstärkung warten sollen.«

»Die nicht kam«, erwidere ich bitter.

Er blickt in den Seitenspiegel und blinkt, bevor er die Spur wechselt.

»Ich kenne dich noch nicht lange, Phil, aber es ist offensichtlich, dass du versuchst, dich zu beweisen. Ich dachte, es wäre wegen deines Geschlechts oder deiner Größe, aber ich glaube, du versuchst zu beweisen, dass du anders bist als dein Vater.«

Ich habe einen Kloß im Hals. Schlucken ist schmerzhaft.

»Ich bin eine *gute* Polizistin.«

»Davon musst du mich nicht überzeugen. Aber sie versuchen, dich rauszudrängen. Und du kannst es dir nicht leisten, Fehler zu machen.«

28

Es ist Sonntagnachmittag, und ich sehe Henry auf dem Sportplatz in Chiswick beim Rugbyspielen zu. Es ist das erste Saisonspiel. Archie interessiert sich allerdings mehr dafür, in Pfützen zu springen und Stöcke in Schlammlöcher zu stecken. Früher habe ich mir die Spiele gern angesehen, aber mittlerweile mache ich mir jedes Mal Sorgen, wenn Henry getackled wird oder sich ins Getümmel stürzt, als wäre er immer noch neunzehn und unzerstörbar.

Angeblich ist es eine Hobby-Liga, aber sie nehmen das Spiel sehr ernst, keuchen und schnaufen, wenn sie sich zu einem Gedränge aufstellen. Dann grunzen, schieben und grunzen sie noch ein wenig mehr. Es ist, als würde man ein Tauziehen rückwärts anschauen, weil sie nicht ziehen, sondern stoßen. Henrys Team verliert. Die gegnerische Mannschaft hat riesige Spieler, die mühelos durch Verteidigungslinien brechen und ihre Gegner humorlos blocken.

Nach dem Schlusspfiff geben sich die Teams die Hand und umarmen sich, plötzlich beste Freunde, nachdem sie neunzig Minuten lang gegeneinandergekracht sind. Archie läuft aufs Spielfeld, um Henry zu begrüßen und zu fragen, ob er gewonnen hat und ob er einen Punkt erzielt hat. Zweimal Nein.

Henry hebt ihn auf seine Schultern, wobei er Schlamm in der Gegend verteilt. Bevor wir zu einem frühen Abendessen ausgehen, wird Archie sich noch mal umziehen müssen.

Die Menge zerstreut sich. Henry verschwindet in der Umkleide, während ich mit Archie im Wagen warte und eine CD auflege. Er sagt, er sei schon zu groß für *Thomas, die kleine Lokomotive*, aber er hört sich die Geschichten trotzdem an.

Bei unserem Lieblingschinesen in Wandsworth gibt es an Wochenenden Yum Cha. Um diese Uhrzeit ist der Laden voller Familien. Henry hat einen Schlammspritzer an seinem Ohrläppchen übersehen, den ich abwische. Während wir darauf warten, unsere Plätze angewiesen zu bekommen, löst Archie sich von Henry und guckt sich die Fische im Aquarium an. Er klopft an die Scheibe, spricht mit ihnen und wippt auf den Fersen.

Eine Kellnerin führt uns zu unserem Tisch. Henry macht eine Bestandsaufnahme seiner Zipperlein und Wehwehchen, zeigt mir seinen aufgeschürften Ellbogen und erklärt, dass er sich vielleicht »den Oberschenkel gezerrt« habe. Er wirkt verändert in letzter Zeit. Gestresst. Normalerweise sind seine Augen so freundlich und einladend, aber mir ist eine neue Härte darin aufgefallen, vor allem, wenn ich Tempe erwähne oder über die Hochzeit spreche. Es ist, als würde er sie für meine Probleme bei der Arbeit verantwortlich machen, was meiner Meinung nach unfair ist. Wenn der Finger eines Mannes Schuldige sucht, auf die er zeigen kann, findet er anscheinend immer eine Frau.

Seit dem Zwischenfall mit der Geisel bin ich vom Dienst suspendiert und soll mich demnächst vor einer Kommission verantworten, die die Übergabe meiner Waffe untersucht. Die Aufnahmen der Bodycam und Lucys Aussage werden mich entlasten, aber ich darf nichts für selbstverständlich halten, denn ich habe in diesem Kampf keine Verbündeten.

Das ist einer der Gründe, warum Henry gestresst ist – die Politik. Warum eilen meine Kollegen nicht zu meiner Verteidigung? Wieso unternimmt die Polizeigewerkschaft nicht mehr, um mich zu unterstützen?

»Was passiert bei der Anhörung?«, fragt er und spielt mit Archies Buntstiftschachtel.

»Ich werde ihnen erzählen, was passiert ist.«

»Goodall wirst du nicht erwähnen, oder?«

»Ich habe keinen Beweis.«

»Die Leute nutzen dich aus«, murmelt er.

»Welche Leute?«

»Goodall. Deine Mutter. Deine Freundinnen.«

Er will Tempes Namen nicht aussprechen.

Die Kellnerin kommt, ein schlankes Mädchen mit hohem Pferdeschwanz und dick aufgetragener Mascara. Zu ihr ist Henry viel netter, als er es zu mir gewesen ist. Er verhandelt geduldig mit Archie, der nur Krabbenchips will, sich jedoch schließlich breitschlagen lässt, auch ein bisschen gebratenen Reis mit Ei zu essen.

Unsere Getränke werden serviert, dann das Essen. Henry bestellt ein weiteres Bier und dann noch eins. Sieht so aus, als würde ich nach Hause fahren. Das Restaurant um uns herum schwirrt und summt, aber ich fühle mich gefangen statt geliebt.

Als wir gegessen haben, entschuldige ich mich und gehe auf die Damentoilette. Auf dem Rückweg zu unserem Tisch höre ich Tempes Stimme.

»Zwei Kluge, ein Gedanke«, sagt sie. »Bist du mit Henry hier?«

»Plus Archie. Und du?«

Sie hält eine in Plastik eingeschweißte Speisekarte hoch. »Ich hole mir was zu essen.«

»Echt, das macht noch jemand?«, necke ich sie. »Warum hast du es dir nicht liefern lassen?«

»Ich bin schrecklich altmodisch«, sagt sie. »Außerdem tun mir diese Radfahrer leid.«

»Aber du hast kein Auto.«

»Ich habe mir eins von einer Freundin geliehen.«

Welche Freundin, will ich sie fragen, aber sie würde merken, dass ich schnüffele.

»Woher kennst du dieses Restaurant?«

»Du hast es mal erwähnt. Du hast gesagt, hier gebe es das beste Yum Cha in London.«

»Wirklich?«

Ich blicke zu Henry, der der Kellnerin ein Zeichen macht, ihm noch ein Bier zu bringen.

»Wir sind schon mit Essen fertig, sonst würde ich dich an unseren Tisch einladen«, sage ich.

»Ich könnte kurz was trinken«, sagt sie fröhlich.

»Sieh mal, wen ich getroffen habe«, sage ich, als wir an den Tisch kommen. Henry nickt ihr zum Gruß zu, steht jedoch nicht auf. Tempe muss sich einen Stuhl suchen. Sie scheint seine Kälte nicht zu bemerken, sondern macht ein großes Gewese um Archie und lässt sich von ihm seine Matchbox-Autos und die Rennstrecke zeigen, die er auf die Tischdecke gemalt hat.

Unsere Kellnerin kommt mit einem weiteren Bier für Henry, doch er hat es sich anders überlegt und verlangt die Rechnung. Tempe wirkt nicht verärgert, aber mir ist es für uns beide peinlich. Mein Märchenprinz benimmt sich wie eine Kröte, was völlig untypisch für ihn ist. Er hat ein Rugby-Spiel verloren. Ich habe zufällig eine Freundin getroffen. Undankbarer Kerl!

29

Am nächsten Tag fahre ich extra bei Tempe vorbei, um mich zu entschuldigen. Ich kaufe einen Strauß Nelken bei einem Blumenhändler in der Nähe der Polizeistation, einem Bulgaren, der mich »hübsche Lady« nennt und meint, ein Junge sollte mir Blumen schenken. Nach glücklicher Parkplatzsuche steige ich die Treppe zu Tempes Wohnhaus hinauf, drücke auf die Klingel und ziehe die Hand sofort wieder zurück. Jemand hat mit roter Farbe *Hure* an die Haustür geschmiert, in auslaufenden Großbuchstaben bis zum Türrahmen. Weitere Farbe ist auf die oberste Stufe und das Geländer gekleckert.

Tempe meldet sich über die Gegensprechanlage und sagt: »Tut mir leid wegen der Tür.«

»War er das?«

»Keine Ahnung.«

Sie erwartet mich auf dem Treppenabsatz und umarmt mich. Sie wirkt heute fragiler. Ihr Haar ist ungekämmt, und ihre Augen scheinen hohl.

»Ich bitte Henry, es wegzumachen«, sage ich.

»Ach, ich kümmere mich schon darum. Mr Swingler von oben sagt, dass wir Ersatzfarbe im Keller haben.«

Sie nimmt die Blumen. »Wofür sind die?«

»Wegen gestern. Tut mir leid wegen Henry. Er hat sich benommen wie ein Arsch.«

»Du musst dich nicht entschuldigen. Daran bin ich gewöhnt.«

»Wieso?«

»Die Leute mögen mich nicht besonders.«

»Ich bin sicher, das ist nicht wahr.«

»Oh, mir macht das nichts aus. Meine Grandma hat immer gesagt, Vögel picken am liebsten an der besten Frucht.« Tempes Augen werden feucht. »Ich hatte noch nie eine Freundin wie dich. Du freust dich immer so, mich zu sehen. Du stößt mich nicht weg. Wenn ich mit dir zusammen bin, fühle ich mich ganz.«

Ihre Tränen machen mich verlegen. »Bitte hör auf zu weinen.«

»Tut mir leid. Ich bin albern.«

»Und entschuldige dich nicht.«

Sie drückt meine Hand. »Wenn mir je etwas zustoßen sollte ...«

»Dir wird nichts zustoßen.«

»Aber wenn. Dann will ich, dass du weißt, dass ich dich liebe.«

Die Tiefe ihrer Gefühle ist mir peinlich, und ich suche nach einer Möglichkeit, das Thema zu wechseln. Ich möchte sie nach ihrer Mutter in Belfast fragen und sehen, ob sie mir erneut unverhohlene Lügen über ihre drei Schwestern und ihren Vater beim Militär erzählt. Ich weiß, dass sie Geschichten erfindet, aber ich dachte, mit mir wäre es anders. Sie musste nichts übertreiben oder erfinden, um meine Freundschaft zu gewinnen.

Wir erzählen alle ab und zu mal kleine, harmlose Lügen. Wenn Sara mich fragt, ob ich ihren neuen Freund mag, sage ich immer, er sei nett. Jedes neue Kleid und jede Frisur sind »wirklich hübsch«, auch wenn sie es nicht sind. Ich würde nicht zulassen, dass eine Freundin einen kompletten modischen Fauxpas begeht, doch ich kann akzeptieren, dass die Geschmäcker verschieden sind.

Henry lügt mich ständig an. Er sagt, er hätte im Pub nur ein Bier getrunken, er würde gerade aufbrechen, oder das Training hätte länger gedauert. Und ich versichere ihm, dass ich ein Kleid im Sonderangebot gekauft habe und dass meine gelegentlichen Lass-es-uns-hinter-uns-bringen-Orgasmen echt sind. Welche Rolle spielt es, wenn Tempe Geschichten erfindet? Ich bin sicher, sie hat einen Grund.

»Wir sollten über die Schmiererei an der Haustür sprechen«, sage ich. »Du kannst sie nicht ignorieren.«

»Ich ignoriere sie nicht. Ich überlebe sie.«

Inzwischen gibt es mehr Möbel in der Wohnung, aber Tempe scheint sie nach wie vor zu bewohnen wie ein ängstlicher Geist. Sie hat ein weiches Sofa, aus dem man sich nur mit Mühe wieder erheben kann, einen nicht dazu passenden Sessel und einen Mosaik-Couchtisch. Bis auf ihre Skizzen umgibt sie sich nicht mit Erinnerungsstücken und Andenken, die Rückschlüsse über ihre Vergangenheit erlauben würden. Keine Fotos, Bücher oder Postkarten. Sie hat sich nicht mal die Mühe gemacht, sich einen Fernseher zu besorgen.

»Was machst du abends so?«, frage ich.

»Ich zeichne.«

»Kann ich ein paar mehr von deinen Skizzen sehen?«

»Ich arbeite immer noch an deinem Hochzeitsgeschenk.«

»Du musst doch noch andere haben.«

»Du bist meine Muse. Lach nicht! Wirklich.«

»Bitte, zeig mir ein paar von deinen anderen Zeichnungen.«

Widerwillig holt sie ihren kleinen Rollkoffer aus dem Schlafzimmer und klappt ihn auf. Er enthält Dutzende von Skizzenbüchern. Sie wählt eins aus. Ich setze mich auf die Bettkante und schlage es auf. Die Zeichnungen ähneln anderen, die sie gemacht hat, aber diesmal ist ihr »Modell« ein Mädchen im Teenageralter mit leuchtenden Augen und langem, glatten Haar, das ihr bis ins Kreuz fällt.

»Wer ist das?«, frage ich.

»Eine Freundin.«

»Wie heißt sie?«

»Mallory.«

Ich erinnere mich, dass Mrs Brown eine Mallory Hopper erwähnt hat.

»Wo habt ihr euch kennengelernt?«

»An der Schule in Belfast.«

Ich blättere die Seiten um. Es gibt Dutzende von Zeichnungen von Mallory; manche sind nur halb vollendet oder zeigen Details wie ihre Hände, ihre Füße, ihre Ohren oder ihre Augen. Wie bei den Skizzen, die sie von mir gemacht hat, hat Tempe sich offenbar bemüht, zunächst einzelne Aspekte zu erfassen, bevor sie sie zusammengefügt hat.

»Die sind sehr schön«, sage ich.

»Die sind Mist«, erwidert Tempe. »Ihre Augen habe ich nie richtig hingekriegt. Ich habe mich so angestrengt, aber irgendwas hat immer gefehlt.«

Ich blättere eine weitere Seite um und stoße auf eine Reihe von Aktzeichnungen mit Mallory als Modell. Sie ist nicht sexualisiert oder idealisiert dargestellt. Die Skizzen haben nichts Erotisches oder Anzügliches. Mallory ist in einer Reihe von beiläufigen Posen festgehalten, beim Abtrocknen mit einem Handtuch, beim Lackieren ihrer Zehennägel oder beim Überstreifen eines Kleides.

»Hat sie für dich Modell gestanden?«

»Ja.«

»Wie alt war sie?«

»Achtzehn.«

Die Antwort kommt schnell und abwehrend. Tempe versucht zu erklären. »Manche Menschen denken, eine Aktzeichnung habe immer eine sexuelle Botschaft, aber das ist in diesem Fall nicht wahr. Wenn man die Kleider wegnimmt, eliminiert man bloß den Kontext. Es könnte die Vergangenheit oder die Gegenwart sein. Überall auf der Welt.«

»Sie sind sehr schön.«

»Genau. Sie haben nichts Schlechtes oder Schmutziges.«

»Hat das jemand gedacht?«

Tempe antwortet nicht, aber ich spüre, dass ich recht habe.

»Erzähl mir von Mallory.«

Tempe setzt sich neben mich aufs Bett. Das Skizzenbuch liegt aufgeschlagen auf unseren Schenkeln.

»Sie war nicht das hübscheste oder beliebteste Mädchen unserer Schule, aber definitiv das traurigste.«

»Warum war sie traurig?«

»Ihre beiden Zwillingsbrüder sind im Urlaub in Ballycastle ertrunken. Einer hat Probleme bekommen, der andere hat versucht, ihn zu retten. Innerhalb eines schrecklichen Nachmittages ist Mallory zum Einzelkind geworden.«

»Und das ist wirklich passiert?«, frage ich, weil ich fürchte, dass sie mich wieder anlügt.

»Du kannst ja nachschauen. Es stand damals in den Zeitungen. Ihre Eltern waren am Boden zerstört. Sie haben das Haus in einen Schrein für die Zwillinge verwandelt. Messen wurden für sie gelesen, Stipendien nach ihnen benannt. Es gab Spendensammlungen in ihrem Namen. Unser Gemeindepfarrer hat gesagt, Conner und Davie seien nicht tot, weil sie in unseren Herzen weiterleben. Ich weiß noch, dass ich Mallory angesehen habe, als er das gesagt hat, und mich gefragt habe, wie sie sich fühlt.

Am Tag der Beerdigung bin ich ihr von der Kirche nach Hause gefolgt. Hunderte von Menschen waren zu der Trauerfeier gekommen, aber Mallory schien unsichtbar. Sie saß allein im Garten. Ich habe mich neben sie gesetzt. Wir haben uns über unsere letzte Englischarbeit unterhalten. Ich mochte die Art, wie sie ihr Haar trug, an den Seiten hochgesteckt und hinten lang und glatt.

Ich habe sie nach der Schule zu mir eingeladen. Sie ist gekommen. Wir haben zusammen abgehangen und Videos geguckt. So hat es angefangen. Eine Freundschaft. Später haben die Leute versucht, sie mit anderen Bezeichnungen zu belegen, aber sie haben es nicht verstanden.«

»Was für andere Bezeichnungen?«

»Das ist unwichtig. Die Leute waren grausam zu Mallory. Sie haben sie wegen ihrer dicken Schuhsohlen, ihrer unrasierten Beine, ihrer ungezupften Augenbrauen und ihrer spießigen Klamotten verspottet. Eines Tages hat Mrs Hopper mich beiseitegenommen und gefragt: ›Was willst du eigentlich hier?‹ Was für eine dumme Frage! Muss man immer etwas wollen? Und weiß man immer, was man will?

›Mallory hat erzählt, dass du sehr intelligent bist‹, sagte Mrs Hopper.

›*Sie* ist die Intelligente‹, sagte ich.

›Aber du strengst dich mehr an, hat Mallory gesagt, und du bist besser in Kunst.‹

Ich bot an, ein Porträt von Mallory für Mrs Hopper zu malen. Ich ließ sie auf der Fensterbank posieren, vor dem Hintergrund der Sonne, die einen weichen Lichtkranz um ihren Kopf schuf. Es war nicht das erste Mal, dass ich sie gezeichnet habe, aber bis dahin war es immer nur aus der Erinnerung gewesen. Diesmal zitterten meine Hände, und ich hatte das Gefühl, ich würde ihre Haut mit den Fingerspitzen berühren, als der Bleistift über das Blatt huschte.

Als ich die Zeichnung beendet hatte, war ich nach wie vor nicht zufrieden, doch Mrs Hopper fand sie wunderschön und wollte sie rahmen lassen. Sie sagte, ich sollte ein Geschäft daraus machen, Leute für Geld auf dem St. George's Market zu porträtieren, aber ich hatte kein Interesse daran, einen anderen Menschen zu zeichnen.«

»Warst du in sie verliebt?«, frage ich flüsternd.

»Kann sein. Ja. Aber nicht so, wie du denkst.«

»Wo ist Mallory jetzt?«

Tempe zuckt die Schultern. »Sie ist zur Uni gegangen und hat neue Freundinnen getroffen.«

»Ihr seid nicht in Kontakt geblieben?«

»Nein.«

»Das ist schade.«

Tempe klappt das Skizzenbuch zu und legt es zurück in den Koffer. Ich will ihr erzählen, dass ich mit ihrer Mutter gesprochen habe, und sie fragen, warum sie aus Belfast weggelaufen ist, aber in diesem Moment vibriert mein Handy. Ich erkenne die Nummer nicht. Normalerweise würde ich warten, bis der Anruf an die Mailbox weitergeleitet wird, aber ich gehe dran.

»Hallo, wer ist da?«

Lange ist es still, dann höre ich ein gedämpftes »Entschuldigung«, und der Anruf wird abrupt beendet.

»Verwählt?«, fragt Tempe.

»Ich weiß nicht. Die Frau klang aufgewühlt.«

Ich warte, ob sie noch einmal anruft. Als das nicht passiert, checke ich die Anrufliste und finde die Nummer. Sie ist nicht in meinen Kontakten.

Ich rufe sie an. Nach dem ersten Klingeln meldet sich eine Voicemail-Ansage.

»*Hallo. Ich kann gerade nicht drangehen – wahrscheinlich wegen der Kinder –, aber wenn Sie eine Nachricht hinterlassen, rufe ich vielleicht zurück, wenn sie im Bett sind oder achtzehn werden.*«

Ich erkenne Alison Goodalls Stimme aus dem Yoga-Kurs wieder. Ich will ihr eine Nachricht hinterlassen, lasse es jedoch, als mir bewusst wird, dass Goodall Zugriff auf ihre Voicemail-Nachrichten haben oder mithören könnte. Stattdessen beende ich den Anruf und versuche es gleich noch einmal. Diesmal nimmt sie ab und sagt nichts. Ich kann sie atmen hören.

»Hier ist Philomena. Ist alles in Ordnung?«

Schweigen.

»Bist du verletzt?«

»Nein.«

»Hört er zu?«

»Nein.«

»Wo bist du?«

»Zu Hause.« Sie unterdrückt ein Schluchzen. »Ich habe meine Taschen gepackt, doch er hat sie gefunden. Ich dachte, er würde mich umbringen.«

»Hau ab! Verlass ihn sofort!«

»Das kann ich nicht. Er hat die Türen verriegelt. Ich bin im Haus eingeschlossen.«

»Wo sind die Kinder?«

»Nathan ist in der Ferienbetreuung. Chloe ist bei mir. Ich habe Ewigkeiten gebraucht, sie zu beruhigen.«

»Dann ruf die Polizei.«

»Das kann ich nicht. Er wird es erfahren. Tut mir leid. Ich hätte dich nicht anrufen sollen.« Sie will auflegen.

»Nein! Warte. Wo ist er jetzt?«

»Ich weiß nicht. Bei der Arbeit.«

»Ich komme rüber.«

Ich schnappe meine Autoschlüssel. Tempe folgt mir die Treppe hinunter und stellt Fragen. »Ist alles in Ordnung mit ihr? Ist sie verletzt?« Sie fängt an, mir die Geschichte einer Freundin zu erzählen, die in einem Haus eingeschlossen wurde, doch ich habe keine Zeit, ihr zuzuhören. Als ich mich verabschiede und loslaufe, ruft sie mir nach: »Sei vorsichtig!«

30

Das Wetter straft den Tag Lügen. Sonnig, hohe Wolken wie Rauchfetzen in der oberen Atmosphäre. Ich gehe das Telefonat im Kopf immer wieder durch und frage mich, was Alison schließlich dazu getrieben hat, sich zu wehren. Ich sollte die Polizei anrufen. Ich *bin* die Polizei. Aber wie würde es aussehen, wenn ich den Anruf mache?

Als ich die Kempe Road erreiche, muss ich einmal um den Block fahren, bis ich einen Parkplatz finde. Ich stelle den Wagen in der Nähe der Schule ab und laufe zurück zu dem Haus. Ein Müllwagen rumpelt an mir vorbei, und der Gestank von verfaultem Essen und Dieseldämpfen steigt mir in die Nase. Eine Windböe weht den Geruch des Flusses herüber.

Die Vorhänge sind zugezogen. Ich klingele. Niemand antwortet. Ich knie mich hin und klappe den Briefschlitz auf.

»Alison? Ich bin's.«

Ich sehe die untere Hälfte ihres Körpers, als sie durch den Flur kommt, barfuß und in ausgefransten, verwaschenen Jeans.

»Wo ist der Schlüssel?«, frage ich.

»Er hat ihn mitgenommen.«

»Was ist mit der Hintertür?«

»Das Gleiche.«

Sie lehnt sich an die Wand, lässt sich auf meine Augenhöhe herab und hockt sich auf ihre Fersen. Ihr Haar fällt nach vorne, verdeckt ihr Gesicht.

»Ich dachte, er würde mich umbringen«, sagt sie.

»Wer?«

Alisons Brust bebt, und tief in ihrem Innern löst sich ein Schluchzen, das als Stöhnen herauskommt.

»Wo ist Chloe?«, frage ich ängstlich.

»Sie schläft«, bringt Alison schniefend hervor. »Er hat sie an den Knöcheln übers Geländer gehalten. Er hat gedroht…« Sie kann den Satz nicht zu Ende bringen. »Ich habe einen Koffer gepackt, wie du gesagt hast. Und ich habe Geld gespart. Er gibt mir jeden Monat Taschengeld. Nicht viel, aber ich habe immer ein bisschen abgezweigt und versteckt. Mein Fluchtfonds.«

»Wohin wolltest du gehen?«

»Meine Schwester lebt in Brighton. Aber Darren hat gedroht, sie verhaften zu lassen. Sie hat Angst.«

»Ich kann dich zu einem Frauenhaus bringen.«

»Er wird mich finden.«

»Was ist mit deinen Eltern?«

»Dort wird er als Erstes suchen.«

»Aber dort bist du sicher. Du kannst eine gerichtliche Verfügung erwirken. Ein Kontaktverbot.«

»Er wird mich umbringen. Er wird uns alle umbringen.«

»Das werde ich nicht zulassen.«

Alison hebt den Kopf. Ihr Haar fällt nach hinten und gibt ihre Augen frei.

»Du hast dieser anderen Frau geholfen. Ich weiß nicht, wie sie heißt.«

Sie meint Tempe. »Woher weißt du von ihr?«

»Ich habe Nachrichten auf seinem Handy entdeckt. Darren hat es natürlich geleugnet. Er glaubt, dass du sie versteckst. Ist sie in Sicherheit?«

»Ja.«

»Kannst du das für mich auch machen?«

Ich lasse die Klappe des Briefschlitzes herunter und trete einen Schritt von der Haustür zurück. Das Erkerfenster ist doppelt oder dreifach verglast. Es wird nicht leicht bersten. Die Fenster im ersten Stock sind zu hoch, um sie ohne Leiter zu erreichen. Ich höre Henrys Stimme, die mir sagt, dass ich nicht jede geschlagene Ehefrau und jede misshandelte Freundin retten kann. Aber diese Frau, diese Mutter braucht mich, und deswegen bin ich Polizistin geworden. Das System hat Alison im Stich gelassen, *mein* System, auf dessen Erhalt ich einen Eid geschworen habe. Was nützen Gesetze zum Schutz der Verwundbaren, wenn niemand sie durchsetzt?

Neben dem Haus ist ein Tor, das in den Garten führt. Ich sage Alison, dass sie mich auf der Rückseite treffen soll. Ich gehe an den Mülltonnen und einem Fahrrad mit Kindersitz vorbei in den langen, schmalen Garten mit einem von Büschen abgeschirmten, gepflasterten Grillplatz. Die Hintertür hat zwei kleine Glasfenster und ist mit einem altmodischen Riegelschloss gesichert. Ich könnte die Scheibe einschlagen, aber ohne Axt oder Vorschlaghammer wird sich die Tür nicht öffnen lassen.

Alison taucht am Küchenfenster auf und beobachtet, wie ich mich nach Werkzeug umsehe, um die Tür aufzubrechen. Ich zeige zu einem Fenster im ersten Stock und rufe: »Ist das ein Schlafzimmer?«

Sie nickt.

Das Schiebefenster liegt nur gut zwei Meter über dem Küchenanbau, der ein Flachdach mit einer Reihe Oberlichter hat.

Ich zeige nach oben und rufe: »Komm an das Fenster.«

Im Garten steht eine dekorative, weiß gestrichene Schubkarre mit Topfpflanzen. Ich ziehe sie näher an die Mauer und schiebe die Blumentöpfe beiseite. Dann steige ich in die Schubkarre, klemme einen Fuß in die Lücke zwischen Fallrohr und

Backsteinmauer, strecke den Arm aus, packe die Dachrinne und ziehe mich auf das flache Teerdach hoch.

Alison steht mit Chloe in den Armen am Fenster. Sie löst die Arretierung und schiebt es bis ganz nach oben.

»Reich sie mir an.«

Chloe klammert sich noch fester um Alisons Hals.

»Alles gut, Spätzchen. Wir machen eine kleine Abenteuerreise.«

Chloe windet sich klagend, lässt sich jedoch in meine Arme herabreichen. Ich spüre das Polster ihrer Windeln und ihr weiches Haar an meiner Wange. Erst als ich sie anlächle, fällt mir der Bluterguss an ihrer Wange auf.

Alison mustert die Tiefe des Falls und zögert. »Hast du dein Portemonnaie und die Autoschlüssel?«, frage ich.

»Ich hole sie.«

»Außerdem deinen Pass und die Geburtsurkunden der Kinder.«

»Wieso?«

»Als Identitätsnachweis.«

Während sie verschwindet, wippe ich Chloe auf meiner Hüfte. Sie steckt den Daumen in den Mund und sieht mich an, als wäre sie noch unentschieden, ob sie in Tränen ausbrechen soll oder nicht.

Alison taucht wieder auf. Diesmal schiebt sie einen kleinen Koffer durch das Fenster und lässt ihn zu mir herab. Der zweite, größere Koffer passt nicht durchs Fenster, deshalb lässt sie ihn zurück. Sie klettert heraus, ein Bein nach dem anderen, dreht sich dann mit dem Bauch zur Wand und tastet auf der Suche nach Halt blind mit den Zehen die Mauer hinunter. Ich dirigiere ihre Füße und halte sie fest, bis wir alle gemeinsam auf dem Flachdach stehen und über die Nachbargärten blicken.

»Alles in Ordnung?«, fragt eine Frauenstimme.

Eine ältere Nachbarin blickt zu uns hoch. Sie hat eine Gießkanne in der Hand und blinzelt über den Rand ihrer Sonnenbrille hinweg.

»Bestens, danke, Mrs Purnell«, sagt Alison.

»Was machen Sie da oben?«

»Wir planen einen Anbau. Das ist meine … meine …«

»Architektin«, sage ich.

Das Gesicht der alten Frau legt sich in Falten. »Dafür brauchen Sie eine Planungsgenehmigung. Paul wird sich wahrscheinlich beschweren.«

»Wie geht es Mr Purnell?«

»Er kennt nur eine Einstellung: knurrig.« Mrs Purnell ist offenbar zum Plauschen aufgelegt. »Heutzutage wollen die Leute so große Häuser – ein Zimmer für jedes Kind. Als ich klein war, habe ich mir ein Zimmer mit meiner Schwester geteilt. Hat mir nicht geschadet. Hat uns enger zusammengebracht.«

»Sie sprechen nicht mit Ihrer Schwester«, sagt Alison.

»Das liegt daran, dass sie mein Weihnachtspuddingrezept geklaut hat.«

»Wir müssen los«, flüstere ich.

Ich springe vom Dach, und Alison reicht mir Chloe herunter. Die Kleine ist jetzt nicht mehr so nervös, sondern schlingt sofort die Arme um meinen Hals und klammert sich an mich.

»Wo ist dein Wagen?«, frage ich.

»Ich habe keinen Führerschein. Darren lässt mich nicht.«

»Dann nehmen wir meinen. Wo wohnen deine Eltern?«

»In Highgate.«

»Ruf sie an. Sag ihnen, dass du eine Bleibe brauchst.«

Mit jedem Schritt scheint Alisons Selbstbewusstsein zu bröckeln. Sie sieht sich zum Haus um und will umkehren.

»Nathan«, quiekt sie. »Er ist noch bei der Ferienbetreuung.«

»Wo?«

»In seiner Schule.«

»Wann ist sie zu Ende?«

»Um drei.«

»Wer holt ihn ab?«

»Meistens ich.« Sie wendet sich zum Haus um. »Ich kann nicht gehen. Ich muss bleiben.«

Ich blicke auf mein Handy.

»Wir haben noch Zeit. Ruf die Schule an und erkläre ihnen, dass es einen Notfall in der Familie gegeben hat. Sag ihnen, eine Freundin würde Nathan abholen.« Ich rufe über mein Handy ein Uber-Taxi, das in drei Minuten da sein wird. Ich nenne Alison die Details des Wagens und des Fahrers.

»Ich hole Nathan ab«, sage ich, »und bringe ihn zum Haus deiner Eltern.«

Kurz darauf laufe ich die Kempe Road hinunter zur Grundschule. Als ich um die zweite Ecke biege, sehe ich Mütter, die sich vor dem Schultor versammeln, und Fahrzeuge, die vor der Haltezone Schlange stehen.

Im Schulbüro sind alle Mitarbeiterinnen als eine Figur aus einem Märchen kostümiert. Ich zeige einer fröhlichen Sekretärin, die als Cinderella verkleidet ist, meinen Dienstausweis. Ihr Lächeln verblasst ebenso schnell, wie es aufgestrahlt ist.

»Ist alles in Ordnung?«, fragt sie.

Eine Kollegin hinter ihr, Schneewittchen, antwortet: »Mrs Goodall hat gerade angerufen. Wir müssen Nathan aus seiner Gruppe holen.«

Cinderella blickt auf die Uhr. »Die Betreuungszeit ist eh gleich zu Ende.«

»Ich brauche ihn sofort«, sage ich.

Ärgerlich schnaufend sieht sie sich nach ihren Schuhen um, die irgendwo unter ihrem Schreibtisch stehen. Nachdem sie sie gefunden hat, müht sie sich ab, ihre Füße hineinzuzwängen, und scheint es zu genießen, mich warten zu lassen.

Ich folge ihr über den Schulhof, wo Kinder Tauziehen spielen oder auf Rollern einen mit Verkehrskegeln abgesteckten Hinderniskurs befahren. Wir betreten ein anderes Gebäude, in dem jedes Fenster mit Zeichnungen, Bildern und Collagen beklebt ist. Sie betritt ein Klassenzimmer. Ich warte im Flur und lese Aushänge am Schwarzen Brett über Schuluniformen und eine Probe des Schulchors in einer lokalen Kirche.

Cinderella erscheint mit Nathan. Er ist mit einem überdimensionierten Rucksack bepackt, der ihn aussehen lässt wie eine Schildkröte.

»Wo ist Mummy?«, fragt er mit einem leichten Lispeln. Sein Pony fällt ihm ins Auge, und einer seiner Vorderzähne fehlt, was vermutlich der Grund für sein Lispeln ist.

»Sie musste Chloe zu deinen Großeltern bringen. Wir treffen sie dort.«

»Du meinst Nan und Pop.«

»Genau.«

»Ich soll nicht mit Fremden reden.«

»Das ist ein sehr guter Ratschlag, aber ich bin keine Fremde. Ich bin Phil.«

»Phil ist ein Jungenname.«

»Es ist eine Abkürzung für Philomena. Soll ich den für dich tragen?« Ich schwinge seinen Rucksack über meine Schulter.

In diesem Moment klingelt es. Kinder strömen aus Klassenzimmern und erfüllen die Flure mit ihren aufgeregten hohen Stimmen.

»Gibt es noch einen anderen Eingang?«, frage ich.

»Warum?«, fragt die Sekretärin.

»Mein Wagen parkt auf der anderen Seite der Schule.«

»Ich denke, Sie können das Südtor nehmen.«

»Das ist für die älteren Schüler«, sagt Nathan, der ganz offensichtlich nicht zu den Regelbrechern gehört.

»Heute bist du ein großer Junge.«

Wir gehen über den Schulhof, der mit Linien für einen Korbball-Platz und Hüpfekästchen bemalt ist. Mittlerweile warten noch mehr Eltern am Tor. Ich fasse Nathans Hand, und wir bahnen uns einen Weg durch die Menge. Kinder plappern atemlos, beklagen sich, dass ihnen heiß ist, dass sie Hunger haben oder müde sind.

Mein Fiat parkt unter den Bäumen und sammelt frische Kleckse von Vogelscheiße auf der Kühlerhaube.

»Wo ist mein Kindersitz?«, fragt er.

»Ich habe keinen.«

»Ist das erlaubt?«

Er ist sechs Jahre alt und klingt wie ein Anwalt.

»Ich bin Polizistin. Ich darf Ausnahmen machen.«

»Kann ich vorne sitzen?«

»Nein.«

»Aber du bist Polizistin.«

»Und du musst tun, was ich sage.«

Er setzt sich auf die Rückbank, schnallt sich an und wechselt das Thema. Er erzählt, dass er einen Schuhkarton-Schaukasten von seinem Traumschlafzimmer basteln muss und dass seine Nan und sein Pop einen Hund namens Betsy haben.

Ich setze aus der Parklücke, aber der Verkehr staut sich in beiden Richtungen.

»Hey, da ist Daddy«, sagt Nathan und winkt aus dem Fenster. Darren Goodall schaut just in diesem Moment auf. Unsere

Blicke treffen sich. Er weiß mein Gesicht nicht sofort einzusortieren, weil ich so fehl am Platz bin. Er lächelt und hebt die Hand zum Winken, doch dann fällt der Groschen. Er guckt noch einmal. Diesmal entdeckt er Nathan auf der Rückbank.

»Daddy! Daddy!«

Goodall ist zwischen die Wagen getreten und läuft auf mich zu. Er ist noch fünfzig Meter entfernt und wird schneller. Ich drücke auf die Hupe, aber die Fahrerin vor mir hebt frustriert die Hände. Sie kann nirgendwohin ausweichen.

Plötzlich tut sich auf der Gegenspur eine Lücke auf. Ich schere in den Gegenverkehr aus, als Goodall das Seitenfester erreicht und brüllend gegen die Scheibe hämmert. Ich kann nicht hören, was er sagt. Er will die Fahrertür aufreißen. Ich trete aufs Gaspedal. Goodall klammert sich an den Wagen.

Die Fahrerin, die mir entgegenkommt, starrt mich entsetzt an, überzeugt davon, dass ich gleich in sie hineinrase, doch ich mache einen weiteren Schwenk, schüttele dabei Goodall ab und schere rechtzeitig wieder in die richtige Spur. Im Rückspiegel sehe ich, wie Goodall hinter dem Wagen herrennt und hofft, mich an der nächsten Ampel einzuholen, doch ich beschleunige, als sie auf Rot springt, und brettere über die Kreuzung.

Nathan ist still geworden.

»Warum hast du nicht für Daddy angehalten?«, lispelt er.

»Ich bringe dich zu deiner Mummy.«

»Du hast ihn wütend gemacht.«

»Wird er oft wütend?«

»Manchmal.«

»Hat er deine Mummy schon mal geschlagen?«

»Das soll ich nicht sagen.«

»Warum nicht?«

»Dann wird Daddy böse.«

31

Alison Goodalls Eltern wohnen in einem weitläufigen Haus mit schiefergedeckten Giebeldächern, die mit weißen Schornsteinen gesprenkelt sind. Das Gebäude sieht zusammengestückelt aus, als wäre jeder Anbau und jede Erweiterung ein nachträglicher Einfall gewesen. Der Vorgarten wird von einer großen Eiche beherrscht, an deren unteren Ästen eine Seilschaukel hängt.

Keith, ein Mann mit weichem Körper und sanfter Stimme, ist der Freundlichere der beiden. Seine Frau Jenny ist ein nervöses Wesen mit einem Gesicht voller scharfer Kanten, wie mit einem Geodreieck gezeichnet. Obwohl sie froh ist, ihre Enkelkinder zu sehen, behandelt sie mich kühl, als wäre ich irgendwie für Alisons Eheprobleme verantwortlich. Ich möchte ihr Nathans Notruf vorspielen. Vielleicht würde sie ihre Meinung über Darren Goodall dann ändern.

Beide Großeltern verhätscheln Nathan und Chloe und füttern sie in der Küche mit gebutterten Rosinenbrötchen und Orangensirup. Alison zieht die Vorhänge im Wohnzimmer zurück und wartet darauf, dass ihr Mann kommt. Sie hat ihr Handy ausgeschaltet, aber in regelmäßigen Abständen klingelt das Festnetztelefon auf einem Tisch im Flur.

Das Haus ist voller antiker Möbel und Imitate im französischen Landhausstil, die nicht besonders gut zueinanderpassen und sich auch nicht zu einem einheitlichen Stil ergänzen. Bei der Dekoration, die eher veraltet als traditionell wirkt, ist es das Gleiche.

»Vielleicht kommt er, um sich zu entschuldigen«, sagt Jenny, die uns ein Tablett mit Tee gebracht hat.

»Diesmal nicht«, sagt Alison.

»Aber er ist dein Mann.«

»Niemand sollte ein Kind schlagen.«

»Ich bin sicher, es war ein Unfall.«

»Hat Daddy dich je geschlagen?«

Jenny wirkt entsetzt. »Nein, aber das ist … Ich meine, sie sind verschieden. Keith ist Lehrer.«

Ich muss ein Lachen unterdrücken.

»Willst du damit sagen, Polizisten sollten einen Persilschein bekommen?«, widerspricht Alison. »Schlag-deine-Frau-und-komm-aus-dem-Gefängnis-frei?«

»Nein. Du fasst das falsch auf.«

»Er hat gedroht, mich umzubringen! Er hat mich im Haus eingeschlossen.«

»Ihr solltest es noch einmal mit einer Eheberatung versuchen«, sagt Jenny.

»Darren hat genau eine Sitzung lang durchgehalten. Er hat den Therapeuten beschuldigt, auf ihm herumzuhacken.«

Jenny sieht mich hilfesuchend an, aber in diesem Punkt bin ich ganz bei Alison, auch wenn ich mir Menschen, die meine Karriere zerstören könnten, lieber nicht zum Feind machen möchte.

Keith kommt herein, um sich eine Tasse Tee zu holen. Er sieht mich an. »Sie werden ihn aufhalten, nicht wahr? Wenn er versucht, den starken Mann zu markieren.«

»Ich sollte eigentlich gar nicht in die Sache verwickelt sein.«

»Warum nicht?«

»Wir haben so etwas wie eine gemeinsame Geschichte.«

Jenny kreischt entsetzt auf. »Schlafen Sie mit ihm?«

»Nicht diese Art von Geschichte.«

Nathan taucht in der Tür auf. Er hat einen Sirup-Schnurrbart. »Übernachten wir heute hier?«

»Auf jeden Fall«, sagt Alison.

Er läuft los, um es seiner Schwester zu erzählen.

Alison wendet sich wieder dem Fenster zu und späht durch die Gardine, als vor dem Haus ein Wagen hält. Sie erstarrt am ganzen Körper. Gemeinsam beobachten wir, wie Goodall aussteigt und auf das Haus zugeht. Alison sagt ihrer Mutter, dass sie die Kinder nach oben bringen soll.

»Ich rede mit ihm«, sagt Keith.

»Nein! Geh nicht raus«, sagt Alison.

»Ich sage ihm, dass du nicht hier bist.«

»Er wird dir nicht glauben.«

Die Klingel hat einen Gong-Ton. Goodall hält den Knopf gedrückt und hämmert mit der Faust gegen die äußere Glastür. Keith öffnet die innere Tür und versucht, jovial zu klingen.

»Darren? Wie geht's?«

»Wo ist sie?«

Alison hat sich auf einem Sessel zusammengerollt, die Knie fest umklammert, die Ärmel ihrer Strickjacke mit geballten Fäusten gepackt.

»Alison ist nicht hier.«

»Erzähl mir keinen Scheiß. Ich will sie sehen.«

»Sie will dich nicht sehen.«

Ein lauter Knall hallt durch das Haus. Goodall hat versucht, die Tür aufzutreten.

»Ruf die Polizei an«, flüstere ich Alison zu.

»Aber sie werden nicht …«

»Sie werden kommen. Ruf an.«

Ich trete in den Eingangsflur. Oben höre ich Jenny mit den

Kindern. Sie singen laut zu einer Kassette mit Kinderliedern. Alison nennt der Zentrale ihre Adresse. Ich schnappe die Worte »Ehemann«, »gewalttätig« und »Kinder« auf.

Goodall ist von dem Weg vor der Haustür zum Erkerfenster gegangen, wo er beginnt, Alisons Namen zu rufen, weil er spürt, dass sie drinnen ist und ihm zuhört.

»Hey, Al, wir brauchen dieses Drama nicht! Nicht vor den Kindern. Komm nach Hause, und wir klären das.«

Keith verlässt das Haus und geht über den Rasen. »Das ist Hausfriedensbruch, Darren. Wir haben die Polizei angerufen.«

Goodall ignoriert ihn und brüllt weiter das Fenster an. »Du kannst mich nicht verlassen, Alison! Ich habe schon beim Jugendamt angerufen. Ich habe ihnen erzählt, dass ich einen Bluterguss in Chloes Gesicht entdeckt habe und dass du sie geschlagen haben musst.«

Alison schießt aus dem Sessel, in ihrem Blick liegt Angst. Sie schüttelt den Kopf.

»Ich hab ihnen erzählt, dass es nicht das erste Mal war«, ruft er. »Ich habe gesagt, dass du schon öfter versucht hast, mir die Schuld in die Schuhe zu schieben.«

Alison rennt zur Tür. Ich reiße sie zurück und schlinge die Arme um sie.

»Er blufft. Ich habe die Aufzeichnung gehört.«

Goodall redet immer noch. »Wem wird die Polizei wohl glauben? Dir oder mir? Wir wissen doch beide die Antwort. Komm nach Hause.«

Alison reißt sich los, geht jedoch nicht zur Tür, sondern die Treppe hinauf. Auf dem oberen Absatz umarmt sie Nathan und Chloe und zieht sie an sich, um sie zu schützen, zu behüten.

»Ich hab ihnen von deiner Sauferei erzählt«, brüllt Goodall. »Und den Drogen.«

Jenny blickt über das Geländer. »Was für Drogen?«

»Ich werd ihnen zeigen, wo du deine Pillen versteckst«, ruft er.

Alison wirft den Kopf hin und her. »Das stimmt nicht. Es sind Antidepressiva. Mehr nicht.«

Ich höre das kurze Aufheulen einer Polizeisirene und ziehe die Gardine so weit zurück, dass ich den Streifenwagen sehe, der vor dem Haus hält. Zwei Beamte steigen aus. Goodall wendet sich ihnen zu und breitet lächelnd die Arme aus, als würde er lang vermisste Freunde wiedertreffen. Seine dröhnende Stimme trägt bis zum Haus, als er sich vorstellt und seinen Dienstrang betont.

»Tut mir leid, Jungs. Das ist ein Missverständnis. Meine Frau ist erregt. Sie hat die Beherrschung verloren und eins unserer Kinder geschlagen. Dies ist das Haus ihrer Eltern. Die Kinder sind drinnen. Ich mache mir ihretwegen Sorgen.«

»Er lügt«, sagt Keith, der sich zu ihnen ans Tor gesellt hat.

»Halt dich da raus«, sagt Goodall.

Keith beachtet ihn nicht weiter. »Meine Tochter hat ihn verlassen und die Kinder mitgenommen. Sie will sich scheiden lassen.«

Goodall lacht. »Niemand hat irgendwas von einer Scheidung gesagt. Das ist ein Sturm im Wasserglas. Ich will meine Kinder sehen.«

Die Polizisten sprechen leiser als er, sodass ich nur Fetzen der Unterhaltung aufschnappe. Alison scheint es die Sprache verschlagen zu haben. Jenny versucht, mit ihr zu reden, doch sie reagiert nicht. Ich sitze auf der Stufe unter ihr, berühre ihr Knie und versuche, durch welche negative Gedankenschlaufe auch immer zu dringen, die ihre Gedanken gekapert und alle Logik verdrängt hat.

»Die Polizei wird mit dir sprechen wollen. Wenn sie dich nach Chloes Verletzungen fragen, erzähl ihnen genau, was passiert ist. Sag ihnen, dass es nicht das erste Mal war. Sag ihnen, dass du Angst hast. Hast du verstanden? Verlange eine einstweilige Verfügung wegen häuslichen Missbrauchs. Erkläre ihnen, dass du von ihm wegkommen musst, bis er sich beruhigt hat.«

»Sie werden ihn nicht anklagen.«

»Vielleicht nicht, aber die einstweilige Verfügung verbietet es ihm achtundvierzig Stunden lang, sich dir zu nähern. In der Zeit wird die Polizei bei einem Richter ein Kontaktverbot beantragen, das dich für bis zu achtundzwanzig Tagen schützt.«

»Das ist nicht lang genug.«

»Du kannst eine Verlängerung beantragen.«

»Was ist mit dem Jugendamt?«

»Die werden auch mit dir sprechen wollen.«

»Sein Wort wird gegen meins stehen.«

»Du hast Krankenhausakten. Aufnahmen. Seine einzige Hoffnung ist es, dich so unter Druck zu setzen, dass du schweigst.«

»Ich gehe nicht zu ihm zurück.«

»Gut.«

Nathan zupft an ihrem Ärmel. »Warum ist Daddy so böse? Haben wir etwas Falsches getan?«

»Nein, Schätzchen«, sagt Alison und streicht ihm das Haar aus den Augen.

Die Haustür geht auf. Keith kommt mit einem der PCs herein, der etwa so alt aussieht wie ich, mit weit auseinanderliegenden Augen und einem schmalen Gesicht. Ich kenne ihn nicht. Dies ist ein anderer Bezirk. Nicht Southwark, sondern Camden.

Jenny nimmt die Kinder, als Alison die Treppe herunterkommt und vor dem Spiegel im Flur stehen bleibt, um ihre Erscheinung zu überprüfen. Sie folgt dem PC ins Wohnzimmer, wo man sich bekannt macht, bevor der Sachverhalt aufgenommen wird. Ich halte mich im Hintergrund und warte auf eine Gelegenheit zu gehen.

Der zweite Polizist redet draußen mit Goodall und schlägt vor, dass er nach Hause fahren soll, bis sich die Dinge beruhigt haben. Sie folgen der Vorschrift, deeskalieren die Situation. Ich warte, bis Goodall widerwillig weggefahren ist, bevor ich mich von Alison verabschiede.

»Verzeihung, aber wer sind Sie?«, fragt der erste PC, der auf der Sofakante hockt und die Informationen auf einem Tablet festhält.

»Eine Freundin«, sage ich.

»Sie hat mir geholfen, aus dem Haus zu entkommen«, sagt Alison, die jetzt ruhiger und selbstbewusster wirkt.

»Und Ihr Name ist?«

»Philomena McCarthy.«

Er blickt auf seinen Bildschirm. »Sie haben Nathan von der Schule abgeholt.«

Ich nicke.

»Waren Sie je Zeuge, wie Mr Goodall seine Frau angegriffen hat?«

»Nein, aber er ist aktenkundig.«

»Woher wissen Sie das?«

»Ich bin Polizistin in Southwark. Ich hatte schon vorher mit Sergeant Goodall zu tun.«

»Sie hatten ›mit ihm zu tun‹?«

»Ja.«

Im selben Moment frage ich mich, ob ich einen Fehler gemacht habe. Wenn ich die Uhr zurückdrehen könnte – würde ich Tempe dann wieder ins Krankenhaus bringen, Goodall festnehmen oder mir irgendeine Vorgeschichte von häuslicher Gewalt anschauen? Meine Brust zieht sich zusammen, und ich muss hart gegen meine Panik anschlucken, die jedoch nur einen Augenblick lang dauert.

Der Polizist betrachtet mich von der Seite und wartet, dass ich weiterrede. Er nimmt meine Personalien auf und sagt, dass er möglicherweise später meine Aussage zu Protokoll nehmen muss. Bis dahin kann ich gehen.

Darren Goodalls Wagen parkt nicht mehr am Straßenrand, doch auf der Heimfahrt blicke ich immer wieder in den Rückspiegel, weil ich erwarte, dass er hinter mir ist, mich verfolgt und beobachtet. Ich habe den Bären gepikt, das wird Konsequenzen haben.

32

Morgen hat Archie Geburtstag, und ich habe ihm einen tollen Piraten-Kuchen versprochen, der nur leider weit über meine Backkünste hinausgeht. Die Idee eines Schiffes habe ich schon aufgegeben und mich stattdessen für eine Piratenflagge mit rosa Stirnband und Augenklappe entschieden.

»Was meinst du?«, frage ich Henry und zeige ihm den Kuchen.

»Er sieht aus wie Finbar ohne Bart.«

»Und ohne das schiefe Grinsen.«

Henry hilft mir, die Küche sauber zu machen, und beginnt, die Spülmaschine zu beladen.

»Sie ist kaputt, schon vergessen?«

»Aber du hast sie reparieren lassen?«

»Wann?«

»Ich bin nach Hause gekommen, und auf dem Tresen lag eine Rechnung.« Henry zeigt mir den Zettel. Neunzig Pfund für Anfahrt und Arbeitsstunden.

»Das muss Tempe gewesen sein«, sage ich und bereue es sofort.

»Hast du ihr einen Schlüssel gegeben?«

»Nein, nicht direkt.«

Tempe weiß, dass wir einen Ersatzschlüssel in dem Vogelhäuschen neben dem Gartenschuppen aufbewahren.

»Sie kann nicht einfach ohne Erlaubnis hier reinspazieren«, sagt Henry.

»Sie hat meine Erlaubnis«, sage ich, unsicher, warum ich lüge, doch genauso sicher, dass es keine große Sache ist. »Sie hat ihre Hilfe angeboten.«

»Du findest es also okay, dass sie alleine hier ist – und unsere Sachen durchstöbert.«

»Sie hat unsere Sachen nicht durchstöbert.«

»Woher weißt du das? Neulich hat sie unsere Kleider bei der Reinigung abgeholt. Woher wusste sie überhaupt, dass sie abgeholt werden mussten? Und was ist mit den Reifen an meinem Wagen? Ich habe erwähnt, dass sie mal gewechselt werden müssten, und als Nächstes hat sie alles veranlasst.«

»Ist das so schlimm? Wir haben beide echt viel zu tun.«

»Sie übernimmt unser Leben.«

»Indem sie unsere Kleidung bei der Reinigung abholt?« Ich lache.

»Okay, dann erklär mir das hier.« Er führt mich in unsere begehbare Speisekammer. »Fällt dir irgendwas auf?«

An drei Wänden gibt es Regale, die mit Dosen, Trockengut und Gewürzen gefüllt sind. Normalerweise ist die Speisekammer ein einziges Chaos, aber irgendjemand hat aufgeräumt, Gleiches zu Gleichem gestellt, Soßen, Gemüsekonserven, Pasta, Hülsenfrüchte, Backwaren, Gewürze und Kräuter. Jede Dose ist mit einem handgeschriebenen Etikett versehen, das Inhalt und Verfallsdatum verzeichnet. Das ist Tempes Werk.

Henry steht direkt hinter mir. »Sie ist eine ›Turbo-Klette‹.«

»Eine was?«

»In dem Film *Die Hochzeits-Crasher* nennt Vince Vaughn seine neue Freundin eine Turbo-Klette, weil sie gleich nach dem ersten Mal vom Heiraten spricht. Genau so ist Tempe. Sie ist dir nach Hause gefolgt, und jetzt geht sie nicht wieder. Jedes Mal, wenn sie hier ist, bleibt sie zum Abendessen.«

»Deine Kumpel trinken all dein Bier und pennen auf unserem Sofa, und ich beklage mich auch nicht.«

»Das ist was anderes.«

»Weil sie deine Freunde sind und nicht meine?«

»Nein.«

»Wieso magst du sie nicht?«

»Ich traue ihr nicht. Wer weiß denn, ob sie die Spülmaschine nicht sabotiert hat.«

»Oh, ich bitte dich.«

»Das ist mein Ernst. Lies dir den Bericht des Technikers durch. *Durchgebrannten Motor ersetzt. Jemand muss die Wasserverbindung getrennt haben.* Ich habe die Wasserverbindung nicht getrennt, du vielleicht?«

»Natürlich nicht, aber Tempe auch nicht.«

Henry schnaubt höhnisch. »Außerdem: Wenn sie so eine Spitzen-Hochzeitsplanerin ist – warum hat sie dann keine Website und keine Empfehlungen? Ich habe sie im Netz gesucht. Es gibt keinen einzigen Artikel und kein Foto. Niemand hat je von ihr gehört.«

»Und wie viele Hochzeitsplanerinnen bitte schön kennst du namentlich?«

Er blitzt mich böse an. »Wie oft hat sie dich heute schon angerufen?«

»Praktisch gar nicht«, sage ich, während ich stumm zähle.

»Und wie viele Textnachrichten hat sie dir geschickt?«

»Wenn es dich so stört, sage ich ihr, dass sie nicht mehr kommen kann, weil du sie unheimlich findest.«

»Ja, ganz recht – mach mich nur zum Bösen.«

»Was willst du, Henry?«

»Sorg dafür, dass sie aufhört, uns zu erdrücken.«

»Ich fühle mich nicht erdrückt.«

»Also ich schon.«

Er will noch etwas sagen, als es klingelt. Enttäuscht, mitten im Satz unterbrochen worden zu sein, geht er zu Tür, ruft jedoch kurz darauf meinen Namen. Ich geselle mich zu ihm in den Flur. Vor der Tür stehen zwei Polizisten, dieselben beiden PCs, die heute bei dem Haus in Highgate waren. Diesmal erfahre ich auch ihre Namen. Noonan ist der mit dem schmalen Gesicht, und Payne sieht aus wie einer von Henrys übergewichtigen Rugby-Kumpels.

Ich bitte sie herein, doch sie lehnen ab.

»Wir möchten, dass Sie uns zur Polizeistation Holborn begleiten«, sagt Noonan, der mich als PC McCarthy anredet.

»Warum?«

»Gegen Sie ist eine Beschwerde eingereicht worden.«

»Was für eine Beschwerde?«

»Detective Sergeant Goodall hat Sie beschuldigt, seinen Sohn entführt zu haben.«

»Das ist lächerlich. Sie kennen die Geschichte.«

»Wir machen nur, was uns aufgetragen wurde«, unterbricht Payne. »Unser Chef bekommt seit einer Stunde ununterbrochen Anrufe. Druck von oben. Er will diese Sache klären.«

Ich weiß, was das bedeutet. Goodall hat Gefallen eingefordert, Strippen gezogen. Wenn er sich als Erster beschwert, kann er vielleicht eine Untersuchung abwenden. Er macht sich zum Opfer. Ich bin die Täterin.

»Ich hol eben meine Jacke«, sage ich und gehe zurück ins Haus.

Henry wartet in der Küche. »Was ist passiert?«

»Das erklär ich dir später.«

»Wirst du verhaftet?«

»Nein. Es ist kompliziert.«

»Geht es um Tempe?«

»Nein, nicht alles dreht sich um sie«, sage ich harsch und wünschte sofort, ich könnte es zurücknehmen.

Als ich in dem Polizeiwagen weggebracht werde, denke ich zurück an die Speisekammer und die Etiketten auf den Gläsern und Dosen. Irgendetwas daran beschäftigt mich, und es ist nicht die Tatsache, dass Tempe sich selbst ins Haus gelassen und heimlich meine chaotischen Regale aufgeräumt hat. Ich sehe die Etiketten auf den Gläsern vor mir, jedes ordentlich kursiv von Hand beschrieben. Sie hat *meine* Handschrift imitiert.

33

Die Polizeistation Holborn sieht aus wie zwei Gebäude, die zu einem zusammengeschustert wurden. Das eine ist aus Kalkstein und liegt auf Straßenhöhe, das andere ist ein Turm, der sich aus seiner Mitte erhebt wie das Staubgefäß einer Blume oder eine Pilzwolke.

Auf der Fahrt waren Noonan und Payne zum Plaudern aufgelegt und wollten mich über die schmutzigen Details zu Goodall und seiner Frau ausquetschen. Als ich nicht geliefert habe, sind sie ärgerlich geworden. Mittlerweile wird die ganze Station über den Helden-Polizisten reden, dessen Kind von einer Constable entführt wurde.

Ich werde nicht in einen Befragungsraum, sondern in ein Büro geführt, was ein gutes Zeichen ist. Ich warte allein und blicke aus dem Fenster mit Blick auf Camden Lock. Der Salon meiner Mutter ist von hier aus nicht zu sehen, aber zwischen den Gebäuden, die in der untergehenden Sonne einen gelblichen Glanz haben, kann ich die bunt bemalten Kanalboote ausmachen.

Die Tür geht auf, und ich stehe stramm. Der erste Beamte, der hereinkommt, ist Chief Superintendent Drysdale, der mich wegen der Festnahme von Goodall suspendiert hat. Ich weiß immer noch nicht genau, welche Position er bekleidet, doch ich erinnere mich an das Tattoo an seinem Handgelenk. Der zweite Beamte trägt schicke zivile Kleidung und sieht aus wie ein Detective oder ein aufstrebender Politiker. Er stellt sich als Lawrence Pickering von der Police Federation vor. Die Anwesenheit eines Gewerkschaftsvertreters habe ich zwar nicht verlangt, doch ich bin froh, dass er hier ist.

Pickering wartet, bis ich Platz genommen habe, bevor er sich mit gebührendem Abstand auf einen Stuhl setzt. Drysdale thront hinter dem Schreibtisch und beugt sich mit gefalteten Händen vor, die Unterarme auf eine Aktenmappe gestützt.

»Vielen Dank, dass Sie gekommen sind«, sagt er.

Ich wusste nicht, dass ich eine Wahl hatte, will ich antworten, nicke jedoch höflich. Nicht beleidigen. Nicht provozieren.

»Erinnern Sie sich noch daran, was ich bei unserem letzten Gespräch zu Ihnen gesagt habe, PC McCarthy?«

»Sie haben eine Reihe von Dingen gesagt, Sir.«

»Ich habe Sie ausdrücklich angewiesen, diese Sache auf sich beruhen zu lassen.«

»Welche Sache, Sir?«

»Diesen Rachefeldzug gegen Sergeant Goodall.«

»Ich führe keinen Rachefeldzug gegen ihn.«

»Er hat Sie beschuldigt, sein Kind entführt zu haben.«

»Ich habe Nathan von der Schule abgeholt.«

»Mit welcher Befugnis?«

»Im Auftrag seiner Frau Alison.«

»Woher kennen Sie Mrs Goodall?«

»Ich habe sie vor ein paar Monaten getroffen.«

»Nach der Festnahme ihres Mannes?« Er klingt scheinbar amüsiert.

»Ja, Sir.«

»Sie haben sie aufgesucht?«

»Ich war besorgt um ihre Sicherheit.«

»Aufgrund welcher Hinweise?«

»Ich habe nicht geglaubt, dass Tempe Brown die erste Frau war, die Darren Goodall angegriffen hat.«

»War da Ihre weibliche Intuition am Werk?«

Fragt das Ihre Frauenfeindlichkeit?

»Ich habe mich an das vorgeschriebene Verfahren bei Fällen von Misshandlung gehalten und nach möglichen früheren Beschwerden gesucht.«

»Man hatte Ihnen befohlen, die Angelegenheit anderen zu überlassen.«

»Ich habe befürchtet, es könnte Anschuldigungen geben, dass wir den Zwischenfall vertuschen. Die Aufnahmen meiner Bodycam wurden nicht hochgeladen, und es wurde auch kein Bericht oder Formular zu den Akten genommen.«

Ich spüre, wie das Eis unter mir zu knacken beginnt.

»Sie haben aus privaten Gründen auf eine polizeiliche Datenbank zugegriffen«, sagt Drysdale.

»Ich habe vorschriftsgemäß einen Einsatz wegen häuslicher Gewalt nachverfolgt.«

»Obwohl man Sie angewiesen hatte, die Sache fallen zu lassen.«

»Sie haben mir erklärt, ich solle den Fall übergeben, nicht fallen lassen.«

Da ist er – der Kurzschluss. Drysdale mochte mich schon vorher nicht, aber jetzt ist sein Hass wie eine Funken sprühende Sicherung. Pickering berührt meinen Unterarm und flüstert: »Wenn ich Ihnen einen Rat geben darf – bringen Sie ihn nicht gegen sich auf.«

Drysdale ist aufgesprungen, er glüht förmlich vor Wut. »Wollen Sie meine Autorität in Frage stellen?«

»Das ist nicht meine Absicht … Sir.«

»Warum sind Sie heute zu Goodalls Haus gefahren?«, fragt er.

»Ich habe einen Anruf bekommen und wurde um Hilfe gebeten. Alison war von ihrem Mann zu Hause eingeschlossen worden.«

»Das bestreitet er.«

»Fragen Sie doch sie.«

»Sie hat gegenüber der Polizei keine Aussage gemacht.«

Die Antwort erschüttert mich. Drysdale klappt die Aktenmappe auf.

»Als Sie zu der Grundschule gefahren sind, haben Sie da Sergeant Goodall auf der Straße gesehen?«

»Ja, Sir.«

»Er wollte Sie aufhalten, aber Sie haben versucht, ihn vorsätzlich mit Ihrem Wagen anzufahren.«

»So war es nicht.«

»Er sagt, Sie seien besessen von ihm. Sie haben sein Haus beobachtet, sind seiner Frau gefolgt.«

»Er hat mich mit seinem Wagen von der Straße gedrängt.«

»Haben Sie eine offizielle Beschwerde eingereicht?«

Ich antworte nicht.

Drysdale seufzt frustriert und schiebt seinen Stuhl zurück. »Sie haben den Ruf eines hoch dekorierten Beamten verleumdet und sich direkten Befehlen widersetzt. Sie haben unangemessene Gewalt bei einer Festnahme angewandt, illegal auf eine polizeiliche Datenbank zugegriffen und diese Information ungesetzlich verwendet. Ich klage Sie wegen groben Fehlverhaltens an und werde empfehlen, Sie fristlos aus dem Dienst des Metropolitan Police Service zu entlassen.«

Ich spüre, wie sich in meiner Brust ein Schrei bildet, doch meine Kehle ist wie zugeschnürt, sodass nur ein ersticktes Stöhnen über meine Lippen dringt.

»Sie werden Ihren Dienstausweis, Ihre Dienstmarke sowie sämtliche Ausrüstungsgegenstände abgeben.«

Meine Schultern beben.

»Ich werde mich wehren. Ich werde wegen rechtswidriger Kündigung klagen.«

Drysdale ignoriert mich, steht auf und klemmt sich die Aktenmappe unter den Arm. An der Tür dreht er sich mit vor Abscheu verzogenen Lippen noch einmal zu mir um. »Wie irgendjemand Sie je bei der Met zulassen konnte, ist mir schleierhaft. Dankenswerterweise wird dieser Fehler nun korrigiert werden.«

Ich erwarte, dass er die Tür zuknallt, doch sie schließt sich mit einem leisen Klicken, das in der Stille des Raumes widerhallt. Pickering hat sich nicht gerührt und kein Wort gesagt.

»Und Sie?«, frage ich. »Sie hätten mir zur Seite stehen sollen!«

Er tut überrascht. »Ich fürchte, da irren Sie. Ich bin im Namen von Sergeant Goodall hier.«

»Was?«

»Er wollte sich vergewissern, dass seine Handlungen und Aussagen korrekt dargestellt werden.«

Pickering zupft an den Ärmeln seines Jacketts und kontrolliert, dass es an den Schultern richtig sitzt. Er ist ein Blender oder, wie mein Onkel Clifton gern sagt, »nur Spitzengardinen und Bückling zum Abendessen«.

»Ich habe versucht, Sie zu warnen«, sagt er, »aber Ihr Mundwerk ist nicht zu stoppen.«

»Frauen sollten zu sehen, aber nicht zu hören sein, ist es das?«

»Sie legen mir Worte in den Mund.«

»Ich bin sicher, die lassen sich mit einem Bier runterspülen. Goodall schmeißt bestimmt eine Runde.«

Ich packe sein Handgelenk und schiebe auf der Suche nach

einem Tattoo aus drei Buchstaben den Ärmel seiner Jacke zurück. Er hat keins.

Pickering reißt sich los, macht einen Schritt zurück und sieht mich an, als ob ich verrückt wäre. Sein Aftershave und etwas Übelriechendes in seinem Atem steigen mir in die Nase.

»Haben Sie je die Phrase gehört: Vor dem Gesetz sind alle Menschen gleich? Das ist Bullshit. Manche sind gleicher. Genießen Sie Ihr Leben als Zivilistin, Miss McCarthy.«

34

Draußen laufe ich ziellos durch verregnete, schmuddelige Straßen und halte mich im Schatten, weil ich mein Spiegelbild nicht in den Schaufenstern sehen will. Ich ziehe den Kopf ein, weiche den Blicken der Menschen aus, überquere an Kreuzungen blind die Straße. Die Wut ist so übermächtig, dass ich fast verrückt werde. Ich beklage meine Zukunft und betrauere meine Vergangenheit. Seit meinem zwölften Lebensjahr hat mich dieser Traum bestimmt. Er war mein Ziel, mein Weg. Jetzt ist die Karte zerrissen, die Fetzen zerstreut im Wind.

Ich gehe das Meeting im Kopf noch einmal durch, überlege, wild schwankend zwischen Rebellion und fiebriger Ruhe, was ich hätte sagen oder tun können, und rechtfertige mich vor einer Phantomversion meiner selbst, die mit verschränkten Armen und zusammengepressten Lippen über mir steht und mir Versagen vorwirft. Ich will anderen die Schuld geben. Alison Goodall hätte eine Aussage machen sollen. Vielleicht ist das ja ihre Art, ihren Mann zu besänftigen, doch es wird nicht funktionieren. Goodall wird keine Kompromisse machen.

Jemand hupt, ein Wagen weicht mir aus. Ich bin auf einer Straße und von Scheinwerfern geblendet. Ich blicke zur Ampel auf, sehe ein rotes Männchen mit in die Hüften gestemmten Armen und winke entschuldigend. »Besoffen, oder was!«, ruft der Fahrer und rast weiter.

Was für eine gnadenlose Stadt. Es gibt keine ehrlichen Fehler mehr, keine unglücklichen Missgeschicke, keine mildernden

Umstände. Jeder bekommt, was er verdient. Die Armen. Die Kranken. Die Arbeitslosen. Die Unaufmerksamen.

Als ich auf mein Handy blicke, wird mir bewusst, dass ich es während des Treffens auf stumm geschaltet hatte. Das Display ist voller Nachrichten und verpasster Anrufe. Henry. Tempe. Constance. Meine Onkel. Bevor ich eine der Nachrichten lesen kann, vibriert das Telefon.

»Wo bist du gewesen?«, fragt Tempe.

»Beschäftigt. Ich kann jetzt nicht reden. Henry versucht …«

»Er ist bei mir. Dein Vater hatte einen Herzinfarkt. Wir haben dich gesucht.«

»Ist er …?«

»Er lebt. Aber er liegt auf der Intensivstation.«

Ich höre Henry im Hintergrund, der mit mir reden will. Widerwillig überlässt Tempe ihm das Telefon.

»Was machst du dort?«, frage ich.

»Ich habe dich gesucht.«

»Was ist passiert?«

»Er ist zu Hause zusammengebrochen. Constance hat ihn am Leben gehalten, bis der Notarzt da war. Sie haben ihn auf dem Weg ins Krankenhaus stabilisiert.«

»Wo?«

»Im Royal Brompton Hospital. Ich kann dich abholen.«

»Nein. Ich treffe dich dort.«

Ich halte bereits Ausschau nach einem Taxi. Zwei fahren an mir vorbei, beide besetzt. Ich renne los. Auf der High Holborn staut sich der Verkehr.

Ein schwarzes Taxi kommt auf mich zu, doch vor mir ist bereits ein Mann auf die Straße getreten und winkt, um es anzuhalten. Ich sprinte und erreiche den Mann, als das Taxi neben ihm hält. Ich habe die Hand zuerst am Türgriff.

»Tut mir leid. Es ist ein Notfall.«

Ich drängle mich auf die Rückbank. Der Mann protestiert.

»Royal Brompton Hospital«, sage ich zu dem Fahrer, einem jungen Asiaten. Er ist kurz davor, sich einzumischen, doch mein dringlicher Ton und das angegebene Ziel scheinen die Sache zu entscheiden. Der Mann auf dem Bürgersteig schlägt mit der Hand auf das Dach des Taxis, als wir losfahren.

»Was ist passiert?«, fragt der Fahrer.

»Mein Vater hatte einen Herzinfarkt.«

Er reagiert sofort, biegt in eine Seitenstraße und nimmt eine Abkürzung, die uns zwei Ampeln spart. Während er zwischen Kreuzungen beschleunigt, erzählt er von seinem Opa in Indien, der einen Herzinfarkt hatte, und dass er nicht rechtzeitig dorthin zurückkehren konnte, um sich von ihm zu verabschieden. Ich höre nur mit halbem Ohr zu. Stattdessen sehe ich meinen Vater auf seiner Geburtstagsparty vor mir. Er wird ein schrecklicher Patient sein. Er wird die Anweisungen ignorieren, unhöflich zu den Ärzten sein, mit den Krankenschwestern flirten und versuchen, eine Massenflucht von Patienten zum nächsten Pub zu organisieren.

Zehn Jahre lang habe ich diesen Mann gemieden und versucht, seine Existenz zu leugnen, aber ich bin seinem Schatten nie entkommen. Das hat mir Drysdale klargemacht. Eigentlich sollte mich das wütend machen, doch stattdessen umklammere ich mein Handy und bete stumm zu einem Gott, an den ich nicht glaube. »Bitte stirb nicht«, flüstere ich. »Bitte stirb nicht.«

Eine Frau am Empfang weist mir den Weg zur Intensivstation im dritten Stock des Sydney-Flügels. Als ich aus dem Fahrstuhl steige, folge ich der Beschilderung einen hell erleuchteten Flur hinunter. Der Empfangstresen der Intensivstation ist nicht besetzt. Ich drücke auf eine Klingel, und eine Krankenschwester erscheint.

»Mein Vater ist hier. Edward McCarthy.«

»Er darf nur zwei Besucher am Bett empfangen«, erklärt sie. »Der Rest Ihrer Familie ist im Aufenthaltsraum.« Sie zeigt den Flur hinunter. »Das ganze Dorf.«

Zwei Dutzend Menschen drängen sich in einem Raum, der für höchstens halb so viele Personen gedacht ist. Meine Onkel und ihre Frauen, Cousins und Cousinen ersten und zweiten Grades. Es gibt nicht genug Sitzplätze für alle, deshalb lehnen einige an den Wänden oder sitzen auf den Fensterbänken. Vier Teenager knien um ein Puzzle auf einem Couchtisch.

»Sie ist da!«, sagt Daragh, kommt schweren Schrittes auf mich zu und stolpert in seinem Eifer, mich als Erster zu erreichen, beinahe über ein Paar ausgestreckter Beine.

Köpfe wenden sich in meine Richtung, aber nur kurz, bevor Daragh mich in seinen Armen erdrückt.

»Wie geht es ihm?«, frage ich, während seine Brusthaare mich wegen des offenen Knopfes an seinem Hemd an der Nase kitzeln.

»Schlecht«, sagt Daragh und streicht mir übers Haar. »Aber ich bringe den Mistkerl um, wenn er stirbt.«

»Er wird nicht sterben«, sagt Finbar.

»Das weiß ich«, sagt Daragh. »Ich versuche nur, die Stimmung aufzulockern.«

»Du bist ein echter Komiker.«

Auf Finbars Schultern sitzt ein Enkelkind, ein kleiner Junge; er muss den Kopf einziehen, damit er sich nicht an der Decke stößt.

Ich bemerke Henry, der von meinen Tanten belagert wird, die ihn garantiert nach seiner Religion, seinen politischen Ansichten, seinen Eltern und seinem Anstellungsverhältnis befragen.

»Was haben die Ärzte gesagt?«, frage ich.

»Sie werden ihn morgen Vormittag operieren«, antwortet Daragh.

»Wenn er kräftig genug ist«, sagt seine Frau Mary.

»Was für eine Operation?«

»Eine Bypass-Operation am Herzen.«

»Ich wusste, dass irgendwas nicht stimmt«, sagt Daragh. »Er hatte diesen Anfall auf seiner Party.«

»Doc Carmichael ist ein scheiß nutzloser Stümper«, sagt Finbar. »Wir sollten ihm einen Besuch abstatten.«

»Ihr werdet nichts dergleichen tun«, sage ich.

Seine Frau Poppy schaltet sich aus dem Hintergrund ein. »Constance hat etwas Wunderbares getan. Sie hat bei Eddie Herz-Lungen-Wiederbelebung gemacht, bis der Notarzt eingetroffen ist. Mund-zu-Mund-Beatmung und Herzmassage. Sie hat ihm das Leben gerettet.«

»Wer hätte geahnt, dass das in ihr steckt«, sagt Daragh voller Respekt.

»Sie hat ihr Licht unter den Scheffel gestellt«, sagt Finbar.

»Was ist ein Scheffel?«, fragt Daragh.

»Keine Ahnung«, sagt Finbar. »Vielleicht das, was man im Trockenen hat.«

»Nee, das waren Schäfchen.«

Poppy ignoriert die beiden. »Ich sag Constance, dass du da bist.«

»Du musst sie nicht bemühen.«

»Eddie hat nach dir gefragt.«

Als sie zur Tür geht, bemerke ich Tempe, die allein zwischen der Wand und einem Getränkeautomaten steht. Sie winkt mir kurz zu und lässt die Hand wieder sinken, als wollte sie keine zusätzliche Aufmerksamkeit erregen.

»Du musstest nicht kommen«, sage ich.

»Ich wollte … aber ich hatte nicht gedacht, dass es so …«

»Voll sein würde?«

»Und hektisch.«

In Räumen voller Menschen ist Tempe nicht gut. Es ist nicht die Anzahl der Menschen, die sie stört – gut besuchte Galerien, Museen oder U-Bahnen, in denen sich die Menschen drängen, sind okay. Probleme hat sie, wenn sich anscheinend alle kennen und sie die Außenseiterin ist. Ihre sonst so forsche Art und ihr Selbstvertrauen verlassen sie, wenn es zu viele potenzielle Gespräche gibt. In kleinen Versammlungen kann sie sich die Namen der Leute merken und mit jedem Blickkontakt herstellen.

»Mir war nicht klar, dass du eine dermaßen große Familie hast«, sagt sie.

»Es ist ein Clan.«

»Das mit deinem Vater tut mir leid.«

»Er wird sich wohl wieder erholen.«

Sie blickt zu Henry, der ihr bewusst aus dem Weg zu gehen scheint.

»Was ist mit Mrs Goodall passiert?«

»Sie ist in Sicherheit.«

»Hast du ihn gesehen?«

»Ja.«

»Hat er dich gesehen?«

Ich blicke zur Tür und warte, dass Mary zurückkommt. »Ich kann jetzt nicht darüber reden.«

»Klar. Sicher. Ich geh dann mal.«

Ihr Mantel ist über die Lehne eines Sofas gebreitet. Einer

meiner Cousins muss sich vorbeugen, damit sie ihn nehmen kann. Sie tastet die Taschen nach ihren Schlüsseln ab, als ihr einfällt, dass Henry sie hergefahren hat.

»Ich bitte ihn, dich nach Hause zu bringen.«

»Nein. Schon okay. Ich kann den Bus nehmen.«

»Bist du sicher?«

»Hm-hm.«

Sie schlüpft so leise aus dem Raum, dass es sonst niemand bemerkt. Keiner wird sich daran erinnern, dass sie überhaupt hier gewesen ist.

35

»Er liegt ganz hinten«, sagt die Krankenschwester und führt mich vorbei an Betten, die in weiches Licht getaucht und durch Apparate und Vorhänge voneinander abgetrennt sind. Die meisten Patienten haben Besucher, die mit gebeugten Köpfen im Halbdunkel sitzen und flüstern, beten oder Versprechungen machen. Alle bis auf Edward McCarthy, dessen Lachen wie ein leeres Fass klingt, das einen Hügel hinunterrollt.

Er liegt, auf Kissen gestützt, aufrecht in seinem Bett und unterhält sein Zwei-Personen-Publikum. Constance sitzt halb auf dem Bett und streichelt seine Hand. Clifton fläzt sich mit breit gespreizten Beinen auf einem Lehnstuhl und blickt zu dem Fernseher an der Decke, in dem ein Fußballspiel ohne Ton läuft.

Ich beobachte sie eine Weile, im Schatten verborgen, und nehme stumm alles in mich auf.

»Hallo, Daddy«, mache ich schließlich auf mich aufmerksam.

Er grinst übers ganze Gesicht und breitet die Arme aus. »Ein Mann muss schon einen Herzinfarkt haben, um seine eigene Tochter zu sehen.«

»Ja, das bedarf normalerweise etwas Dramatischem«, sage ich und lasse mich umarmen.

Constance weiß nicht recht, wie sie mich begrüßen soll. Ihre rechte Hand ist geschient.

»Was ist passiert?«

»Ich glaube, ich hab es mit der Herzmassage übertrieben.«

»Ja, meine Rippen fühlen sich gebrochen an. Mach beim nächsten Mal ein bisschen vorsichtiger.«

»Es wird kein nächstes Mal geben«, sagt sie und boxt ihn gegen die Schulter.

Er reagiert übertrieben, und sie wirft sich förmlich über ihn, um sich zu entschuldigen. Er zwinkert mir zu. Ich blicke finster zurück. Warum schmeichle ich seinem Ego?

»Nur zwei Besucher pro Patient«, sagt die Intensivpflegeschwester, die von Apparaten beinahe verborgen auf einem Hocker sitzt.

»Ich gehe«, sagt Clifton. »Ich brauche meine Medikamente.«

»Du gehst eine rauchen«, sagt Daddy. »Gib bloß Finbar keine, sonst nimmt Poppy dich aus wie einen Fisch.«

Ich nehme den Stuhl, der noch warm ist von Cliftons Körper.

»Was ist passiert?«

»Mein Herz hat für zwölf Minuten ausgesetzt. Eigentlich sollte ich hinüber sein.« Er blickt Constance an, und ich sehe die Liebe. Ich verspüre keine Eifersucht und keinen Groll. Jeder hat es verdient, so geliebt zu werden.

Ein Pfleger schiebt ein Rollbett herein. Er trägt Ohrstöpsel, aus seinem Kittel ragen tätowierte Arme.

»Edward McCarthy?«

»Das bin ich.«

»Wir verlegen Sie auf die Station York.«

Nachdem er den vollständigen Namen und das Geburtsdatum überprüft hat, werden die Betten nebeneinander geschoben. Mein Vater rutscht von einem zum anderen und versucht, die Schmerzen zu verbergen, die ihm das bereitet. Kissen werden arrangiert, die Seiten des Bettes hochgeklappt.

»Ich sollte den anderen Bescheid geben«, sagt Constance. Ich habe sofort die Vision von einem McCarthy-Geleitzug, der die Verlegung begleitet und aussehen lässt wie eine Mafiabeerdigung.

Wir gehen durch den Flur zum Betriebsaufzug. Als die Türen aufgehen, gesellt sich eine große schlanke Frau in blauer OP-Kleidung zu uns. Um ihren Hals hängt eine Brille, und unter der auf ihren Kopf gebundenen Stoffkappe lugt honigblondes Haar hervor. Sie hat ausdrucksvolle Augen, doch ihr ganzes Gebaren ist überaus sachlich; sie wirkt wie die Schulsprecherin einer Privatschule oder eine dieser Überfliegerinnen, die ihren Erfolg wie eine Krone tragen. Sie nimmt ein Klemmbrett vom Fußende des Rollbetts.

»Mr McCarthy. Wie fühlen Sie sich?«

»Viel besser, danke«, antwortet er, unsicher, wer sie ist.

»Gut. Die meisten Menschen überleben einen so schweren Herzinfarkt wie Ihren nicht.«

Sie kritzelt eine Notiz auf das Klemmbrett.

»Ich hole Sie morgen um zehn zur OP.«

»Und Sie sind?«

»Ihre Chirurgin. Emily Granger.«

»Aber Sie sind eine …«

Sie zieht eine Braue hoch und wartet, dass er den Satz beendet. Als er zögert, tut sie es für ihn.

»Eine Frau?«

»Sie sind so jung«, rettet er sich.

Dr. Granger lächelt wissend. »Das ist sehr schmeichelhaft, aber ich bin einundvierzig.«

»Sie sehen jünger aus.«

Sie hängt das Klemmbrett wieder an das Bettgestell.

»In wessen Händen würden Sie Ihr Herz lieber wissen?«,

fragt sie und zeigt ihm ihre langen, schlanken Finger. »In denen eines Mannes, der einen Golfschläger schwingt wie eine Axt, oder in denen einer Frau, die so feine Nähte macht, dass sie einem Schmetterling Flügel annähen könnte?«

Es ist keine Frage, auf die sie eine Antwort erwartet. Stattdessen beginnt sie, ihm die Operation zu erklären. Sie wird Blutgefäße aus seinen Oberschenkeln als Bypass benutzen.

»Ist mein Herz schwer beschädigt worden?«, fragt er.

»Das weiß ich erst, wenn wir es uns ansehen.«

»Aber Sie können es wieder in Ordnung bringen?«

»Ich kann die Arterien weiten und Verschlüsse und Verengungen umgehen, aber abgestorbenes Herzgewebe kann ich nicht wieder herstellen.«

»Wie viele Jahre?«, fragt er und fixiert sie mit seinem Blick.

»Ich denke nicht in Kategorien wie Lebenserwartung, aber wenn Sie gesund essen, Sport machen, Stress vermeiden ...«

»Wie lange?«, fragt er noch einmal.

»Lange genug.«

Die Räder des Rollbetts klappern, als er aus dem Aufzug durch einen breiten Flur in die Station York gerollt wird. Meine Onkel sind bereits eingetroffen und verhandeln mit der Frau am Empfang, um »das beste Zimmer hier« zu sichern, es würden »keine Kosten gescheut«.

»Dies ist ein Krankenhaus und nicht das Marriott Hotel«, erwidert sie.

Dr. Granger verabschiedet sich. Daragh scheint besonders angetan von ihr und bewundert ihre Figur, als sie geht.

»Hör auf, meine Herzchirurgin anzugaffen«, sagt Daddy.

»Was?«

»Aber sie ist eine Frau!«, sagt Finbar.

»Und?«, frage ich.

»Sie kann einem Schmetterling Flügel annähen«, sagt Daddy.

»Super, ich hol mein Netz«, sagt Daragh. »Ist sie wirklich die Beste?«

»Ja«, sage ich. »Und jetzt könnt ihr alle nach Hause gehen.«

Nach einem langwierigen Abschied wird Daddy in ein Privatzimmer gerollt und an eine neue Herzmaschine angeschlossen, die Daten an den Schwesterntresen sendet. Eine Handvoll anderer Patienten hat das Bett verlassen und schlurft durch die Flure. Alle tragen Monitore, die ihr repariertes Herz überwachen.

»Wir reden morgen«, sage ich und küsse ihn auf die Wange. Er streckt die Arme aus und verlangt eine Umarmung. Ich beuge mich herunter, und er packt mich fest.

»Wenn mir irgendwas passiert – für dich und deine Mutter ist vorgesorgt.«

»Du wirst wieder gesund.«

»Ja, ich weiß. Ich sag ja bloß ...« Er zögert. »Glaubst du, die Chirurgin weiß es?«

»Was?«

»Wer ich bin.«

»Ist das wichtig?«

»Hmh.«

36

Träume, dann Wachzustand; manchmal ist es schwierig, beides voneinander zu unterscheiden. Henrys Seite des Bettes ist kalt und glatt. Er hat Nachtschicht. Früher habe ich mich ziemlich wohl damit gefühlt, allein zu sein und mir selbst Gesellschaft zu leisten, aber ohne Henry fühlt sich das Haus leer an, und mein Herz zieht sich aus Trauer über seine Abwesenheit ein wenig zusammen.

Ich steige aus dem Bett, drücke die Nase ans Schlafzimmerfenster und blicke in den Garten, der zugewuchert ist. Der Rasen müsste auch gemäht werden. Eine Böe fegt durch die Bäume, Sonnenlicht flackert. Auf meinem Telefon warten unbeantwortete Nachrichten. Eine von ihnen ist von Alison Goodall. Eine halbe Entschuldigung oder ein Bruchteil einer solchen, vorgetragen mit zitternder Stimme.

»*Tut mir leid, dass ich keine Aussage bei der Polizei gemacht habe. Ich hatte Angst. Du hast ihn gehört – er hat gedroht, mir die Kinder wegzunehmen. Er hat der Polizei erzählt, ich hätte Chloe verletzt.*«

Ich nehme es Alison nicht übel, dass sie Angst hat. An ihrer Stelle hätte ich vielleicht das Gleiche getan. Ich möchte gern glauben, dass ich nie in ihrer Haut stecken würde, dass ich nie zulassen würde, dass ein Mann mein Leben kontrolliert oder seine Hand gegen mich erhebt, aber ich weiß, dass das naiv ist. Auch starke Frauen können misshandelt werden. Reiche Frauen. Arme Frauen. Alte. Junge. Leute, die die Schuld von

Täter und Opfer umkehren wollen, häufig Männer, behaupten bisweilen, dass die Frau ihren gewalttätigen Mann ermächtigt, weil sie irgendwie co-abhängig sei oder ihre Opferrolle genießen würde, doch das ist nicht wahr. Es gibt nur eine einzige Person, die häusliche Misshandlungen kontrollieren kann, und das ist der Misshandelnde.

Wenn eine Frau von einem Partner, der behauptet, sie zu lieben, wieder und wieder traumatisiert wird, verzerrt das ihre Wahrnehmung. Sie glaubt, sie sei wertlos und habe Bestrafung verdient. Es ist nicht Imogen Crokers Schuld, dass sie auf Darren Goodall hereingefallen ist. Es ist nicht Alisons Schuld, dass sie ihn geheiratet hat, oder Tempes Schuld, dass sie eine Affäre mit ihm begonnen hat. Sie alle haben einen Menschen gewählt, der am Anfang scheinbar freundlich, fürsorglich und mitfühlend war. Sie haben sich verliebt. Sie haben in eine falsche Erzählung investiert, und erst als sie zu tief darin verstrickt waren, verrutschte die Maske, und das Monster zeigte sein wahres Gesicht.

Es ist immer noch früh, als ich Alison zurückrufe. Sie antwortet so prompt, als hätte sie das Telefon vorher schon in der Hand gehalten.

»Es tut mir leid, es tut mir leid«, sagt sie. »Ich habe gehört, was passiert ist. Bitte verzeih mir.«

»Du hast nichts falsch gemacht«, sage ich, nur halb ehrlich. »Hat die Polizei eine einstweilige Verfügung erwirkt?«

»Darren hat sie davon überzeugt, dass das nicht nötig sei.«

»Man kann sie auch als Privatperson beantragen. Wende dich direkt an das Familiengericht.«

»Wie lange würde das dauern?«

»Eine Woche, vielleicht länger. Du musst dir einen Anwalt suchen.«

»Ich möchte Darren nicht gegen mich aufbringen.«

»Willst du dich aus dieser Ehe befreien?«

Alison verstummt. Ich höre, wie ihre Mutter im Hintergrund Nathan verkündet, dass seine Pfannkuchen fertig sind.

»Ich habe keinen Beweis«, sagt Alison.

»Es gibt Krankenhausunterlagen. Aufnahmen.«

»Aber ich habe sie nicht.«

»Darum wird sich ein Anwalt kümmern.«

»Kommst du auch?«

»Ich bin keine Zeugin.«

»Du hast gesehen, was er gemacht hat …« Sie hält inne, saugt hörbar Luft ein. »Ich habe sonst niemanden. Darren mochte es nicht, wenn ich enge Freundschaften geschlossen habe. Er hat alle meine Freundinnen vertrieben.«

Es entsteht eine weitere lange Pause.

»Besorg dir einen Gerichtstermin. Ich werde sehen, was ich tun kann.«

Ich lege auf, als es an der Tür klingelt. Davor steht Mrs Ainsley mit einer Hundeleine in der Hand, aber ohne Hund.

»Entschuldigen Sie, Liebes, aber haben Sie Blaine gesehen?«

Sie trägt noch eine Schlafanzughose und Pantoffeln unter einer knielangen Steppjacke.

»Ich habe ihn gestern Abend in den Garten gelassen, doch er ist nicht zurückgekommen. Ich muss das Tor offen gelassen haben, obwohl ich das nie tue. Ich bin immer sehr vorsichtig.«

Sie spricht von dem Seitentor, wo sie ihre Mülltonnen stehen hat.

»Ich habe überall gesucht. Haben Sie ihn gesehen?«

»Nein. Normalerweise höre ich ihn bellen.«

»Er bellt?«

Nur andauernd.

Ihre Stimme zittert, und ich sehe die Sorgenfalten auf ihrer Stirn.

»Ich habe mich gefragt, ob ich die Polizei anrufen soll«, sagt sie.

»Die sucht nicht nach vermissten Hunden.«

»Was, wenn er entführt wurde? So was machen die Leute, wissen Sie. Sie stehlen Hunde und setzen sie bei Hundekämpfen ein.«

»Blaine wäre kein großer Kämpfer.« *Eher eine Vorspeise.* »Ich zieh mir meine Laufschuhe an und helfe Ihnen suchen«, sage ich. »Sie sollten sich auch umziehen.«

Sie blickt auf ihre Kleidung und wirkt überrascht. Fünf Minuten später treffe ich sie vor ihrem Haus, und wir gehen bis zum Hundepark und dem Supermarkt – die Orte, die sie üblicherweise mit Blaine besucht. Außerdem laufen wir noch zum Golden Pie im Lavender Hill, weil Blaine eine Vorliebe für fette Rindfleischpasteten als Wochenendschmankerl hat.

Mrs Ainsley redet ununterbrochen und schwankt wild zwischen verschiedenen Verschwörungstheorien hin und her, die Blaines Verschwinden erklären könnten.

»Ich lasse das Tor nie offen. Das habe ich erst gestern Abend auch zu Ihrer Freundin gesagt.«

»Welche Freundin?«

»Die Hübsche mit dem irischen Akzent.«

»Tempe?«

»Genau die.«

»Was wollte sie?«

»Sie hat mir erzählt, dass Sie bei Ihrem Vater im Krankenhaus sind. Sie musste irgendwas vorbeibringen.«

»Um wie viel Uhr war das?«

Die alte Frau schürzt die Lippen. »Am Abend. Sie hat bei

Vera – Ein ganz spezieller Fall gestört. Ich mag Polizei-Serien. Diese Brenda Blethyn sieht aus wie eine Stadtstreicherin, deshalb unterschätzen sie alle.«

Tempe hat nicht erwähnt, dass sie irgendwas vorbeibringen wollte.

»Schaffen Sie es allein nach Hause?«, frage ich. »Ich werde Tempe besuchen und fragen, ob sie Blaine gesehen hat.«

»Das ist eine gute Idee«, sagt Mrs Ainsley.

»Und wenn ich zurückkomme, drucke ich ein Flugblatt, das wir an Laternenpfähle kleben und in Ladenfenstern aufhängen können. Suchen Sie schon mal ein Foto raus.«

»Oh, ich habe so viele. Es gibt ein nettes, wo er eine karierte Winterjacke trägt ... oder vielleicht eins von ihm im Garten.«

Ich unterbreche sie und lasse sie an der Ecke stehen. Ohne ihren Jack Russell sieht sie irgendwie unvollständig aus, als hätte sie an einem sonnigen Tag ihren Schatten verloren.

Als ich in die Nähe von Tempes Wohnung komme, spüre ich, dass ich immer wütender werde. Ich bin es leid, mir Entschuldigungen für sie auszudenken und ihr einen Vertrauensbonus zu geben. Sie hat Geschichten erfunden, die Wahrheit ausgeschmückt und mir Dinge verheimlicht. Sie ist in mein Zuhause eingedrungen und hat Spannung geschaffen, wo es vorher keine gab.

Ihre Tür ist frisch gestrichen. Ich drücke auf den Knopf der Gegensprechanlage. Niemand antwortet. Ich rufe sie an, werde jedoch direkt auf die Mailbox umgeleitet. Ich will gerade eine Nachricht hinterlassen, als sie die Tür aufschließt und auf den Treppenabsatz tritt.

»Tut mir leid«, sagt sie gähnend. »Ich war noch im Bett. Ich habe schrecklich geschlafen. Ich habe mir Sorgen um dich gemacht. Wie geht es deinem Vater?«

»Er wird um zehn operiert.« Ich blicke auf die Uhr. »Du bist gestern Abend bei uns zu Hause vorbeigegangen.«

»Hä?«

»Mrs Ainsley hat dich gesehen.«

Es entsteht eine lange Pause. Das Lächeln hängt vergessen in ihrem Gesicht. Sie ist noch im Schlafanzug und barfuß. Ihre Zehennägel sind pink lackiert.

»Was hast du in unserem Haus gemacht?«, frage ich.

»Ich habe dir den Blazer zurückgebracht … den ich geliehen hatte. Ich habe ihn reinigen lassen.«

»Den hättest du mir auch bei unserem nächsten Treffen geben können.«

»Ich dachte, du würdest ihn vielleicht brauchen. Stimmt irgendwas nicht?«

»Henry möchte nicht, dass du dich selbst bei uns reinlässt.«

»Oh.«

»Er mag es nicht, wenn du dort bist, wenn wir nicht zu Hause sind.«

»Und wie siehst du das?«

»Vielleicht solltest du nicht mehr vorbeikommen«, sage ich. »Ich bin dir wirklich dankbar, dass du mir mit dem ganzen Hochzeitskram hilfst, aber ich kann meine Sachen selbst von der Reinigung abholen und meine Geschirrspülmaschine reparieren lassen.«

»Wenn du es so willst«, sagt sie ohne jeden Hauch von Antipathie. Das macht sie manchmal – ihr Gesicht scheint in eine ausdruckslose Leere gehüllt, sodass ich nicht mal vermuten kann, was in ihrem Kopf vor sich geht.

»Hast du die Schlüssel noch? Ich brauche sie zurück.«

Sie dreht sich auf dem Treppenabsatz um und geht in ihre Wohnung. Als ich ihr nicht folge, kehrt sie zurück.

»Kommst du nicht rein? Ich mach dir einen Kaffee.«

Das ist ihr Olivenzweig. Entweder ich ergreife ihn, oder es könnte schwierig werden mit der Hochzeit, die nur noch drei Wochen entfernt ist. Sie hat die Namen, die Nummern, die Details. Ich wüsste nicht, wo ich anfangen soll.

Ich setze mich auf einen Hocker am Frühstückstresen in der Küche. Mir fällt ein grüner Müllsack auf dem Boden in der Nähe des Waschbeckens auf, oben fest zugedreht und zugeknotet. Es sieht aus wie der dürre Hals eines alten Mannes.

»Wieso bist du so früh auf?«, fragt Tempe, während sie Wasser in die Kaffeemaschine gießt.

»Ich habe Blaine gesucht.«

»Wen?«

»Den Hund meiner Nachbarin. Der Jack Russell.«

»Du hasst diesen Hund.«

»Ich hasse ihn nicht.«

»Du beschwerst dich ständig, dass er bellt und dich wachhält.«

»Mag sein, aber das bedeutet nicht, dass ich mich freue, wenn er weg ist. Hast du ihn gesehen?«

»Ich?«

»Mrs Ainsley glaubt, jemand hätte das Seitentor offen gelassen.«

»Und sie beschuldigt mich.«

»Nein, natürlich nicht.«

Tempe macht ein Geräusch wie »Hmmpf« und legt ein Pad in die Maschine. Mir fällt ein Mullverband an ihrer rechten Hand auf, unbeholfen gewickelt und voller Blutflecken.

»Was hast du gemacht?«, frage ich.

»Oh, ich habe mir die Hand an einem Kleiderbügel aufgeritzt… der Blazer aus der Reinigung.«

»Soll ich dir das ordentlich verbinden? Ich habe einen Erste-Hilfe-Kurs gemacht.«

»Nicht nötig.«

»Es blutet immer noch.«

»Alles gut.«

Die Kaffeemaschine spuckt und röchelt und produziert eine dunkle Brühe, die wundervoll riecht. Tempe gießt geschäumte Milch dazu und gibt mir den Becher. Ich blicke zu dem Müllsack. Tempe wechselt das Thema und spricht über mein Hochzeitskleid. Eigentlich sollte heute die letzte Anprobe stattfinden, doch ich will im Krankenhaus sein, wenn Daddy aufwacht.

»Ich mache einen neuen Termin aus«, sagt sie. »Allerdings sollten wir über die Tischdekoration sprechen.«

»Ich dachte, wir hätten uns für Orchideen entschieden.«

»Ja, aber wenn du es ein bisschen gewagter willst, könntest du auch Prärieenziane wählen. Sie haben hübsche Blüten, so wie Rosen, und es gibt sie in weißen, violetten und pinkfarbenen Sträußen.«

»Ich bin zufrieden mit den Orchideen«, sage ich und habe das Gefühl, dass Tempe wieder einmal versucht, mich umzustimmen.

Wir sitzen uns gegenüber. Unsere Knie berühren sich. Ich rücke ein Stück ab. Sie fragt nach Alison Goodall. Ich erzähle ihr, was passiert ist, und sehe, wie sie mit einer Mischung aus Furcht und Wut darauf reagiert.

»Jetzt wird er es auf dich abgesehen haben.«

»Warum? Er hat bekommen, was er wollte. Ich habe meinen Job verloren.«

»Er wird mehr wollen. Ich weiß noch, als er dachte, Alison hätte von meiner Existenz erfahren. Darren hat mir vorgeworfen, es ihr erzählt zu haben. Er hat gedroht, mich umzubringen, wenn er herausfinden würde, dass ich lüge. Ich musste ihm beweisen, dass ich ihn liebe.«

»Wie?«

»Das spielt keine Rolle.«

»Wollte er, dass du mit anderen Männern schläfst?«

»Frag mich das nicht dauernd. Du gibst mir die Schuld, genau wie er.«

»Nein, das ist nicht...«

»Er hat immer gesagt, ich wäre ein Niemand. Ich wäre Scheiße an seinen Schuhen. Ich wäre ein Insekt auf der Windschutzscheibe... ein elendes, erbärmliches Stück Müll, das er wegwerfen könnte, ohne dass mich jemand vermissen würde. Niemanden würde es kümmern.« Tempe sieht mich ernst an. »Irgendjemand muss ihn aufhalten, Phil. Er kann nicht immer so weitermachen. Er ist gnadenlos. Er ist wie der Terminator. Er gibt nie auf.« Ihre bandagierte Hand saust durch die Luft, als würde sie eine Trommel schlagen. »Jemand muss ihn töten.«

Dabei wirkt sie so ernst, dass ich lachen muss. »Jetzt bist du melodramatisch.«

»Wie würdest du es machen?«, fragt sie.

»Was?«

»Ihn umbringen.«

»Gar nicht.«

»Mit deinem Karate könntest du es ganz leicht hinkriegen.« Sie deutet mit derselben Hand einen Handkantenschlag an.

»Karate ist zur Selbstverteidigung.«

»Ja, aber du könntest seine Luftröhre zertrümmern oder ihm die Nase ins Hirn drücken. Ich wette, du könntest es machen, ohne dass jemand wüsste, dass du es warst. Das perfekte Verbrechen.«

»So etwas gibt es nicht«, sage ich.

»Aber wenn du ungeschoren davonkommen könntest?«

»Ist es immer noch ein Verbrechen.«

»Was, wenn du es wie einen Unfall aussehen lassen würdest?«

»Das macht es trotzdem nicht perfekt.«

»Böse Menschen kommen ständig mit allem Möglichen davon. Warum können gute Menschen nicht das Gleiche tun?«

»Gute Menschen begehen keine Morde.«

»Wann sind wir an der Reihe?«

Ihre Ernsthaftigkeit erinnert mich an mein jüngeres Ich, wenn ich mit meiner Mutter darüber diskutiert habe, dass das Leben ungerecht sei, weil ich nicht auf eine Party gehen oder bei einer Freundin übernachten durfte. Ich war nie »an der Reihe«. Damals hatte ich noch keinen wirklichen Begriff von Gerechtigkeit, und nach drei Jahren als Polizistin bin ich mir nach wie vor nicht sicher. Gerechtigkeit und Fairness sind wie Regen, der auf manche Menschen stärker fällt als auf andere. Menschen mit Schirmen bleiben meist trocken. Menschen auf höherem Grund vermeiden die Flut. Reiche Leute. Leute mit Beziehungen.

Tempe sieht mich stirnrunzelnd an, sichtlich unglücklich mit der Analogie. Ich lache, und sie schüttelt den Kopf, bevor ihre Miene sich zu einem schüchternen Lächeln aufhellt.

Als ich gehe, greife ich den Müllsack und erkläre ihr, dass ich ihn in die Tonne werfen werde. Tempe nimmt ihn mir ab, verzieht das Gesicht und wechselt ihn in die gesunde Hand.

»Meine Tonne ist voll.«

»Wir haben noch Platz in unserer. Ich nehm ihn mit nach Hause.«

»Nein, das ist schon in Ordnung.«

Einen Moment lang stehen wir uns gegenüber und halten beide den Müllsack fest.

Beinahe automatisch beginne ich, an Tempe zu zweifeln und mir alle möglichen finsteren Motive und verdorbenen Taten auszumalen. Sie würde doch bestimmt keinen Hund töten. Sie ist kein Monster.

»Ich bete für deinen Vater«, sagt sie, als ich die Treppe hinuntergehe.

»Du glaubst nicht an Gott.«

»Ich glaube an das Gebet.«

»Zum wem betest du?«

»Mein Herz spricht zum Universum.«

37

Ich erinnere mich daran, wie mir zum ersten Mal klar wurde, dass meine Familie anders war. In meinem achten Jahr an St. Ursula's berief die Direktorin eine Schulversammlung ein und warnte die Schülerinnen vor einem lokalen Dealer. Wir wussten alle, wen sie meinte. Er trug Jeans und eine Armeejacke und saß normalerweise auf einer niedrigen Steinmauer gegenüber vom Greenwich Theatre, wo er Zigaretten rauchte und mit Leuten plauderte, die zur Fähre oder zum Bahnhof gingen.

Wenn eine Transaktion stattfand, pfiff der Dealer nach einem Jungen, der den Kunden in eine Seitenstraße führte, wo Geld und Pillen ausgetauscht wurden. Der Junge war erst acht oder neun und sah aus wie der kleine Bruder des Dealers.

Zu Hause erzählte ich meiner Mutter von der Schulversammlung, und sie berichtete es meinem Vater. Ein paar Tage später sah ich auf dem Weg zum Bahnhof Onkel Daragh, der mit dem Dealer sprach. Ich wollte winken, doch es wirkte wie ein Gespräch unter Erwachsenen. Als ich Daragh später danach fragte, schien er verwirrt und sagte, ich müsse ihn verwechselt haben, aber niemand sieht aus wie Daragh mit seinem eckigen Kopf und seinen blassen, hervorstehenden Augen. Ich habe weder den Dealer noch seinen Bruder je wieder gesehen.

Es gibt viele Geschichten wie diese. Einige sind zweifelhaft oder übertrieben, aber von anderen weiß ich, dass sie wahr sind. Finbar hat eine halbmondförmige Narbe unter dem linken Brustkorb. Er wurde auf dem Gefängnishof mit einer angespitzten Zahnbürste zweimal in den Bauch gestochen, aber er hat drei Männer zu Boden geschickt, bevor die Wärter eintrafen. Als ich ihn nach der Narbe fragte, sagte er: »Hai-Angriff. Bondi Beach. 1985.«

Einer von Henrys Rugby-Kumpeln hat ihm eine Geschichte von Onkel Clifton erzählt, der wegen Mehrwertsteuerbetrug angeklagt war. Zwei Tage vor der Anhörung verschwand der Hauptzeuge der Anklage, ein Zollbeamter, aus seinem Haus. Sechzehn Stunden später betrat er dreihundert Meilen entfernt eine Polizeistation. Er wirkte blass und erschüttert und hatte einen kompletten Gedächtnisverlust erlitten. Die Anklage brach in sich zusammen. Clifton verließ das Gericht als freier Mann.

Es gibt Gründe, weshalb ich meine Familie gemieden habe, aber es gibt andere Gründe, sie offenen Herzens zu akzeptieren. Moral ist keine Regel und kein Senklot, das sich einpendelt. Sie ist ein Teil von jedem von uns, wie ein Gen, das sich mit der Zeit entwickelt hat; aber im Gegensatz zu anderen Genen wird es von den Entscheidungen, die wir treffen oder nicht treffen, berührt und verändert, von Mitgefühl, Empathie und Vergebung.

Am späten Nachmittag überquere ich auf dem Weg zum Royal Brompton Hospital die Battersea Bridge. Als ich in die King's Road biege, höre ich hinter mir eine Sirene aufheulen und sehe Blaulicht im Rückspiegel. Ich fahre rechts ran und erwarte, dass der Streifenwagen mich überholt, aber er kommt schräg vor meinem Fiat zum Stehen. Bin ich zu schnell gefahren? Habe ich vergessen zu blinken? Ich weiß, mir geht gerade viel durch den Kopf, aber eigentlich bin ich eine vorsichtige Fahrerin.

Zwei uniformierte Polizisten steigen aus, ziehen ihre Hose hoch, richten den Gurt. Der Fahrer tritt an mein heruntergelassenes Fenster. Er lächelt freundlich und entblößt kleine Zähne und breites, rosafarbenes Zahnfleisch. Er ist Anfang dreißig. An seinem Hals leuchtet ein Rasurbrand.

»Darf ich bitte Ihren Führerschein sehen?«

»Natürlich.« Ich greife in die Jackentasche. »Gibt es ein Problem?«

»Ist das Ihr Fahrzeug?«

»Ja.«

»Und wie heißen Sie?«

»Philomena McCarthy. Ich bin Police Constable.«

»Tatsächlich?«

Ich spüre eine Leere in der Magengrube.

»Dieses Fahrzeug wurde gestern Abend gestohlen gemeldet.«

»Nein. Das ist ein Irrtum. Wenn Sie eine Halterabfrage …«

»Bitte steigen Sie aus dem Wagen.«

»Warum?«

»Ich wiederhole, steigen Sie aus dem Wagen.«

Seine Hand liegt auf seinem Schlagstock. Sein Partner ist am Beifahrerfenster, schirmt die Augen an der Scheibe ab und blickt ins Wageninnere. Ich steige aus. Der Fahrer geht um den Wagen, und ich verliere ihn aus den Augen. Im nächsten Moment höre ich einen dumpfen Aufprall und ein splitterndes Geräusch.

»Ihr Rücklicht ist kaputt«, ruft er.

Ich gehe zur Rückseite meines Fiat und sehe die zerbrochene Fassung und die Plastikscherben in der Gosse.

»Das ist doch Bullshit«, murmle ich.

»Was haben Sie gesagt?«, fragt der Fahrer.

Ich atme tief durch und ermahne mich, ruhig zu bleiben, um es nicht noch schlimmer zu machen.

»Treten Sie von dem Fahrzeug weg.«

Ich gehorche und gehe auf den Bürgersteig, wo sich ein paar Schaulustige versammelt haben. Einer von ihnen hat ein Handy. Ein Teenager, struppiges Haar, Flaum am Kinn.

»Kannst du das für mich filmen, bitte?«, frage ich. Der Teenager lässt kurz sein Telefon sinken, unsicher, was er tun soll. »Bitte«, wiederhole ich.

Der erste Polizist drängt mich an die Wand und befiehlt mir, mich mit den Händen abzustützen und die Beine zu spreizen. Er tritt sie noch weiter auseinander, tastet mich grob ab und berührt mich an Stellen, die tabu sein sollten. Sein Kollege durchsucht meinen Wagen, hebt Bodenmatten an und sieht unter dem Reserverad nach. Ich wende immer wieder den Kopf, weil ich Angst habe, dass er mir irgendwelche Indizien unterschiebt. Der Teenager filmt immer noch.

»Das ist eine illegale Durchsuchung«, sage ich.

Keine Antwort.

»Ich nehme an, die Bodycams sind abgeschaltet.«

Wieder nichts.

»Dieses Fahrzeug ist nicht verkehrstüchtig«, sagt der zweite Polizist. »Man wird Ihnen eine Aufforderung zur Behebung der festgestellten Mängel zustellen. Dieser haben Sie unverzüglich nachzukommen und Ihr Fahrzeug anschließend bei einer zugelassenen Werkstatt zur Inspektion vorzuführen. Wenn Sie nicht binnen vierzehn Tagen eine Bestätigung dieser Inspektion bei der Polizei vorlegen, droht Ihnen eine Anklage. Haben Sie verstanden?«

Ich antworte nicht. Er gibt mir den Mängelhinweis, und ich setze mich wieder ans Steuer. Die Polizisten reden mit dem

Teenager, der nervös auf sein Handy blickt. Die Aufnahmen werden gelöscht werden, Beweise getilgt.

Ich fahre los und lasse die Menschenansammlung hinter mir. Tränen brennen in meinen Augen, sodass die Straße vor mir verschwimmt. Ich wische sie mit dem Ärmel ab. Ich fühle mich beschmutzt und entwürdigt. Diese Schweine! Diese miesen Schweine!

Das Royal Brompton Hospital hat keinen Besucherparkplatz. Ich fahre um den Block, bis ich in einer Nebenstraße eine rare Parklücke entdecke. Als ich den Rückwärtsgang einlege, wendet ein anderer Wagen auf der Straße und schießt in die Lücke.

»Hey, das war meiner«, rufe ich, steige aus dem Fiat und lasse ihn in zweiter Reihe stehen, mit laufendem Motor.

»Ich hab Sie nicht gesehen«, sagt der Fahrer unbekümmert. Er ist Anfang vierzig, trägt Skinny-Jeans und ein enges T-Shirt. Er nimmt eine Umhängetasche vom Beifahrersitz seines glänzenden neuen Audi.

»Sehen Sie mich jetzt?«, frage ich.

»Verzeihung.«

»Sie haben meinen Parkplatz geklaut.«

»Ich war zuerst da.«

Roter Nebel trübt meinen Blick. Wie außerhalb meines Körpers beobachte ich mich selbst, wie ich hart gegen seine Brust stoße und verlange, dass er seinen Wagen wegfährt. Es sind nicht nur die Schimpfwörter, mit denen ich ihn belege, und meine Aggression, die mir Angst machen. Ich will ihm wehtun. Ich will ihm die Knochen brechen. Ich will ihm Schmerzen bereiten.

Aschfahl steigt er wieder in seinen Wagen, fährt aus der Parklücke und lässt beim Wegfahren in einem symbolischen

Versuch, seinen männlichen Stolz wiederherzustellen, den Motor aufheulen. Ich parke meinen Fiat, schalte den Motor aus und lege meinen Kopf auf das Lenkrad, als mein Adrenalinspiegel langsam sinkt.

38

Die Schwester in der Aufwachstation hat eins dieser warmen runden Gesichter, die sie aussehen lassen wie eine Kindergärtnerin oder Bibliothekarin. Sie gibt mir einen Kittel und eine Maske.

»Erschrecken Sie nicht über sein Aussehen. Es war eine schwere Operation.«

»Ist sie gut verlaufen?«

»Drei Bypass-Transplantate. Er war vier Stunden auf dem OP-Tisch.«

»Wie sah sein Herz aus?«

»Es hat Schäden davongetragen, doch er sollte sich erholen.«

Das Bett meines Vaters ist leer. Einen Moment lang fürchte ich, dass etwas Schreckliches passiert ist, doch die Schwester zieht den Vorhang zurück, und ich sehe eine blasse Gestalt mit dünnem Haar auf einem Stuhl neben dem Bett sitzen. Beide Oberschenkel sind bandagiert, zahlreiche Schläuche kleben an Armen, Brust und Unterleib. Er sieht aus wie eine Marionette, die von Fäden gehalten wird, und als er seine rechte Hand hebt, frage ich mich, ob jemand an einem von ihnen gezogen hat.

»Du siehst gut aus«, sage ich.

»Ich sehe beschissen aus«, erwidert er. »Ich will nach Hause.«

»In sieben Tagen, wenn Sie Glück haben«, sagt die Krankenschwester, die eine der Infusionen kontrolliert.

Ein schwarzer Pfleger kommt mit einem Rollator. Er und die

Schwester helfen Daddy auf die Füße und fordern ihn auf, die Griffe der Gehhilfe zu packen, um sich abzustützen.

»Okay, Big Mon«, sagt der Pfleger. »Einmal um die Tanzfläche.«

»Ich mag den Song nicht«, stöhnt mein Dad, und ich sehe, wie er vor Schmerz die Augen zukneift.

Er schiebt den rechten Fuß nach vorn, stützt sich einen Moment lang ab und zieht dann den linken Fuß nach. Die Infusionen folgen ihm auf einem rollbaren Ständer. Am Fußende des Bettes bleibt er schwer atmend stehen. Es ist, als würde man zusehen, wie eine Animationspuppe für einen Stopp-Motion-Dreh in mühevoller Kleinarbeit von Einstellung zu Einstellung bewegt wird. Schlurf. Pause. Klick.

»Das reicht für heute«, sagt der Pfleger.

Daddy versucht umzukehren und gerät aus dem Gleichgewicht. Hände strecken sich ihm entgegen. Er wischt sie beiseite. Undankbarer alter Sack.

Als er endlich seinen Stuhl erreicht, habe ich das Gefühl, ich wäre jeden Schritt mit ihm gelaufen, sechsundzwanzig Meilen bergauf und gegen den tosenden Wind. Er wird zurück in sein Bett gehoben. Erschöpft murmelt er mir etwas zu, doch er lallt zu stark, um sich verständlich zu machen. Ich beuge mich zu ihm und küsse seine kratzige Wange, bevor ich ihm ins Ohr flüstere: »Jetzt ist es offiziell.«

Er zieht fragend eine Augenbraue hoch.

»Du hast ein Herz.«

Als ich die Aufwachstation verlasse, stoße ich auf Daragh und Finbar, die vor den Fahrstühlen in ein Gespräch vertieft sind, das sie abrupt abbrechen. Finbar lächelt so breit, dass sein Gesicht schmerzen muss.

»Wie geht's dem Boss?«, fragt er.

»Gut. Er will nach Hause.«

»Kann er?«

»Nein. Worüber habt ihr beide geredet?«

»Über nix«, sagt Daragh.

»Redet ihr oft über ›nix‹?«

Die Fahrstuhltür geht auf, und zwei Anzugträger mit Namensschildern treten heraus, weiße Männer mittleren Alters auf der obersten Sprosse ihrer Karriereleiter. Einer ist der Verwaltungsleiter des Krankenhauses, der andere der Chef der Sicherheitsabteilung.

»Sie hatten etwas zu besprechen«, sagt der Verwaltungsleiter und stellt sich vor.

Daragh sieht mich an. Mit Publikum hat er offensichtlich nicht gerechnet. »Können wir uns irgendwo etwas privater unterhalten?«

Finbar hat verstanden.

»Gehen wir einen Kaffee trinken«, verkündet er und hakt sich bei mir ein.

»Warum? Was wollt ihr besprechen?«

Bevor ich ihn aufhalten kann, schließen sich die Fahrstuhltüren, und wir fahren abwärts. Finbar versucht, das Thema zu wechseln, und fragt nach der Hochzeit, doch ich lasse mich nicht abwimmeln.

»Warum muss der Leiter der Sicherheitsabteilung dabei sein?«

Finbar zuckt die Schultern und stellt sich dumm. Ich kneife ihn ins Handgelenk, wie ich es als Kind gemacht habe, damit er die Kitzelspinne aus seiner Tasche zieht.

»Autsch!« Er reibt über die rote Stelle.

»Sag es mir oder ich fahre direkt wieder hoch.«

»Wir machen uns Sorgen, dass Eddie verwundbar sein könnte.«

»Inwiefern?«

»Es gibt Leute – allesamt Wichser –, die diese Zeit nutzen könnten, um Schritte zu unternehmen gegen… unsere Dingens…«

»Geschäfte?«

»Ja.«

»Andere Immobilienentwickler?«

»Ja. Genau. Gesetz des Dingens, du weißt schon.«

»Dschungels?«

»Genau.«

»Willst du sagen, er ist in Gefahr?«

»Nein, nein, nein, ja, vielleicht. Vorsicht ist besser als Nachsicht, hat unser alter Dad immer gesagt.«

»Er ist im Gefängnis gestorben.«

»Das meine ich ja – man kann heutzutage niemandem trauen.«

»Sprichst du von einem Revierkampf?«

Er zuckt unverbindlich die Achseln. »Schadet jedenfalls nicht, Vorkehrungen zu treffen, was?«

Wir sind in der Eingangshalle. Finbar zeigt zu dem Café. Die Tische stehen weit genug auseinander, dass wir uns vertraulich unterhalten können, doch er achtet darauf, eine Wand im Rücken und den Haupteingang im Blick zu haben. Macht der Gewohnheit.

»Was ist der wirkliche Grund?«, frage ich.

Er seufzt und beugt sich vor.

»So ein Schmierfink von ’nem Sensationsblatt ist mit Ziegelsteinen als Schwimmflügeln in der Themse baden gegangen. Sie versuchen, uns das anzuhängen.«

»Dylan Holstein?«

Finbar sieht mich zum ersten Mal direkt an.

»Du kennst ihn?«

»Ich war dort, als die Polizei seine Leiche gefunden hat.«

Finbar wirkt einen Moment lang verwirrt, bis ihm wieder einfällt, womit ich tagsüber mein Geld verdiene – oder nachts.

»Vielleicht sollten wir … das lassen«, sagt er, nicht mehr so sicher.

»Nein. Rede mit mir. Hast du Dylan Holstein je getroffen?«

»Nee. Nie.«

»Aber du kennst seinen Namen?«

»Er hat gegen Hope Island gehetzt, darüber, wie Eddie die Planungsdingens durch den Stadtrat bekommen hat.«

»Indem er drei Ratsmitglieder bestochen hat.«

Finbar sieht mich ausdruckslos an. »Nicht meine Abteilung.«

»Wer ist in der Familie denn für Bestechung zuständig?«

»Nun lass aber mal gut sein, Phil.« Er seufzt und wünscht sich bestimmt, er hätte nie davon angefangen.

»Los, komm.«

»Holstein hat Artikel geschrieben, aber Eddie hat sich deswegen keine Sorgen gemacht. Fake News, weißt du. Davon gibt es heutzutage eine Menge. Aber dann ist Holstein plötzlich tot, und die Bullen fangen an, mit dem Finger auf uns zu zeigen, unsere Telefone anzuzapfen, unseren Wagen zu folgen. Sie haben Eddie am Morgen nach seinem Geburtstag aus dem Bett gezerrt und alles durchsucht.«

»Haben sie irgendwas gefunden?«

»Da gibt's nix zu finden«, bellt er plötzlich los. »Aber der Leiter der Ermittlung ist so ein Ehrgeizling, weißt du. Versucht, sich einen Namen zu machen.«

»Und du willst andeuten, er könnte Beweise fingieren?«

»Soll schon vorgekommen sein.«

Das ist so ein dahingeworfener Satz, der mich früher bestimmt geärgert hätte – bis das Rücklicht meines Fiats zertrümmert und die Aufnahmen meiner Bodycam gelöscht wurden.

»Wer hat Dylan Holstein umgebracht?«

»Woher soll ich das verdammt noch mal wissen?«

»War es Daddy?«

»Hör auf!«

Finbar springt auf und verzieht kummervoll das Gesicht. »Ich weiß, dass du eine von denen bist, Phil, und du denkst vielleicht, du wärst besser als wir anderen, aber wir haben die Tür nie zugeschlagen. Eddie hat ein Licht in seinem Fenster brennen lassen und gehofft, dass du eines Tages nach Hause kommen würdest.«

Er dreht sich um und will gehen.

»Ich habe eine Frage«, sage ich und wappne mich innerlich.

»Ich bin fertig mit Reden.«

»Wenn ich juristischen Rat bräuchte, an wen sollte ich mich da wenden?«

Er bleibt stehen, dreht sich um. »Hast du Ärger?«

»Ich frage für eine Freundin.«

Finbar zückt seine Brieftasche und schreibt den Namen einer Anwaltskanzlei auf einen abgerissenen Bierdeckel, zusammen mit einer Telefonnummer.

»Sag ihnen, dass du Eddie McCarthys Tochter bist.«

39

Ein Termin wird für den folgenden Tag in einem Pub in Spitalfields vereinbart, was wohl kaum ein gutes Zeichen ist. Ich stelle mir einen übergewichtigen Rechtsvertreter mit portweinfarbener Nase à la Rumpole von Old Bailey vor, dessen Expertise in der Formulierung fragwürdiger Versicherungsansprüche oder dem Nachdatieren von Testamenten besteht.

Als ich im Ten Bells ankomme, springt Onkel Clifton auf und verbeugt sich leicht in der Hüfte. Ich küsse ihn auf die unrasierten Wangen und fühle mich augenblicklich wieder wie das kleine Mädchen, das seinen Onkeln gute Nacht sagt, bevor es zu Bett geht. Jeden Mittwoch war damals Poker-Abend; vier Männer um unseren Küchentisch, die Zigarre rauchten und Scotch tranken. Ihr Lachen und die Ermahnungen meiner Mutter, etwas leiser zu sein, lullten mich in den Schlaf.

»Was machst du hier?«, frage ich.

»Ich mache euch miteinander bekannt.«

»Aber ich habe das Treffen doch selbst vereinbart!«

»Und ich werde mich nicht einmischen.«

Clifton trägt seine übliche Kluft, weite Jeans und ein Gunners-Trikot. Er hat eine Tolle und einen Wirbel, der es unmöglich macht, sein Haar vernünftig zu scheiteln. Der Wirbel bildet immer einen Gegenpol zu der Richtung, in die er die Tolle kämmen will, wenn er den Scheitel nicht so knapp über das rechte Ohr legt, dass er aussieht wie Adolf Hitler.

Er zieht mir einen Stuhl heran und beginnt, mir die Geschichte des Pubs zu erzählen, das eine Verbindung zu Jack the Ripper hat. Zwei seiner Opfer, Annie Chapman und Mary Kelly, waren entweder Stammkundinnen oder Prostituierte, die auf dem Bürgersteig draußen ihrem Gewerbe nachgingen.

»Früher hieß es Eight Bells Alehouse, weil die Kirche an der Ecke acht Glocken hatte, aber als das Glockenwerk erweitert wurde, haben sie den Namen geändert.«

»Wen treffe ich?«

»David Helgarde.«

»Den Mafia-Anwalt?«

»Er ist Strafverteidiger.«

»Der zwielichtige russische Oligarchen und Gangster verteidigt.«

»Er ist seit zwanzig Jahren Anwalt der Familie.«

»Damit ist alles gesagt.«

Wir sitzen in der Nähe des Fensters, wo die helle Augustsonne die Ringe auf dem Tisch beleuchtet. Clifton hat sich noch ein Guinness geholt; ich dagegen habe mich für Lemon Squash entschieden und komme mir vor, als wäre ich minderjährig.

Er wischt sich den Schaum von der Oberlippe. »Und warum brauchst du einen Rechtsverdreher?«

»Ich würde ungern eine Familienangelegenheit daraus machen.«

»Ja, das hab ich kapiert, aber wenn du Ärger hast ...«

»Hab ich nicht!«

Helgarde kommt durch die Tür des Pubs. Er könnte vierzig oder sechzig sein und hat die ausgezehrte Erscheinung eines besessenen Amateur-Triathleten. Er trägt eine Chino-Hose und ein Hemd mit offenem Kragen und zieht beim Hereinkommen den Kopf ein, als hätte er Angst, die Decke könnte zu niedrig sein.

»Entschuldigen Sie meine Frisur. Ich bin vom Land hergefahren. Im Cabriolet«, sagt er, als sollte das offensichtlich sein.

Er mustert den freien Stuhl und zuckt zurück. Fast erwarte ich, dass er ihn erst mit einem antibakteriellen Tuch abwischt, bevor er Platz nimmt.

»Sie müssen Philomena sein«, sagt er routiniert. »Nennen Sie mich David.« Er wendet sich an meinen Onkel. »Trockener Weißwein.«

Clifton springt auf und würde seine Mütze ziehen, wenn er eine trüge. Während er an die Bar geht, macht Helgarde Smalltalk über sein Haus in den Cotswolds. Ich stelle mir Gin-Tonics im Garten und das Ploppen von Tennisbällen vor.

Unsere Drinks werden gebracht.

»Ich geh raus eine rauchen«, sagt Clifton.

»Ich dachte, du hättest aufgehört«, sagt Helgarde.

»Hab ich auch, aber ich finde Raucher interessanter als Nichtraucher. Sie nehmen das Leben nicht so ernst.«

Wir sind allein. »Ich habe keine Ahnung, ob ich wirklich einen Anwalt brauche«, sage ich.

Helgarde zuckt unverbindlich die Schultern. »Jetzt bin ich ja hier.«

»Und berechnen wie viel pro Stunde?«

»Mehr, als Sie sich leisten können, aber ich stelle es Ihrem Vater in Rechnung.«

Widerwillig lege ich die Details dar, erzähle von Goodall und dem Verfahren wegen Dienstvergehens. Es ist, als würde ich einen Pullover stricken, und Helgarde würde nach jeder fallengelassenen Masche und jedem losen Faden Ausschau halten. Schließlich lehnt er sich zurück und schlägt die Beine übereinander.

»Offenbar haben Sie zwei zentrale Probleme, Philomena. Der Vorwurf der Anwendung unangemessener Gewalt könnte, wenn er bewiesen wird, als Körperverletzung gewertet werden, was eine Straftat ist.«

»Er wollte mich zuerst schlagen.«

Helgarde hebt die Hand und erkennt meinen Einwand an. »Größere Sorgen mache ich mir ohnehin wegen des Vorwurfs des illegalen Zugriffs auf Daten. In puncto Datenschutz ist die Polizei ziemlich strikt geworden. Es gibt die Erwartung der Öffentlichkeit und gesetzliche Bestimmungen, dass Informationen strikt vertraulich behandelt und nur für legitime polizeidienstliche Zwecke verwendet werden.«

»Ich habe versucht, eine Vertuschung offenzulegen.«

»Durch genau die Leute, die Sie aus dem Dienst entfernen wollen.«

»Wollen Sie mir sagen, es sei hoffnungslos?«

»Ich gebe Ihnen lediglich meine professionelle Meinung.«

Einen Moment lang koche ich still vor mich hin. Helgardes Arroganz gefällt mir nicht, vielleicht sind es aber auch nur seine Antworten.

Er scheint nachzudenken. »Vielleicht gibt es einen anderen Weg, obwohl das eine ziemlich plumpe und krasse Herangehensweise wäre. Ein sensationeller Durchbruch oder ein Absturz in Flammen.«

»Und der wäre?«

»Die Whistleblower-Verteidigung.«

»Ich bin kein Whistleblower.«

»Noch nicht.«

Ich schüttle bereits den Kopf. »Sie wollen, dass ich an die Öffentlichkeit gehe.«

»Stellen Sie sie bloß. Beschämen Sie sie.«

»Dann wäre mein Name im Dreck. Sie würden mich nie zurücknehmen.«

»Sie könnten dazu gezwungen werden.«

»Und ich würde behandelt werden wie eine Aussätzige. Whistleblower sind schlimmer als korrupte Polizisten. Ich würde nie befördert werden, keinen anständigen Posten und keine positive Beurteilung bekommen. In ihren Augen wäre ich eine Verräterin.«

»Ist das Ihre Meinung über Whistleblower?«

»Nein, ich glaube, sie sind wahnsinnig mutig und dumm. Vor allem mutig, aber ich bin weder das eine noch das andere.«

Helgarde antwortet nicht. Wir blicken aneinander vorbei und brüten in der Stille.

»Sie sagen mir, dass ich keine Wahl habe. Wenn ich still abtrete, haben sie gewonnen, und wenn ich an die Öffentlichkeit gehe, auch.«

»Aber es wird sie etwas kosten. Wir klagen wegen rechtswidriger Kündigung. Dann wird man sich außergerichtlich einigen.«

»Damit ich still bin.«

»Sie werden das Geld haben.«

»Aber keinen Beruf mehr.«

Er lächelt traurig und zupft imaginäre Fussel von seiner Hose. »Ich denke, der Zug ist eh schon aus der Halle.«

40

Mein Vater ist aus dem Krankenhaus entlassen worden. Anfangs war er kaum imstande, die Stufen zur Haustür zu erklimmen. Inzwischen kann er schon zweimal den Garten umrunden, und sein Schlurfen ist zu einem Schreiten geworden. Er trägt einen Panamahut und ein weites Baumwollhemd. Darunter ist ein Monitor an seine Brust geschnallt, der ihm seine Herzfrequenz und die zurückgelegte Strecke aufs Handy sendet.

»Gibt es eine Ziellinie?«, frage ich, als wir den Teich zum zweiten Mal passieren.

»Eine Stunde maßvolle Bewegung pro Tag.«

»Und danach den Kanal durchschwimmen?«

»Ich hatte an den Everest gedacht.«

Er hat abgenommen. Er gibt dem Krankenhausessen die Schuld, aber ich glaube, seit seiner kurzen Begegnung mit der eigenen Sterblichkeit ernährt er sich bewusster. Außerdem ist er philosophischer geworden. Vielleicht hat er zu Gott gefunden, was, wenn sonst niemanden, zumindest meine Mutter freuen würde.

Wenn er müde wird, ruhen wir auf einer verrosteten Schaukel aus und schwingen im Rhythmus der ächzenden Angeln hin und her. Wir plaudern über Vögel und Blumen, was seltsam ist, weil ich ihn nie für einen Naturliebhaber gehalten habe. Aber auch das könnte etwas mit seinem Herzinfarkt zu tun haben.

»Kannst du mich auf einen Ausflug begleiten?«, fragt er, als ich ihm auf einer Bank in der Nähe des Wintergartens helfe, seine Wanderschuhe aufzuschnüren.

»Darfst du das Haus verlassen?«

»Es wird nicht lange dauern.«

Der Range Rover wird gerufen. Ich erkenne den Fahrer wieder, Tony, der Constance zu meinem Haus chauffiert hat, damals, als sie mich anflehte, zu der Geburtstagsfeier zu kommen.

Er hält mir die Wagentür auf und nennt mich »Miss«. Ich rutsche auf die Rückbank und ziehe den Saum meines eher kurzen Rockes herunter. Tonys Blick bleibt starr auf den Horizont geheftet, was entweder Professionalität oder Selbsterhaltung sein könnte. Schließlich bin ich die Tochter des Bosses.

Wir fahren mit offenen Fenstern, weil Daddy gern die Luft riecht, die schwer, schwül und dunstig von Pollen ist. In Woolwich stellen wir uns in eine Schlange von Lkw und Pkw, die auf die Fähre warten. Männer in gelben Westen lotsen die Fahrzeuge auf Spuren, wo sie Stoßstange an Stoßstange parken. Die Fahrt über die Themse dauert nur ein paar Minuten, dann stößt die Fähre an das Dock auf der anderen Seite, Rampen werden heruntergelassen.

Eine Viertelstunde später parkt der Range Rover vor einem Bauzaun in der Barking Road. Eine Frau erwartet uns. Sie ist Mitte fünfzig, mit kurzem Haar und fleckiger Haut. Sie drückt eine Zigarette aus und küsst meinen Vater auf beide Wangen.

»Sophia, das ist meine Tochter Philomena.«

»Ich kann mich an dich erinnern«, sagt sie. »Du warst nur so groß.« Sie hält ihre Hand in Hüfthöhe.

»Sophia war früher meine Sekretärin.«

Sie schnalzt abschätzig. »Ich habe Ihr Büro geputzt.«

»Du hast das Telefon beantwortet.«

»Ich habe für Sie gelogen.« Sie setzt eine vornehme Stimme auf. »Mr McCarthy ist gerade gegangen. Mr McCarthy ist in einer Sitzung. Mr McCarthy hat den Scheck heute Morgen in die Post gegeben.«

Beide kichern mit wehmütigem Blick.

»Was ist das hier?«, frage ich und versuche, durch eine Lücke in dem Zaun zu spähen.

»Das alte Royal Picture Place, erbaut 1911«, sagt Daddy.

Sophia gibt ihm einen Satz Schlüssel, und er schließt ein Vorhängeschloss auf, löst die Kette. Die Holztür öffnet sich nach innen. Wir zwängen uns zwischen zwei Baucontainern und Paletten mit Gipsplatten hindurch.

Das Kino hat eine Art-déco-Fassade mit Säulenreihen zu beiden Seiten der großen Doppeltür und einem Oberlicht aus buntem Bleiglas. Daddy entriegelt eine Seitentür, die auf steifen Angeln aufschwingt. Ich spähe ins Halbdunkel und rieche Schimmel und Verfall.

Als wir das Gebäude betreten, frage ich mich, ob der Boden wirklich unser Gewicht tragen wird oder ob wir einbrechen und im Keller landen werden. Ich folge meinem Vater und trete buchstäblich in seine Fußstapfen, bis wir die Eingangshalle erreicht haben, wo Teppiche herausgerissen und auf Haufen geworfen worden sind. Kaputte Lampenfassungen baumeln von der Decke, Kabel ragen aus Wandsteckdosen. Eine Süßwarentheke ist mit herabgebröckeltem Putz und Schutt bedeckt, die Glasscheibe des alten Kassenhäuschens zersplittert.

»Früher nannte man es das ›elektrische Theater‹«, sagt Daddy. »Die Leute haben um den ganzen Block Schlange gestanden, um Stummfilme zu sehen, die auf dem Klavier begleitet wurden.«

»So alt bist du nun auch wieder nicht.«

»Ich habe mir die Geschichten erzählen lassen. Meine Eltern, deine Großeltern, haben sich auf dem Bürgersteig vor dem Kino kennengelernt. Sie war eine jüdische Näherin aus Finchley. Mein Dad hat seine Schwester, meine Tante Beryl, als Anstandswauwau begleitet. Sie war sechzehn und hatte den Ruf, verrückt nach Jungs zu sein. Er traf meine Mutter, die in der Schlange wartete, sie saßen in derselben Reihe und haben sich Frank Sinatra in *Verdammt sind sie alle* angeguckt. Ein Jahr später haben sie geheiratet.«

Seine Stimme klingt belegt.

»Ich bin auf dem Weg zur Schule immer hier vorbeigekommen. Und meinen ersten Teilzeitjob hatte ich in einer Eisenwarenhandlung, zwei Straßen von hier entfernt.«

»Wie lange ist das Kino schon mit Brettern vernagelt?«

»In den Neunzigern wurde das Foyer in eine Bingo-Halle umgewandelt, später dann in einen Billard-Club, aber der Zuschauerraum steht seit zwanzig Jahren leer.«

»Wem gehört es?«

»Mir.«

Wir betreten den Hauptvorführsaal, einen riesigen Raum mit abschüssigem Boden zu einer Bühne hin, deren Leinwand zerfetzt ist. Die meisten Sitze sind noch vorhanden, doch einzelne sind auch abgebrochen oder fehlen ganz, wie verfaulte Zähne. Der Stuck hoch über uns ist mit Schimmel bedeckt, Tauben flattern durch ein Loch in der Decke.

»Was willst du mit einem Kino?«, frage ich.

»Ursprünglich wollte ich es in Luxuswohnungen umwandeln, aber ich habe es mir anders überlegt.«

»Du willst es abreißen.«

»Nein. Ich werde es wieder zum Leben erwecken. Finanziell

ergibt das zwar keinen Sinn – kleine, unabhängige Kinos gehören zu einer aussterbenden Gattung –, aber es muss sich ja nicht immer alles um Geld drehen.«

»Wenn du es wieder aufbaust, werden die Leute kommen.«

»*Feld der Träume*.«

Ich blicke mich in dem Zuschauerraum um, betrachte die abblätternden Tapeten, verrosteten Verteilerkästen und die Reste einer grünen Kuppel aus Kupfer an der Decke, die von Altmetallplünderern demontiert wurde.

»Warum hast du mich hierhergebracht?«

»Ich dachte, du würdest mir vielleicht gern helfen.«

»Ich?«

»Du könntest die Restaurierung leiten. Mit den Fachleuten sprechen.«

»Ich habe keine Erfahrung.«

»Du könntest alles nebenher lernen, ›on the job‹ sozusagen.«

»Ich habe bereits einen Job«, will ich sagen, als mir klar wird, was er vorhat.

»Gespräche mit Anwälten sollten vertraulich sein«, presse ich wütend hervor.

»Es war nicht Helgarde.«

Ich will schon widersprechen, als mir klar wird, wie weit der Einfluss meines Vaters reicht – er könnte die Neuigkeit von beliebig vielen Menschen erfahren haben. Im selben Atemzug frage ich mich, ob sein Einfluss auch so weit reicht, dass er meine Karriere retten könnte, doch ich verwerfe den Gedanken gleich wieder. Keiner von uns beiden könnte sich die Konsequenzen leisten, wenn es publik würde.

»Ich brauche keine Hilfe bei der Jobsuche«, sage ich, bemüht ruhig.

»Die haben dich nicht verdient«, sagt er.

»Einige vielleicht nicht. Aber die meisten sind gute Menschen.«

Wir gehen in den Vorführraum, wo sich Zelluloidschnipsel auf dem Boden rollen und in einem Regal Terminkalender aneinanderreihen, in denen jeder Film verzeichnet ist, der innerhalb von siebzig Jahren in dem Kino gezeigt wurde. Sie sollten wertvoll sein, sind es aber wahrscheinlich nicht.

Ich spähe durch das Projektionsfenster auf die Leinwand und stelle mir vor, wie das Kino war, als hier noch Lachen oder schockierte »Ohs« und »Ahs« widerhallten.

»Ist Darren Goodall korrupt?«, frage ich.

Mein Vater hebt und senkt die Schultern. »Es gibt Gerüchte.«

»Du würdest es doch bestimmt wissen.«

»Warum? Weil du glaubst, dass ich Leute wie ihn besteche?«

»Ja.«

Die Grobheit der Antwort scheint seine Gefühle zu verletzen. Er wippt gequält auf den Fersen und scheint Schwierigkeiten mit dem Atmen zu haben. Ich fasse seinen Ellbogen, um ihn zu stützen, ziehe ihm einen Stuhl heran und fordere ihn auf, sich zu setzen, doch er weigert sich.

»In den guten alten Zeiten war alles so viel einfacher. Wir haben Lkw gekapert. Wir haben die Ware verkloppt. Wir haben Beamte im Office of Fair Trading bestochen.«

»Du hast gegen Gesetze verstoßen.«

»Okay, aber wir wussten, auf welcher Seite des Gesetzes wir stehen.«

»Deine Brüder haben zehn Jahre im Gefängnis gesessen.«

»Ich wünschte, ich könnte das ändern.«

Ich fasse seinen Arm, und wir gehen zurück zum Wagen.

»Ich möchte etwas für dich tun«, erklärt er den Ausflug.

»Ich brauche nichts.«

»Wir brauchen alle etwas, Philomena. Du weißt nur noch nicht, was.«

41

Heute Morgen ist ein Brief mit dem Termin für meine Anhörung wegen Dienstvergehens angekommen. Normalerweise sind die Verfahren öffentlich, doch dieses wird ohne Zeugen hinter verschlossenen Türen stattfinden. Die Met will jedes öffentliche Interesse vermeiden.

Vielleicht hat Helgarde recht, und ich sollte mit Goodalls Geschichte von häuslicher Gewalt und den Bemühungen des korrupten Systems, ihn zu schützen, an die Öffentlichkeit gehen. Doch ich bin sicher, Drysdale ist darauf vorbereitet. Höchstwahrscheinlich würde er eine Geschichte über meine familiären Verbindungen durchsickern lassen, und die Boulevardpresse würde sich lustvoll auf die Tochter eines Gangsters stürzen, die die Met getäuscht hat und Polizistin geworden ist – ein Wilderer, der Wildhüter geworden ist. Die Wahrheit würde das erste Opfer sein.

Henry wäre es lieber, wenn ich meinen Job aufgebe. Es ist okay, dass er in brennende Gebäude stürmt und Katzen von Bäumen rettet, aber er will nicht, dass ich eine Stichschutzweste trage und mich in Gefahr begebe – nicht, wenn der Dank dafür so aussieht.

Wir haben immer noch die Hochzeit, auf die wir uns freuen können, was bedeutet, dass wir den Hochzeitswalzer üben müssen. Jedes Mal, wenn wir die Möbel beiseiteschieben und ein paar Runden drehen, endet das mit einem großen Gekicher, was eine bombensichere Methode ist, mich ins Bett zu kriegen. Da sind wir jetzt und liegen Arm in Arm nebeneinander.

»Ich habe nachgedacht. Warum verreisen wir nicht einfach?«, sagt Henry.

»Wann?«

»Sofort.«

»Aber wir heiraten in zwei Wochen.«

»Wir könnten durchbrennen. Du hast doch immer davon geredet, mal ein Jahr frei zu nehmen und Abenteuer zu erleben. Wir könnten mit dem Motorrad quer durch Amerika fahren oder nach Australien fliegen. Du hast doch diese Freundin in Melbourne – Jacinta. Du hast immer gesagt, dass wir sie besuchen sollten. Jetzt ist unsere Gelegenheit.«

»Das werden wir. Eines Tages.«

Er wird still.

»Was ist los?«

»Nichts.«

»Ist es wegen meiner Familie?«

»Nein.«

»Hast du Zweifel?«

»Nicht deinetwegen«, sagt er. »Das nie.«

»Was dann?«

»Wenn wir jetzt weggehen, könntest du die Anhörung vermeiden. Du könntest kündigen. Der Polizei den Rücken kehren.«

»Aufgeben, meinst du.«

»Die Met will dich nicht, Phil. Das haben sie nun wirklich klargemacht.«

Ich schlucke Luft, die mir als Kloß im Hals stecken bleibt.

»Ich habe nichts Verkehrtes getan«, flüstere ich.

»Ich weiß, aber wenn du wieder angestellt wirst, werden sie dir das Leben zur Hölle machen. Da kannst du sicher sein.«

Genau das Gleiche habe ich zu Helgarde gesagt, aber es ist hart, es von Henry zu hören. Ich brauche ihn in meiner Ecke, wo er mir sagen soll, dass ich immer noch gewinnen kann.

»Ich will eine richtige Hochzeit«, flüstere ich. »Ich will, dass mein Vater mich zum Altar führt, meine Mutter für einen Tag einen Waffenstillstand erklärt und Archie die Ringe trägt.«

»Okay – aber danach könnten wir aufbrechen.«

»Was ist mit dem Haus?«

»Wir vermieten es.«

»Mein Pass könnte abgelaufen sein.«

»Beantrage einen neuen.«

Er hat ein leicht rätselhaftes Lächeln im Gesicht.

»Was verschweigst du mir?«

Er beugt sich zur Seite, zieht die Nachttischschublade auf und nimmt einen Umschlag heraus. Darin befinden sich zwei British-Airways-Voucher.

»Gebucht und bezahlt.«

»Für wann?«

»Wann immer du bereit bist.«

Mein Telefon macht einen Ping-Ton. Carmen hat mir eine Textnachricht geschickt und fragt, wo ich bleibe. Wir wollten zusammen einen Kaffee trinken. Eine weitere verpasste Verabredung. Ich lasse die Dinge schleifen.

Doch sie lässt sich nicht abwimmeln. Wir treffen uns in einem Café in Barnes, in der Nähe ihrer Buchhandlung. In dem Park auf der anderen Straßenseite wippen Mütter ihre Kinderwagen, Kleinkinder füttern Enten, und eine Gruppe alter Leute macht Tai-Chi im Schatten der Bäume. Diese Ecke von London fühlt sich an wie ein Dorf und nicht wie ein Teil des urbanen Puzzles.

Carmen schwankt, als sie sich auf die Füße rappelt und wir uns umarmen. Ihr schwangerer Bauch drückt gegen meinen.

»Ich fühle mich wie ein Wal.«

»Bist du nervös?«

»Eigentlich nicht.«

»Das ist das, was du immer wolltest – einen Mann, ein schönes Haus, eine Familie.«

»Bin ich deshalb seltsam? Manche Frauen glauben, wenn man sich für eine Familie statt für eine Karriere entscheidet, würde man sich dem Patriarchat anpassen. Seine Unabhängigkeit aufgeben.«

»Hör einfach nicht auf Georgia.«

»Es ist nicht nur sie. Neulich war ich beim Schwangerschaftskurs, und einige Frauen haben darüber geredet, wie schnell sie wieder anfangen wollen zu arbeiten. Als ich gesagt habe, ich würde zu Hause bleiben, haben sie mich angeguckt, als wäre ich eine der Frauen von Stepford. Wie sollen wir Frauen da jemals gewinnen? Entweder wir haben ein schlechtes Gewissen, weil wir wieder arbeiten gehen und entscheidende Entwicklungsschritte unseres Kindes verpassen, oder wir fühlen uns schuldig, weil wir die Schwesternschaft verraten.«

»Du denkst zu viel darüber nach.«

»Du würdest deine Karriere nicht aufgeben.«

Welche Karriere?

Wir wechseln das Thema. Georgia organisiert einen Mädelsabend, den ich nicht Junggesellinnenabschied nennen will, weil ich mir nichts Ausschweifendes, sondern etwas Stilvolles wünsche. Wenn mich jemand auffordert, Feenflügel, passende T-Shirts oder einen albernen Hut zu tragen, werde ich die entsprechenden Hochzeitseinladungen widerrufen.

»Ist es okay, wenn wir Tempe nicht einladen?«, fragt Carmen

und sieht mich verlegen an. »Es ist bloß ... sie ist eigentlich keine alte Freundin oder Teil von ...«

»Unserer Gang?«, schlage ich vor.

»Ja.« Sie atmet tief ein. »Die anderen Mädchen finden, sie hat etwas von einer Karen.«

»Sie ist doch gar nicht sonderlich anspruchsvoll oder schrill.«

»Nein, aber sie kommt mir irgendwie falsch vor. Die Geschichten, die sie erzählt. Ihre Bemerkungen. Sie sind immer ein bisschen daneben.«

»Sie strengt sich an, gemocht zu werden.«

»Vielleicht ist das ja das Problem. Weißt du noch, wie Sara sich vor einer Weile die Haare hat schneiden und färben lassen und alle gesagt haben, wie gut sie aussieht? Tempe ist losgegangen und hat sich die Haare genauso frisieren und tönen lassen.«

»Sie ist zu derselben Frisörin gegangen.«

»Findest du das nicht merkwürdig?«

»Okay, ja, ich kann verstehen, dass sie nicht jedermanns Typ ist – aber Tempe hat so viel für mich getan.«

»Ich finde, wir sollten eine Regel einführen, was das Einladen von neuen Menschen in unsere Gruppe betrifft.«

»Was für eine Regel?«

»Dass wir sie abwählen können.«

»Wir sind hier doch nicht bei *Survivor*«, erwidere ich lachend. »Und ich kann Tempe nicht sagen, dass sie verschwinden soll – nicht bis nach der Hochzeit.«

»Okay, aber wir müssen ihr ja nichts von unserem Mädelsabend erzählen. Wir posten einfach nichts in den sozialen Netzwerken. Keine Fotos. Keine Tweets. Was sie nicht weiß, kann ihr nicht wehtun.«

Ich stimme bereitwillig zu, spüre jedoch einen Anflug von schlechtem Gewissen. Es ist, als wäre ich wieder neun Jahre alt und würde merken, dass ich das einzige Mädchen aus meinem Tanzkurs bin, das nicht zu Erica Horners Eislaufparty eingeladen ist. Ich weiß bis heute nicht, was ich getan hatte, um Erica zu verärgern, aber deswegen habe ich mit dem Tanzen aufgehört und mit Karate angefangen.

Jahre später bin ich ihr zufällig in der Victoria Station begegnet, wo sie auf einen Zug der Circle Line wartete. Mein Herz fing an zu rasen, und ich war wieder ein Kind, das akzeptiert werden wollte. Erica lächelte freundlich und umarmte mich. Der Zug kam. Wir setzten uns nebeneinander und machten Smalltalk über die Uni und unsere Familien. Ich wollte sie unbedingt fragen, warum sie mich nicht zu der Party eingeladen hatte, aber das kam mir kindisch vor – als würde ich einen Groll hegen, den ich schon vor Jahren hätte überwinden sollen. Als der Zug in der Station Blackfriars einfuhr, tauschten wir eilig unsere Telefonnummern aus und sprachen davon, uns bald mal auf einen Kaffee zu treffen, doch als ich mit der Rolltreppe ans Tageslicht hochfuhr, sah ich noch einmal auf ihre Kontaktdaten und drückte auf Löschen.

Seit dem Zwischenfall mit der Geschirrspülmaschine bin ich Tempe aus dem Weg gegangen. Carmen hat recht – irgendwas an ihr ist nicht ganz echt. Vielleicht ist es ihre Art, sich in schlechte Nachrichten förmlich hineinzuknien, all die richtigen Laute von sich zu geben, aber trotzdem nie vollkommen aufrichtig zu klingen. Dann wieder überschlägt sie sich beinahe, Nettigkeiten über meine Freundinnen zu sagen, doch ihre Bemerkungen haben häufig einen kleinen Stachel oder eine Doppeldeutigkeit, die an passive Aggression grenzt.

Tempe hat bemerkt, dass ich mich zurückziehe. Sie hinterlässt in einer Tour Nachrichten und fragt, ob irgendwas nicht stimmt. Ich habe ihr erklärt, dass ich gerade viel um die Ohren habe und einfach ein bisschen Zeit für mich brauche. Ich möchte sagen, »es liegt nicht an dir, sondern an mir«, aber das steht auf der Liste jämmerlicher Ausreden ganz weit oben.

Es ist schwer, weil die Hochzeit am Sonntag in einer Woche stattfindet und wir noch die Sitzordnung festlegen, die Generalprobe planen und hundert verschiedene Kleinigkeiten entscheiden müssen, die alle ein Teil des Ganzen sind.

Eine weitere Komplikation besteht darin, dass morgen Tempes Mutter eintrifft. Elsa hat mich alle paar Tage angerufen und nach »ihrer Maggie« gefragt. Sie klingt immer wahnsinnig fröhlich und ist zum Plaudern aufgelegt, und dennoch höre ich die Erleichterung in ihrer Stimme, wenn ich ihr berichte, dass es Tempe gut geht und sie weiterhin an derselben Adresse wohnt. Sie hat das Wort »wir« verwendet, was mich vermuten lässt, dass Mr Brown auch kommt.

»Warum ist Maggie eigentlich weggelaufen?«, habe ich sie bei unserem letzten Telefonat gefragt.

»Es war ein Missverständnis.«

»Ein Streit?«

»Etwas in der Art. Spricht sie je über mich?«

»Eigentlich nicht.«

»Nimmt sie ihre Medikamente?«

»Welche Medikamente?«

Nach kurzem Schweigen sagte sie: »Gegen ihre Angstzustände. Aber darüber sollte ich eigentlich nicht sprechen. Ich erkläre es, wenn wir uns treffen.«

42

Das Flugzeug landet zwanzig Minuten zu spät. Am Ende der Absperrung sind Chauffeure und Taxifahrer versammelt, die Klemmbretter oder handgeschriebene Schilder mit Passagiernamen oder Firmenlogos hochhalten. Von einem borge ich mir einen Filzstift und einen Zettel, auf den ich in Großbuchstaben *Elsa Brown* schreibe. Das halte ich über meinen Kopf, bis ein Mann vor mich tritt.

»Philomena McCarthy?«

»Ja. Sind Sie Mr Brown?«

»Nein. Ich bin Dr. Thomas Coyle.«

»Das verstehe ich nicht.«

»Elsa hielt es für das Beste, wenn ich statt ihrer komme. Ich bin Psychiater. Ich habe Maggie in Belfast behandelt.«

Er ist so groß, dass ich aufblicken muss, um sein Gesicht zu sehen. »Warum? Was hatte sie?«

»Können wir an einem privateren Ort darüber sprechen?«

Es folgt ein verlegenes Schweigen. Ich spiele mit meinen Wagenschlüsseln.

»Warum hat Elsa es mir nicht erzählt?«

»Wir hatten Sorge, dass Sie Maggie alarmieren und wir sie ein weiteres Mal verlieren.«

Wieder dieser Satz.

»Verlieren Sie sie öfter?«

»Vielleicht eine unglückliche Wortwahl.«

Er ist Anfang vierzig mit grau meliertem Haar und einem

Körper, der aus nicht passenden Einzelteilen zusammengesetzt zu sein scheint und sich ausbeult, wo er sich verjüngen sollte, aber seine Augen sind groß, braun und voll wacher Intelligenz. Er trägt ein bis zu den Ellbogen hochgekrempeltes Baumwollhemd, eine weite braune Hose und Schnürschuhe. Über seinem Arm hängt ein zerknittertes Leinenjackett.

Mein Fiat steht auf dem zweiten Deck des Parkhauses. Er fühlt sich kleiner an als sonst, weil Dr. Coyles Knie das Armaturenbrett berühren und sein Kopf das Dach.

»Fahren wir zu der Adresse?«, fragt er, als wir den Schlagbaum passieren.

»Zuerst möchte ich ein paar Antworten. Ich habe Elsa gesagt, dass ich Tempes Adresse nicht ohne ihre Erlaubnis herausgeben würde, es sei denn, ich hätte das Gefühl, dass es in ihrem Interesse ist.«

»Das ist es«, sagt er entschieden.

»Warum ist nicht Elsa gekommen?«

»Maggie hat ein zwiespältiges Verhältnis zu ihren Eltern, seit sie einmal ihre Zwangseinweisung akzeptiert haben.«

»Ist Tempe gefährlich?«

Coyle reagiert keineswegs überrascht, sondern eher interessiert. »Weshalb fragen Sie?«

»Normalerweise werden Menschen zwangseingewiesen, wenn sie eine Gefahr für sich oder andere darstellen.«

Er denkt kurz darüber nach und tätschelt seinen Bauch.

»Haben wir Zeit zum Frühstücken? Ich bin völlig ausgehungert.«

Ich gehe mit ihm in ein Café in Richmond mit Blick auf den Fluss. Die Tische draußen haben Sonnenschirme und Holzkästen für Besteck und Gewürze. Die Servietten sind mit bemalten Steinen beschwert.

Dr. Coyle hat eine seltsame Art, die Luft zwischen den Zähnen einzusaugen, während er die Speisekarte studiert, als würde er sich vorstellen, wie jedes Gericht schmeckt, bevor er seine Bestellung abgibt. Unsere Kaffees kommen. Er reißt ein Zuckertütchen auf, gibt jedoch nur ein paar Körner in seine Tasse. In der Stille hört man Besteckgeklapper und das Zischen eines Milchaufschäumers.

Coyle nimmt ein kleines Notizbuch aus der Tasche seines Leinenjacketts und schreibt etwas auf.

»Wollen Sie sich Notizen machen?«, frage ich.

»Stört Sie das?«

»Mir wäre es lieber, Sie würden meine Fragen beantworten.«

Er legt das Notizbuch weg.

»Ich habe Maggie Brown im Rathlin Ward in Belfast kennengelernt, einer Akutklinik für Menschen mit schweren psychischen Problemen. Maggie war neunzehn, als sie zum ersten Mal dort aufgenommen wurde, und hat in den folgenden acht Jahren drei weitere Aufenthalte dort verbracht.«

»Was ist ihr Problem?«

»Über Details ihrer Erkrankung darf ich nicht sprechen.«

»Was können Sie mir sagen?«

»Maggie hat die Klinik vor achtzehn Monaten unerwartet verlassen. Wir standen kurz vor einem Durchbruch, aber gerade dann sind Patienten manchmal am verwundbarsten, weil sie sich ungeschützter und ausgesetzter fühlen. Sie ist auf eigene Verantwortung entlassen worden und dann verschwunden. Wir wissen, dass sie eine Fähre über die Irische See nach Liverpool und einen Zug nach London genommen hat. Danach haben wir ihre Spur verloren.«

»Wurde die Polizei eingeschaltet?«

»Nein. Aber ihre Eltern haben einen Privatdetektiv engagiert, mit begrenztem Erfolg. Bis Sie angerufen haben, hatte Elsa begonnen zu fürchten, dass sie Maggie nie finden würde. Oder schlimmer, dass ihre Tochter tot sein könnte.«

»Warum wollen Sie sie so unbedingt zurückholen?«

Coyle hat seine Serviette gefaltet und wieder entfaltet. »Sie nennen sie Tempe, richtig?«

Ich nicke.

»Hat Tempe je eine Mallory Hopper erwähnt?«

»Sie waren Freundinnen.«

»Eine Zeitlang, ja. Mallorys Mutter nannte ihre Beziehung eine ›Freundschaft für die Ewigkeit‹, doch sie hielt nur ein Jahr. In dieser Zeit wurde Tempe zur wichtigsten Person in Mallorys Leben. Sie hat sie beschützt. Sie hat einen Kokon um sie gesponnen. Aber irgendwann wurde Mallory Tempes Aufmerksamkeiten überdrüssig, weil sie so überwältigend waren. Tempe hat Freundinnen nicht kennengelernt, sie hat sie *besessen*. Sie hat sie als Geisel genommen.« Coyle beobachtet mich, während er spricht, und liest meine Reaktionen.

»Tempe spürte, dass Mallory das Interesse an ihr verlor. Das Licht war zwar nicht erloschen, aber schwächer geworden, und Tempe wurde eifersüchtig. Sie hatte das Gefühl, sie sei es gewesen, die Mallory neues Selbstvertrauen gegeben und sie strahlender gemacht hatte, bis andere Mallory ebenfalls bemerkten und mit ihr um ihre Aufmerksamkeit konkurrierten.

Eine Facebook-Seite mit ein paar hässlichen Dingen über Mallory tauchte auf. Tempe half ihr, sie löschen zu lassen. Mallory war dankbar. Und als jemand ihren Spind in der Schule aufbrach und mit schrecklichen Lügen über ihre Brüder beschmierte, wischte Tempe das meiste weg, bevor Mallory das Schlimmste sehen konnte.«

Unsere Bestellung wird serviert. Coyle hat sich für ein Full English Breakfast entschieden. Daneben wirkt mein getoastetes Rosinenbrot ziemlich kümmerlich. Er macht eine Pause, schneidet sein Würstchen, den Bacon und die gegrillte Tomate in Stücke und arbeitet sich auf seinem Teller von rechts nach links vor, bevor er ihn um fünfundvierzig Grad dreht und das Ganze wiederholt. Dann tropft er braune Soße auf sein Essen und isst mit der Gabel in der rechten Hand weiter.

»Eines Tages war Mallory allein in Tempes Zimmer und entdeckte die Skizzen – Hunderte, die meisten aus dem Gedächtnis gezeichnet, aber einige auch nach dem lebenden Modell. Die Bilder, auf denen sie schläft, haben Mallory am meisten beunruhigt. Die Vorstellung, dass Tempe in diesen Stunden neben dem Bett gesessen und sie porträtiert hatte.«

Während er das sagt, habe ich das Gefühl, jemand würde mit einem Eiswürfel über mein Rückgrat streichen und ihn über jeden einzelnen Wirbel rollen.

»Mallory hat Tempe vorgeworfen, sie wolle ihre Seele stehlen, wie eine Eingeborene, die fürchtet, die Kamera eines Touristen könnte mehr festhalten als eine Ähnlichkeit. Tempe hat sich verteidigt. Sie habe es aus Liebe getan. Sie wollte niemandem wehtun. Mrs Hopper rief die Polizei.

Für den Rest jenes Sommers beobachtete Tempe Mallory aus der Distanz. Sie folgte ihr auf dem Weg zu ihrem Ferienjob in einem Supermarkt und zurück. Sie versteckte sich im Gebüsch eines Abstellgleises, von dem aus sie einen Blick auf Mallorys Schlafzimmer hatte. Sie fuhr mit ihrem Fahrrad auf der Straße vor Mallorys Haus auf und ab.

Im September begannen beide ein Studium an der Universität in Belfast, doch Mallory wechselte nach dem ersten Semester das Studienfach, weil Tempe ständig in ihren Vorlesungen und

Seminaren auftauchte. Als Mallory von zu Hause auszog, fand Tempe heraus, wo sie lebte, brach eines Nachts in das Haus der Wohngemeinschaft ein und legte eine Zeichnung auf Mallorys Kopfkissen. Andere Skizzen wurden im Umfeld der Universität aufgehängt. In einigen fehlten die Augen, in anderen die Ohren oder die Nase. Noch vor Ende des ersten Studienjahres verließ Mallory das College und versteckte sich.«

Coyle hat die ganze Zeit über weitergegessen und tupft sich jetzt mit der gefalteten Serviette Eigelb aus den Mundwinkeln.

»Tempe leidet unter etwas, das als Weißer-Ritter- oder auch Helden-Syndrom bekannt ist. Ihr Selbstwertgefühl gründet sich auf ihre Fähigkeit, die Probleme anderer Menschen zu lösen, deshalb hat sie sich auf Mallory Hopper fixiert. Dieses zwanghafte Bedürfnis, in einer intimen Beziehung der Retter zu sein, ist häufig eine Vermeidungsstrategie des Rettenden, sich nicht mit seinen eigenen Problemen auseinanderzusetzen. Indem Tempe diese Probleme auf andere projiziert, versucht sie, sich im Grunde stellvertretend selbst zu retten.

Dieses Syndrom geht in der Regel zurück auf frühe Erfahrungen, die bei dem Weißen Ritter ein Gefühl der Beschädigung oder Schuld hinterlassen haben. Häufig gibt es eine Vorgeschichte von Verlust oder Vernachlässigung. Tempe ist sensibel und empathisch, deshalb ist sie sehr gut darin, sich in andere Menschen hineinzuversetzen. Es bedeutet aber auch, dass sie diese Fähigkeit nutzen kann, um andere zu kontrollieren und zu verletzen.«

»Sie sagten, sie sei zwangseingewiesen worden.«

»Sie wurde wegen Brandstiftung in Mallory Hoppers Haus verhaftet.«

»Wurde irgendjemand verletzt?«

»Die Familie konnte sich retten. Tempe hat es zunächst geleugnet, doch die Polizei hatte Aufnahmen von Überwachungskameras, die Tempe beim Befüllen eines Kanisters an einer Tankstelle zeigen; außerdem fand man Spuren von Brandbeschleuniger an ihrer Kleidung. Die nächsten zwei Jahre verbrachte Tempe im Rathlin Ward. Sie hatte mehrere psychotische Episoden, die jedoch mithilfe von Medikamenten unter Kontrolle gebracht werden konnten. Seither waren ihre Aufenthalte freiwillig.«

»Warum ist sie weggelaufen?«

»Mallory Hopper hat sich vor achtzehn Monaten das Leben genommen. Sie ist von einer Überführung auf die A12 gesprungen.«

Mir stockt der Atem. »Dafür können Sie doch gewiss nicht Tempe verantwortlich machen.«

»Mallory hat einen Abschiedsbrief hinterlassen, in dem steht, was ihr widerfahren ist. Selbst als Tempe in Rathlin war, hat sie Wege gefunden, Mallory Nachrichten zu schicken. Sie hat Zeichnungen und Briefe herausgeschmuggelt, in denen sie Mallory sagte, dass sie eines Tages zusammen sein würden.«

Ich vergleiche die Geschichte mit meiner eigenen Situation. Tempe hat mich nicht aus einer Trauer gerettet, aber irgendetwas hat sie zu mir hingezogen, und nun weigert sie sich loszulassen.

»Was passiert jetzt?«, frage ich.

»Sie bringen mich hoffentlich zu ihr.«

43

Ich drücke auf den Klingelknopf der Gegensprechanlage. Tempe antwortet.

»Ich bin's«, sage ich. »Können wir reden?«

Die Haustür wird automatisch geöffnet, ich blicke die Treppe hinauf und erwarte, Tempe auf dem Absatz stehen zu sehen. Wir erklimmen die Stufen, klopfen. Die Tür wird schwungvoll aufgerissen. Tempes Lächeln erlischt, als sie Coyle hinter mir stehen sieht.

»Hallo, Maggie«, sagt er.

Ich erwarte Überraschung oder Wut. Stattdessen sehe ich Angst. Sie macht einen Schritt zurück und schüttelt den Kopf.

»Nein. Nein. Ich gehe nicht. Sie können mich nicht zwingen.«

»Kann ich reinkommen?«, fragt er sanft.

»Wie haben Sie mich gefunden?«

Ihr Blick wandert zu mir, und sie braucht keine Antwort.

Wir sitzen in dem Wohnzimmer, das mir mit einem Mal sehr klein vorkommt. Tempe sieht aus, als wäre sie bereit, die Wände einzureißen, um zu entkommen.

»Ich möchte nur reden«, sagt Coyle. Er wendet sich mir zu. »Sie können jetzt gehen.«

»Bitte geh nicht«, sagt Tempe. »Beschütze mich.«

Coyle wirkt gekränkt. »Du kannst nicht immer weiter Geschichten erfinden, Maggie.«

»Nennen Sie mich nicht Maggie.«

»Magst du das nicht?«

»Davon könnte ich kotzen. Es ist der Name meiner Mutter für mich.«

»Und der, der auf deiner Geburtsurkunde steht.«

Ich lungere immer noch an der Tür herum, unsicher, was ich tun soll.

»Nimmst du deine Medikamente?«, fragt er.

»Nein. Sie vergiften meinen Verstand.«

»Sie sollen dir helfen.«

»Haben Sie deshalb auch mein Gehirn gezappt?«

Dr. Coyle breitet seine Handflächen aus. »Du hast eine Elektrokonvulsionstherapie bekommen. Du hast deine Einwilligung gegeben.«

»Ich wurde hereingelegt.«

»Du warst depressiv. Selbstmordgefährdet.«

»Sie haben mich so gemacht«, sagt Tempe, triefend vor Selbstmitleid. »Sie haben versucht, mich zu kontrollieren – haben mir gesagt, was ich denken und machen soll. Aber jetzt bin ich glücklich.«

»Warum bist du glücklich?«

»Ich habe Freundinnen.« Sie sieht mich hoffnungsvoll an.

»Was macht dich sonst noch glücklich?«

Es ist eigentlich eine ganz einfache Frage, aber beinahe unmöglich zu beantworten. Glück ist nicht objektiv, nicht messbar und lässt sich auch nicht in einer Tabelle oder Grafik darstellen.

Tempe hockt mit geschlossenen Augen auf der Kante eines Sessels. Sie macht kurze hektische Atemzüge, als würde sie gegen einen Schmerz ankämpfen. Ich komme mir vor wie eine Voyeurin, die ihren Kummer stört, aber gleichzeitig will ich bleiben und mehr erfahren. Mir fallen die feinen Härchen an ihren Armen auf, der Fetzen getrocknete Haut am Rand ihres

Fußes, der lose Faden in ihrem Pullover, ihr leicht verschmiertes Mascara. Alles an ihr scheint jetzt deutlicher konturiert: ein problembeladenes Mädchen, aus dem eine problembeladene Frau geworden ist. Nicht länger ein Geschöpf der Einbildung, aber immer noch ein Rätsel.

Tempe reißt die Augen auf und streckt den Arm zu mir aus. »Was immer er dir erzählt hat, es ist nicht wahr – nicht mehr. Mir geht es jetzt besser.«

Sie fängt an zu weinen. Ich frage Coyle, ob ich ihn kurz unter vier Augen sprechen kann. Er folgt mir in die Küche.

»Ich mache mir Sorgen darüber, was als Nächstes passiert«, flüstere ich.

Coyle blickt durch die offene Tür ins Wohnzimmer. »Ich kann sie nicht zwingen, mit mir nach Belfast zu kommen, und ich habe nicht genug Informationen über sie, um sie nach dem Gesetz für psychisch Kranke zwangseinweisen zu lassen, aber wenn sie als freiwillige Patientin zurückkommen würde, könnte ich dafür sorgen, dass sie sicher ist.«

»Was meinen Sie mit ›sicher‹?«

»In einer sicheren Umgebung. In der Nähe ihrer Familie.«

»Sie sprachen über Medikamente. Was hat sie genommen?«

»Wir haben sie mit Neuroleptika behandelt.«

»Was heißt das laienhaft ausgedrückt?«

»Risperidon ist ein Antipsychotikum.«

Er muss meine Gedanken gelesen haben. »Sie würde sich höchstwahrscheinlich eher selbst etwas antun als anderen. Die Medikamente helfen, ihr zwanghaftes Verhalten zu kontrollieren, und unterbrechen negative Gedankenschleifen.«

»Ich glaube, sie hat sich auf mich fixiert.«

Coyle antwortet nicht sofort. »Sie sind offensichtlich eine stärkere Persönlichkeit als Mallory Hopper.«

Sie kennen mich kaum.

»Was passiert, wenn ich weggehe?«

Für einen Moment ist es still. Coyle befeuchtet seine Lippen mit der Zungenspitze.

»Maggie könnte sich jemand anderen suchen, den sie retten kann. Oder versuchen, Sie zurückzugewinnen.«

44

Der Willesden Crown Court ist ein gedrungenes rotes Backsteingebäude in der Acton Lane im Schatten einer katholischen Kirche, die weit großartiger und imposanter ist als das bescheidene Gericht, was die Frage aufwirft, welches Urteil die Menschen mehr fürchten sollten – das irdische oder das himmlische? Metalljalousien schützen die beiden Eingangstüren links und rechts neben einem lebensgroßen Wappen mit einem englischen Löwen und einem schottischen Einhorn, die ein geviertelten Schild stützen. Darunter prangt das Motto: *Dieu et mon droit* (Gott und mein Recht).

Der gepflasterte Vorhof ist voller Menschen, die darauf warten, dass ihr Fall aufgerufen wird. Hier werden Scheidungen und Sorgerechtsanträge entschieden, Ehen beendet, Besitztümer geteilt und Leben entpaart. Endstation. Alle umsteigen.

Alison Goodall wartet auf mich und blickt nervös die Straße hinauf und hinunter, als fürchtete sie, ich könnte es mir anders überlegt und entschieden haben, doch nicht zu kommen. Ich will nicht hier sein, aber sie hat gebettelt, und ich habe es versprochen. Sie beantragt eine einstweilige Verfügung zur Prävention häuslicher Gewalt, die es Goodall achtundzwanzig Tage verbieten würde, Kontakt mit ihr und den Kindern aufzunehmen. Das hätte eigentlich die Polizei für sie erledigen sollen, aber so muss Alison den Antrag als Privatperson stellen.

Als ich näher komme, bemerke ich, dass ihre Mutter sie begleitet. Jenny sieht noch vogelartiger und nervöser aus als sonst und hält ihre Tasche an die Brust gepresst, als hätte sie Angst, von einem Handtaschenräuber überfallen zu werden.

Alison lächelt erleichtert.

»Wo ist dein Anwalt?«, frage ich.

»Ich konnte keinen finden. Ich meine, ich habe es versucht. Ich habe Dutzende angerufen. Aber als ich die Details erläutert habe, haben mir alle erklärt, ich solle mich an einen Kollegen wenden, sie waren alle …«

»Sehr beschäftigt?«

Sie erkennt meine Ironie und nickt.

»Einer meinte, ich bräuchte gar keinen Anwalt.«

»Brauchst du auch nicht«, sage ich, »aber es wäre hilfreich gewesen.«

»Kannst du mich nicht vertreten?«

»Ich sollte nicht einmal hier sein. Dein Mann gibt mir die Schuld an all dem.« Ich weise vage auf das Gerichtsgebäude, als wäre das ganze prächtige Schauspiel meine Verantwortung.

Der August ist gekommen, der Tag ist hell und wolkenlos mit diesem leichten Dunst, der Objekte in der Ferne verschwimmen lässt. Ich lasse den Blick über die Menge wandern, auf der Suche nach Goodall.

»Wird er kommen?«, fragt sie.

»Höchstwahrscheinlich, ja.«

»Was soll ich sagen?«

»Du erzählst dem Richter, was passiert ist und dass du eine einstweilige Verfügung benötigst.«

In diesem Moment entdecke ich Goodall, der unter einem Baum auf der anderen Straßenseite steht. Er trägt einen dunkelgrauen Anzug, ein weißes Hemd und eine blaue Krawatte. Er hat einen Anwalt mitgebracht, und die beiden lachen miteinander wie alte Freunde.

Als ein Gerichtsdiener Alisons Fallnummer aufruft, wirkt sie einen Augenblick lang völlig panisch. Ich fasse sie am Arm, und wir betreten gemeinsam das Gebäude. Ich gebe ihr allerletzte Anweisungen: »Bleib höflich und ruhig. Sprich laut und deutlich. Unterbrich niemanden. Heb die Hand, wenn du etwas sagen willst.«

Der Gerichtssaal ist bis auf die Richterin und ihre Schriftführerin leer. Alison wird aufgefordert, am Anwaltstisch Platz zu nehmen. Ich setze mich nur wenige Reihen hinter ihr auf die Besuchergalerie. Jenny nimmt ein Stück entfernt Platz.

Goodall betritt den Raum, und ich spüre seinen Blick auf mir, auf meiner Haut, in meinem Kopf. Als ich kurz zu ihm rüberschaue, hat er ein seltsames Lächeln im Gesicht. Es ist, als würde man einer Kobra zusehen, die sich entrollt und beginnt, hin- und herzuwiegen.

Die Richterin ist eine Frau über sechzig, eine große, schlichte Gestalt mit feinen Gesichtszügen und buschigem, aschgrauem Haar. Ihre Augen werden von einer schwarzgerahmten Brille vergrößert, die auf ihrer Nase hoch- und runterrutscht, wenn sie nickt.

»Werden Sie hier heute von jemandem vertreten?«, fragt sie Alison.

»Nein, Euer Ehren, Euer Gnaden, Eure Lordschaft …«

Die Richterin lächelt. »Ich bin Richterin Rees. Sie können mich Euer Ehren nennen.«

»Meine Mutter ist hier, Euer Ehren, sowie eine Freundin.«

Goodall macht ein spöttisches Geräusch, das die Richterin scheinbar nicht hört.

Rees blickt auf ihre Unterlagen. »Sie beantragen als Privatperson eine einstweilige Verfügung zur Prävention häuslicher Gewalt. Warum hat nicht die Polizei diesen Antrag gestellt?«

»Das weiß ich nicht«, sagt Alison. »Ich habe sie darum gebeten …«

Goodalls Anwalt steht immer noch. »Wenn Euer Ehren so freundlich wären, mein Name ist Bernard Dardenne, ich vertrete Mr Goodall. Diese Sache hätte nie zur Verhandlung kommen dürfen. Es ist ein schikanöser Antrag, mit dem Ziel, meinem Mandanten den Zugang zu seinen Kindern zu verwehren.«

Rees hebt die Hand. »Sie werden Ihre Gelegenheit noch bekommen, Mr Dardenne.«

Sie wendet sich an Alison. »Fürchten Sie sich vor Ihrem Mann?«

Alison nickt.

»Sie müssen lauter sprechen.«

»Ja«, murmelt sie.

»Hat er Sie oder Ihre Kinder bedroht?«

»Ja, Ma'am.«

»Okay. Dann wollen wir hören, was Sie zu sagen haben.«

Sie weist auf den Zeugenstand. Alison geht nach vorn, steigt auf eine erhöhte Plattform, auf der ein einzelner Stuhl mit hoher Lehne steht. Nachdem sie den Eid geschworen hat, nimmt sie Platz und zieht einen zerfledderten und von Schweiß feuchten Zettel hervor. Sie versucht, ihn vorzulesen, gerät jedoch ins Stocken.

»Vielleicht sollten Sie es mit Ihren eigenen Worten ausdrücken«, schlägt die Richterin vor.

Alison beginnt, den Zusammenbruch ihrer Ehe zu beschreiben, schildert das kontrollierende Verhalten ihres Mannes. Wie er ihre Textnachrichten gelesen und ihre Freundinnen blockiert habe, damit sie sie nicht anrufen konnten; wie er ihr das Autofahren verboten, ihr lediglich ein wöchentliches Haushaltsgeld ausgezahlt und sie gezwungen habe, jede Ausgabe zu rechtfertigen.

»Er war nicht immer so. Ich habe ihn einmal geliebt«, flüstert sie. »Als ich nach Chloes Geburt zugenommen habe, durfte ich nichts essen. Aber wenn ich mich angestrengt habe, gut für ihn auszusehen, hat er mir vorgeworfen, mich für andere Männer herauszuputzen … oder mit ihnen zu flirten.« Sie redet weiter, bricht ab und setzt neu an, bringt die Worte jedoch nur mit Mühe heraus. Ich meine das Wort »Ruffles« verstanden zu haben.

Die Richterin unterbricht sie. »Entschuldigen Sie, aber wer oder was ist Ruffles?«

»Unsere Hündin. Darren hat gesagt, sie sei gefährlich, aber Ruffles hat nur gebissen, wenn sie Angst hatte.«

»Was ist mit Ruffles passiert?«

»Eines Tages kam ich nach Hause, und sie war nicht mehr da. Darren hat gesagt, sie wäre weggelaufen. Nathan war untröstlich. Das ist mein kleiner Sohn.«

Alison wischt sich die Augen. Man reicht ihr eine Schachtel Papiertaschentücher.

»Ist Ihr Mann Ihnen gegenüber je körperlich gewalttätig geworden?«, fragt die Richterin.

Alison will antworten, als sie Goodall erblickt und die Worte herunterschluckt.

Richterin Rees fragt sie erneut. Alison nickt, nicht mehr so sicher.

»Können Sie medizinische Beweise vorlegen? Einen Arztbericht? Unterlagen über die Aufnahme in einem Krankenhaus?«

»Ich bin von der Polizei ins Krankenhaus gebracht worden, aber ich habe die Fotos nicht.«

»Wieso nicht?«

»Das Krankenhaus hat gesagt, man könne sie nicht finden.«

»Das ist Bullshit!«, murmelt Goodall. Dardenne legt eine Hand auf seine Schulter, um ihn zu beruhigen.

Der Ausbruch hat Alison verunsichert und aus dem Konzept gebracht. Sie beginnt, zu schnell zu reden, und verheddert sich in ihren Sätzen.

Dardenne ist aufgesprungen. »Mein Mandant weist die Vorwürfe, er sei seiner Frau gegenüber je gewalttätig geworden, entschieden zurück.«

»Er würgt mich bis kurz vor der Bewusstlosigkeit, nur um dann wieder von vorn anzufangen«, sagt Alison. »Und jedes Mal flüstert er mir zu, dass ich sterben werde und dass meine Kinder als Nächstes dran sind.«

»Weitere Lügen«, sagt Goodall.

Die Richterin zeigt mit dem Finger auf ihn. »Noch ein Wort, und ich lasse Sie aus dem Gerichtssaal entfernen.« Sie wendet sich wieder Alison zu. »Haben Sie dieses Verhalten gemeldet?«

»Nathan hat es gemeldet – mein kleiner Sohn hat den Notruf gewählt.«

»Und Sie haben eine Aussage gegenüber der Polizei gemacht.«

Alison schüttelt verzweifelt den Kopf. »Ich hatte zu viel Angst. Ich meine … er ist einer von ihnen … ein Polizist.«

Die letzte Aussage trägt sie mit einer Verbitterung und einer Kraft vor, die ich bisher noch nicht in Alison gesehen habe.

»Haben Sie irgendwelche Beweise, um das zu belegen? Einen Polizeibericht? Eine Aufnahme des Anrufs?«

»Nein.«

»Wo wohnen Sie zurzeit?«, fragt Richterin Rees.

»Bei meinen Eltern.«

»Wie alt sind Ihre Kinder?«

»Sechs und zwei. Sie haben Albträume. Sie wollen ihren Vater nicht sehen.«

»Sie sind noch sehr jung, um eine solche Entscheidung zu treffen.«

»Alt genug, um Angst vor ihm zu haben.«

Richterin Rees bedankt sich bei Alison und fordert sie auf, den Zeugenstand zu verlassen. Sie blickt zum anderen Ende der Verteidigerbank, wo Dardenne sich langsam erhebt und die Hände in die Taschen schiebt.

»Mein Mandant ist ein hoch dekorierter Polizeibeamter, der im Dienst schwer verwundet wurde. Er ist nach allgemeinen Begriffen ein Held, der als Folge seiner Tapferkeit unter einer posttraumatischen Belastungsstörung leidet und seit zehn Monaten eine Therapie macht. Er räumt ein, dass es in seiner Ehe Probleme gegeben hat, doch er bestreitet kategorisch alle Vorwürfe, er sei jemals handgreiflich gegen seine Frau und seine Kinder geworden. Mr Goodall ist in dieser Sache nicht der Täter, er ist vielmehr das Opfer. Seine Frau hat sich zunehmend irrational verhalten, sein Telefon entsperrt, seine Textnachrichten gelesen, ihm vorgeworfen, eine Affäre zu haben.«

»Er *hatte* eine Affäre«, sagt Alison mit zitternder Stimme.

»Sie hatten Ihre Gelegenheit, Mrs Goodall«, sagt Rees.

Dardenne nimmt ein Dokument zur Hand.

»Vor einer Woche hat mein Mandant seine örtliche Polizeiwache aufgesucht und von Eheproblemen zwischen ihm und seiner Frau berichtet. Sergeant Goodall befürchtete, dass seine Frau falsche Anschuldigungen gegen ihn erheben würde, und wollte seine Anliegen dokumentiert wissen, um sich zu schützen. Dies ist eine Kopie der Notizen, die der Sergeant am Empfang gemacht hat.«

Ein Gerichtsdiener nimmt das Papier in Empfang und liefert es bei der Richterin ab.

Dardenne präsentiert ein zweites Dokument.

»Dies ist ein Bericht des Jugendamts von Brent Council. Vor fünf Tagen hat Sergeant Goodall am Arm seiner Tochter Blutergüsse entdeckt, die darauf schließen lassen, dass das Kind heftig gepackt und geschüttelt wurde. Als er seine Frau nach den Verletzungen fragte, verlor sie die Beherrschung und drohte damit, ihn zu beschuldigen. Obwohl Sergeant Goodall nur widerstrebend Vorwürfe gegen seine eigene Frau vorbringen wollte, hat er das Jugendamt des Brent Council kontaktiert und seine Besorgnis zu Protokoll gegeben.«

Alison protestiert quiekend, und ich blicke zu der Richterin, um zu sehen, ob sie irgendetwas davon glaubt. Schwer zu sagen.

»Mrs Goodall nimmt Antidepressiva, die ihr von einer Psychiaterin namens Dr. Helen Krause in der Harley Street verschrieben wurden. Ich hatte gehofft, Dr. Krause zu einer Teilnahme an der heutigen Anhörung zu bewegen, doch die ärztliche Schweigepflicht verbietet es ihr, Details zu erörtern. Eine andere Zeugin ist jedoch heute hier im Gericht anwesend. Mrs Jennifer Hammond, die Schwiegermutter meines Mandanten, die den fragilen Geisteszustand ihrer Tochter bestätigen kann.«

Alisons Gesichtsausdruck wirkt eher benommen als ungläubig. Sie starrt ihre Mutter an, die blass geworden ist. Der Antrag hat sie offensichtlich überrumpelt.

Richterin Rees scheint Mitleid mit beiden Frauen zu haben. »Ich glaube, das wird nicht nötig sein.«

Dardenne fährt fort: »Es gibt keine medizinischen Beweise, die Mrs Goodalls Beschuldigungen stützen. Keine Fotos, keine

Arztberichte. Keine Unterlagen darüber, dass die Polizei je zu dieser Adresse gerufen wurde.«

»Aber es ist ein Krankenwagen gekommen«, sagt Alison und klingt, als hätte sie bereits aufgegeben.

»Notärzte sind zu der Adresse gekommen, weil sie gedroht hatte, sich etwas anzutun.«

»Das ist nicht wahr«, widerspricht sie klagend. »Er hat mein Baby bedroht. Er hat meinen kleinen Jungen geschlagen.«

»Sie sind auch *meine* Kinder!«, schreit Goodall.

Ehe ich mich's versehe, bin ich aufgesprungen. »Ich habe die Aufnahme gehört.«

Alle stutzen und drehen sich zu mir um. Richterin Rees blickt über den oberen Rand ihrer Brille. »Und Sie sind wer?«

»PC Philomena McCarthy. Ich bin bei der Metropolitan Police.«

»Sie ist keine aktive Polizistin«, unterbricht Goodall. »Sie wurde suspendiert.«

Richterin Rees seufzt verärgert und wedelt mit der Hand, damit er sich wieder hinsetzt. Sie blickt auf die Uhr und zeigt dann auf mich.

»Ich werde PC McCarthy anhören.«

Goodall protestiert erneut.

»Meine vorherige Warnung bleibt gültig«, sagt die Richterin. »Ich werde Sie aus dem Saal entfernen lassen.«

Ich beginne zu sprechen, doch die Richterin zeigt auf den Zeugenstand. »Sie werden eingeschworen wie alle anderen auch. Die Wahrheit und nichts als die Wahrheit«, sagt sie müde, als würde sie das Ganze für eine sinnlose Routine halten, weil sie schon zu viele Lügen gehört hat, die sich als Wahrheit ausgeben.

Als ich vortrete, wird mir plötzlich bewusst, dass ich eine

verwaschene Jeans und eine Bluse anhabe, deren mittlerer Knopf an einem losen Faden hängt. Normalerweise trage ich meine Uniform, wenn ich vor Gericht aussage. Meine Mutter wäre entsetzt. Sie gehört zu jener Gattung Mensch, deren schlimmster Albtraum es ist, in einer ausgefransten Unterhose aus einem Autowrack geschnitten und ins Krankenhaus gebracht zu werden.

Ich werde vereidigt und gebe meinen Namen und meine Adresse an.

»Woher kennen Sie Mrs Goodall?«, fragt die Richterin.

»Ich habe ihr geholfen, aus dem Haus zu fliehen, als ihr Mann sie eingeschlossen hatte.«

Dardenne erhebt Einspruch: »Aufforderung zur Spekulation.«

»Wir sind hier nicht vor einem Geschworenengericht«, sagt Rees, die einen Stift von Finger zu Finger wandern lässt. »Fahren Sie fort, Constable McCarthy.«

Ich schildere Alisons Anruf, und wie ich Nathan von der Schule abgeholt habe.

»Warum hat sie Sie angerufen? Sind Sie Freundinnen?«

»Bekannte.«

»Kennen Sie auch Detective Sergeant Goodall?«

»Ja.«

»Woher kennen Sie ihn?«

»Ich habe ihn festgenommen, nachdem er seine Geliebte verprügelt hatte.«

Dardenne hat hektisch mit Goodall geflüstert. Jetzt steht er abrupt auf und unterbricht die nächste Frage der Richterin.

»Euer Ehren, wir beantragen eine Vertagung. Mir war nicht bekannt, dass diese Zeugin aufgerufen werden würde, und ich muss mich mit meinem Mandanten beraten.«

»Wie lange brauchen Sie?«

»Zwei Wochen.«

»Ich hatte eher an eine Viertelstunde gedacht.«

»Ich brauche länger.«

»Wollen Sie vorschlagen, dass ich die Stattgabe eines Antrags auf einstweilige Verfügung *zwei Wochen* lang aufschiebe?«

»Ich bitte um einen Moment Geduld«, sagt Dardenne, kehrt an seinen Platz zurück und flüstert mit Goodall. Nach einigen Minuten erhebt er sich wieder.

»Mein Mandant bestreitet jegliches Fehlverhalten und ist entschlossen, um das Sorgerecht für seine Kinder zu kämpfen. Er erklärt sich einverstanden, jedes heute getroffene Urteil zu akzeptieren, beantragt jedoch, dass die Kinder zu ihrem eigenen Schutz in die Obhut der zuständigen Behörden überstellt werden.«

»Nein!«, schreit Alison. »Nicht meine Kinder!«

Richterin Rees' wandernder Stift gleitet ihr aus den Fingern und fällt klappernd zu Boden. Sie verlangt Ruhe und starrt alle Anwesenden an, bis es still ist.

»Ich bin nicht Judge Judy, und das ist hier keine Reality-TV-Show, wo die Leute sich aufspielen können.«

Sie wendet sich mir zu.

»Haben Sie die Aufnahme gehört?«

»Ja, Euer Ehren. Der kleine Junge hatte den polizeilichen Notruf gewählt. Er sagte, sein Daddy würde seine kleine Schwester über die Treppenstufen halten.«

Dardenne unterbricht erneut. »Mein Mandant ist bereit, bis zum Termin einer umfassenden Anhörung eine einstweilige Verfügung zu akzeptieren.«

Richterin Rees sieht ihn skeptisch an, bevor sie sich an Goodall richtet.

»Sie dürfen sich Ihrer Frau sowie deren Freundinnen und Familie in den nächsten achtundzwanzig Tagen nicht nähern oder Kontakt zu ihnen aufnehmen.«

»Was ist mit meinen Kindern?«, fragt er.

»Sie bleiben bei ihrer Mutter, und Sie dürfen sie nur unter Aufsicht sehen.«

Er will sich beschweren, doch Richterin Rees spricht unbeeindruckt weiter.

»Jeder Verstoß gegen diese Verfügung ist strafbar und kann mit bis zu zwei Monaten Haft oder einer beträchtlichen Geldstrafe geahndet werden. Ich setze diese Sache in einem Monat erneut zur Verhandlung an. Bis dahin, Leute, seht zu, dass ihr euch organisiert und eure Beweise parat habt. Und, Mrs Goodall …« Sie blickt zu Alison. »Tun Sie sich einen Gefallen und besorgen Sie sich einen Anwalt.«

45

Die nächsten fünfzehn Minuten verbringt Alison auf der Toilette, wo sie vollständig bekleidet in einer Kabine sitzt, die geballten Fäuste in ihren ausgebeulten Jackentaschen versenkt.

»Die Sachen, die er über mich gesagt hat… Ich würde niemals ein Kind schlagen. Ich bin keine schreckliche Mutter.« Sie reißt einen Streifen Toilettenpapier ab und schnäuzt sich die Nase. »Ich nehme Prozac. Und er hat mich ermutigt, eine Psychiaterin zu konsultieren. Wie kann er so etwas sagen?«

»Er verliert nicht gern«, antworte ich, an das Waschbecken gegenüber gelehnt, durch die offene Tür. »Du musst dich wehren.«

»Wie?«

»Erstatte eine Anzeige.«

»Sie werden ihn nicht anklagen.«

»Du musst irgendetwas aktenkundig machen, sonst macht er immer so weiter.«

Die Außentür geht auf, und Alisons Blick zuckt zu mir. Eine Frau betritt den Raum. Sie lächelt nervös, verlegen, weil sie in unserem Beisein urinieren muss, überlegt es sich anders, wäscht sich die Hände und geht wieder hinaus.

Alison wiegt den Oberkörper rhythmisch vor und zurück. Es ist ein Bewältigungsmechanismus, die Urreaktion eines Hirns, das Trost sucht. Deshalb wiegen wir Neugeborene, Babys und kranke Kinder. Ich frage mich, ob Alison immer so verletzlich war oder ob Goodall ihre Selbstachtung untergraben und verringert hat. Zwanghaft kontrollfixierte Männer suchen sich häufig Frauen, die bereits beschädigt sind, so wie ein Raubtier sich das schwächste Mitglied der Herde herausgreift. Sie treiben sie in den Wahnsinn, erniedrigen, isolieren und unterminieren sie, bis sie den letzten Rest von Selbstwert abgekratzt haben.

»Wir sollten gehen«, sage ich.

»Ist er weg?«

»Ich gucke nach.«

Ich gehe hinaus, studiere die Gesichter im Flur und auf dem Vorhof, kann jedoch Darren Goodall nicht entdecken. Ich kehre zurück in die Damentoilette und sage Alison, dass alles sicher ist.

»Ich habe Jenny nirgends gesehen«, sage ich.

»Sie wird schon nach Hause gefahren sein.«

»Ohne dich?«

»Wir sind im Moment nicht auf derselben Wellenlänge.« Alison spült die abgerissenen Klopapierfetzen in der Toilette runter.

Ich biete ihr an, sie nach Hause zu fahren. Mein Wagen parkt zwei Straßen entfernt. Als wir näher kommen, bemerke ich eine Menschenmenge, die sich auf dem Bürgersteig versammelt hat. Ich halte Alisons Hand fest, während ich nach vorn dränge. Mein wunderschöner roter Fiat ist kaum wiederzuerkennen. Der Lack ist voller Blasen und geschwärzt von einer Säure oder einer anderen ätzenden Substanz, die über die Motorhaube und das Dach gekippt worden ist.

»Hat irgendjemand gesehen, was passiert ist?«, frage ich.

Niemand antwortet.

Alison steht neben mir. »Es tut mir so leid«, flüstert sie.

»Wir wissen nicht sicher, dass er es war.«

Die Worte klingen hohl.

»Wirst du jemanden rufen?«, fragt sie.

»Ja. Aber zuerst bringe ich dich nach Hause.«

Ich öffne vorsichtig die Türen, bemüht, keine Säure an Hände oder Kleider zu bekommen, und blicke dann unter das Fahrgestell, um zu überprüfen, ob nicht noch etwas beschädigt oder manipuliert wurde. Einigermaßen beruhigt starte ich den Wagen, fädele mich in den Verkehr ein und vergewissere mich in Rück- und Seitenspiegel, dass uns niemand folgt.

Alison hat die Knie an den Körper gezogen und späht nervös durch die Windschutzscheibe und das Beifahrerfenster.

»Wie hast du Darren kennengelernt?«, frage ich.

»Du findest es bestimmt gruselig.«

»Wer weiß? Erzähl.«

»Er hat in unserer Schule einen Vortrag darüber gehalten, wie man sicher im Netz unterwegs ist. Keine Nacktfotos verschicken, sich nicht mit Fremden anfreunden und so.«

»Wie alt warst du da?«

»Siebzehn.« Sie verzieht das Gesicht. »Hinterher haben meine Freundinnen und ich mit Darren geredet. Wahrscheinlich habe ich mit ihm geflirtet. Er hat zurückgeflirtet und mich gefragt, ob ich manchmal als Babysitterin jobbe. Ich habe ihn gefragt, ob er ein Baby hat, und er hat geantwortet, dass er gern ein paar machen würde. Abgeschmackt, ich weiß.«

»Willst du sagen …?«

»Nein, damals nicht«, sagt sie halb lachend. »Ich habe ihn erst drei Jahre später wiedergetroffen. Er hat mir eine Freundschaftsanfrage auf Facebook geschickt.«

»Wie hat er sich an deinen Namen erinnert?«

»Er hat gesagt, der wäre bei ihm hängengeblieben, weil ich so keck gewesen sei. Wir haben dann angefangen, uns Nachrichten zu schicken. Er hat mich zu einem Date eingeladen.«

»Er ist ein gutes Stück älter.«

»Elf Jahre, aber er hat immer jünger ausgesehen.«

Wir stehen in der Finchley Road im Stau.

»Als wir zusammengekommen sind, war es, als würde ich mit Liebe überschüttet. Er war so aufmerksam. Blumen. Nachrichten. Geschenke. Romantische Abendessen. Ich war wie berauscht. Nach nicht mal einem Monat sind wir zusammengezogen und haben noch in dem Sommer geheiratet. Darren wollte, dass ich sofort schwanger werde. Eigentlich mochte er es nicht, dass ich arbeite.«

»Wann fingen die Probleme an?«

Sie spielt mit einem losen Faden an ihrem Bündchen. »Ich weiß nicht. Nach ungefähr einem Jahr.« Sie wendet sich mir direkt zu. »Was ich am Anfang süß fand – die Kleider, die er mir gekauft hat, die stündlichen Anrufe und Nachrichten –, wurde nach einer Weile …« Sie sucht nach einem Wort.

»Erstickend?«

»Hmm. Er mochte keine meiner Freundinnen. Anfangs dachte ich, er findet sie nett, aber dann fing er an, sie runterzumachen oder Geschichten zu erfinden. Er erzählte mir, dass eine meiner Freundinnen wegen Drogenbesitz vorbestraft war, aber ich habe mich gefragt, warum er das in den Datenbanken nachgesehen hatte. Sie ist mit achtzehn in Glastonbury mit ein paar Pillen erwischt worden.

Als ich erwähnte, dass ich damals auch Drogen genommen habe, wurde Darren wütend.« Sie lacht und sieht mich nervös an. »Nur Ecstasy … zweimal … na ja, vielleicht fünfmal. Ich bin jedenfalls kaum Amy Winehouse.«

»Ich verurteile dich nicht.«

»Eine andere Freundin von mir hat ihren Mann verlassen und die Scheidung eingereicht. Darren hat mir verboten, sie zu treffen. Er hat ihre Anrufe blockiert. So habe ich auch herausgefunden, dass er auf mein Telefon zugreifen und meine Nachrichten lesen konnte. Wenn ich es jetzt laut ausspreche, scheint alles so offensichtlich, aber als es passiert ist, habe ich es nicht begriffen. Es war, als würde man…«

»Einen Frosch langsam kochen?«

»Ja. Nachdem Darren niedergestochen wurde, habe ich versucht, alles auf die posttraumatische Belastungsstörung zu schieben. Ich dachte, die Therapie würde ihn verändern – ihn wieder zu dem Mann machen, der er früher war. Aber es wurde nur noch schlimmer.«

Der Verkehr setzt sich wieder in Bewegung. Alison fragt nach Tempe. »Sie hat er auch geschlagen, oder?«

»Ja.«

»Hat sie ihn deswegen verlassen?«

»Ja.«

»Sie muss stärker sein als ich.«

»Nein.«

»Würde sie mir jetzt helfen? Würde sie eine Aussage machen? Vielleicht glauben sie uns, wenn wir beide…«

»Ich kann sie fragen«, sage ich, doch ich weiß die Antwort schon.

Eine Viertelstunde später halten wir vor dem Haus ihrer Eltern. Keith ist im Vorgarten und passt auf die Kinder auf, die um einen Rasensprenger herumtoben. Eine französische Bulldogge wahrt einen Sicherheitsabstand.

»Betsy ist wasserscheu«, erklärt Alison und beobachtet ihre Kinder mit einem melancholischen Lächeln.

Chloe versucht, den Strahl auf Nathan zu richten, der ihm jedoch immer wieder ausweicht. »Ich mach dich auch nicht nass«, sagt sie mit lieblicher Stimme, um ihn in Reichweite zu locken.

»Hat Darren je über Imogen Croker gesprochen?«, frage ich.

»Ich weiß, dass sie verlobt waren. Ich habe sie im Netz gesucht und ein Foto gefunden. Sie war sehr hübsch.«

Ich entsperre mein Telefon und rufe ein Bild von Imogens Saphirring auf.

Alison schnappt vernehmlich nach Luft. »Das ist *mein* Ring! Darren hat ihn mir geschenkt.«

»Wann?«

»Schon vor Jahren. Es war nach einem Streit. Manchmal konnte er sehr süß sein.«

»Wo ist der Ring jetzt?«

»Nach Chloes Geburt habe ich aufgehört, ihn zu tragen, weil meine Finger geschwollen waren und ich sie nicht kratzen wollte. Ehrlich gesagt war er mir auch ein bisschen zu protzig.« Sie zeigt mir ihren schlichten Ehering. »Wieso hast du ein Foto davon?«

»Diesen Ring hat Imogen Croker am Tag ihres Todes getragen. Sie hatte ihn zu ihrem achtzehnten Geburtstag bekommen.«

Es dauert einen Moment, bis Alison die Information verarbeitet hat, dann bebt sie am ganzen Körper. »Willst du sagen, er hat mir einen gebrauchten Ring geschenkt?«

»Als man Imogens Leiche am Fuß der Klippe gefunden hat, fehlte der Ring.«

Sie blinzelt mich an und hat immer noch Mühe zu begreifen, was ich sage.

»Wo ist der Ring jetzt?«, frage ich.

»In meinem Schmuckbeutel. In dem Koffer, der zu groß war, um ihn durch das Fenster zu reichen. Erinnerst du dich? Ich habe ihn unter Nathans Bett geschoben.«

»Wenn wir an diesen Ring kommen könnten…«, sage ich, aber noch bevor ich den Satz beenden kann, schüttelt Alison den Kopf.

»Ich gehe nicht in das Haus zurück.«

»Du hast recht. Dumme Idee.«

»Es muss ein anderer Ring sein«, sagt sie zögernd. »Er würde mir nicht den Schmuck einer Toten schenken.« Es klingt beinahe wie eine Frage.

Ich gehe im Kopf meine Optionen durch und halte sie ins Licht, als würde ich nach Fehlern im Glas suchen. Selbst wenn ich die Polizei davon überzeugen könnte zu ermitteln, reichen die Beweise nicht für einen Durchsuchungsbefehl. Und wenn Goodall Wind von der Sache bekommt, wird er den Ring zerstören oder verstecken, bis niemand mehr danach sucht.

»Darren hat in seinem Wagen einen Ersatzschlüssel für das Haus deponiert«, sagt Alison, die helfen möchte. »Er hat sich mal ausgeschlossen, und ich war nicht zu Hause. Gott, war er wütend. Er hat ein Fenster im Erdgeschoss eingeschlagen und sich dann über die Kosten beklagt.«

Sie steigt aus dem Wagen, und die Kinder laufen auf sie zu und umklammern ihre Beine. Ich spüre, wie in mir etwas zerrt und beinahe reißt. Nichts Entscheidendes oder Lebenswichtiges. Ein einzelner Faden, der mit meinem Herzen verbunden ist.

46

Finbar pfeift zwischen den Zähnen, geht langsam um den Fiat herum und begutachtet die ruinierte Lackierung. Er trägt eine Latzhose, Arbeitsschuhe und eine Baseballkappe.

»Er muss neu lackiert und um die Windschutzscheibe auch neu versiegelt werden.«

»Ich weiß nicht, ob meine Versicherung das bezahlt.«

»Mach dir deshalb keine Sorgen. Jemand schuldet mir einen Gefallen.«

»Was für einen Gefallen?«

»Die Sorte, nach der man nicht fragt.«

Wir sind in einer Werkstatt in Shoreditch, die im Bogen einer Eisenbahnbrücke untergebracht ist, sodass alle paar Minuten ein Zug über uns hinwegrattert und die Wände wackeln lässt.

»Welche Farbe?«, fragt er.

»Dasselbe Rot.«

»Es wird verblassen.«

»Ist mir egal.«

»Brauchtest du deswegen einen Anwalt?«

»Nein.«

Finbar macht sich eine Notiz. »Du musst den Wagen ein paar Tage hierlassen. Für die Zeit kannst du dir den Käfer ausleihen.« Er zeigt auf einen VW unter einer Plane. »Ich hoffe, du kannst einen Schaltwagen fahren.«

Er geht noch einmal um den Fiat herum. »Hast du das der Polizei gemeldet?«

»Das mache ich noch.«

»Du solltest lieber ein paar Fotos machen. Was ist mit dem Bremslicht?«

»Das muss auch repariert werden. Es ist bei einer Kontrolle bemängelt worden.«

Er wirkt überrascht. »Du bist angehalten worden?«

»Ist eine lange Geschichte.«

Ich mache mit dem Handy ein paar Fotos, während Finbar den Papierkram ausfüllt. Er fängt an, von der Zahl der Säureattentate in London zu sprechen, die meisten im Zusammenhang mit Auseinandersetzungen rivalisierender Gangs.

»Das passiert, wenn man denen die Pistolen wegnimmt«, sagt er.

»Ich kann da keinen Zusammenhang erkennen.«

»Na, der typische Feld-Wald-und-Wiesen-Wichser und -Gangboy wird auf jeden Fall zusehen, dass er eine andere Waffe kriegt. Deswegen haben sie jetzt alle Messer oder schmeißen mit Säure.«

»Dir wären Pistolen lieber.«

»Nicht unbedingt, aber die Menschheit stellt seit vierundsechzigtausend Jahren Waffen her – Steinzeit, Bronzezeit, Eisenzeit, Atomzeitalter. Wenn man eine Waffe verbietet, finden die Menschen eine andere.«

»Finbar und die Kunst des Krieges.«

»Ich lese Bücher«, sagt er ein wenig gekränkt. »Ich weiß, dass dein Vater denkt, er wäre der einzige Pseudo-Intellektuelle in der Familie, aber man braucht kein Diplom von einer Dingens, um Sachen zu wissen.«

»Einer Universität?«

»Ja. Wie viele Shakespeares hast du gelesen?«

»Du meinst die Stücke?«

»Stücke. Sonette. Tragödien. Komödien.«

»Drei, vielleicht vier. Ich hab sie in der Schule durchgenommen.«

Finbar tippt sich an die Brust. »Alle.« Er beginnt, ein Sonett zu zitieren: »›Soll ich dich einem Sommertag vergleichen? Er ist wie du so lieblich nicht und lind. Nach kurzer Dauer muss sein Glanz verbleichen, und selbst in Maienknospen tobt der Wind.‹ Okay, ich weiß nicht genau, was er mit ›lind‹ meint«, fügt er hinzu, »aber ich weiß, dass er über die Liebe und das Wetter redet und dass die beiden sich ziemlich ähnlich sind.«

»Wann hast du das alles gelesen?«

»Im Gefängnis. Da gab's sonst nur irgendwelchen Scheißdreck zu tun. Entschuldige meine Ausdrucksweise.«

Er lacht, und ich fühle mich in meine Kindheit versetzt, als es mir die liebsten Augenblicke waren, wenn ich meine Onkel zum Lachen bringen konnte, vor allem Finbar, der ein Lächeln hatte, das ich falten und den ganzen Tag mit mir herumtragen konnte.

»Ich brauche noch einen Gefallen«, sage ich. »Normalerweise würde ich nicht fragen.«

»Wer A sagt, muss auch B sagen.«

Neun Uhr abends. Es wird dunkel. Die Luft wird kühl. Finbar ist zu spät. Ich kann ihn nicht anrufen, weil ich mein Handy ausgeschaltet habe. Vielleicht hat er die Adresse verloren oder Bedenken bekommen. Ich würde es ihm nicht übelnehmen. Eigentlich sollte ich jetzt zu Hause mit Henry auf dem Sofa sitzen und die zigste Wiederholung von *Top Gear* oder irgendeine Netflix-Serie über unfassbar schöne Teenager mit Superkräften gucken. Stattdessen warte ich im Schatten, blicke auf ein leeres Haus und stehe im Begriff, eine Straftat zu begehen.

In London wird es nie richtig dunkel, nicht mit dem künstlichen Licht von einer Milliarde Glühbirnen und Fernsehgeräten. Ich habe den Kragen hochgeschlagen und mein Gesicht von der Laterne abgewandt. Ich stehe bequem, das Gewicht auf beiden Füßen, die Beine durchgedrückt, leicht auf den Fersen wippend, wie man es mir beim Paradieren in Hendon beigebracht hat.

Der dunkelblaue Saab parkt ganz in der Nähe unter einem Baum. Tauben haben Kleckse auf der Motorhaube hinterlassen, was Goodall ärgern wird und mir einen flüchtigen Moment der Schadenfreude verschafft.

Ein Stück die Straße hinunter sehe ich die Scheinwerfer eines langsam fahrenden Transporters. Ich trete hinter einem Baum hervor und winke Finbar zu, damit er weiß, wo er anhalten soll. Der Motor schnurrt eine Weile im Leerlauf und geht dann ganz aus. Finbar drückt die Tür auf.

»Willst du dieses Auto klauen?«

»Ich will mir einen Schlüssel holen.«

»Für das Auto?«

»Für ein Haus.«

»Du brichst in ein Haus ein.«

»Ich benutze die Schlüssel.«

»Mit oder ohne Erlaubnis?«

»Ich bin Polizistin.«

Finbar wirkt nicht überzeugt. Er weiß, dass ich einen gerichtlichen Beschluss brauche, um ein Fahrzeug oder ein Haus zu durchsuchen, und dass die Met für solche Jobs erfahrene Schlosser anheuert.

»Bist du sicher, dass du das machen willst?«

»Ja.«

»Und du erzählst mir nicht, warum.«

»Nein.«

Ich blicke links und rechts die Straße hinunter und hoffe, dass die Nachbarn nicht von der Sorte sind, die Gardinen lupfen und Autokennzeichen aufschreiben. Ich habe Nish gebeten, Goodalls Schichtplan zu checken. Er kommt erst in ein paar Stunden nach Hause.

Finbar holt einen Werkzeugkasten aus dem Transporter und nimmt einen langen Metallstab mit einem Haken an einem Ende und zwei kleine Gummikeile heraus, die er in die obere Ecke des Fahrerfensters klemmt. Mit dem Handballen hämmert er die Gummikeile tiefer, bis sich die Tür leicht nach außen biegt, wodurch ein Spalt entsteht, der so breit ist, dass der Metallstab hindurchpasst.

Finbar schiebt den Stab weiter in den Wagen, bis er mit dem Haken den Knopf erreicht, der die Türschlossautomatik auslöst. Die Tür öffnet sich mit einem verräterischen Klicken. Die gesamte Operation hat nicht mal eine halbe Minute gedauert.

Finbar bietet an, den Wagen kurzzuschließen und »irgendwo anders hin« zu fahren, falls ich mehr Zeit brauche.

»Das wird nicht nötig sein. Du kannst jetzt gehen. Vielen Dank.«

»Bist du sicher?«

»Ja.«

Die Hausschlüssel sind in einem kleinen Fach zwischen den Sitzen, neben einer Handvoll Tankquittungen, Süßigkeitenverpackungen und der Rabattkarte eines Cafés. Der Schlüsselanhänger ist eine künstliche Hasenpfote. Wie retro.

Als ich aus dem Wagen steige, ist Finbar verschwunden. Einerseits wünschte ich, er wäre geblieben. Er hätte mir geholfen, wenn ich darum gebeten hätte, und ich habe deswegen ein schlechtes Gewissen. Unser Streit in der Krankenhaus-

Cafeteria hängt mir immer noch nach. Meine Anschuldigungen, seine Verletztheit. Ich werde es nicht riskieren, dass er Ärger bekommt. Dies ist meine Entscheidung, nicht seine; und ich habe mir die Sache gut überlegt. Wenn ich Imogens Ring nicht finde, hat Goodall ihn wahrscheinlich zerstört, dauerhaft versteckt oder umgestalten lassen. Wenn ich den Ring allerdings finde, muss ich Alison Goodall davon überzeugen, dass sie aussagt, sie habe ihn bei ihrer Flucht selbst mitgenommen. Das sind die Wenns und Abers, die mich hierhergeführt haben, auf diesen Weg und zu diesem Haus.

Als ich die Eingangstür erreiche, geht ein Bewegungsmelder an. Mir ist, als würde ich die Häuser in meinem Rücken spüren, die neugierigen Blicke eines Nachbarn, der vielleicht gerade aus dem Fenster guckt. An dem Schlüsselring hängen zwei Schlüssel – einer für das untere Riegelschloss, das ich als Erstes öffne. Ich schließe die Tür sofort wieder, höre jedoch den Warnton einer Alarmanlage. *Scheiße! Scheiße! Scheiße!*

Einen Augenblick lang würde ich am liebsten die Flucht ergreifen. Der Kontrollkasten muss irgendwo in der Nähe sein, aber ich habe nur dreißig Sekunden, um die Anlage zu deaktivieren. Letzten Sommer habe ich nach einem Kurzschluss während eines Gewitters unsere eigene Alarmanlage abgestellt. Der Code hatte nicht funktioniert, deshalb musste ich die Hauptkontrolleinheit finden und von der Stromversorgung trennen. Danach suche ich auch jetzt an den üblichen Stellen hinter der Treppe und in der Waschküche. Ich entdecke den grauen Metallkasten schließlich in einem Schrank in der Nähe der Küche, hinter einer Stange mit Wintermänteln. Ich suche ein Messer oder einen Schraubenzieher, irgendetwas, womit ich das dünne Metallschloss aufbrechen kann. Das Piepen hört auf, und im nächsten Moment schrillt der eigentliche Alarm los. Ich ziehe eine weitere Schublade auf, finde einen kleinen Meißel, ramme das scharfe Ende in den Schlitz des Kastens und stemme ihn auf. Die Leitungen sind fest verkabelt. Ich habe keine Zeit für Feinheiten, also reiße ich sie, rote wie schwarze, aus dem Trafo und der Ersatzbatterie.

Der Alarm bricht so plötzlich ab, dass es sich anfühlt, als wäre mit dem Geräusch auch aller Sauerstoff aus dem Haus gesaugt worden. Ich lausche der Stille, bis meine Brust zu schmerzen beginnt. Erst dann wird mir bewusst, dass ich die Luft angehalten habe. Ich atme aus und ein, bis mein Pulsschlag sich beruhigt hat, und nehme mir einen Moment Zeit, um den Steuerungskasten der Alarmanlage zu studieren. Viele moderne Sicherheitssysteme sind mit Handys verbunden. Goodall könnte eine Nachricht erhalten haben und schon auf dem Nachhauseweg sein.

Ich steige eilig die Treppe hinauf. Der obere Treppenabsatz liegt im matten Schimmer eines Kindernachtlichts. Alison hat gesagt, sie habe den Koffer unter Nathans Bett geschoben. Das Zimmer des kleinen Jungen hat ein Fenster zum Garten, eine Tapete mit Rennwagen-Muster und ein Regal voller Dinosaurier. Ich knie mich auf den Boden, hebe die Überdecke an und greife unter das Bett. Kein Koffer. Goodall muss ihn gefunden haben. Was würde er damit machen? Ihn irgendwo abstellen und davon ausgehen, dass Alison mit eingeklemmtem Schwanz wieder nach Hause kommt.

Die Tür zum Schlafzimmer ist angelehnt. Ich stelle mir vor, dass Goodall dahinter steht, lauscht und wartet. Ich stoße sie mit einem Finger auf und mache einen Schritt ins Zimmer. Die Vorhänge sind zugezogen, trotzdem ist es zu riskant, das Licht anzumachen.

Ich hole das Nachtlicht aus dem Flur und stecke es in eine Steckdose im Schlafzimmer. Es taucht den Raum in ein weiches Licht. Das Bett mit Eisenrahmen ist ungemacht, in einem Kissen ist noch der Abdruck eines Kopfes zu erkennen. Auf dem Boden liegt ein Haufen Klamotten. Wenn er niemanden hat, der hinter ihm herräumt, ist der Mann ein Chaot.

Ich gucke unter das Bett und ziehe die Schubladen einer von beiden benutzten Frisierkommode auf, ihre und seine. Alisons sind fast leer. Ich finde ein gerahmtes Foto mit dem Bild nach unten. Als ich es ins Licht halte, sehe ich, dass es ein Hochzeitsfoto ist. Er sieht selbstgefällig aus, sie wie ein Teenager, der sich verkleidet hat.

Zwischen Schlafzimmer und dem angrenzenden Bad gibt es einen begehbaren Kleiderschrank mit Regalen und Kleiderstangen auf beiden Seiten. Goodall hat seine Pullover und Jeans in verschiedene Regale sortiert. Als ich mich wieder zum Schlafzimmer umdrehe, fällt mir ein großer Koffer auf, der unter einer Stange in Alisons Teil des Kleiderschranks steht. Ich öffne die Schnappverschlüsse und klappe ihn auf. Das Hauptfach ist voll mit hastig zusammengepackten Kleidern und Schuhen, Kinderschlafanzügen und Stofftieren. Ich schiebe die Hand in die verschiedenen Außenfächer.

Meine Finger schließen sich um einen Samtbeutel, und ich ziehe ihn heraus. Der Beutel ist zusammengerollt wie ein Schlafsack und mit einer Schleife zugebunden. Ich zupfe an der Samtschnur, der Beutel entrollt sich zu einem Rechteck mit kleinen Fächern für Ohrringe und einer mit Reißverschluss gesicherten Abteilung für Ketten. In der Mitte befindet sich ein wurstförmiges Kissen für die Ringe. Es sind drei. Selbst im Halbdunkel erkenne ich den mit Diamanten besetzten Ceylon-Saphir sofort. Es ist Imogen Crokers Ring. Der Ring ihrer Mutter. Der Ring ihrer Großmutter. Es ist der Beweis, dass Goodall über Imogens Tod gelogen hat.

Ich höre, wie im Erdgeschoss ein Schlüssel ins Schloss gesteckt wird. Der Luftdruck im Zimmer verändert sich, als die Haustür geöffnet wird. Ich spüre das Beben von Schritten. Der Ring gleitet mir aus der Hand und fällt in den Koffer. Ich taste erst behutsam danach und wühle dann zunehmend verzweifelt zwischen den Kleidungsstücken, während die Sekunden verticken. Ein weiteres Geräusch, näher. Ein Schalter. Der Lichtstreifen unter der Tür wird heller.

»Warte hier. Ich muss noch die Alarmanlage ausschalten«, sagt Goodall. Eine Frau antwortet. Ich kann nicht verstehen, was sie sagt.

Ich zupfe an Kleidern, schüttle sie aus und hoffe, dass der Ring herausfällt.

»Sie funktioniert nicht«, ruft Goodall. »Es muss einen Stromausfall gegeben haben. Mach's dir bequem.«

Ich kann hier nicht bleiben. Ich darf nicht entdeckt werden. Ich kann nicht mal zählen, gegen wie viele Gesetze ich verstoße. Ich stopfe den Schmuckbeutel zurück in den Koffer, drücke ihn zu und schaffe es nur auf einer Seite, das Schloss zuschnappen zu lassen. Dann schiebe ich den Koffer wieder hinter die Tür, gehe zurück ins Schlafzimmer und lausche. Sie sind in der Küche und lachen. Ich höre das gedämpfte Ploppen eines Sektkorkens und das leise Klirren von Gläsern. Er müsste eigentlich bei der Arbeit sein, aber er hat eine Frau mit nach Hause gebracht. Nicht seine Ehefrau. Ein Date.

Die Treppe liegt vor mir. Wenn ich mich dicht an der Wand halte, kann ich die Haustür vielleicht unbemerkt erreichen. Oder ich könnte mich verstecken. Ich entscheide mich für Nathans Zimmer, krieche in die schmale Lücke zwischen dem

Bett und der Wand und ziehe die Überdecke halb über mich. Auf dem Bauch liegend und den Kopf zur Seite gedreht, lausche ich der Musik von unten.

Zeit vergeht, zieht sich, dehnt sich aus. Ich werde ganz ruhig, doch meine Ohren fühlen sich seltsam verstopft an, als wäre ich unter Wasser und das Gewicht des Ozeans würde auf meine Trommelfelle drücken.

Stufen knarren. Sie kommen. Ich presse die Wange auf den Boden und sehe zwei Schatten an der Tür vorbeigehen. Sie sind im Schlafzimmer. Er entschuldigt sich für das Durcheinander. Ich sollte die Frau warnen. Ich sollte fliehen.

Ich krieche unter dem Bett hervor, durchquere das Zimmer, drücke mich an die Wand, strecke den Kopf vor und spähe mit einem Auge in den Flur. Die Tür zum Schlafzimmer ist halb geschlossen und bietet einen gewissen Schutz.

Rohre klappern. Die Dusche. Ohne zu zögern, gehe ich durch den Flur und die Treppe hinunter. Jedes Knarren der mit Teppich belegten Stufen schmerzt in meinen Ohren. Ich erwarte, dass die Tür jeden Moment aufgerissen wird und Goodall auftaucht.

Leise öffne ich das Schnappschloss der Haustür. Beim Zufallen wird es lauter sein. Ich zucke zusammen, als der Schnapper gegen das Schließblech stößt, ein Geräusch, das im ganzen Haus widerhallt. Der Bewegungsmelder springt an, doch ich gehe unbeirrt den kurzen Pfad hinunter und halte mich dann links, wo ich hinter der Hecke des Nachbarn rasch verschwinden kann.

Die Schlüssel deponiere ich wieder in Goodalls Saab und vergewissere mich, dass er abgeschlossen ist, bevor ich die Straße hinuntergehe. Aus einem Tor tritt eine Frau, die mit ihrem Hund Gassi geht. Ich verheddere mich kurz in der

Leine, sie entschuldigt sich und wünscht mir lächelnd eine gute Nacht.

Ich murmele eine Antwort und gehe weiter. Meine Hände zittern, als ich den VW erreiche. Hektisch suche ich die Zündung, lege den ersten Gang ein, schalte in den zweiten … beschleunige. *Langsamer. Bleib ruhig.*

Ich bin wütend auf mich selbst. Was für eine sinnlose, alberne Aktion – so viel aufs Spiel zu setzen und so wenig zu gewinnen! Ich habe den Ring nicht, was bedeutet, dass ich ihn nicht gegen Goodall verwenden oder Imogens Familie zurückgeben kann. Alles, was ich habe, ist ein Geheimnis, das ich niemals mit jemandem teilen darf.

Buch Drei

Ich will, dass sie mit mir verschmilzt, dass wir eins werden. Ich will sie in mich aufnehmen und den Rest meines Lebens mit ihr verbringen.

SARA GRUEN

47

Dies ist unser dritter Club, und jeder war lauter als der vorherige, mit dunkleren Ecken, heller blitzenden Lichtern und mehr Körpern auf der Tanzfläche. Ich kann mich nicht erinnern, wie lange es her ist, seit ich zuletzt tanzen war, aber es hat sich nicht viel geändert, vor allem, was die Preise der Getränke und die Anmachsprüche betrifft.

In meinen letzten Teenagerjahren hatte ich eine Clubbing-Phase, in der ich enge Kleider und High Heels trug, Türsteher becircte und umsonst reinkam, weil Mädchen die Typen anlocken. Normalerweise konnten wir uns nicht mehr als einen Cocktail leisten, aber es gab immer irgendwelche Broker und Trader, die uns mit Nachschub versorgten. Unsere heutigen Verehrer haben weder die Klasse noch das Cash. Sie sind jünger und mutiger, stolzieren herum wie Playboys und hoffen, »eine reiche Tussi klarzumachen«, wären aber wahrscheinlich auch zufrieden, sich mit einem eifersüchtigen Freund zu prügeln, sollte der Abend sich so entwickeln.

Eine Gruppe junger Typen hat sich alle Mühe gegeben, uns zum Tanzen zu bewegen. Sie sehen kaum älter aus als achtzehn, obwohl das bei dem Licht schwer zu sagen ist. Einer scheint besonderen Gefallen an mir gefunden zu haben. Ich erkläre ihm, dass dies mein Junggesellinnenabschied ist, aber er versteht oder hört mich nicht. Er heißt Jasper, hat einen russischen Akzent und sieht mit seinem gegelten Haar und seinem trendigen Hemd aus, als sollte er in einer Boy-Band mitspielen.

Jasper fordert mich immer wieder zum Tanzen auf, doch meine Füße tun weh, weil ich auf Margot gehört und High Heels angezogen habe, in denen ich Blasen bekomme. Außerdem bin ich ziemlich betrunken, weil Brianna mir ununterbrochen Cocktails spendiert, die ich in Topfpflanzen kippe, wenn sie nicht guckt. Ich hoffe, die sind aus Plastik.

Ich versuche, Jasper wegen der lauten Musik brüllend zu erklären, dass ich heirate. Er will wissen, warum mein Verlobter mich allein ausgehen lässt.

»Ich bin nicht allein«, rufe ich. Meine Lippen streifen sein Ohr, und ich weiche verlegen zurück und zeige auf meine Freundinnen.

»Sind die Single?«, fragt er.

»Einige schon, aber ich denke, du solltest dir eine Jüngere suchen.«

»Was glaubst du, wie alt ich bin?«

»Fünfundvierzig«, sage ich scherzhaft.

Er wirkt gekränkt.

»Darfst du überhaupt hier sein?«, frage ich.

»Natürlich. Ich kann es beweisen.« Er zeigt mir einen britischen Führerschein.

»Also, das ist eine Fälschung. Ich hoffe, du hast nicht zu viel dafür bezahlt.«

»Woher weißt du das?«

»Ich bin Polizistin.«

Er lacht, weil er denkt, ich mache Witze, scheint dann aber doch besorgt, er könnte erwischt worden sein. Er entschuldigt sich und verschwindet, um sich nach einer anderen umzusehen, die er anquatschen kann.

Ich sitze wieder allein und sehe meinen Freundinnen beim Tanzen zu. Carmen hat sich zu ihnen gesellt, unübersehbar und stolz schwanger, berauscht nicht von Alkohol oder Drogen, sondern vom Leben.

Sara hat die Arme um einen Jungen gelegt, der sein Becken gegen ihrs drückt, doch sie wirkt eher belustigt als verärgert.

Ich höre ihre Stimme, noch bevor mir bewusst wird, dass Tempe neben mir sitzt.

»Du tanzt nicht«, sagt sie.

»Meine Füße tun weh.«

Ich gebe mir Mühe, nicht überrascht zu wirken, und frage mich kurz, welche meiner Freundinnen sie eingeladen hat. Der Song endet, geht jedoch sofort in den nächsten über, eine Ballade. Tempe trägt ein kurzes schwarzes Kleid, das ihre Strapse entblößt, wenn es hochrutscht.

»Das ist ziemlich altmodisch«, sage ich und zeige auf die Strumpfbänder. »Ist das nicht unbequem?«

»Doch, eigentlich schon, aber damit fühle ich mich sexy.«

Sie trinkt den gleichen Cocktail wie ich, einen Erdbeer-Daiquiri. Nach einer langen Pause fragt sie: »Warum hast du mich nicht eingeladen?«

»Sara hat es organisiert. Es war eine Überraschung.«

»Du lügst.«

Ich kann ihr nicht in die Augen blicken. Ich trinke einen Schluck und noch einen, um das Gespräch hinauszuzögern. Irgendwas muss ich sagen.

»Bitte sei nicht wütend.«

»Das bin ich nicht«, erwidert sie unbekümmert. »Es ist nicht meine Schuld, dass deine Freundinnen mich nicht mögen.«

»Können wir morgen darüber reden? Es ist so laut, ich verstehe ja mein eigenes Wort nicht.«

Tempe sitzt dicht neben mir. Ich kann ihr Parfüm und ihr Shampoo riechen.

»Ich gebe mir solche Mühe«, brüllt sie, den Tränen nahe, mir ins Ohr. »Was kann ich sonst noch tun? Ich höre zu. Ich spreche nicht über mich selbst. Ich stelle Fragen über ihre Arbeit und ihre Hobbys. Niemand fragt mich je etwas.«

»Ich schon.«

»Aber ich war nicht eingeladen.«

»Das hier sind meine ältesten Freundinnen. Es ist wie ein Klassentreffen.«

»Aber es ist dein Junggesellinnenabschied! Ich habe dir geholfen, deine Hochzeit zu planen.«

»Du bist eine neue Freundin, keine alte.«

»Behandle mich nicht wie ein Kind«, sagt sie bitter.

»Jetzt bist du hier.«

»Ich bleibe nicht.« Sie zeigt in die Richtung der anderen, die die Tanzfläche verlassen haben, uns jedoch meiden. »Sie reden über mich. Sie reden immer hinter meinem Rücken über mich.«

»Nein, tun sie nicht.«

Sie sieht mich skeptisch an und beugt sich vor. Ein zierlicher silberner Anhänger baumelt an ihrem Hals.

»Margot hat mich schon früher an der Bar gesehen. Sie ist nicht rübergekommen. Sie hat mich nicht begrüßt oder auch nur zur Kenntnis genommen. Immer bin ich diejenige, die sich die Mühe macht. Ich laufe ihnen hinterher.«

»Du solltest dich zurückhalten – die Leute auf dich zukommen lassen.«

»Gut«, sagt Tempe, nimmt ihre Clutch und macht sich bereit zu gehen.

»Bleib.«

»Ohne mich wirst du dich besser amüsieren.«

»Ich lade dich auf einen Drink ein.«

»Nein, *ich* gebe einen aus. Und dann gehe ich.«

Ich beobachte, wie sie zur Bar schlendert. Ihr Kleid schmiegt sich an ihre Hüften. Die Männer blicken ihr nach. Sie könnte jeden von ihnen haben, aber sie ist nur an mir interessiert. Margot taucht neben mir auf, offensichtlich von den anderen geschickt, um herauszufinden, was los ist.

»Hey«, ruft sie. »Was macht Tempe hier?«

»Keine Sorge, sie geht gleich wieder.«

»Aus irgendeinem bestimmten Grund?«

Ich schüttle den Kopf und seufze müde. »Geh zurück zu den anderen. Sag ihnen, es ist alles in Ordnung. Ich komm gleich zu euch.«

Tempe kehrt zurück. Sie hat Cocktails für uns beide gekauft. Ein Mann nähert sich, den obersten Hemdknopf offen, die Krawatte auf Halbmast. Er fordert Tempe zum Tanzen auf, doch sie lehnt lächelnd ab. Er wendet sich mir zu, seiner zweiten Wahl; ich schüttle den Kopf und fühle mich betrunkener als vorher.

Tempe sagt etwas zu ihm. Er reißt die Augen auf, entschuldigt sich bei mir und verbeugt sich, bevor er geht.

»Was hast du zu ihm gesagt?«, rufe ich.

Sie zuckt die Schultern und nippt an ihrem Drink.

»Was ist mit Dr. Coyle passiert?«

»Er ist weg.«

»Zurück in Belfast?«

Ein weiteres Schulterzucken, dann wechselt sie das Thema. »Ich kann eine gute Freundin sein, weißt du.«

»Du hast schon genug für mich getan.«

»Aber ich könnte noch besser sein.«

Sie ergreift meine Hand. Ihre Berührung ist kühl. Sie streicht mit den Fingerspitzen über meine Handfläche.

»Versprich mir, dass du mich nie ausschließt.«

48

Meine Augen wollen sich nicht öffnen. Die Lider sind klebrig. Kurzzeitig blind. Ein fauler Geschmack in meinem Mund. Der Körper vergiftet. Ich bin wach und versuche, den Schmerz in Schach zu halten, der in Wellen kommt. Ich nehme an, dass ich in meinem eigenen Bett liege, in Henrys Armen.

Aber es ist nicht Henry. Hinter mir liegt Tempe und schmiegt sich an mich. Ich drehe mich weg und bewege mich zu hastig. Erbrochenes steigt hoch. Ich schlucke hart und ziehe das Laken um meinen Körper. Tempe rührt sich.

»Was ist passiert?«, frage ich.

»Wie meinst du das?«

»Wie bin ich hierhergekommen?«

»Erinnerst du dich nicht?«

»Nein.«

Es ist, als wäre ich in einer Welt eingeschlafen und in einer anderen wieder aufgewacht. Ich erinnere mich an Fetzen. Fragmente. Wir haben getanzt. Getrunken. Ich weiß nicht mehr, wie ich den Club verlassen habe. Wie bin ich in Tempes Wohnung gelandet? Wer hat mich ausgezogen? Ein Bild blitzt in meinem Kopf auf. Tempe redet mit mir, sagt Dinge, die ich nicht verstehe. Ihr Kleid ist von ihrem Körper geglitten. Sie küsst mich. Ich küsse sie zurück. Sie riecht nach Rauch und Parfüm und etwas süß Schmutzigem, und ich habe das Gefühl, all das passiert einer anderen. Es ist nicht unangenehm. Es ist interessant. Ein Experiment.

Tempe rollt sich aus dem Bett und nimmt ihren Bademantel von einem Haken hinter der Tür.

»Du warst betrunken. Ich meine, wirklich betrunken«, sagt sie und hebt ihr Haar über den Kragen. »Es wäre zu gefährlich gewesen, dich allein nach Hause gehen zu lassen, deshalb habe ich dich hierhergebracht. Ich wollte nicht, dass Henry dich so sieht.«

»Ich erinnere mich nur noch daran, dass ich in dem Club gewesen bin. Wir haben mit diesem jungen Typen gesprochen. Meinst du, er könnte mir irgendwas in den Drink getan haben?«

Sie reißt die Augen auf. »K.-o.-Tropfen. Das könnte schon sein. In einem Moment ging es dir noch gut, und im nächsten warst du total hinüber.«

Ich blicke mich in dem Zimmer um. »Wo sind meine Kleider?«

»Du hast auf dein Kleid gekotzt. Ich habe es im Waschbecken eingeweicht.«

»Ich hab mich übergeben? Daran kann ich mich gar nicht erinnern.«

»Nicht in dem Uber-Taxi, Gott sei Dank. Er konnte gerade noch rechtzeitig anhalten. Danach wollte er uns nicht mehr mitnehmen. Ich musste ihm zusätzliches Geld versprechen.«

»Ich gebe es dir zurück«, sage ich, nach wie vor ohne Erinnerung. Ich zermartere mir das Hirn.

»Du hast dich richtig gut amüsiert«, sagt Tempe. »Getanzt und gelacht. Du hast mit zwei Typen geflirtet, die dir ständig Drinks spendiert haben.«

»Wirklich?«

Ich spüre die Druckstellen an meinen Füßen und bemerke die Blasen von den Riemen.

»Ich brauche etwas zum Anziehen.«

»Natürlich. Nimm dir was aus dem Kleiderschrank.«

Als ich versuche aufzustehen, kippe ich beinahe um und muss mich an der Wand abstützen. Mein Kopf pocht. Ich gehe Tempes Sachen durch und entscheide mich für eine Cargo-Hose und ein weites T-Shirt. Als ich das T-Shirt über den Kopf ziehe, wird mir schwindelig. Ich werde das Gefühl nicht los, dass etwas Schreckliches passiert ist und ich nicht aufgepasst habe.

Im selben Atemzug werde ich von Übelkeit übermannt. Ich stürze ins Bad, knie über der Toilette und würge eine bittere Brühe aus Obst und Alkohol heraus. Zwischen den Wellen stütze ich mich an der Wand ab und lege die Stirn an die kühlen Fliesen.

Tempe ist unter der Dusche. Sie dreht das Wasser ab, steigt aus der Kabine und drückt ein Handtuch gegen ihren Unterleib. Wassertropfen glitzern auf ihren Schultern und Brüsten. Ich räuspere mich und vermeide es, sie anzusehen.

»Du armes Ding«, sagt sie und streicht mir übers Haar. Mir fällt ihre linke Hand auf, die nicht mehr verbunden ist. Auf beiden Seiten ihres Daumens verläuft ein Halbkreis von Stichwunden, es sieht aus wie Spuren eines Bisses. Ich will etwas sagen, doch sie ist nackt, und ich konzentriere mich darauf, mich nicht zu übergeben.

Ich gehe zurück ins Schlafzimmer und suche mein Handy und mein Portemonnaie, hebe Bettdecken und Kissen hoch, sehe auf der Kommode und auf der Fensterbank nach.

»Hast du mein Handy gesehen?«, rufe ich.

Tempe ist noch im Bad. »Wie bitte?«

»Hast du mein Handy gesehen?«

»Nein.«

»Gestern Abend hatte ich es noch.«

»Ich rufe deine Nummer an.«

Sie kommt aus dem Bad, entsperrt ihr Handy, ruft meine Nummer auf und hält das Telefon ans Ohr. Sie schüttelt den Kopf.

Scheiße!

»Vielleicht hast du es in dem Club oder in dem Uber liegen lassen.«

Scheiße! Scheiße!

»Ich rufe den Club an ... und den Fahrer.«

Während Tempe sich anzieht, durchsuche ich erneut das Zimmer. Erinnerungen an die letzte Nacht blitzen in stakkatoartigen Flashbacks auf. Ich sitze auf der Bank einer Bushaltestelle. Um mich herum sind Menschen, aber ich verstehe nicht, was sie sagen. Tempe hat zwei Köpfe und vier Augen. Es fühlt sich an wie eine Variante von Sedierung, in der ich zwar wach bin und alles mitbekomme, aber nicht eingreifen oder mich mitteilen kann.

»Ich kann mich nicht erinnern, was passiert ist«, sage ich.

»Immerhin hast du dich amüsiert«, sagt Tempe.

»Habe ich das?«

Sie drückt eine Paracetamol aus der Folienverpackung und gießt mir ein Glas Wasser ein. Jedes Geräusch klingt wie verstärkt.

»Kann ich Henry von deinem Handy aus anrufen?«

»Ich habe ihm eine Nachricht geschickt, dass du hier bist.«

»Warum?«

»Er hat dich gesucht.« Bei ihr klingt alles so offensichtlich.

»Ich muss los.«

»Ich mach dir einen Kaffee.«

»Keine Zeit.«

Tempe besteht darauf, mich zu fahren. Wieder möchte ich

sie nach der Freundin fragen, die ihr so großzügig ein Auto zur Verfügung stellt, aber vielleicht ist das nicht der richtige Zeitpunkt. Ich setze mich auf den Beifahrersitz und lasse für den Fall, dass mir wieder schlecht wird, das Fenster herunter. Ich stemme meine Füße auf das Armaturenbrett und binde Tempes weiße Sportschuhe zu. Auf der Spitze und der Lasche sind rote Spritzer. Ich habe ein identisches Paar zu Hause. Wir haben sie zusammen im West End gekauft, ein Sonderangebot, zwei Paare zum Preis von einem.

Beim Fahren summt Tempe leise vor sich hin, das Kinn gereckt und beide Hände am Lenkrad. Ich will das Radio anmachen, um die Stille zu füllen. Meine Gedanken wandern immer wieder zur vergangenen Nacht zurück. Tempe hat nicht wütend darüber gewirkt, dass sie nicht eingeladen war. Sie ist trotzdem gekommen. Sie hat sich selbst eingeladen. Ich wurde betäubt, und sie hat mich mit nach Hause genommen. Wo waren meine anderen Freundinnen? Sara, Margot, Brianna, Phoebe. Warum haben die mir nicht geholfen?

Ich will Tempe fragen, ob sie mich geküsst hat, ob wir irgendwas gemacht haben, doch es ist mir zu peinlich. Was, wenn ich es mir nur eingebildet habe? Wenn es Teil eines Traums war? Was, wenn die Initiative von mir ausging?

Wir haben den westlichen Rand von Clapham Common erreicht, und ich bitte Tempe anzuhalten, weil ich befürchte, mich übergeben zu müssen. Ich steige aus und stehe vornübergebeugt da, doch es kommt nichts heraus. Als ich mich wieder aufrichte, tropft Schweiß von meinem Gesicht.

»Von hier aus kann ich laufen.«

»Bist du sicher?«

»Ja.«

Ich gehe los, dankbar für die frische Luft. Tempe folgt mir

bis zur nächsten Kreuzung, hupt und biegt in die Elspeth Road. Als ich ihr endlich entronnen bin, entspannt sich mein ganzer Körper, und ich bin mit einem Mal so müde, dass ich mich unter einem Baum zusammenrollen und einschlafen möchte.

Als ich fast zu Hause bin, fällt mir ein Mann auf, der auf der anderen Straßenseite mit mir Schritt hält. Gegenüber parkt ein Polizeiwagen. Fairbairn erreicht die Stufen vor mir, stützt sich entspannt auf einem Ellenbogen ab und hält das Gesicht in die Sonne.

»Ich habe geklingelt. Ihr Verlobter meinte, Sie seien nicht zu Hause«, sagt er forsch.

»Stimmt irgendwas nicht?«

»Wo waren Sie?«

»Ich habe bei einer Freundin übernachtet.«

Ich warte, weil ich annehme, dass er mir etwas zu sagen hat. Er zeigt auf meinen Unterarm. »Sie haben sich verletzt.«

Ich folge seinem Blick und bemerke die langen roten Kratzer, die nicht ganz durch die Haut gedrungen sind.

»Was ist passiert?«

»Ich kann mich nicht erinnern.«

»Wirklich?«

»Es muss im Schlaf passiert sein.«

»Das war aber ein heftiger Traum.«

Ich führe ihn die Treppe hinauf und lasse ihn in der Küche warten, während ich ins Bad gehe und mir Wasser ins Gesicht spritze, um wach zu werden. Henry folgt mir.

»Ich habe eine Nachricht von Tempe bekommen. Was ist passiert?«

»Ich glaube, jemand hat mir was in den Drink getan. Tempe hat mich mit zu sich nach Hause genommen und ins Bett gebracht.«

»Ich habe versucht, anzurufen … ich habe Nachrichten geschickt.«

»Ich war total hinüber. Tut mir leid.«

»Du solltest ins Krankenhaus gehen.«

»Ich weiß. Aber erst muss ich mich um das hier kümmern.«

Fairbairn hat in der Küche gewartet.

»Ich war so frei«, sagt er und gibt mir einen Becher Tee. »Heftiger Abend?«

»So ähnlich.«

»Ein besonderer Anlass?«

»Ich heirate.«

»Verstehe«, sagt er, aber ich glaube, er versteht gar nichts.

»Ich war mit meinen Freundinnen in einem Club. Ich habe zu viel getrunken, oder jemand hat mir was in den Drink getan.«

»Was glauben Sie, was es war?«, fragt er. »Betrunken oder betäubt?«

»Ich weiß es nicht. Worum geht es?«

»Darren Goodall.«

»Was hat er jetzt wieder gemacht?«

»Er ist tot.«

Ich starre Fairbairn an, unsicher, ob das ein kranker Witz sein soll, doch ich erkenne, dass er die Wahrheit sagt. Mein Magen krampft sich zusammen, und ich werde von einer neuen Welle der Übelkeit gepackt.

»Was ist passiert?«

»Er wurde ermordet. Wir überprüfen alle Personen, die mit Detective Goodall zu tun hatten. Wann haben Sie ihn zum letzten Mal gesehen?«

»Vor ein paar Tagen. Ich war im Gericht, als seine Frau eine einstweilige Verfügung beantragt hat.«

»Sie haben sie begleitet?«

»Ich habe ihr moralische Unterstützung angeboten.«

»Als Freundin.«

Er lässt es so klingen, als hätte ich mich dadurch irgendwie kompromittiert oder wäre bei einer Lüge ertappt worden. Ich spüre, wie ich allmählich ärgerlich werde.

»Brauche ich einen Anwalt?«, frage ich.

»Ich weiß es nicht. Sie?« Er sieht mich fragend an. Nach einer langen Pause lächelt er entwaffnend und trinkt einen Schluck von seinem Tee.

Henry lungert in der Tür zum Wohnzimmer herum und will wissen, was ein Polizist in unserer Küche macht. Ich verscheuche ihn mit einer Handbewegung. Fairbairn zieht ein Notizbuch aus der Tasche und klopft darauf.

»Wie ist er gestorben?«, frage ich.

»Detective Goodall ist verbrannt.«

»In seinem Wagen?«

»Nein, in seinem Haus.« Fairbairn blickt auf sein Handy. »Ich kann es Ihnen zeigen, wenn Sie wollen.«

»Das verstehe ich nicht.«

»Sie scheinen sich ziemlich für Sergeant Goodall interessiert zu haben – Sie haben polizeiliche Datenbanken durchsucht, mit seiner Frau gesprochen ... Vielleicht können Sie mir helfen zu verstehen, warum ihm jemand das angetan hat.«

»Er muss sich Feinde gemacht haben.«

»Wie kommen Sie darauf?«

»Dylan Holstein hat über ihn recherchiert.«

»Glauben Sie, es war Rache für einen toten Journalisten?«

»Ich weiß es nicht.«

»Seine Verlobte ist vor acht Jahren von einer Klippe gestürzt. Sie war betrunken. Es war windig. Der Coroner hat es als einen tragischen Unfall eingestuft. Goodall war es egal, ob da irgendein Journalist rumschnüffelt und versucht, Dreck auszugraben.«

»Woher wissen Sie das?«

»Es liegt nahe.«

Für wen, will ich fragen, lasse ihn jedoch weiterreden.

»Die Ketten, die Betonblöcke, das Bad im Fluss. Das war ein Mord nach Art des organisierten Verbrechens«, sagt Fairbairn. »Etwas, wie es Ihr Vater organisieren würde.«

»Mein Vater ist Immobilienentwickler.«

Das findet der Detective lustig. Ich warte, bis er aufgehört hat zu lachen.

»Es ist ziemlich merkwürdig, dass Sie gerade in der Gegend waren, als wir die Leiche gefunden haben«, sagt er.

»Es war ein Zufall.«

»Manchmal erfordern Zufälle eine Menge Planung.«

Ich springe nicht auf den Köder an.

»Wie geht es Ihrem Vater?«, fragt er.

»Er hatte einen Herzinfarkt.«

»Das habe ich gehört. Eine Schande. Ich hoffe, er erholt sich rasch wieder.«

»Ja.«

»Mittlerweile hat Eddie McCarthy seine Finger offenbar überall im Spiel. Ist bestimmt praktisch, eine Tochter bei der Metropolitan Police zu haben.«

»Ihre Andeutungen gefallen mir nicht.«

Ein weiteres Lächeln.

»Dylan Holstein hat über das Hope-Island-Projekt recherchiert. Zwei lokale Ratsherren sind zurückgetreten, ein dritter ist tot, aber nichts hält Eddie McCarthy auf – nicht einmal ein Herzinfarkt.«

»Wenn Sie Fragen an ihn haben, sollten Sie sie ihm stellen. Sie kennen seine Adresse.«

»In der Tat. Ein richtiges Herrenhaus.« Er kratzt sich an seinem unrasierten Kinn. »Betäubt, sagen Sie. Ich kann Sie ins Krankenhaus fahren, wenn Sie einen toxikologischen Test machen wollen. Falls sich allerdings herausstellen sollte, dass Sie Partydrogen konsumiert haben, würde das natürlich das Ende Ihrer Karriere bedeuten.«

Die ist schon vorbei, denke ich, frage ihn jedoch stattdessen, ob ich kurz duschen kann.

Fairbairn wartet. Im Badezimmer blicke ich in den Spiegel. Ich habe dunkle Ringe unter den Augen, meine Lippen sind blutleer und rissig. Ich sehe aus wie ein Zombie. Ich fühle mich wie ein Vergewaltigungsopfer.

Henry sitzt auf dem Bett, während ich mich anziehe.

»Du hast zu mir gesagt, Tempe wäre nicht eingeladen«, flüstert er.

»Und du hast ihr erzählt, wo wir sind.«

»Nein, habe ich nicht.«

Ich will widersprechen, doch er hält dagegen. »Ich wusste gar nicht, wohin ihr geht.«

»Tempe hat gesagt, sie hätte dich angerufen.«

»Ja.«

»Irgendwas musst du doch gesagt haben.«

»Ich habe gesagt, dass du mit deinen Freundinnen ausgegangen bist.«

»Weil du wusstest, dass sie das verletzen würde.«

Henry versucht, das Thema zu wechseln. »Wer hat dir was in den Drink getan?«

»Oh, ich habe ganz vergessen, seinen Namen zu notieren«, erwidere ich. »Wie dumm von mir.«

»Hat irgendjemand um dich rumgeschnüffelt oder dir Drinks spendiert?«

»Ja und nein.«

»Auf welche Frage?«

Ich bin wütend, dass ich mich verteidigen muss. »Eine Frau sollte ausgehen können, ohne betäubt oder angegriffen zu werden.«

Sein Kopf schnellt hoch. »Du bist angegriffen worden?«

»Nein. Ich ... es ist kompliziert ... Ich habe mein Haar offen getragen. Ich habe zu viel getrunken. Und ich habe getanzt.«

Ich ziehe Jeans, Bluse und eine kurze Lederjacke an.

»Wann kommst du nach Hause?«, fragt Henry.

»Wenn ich fertig bin.«

49

Es gibt keine Sirenen, und auch sonst wirkt die Fahrt nicht besonders dringlich oder eilig. Fairbairn hat auf dem Beifahrersitz eines zivilen Fahrzeugs Platz genommen und dreht sich nach hinten um, um mit mir zu sprechen. Der Fahrer ist ein uniformierter PC etwa in meinem Alter mit einem Gesicht wie ein Clown: rote Wangen, runder Mund.

»Erzählen Sie mir, was passiert ist?«, frage ich, immer noch unsicher, was ich hier mache.

»Ich würde es Ihnen lieber zeigen.«

»Warum?«

»Ein frischer Blick.«

»Ich arbeite nicht im Morddezernat.«

»Sagen Sie mir, was Sie sehen.«

Ich erkenne die Häuser wieder, als wir in die Kempe Road biegen, die beidseitig abgesperrt ist. Alle verfügbaren Parkplätze sind mit Polizeiwagen und Transportern der Kriminaltechnik sowie einem Feuerwehrwagen mit ausfahrbarer Leiter belegt.

Namen werden notiert, Unterschriften geleistet. Ich werde an Feuerwehrmännern vorbeieskortiert, die Schläuche aufrollen und ihre Ausrüstung in ihrem Lkw verstauen. Als Erstes fällt mir auf, dass die Fenster im ersten Stock von der Hitze oder dem Wasser geborsten sind. Um die Fensterrahmen sind Rußspuren zu erkennen, einige Traufen sind schwarz.

Um das gesamte Haus ist Absperrband gespannt, entlang

der Hecken und quer vor dem Tor. Die Forensik-Teams packen ihre Sachen zusammen, nachdem sie ihre Proben genommen und alle Oberflächen auf Fingerabdrücke untersucht haben. Scheinwerfer und Kameras werden in silberne Kisten geschoben, Stative zusammengeklappt, Beweisstücke eingetütet, versiegelt und gekennzeichnet.

Nachdem wir den äußeren Ring passiert haben, kommen wir zu einem inneren, dichter am Haus. Weitere Unterschriften werden benötigt, und ich werde mit einem Overall inklusive Haarnetz ausgestattet, das aussieht wie eine Duschhaube, dazu Plastiküberzieher für meine Schuhe. Die Haustür hängt an einer einzelnen Angel. Die Feuerwehrmänner müssen sie aufgerammt haben, um hineinzugelangen.

»Waren Sie schon mal hier?«, fragt Fairbairn.

Mir bleibt ein Luftbläschen im Hals stecken. »Wieso fragen Sie?«

»Mrs Goodall hat gesagt, Sie hätten ihr geholfen, ihren Mann zu verlassen.«

»Sie haben mit ihr gesprochen.«

»Ich musste die Nachricht überbringen.«

»Wie hat sie es aufgenommen?«

»Geweint hat vor allem ihre Mutter.«

Wir betreten das Haus, wo Plastikplanken im Flur ausgelegt sind. Der Geruch von Rauch hängt schwer in der Luft, und der durchweichte Teppich macht bei jedem Schritt ein schmatzendes Geräusch. Ich blicke ins Wohnzimmer, wo alle glatten Flächen mit Puder bestäubt wurden, um mögliche Fingerabdrücke zu sichern.

Vor drei Tagen bin ich in dieses Haus eingebrochen. Ich könnte Hautzellen, Faserspuren oder eine Haarsträhne hinterlassen haben. Ich sollte möglichen Entdeckungen zuvorkommen und Fairbairn die ganze Geschichte erzählen – dass ich Imogen Crokers Saphirring gefunden habe, der beweist, dass Goodall bei der gerichtlichen Anhörung gelogen hat. Aber dafür müsste ich meine eigenen Straftaten zugeben – unbefugtes Eindringen, versuchter Diebstahl, Sachbeschädigung. Und wenn der Mörder schnell gefasst wird, spielt all das keine Rolle.

»Wie haben Sie und Mrs Goodall sich kennengelernt?«, fragt er.

»Was hat sie Ihnen erzählt?«

»Sie waren im selben Yoga-Kurs.«

»Das ist richtig.«

»War das ein Zufall?«

»Nein«, sage ich, um, wo immer möglich, bei der Wahrheit zu bleiben. »Ich bin ihr gefolgt.«

»Von diesem Haus aus?«

»Ja.«

»Warum?«

»Ich habe die Aufnahme eines Notrufs gehört, den Nathan, ihr kleiner Sohn, während eines häuslichen Streits gemacht hat. Der Fall wurde vertuscht.«

»Und was ging Sie das an?«

»Nach dem, was Tempe Brown passiert war, hatte ich den Verdacht, dass es nicht das erste Mal war, dass Goodall eine Frau misshandelt hatte. Als Holstein mir von Imogen Croker erzählt hat, habe ich beschlossen, ein wenig tiefer zu graben.«

»Sie haben ohne Genehmigung auf eine polizeiliche Datenbank zugegriffen.«

»Ja.«

»Haben Sie Ihre Befürchtungen Ihren Vorgesetzten mitgeteilt?«

»Man hat mir gesagt, ich solle die Sache auf sich beruhen lassen.«

»Aber das haben Sie nicht getan.«

Wir steigen die Treppe hinauf und biegen auf dem Absatz um die Ecke.

»Wann haben Sie zuletzt mit Alison Goodall gesprochen?«

»Ich habe sie am Mittwoch zum Gericht begleitet. Sie hat eine einstweilige Verfügung beantragt.«

»Sie haben sie ermutigt, ihn zu verlassen.«

»Diese Entscheidung hat sie getroffen.«

Wir haben das Elternschlafzimmer erreicht. Alles ist mit ölig schwarzem Ruß bedeckt, der ein perverses Schattenland geschaffen hat. Bis auf die Planken am Boden, unsere blauen Overalls und ein kleines Stück Stoff auf einem gepolsterten Stuhl neben dem Fenster ist alles bar jeder Farbe.

»Genauso haben wir es vorgefunden«, sagt Fairbairn. »Nur die Leiche wurde abtransportiert.«

Ein neuer Geruch attackiert meine Sinne – der widerlich süße Gestank von verbranntem Fleisch setzt sich in meiner Nase fest. Mir dreht sich der Magen um, doch es ist nichts mehr übrig, was ich hochwürgen könnte.

Trotz des Schadens erkenne ich den Raum wieder. Das große Doppelbett mit dem Eisenrahmen, die antike Frisierkommode mit den Schubladen links und rechts. Ich habe diese Schubladen durchsucht und mein Bild in diesem Spiegel gesehen.

»Das war der Brandherd«, sagt Fairbairn und zeigt aufs Bett.

Die Matratze ist so verkohlt, dass ich die Stahlfedern und den geschmolzenen Schaum sehen kann, der zu pechschwarzen Klumpen verhärtet ist.

»Er war mit Handschellen ans Bett gefesselt.«

»Polizeihandschellen?«

»Ja. An einem Handgelenk. Dem rechten.«

»Was wurde als Brandbeschleuniger benutzt?«

»Feuerzeugbenzin.«

Fairbairn tritt auf die Planken. Ich folge ihm zögernd, die Arme fest verschränkt, als hätte ich Angst, etwas zu berühren.

»Eine Nachbarin von gegenüber hat etwas klirren gehört, wie berstendes Glas, und aus dem Fenster geguckt. Da hat sie die Flammen im ersten Stock gesehen.«

»Auch, ob jemand das Haus verlassen hat?«

»Eine Gestalt in dunkler Kleidung und weißen Sportschuhen.«

»Männlich? Weiblich?«

»Das konnte sie nicht erkennen. Goodall hatte gestern Abend Gesellschaft. Wir haben unten eine halb volle Flasche Wein und zwei Gläser gefunden.«

»Fingerabdrücke?«

»Abgewischt.«

»Das legt nahe, dass er seinen Mörder kannte.«

Wieder bleibt mir ein Hauch von verbranntem Fleisch im Hals stecken, mein Magen krampft sich zusammen.

»Er muss geknebelt gewesen sein«, sage ich mit einem Blick zum Bett.

»Wie kommen Sie darauf?«

»Sie haben gesagt, die Nachbarin hätte Glas bersten gehört, aber keine Schreie. Goodall muss das ganze Haus zusammengeschrien haben, wenn er verbrannt ist.«

»Man hatte ihm tatsächlich etwas in den Mund gestopft.«

»Was?«

Fairbairn will zunächst nicht damit herausrücken. »Einen Frauenslip«, sagt er schließlich. »Wir hoffen, dass wir eine DNA-Probe sichern können.«

»Das ist unwahrscheinlich.«

»Wie kommen Sie darauf?«

»Eine Person, die sich die Mühe gemacht hat, ein Weinglas abzuwischen, würde bestimmt nicht so einen Anfängerfehler machen, wie ihre DNA in Unterwäsche zu hinterlassen.« Ich weise mit dem Kopf auf die Kommode. »Vielleicht wurde der Slip aus einer Schublade genommen.«

»Woher wissen Sie, dass Mrs Goodall dort ihre Unterwäsche aufbewahrt?«

»Es ist der naheliegende Ort.«

»Sie glauben, es war eine Frau?«

»Sie nicht?«

Fairbairn murmelt tief aus der Brust etwas in sich hinein, und ich tadele mich stumm dafür, so viele Gedanken geäußert zu haben.

»Wo war Alison gestern Abend?«, frage ich.

»Im Haus ihrer Eltern. Ihr kleiner Sohn war wegen einer Mittelohrentzündung fast die ganze Nacht wach. Sie ist gleich heute früh mit ihm zum Arzt gegangen.«

Als mein Blick zu dem begehbaren Kleiderschrank wandert, fällt mir der Koffer mit Imogen Crokers Saphirring wieder ein.

»Ist irgendetwas entfernt worden?«

»Nein. Alles ist genau so, wie wir es vorgefunden haben.«

Ich trete auf den Planken ein Stück näher und spähe in den Kleiderschrank. Die Tür muss geschlossen gewesen sein, als die Flammen sich ausgebreitet haben, denn die Regale und aufgehängten Kleider sind weniger dick mit Ruß bedeckt.

»Hat Alison Ihnen von dem Koffer erzählt?«, frage ich.

»Welcher Koffer?«

»Als sie Goodall verlassen hat, hat sie ihre Sachen in zwei Koffer gepackt, musste jedoch einen zurücklassen.«

»Ist das wichtig?«

»Ich habe ihr das Foto eines Saphirrings gezeigt, den Imogen Croker am Tag ihres Todes trug. Sie hat mir erzählt, dass Goodall ihr einen ähnlich aussehenden Ring geschenkt hat.« Ich betrete den begehbaren Kleiderschrank und blicke hinter die Tür. Der Koffer ist noch da.

»Er war in einem Schmuckbeutel.«

Fairbairn grunzt abschätzig. »Goodall wurde nicht wegen eines Schmuckstücks ermordet, das vor acht Jahren verschwunden ist.« Ich will widersprechen, doch er schneidet mir das Wort ab. »Dies ist die Vergeltung für etwas, das kürzer zurückliegt.«

Ich denke an die Frau, mit der er vor drei Abenden zusammen war. Ich habe ihr Gesicht nicht gesehen, aber sie klang, als wäre sie zum ersten Mal in dem Haus gewesen. Eine Ersttäterin. Ein Date.

Fairbairn redet immer noch. »Jemand hat die Alarmanlage deaktiviert. Der Steuerungskasten wurde aufgebrochen, und die Kabel wurden herausgerissen, was nicht zu der Flasche Wein und den beiden Gläsern passt.«

»Vielleicht hat beides nichts miteinander zu tun«, sage ich.

»Oder der Mörder hatte einen Komplizen, der vor ihm eingebrochen ist und im Haus gewartet hat.«

»Sie glauben, es war die Tat von zwei Personen?«

Fairbairn reibt sich die Wangen, als wollte er seine Sommersprossen abrubbeln. Wieder wünschte ich, ich hätte den Mund gehalten.

»Erklären Sie mir noch einmal Ihre Beziehung zu Darren Goodall.«

»Wir hatten keine *Beziehung*. Er hat Tempe Brown gestalkt, ihr Drohnachrichten geschickt. Er hat meinen Wagen demoliert. Er hat Beleidigungen an ihre Haustür geschmiert.«

»Hat einer von Ihnen die Polizei gerufen?«

»Ich *war* die Polizei, schon vergessen?« Die Bemerkung klingt zu glatt und oberflächlich.

»Wenn Sie sagen, demoliert ...?«

»Mit Säure. Ich habe Fotos gemacht.« Ich will sie ihm zeigen, als mir einfällt, dass mein Telefon verschwunden ist. »Ich habe gestern Abend mein Handy verloren«, sage ich und weiß selbst, wie lahm das klingt.

»Wo?«

»In einem Club, glaube ich, oder vielleicht in einem Uber auf der Heimfahrt.«

»Das ist bedauerlich. Vielleicht können wir es für Sie aufspüren.«

Er glaubt mir nicht.

»Wo ist Ihr Wagen jetzt?«

»Ich lasse ihn neu lackieren.«

Fairbairn seufzt frustriert.

Es war falsch hierherzukommen.. Ich hätte mich weigern, mauern und ihm nichts über mich oder meine Eindrücke vom Tatort erzählen sollen. Ich bin offensichtlich eine Person von Interesse, peripher oder mehr, und dieser Ausflug hat nur den Zweck, nach Informationen zu fischen.

Fairbairn führt mich nach draußen, wo ich die Latexhandschuhe abstreife und den Overall ausziehe. Der Detective wirft seinen auf einen Haufen, verwahrt meinen jedoch separat – um an meine DNA heranzukommen. Er öffnet die hintere Tür eines Streifenwagens, der mich nach Hause bringen soll.

»Ich möchte die Namen und Kontaktdaten Ihrer Freundinnen inklusive Tempe Brown.«

»Sie sind auf meinem Handy«, sage ich. »Aber ich besorge sie Ihnen.«

Ich brauche Zeit, um mit meinen Freundinnen zu sprechen und herauszufinden, was genau in dem Nachtclub und danach passiert ist.

Als der Streifenwagen losfährt, drehe ich mich noch einmal zu dem Haus um. Der Detective steht mitten auf der Straße, die Hände in die Taschen geschoben, die Ärmel seines Mantels um die Handgelenke gebauscht, wie ein einsamer Revolverheld, der auf zwölf Uhr mittags wartet.

50

Henry ist im Garten und schneidet die Ranken zurück, die drohen, den hinteren Zaun zu überwuchern. Sein Haar ist im Laufe des Sommers blonder geworden und muss vor der Hochzeit noch geschnitten werden.

»Was ist gestern Nacht passiert?«, fragt er und wischt sich mit dem Unterarm den Schweiß von der Stirn.

»Das hab ich dir doch erzählt. Tempe hat mich zu sich nach Hause gebracht.«

»Ist der Knutschfleck auch von ihr?«

Er legt seinen Finger an meinen Hals, kurz über dem Schlüsselbein.

Ich berühre die Stelle, aber nicht seine Hand, weil er sie schon wieder weggezogen hat. Ich lache, denke, dass es ein Witz ist, doch Henry stimmt nicht ein. Ich will, dass er mich ansieht, doch sein Blick schweift immer wieder zur Seite.

»Es ist nichts passiert«, sage ich.

»Wie kannst du da so sicher sein? Du warst betäubt.« Er bückt sich, nimmt eine Wasserflasche vom Boden und hält beim Trinken das Gesicht in die Sonne. »Wissen sie, wer Goodall getötet hat?«

»Nein.«

»Bist du eine Verdächtige?«

»Ich glaube schon.«

Henry bläst die Backen auf, eine Locke seines Haars hebt und senkt sich. »Hast du ihnen erzählt, was Goodall dir angetan hat? Dass er dich von der Straße gedrängt und dein Auto demoliert hat?«

»Das macht mich ja verdächtig.«

»Aber du hast Tempe als Alibi.«

Ich nicke unsicher. Er setzt sich auf die niedrige Backsteinmauer und fragt mich mit professionellem Interesse nach dem Brand. Henry spricht häufig über das Wesen eines Feuers und darüber, wie es unter bestimmten Bedingungen reagiert. Einmal hat sein Atemschutzgerät nach sieben Minuten angefangen zu piepen, weil der Sauerstoff ausging, als er mitten in einem brennenden Gebäude war. Die Flasche war nicht richtig befüllt worden. Henry überlebte, indem er blind navigierend und flach atmend unter dem dichtesten Qualm ins Freie kroch. Danach lag er für zwei Tage im Krankenhaus. Die Einzelheiten hat er mir erst Monate später erzählt, weil er fürchtete, seine Lungen könnten einen permanenten Schaden davongetragen haben.

»Wie weit hat sich das Feuer ausgebreitet?«, fragt er.

»An den Wänden, aber nicht bis zur Decke.«

»Was war mit den Vorhängen?«

»Verbrannt.«

»Sind die Fenster geplatzt?«

»Ja, aber das könnte auch der Wasserdruck aus den Schläuchen gewesen sein. Ich war erstaunt, wie viel Ruß sich gebildet hatte.«

»Klebrig oder trocken?«

»Wieso?«

»Es gibt einen Unterschied zwischen feuchtem und trockenem Rauch. Feuchter Rauch entsteht beim Verbrennen von Plastik und Gummi, trockener Rauch beim Verbrennen von Holz und Papier. Die brennen schneller bei höherer Temperatur. Das eine hinterlässt einen übelriechenden, beinahe klebrigen Ruß, das andere einen trockenen, der leichter abzuwischen ist.«

»Der Ruß war klebrig.«

»Wahrscheinlich von der brennenden Matratze.«

»Alles war schwarz gefärbt – die Wände, der Boden, die Möbel.«

Ich sehe den Raum vor mir – komplett farblos bis auf die Planken, unsere Overalls und den gepolsterten Stuhl am Fenster.

»Wie kann es sein, dass ein Polster nicht mit Ruß bedeckt war?«

Henry denkt nach. »Irgendwas muss darauf gelegen haben.«

»Die Polizei hat gesagt, aus dem Zimmer sei nichts entfernt worden.«

Henry überlegt. In der Stille höre ich das Summen der Bienen zwischen den Blumen und das entfernte Geräusch eines Heckenschneiders. Immer wieder tritt mir das geometrische Muster des Polsters vor Augen, der Farbtupfer in einem Raum, in dem sonst alles mit schwarzem Ruß überzogen war. Es gibt eine Erklärung, auf die ich beinahe nicht komme, weil die Vorstellung unerträglich grausam scheint.

»Könnte jemand auf dem Stuhl gesessen haben, während das Bett brannte?«, frage ich.

»Er hätte Fußabdrücke hinterlassen«, sagt Henry.

»Die durch das Löschwasser und die Abdrücke der Feuerwehrmänner vernichtet wurden.«

»Man hätte niedrig unter dem Rauch bleiben müssen.«

»Ist das möglich?«

»Gefährlich, aber ja.«

Mich schaudert bei dem Gedanken, dass jemand Goodall

beim Sterben zugesehen und seine geknebelten Schreie gehört hat, als die Flammen seinen Körper erfassten. Ein solches Ausmaß an Hass ist beinahe unbegreiflich.

»Vielleicht war es dein Vater«, sagt Henry.

»Wie kommst du denn darauf?«

»Du hast selbst gesagt, er würde in den Krieg ziehen.«

»Nicht alles muss mit meiner Familie zu tun haben«, fauche ich.

»Du hast recht. Tut mir leid.«

Aber noch während er sich entschuldigt, spüre ich einen nagenden Zweifel, der sich in meine Brust bohrt. Mein Vater wusste, dass Goodall mich bedroht hat. Vielleicht hat Finbar ihm von dem Säureanschlag erzählt.

Henry hat sich wieder den Ranken zugewandt. Wir sind nur ein paar Schritte voneinander entfernt, doch es kommt mir vor wie ein tiefer Graben. Ich will ihn umarmen. Ich will mein Gesicht an seine Brust drücken, in seinen Armen reglos im Garten stehen, ein paar zitternde Seufzer ausstoßen und die Welt sich selbst reparieren lassen.

»Ich muss los«, sage ich.

»Wohin?«

»Ich muss mit Carmen reden. Ich will wissen, was gestern Abend passiert ist.«

»Vielleicht solltest du zu Hause bleiben.«

Ich warte auf eine Erklärung, doch er runzelt bloß ratlos die Stirn. »Jedes Mal, wenn du losstürmst, machst du anscheinend alles nur noch schlimmer. Wenn du einfach mal stehen bleiben würdest … zu Atem kommen …« Er lässt den Satz unbeendet.

»Ich habe nicht angefangen.«

»Du kannst immer noch weggehen.«

»Dafür ist es zu spät.«

In seinem Blick liegt eine gequälte Hoffnung, die mir bewusst macht, wie sehr wir uns in letzter Zeit voneinander entfernt haben. Davor haben wir über alles geredet, haben über Freunde gequatscht, Klatsch und Politik; wir haben Internet-Memes und Katzenvideos geteilt und Binge-Watching-Sessions mit *Bob's Burgers* und *Fleabag* abgehalten. All das hat sich verändert. Ich habe mich verändert.

Ich bin schon fast am Haus, als er meinen Namen ruft. »Tempe hat dein Handy gefunden. Es liegt in der Küche.«

»Wo war es?«

»Das hat sie nicht gesagt.«

Mein Telefon liegt auf der Kücheninsel und ist zum Aufladen eingestöpselt. Das Display zeigt ein Dutzend Nachrichten von Tempe, Henry und den anderen Mädchen an. Georgia hat mir ein betrunkenes Emoji geschickt. Warum finden andere Menschen einen Kater so amüsant? Ich war betäubt, nicht betrunken – obwohl ich das nicht mit Sicherheit weiß. Mein Gehirn fühlt sich an wie ein abgestürzter Computer. Acht Stunden fehlen. Ausradiert. Manipuliert.

Carmens Buchhandlung ist auf Kinderbücher spezialisiert und hat eine Leseecke mit winzigen Tischen und Stühlen in Primärfarben. Ihre junge Assistentin sieht aus wie Alice im Wunderland, wobei ich nicht sicher bin, ob das ihr üblicher Modegeschmack oder ein Kostüm ist. Carmen ist »hinten und macht die Remittenden«.

Sie hört meine Stimme, kommt in den Laden und wischt sich Tinte von den Fingern. Ich zerre sie zurück in ihr Büro, das kaum groß genug für uns beide ist.

»Was ist gestern Abend passiert?«

»Wieso?«

»Ich bin heute Morgen in Tempes Wohnung aufgewacht. Ich weiß nicht mehr, wie ich dorthin gekommen bin.«

Carmen hat einen Witz auf der Zunge, bremst sich jedoch. »Du hast den Eindruck gemacht, als würdest du dich prächtig amüsieren. Du hast ausgelassen getanzt und getrunken.«

»Mit wem habe ich getanzt?«

»Mit jeder Menge Leute.«

»Wer hat Tempe eingeladen?«

»Ich dachte, das wärst du gewesen.«

»Nein.«

»Woher wusste sie, wo wir sind?«

»Keine Ahnung.«

Carmen sagt offensichtlich die Wahrheit, denn sie ist nicht der Typ, der Geschichten ausschmückt oder übertreibt, um sie interessanter zu machen.

»Was für einen Eindruck habe ich gemacht, als du mich zuletzt gesehen hast?«, frage ich.

»Ein bisschen gefühlsduselig. Du hast uns allen erklärt, wie sehr du uns liebst. Wir haben beschlossen, dich nach Hause zu bringen.«

»Warum habt ihr das nicht gemacht?«

»Tempe hat sich angeboten. Sie wohnt am nächsten. Georgia hatte mit einem Typen angebandelt, der gesagt hat, er würde sie übers Wochenende nach Madrid einladen. Ich musste sie retten. Brianna ist wegen der Arbeit früh abgehauen.«

»Warum kann ich mich nicht erinnern?« Meine Stimme bricht.

Carmen erkennt, dass etwas nicht stimmt. »Ist irgendwas passiert?«

»Ich glaube, jemand hat mir was in den Drink getan.«

»Nein! Wann?«

»Im letzten Club. Ich erinnere mich noch daran, dass Tempe aufgekreuzt ist. Ein Typ hat mich zum Tanzen aufgefordert. Tempe ist an die Bar gegangen. Und ich habe mit Georgia gesprochen. Das ist alles.«

Carmen sieht mich besorgt an. »Aber es ist doch nichts passiert, oder? Ich meine, du warst immer in Sicherheit.«

Mein Handy zwitschert. Tempe hat eine weitere Nachricht geschickt und fragt, ob ich gerade Zeit habe für die letzte Anprobe meines Hochzeitskleides. Ich bin nur fünf Minuten von dem Brautmodenladen entfernt. Es ist beinahe so, als wüsste sie, wo ich bin.

In diesem Moment scheint die Maschinerie der Welt zu verstummen, und ich höre nur meinen eigenen Atem. Die Begegnungen mit Tempe in dem chinesischen Restaurant in Wandsworth, auf dem Markt in Brixton und beim Training in der Chestnut Grove Academy – sie waren alle nicht zufällig. Auch wenn wir es jedes Mal lachend abgetan haben. Von wegen, wir wären so auf einer Wellenlänge, dass wir zur selben Zeit Besorgungen machten. Bald würde sich unser Zyklus synchronisieren, oder wir würden anfangen, die Sätze der anderen zu beenden.

Mir fallen andere Anlässe ein, die zunächst so willkürlich wirkten, ohne Methode oder Sinn. Allmählich tritt ein Muster zutage. Nein, nichts so Konkretes wie ein Muster – eine blasse Beinahe-Bedeutung, die immer klarer wird, während ich die Teile zusammenfüge. Es war nie Zufall. Es war immer geplant.

51

Der junge Typ in dem Computerladen lässt sich einen Bart wachsen, der seine untere Gesichtshälfte nur unregelmäßig bedeckt. Er scheint jedoch ziemlich stolz darauf zu sein und streicht mit der Hand darüber, während er auf einen Bildschirm blickt.

Ich lege mein Handy auf den Tresen und frage: »Wie finde ich heraus, ob jemand meinen Standort überwacht?«

Er blickt auf, strafft die Schultern und richtet sich den Schritt. »Ein eifersüchtiger Freund?«

»So ähnlich.«

Auf seinem Namensschild steht *Symon*, mit einem »y«.

»Ich kann ein Anti-Viren-Programm laufen lassen«, sagt er.

Nachdem er mein Telefon an einen Computer angeschlossen hat, tippt er auf die Tastatur. Auf dem Bildschirm erscheint ein roter Balken, der sich langsam füllt und den Fortschritt anzeigt. Soweit ich weiß, könnte er auch all meine Fotos herunterladen, aber ich glaube nicht, dass ich mir Sorgen machen muss. Ich habe keine peinlichen Fotos. Nacktfotos, meine ich.

»Wonach suchen Sie?«, frage ich.

»Viren. Malware. Es sollte nicht lange dauern.«

Der Computer meldet sich mit einem Ping-Ton. »Okay, das sieht so weit in Ordnung aus. Mal schauen, welche Apps Sie nutzen.«

Er scrollt sich durch mein Handy. »Offensichtliche Tracking-Apps haben Sie nicht. Viele Eltern benutzen sie, um ihre Kinder zu kontrollieren. Manche Apps sind ziemlich raffiniert. Sie senden einen Alarm, wenn ein Handy eine gewisse Zeitlang nicht benutzt wird. Das soll verhindern, dass die Kids ihre Telefone bei einem Kumpel deponieren und auf eine Party gehen.«

Immer noch redend verbindet er das Handy mit einem neuen Computer und lässt ein anderes Programm durchlaufen. Diesmal erscheint ein großes Textfeld auf dem Bildschirm, das aussieht wie in einem fremden Alphabet geschrieben.

»Scheiße!«, brüllt er und entkoppelt das Telefon hastig.

»Was ist?«

»Malware. Ich muss sie getriggert haben, als ich die App gesucht habe.«

»Was bedeutet das?«

»Ihr Telefon hat einen Virus. Und wer immer die Codierung geschrieben hat, will nicht, dass ich eingreife.«

»Können Sie ihn loswerden?«

»Nicht, ohne das Telefon auf Werkseinstellung zurückzusetzen. Haben Sie irgendwo ein Back-up? In der Cloud? Auf Ihrem Computer zu Hause?«

»Ich weiß nicht.« So was macht Henry für mich.

Symon verbindet mein Handy mit einem neuen Computer, hält den Lautstärkeknopf gedrückt und öffnet einen Bildschirm im Recovery-Modus. »Sind Sie sicher, dass ich das machen soll? Sie werden alles verlieren. E-Mails. Kontakte. Fotos.«

»Das ist mir egal.«

»Sie sollten auch alle Computer und Tablets zu Hause zurücksetzen, die dasselbe Netzwerk verwendet haben.«

»Okay. Machen Sie es sicher. Wozu genau ist die Malware gut?«

»Schwer zu sagen, ohne die Codierung zu sehen, aber es

könnte jemandem Zugriff auf Ihre Daten und Ihren Standort verschaffen. Es gibt auch Malware, mit der man Ihr Handy steuern kann – Kamera und Mikrofon werden eingeschaltet, ohne dass Sie es merken.«

»Um zu lauschen.«

»Ja.«

»Wie habe ich mir den Virus eingefangen?«

»Sie könnten einen Anhang geöffnet haben, oder jemand hatte direkten Zugriff auf Ihr Handy.«

Meine Gedanken eilen mir voraus. Tempe schickt mir ständig Fotos und Anhänge, Informationen über die Hochzeit. Und wenn sie mich besucht, liegt mein Telefon immer offen herum.

Symon gibt mir mein Handy zurück. Meine Kontaktliste ist gelöscht. Meine E-Mails, Textnachrichten, Fotos. Ich will Henry anrufen, erinnere mich jedoch nur an die ersten Ziffern seiner Nummer.

Draußen auf dem Bürgersteig werde ich von Fußgängern angerempelt, weil ich nicht genau weiß, wohin ich gehen und was ich machen soll. Was Tempe getan hat, ist illegal – mein Telefon hacken, meine Nachrichten lesen … vielleicht beobachtet sie mich in diesem Augenblick. Sie könnte mir zu der Buchhandlung und dem Computerladen gefolgt sein. Ich lasse meinen Blick über die Straße und den Kirchhof schweifen und spähe in den Schatten unter den Bäumen.

Was will Tempe von mir? Ich habe mich mit ihr angefreundet. Ich habe ihr eine Unterkunft besorgt, als sie obdachlos war. Ich habe sie meinen Freundinnen vorgestellt. Aber es war nie genug. Es ist mir egal, ob sie eine Geschichte psychischer Vorerkrankungen hat oder glaubt, ich bräuchte eine Retterin. Das muss aufhören.

Ich warte vor dem Brautmodengeschäft und überlege immer noch, was ich machen soll. Die Besitzerin entdeckt mich durchs Fenster und tritt zu mir hinaus auf den Bürgersteig.

»Alles in Ordnung? Sie können gerne reinkommen. Ich habe Teewasser aufgesetzt.«

Martina ist Mitte vierzig, trägt einen eleganten Rock und ein Jackett passend zu ihrer Augenfarbe. Sie ist eine dieser Frauen, die jede zukünftige Braut umschmeicheln und ihr das Gefühl geben, ihre wichtigste Kundin zu sein.

»Was haben Sie mit sich gemacht?«, fragt sie besorgt. »Sie haben Ringe unter den Augen. Das geht nicht. Sie brauchen kalte Teebeutel. Eine Hydrierung.«

»Ich habe nicht gut geschlafen.«

Sie führt mich in den Anprobe-Raum mit einer Sitzgruppe und Spiegeln an drei Wänden. Tee wird ausgeschenkt, Schokoladenkekse werden auf einem Teller serviert. Ich habe seit gestern nichts mehr gegessen. Die Schokolade verschafft mir einen kurzen Zuckerkick, doch ich weiß, dass er nicht andauern wird.

Das Bimmeln der Ladentür verkündet Tempes Ankunft. Sie trägt eine leichte Kaschmirstrickjacke über einem weißen T-Shirt. Meine Strickjacke. Mein Style. Sie beugt sich lächelnd zu mir und erwartet einen Kuss auf die Wange, doch ich ziehe im letzten Moment zurück.

»Ich habe Halsschmerzen. Ich will dich nicht anstecken.«

Martina kreischt alarmiert auf. »Sie dürfen jetzt keine Erkältung bekommen! Nicht so kurz vor der Hochzeit. Ich weiß genau das Richtige für Sie – Sie müssen mit Salzwasser gurgeln und Ihren Tee mit Honig süßen.«

Während Martina darüber plappert, dass sie seit sieben Jahren keine Erkältung mehr hatte, beobachte ich Tempe.

»Woher wusstest du, wo ich bin?«, frage ich.

»Was?«

»Als du angerufen hast, war ich gleich um die Ecke in Carmens Buchhandlung.«

»Wie praktisch«, sagt sie, ohne den Subtext zu erkennen.

»War die Polizei bei dir?«

»Wieso?«

»Darren Goodall wurde gestern Nacht ermordet.«

Tempe täuscht weder Überraschung noch Erschrecken vor. Die Nachricht scheint ihre heitere Gelassenheit kaum zu erschüttern.

»Im Dienst?«, fragt sie und nimmt ein Brautmodenmagazin zur Hand.

»Nein. Zu Hause.«

»Hat jemand …?«

»Er wurde angezündet. In den frühen Morgenstunden. Es war grauenvoll.«

»Hast du ihn gesehen?«

»Ich habe den Tatort gesehen.«

Sie blättert beiläufig in der Zeitschrift und hält ab und zu inne, um ein Foto zu betrachten. »Weiß man, wer es war?«

»Nein, aber die Polizei wird mit dir sprechen wollen.«

»Wieso?«

»Wegen der Drohungen, die er gemacht hat, und dem Vandalismus.«

»Ich kann nicht beweisen, dass er es war.«

»Wer sollte es sonst gewesen sein?«

Tempe antwortet nicht. Ich erwarte mehr. Irgendein Gefühl von Schock oder Trauer. Sie hat davon gesprochen, dass sie ihn einmal geliebt hat, dass sie gehofft hat, er würde seine Frau verlassen und sie heiraten. Auch wenn sie ihre Meinung rasch geändert und angefangen hat, ihn zu hassen.

Martina kommt mit meinem Tee zurück. Sie hat das Kleid aus der mit Seidenpapier ausgeschlagenen Schachtel genommen und in der Umkleidekabine aufgehängt. Ich gehe hinein und beginne, mich zu entkleiden. Tempe folgt mir.

»Ich komme zurecht«, sage ich und ziehe den Vorhang zu. Sie hat meinen scharfen Unterton anscheinend verstanden, was ungewöhnlich für Tempe ist, die auch die offensichtlichsten Hinweise überhören oder ignorieren kann.

Ich ziehe mich bis auf die Unterwäsche aus, streife das Kleid über meinen Kopf und ziehe es über die Hüften. Es fällt bis zu den Knien. Es hat ein Sechziger-Jahre-Flair, figurbetont mit einem engen Korsett und einem ausgestellten Rock. Es erinnert mich an das Kleid, in dem meine Mutter meinen Vater geheiratet hat. Bei dem Korsett brauche ich Hilfe. Martina ist so freundlich, zieht die Schnüre fest und bindet sie zu Schleifen.

»Sie haben abgenommen«, sagt sie und schnalzt missbilligend mit der Zunge. »Ich muss es am Busen anpassen.«

»Die meisten Bräute freuen sich, wenn sie abnehmen.«

»Ja, aber bitte nicht noch mehr.«

Ich trete aus der Kabine. Tempe klatscht entzückt in die Hände. Die Unterhaltung über Darren Goodall hat sie offenbar völlig verdrängt. Martina lässt mich auf einen Hocker steigen, zupft am Saum des Rocks, rafft an den Ärmeln Stoff zusammen und überlegt, welche kleinen Anpassungen man vornehmen könnte.

»Es ist perfekt«, sage ich, weil ich nicht will, dass sie so ein Aufheben macht.

»Ich kann es noch verbessern.«

»Nein. Bitte. Machen Sie sich keine Umstände.«

Ich gehe zurück in die Kabine und kämpfe mit der Verschnürung des Korsetts. Es fühlt sich an, als würde ich mich aus einer Zwangsjacke befreien. Zunehmend frustriert zerre ich das Kleid von den Armen und trampele mit den Füßen darauf herum.

Martina steckt den Kopf durch den Vorhang und stößt einen entsetzten Schrei aus. Sie drängt an mir vorbei und hebt das Kleid auf, als würde sie ein verletztes Kind bergen. Es ist mir peinlich. Schließlich können weder das Kleid noch Martina etwas dafür.

»Packen Sie es ein. Ich nehme es gleich mit«, sage ich.

»Aber ich muss es noch anpassen …«

»Es ist gut so. Vielen Dank.«

Ich ziehe mich eilig an und verlasse den Laden mit einer glänzenden weißen Pappschachtel, die mein Hochzeitskleid enthält. Tempe muss rennen, um mit mir Schritt zu halten. Sie fragt, was los ist. Als ich einfach weitergehe, packt sie meinen Arm, doch ich schüttle ihre Hand ab und drehe mich wütend zu ihr um.

»Wie hast du uns gestern Abend gefunden?«

»Was?«

»In dem Club. Woher wusstest du, dass wir dort sind?«

»Henry hat es mir erzählt.«

»Nein, hat er nicht.«

»Ich hab es geraten. So viele Clubs gibt es nun auch wieder nicht.«

»Nein. Du bist mir gefolgt. Du hast mein Handy mit einem Virus infiziert, mit dem du mich verfolgen kannst.«

»Das ist lächerlich.«

Wir streiten mitten auf dem Bürgersteig, vor einem italienischen Restaurant mit einer Menütafel neben dem Eingang. Passanten gehen um uns herum. Ich höre, wie meine Stimme lauter wird.

»So hast du mich seit Monaten gefunden! Du weißt, wann ich zu Hause bin oder beim Karate, bei der Arbeit oder beim Einkaufen.«

Tempe schüttelt den Kopf. »Das ist doch paranoid.«

»Neulich bist du auf dem Markt in Brixton aufgetaucht. Woher wusstest du, dass ich dort war?«

»Das war Zufall.«

»Und als du mich mit Henry und Archie in dem Restaurant in Wandsworth getroffen hast?«

»Auch.«

»Und als ich diesen Messerstecher in South London verfolgt habe? Du wusstest, dass es in der Nähe des Brandon Estate war.«

»Ich hab irgendwas in den Nachrichten gehört.«

»Das Estate wurde nie namentlich genannt.«

»Dann musst du es mir erzählt haben.«

»Nein.«

»Warum sollte ich dir folgen?«

»Weil du besessen bist. Weil du eifersüchtig bist. Weil du keine Freundinnen hast.« Schreie ich? »Weil du toxisch bist. Manipulativ. Gefährlich. Deine Mutter hat mir die Wahrheit über dich erzählt. Du hast keine tote Schwester, und dein Vater war nie Soldat. Du bist eine pathologische Lügnerin.«

Jeder Satz sollte sie wie eine Ohrfeige treffen, doch Tempe verzieht keine Miene. Sie sagt, dass ich mich beruhigen soll, und streckt mir erneut die Hand entgegen. Ich schlage sie weg.

»Fass mich nicht an. Fass mich nie wieder an!«

»Du musst dich beruhigen«, wiederholt sie ernst. »Lass uns darüber reden.«

»Okay. Lass uns reden«, erwidere ich anklagend. »Was ist gestern Nacht passiert?«

»Das habe ich dir doch erzählt.«

»Hast du mir was in den Drink getan?«

»Ich habe auf dich aufgepasst.«

»Du hast mich ausgezogen.«

»Du hattest auf dein Kleid gekotzt.«

»Hast du versucht, mich zu küssen?«

»So war es nicht. Du hast mich geküsst.«

»Blödsinn!«

Sie zuckt die Schultern. »Glaub, was du willst.«

»Du hättest mir auch ein Bett auf dem Sofa machen können. Du musstest nicht neben mir schlafen.«

»Ich hatte Angst, dass du dich noch mal übergeben musst. Auf diese Weise sterben oft Menschen, sie ersticken an ihrem eigenen Erbrochenen.«

»Ich glaube, du bist sexuell übergriffig geworden.«

Sie lacht ungläubig. »Du glaubst, ich hätte dich vergewaltigt?«

»Ich glaube, du hast meinen Zustand ausgenutzt.«

Sie schüttelt den Kopf. »Das würde ich nie tun. Außerdem kannst du dich gar nicht erinnern, was passiert ist. Vielleicht war es ja umgekehrt.«

»Was?«

»Vielleicht hast du dich mir aufgezwungen.«

»Das ist lächerlich! Und du solltest zusehen, dass du deine Geschichte auf die Reihe kriegst, denn die Polizei wird dich nach gestern Nacht fragen.«

»Ich werde ihnen sagen, dass wir zusammen waren«, erwidert sie, als sollte das offensichtlich sein.

Ich will, dass sie aufhört. Ich will ihre Geschichte redigieren und eine bessere daraus machen, eine, die mich und Henry schützt.

»Du solltest dich beruhigen und dir selbst zuhören«, sagt Tempe sanfter.

»Nein, ich gehe jetzt nach Hause. Ruf mich nie wieder an. Besuch mich nicht. Vergiss, dass du mich kennst.«

»Aber die Hochzeit.«

»Du bist nicht eingeladen.«

»Das meinst du nicht so. Hast du heute schon was gegessen?«

Ich ignoriere sie und trete auf die Straße, um ein vorbeifahrendes Taxi anzuhalten, doch der Fahrer weicht mir hupend aus. Er hat bereits einen Fahrgast. Dann fällt mir ein, dass ich mit dem VW hergefahren bin, der in der Nähe des Computerladens parkt.

Ich gehe. Tempe ruft mir hinterher, dass sie mich morgen anrufen wird, und sagt, ich solle mich einfach mal gründlich ausschlafen. Wann wird sie die Botschaft begreifen? Sie ist nicht meine Freundin. Sie ist ein Parasit, eine Manipulatorin, die in meinem Leben nichts verloren hat.

52

Mein Handy vibriert unter dem Kopfkissen. Vor langer Zeit haben Henry und ich uns versprochen, dass wir keine technischen Geräte mit ins Bett nehmen, aber die Zeiten haben sich geändert. Ich drehe mich auf die Seite und lausche seinem leisen, gleichmäßigen Atem. Wenn er schläft, sieht er manchmal aus, als würde er im Kopf komplizierte Rätsel lösen. Henry will Sicherheit in seinem Leben, doch ich widerspreche ihm jedes Mal, mit dem Argument, dass das Leben ohnehin alle klugen Pläne zum Gespött macht. Wenn es steil bergauf geht, müssen wir klettern. Wenn es bergab geht, können wir im Leerlauf rollen. Und wenn es schmutzig wird, nehmen wir einen Besen zur Hand.

Ich habe mich für die Nacht neulich entschuldigt, aber er scheint nicht bereit, zu vergeben und zu vergessen. Jeder Versuch einer Aussöhnung wird mit einsilbigen Antworten oder stummem Schulterzucken quittiert. Ich glaube, er genießt es, den Märtyrer zu spielen, dabei bin ich diejenige, die betäubt wurde und sich nicht erinnern kann, was passiert ist.

Fairbairn hat mit meinen Freundinnen gesprochen. Jede Einzelne hat mich danach angerufen. Alle bis auf Tempe, die verstummt ist. Ich bereue nicht, was ich vor dem Brautmodengeschäft zu ihr gesagt habe. Inzwischen sind mir ihre Selbstgefälligkeit und ihre erstickende Bedürftigkeit zuwider. Der schlimmste Typ von Stalker ist der, der nicht erkennt, dass er ein Stalker ist.

Mein Handy vibriert erneut. Es ist eine Textnachricht von Nish.

Guckst du Fernsehen? BBC News

Ich schlüpfe aus dem Bett, gehe ins Wohnzimmer und rufe ihn an.

Er meldet sich sofort.

»Wonach soll ich Ausschau halten?«

»Sie haben Aufnahmen aus der Nacht von Goodalls Ermordung veröffentlicht.«

Ich drehe den Ton lauter. Ein Reporter steht mit steinerner Miene vor dem Haus in der Kempe Road. Warum klingen sie immer so ernst, als würden sie von einer globalen Katastrophe oder einem einsamen Tod berichten? »Tragödie« ist ein überstrapaziertes Wort. Man sollte es für schreckliche Ereignisse vorbehalten, die nichts mit Heimtücke oder Bosheit zu tun haben. Ein Tsunami ist eine Tragödie. Oder ein Erdbeben. Aber wir haben uns angewöhnt, das Wort für jedes moralische Versagen, jeden Charakterfehler und jedes alltägliche Unglück zu verwenden.

»*Scotland Yard hat Aufnahmen einer Überwachungskamera veröffentlicht. Sie zeigen eine verdächtige Person, die zur Befragung im Zusammenhang mit dem Mord an Sergeant Darren Goodall gesucht wird, der am frühen Samstagmorgen bei einem Hausbrand ums Leben gekommen ist.*«

Es folgt ein Schnitt zu unscharfen Aufnahmen, die vom grellen Licht eines Bewegungsmelders ausgebleicht wirken.

»*Die Aufzeichnungen der Kamera begannen um 2:49 Uhr, die verdächtige Person ist nur für wenige Sekunden im Bild, doch man sieht dunkle Kleidung, eine Kapuzenjacke und weiße*

Sportschuhe«, sagt der Reporter. »*Die Polizei geht davon aus, dass sie entweder aus dem Haus gekommen oder daran vorbeigegangen ist, als das Feuer sich ausgebreitet hat, und deshalb über wichtige Informationen verfügen könnte.*«

»Sieht die Person aus wie eine Frau?«, frage ich.

»Kann sein«, sagt Nish. »Sie haben nur einen Teil der Aufnahmen veröffentlicht. Ein Kumpel von mir hat gesagt, es gibt noch mehr. Kurz nachdem der oder die Verdächtige verschwunden ist, kann man auf der gegenüberliegenden Straßenseite eine zweite Gestalt erkennen. Vielleicht ist sie unbeteiligt, vielleicht aber auch ein Komplize.«

»Was hat dein Kumpel sonst noch gesagt?«

»Nicht viel.«

»Hat er mich erwähnt?«

»Nein.«

Ich spüre, wie sich meine Kehle zuschnürt. »Ich habe Angst, dass sie mir etwas anhängen wollen. Du hast ja gesehen, was im Brandon Estate passiert ist.«

»Ich habe Gutes über Fairbairn gehört«, sagt Nish, um mich zu beruhigen. Er ahnt nicht, wie tief ich in die Sache verstrickt bin. Im Moment kann ich nichts Positives und keinen Silberstreif am Horizont erkennen. Ich habe keine Erinnerung an jene Nacht, und mein einziges Alibi ist eine Frau, die über alles andere gelogen hat.

Mrs Harriet Pearl ist seit dreißig Jahren die Schulsekretärin von St. Ursula's und wurde von den Schülerinnen immer nur »Pearlie« genannt. Ich weiß nicht, ob sie verheiratet ist; alle Lehrerinnen und Angestellte wurden mit »Mrs« angeredet, alle Männer mit »Sir«.

Pearlie scheint überhaupt nicht gealtert und trägt wie immer ein geblümtes Kleid und vernünftiges Schuhwerk. Ihr von einer festen Dauerwelle gekröntes Haupt sieht aus, als hätte man ihr einen Motorradhelm auf den Kopf gezwängt. Ihre Miene hellt sich auf, als sie mich vor ihrem Büro warten sieht.

»Wenn das nicht Philomena McCarthy ist!«

»Erinnern Sie sich an alle Schülerinnen?«, frage ich.

»Nur an die frechen«, scherzt sie.

»Ich war nie frech.«

»Du warst keck. Ich erinnere mich an den Streich mit den Visitenkarten.«

In meinem letzten Schuljahr, am Tag vor unseren Abschlussprüfungen, haben wir unsere Namen auf Tausende von Visitenkarten gedruckt und sie überall in der Schule versteckt, unter Pulten, in Schränken, hinter Tafeln, Deckenfliesen, in Rohren und Musikinstrumenten. Zehn Jahre später tauchen diese Karten immer noch auf.

Pearlie öffnet die Tür ihres Büros und führt mich in einen Raum, der mit Aktenschränken und Regalen mit Ablageboxen vollgestellt ist. Es gibt einen Schreibtisch und genug Stühle für Eltern und eine zu befragende potenzielle Schülerin.

»Was ist aus dir geworden?«, fragt sie. »Nein, sag es mir nicht. Du bist Polizistin.«

»Stimmt.«

»Mr Shem hat es mir erzählt.« Mein alter Schauspiellehrer.

»Ist er immer noch hier?«

»Natürlich. Er plant, dem Schultheater seinen Schädel zu vermachen, für künftige *Hamlet*-Aufführungen.«

»Ach, armer Yorick.«

»Genau.«

Sie hat ein Lachen wie ein Delfin.

»Du bist zu jung, um eine Tochter im Schulalter zu haben –

was führt dich hierher?«, fragt sie, räumt ihren Schreibtisch frei und schiebt den missgestalteten, selbst getöpferten Kaffeebecher beiseite, den ihr wahrscheinlich eine Schülerin geschenkt hat.

»Ich wollte Sie nach einer ehemaligen Schülerin fragen, Margaret Brown. Sie war ein paar Stufen über mir. Stellvertretende Schulsprecherin.«

Pearlies Gesichtszüge versteinern schlagartig. Sie presst die Lippen zu schmalen Linien zusammen.

»Ist das eine offizielle polizeiliche Anfrage?«

»Eine persönliche.«

»Ich darf nicht über ehemalige Schülerinnen sprechen.«

»Können Sie bestätigen, dass Sie von der Schule verwiesen wurde?«

»Sie wurde aufgefordert, die Schule zu verlassen.«

»Warum?«

»Meine Aufgabe ist es, den Ruf von St. Ursula's zu schützen, und nicht, irgendwelche Gerüchte zu verbreiten. Das ist Jahre her. Alles wurde korrekt gehandhabt, und es gibt dazu nichts weiter zu sagen.«

»Was wurde korrekt gehandhabt?«

Sie starrt mich aus wässrigen Augen wütend an. »Philomena, bitte frag mich nicht noch einmal.«

»Ich habe so viele unterschiedliche Geschichten gehört«, sage ich. »Laut einer wurde Maggie erwischt, als sie mit Caitlin Penney in der Umkleide rumgemacht hat.«

»Kein Kommentar.«

»Laut einer anderen hatte sie eine Affäre mit einem Lehrer und ist schwanger geworden. Es war auch von Drogen die Rede.«

Pearlie will mich unterbrechen, doch ich spreche weiter.

»Es ist wichtig«, sage ich. »Ich habe mich im Laufe der letzten Monate mit Maggie angefreundet – sie nennt sich jetzt Tempe –, aber ich mache mir Sorgen ihretwegen. Sie hat eine Tracking-App auf meinem Handy installiert und folgt mir.«

»Das hat nichts mit der Schule zu tun.«

»Vor zwei Tagen bin ich in Tempes Bett aufgewacht, ohne Erinnerung, wie ich dort gelandet war. Ich glaube, sie hat mich betäubt und …«

Ich kann den Satz nicht zu Ende bringen. Pearlie schlägt sich die Hand vor den Mund. Meine Stimme wird lauter. »Ich bitte Sie nicht, vertrauliche Informationen preiszugeben. Es bleibt unter uns. Es wird diesen Raum nicht verlassen.«

»Ich kann wirklich nichts darüber sagen …«

»Bitte! Ich muss es einfach wissen. Würden Sie ihr vertrauen?«

Es entsteht eine lange Pause. Pearlie steht auf und öffnet die Tür. Ich komme mir vor wie ein Schulmädchen, das des Unterrichts verwiesen wird. Als ich an ihr vorbeigehe, beugt sie sich näher. Ich spüre ihren Atem an meinem Ohr, als sie flüstert:

»Nein.«

53

Es gibt zwei Gründe, warum die Polizei Haftbefehle meist vor Anbruch des Morgengrauens vollstreckt. Der erste ist offensichtlich. Wie der sprichwörtliche frühe Vogel will man den Wurm fangen, solange er noch zu Hause im warmen Bett liegt. Der zweite Grund besteht im Element der Überraschung – den Wurm zwischen Schlaf und Wachzustand zu erwischen, ihm keine Zeit zu lassen, Beweismaterial zu verstecken oder zu vernichten, Komplizen zu warnen.

Im Moment hämmern sie gegen die Haustür, dass die Wände wackeln. Ich bin wach, weil ich kaum geschlafen haben. Henry braucht länger, um zu reagieren.

»Wer ist das?«, fragt er verschlafen.

»Die Polizei.«

»Woher weißt du das?«

»Wer sollte es sonst sein?«

Das Klopfen wird lauter. An der Haus- und der Hintertür. Alles abgesichert.

Ich bin nicht bereit, mich meinem Schicksal in einem Flanellschlafanzug zu stellen, deshalb nehme ich meinen Bademantel von dem Haken und streife ihn auf dem Weg nach unten über. Sechs Beamte stehen auf meiner Schwelle, angeführt von Fairbairn. In einer Hand hält er seinen Dienstausweis, in der anderen einen Durchsuchungsbefehl.

»Guten Morgen. Ich hoffe, wir haben Sie nicht geweckt.«

»Keineswegs. Kaffee? Tee?«

Die Beamten drängen an mir vorbei und beginnen, das Haus zu durchsuchen. Der Durchsuchungsbefehl wurde von einem Richter nach Section 8 des Police and Criminal Evidence Act erlassen. Sie suchen nach Beweisen für Straftaten.

»Ich werde Ihnen erlauben, im Haus zu bleiben, solange Sie nicht stören«, sagt Fairbairn, dem üblichen Protokoll folgend. »Eine Polizeibeamtin wird Sie zum Ankleiden begleiten.«

Henry ist in Boxershorts auf dem oberen Treppenabsatz aufgetaucht. Er versperrt einem Detective den Weg. Der Beamte stößt ihn grob zur Seite und sagt: »Wenn Sie mich noch einmal berühren, lasse ich Sie verhaften, Sir.«

Henry kommt zu mir in den Flur, stellt Fragen und hofft auf Antworten. Ich will, dass er still ist, weil ich weiß, dass Fairbairn zuhört und nach einem Zeichen der Schwäche oder einem Keil sucht, den er zwischen uns treiben kann.

Eine Polizistin begleitet mich ins Schlafzimmer und sieht mir beim Umziehen zu. Als ich ins Badezimmer gehe, folgt sie mir.

»Echt jetzt?«

»Ich darf Sie nicht alleine lassen.«

Immerhin wendet sie sich ab, als ich pinkele.

Danach darf Henry sich umziehen, bevor wir wiedervereint auf Hockern an unserer Kücheninsel sitzen, während unser Haus und unser Leben auseinandergepflückt, geöffnet, untersucht und abgetupft wird. Mitarbeiter der Spurensicherung überprüfen Waschbecken und Waschmaschine, auf der Suche nach Fasern, die zum Tatort passen. Unsere Handys sind beschlagnahmt worden, ebenso wie unsere Laptops und iPads.

Sie glauben, ich hätte Darren Goodall ermordet. Was haben sie gefunden? Habe ich in dem Haus Spuren hinterlassen? Fingerabdrücke? Fasern?

Fairbairn setzt sich zu uns an die Kücheninsel.

»Besitzen Sie ein Paar weiße Sportschuhe?«, fragt er.

»Ja.«

»Wo sind sie?«

»Oben im Kleiderschrank.«

»Diese hier?«

Er hält ein Paar Sneakers mit roten Spritzern in der Hand.

»Nein, die gehören Tempe. Wir haben beide das gleiche Paar. Wir haben sie gemeinsam gekauft.«

»Wir haben nur die gefunden.«

Ich überlege. Vielleicht sind meine Schuhe in dem Spind in der Karateschule oder in meinem Wagen.

Henry geht dazwischen. »Sie können doch nicht ernsthaft glauben, dass Phil eine Verdächtige ist.«

»Ich halte mich an die Indizien«, sagt Fairbairn und wendet sich Henry zu. »Kannten Sie Darren Goodall?«

»Ich? Nein.«

»Haben Sie ihn je getroffen?«

»Lassen Sie Henry da raus«, sage ich.

Der Detective seufzt müde. »Mach ich, wenn Sie aufhören, mir ans Bein zu pinkeln und dem Hund die Schuld zu geben.« Er weist mit dem Kopf auf Henry. »Sie wurden vor zwei Wochen bei einem Streit mit Darren Goodall vor seinem Haus beobachtet.«

Mein Mund klappt auf, worüber ich mich sofort ärgere.

»Ein Nachbar hat gehört, wie Sie ihn bedroht haben«, sagt Fairbairn.

»Ich wollte ihm die Lichter ausknipsen«, sagt Henry.

»Endlich die Wahrheit. Belastend, aber ehrlich.«

Ich starre Henry entsetzt an. »Du bist zu ihm gegangen?«

»Ich hab ihn nicht umgebracht. Ich habe ihn aufgefordert, seine Beschwerde gegen dich zurückzuziehen. Er hat gesagt, die Hälfte des Reviers von Southwark hätte dich gefickt… und du hättest immer noch mehr gewollt.«

»Und du hast ihm geglaubt.«

»Nein! Aber ich hab ihm eine verpasst.«

Fairbairn unterbricht ihn. »Wo waren Sie am frühen Samstagmorgen?«

»Ich war hier«, sagt Henry.

»Allein?«

»Das wissen Sie genau.«

Ein Beamter kommt mit der glänzenden, mit einer Schleife zugebundenen Pappschachtel in die Küche. »Was ist da drin?«

»Mein Hochzeitskleid.«

»Machen Sie es auf.«

Ich löse die Schleife und nehme den Deckel ab. Mein Kleid ist ordentlich gefaltet. Ich sage Henry, dass er weggucken soll. »Sonst bringt es Unglück.«

Er fängt an zu lachen, erst glucksend, dann schallend, bis Tränen in seinen Augen stehen. Ich stimme ein, als mir klar wird, wie lächerlich die Annahme klingt, Glück oder Unglück könnte in all dem irgendeine Rolle gespielt haben.

Fairbairn muss uns für verrückt halten. Sein Handy klingelt. Der »Walkürenritt«, wie passend. Er nimmt den Anruf entgegen, lauscht und gibt einsilbige Antworten. Schließlich lässt er das Handy sinken und wendet sich mir zu:

»Philomena McCarthy, Sie sind im Zusammenhang mit dem Mord an Darren Goodall vorläufig festgenommen. Sie haben das Recht, die Aussage zu verweigern, aber es könnte Ihrer Verteidigung schaden, wenn Sie bei der Befragung etwas nicht erwähnen, auf das Sie sich später vor Gericht stützen. Alles, was Sie sagen, kann vor Gericht gegen Sie verwendet werden.«

54

An der Universität habe ich in einem Philosophie-Seminar von dem Trolley-Problem gehört – einem klassischen Gedankenexperiment der Philosophin Philippa Foot. In ihrem Szenario rast eine außer Kontrolle geratene Straßenbahn über die Gleise auf fünf Arbeiter zu, die sie nicht kommen hören. Während die Katastrophe ihren Lauf nimmt, erkennt man den Hebel einer Weiche. Wenn man ihn betätigt, wird die Straßenbahn auf ein zweites Gleis umgeleitet, wodurch die fünf Arbeiter gerettet würden, ein einzelner Arbeiter auf dem Nebengleis jedoch mit Sicherheit sterben würde.

Die Frage lautet: Würde man den Hebel ziehen? Würde man ein Leben opfern, um fünf zu retten? Was, wenn es fünfzehn Leben wären, um hundert zu retten? Was, wenn das einzelne Opfer das eigene Kind, die eigene Mutter oder der Verlobte wäre? Ein Leben sollte genauso viel zählen wie jedes andere, doch wir wissen alle, dass das nicht wahr ist. Manche sind unendlich viel wertvoller – es kommt nur darauf an, wer am Hebel sitzt.

Als ich Polizistin wurde, musste ich einen Eid schwören, der Königin zu dienen, meinen Dienst gerecht, integer, gewissenhaft und unparteiisch zu leisten und mich nach Kräften zu bemühen, den Frieden zu bewahren. Der Eid besagte, dass alle Menschen gleich wichtig sind, gute wie böse, hässliche, grausame, reiche oder arme. Ich wollte diese Worte glauben. Ich habe versucht, nach ihnen zu leben. Ich habe mich geirrt.

Meine Arrestzelle ist sechs Schritte lang und vier Schritte breit, mit einem grünlich glänzenden Betonboden. Es gibt eine Toilette, ein Waschbecken und zwei Pritschen mit dünnen Vinylkissen. In jede Wand sind Graffiti geritzt und gemeißelt. Über der schweren Metalltür prangt die Botschaft: *Schickt einen Suchtrupp los. Ich kann meine Selbstachtung nicht finden.* Eine andere lautet: *Ich habe kein Problem mit Drogen. Ich habe ein Problem mit der Polizei.*

Ich werde in der Polizeistation Paddington Green festgehalten, wie es die Vorschrift bei Festnahmen von Polizeibeamten vorsieht. Sie sollen von ihren ehemaligen Kollegen getrennt werden, um jede Möglichkeit von Bevorzugung oder Einmischung zu vermeiden.

Ich lehne mich zurück, lege den Kopf an die Wand und lausche klappernden Türen, rauschenden Toilettenspülungen und Insassen, die ein Stück den Flur hinunter ausnüchtern oder randalieren. Den ganzen Morgen lang hat reger Betrieb geherrscht, während die übliche Parade von Betrunkenen, Dealern und Süchtigen, Obdachlosen und Verwirrten in dem Haftzellenblock abgewickelt wird. Einige wollen nicht gehen, andere beschweren sich, so früh geweckt zu werden.

Ich höre Schritte vor der Tür. Die Observationsklappe geht auf. Augen beobachten mich. Nach ein paar Sekunden geht die Klappe wieder zu. Ich starre weiter zu dem Deckenlicht hoch. Ich weiß nicht, wie spät es ist. Man hat mir mein Handy abgenommen, zusammen mit meinem Gürtel und meinen Schnürsenkeln.

Weitere Schritte im Flur. Diesmal wird die Tür aufgeschlossen. Halb im Gegenlicht taucht eine große Gestalt auf. Detective Fairbairn.

»Wir sind jetzt bereit für Sie.«

Ich werde mit Handschellen an einen uniformierten Beamten gefesselt, der beim Verlassen der Zelle meinen Unterarm packt und mich den Flur hinunter durch den Arrestzellenblock führt. Türen werden von unsichtbarer Hand geöffnet. Weitere Polizisten beobachten uns aus Nischen oder kreuzenden Fluren. Ich kann ihren Hass sehen. Einer von ihnen spuckt mich an. Der warme Schleim trifft meine Stirn und fließt an einer Seite meiner Nase herunter.

Wütend droht Fairbairn jedem, der »noch mal so eine Nummer abzieht«, mit disziplinarischen Maßnahmen. Ich habe denselben Respekt verdient wie jeder andere Häftling, sagt er, doch das ist eine Einzelmeinung. Die meisten Kollegen halten mich für Abschaum, für die Geringste unter Geringen – eine Polizistenmörderin.

Wir betreten den Vernehmungsraum 1. Die Handschellen werden gelöst.

»Tut mir leid«, sagt Fairbairn und gibt mir ein Taschentuch, mit dem ich mein Gesicht abwischen kann.

Er hat ein billiges Eau de Cologne aufgetragen, sich jedoch seit gestern oder vielleicht auch länger nicht rasiert. Ich bezweifle, dass er zu Hause war, um zu duschen und sich umzuziehen. Ein weiterer Detective kommt hinzu, jünger und stämmiger, mit einem dunkelroten Muttermal am Hals, das von seinem Kragen nicht ganz bedeckt wird.

Fairbairn schaltet ein Aufnahmegerät an.

»Dies ist der erste Teil der Befragung von Philomena McCarthy in der Polizeistation Paddington Green. Datum ist der vierundzwanzigste August. Ich bin Detective Inspector Martyn Fairbairn. Ebenfalls anwesend ist Detective Constable David Briggs. Wie lautet Ihr vollständiger Name?«

»Philomena Claire McCarthy.«

»Können Sie Ihr Geburtsdatum für mich bestätigen?«

»Zwölfter November 1993.«

»Und Ihre vollständige Adresse?«

»Marney Road 115, Clapham Common, London.«

»Können Sie bestätigen, dass man Sie über Ihre Rechte aufgeklärt hat und Sie verstanden haben, was das bedeutet?«

»Ja.«

»Ihnen steht jederzeit eine kostenlose und unabhängige Rechtsberatung zu, entweder per Telefon oder persönlich. Möchten Sie jetzt mit einem Rechtsbeistand sprechen, oder wünschen Sie dessen Anwesenheit während der Vernehmung?«

»Nein.«

»Also gut, Phil, zu Ihrem Hintergrund. Sie wurden in London geboren und haben das St. Ursula's Convent in Greenwich besucht. Sie haben Englisch und Geschichte an der Universität Leeds studiert und sich vor vier Jahren bei der London Metropolitan Police beworben.«

»Ja.«

»In den letzten zwei Jahren waren Sie in South London stationiert.«

»Ja.«

»Was ist Ihr aktueller Beschäftigungsstatus?«

»Ich bin bis zu einer Anhörung wegen Dienstvergehens suspendiert.«

In einer Wand gibt es ein hohes Fenster, durch das man den blauen Himmel und einen Kondensstreifen sehen kann, der aussieht wie ein Himmelsschreiber, der vergessen hat, was er sagen wollte. Es gibt auch einen Spiegel, hinter dem sich garantiert eine Kamera befindet, die die Vernehmung aufzeichnet. Ich werde nicht in den Spiegel blicken. Ich will mein Bild nicht sehen.

»Fangen wir ganz vorne an«, sagt Fairbairn und setzt sein

Pokerface auf. »Erzählen Sie uns, wie Sie Tempe Brown kennengelernt haben.«

Es ist seltsam, auf dieser Seite des Tisches zu sitzen und befragt zu werden. Es fühlt sich an wie eins der Rollenspiele in der Ausbildung, in denen wir Vernehmungstechniken geübt und gelernt haben, mit schwierigen Verdächtigen umzugehen.

Schlüssel für eine erfolgreiche Vernehmung ist es, dem Verdächtigen so viele Informationen wie möglich zu entlocken, bevor er einen Rechtsbeistand verlangt. Berufskriminelle verschanzen sich sofort hinter einem Anwalt, beantworten jede Frage mit »kein Kommentar« und zwingen die Polizei, die ganze Aufklärungsarbeit selbst zu leisten. Sie mauern, machen Ausflüchte und weigern sich, selbst offensichtlichste Tatsachen zuzugeben. Der Himmel ist nicht blau. Wasser ist nicht nass. Die Wahrheit ist nicht die Wahrheit.

Im Gegensatz dazu werden die meisten gesetzestreuen Bürger wegen dummer Fehler, Aussetzer oder wegen Problemen mit ihrer Impulskontrolle festgenommen. Sie *wollen* mit der Polizei reden, wollen sich erklären und ihre Entschuldigungen vorbringen, in der Hoffnung, sich so aus allem Ärger herauszuwinden, aber das Aufnahmegerät zeichnet alles auf – jeden Widerspruch und jede Unwahrheit.

Fairbairn beginnt mit offenen Fragen, die er immer weiter präzisiert, um die genauen Details festzuhalten. Er wiederholt sich fast nie und versucht auch nicht, mich zu drängen. Er möchte eine Beziehung aufbauen und hofft, dass ich versehentlich ein Detail preisgebe, das meine Schuld beweist. Aber die Uhr tickt. Er hat vierundzwanzig Stunden Zeit, entweder eine Anklageerhebung oder eine Fristverlängerung zu beantragen. Sonst muss er mich laufen lassen.

Irgendwann wird er konkrete Indizien präsentieren. Darauf warte ich auf den rauchenden Colt, mit dem er sich den Durchsuchungsbefehl und die richterliche Anordnung zur Beschlagnahme meines Wagens besorgt hat. Aber zunächst rekonstruiert er langatmig meine Aktivitäten vom Freitagabend. Ich berichte ihm von meinem Junggesellinnenabschied, und dass mir jemand was in den Drink getan haben muss, weil ich mich nicht daran erinnern kann, den Club verlassen zu haben und zu Tempe gefahren zu sein.

»Sind Sie ins Krankenhaus gefahren?«

»Nein.«

»Haben Sie sich einem Drogentest unterzogen?«

»Nein.«

»Was ist das Letzte, woran Sie sich erinnern können?«

»Ich habe an einer Bushaltestelle gesessen.«

»Wie sind Sie zu Tempe Browns Wohnung gelangt?«

»Wir haben ein Uber-Taxi genommen.«

»Daran erinnern Sie sich?«

»Man hat es mir hinterher erzählt. Ich habe mich übergeben. Tempe musste mein Kleid auswaschen.«

Der DC macht sich Notizen. Jedes dieser Details wird überprüft werden.

»Haben Sie ihre Wohnung noch einmal verlassen?«

»Nein.«

»Wo war Tempe Brown?«

Ich zögere. »Wir waren zusammen.«

»Sie haben ein Bett geteilt.«

»Ja.«

»Wie kuschelig«, sagt Briggs feixend.

»Ihr Handy hat kurz nach Mitternacht aufgehört, Signale zu senden«, sagt Fairbairn. »Wie kommt das?«

»Ich muss es ausgeschaltet haben. Ich kann mich nicht erinnern.«

»Sie haben mir erzählt, Sie hätten Ihr Telefon verloren.«

»Ich habe es irgendwo liegen lassen. Tempe hat es gefunden.«

»Und heute stellen wir nach Ihrer Festnahme fest, dass der Inhalt gelöscht wurde – sämtliche Adressen, Fotos, Nachrichten, E-Mails und Apps.«

»Ich hatte einen Virus.«

»Ihr Laptop und Ihr iPad waren auch geputzt.«

»Das hat der Techniker mir geraten. Er hat gesagt, der Virus könne jedes Gerät befallen haben, das wir bei uns zu Hause im WLAN benutzt haben.«

Ich erwarte, dass Fairbairn nachhakt, doch stattdessen öffnet er eine Aktenmappe und nimmt ein neues Blatt heraus.

»Besitzen Sie ein Paar weiße Damensportschuhe, Größe sechs?«

»Das haben Sie mich schon gefragt.«

»Wo bewahren Sie die normalerweise auf?«

»Das habe ich Ihnen auch gesagt – in meiner Karate-Tasche.«

»Die wir nicht finden können. Haben Sie schwarze Leggins?«

»Mehrere Paare. Wie die meisten Frauen.«

»Ein Kapuzensweatshirt?«

»Ja.«

»Waren Sie je in Darren Goodalls Haus?«

Das ist die Frage, auf die ich gewartet habe. Entweder er fischt auf Verdacht, oder er weiß die Antwort schon.

»Ich würde gern eine Pause machen«, sage ich.

»Wie lange brauchen Sie?«

»Bis mein Anwalt eintrifft.«

»Sie haben keinen verlangt.«

»Ich habe es mir anders überlegt.«

Fairbairn sieht mich an wie ein enttäuschter Vater, verkündet die Uhrzeit und schaltet das Aufnahmegerät ab. Ein anderer uniformierter Beamter bringt mich zurück in die Arrestzelle. Dabei beschimpft er mich flüsternd als F…, wohl wissend, dass die Kameras an der Decke ihn nicht hören können. Er drückt Daumen und Zeigefinger in meinen Oberarm.

»Lass mich los oder ich brech dir die Hand«, murmle ich. »Du weißt, dass ich dazu fähig bin.«

»Du hast schon genug Ärger«, flüstert er.

»Das macht den Braten nicht fett…«

Wir beginnen ein Blickduell, bis er seinen Griff lockert.

Die Arrestzelle ist gereinigt worden. Der Boden ist feucht, und es riecht nach Desinfektionsmittel.

Ich wische die Pritsche mit einem Papiertaschentuch ab, bevor ich mich auf die Seite lege und zu dem Fenster hochstarre, wo eine kleine Spinne versucht, ihr Netz neu zu spinnen. Es ist eine unbeholfene Metapher, aber sie lässt mich an Tempe denken.

Unsere Freundschaft hatte sich so natürlich und organisch angefühlt – eins führte zum anderen. Sie war wie ein kleines, am Straßenrand ausgesetztes Hündchen, das geliebt werden und diese Liebe erwidern wollte.

Aber sie ist kein Welpe und kein streunender Hund. Sie ist wie der alte Mann des Meeres aus der griechischen Mythologie, der Reisende überredet, auf ihren Schultern über einen Fluss reiten zu dürfen, und dann nie wieder von ihnen ablässt. Seine Opfer müssen ihn für immer tragen und dürfen sich nicht ausruhen, bis sie von seinem Gewicht erdrückt sterben.

55

Heute ist David Helgarde gekleidet wie ein Anwalt, mit einem Anzug von der Savile Row, polierten Budapestern und ordentlich gekämmtem Haar, das im Halogenlicht glänzt. Er zieht den Kopf ein, als er die Zelle betritt.

»Was haben Sie denen erzählt? Nichts, hoffe ich.«

»Ich bin unschuldig«, sage ich dumpf und frage mich, wie oft er diese Worte schon gehört hat.

»Aber Sie haben nichts gesagt.«

»Ich möchte helfen, einen Mord aufzuklären.«

Er schüttelt seufzend den Kopf. »Den Galgen zu errichten und den Kopf durch die Schlinge zu stecken ist dafür ziemlich kontraproduktiv.«

»Ich bin unschuldig«, wiederhole ich, klinge jetzt jedoch noch weniger überzeugend.

Helgarde hat recht. Ich weiß, wie so etwas läuft. Die Wahrheit ist nicht absolut. Unschuld ist keine Garantie. Fairbairn möchte einen Mord aufklären. Einer ihrer eigenen Leute, ein Detective, ist tot. Ich bin ihre Hauptverdächtige, und alles, was ich ihnen erzählt habe, wird doppelt überprüft und in ein Licht gerückt werden, das meine Glaubwürdigkeit untergräbt und auf meine Schuld hindeutet.

Helgarde öffnet seinen Aktenkoffer und nimmt einen Notizblock mit gelbem Papier und einem Montblanc-Füller heraus, der dicker ist als eine kubanische Zigarre. »Mein oberstes Ziel ist es, Sie hier rauszuholen.«

Er stellt Fragen nach meinen häuslichen Umständen und meinem Anstellungsstatus, um Argumente für eine Kautionsanhörung zu sammeln. Er wird einen Richter davon überzeugen müssen, dass keine Fluchtgefahr besteht und ich nicht versuchen werde, Zeugen zu beeinflussen.

Schließlich kommt er zu dem Mord an sich.

»Kannten Sie das Opfer?«

»Er hat mich von der Straße gedrängt und meinen Wagen demoliert.«

»Haben Sie dafür einen Beweis? Zeugen? Fotos?«

»Finbar hat den Wagen gesehen.«

»Hat Goodall Sie je bedroht?«

»Ja.«

»Haben Sie ihn je bedroht?«

»Ja.«

Helgarde streicht einen Fussel von seinem Ärmel.

»Die Polizei wird versuchen, Ihr Alibi zu erschüttern. Man hat Tempe Brown festgenommen. Sie ist Ihre Freundin, nicht wahr?«

»Sie ist nicht meine Freundin«, erwidere ich, selbst überrascht von der Giftigkeit meines Tons.

»Aber Sie waren in jener Nacht mit ihr zusammen.«

»Sie ist mir zu einem Club gefolgt.«

»Und Sie sind mit ihr nach Hause gegangen.«

»Ich war betrunken. Möglicherweise betäubt.«

»Haben Sie diesen Zwischenfall bei der Polizei angezeigt?«

»Nein.«

»Waren Sie im Krankenhaus?«

Ich schüttle den Kopf.

Der Anwalt sieht mich an wie ein Lehrer, der in einem Wald erhobener Hände keine einzige richtige Antwort erkennen kann.

»Könnte Tempe Brown Darren Goodall getötet haben?«

»Ja. Vielleicht. Ich weiß es nicht. Er hat ihr Drohnachrichten geschickt. Sie gestalkt.«

Helgarde schraubt seinen Füllfederhalter zu und hält ihn zwischen seinen Händen.

»Wird die Polizei irgendetwas finden, was Ihre Anwesenheit am Tatort belegt?«

Ich zögere und nicke. Helgarde schiebt seinen Füller in die Tasche, steht abrupt auf und klopft zweimal an die Tür, um zu signalisieren, dass er fertig ist.

»Wollen Sie nicht wissen, warum?«

»Nein.«

»Ich habe niemanden getötet.«

»Sparen Sie sich Ihr Plädoyer für die Geschworenen.«

»Wird es so weit kommen?«

»Wenn Ihr Alibi nicht hält, schon.«

Fairbairn wartet im Vernehmungsraum und säubert sich mit einer verbogenen Büroklammer die Fingernägel. Die Aufnahme wird wieder gestartet, und er nennt die Namen aller Anwesenden.

»Wollen wir da weitermachen, wo wir aufgehört haben, ja?«, sagt er mit ruhigem, ausdrucklosem Blick. »Ich habe Sie vorhin gefragt, ob Sie je in Darren Goodalls Haus in der Kempe Road waren?«

»Kein Kommentar.«

»Was ist mit seinem Wagen, einem blauen Saab?«

»Kein Kommentar.«

Mein Herz pocht wie ein militärischer Trommelschlag. Fairbairn sieht mir weiter in die Augen. Sein Blick ist gefühllos, gleichgültig gegenüber allem Unbehagen, das er bereitet.

»Am Mittwoch, dem achtzehnten August, hat Darren Goodall bei der Polizei gemeldet, dass jemand in sein Haus eingebrochen ist und seine Alarmanlage deaktiviert hat, indem er die Stromversorgung unterbrochen hat. Seine Nachbarn erinnern sich daran, dass an jenem Abend der Alarm ausgelöst wurde und nach ein paar Minuten wieder verstummt ist.«

Er wartet. Ich antworte nicht.

»Detective Goodall konnte keine Spuren eines gewaltsamen Eindringens feststellen, und offenbar wurde auch nichts gestohlen. Er hat allerdings in seinem Wagen einen Ersatzschlüssel für das Haus aufbewahrt, der benutzt worden sein könnte, um sich Zutritt zu dem Haus zu verschaffen.«

»Kein Kommentar.«

»Bestreiten Sie, diese Schlüssel an sich genommen zu haben?«

»Kein Kommentar.«

»Eine andere Nachbarin, die ihren Hund ausgeführt hat, ist an jenem Abend gegen zehn Uhr auf der Straße einer Frau begegnet. Sie hat ausgesagt, dass die Frau mit einem VW-Käfer weggefahren ist.«

Fairbairn präsentiert das Foto von einer Verkehrskamera. Datum und Uhrzeit stehen am unteren Bildrand.

»Wir glauben, dass dies das Fahrzeug ist, das sie gesehen hat.« Er nennt das Kennzeichen. »Erkennen Sie den Wagen?«

»Kein Kommentar.«

»Sind Sie an jenem Abend mit diesem Fahrzeug gefahren?«

»Kein Kommentar.«

»Sie haben die Schlüssel gestohlen. Sie sind in das Haus eingedrungen. Sie haben die Alarmanlage deaktiviert und sich mit dem Vorsatz auf die Lauer gelegt, Darren Goodall zu töten. Doch als er nach Hause kam, war er nicht allein, deshalb haben Sie Ihren Plan verworfen.«

»Nein, so war es nicht.«

»Was genau?«

Helgarde berührt meine Schulter, weil er will, dass ich still bin.

»Zwei Nächte später sind Sie in das Haus zurückgekehrt«, fährt Fairbairn fort. »Sie haben Goodall betäubt und mit Handschellen ans Bett gefesselt. Sie haben ihn mit Feuerzeugbenzin übergossen, ihn angezündet und zugesehen, wie er gestorben ist.«

»Nein.«

»Wir haben Fingerabdrücke und DNA-Spuren von Ihnen an zwei Stellen im Haus gefunden. Außerdem haben wir an Ihrer Kleidung Faserspuren gesichert, die denen eines afghanischen Teppichs in einem der Schlafzimmer entsprechen. Und an einem Meißel im Hauswirtschaftsraum haben wir einen Teilabdruck Ihres Daumens gesichert.«

»Ich habe ein Alibi.«

»Wirklich?« Er lächelt mich traurig an. »Tempe Brown macht gerade eine Aussage, aber ich weiß nicht, wie viel Ihnen das nützen wird.«

Fairbairn nimmt ein neues Foto aus der Mappe und schiebt es über den Tisch.

»Wie lange sind Sie und Tempe Brown schon ein Liebespaar?«

56

Ich bin wieder in meiner Arrestzelle und liege auf einer der schmalen Pritschen. Noch wurde keine Anklage erhoben, doch das ist nur eine Frage der Zeit. Das Foto war nicht bearbeitet oder gefälscht. Der Ausschnitt und die perfekte Beleuchtung ließen es aussehen wie ein Kunstwerk – ein Akt von Helmut Newton, provozierend, aber nicht obszön, verführerisch, aber nicht anzüglich. Es zeigte mich in Tempes Armen, meinen Kopf auf ihrer Schulter, ein Bein über ihren Körper gelegt. Wir sind beide nackt, aber es ist nichts Explizites zu sehen.

»Es ist ziemlich schön«, sagte Fairbairn und strich mit den Fingern über das Bild, was mir eine Gänsehaut bereitete.

Ich habe keine Erinnerung daran, wie es aufgenommen wurde. Es gab weitere Fotos, aber nur eins zeigte uns beide zusammen. Auf den übrigen war ich in diversen Posen auf dem Bett drapiert, mit einem Laken, das an meinem Körper nach oben oder unten rutschte. Ich erinnere mich an Dr. Coyles Geschichte von den Zeichnungen, die in Tempes Zimmer gefunden wurden. Sie hatte Mallory Hopper schlafend gezeichnet, hatte Stunden an ihrem Bett gesessen. Hat Tempe mit mir das Gleiche gemacht – oder sogar Schlimmeres? Ist es eine Vergewaltigung, wenn man sich nicht daran erinnert? Ist es ein Mord, wenn man sich nicht daran erinnert?

Fairbairn glaubt, Tempe und ich seien ein Paar, was bedeutet, dass unsere Alibis verworfen, diskreditiert oder ignoriert werden können. Wir sind Co-Verschwörerinnen oder willige Komplizinnen und lügen, um uns gegenseitig zu retten.

Ich habe Helgarde erzählt, dass ich in Goodalls Haus eingebrochen bin und den Ring gefunden habe, der Imogen Croker gehörte. Ich habe ihm die Geschichte dargelegt, in der Hoffnung, dass sie meiner Verteidigung helfen würde, doch jede weitere Enthüllung hat nur meine spontane gedankenlose Dummheit bloßgelegt. Manche Geschichten werden plausibler, wenn man sie laut äußert und mit Gewissheit vorträgt, aber diese klang, noch während ich versuchte, sie zusammenzuflicken, immer zerfranster und zerfledderter.

»Sie haben den Ring gefunden?«

»Ja.«

»Aber Sie haben ihn dort gelassen.«

»Ja.«

»Warum?«

»Es war ein Unfall. Er ist mir aus den Fingern geglitten. Ich war dabei, den Koffer zu durchsuchen, als Goodall nach Hause kam. Ich musste die Suche abbrechen und zusehen, dass ich wegkomme.«

»Vielleicht sollten Sie den Ring vergessen«, sagt Helgarde.

»Aber er ist eine Erklärung für meine Fingerabdrücke und DNA-Spuren.«

»Eine Straftat zuzugeben spricht Sie nicht von einer anderen frei. Es wird Sie in den Augen der Geschworenen kleiner machen. Sie werden eine Frau sehen, die so verrückt vor Hass war, dass sie ihre Karriere und ihre Freiheit aufs Spiel gesetzt hat, um einen hoch dekorierten Polizisten zu verleumden.«

»Deshalb war ich nicht dort.«

»Ich kann es den Geschworenen trotzdem nicht vorlegen, weil es zu viele Punkte der Anklage gegen Sie bestätigt. Die

Polizei behauptet, Sie seien von Darren Goodall besessen gewesen und hätten ihm vorgeworfen, Ihre Karriere zerstört zu haben. Für Sie war er ein korrupter Polizist. Ein Verräter seiner Uniform. Ein Frauenschläger. Seine schiere Existenz hat Sie gereizt, so sehr, dass Sie seine Familie gestalkt, sich mit seiner Ehefrau angefreundet und sie ermutigt haben, ihn zu verlassen. Damit immer noch nicht zufrieden, haben Sie sich in sein Haus geschlichen, ihn verführt oder betäubt und angezündet. Die Polizei hat ein Motiv und die Indizien für einen Vorsatz, kann jedoch nicht beweisen, dass Sie in der Mordnacht in dem Haus waren.«

Das war vor ungefähr zwölf Stunden. Genau weiß ich das nicht, weil ich kein Handy und keine Armbanduhr habe und niemanden fragen kann. Ich weiß auch nicht, ob Tempe weiter im Arrest ist, wo sie festgehalten wird und was sie der Polizei erzählt hat. Wenn sie ihre Aktivitäten nachverfolgen, die Aufnahmen der Überwachungskameras auswerten und mit Dr. Coyle sprechen, müssen sie doch erkennen, dass ich es nicht war!

Seit meiner Festnahme habe ich nicht mit Henry gesprochen. Laut Gesetz stehen mir juristischer Beistand, medizinische Hilfe und Pausen zum Essen und zur Toilettenbenutzung zu, aber die Vorstellung, dass ich einen Anruf machen darf, ist ein Mythos. Die Polizei muss lediglich eine von mir benannte Person über meine Festnahme benachrichtigen.

Vor der Zellentür herrscht plötzlich Aufruhr. Eine betrunkene Frau beschimpft irgendjemanden laut als »Schwein« und sagt, er solle seine »beschissenen Hände« von ihr lassen.

Ein Schlüssel dreht sich im Schloss, und die Tür geht auf.

»Sie bekommen Gesellschaft«, sagt ein Sergeant. »Der Laden ist heute komplett voll.«

Die betrunkene Frau stolpert oder fällt in die Zelle, ihr folgt eine zweite Frau, die sich umdreht und spuckt. Der Schleimklumpen trifft die sich schließende Tür und fließt an dem Lack herunter.

Ich richte mich auf und schlinge die Arme um die Knie. Beide meiner Zellengenossinnen sind zum Ausgehen aufgebrezelt und tragen eng anliegende Klamotten, doch ihr Make-up ist verschmiert, und eine hat sich die Haut an den Fingerknöcheln aufgeschürft.

»Was guckst du so?«, fragt sie anklagend.

»Ach, nichts.«

Sie reckt die Faust. »Niemand glotzt mich blöde an.«

»Tut mir leid«, murmle ich und blicke zu Boden. Sie lässt sich auf die Pritsche mir gegenüber sinken. Ihre Freundin, die die betrunkenere der beiden ist, rollt sich auf dem Boden zusammen, schläft ein und schnarcht leise.

»Will sie sich hinlegen?«, frage ich und biete meine Pritsche an.

»Woher soll ich das verdammt noch mal wissen?«, sagt die andere Frau, die die Riemen ihrer Sandalen gelöst hat und sich die Füße reibt. Sie flucht leise vor sich hin und schimpft weiter auf die Polizei. Ich verhalte mich so still wie möglich und starre auf den Boden.

»Und was ist deine Geschichte?«, fragt sie schließlich.

»Wie bitte?«

»Warum bist du hier?«

»Ich würde lieber nicht darüber sprechen.«

Sie wiederholt den Satz und ahmt meinen Akzent nach. »Du klingst wie eine beschissene Prinzessin. Bist du zu fein, um mit mir zu reden?«

»Nein, ich will schlafen.«

»Ja, klar.«

Sie stürzt sich in eine weitschweifige Schilderung, wie sie auf der Heimfahrt nur zwei Minuten von ihrem Zuhause entfernt von der Polizei angehalten wurde. Sie wollte zurücksetzen und ist gegen einen anderen Wagen geprallt, was nicht ihre Schuld war, weil sie »nicht besoffen« gewesen sei, weshalb man sie gar nicht erst hätte anhalten dürfen.

Sie richtet ihren Slip. »Ich würde morden für eine Zigarette.«

»Rauchen ist hier nicht erlaubt.«

»Ich bin keine verdammte Idiotin. Sehe ich aus wie eine Idiotin?«

»Nein.«

Sie steht unsicher auf und macht zwei Schritte auf mich zu.

»Bitte, setz dich«, sage ich.

»Zwing mich doch.«

»Ich möchte dir nicht wehtun.«

»Oh, das wird kein bisschen wehtun«, sagt sie und greift in mein Haar.

Ich packe mit beiden Händen ihr Handgelenk, ziehe ihren Arm zu mir, verdrehe ihn und klemme ihn in meine Achselhöhle. Sie versucht, sich zu wehren, aber ich erhöhe den Druck, bis sie aufschreit. Wenn ich noch ein bisschen fester drücken würde, könnte ich ihr den Arm brechen.

Ich lasse sie los, und sie wendet sich ab, reibt sich den Ellbogen und hämmert mit der Faust gegen die Tür. Ein Polizist kommt, derselbe wie vorher.

»Was ist los, Josephine?«

»Sie hat mich angegriffen. Hätte mir fast den verdammten Arm gebrochen.«

Der Sergeant blickt zu mir. Ich sitze auf der Pritsche, die Arme um die Knie geschlungen.

»Was ist passiert?«

Ich zucke die Schultern.

Er wendet sich wieder Josephine zu und erklärt ihr, dass sie ruhig sein soll. Sie beschimpft ihn als Schwein. Er ignoriert sie. Es wird wieder still in der Zelle.

Die Frau auf dem Fußboden macht ein gurgelndes Geräusch, richtet sich auf alle viere auf und übergibt sich zwischen ihren Händen.

»Verdammt, Norah!«, ruft Josephine und hält sich die Nase zu.

»Ist das ihr Name?«

»Woher soll ich das wissen, Scheiße noch mal!«

»Ich dachte, ihr wärt zusammen.«

»Nee.«

Ich knie mich neben der Frau auf den Boden, reibe über ihren Rücken und frage sie, ob sie einen Arzt braucht.

»Geht gleich wieder«, entschuldigt sie sich, richtet sich auf und lehnt sich an die Wand.

»Wie heißt du?«

»Katrina.«

»Ich besorg dir Wasser.«

»Und eine Putzfrau«, sagt Josephine und rümpft die Nase.

Ich hämmere gegen die Tür und rufe nach dem Sergeant, doch der ist die Störungen leid und ignoriert mich.

»Hast du Drogen genommen oder irgendwas geschluckt?«, frage ich.

Katrina schüttelt den Kopf. Ich streiche ihr Haar zurück und lege die Piercings an ihrem Ohrläppchen und ein kleines Tattoo tiefer an ihrem Hals frei. Sie ist jung.

»Bist du Krankenschwester oder so was?«, fragt sie.

»Nein.«

»Komm. Setz dich.«

Ich helfe ihr auf die Pritsche, wo sie sich auf die Seite dreht und zusammenrollt. Man hätte sie in diesem Zustand nicht in eine Zelle stecken dürfen. Ein Häftling muss in der Lage sein, ohne Hilfe zu stehen, zu gehen und ein paar Worte zu äußern, sonst muss er in ein Krankenhaus verlegt werden.

Katrina hat die Augen offen. »Erzählst du mir eine Geschichte?«

»Was für eine Geschichte denn?«

»Such dir was aus. Meine Mum hat mir immer Geschichten erzählt, wenn ich krank war.«

»Warst du oft krank?«

»Ja.«

Ich erzähle ihr, dass ich in einem Bus der Linie 30 am Tavistock Square gesessen habe, als eine Bombe explodierte, und alles, was danach passiert ist.

»An das Bombenattentat kann ich mich nicht erinnern.«

»Wie alt bist du?«

»Neunzehn.«

Plötzlich komme ich mir alt vor.

57

»Ruhe bitte. Alle erheben sich.«

Der Gerichtsdiener hat ein Gesicht wie ein Bestatter und eine gebieterische Stimme. Er blickt herausfordernd in den überwölbten Gerichtssaal, als wollte er die Anwesenden zum Widerspruch herausfordern, während drei Richter nebeneinander an einem großen Tisch Platz nehmen. Die beiden Männer und die Frau tragen keine Roben und sehen eher aus wie Bibliothekare.

Zwei Justizbeamten haben mich über eine eigene Treppe aus den Zellen unter dem Westminster Magistrates' Court direkt zur Anklagebank geführt. Meine Handschellen sind abgenommen worden, und ich reibe mir die Handgelenke.

Der Vorsitzende fordert mich auf, mich zu erheben.

»Sind Sie Philomena Claire McCarthy?«

»Ja, Sir.«

»Ihnen wird vorgeworfen, in der Nacht vom zwanzigsten auf den einundzwanzigsten August Darren Charles Goodall getötet zu haben. Möchten Sie ein Plädoyer abgeben?«

»Nicht schuldig.«

»Sie dürfen Platz nehmen.«

Ich blicke zur Besuchergalerie hoch. Meine Mutter sitzt kerzengerade, als würde sie für ein Foto posieren. In der Hand hält sie ein Taschentuch, das flattert, als sie mir zuwinkt. Ein Stück weiter in der ersten Reihe sehe ich Clifton, Finbar und Darren. Mein Vater ist der Letzte, seine Hände liegen auf dem Knauf eines Gehstocks, der zwischen seinen Knien klemmt. Ich suche die anderen Reihen nach Henry ab, weiß jedoch instinktiv, dass er nicht gekommen ist.

Helgarde stellt sich vor und spricht das Thema einer Kaution an. Der Ankläger, Mr Summers, verlangt eine separate Anhörung und schlägt vor, dass der Crown Court sich in der kommenden Woche mit dieser Frage befassen möge.

»Meine Mandantin sollte nicht weitere vier Tage in Haft verbringen müssen, wenn wir auch heute zu einer Einigung kommen können«, sagt Helgarde. »Ihre Familie ist bereit, eine beträchtliche Sicherheit zu hinterlegen. Außerdem wird sich meine Mandantin an alle Meldeauflagen halten, die als angemessen festgelegt werden.«

Mr Summers lacht leise.

»Gibt es ein Problem?«, fragt der vorsitzende Richter.

»Mein gelehrter Freund scheint vergessen zu haben, wie die Dinge in den unteren Instanzen gehandhabt werden. Vielleicht hat er zu viel Zeit unter einer Pferdehaarperücke zugebracht.«

Anstatt Helgarde zu beleidigen, scheint der Ankläger den Richter verärgert zu haben.

»Wollen Sie andeuten, wir seien nicht qualifiziert, diesen Kautionsantrag anzuhören?«, fragt der Vorsitzende.

»Nein, keineswegs. Ich wollte nicht …«

»Vielleicht sollten Sie still sein, bis Sie dran sind.«

»Ja, Euer Gnaden.«

Helgarde hat den Wortwechsel genossen, lässt es sich jedoch nicht anmerken.

»Euer Gnaden, Philomena McCarthy ist siebenundzwanzig Jahre alt und aktive Polizeibeamtin. Sie hat ihre Ausbildung am Hendon Police College als eine von zwei gleich guten Jahrgangsbesten abgeschlossen und bis vor kurzem glänzende Beurteilungen für ihre Arbeit erhalten.

Miss McCarthy will am Sonntag in einer Woche heiraten und erwartet mehr als hundert Gäste. Ihre Eltern sind heute beide vor Gericht anwesend und verpflichten sich, sie mit nach Hause zu nehmen und dafür zu sorgen, dass Philomena sich gegen die Tatvorwürfe verteidigt, die sie entschieden zurückweist.«

Ruhig, aber leidenschaftlich schiebt Helgarde das Gewicht der Beweise beiseite und hält sich an die Geschichte, die ich ihm erzählt habe. Es gibt kein rhetorisches Feuerwerk und keine argumentativen Schnörkel, stattdessen demonstriert er eine routinierte Aufrichtigkeit und tiefe Wertschätzung für den juristischen Grundsatz, dass jeder Angeklagte unschuldig ist, bis seine Schuld bewiesen wurde.

Summers erhebt sich, beide Daumen unter den Gürtel gehakt, die Füße leicht gespreizt.

»Mord ist mit einer lebenslangen Freiheitsstrafe zu ahnden, und es gibt gesetzlich festgelegte Richtlinien, was ›lebenslang‹ bedeutet. Wenn ein Polizeibeamter getötet wird, ist eine Mindesthaft von dreißig Jahren vorgesehen. Das liegt daran, dass die Gemeinschaft Verbrechen gegen die Polizei als einen Angriff auf die Rechtsstaatlichkeit betrachtet.«

»Ersparen Sie uns die Selbstdarstellung«, murmelt Helgarde.

Summers ignoriert die Bemerkung. »Ein Mann ist tot. Ein hoch dekorierter Detective wurde mit Handschellen an ein Bett gefesselt und angezündet. DNA-Spuren und Fingerabdrücke der Angeklagten wurden am Tatort gefunden. Sie hatte Sergeant Goodall bedroht. Sie hatte seine Familie gestalkt und versucht, seinen Namen in den Schmutz zu ziehen.«

»Meine Mandantin hat ein Alibi«, sagt Helgarde, der immer noch steht.

»Von ihrer Geliebten.«

»Das ist eine Lüge!«, rufe ich.

»Bitte weisen Sie Ihre Mandantin an, still zu sein«, sagt der Vorsitzende.

Summers fährt fort. »Wir sind der Ansicht, dass bei der Angeklagten akute Fluchtgefahr besteht. Sie hat kürzlich einen neuen Pass beantragt, und die Polizei hat in ihrem Haus zwei Flugtickets gefunden.«

»Für ihre Flitterwochen«, sagt Helgarde.

»Die Sicherheit der Allgemeinheit hat Vorrang.«

»Die Sicherheit meiner Mandantin sollte ebenfalls nicht außer Acht gelassen werden«, erwidert Helgarde. »Sie wird weiter in Einzelhaft untergebracht werden müssen, und die Wärter werden nicht besonders nett mit ihr umgehen. Was die gefundenen DNA-Spuren betrifft, bestreitet meine Mandantin nicht, in dem Haus gewesen zu sein, erklärt jedoch, dass das geraume Zeit vor dem Mord gewesen ist. Der Anklagevertreter hat keinen Beweis dafür vorgelegt, dass sie in der fraglichen Nacht am Tatort war.

Darüber hinaus räumt meine Mandantin ihre Antipathie gegenüber dem Opfer ein, weil der Getötete seine Frau und seine Geliebte geschlagen und seine Kinder terrorisiert hat. Aber einen Mann mit Handschellen ans Bett zu fesseln, ihn anzuzünden und ihm beim Sterben zuzusehen, erfordert echten Hass, eine atavistische Wut. Dies ist ein Verbrechen aus Leidenschaft.« Helgarde macht eine Pause, und ich erwarte beinahe, dass er einen Schritt auf die Richterbank zugeht oder im Gerichtssaal herumwandert, was bei Plädoyers in britischen Gerichten beides verboten ist. Anwälte sollen an ihrem Tisch stehen bleiben.

»Dies ist ein Fall, der Schlagzeilen macht«, fährt Helgarde fort, »der Karrieren fördern oder zerstören kann. Die Polizei steht unter enormem Druck, schnell einen Schuldigen zu präsentieren, weil einer der ihren getötet wurde. Jeglicher Freizeitausgleich wurde gestrichen. Emotionen sind hochgekocht. Wege wurden abgekürzt. Und als eine Verdächtige auftauchte, haben die Ermittler sofort aufgehört, nach jemand anderem zu suchen, weil das ihre eine Chance auf eine Verurteilung hätte kompromittieren können. Deswegen wurden andere Möglichkeiten gar nicht erst erwogen. Philomena McCarthy war vor ihrer Nase und wurde zu ihrer einzigen Option. Es ist leicht. Es ist einfach. Sehen wir zu, dass wir es wasserdicht machen. Aber so sollte das Rechtssystem nicht funktionieren. Auch für meine Mandantin gilt die Unschuldsvermutung. Es besteht keinerlei Fluchtgefahr. Und sie stellt keine Bedrohung für die Allgemeinheit dar. Setzen Sie eine Kaution fest und lassen Sie sie nach Hause gehen, bis ein Geschworenengericht ein Urteil fällen kann.«

Die Richter haben genug gehört. Sie beraten sich flüsternd, bevor der Vorsitzende sich wieder an den Gerichtssaal wendet.

»Die Kaution wird auf eine Million Pfund festgesetzt. Die Angeklagte muss ihren Pass abgeben und sich täglich bei ihrem örtlichen Polizeirevier melden. Jeder Kontakt mit potenziellen Zeugen ist verboten.«

Er richtet sich direkt an mich.

»Sollten Sie sich entscheiden zu heiraten, Miss McCarthy, wird es keine Flitterwochen geben, haben Sie verstanden?«

»Ja, Euer Gnaden.«

Ich blicke zu meinem Vater, der bereits aufgestanden ist. Eine Million Pfund. Er wirkt nicht geschockt von der Summe. Vielleicht ist sie zu absurd, um sie überhaupt in Erwägung zu ziehen. Ich wünsche mir ein Signal oder Zeichen, doch er hat sich schon abgewandt.

58

Zwei Stunden später werde ich aus meiner Zelle geführt und bekomme meine Sachen in einer Plastiktüte überreicht. An der Leistung von Unterschriften, Hinterlegung von Sicherheiten und wer weiß welch anderen noch erforderlichen Garantien für meine Freilassung bin ich nicht beteiligt. Clifton und Daragh sind gekommen, um mich abzuholen, beide in frischen weißen Hemden, Jeans und glänzenden schwarzen Schuhen. Es sieht aus wie eine Uniform. Ich küsse sie auf die Wangen und entschuldige mich dafür, dass ich aussehe wie »eine Leiche auf Urlaub«.

»Wie hat Daddy in zwei Stunden eine Million Pfund aufgetrieben?«, frage ich.

»Eddie hätte die Bank von England ausgeraubt«, erwidert Daragh.

Dutzende von Reportern und Fernsehkamerateams warten vor dem Gericht, deshalb verlassen wir das Gebäude durch einen Seitenausgang zum Seymour Place. Clifton hält die Wagentür auf. Ich will gerade den Kopf einziehen und einsteigen, als ich einen Reporter rufen höre. Ein Fotograf hat uns entdeckt. Sekunden später kommt eine Phalanx aus Fotografen und Journalisten in Sicht, die hektisch Kameras schultern und Scheinwerfer aufstellen.

»Die Drecksäcke!«, sagt Clifton, schubst mich auf die Rückbank und wirft mir einen Mantel über den Kopf, der nach Nikotin und Pfefferminzbonbons riecht. Ich habe mich immer gefragt, warum die Leute vor Gerichten und Polizeistationen ihr Gesicht vor den Kameras verbergen. Ich fand, dass sie so noch schuldiger aussahen, als hätten sie etwas zu verbergen. Aber jetzt verstehe ich es. Es ist die Angst, dass die Kamera einen verborgenen Zweifel oder eine Schwäche bloßlegen oder mich aussehen lassen könnte wie ein erschrockenes Wild, das im Aufblendlicht eines herandonnernden Lkw erstarrt ist.

Die kreischende Menge hat den Wagen umringt. Ich höre sie rufen und fluchen. Sie fordern, dass ich mein Gesicht zeigen und ihre Fragen beantworten soll. Die Hupe ertönt, und ich spüre, wie der Wagen ein paarmal ruckartig anfährt und dann beschleunigt. Ich spähe unter dem Mantel hervor.

»Wohin fahren wir?«, frage ich.

»Darüber hat es einige Debatten gegeben«, sagt Daragh, der fährt. »Deine Mutter und dein Vater hatten einen erhitzten Dingens.«

»Sie haben sich gestritten?«

»Ja, und für ein gutes katholisches Mädchen kennt deine Mutter eine Menge böser Wörter«, sagt Clifton.

»Wer hat gewonnen?«, frage ich.

»Torloses Unentschieden«, antwortet Daragh.

»Eddie im Elfmeterschießen«, sagt Clifton.

»Wo ist Henry?«, frage ich.

»Ich habe deinen Jungen nicht gesehen«, sagt Daragh. »Hast du ihn angerufen?«

»Ich durfte nicht. Ich muss nach Hause.«

»Das ist aber nicht das, was das Gericht erlaubt hat.«

»Ich muss Henry sehen.«

»Ruf ihn an.«

»Nein. Persönlich. Ich muss es erklären.«

Daragh und Clifton sehen sich an, unsicher, was sie machen sollen. »Vielleicht solltest du bis morgen warten.«

»Fahrt mich nach Hause, oder ich steige *sofort* aus.«

Letztendlich trifft Daragh die Entscheidung, fährt an Hyde Park Corner einmal im Kreis und biegt dann nach Westen Richtung Knightsbridge ab.

»Stur«, sagt Clifton.

»Wie ihre Mutter«, sagt Daragh.

»Wir sollten den armen Jungen warnen.«

»Dafür ist es zu spät.«

»Ich kann euch hören.«

Sie grinsen.

Es ist immer noch eine Stunde bis zum Anbruch der Dunkelheit, und das Haus schimmert golden im weichen Licht der Dämmerung. Ich gehe durch die Zimmer und hoffe, dass Henry eine Nachricht hinterlassen hat, finde jedoch nichts. Auf einem Kalender am Kühlschrank sind seine Schichten mit roten Kreuzen markiert. Heute Abend arbeitet er nicht.

Als ich von einem Zimmer ins andere gehe, spüre ich, dass alles einer feinen Umwandlung unterzogen wurde, als hätte eine Bande von Eindringlingen alle Gegenstände verrückt und dann wieder genauso hingestellt, wie sie waren.

Daragh ist mir ins Haus gefolgt. Ich leihe mir sein Handy und rufe Henry an. Er geht nicht dran. Im Schlafzimmer fällt mir auf, dass seine Reisetasche fehlt und er seine Zahnbürste und sein Rasierzeug mitgenommen hat.

Ich habe die Nummer seiner Eltern in meinem Hochzeitsbuch. Ich rufe sie an. Es klingelt lange. Eine Frau nimmt ab. Henrys Mutter. Ich spreche sie mit Mrs Chapman an, obwohl sie mir gesagt hat, ich solle sie »Janet« nennen.

»Ist Henry bei euch?«, frage ich hoffnungsvoll.

»Philomena?«

»Ja. Ist er da?«

Es entsteht eine Pause. »Er kann nicht ans Telefon kommen.«

»Ich muss mit ihm sprechen.«

»Ist das dein einer erlaubter Anruf?« Sie denkt, ich bin noch in Haft.

»Ich wurde entlassen.«

»Aber gegen dich ist Anklage erhoben worden. Wir haben es in den Nachrichten gesehen.«

»Ich bin auf Kaution frei. Kannst du jetzt bitte Henry holen?«

Wieder schweigt sie kurz. »Er will nicht mit dir sprechen.«

»Jetzt stell dich nicht so an! Gib ihn mir.«

»Ich glaube, du begreifst nicht, wie sehr du ihn verletzt hast.«

»Ich?«

»Diese Fotos … im Internet.«

»Was für Fotos?«

»Du und diese Frau. Ich habe nichts gegen gleichgeschlechtliche Liebe, aber du kannst nicht erwarten, dass mein Sohn dich nach so etwas heiratet.«

Die Polizei muss Tempes Fotos durchgestochen haben.

»Es ist nichts passiert«, sage ich.

»Du warst nackt.«

»Ich habe nichts Verkehrtes getan.«

»Du bist wegen Mordes angeklagt.«

»Lass mich mit ihm reden. Es geht um die Hochzeit.«

»Es wird keine Hochzeit geben. Ich lege jetzt auf. Bitte lass Henry in Ruhe.«

Ich lausche dem Freizeichen. Ich rufe noch einmal an. Niemand nimmt ab.

»Ich muss zu ihm fahren«, sage ich zu Daragh.

»Nicht heute Abend.«

»Aber er versteht das nicht.«

»Gib ihm Zeit. Jetzt bringen wir dich nach Hause.«

Das hier ist mein Zuhause, will ich sagen, doch es fühlt sich nicht mehr so an. Ich bin hin- und hergerissen zwischen Gehen und Bleiben, weil ich immer noch hoffe, dass Henry es sich anders überlegt, von Hertfordshire Richtung Süden fährt und heute Nacht neben mir unter die Decke schlüpft.

Daragh wartet, während ich einen kleinen Koffer packe. Hin und wieder blickt er auf die Straße, weil er fürchtet, die Reporter könnten uns gefolgt sein.

»Wir machen uns alle ein wenig Sorgen um Finbar«, sagt er.

»Warum?«

»Die Polizei hat einen Teilhandabdruck an Darren Goodalls Wagen gefunden.«

Mein Herz setzt für einen Schlag aus.

»Was hat er ihnen erzählt?«

»Er hat gesagt, dass viele Fahrzeuge durch seine Werkstatt gehen.« Daragh nimmt mir den Koffer ab. »Finbar muss vorsichtig sein. Eine Menge Menschen hängen von ihm ab. Kinder. Enkel. Er kann es sich nicht leisten, Scheiße zu bauen.«

»Es tut mir leid«, flüstere ich.

»Ist ja nichts passiert.«

Wir gehen noch einmal durchs Haus und machen alle Lichter aus. Dabei fällt mein Blick auf mein Hochzeitskleid, das immer noch in seiner Schachtel auf dem Esstisch liegt. Ich überlege kurz, es mitzunehmen, doch ich will nicht daran erinnert werden, was ich vielleicht verloren habe.

Mein Vater steht unter der Lampe des Säulenvorbaus, als der Range Rover vor dem Haus hält. Er nimmt mich in die Arme und drückt mich lange wortlos an sich. Eine Motte flattert gegen den Lampenschirm und wirft Schatten auf die Stufen.

Er seufzt, wie verblüfft über sich selbst, und führt mich in den hell erleuchteten Flur.

»Möchtest du reden?«

»Nicht heute Abend.«

»Wir haben Entscheidungen zu treffen.«

»Die können warten.«

59

Der Morgen kommt mit Wind, Regen und am Himmel dahinjagenden Wolken. Vor dem Fenster kämpfen Möwen mit tiefen, gutturalen Schreien um Wollhandkrabben. Warum klingt bei ihnen immer alles nach einem Riesentumult? Ich hatte gedacht, ich würde nicht einschlafen können, doch Erschöpfung ist das beste Beruhigungsmittel. Für acht Stunden bin ich in die Bewusstlosigkeit getaucht und habe nichts geträumt.

Mein Handy ist seit Tagen abgeschaltet gewesen. Jetzt riskiere ich, es wieder zu benutzen, weil ich hoffe, dass Henry angerufen hat. Dutzende angestauter E-Mails und Textnachrichten werden mit einem wiederholten Ping heruntergeladen. Manche sind von Tempe. Ich lese nur einige wenige.

Geht es dir gut? Die Polizei war hier. Sie haben die Wohnung durchsucht und deine Kleider mitgenommen. Ruf mich an, wenn du diese Nachricht kriegst.

Und eine weitere:

Die Polizei hat mich laufen lassen. Ich habe gerade die Nachrichten gehört. Ich weiß, dass du ihn nicht getötet hast. Du warst hier bei mir. Wie können sie so dumm sein? Ich liebe dich. Ruf mich an.

Es gibt auch Nachrichten von Carmen, Georgia und Margot. Sara erwähnt die Fotos, und ich höre sofort auf zu lesen. Mittlerweile werden alle die Bilder gesehen haben. Die ganze Welt. Das Internet der Dinge. Öffentliche Demütigung fühlt sich eigenartig an, ein Flattern in der Brust und der überwältigende Drang, den Kopf unter ein Kissen zu stecken und zu schreien.

Ich wage mich nach unten. Im Wintergarten ist Frühstück serviert worden: eine Auswahl an Müslis, dazu Obstsalat und Joghurt. Eine junge Frau fragt mich, ob ich Kaffee oder Tee möchte.

»Arbeiten Sie hier?«, frage ich.

»Ja, Ma'am. Ich bin Molly.«

»Nennen Sie mich Phil.«

»Ja, Ma'am, ich meine, Phil.«

Es sollte mich nicht überraschen, dass mein Vater Personal hat. Constance hat ihm beigebracht, wie man Geld ausgibt, aber ich weiß, dass seine arme Herkunft direkt unter der Oberfläche liegt. Würde man ihn kratzen, würde der Lack abblättern wie von den billigen Matrjoschka-Puppen, die er früher auf Marktständen verkauft hat, bevor es ihm gelang, das Geschick der Familie zu wenden.

Molly ist gegangen. Ich sitze angelehnt in dem offenen Fenster und knabbere ein Toastdreieck, als Daddy in Chinos, einem legeren Hemd und Slippern hereinkommt.

»Wie hast du geschlafen?«, fragt er.

»Gut.«

Er schüttet Müsli in eine Schale, schneidet eine Banane in Stücke und gibt einen Klecks Joghurt dazu.

»Was ist mit dem Full English Breakfast passiert?«, frage ich.

»Ein dreifacher Bypass. Hat mir den Appetit genommen.«

Er zieht sich einen Korbstuhl heran, und ich stelle die Füße auf die Armlehne. Er isst einen Löffel Müsli und kaut langsam.

»Möchtest du über das, was passiert ist, reden?«

»Ich hab ihn nicht umgebracht, wenn du das fragst.«

»Der Gedanke ist mir nie gekommen.« Er nimmt einen weiteren Löffel. »Helgarde hat mir erklärt, dass die Anklage zu großen Teilen auf Indizien fußt, aber die gesicherten Spuren beweisen, dass du am Tatort warst.«

»Nicht in der Nacht«, antworte ich.

»Du bist in sein Haus eingebrochen.«

»Ich hatte einen Schlüssel. Ich dachte, ich könnte mich unbemerkt rein- und wieder rausschleichen.«

»Finbar wusste es.«

»Das tut mir leid.«

Er beugt sich vor und stellt seine Müslischale auf den Boden. Eine Schildpatt-Katze räkelt sich träge auf ihrem Sonnenplätzchen, stolziert durch den Wintergarten und beginnt, das Schälchen auszulecken.

»Katzen leiden unter Laktoseintoleranz«, sage ich.

»Menschen auch«, erwidert er, steht auf und gießt sich aus einer Glaskanne einen Becher ein.

»Was ist mit deinem Alibi?«

»Tempe Brown.«

»Und die Fotos?«

»Die Fotos wurden gemacht, als ich geschlafen habe oder betäubt war.«

»Du bist also nicht dingens?«

»Lesbisch? Bisexuell? Nein, Daddy. Und zwei Frauen können auch zusammen in einem Bett schlafen, ohne die Schere zu machen.«

»Die Schere?«

»Vergiss es.«

»Warum sollte sie dich betäubt haben?«

»Sie hat eine Vorgeschichte von zwanghaftem Verhalten und Stalking. Ich habe mit einem Psychiater gesprochen, der sie jahrelang behandelt hat.«

»Könnte Tempe Brown Goodall getötet haben?«

»Ja. Vielleicht. Ich bin nicht sicher.«

Ich könnte noch mehr sagen, doch ich weiß nicht, was ich glauben soll. Tempe hat davon gesprochen, Goodall zu ermorden und die Tat dann jemand anderem anzuhängen. Wir haben über das perfekte Verbrechen geredet, und ob es so etwas überhaupt gibt. Ich erinnere mich auch daran, was Dr. Coyle mir darüber erzählt hat, wie weit Tempe gegangen ist, um sich an ihre Freundschaft zu Mallory Hopper zu klammern. Sie hat sie gestalkt. Sie hat das Haus ihrer Eltern angezündet.

Daddy kehrt zu seinem Stuhl zurück und hält den Becher mit beiden Händen, ohne sich daran zu stören, wie heiß er ist.

»Helgarde sagt, deine Freundin wird unter Druck geraten, ihre Geschichte zu verändern.«

»Sie ist nicht meine Freundin.«

»Im Augenblick brauchst du sie.«

Ich will das Thema wechseln. Ich bin es leid, dass die Leute das Ganze betrachten wie eine Runde Cluedo: Wer hat Professor Plum in der Bibliothek mit einem Kerzenleuchter erschlagen? Dies ist kein Denksport, kein Gesellschaftsspiel oder sonst ein zu lösendes Rätsel.

»Deine Mutter hat mehrfach angerufen«, sagt Daddy. »Es war seltsam, nach so langer Zeit wieder mit ihr zu sprechen. Auf eine gute Art.«

»Nicht zu brüllen, meinst du.«

Er verzieht das Gesicht, und die Falten um seine Augen werden tiefer, doch er ringt sich ein Lächeln ab.

»Ich werde sie besuchen«, sage ich, »aber zuerst muss ich Henry sehen.«

»Du darfst nicht mit potenziellen Zeugen sprechen.«

»Er ist kein Zeuge.«

Daddy zieht ein Handy aus der Tasche, ruft in der Garage an und bittet Tony, den Wagen vorzufahren. »Er ist in zehn Minuten so weit.«

»Danke.«

Er greift nach meinem Fuß und berührt ihn mit den Fingerspitzen. Auf der Innenseite des linken Knöchels habe ich ein kleines Muttermal. Er hat ein fast identisches Muttermal an der gleichen Stelle, eine weitere Verbindung zwischen uns.

»Meiner Erfahrung nach wird die Polizei in der Sache keine Ruhe geben, Phil. Sie wollen Gerechtigkeit für einen der ihren.«

»Ich bin eine der ihren«, wende ich ein.

»Ja, aber du bist auch meine Tochter.«

»Ein Zufall der Geburt.«

»Kein Zufall. Geliebt und gewollt.«

Janet öffnet die Tür, als hätte sie jemand anderen erwartet. Ihr Lächeln verblasst, und sie plustert ihren kleinen vogelartigen Körper auf, als wollte sie einschüchternder wirken.

»Wo ist Henry?«

»Er will dich nicht sehen.«

»Das soll er mir selbst sagen.«

Janet versucht, die Tür zu versperren, doch ich schlüpfe an ihr vorbei, betrete das Haus und blicke ins Wohnzimmer. »Henry? Ich bin's«, rufe ich die Treppe hoch.

Ohne Janets Proteste zu beachten, gehe ich weiter in die

Küche. Er würde sich doch nicht vor mir verstecken, oder? Ich will gerade das ganze Haus durchsuchen, als ich im Garten eine Hängematte zwischen zwei Bäumen entdecke. Henrys nackte Füße baumeln über den Rand, sein Gesicht ist mit einem Strohhut bedeckt.

Ich habe den Rasen halb überquert, als seine Mutter eine Warnung ruft und Henry den Hut lüftet. Es gibt keine elegante Art, aus einer Hängematte zu steigen, und Henry findet nur stolpernd sein Gleichgewicht.

»Ich rufe deinen Vater«, sagt Janet nervös.

»Ich regele das, Mum. Geh wieder rein.«

Ihr Beschützerinstinkt lässt sie verharren. »Ich denke, ich sollte bleiben.«

»Wie wär's mit einer Tasse Tee?«

Die Vorstellung, dass sie mir ein Getränk zubereiten soll, macht alles noch schlimmer. Sie hastet davon, und Henry geht mit mir in eine andere Ecke des Gartens, wo eine schmiedeeiserne Bank unter einem Weidenbaum steht. Er sieht mich nicht mit Verachtung, sondern mit aufrichtiger Traurigkeit an. *Na immerhin etwas.*

»Ich habe versucht, dich anzurufen«, sage ich.

»Ich habe mein Telefon ausgeschaltet.«

»Warum?«

»Es rufen ständig irgendwelche Reporter an. Oder meine Kumpel wollen mich bemitleiden.«

»Weshalb?«

»Wegen der Fotos.«

»Es ist nichts passiert.«

»Du warst nackt im Bett mit ihr.«

»Ich wurde betäubt.«

»Deine Augen waren offen.«

»Ich *war* betäubt.«

Seine Fragen haben nichts Zärtliches. Er will wissen, ob ich sie geliebt, ob ich mit ihr geschlafen habe, ob ich ihn vorsätzlich demütigen wollte. Ich leugne alles, doch er schüttelt seufzend den Kopf.

»Ich bin ein ziemlich normaler Typ, Phil. Ich lösche Brände. Ich spiele Rugby. Ich gucke Cricket. Ich liebe meinen kleinen Jungen. Aber ich glaube nicht, dass sich mein zartes Herz davon erholen kann.«

»Nichts von all dem …«

»Ich könnte damit umgehen, dass ich nur das Zweitwichtigste in deinem Leben bin, weil Archie immer das Wichtigste in meinem sein wird. Aber was du getan hast – diese Fotos … Ich bin eine Witzfigur. Es geht gerade dieses Meme rum: ›Es ist kein Fremdgehen, wenn dein Verlobter zuguckt‹.«

Ich will gegen seine Selbstbezogenheit und seinen dummen männlichen Stolz anschreien. *Ich* bin diejenige, die betäubt, festgenommen und wegen Mordes angeklagt wurde! Stattdessen flüstere ich: »Was ist mit der Hochzeit?«

»Es wird keine Hochzeit geben. Die Location hat heute Morgen angerufen. Sie haben die Nachrichten gesehen und wollen keine negative Publicity.«

Ich bin sprachlos.

»Die Managerin wurde in die Irre geführt«, fügt Henry hinzu. »Tempe hat ihr erzählt, du wärst eine Cousine von Kate Middleton, und die Herzogin von Cambridge würde zur Hochzeit erwartet.«

Ich muss beinahe lachen, weil ich denke, dass das nur ein Witz sein kann, aber mit einem Mal verstehe ich, wie Tempe es geschafft hat, eine Location zu buchen, die normalerweise Jahre im Voraus ausgebucht ist. Sie hat gelogen. Wahrscheinlich hat sie alle angelogen – den Floristen, den Fotografen, den Konditor.

»Willst du sie nicht verteidigen?«, fragt er.

»Natürlich nicht.«

»Ich habe dich gewarnt.«

»Ja, aber ich hatte nicht erwartet …«

»Ich dachte, sie wäre besessen von dir, aber vielleicht war es ja auch umgekehrt«, sagt er. »Du hast diesen Kuckuck in unser Nest eingeladen.«

»Ich habe einen Fehler gemacht. Es tut mir leid.« Meine Stimme bricht. »Willst du noch heiraten?«

Henry weicht meinem Blick aus. »Ich denke, du solltest gehen.«

Seine Mutter erscheint mit zwei Bechern auf einem Silbertablett, das sie über den sattgrünen Rasen balanciert. Reverend Bill ist drei Schritte hinter ihr und tut, die Hände in den Taschen, so, als würde er entspannt durch den Garten schlendern.

»Philomena. Schön, dich zu sehen«, sagt er und klingt aufrichtig.

»Hallo, Reverend Bill.«

»Sie wollte gerade gehen«, sagt Henry.

»Aber Janet hat Tee gemacht.«

»Ich muss los«, sage ich und füge hohl hinzu: »Ein andermal.«

Henry steht nicht auf und folgt mir. Ich komme mir vor wie ein Kind, das wegen einer Unartigkeit in sein Zimmer geschickt wird, um darüber nachzudenken, was es getan hat. Als ich heranwuchs, war das meine Bestrafung. Mir wäre es lieber gewesen, hungrig ins Bett zu gehen, Hausarrest zu bekommen oder irgendwelche Privilegien gestrichen zu bekommen, doch meine Mutter wusste, dass Kälte und Schweigen die härteste Buße waren – vorenthaltene Zuneigung.

Ich gehe wie benommen zurück durch das Haus in den Flur. Reverend Bill hält mir die Haustür auf. Dabei beugt er sich näher zu mir. Ich erwarte, dass er mich auf die Wange küsst, doch er flüstert mir etwas ins Ohr.

»Du musst Henry vergeben. Seine Loyalitäten sind zwiegespalten.«

»Das verstehe ich nicht.«

»Roxanne hat gedroht, um das alleinige Sorgerecht für Archie zu kämpfen, falls Henry dich heiratet.«

»Aber das ist …«

»Sie will nicht, dass Archie Umgang hat mit… mit…« Er bringt den Satz nicht zu Ende.

»Mit mir?«, frage ich.

»Und mit deiner Familie«, antwortet er.

60

Die Stimme meiner Mutter hinter der dick lackierten Tür klingt gedämpft.

»Philomena?«

»Ja.«

»Bist du allein?«

»Ja.«

Der Schlüssel dreht sich im Schloss. Eine Sicherheitskette wird gelockert. Die Tür öffnet sich einen Spalt, und meine Mutter sieht mich ängstlich an. Braune Locken. Braune Augen. Beruhigt öffnet sie die Tür weiter und schlingt die Arme um mich. Ihre Lippen sind an meine Wange gepresst, ihr Parfüm steigt mir in die Nase.

»Warum hast du die Tür verriegelt?«

»Ich dachte, du wärst Tempe. Sie hat ständig angerufen. Nachrichten geschickt. Gestern ist sie um Mitternacht vorbeigekommen.«

»Was wollte sie?«

»Dich natürlich. Sie glaubt, ich verstecke dich.«

Sie zieht mich ins Wohnzimmer und nimmt sich einen Moment Zeit, um mich zu mustern, als würde sie ein gebrauchtes Möbelstück begutachten, das restauriert werden muss. Normalerweise moniert sie meine Haare, meine Haut, oder dass ich mich kleide »wie ein Junge«. Und das, obwohl sie selbst aussieht wie eine Hausfrau aus den Fünfzigern mit Kitteln und Hauskleidern.

»Irgendwas stimmt nicht mit dieser Frau«, sagt sie. »Sie hat an die Tür gehämmert und deinen Namen gerufen. Als ich gedroht habe, die Polizei zu rufen, hat sie gelacht und gesagt, die Polizei hätte sie gerade erst laufen lassen. Sie hat sie als Gestapo beschimpft und gesagt, die würden ihr bestimmt nicht noch mal blöd kommen.«

»Was hat sie damit gemeint?«, frage ich.

»Ich habe keine Ahnung. Hat sie dich in Schwierigkeiten gebracht? Ich hab dir doch gesagt, dass du ihr nicht vertrauen sollst!«

»Wann?«

»Gleich am Anfang, als sie all diese Skizzen von dir gemacht hat.«

Daran kann ich mich nicht erinnern. Ich habe das Gefühl, als ob rückblickend alle zu Experten geworden sind: meine Freundinnen, Dr. Coyle, Elsa, Pearlie, Henry. Es ist, wie wenn Menschen beim Anblick von Fotos von Ian Brady, Myra Hindley oder Jeffrey Dahmer sagen: »Sehen sie nicht böse aus?« Als stünden ihnen ihre Verbrechen auf die Stirn geschrieben und sollten für jeden offensichtlich sein. Ich war nicht blind gegenüber Tempes sonderbarem Verhalten und ihrer Bedürftigkeit, aber es hat dennoch Spaß gemacht, Zeit mit ihr zu verbringen. Zudem war sie eine brillante Planerin.

»Wie geht es Henry?«, fragt meine Mutter. »Er macht sich bestimmt schreckliche Sorgen.«

»Er hat die Hochzeit abgesagt.«

Sie reißt überrascht die Augen auf und kneift sie dann wieder zusammen.

»Ich habe seine Familie beschämt«, erkläre ich.

»Du oder dein Vater?«

»Dafür kannst du ihm wirklich nicht Schuld geben«, sage

ich, was möglicherweise nicht ganz der Wahrheit entspricht. Aber im Moment ist sein Geld das Einzige, das zwischen mir und einer Gefängniszelle steht. Die Ironie entgeht mir nicht. Zehn Jahre lang habe ich versucht, mich von meinem Vater zu distanzieren, und nun wohne ich in seinem Haus und nehme Ratschläge von seinem Anwalt an.

Wir gehen in die Küche, wo ich endlich eine Tasse Tee bekomme. Meine Mutter drängt mich, ihr die ganze Geschichte zu erzählen, doch ich enthülle nur die Teile, die sie beruhigen werden. Wir spielen beide ein Spiel. Sie tut so, als hätte sie keine Ahnung, wie das Rechtssystem funktioniert, und ich retuschiere die Fakten, um ein hoffnungsvolleres Bild zu präsentieren.

Nach einer Stunde entschuldige ich mich unter dem Vorwand, ich hätte einen Termin mit meinen Anwälten.

»Wohin?«, fragt Tony, als ich wieder in den Wagen steige.

Ich nenne ihm die Adresse der Chestnut Grove Academy. Ich muss trainieren. Ich muss schwitzen. Wenn ich hart genug gegen irgendwas schlage, lösen sich dabei vielleicht ein paar Antworten.

61

Kurse in dem Studio werden in der Regel morgens und abends angeboten, was bedeutet, dass es den restlichen Tag über leer ist. Ich ziehe meinen Keikogi an, schlinge den schwarzen Gürtel um die Hüfte, schlage die Enden übereinander, ziehe sie fest und binde einen Knoten.

Ich beginne mit Bewegungsübungen: Hip-Drives, Flat-Rolls und Monkey-Squat-Hops mit halber Drehung. Dann gehe ich zum Schatten-Sparring über, was wie Schattenboxen ist. Schließlich wechsele ich zu dem Sandsack und teile so heftige reale Tritte, Punches und Handkantenschläge aus, dass der Sack in meine Richtung zurückschwingt und ich so tun kann, als würde ich angegriffen.

Mir tropft schon der Schweiß von der Nase, als ich höre, wie die Tür geöffnet wird. Ich erkenne Tempes Silhouette.

»Dachte ich's mir doch, dass ich dich hier finde«, sagt sie fröhlich.

»Das sagen alle Stalker.«

Ich wende mich wieder dem Spiegel zu, behalte sie jedoch im Blick.

»Ich habe dich vermisst«, sagt sie, ohne auf den Vorwurf einzugehen.

»Ich war ziemlich beschäftigt.«

»Hast du meine Nachrichten bekommen?«

»Ich hab dich blockiert«, antworte ich, was gelogen ist, weil ich nicht weiß, wie das geht.

»Warum?«

Ich versuche zu lachen, doch es kommt nur abgewürgt heraus. »Ich darf nicht mit Zeugen sprechen.«

»Ich habe diese Fotos nicht veröffentlicht«, sagt sie. »Das muss die Polizei gewesen sein.«

»Du hast sie gemacht. Du hast mir irgendwas in den Drink getan. Du hast mich ausgezogen. Du hast mich nackt fotografiert.«

»So war es nicht. So, wie du es sagst, klingt es so …«

»Gruselig?«

»Ich wollte nicht, dass irgendwas von all dem passiert. Ich wollte dich zeichnen. Du siehst so schön aus, wenn du …«

»Wenn ich bewusstlos bin? Komatös?«

Sie verstummt. »Brauchst du eine Sparring-Partnerin?«

»Nein.«

»Du sagst doch immer, es sei besser, mit einem Partner zu trainieren.«

»Du willst nicht mit mir sparren, Tempe«, sage ich.

Sie ignoriert meine Warnung und verschwindet in der Umkleide. Ich frage mich, ob sie wirklich so naiv ist oder mich vorsätzlich provozieren will. Sie ist entweder der optimistischste oder der dümmste Mensch, den ich je getroffen habe. Ein paar Minuten später kommt sie zurück in den Trainingsraum, gekleidet wie ich, aber mit einem andersfarbigen Gürtel.

»Ich möchte nicht mit dir sparren«, sage ich.

»Ach, komm, wo wir schon mal hier sind!«

Sie verbeugt sich und sagt: »Shomen Ni Rei.« Damit würdigt sie die Geschichte von Karate und die lange Linie von Lehrern, die die Kampfkunst bis in die Gegenwart überliefert haben. Sie verbeugt sich erneut, diesmal vor mir, und sagt:

»Sensei Ni Rei«, bevor sie die Fäuste nach unten stößt und die Kiba-Dachi-Stellung einnimmt, bereit, sich zu verteidigen.

Ich tänzele vorwärts, sie tänzelt rückwärts. Ich täusche mit Links und Rechts an, bevor ich zu einem Tritt gegen ihren Kopf aushole, den sie abblockt. Ich habe sie gut trainiert, aber sie hat nicht das Niveau eines schwarzen Gürtels. Sie hat eine größere Reichweite als ich, deshalb muss ich darauf achten, sie nicht zu nah an mich heranzulassen und nicht planlos anzugreifen. Aber sie wird mich nicht attackieren. Sie wird abwarten und sich verteidigen.

In einer fließenden Bewegung und scheinbar, ohne mein Gewicht auf den linken Fuß zu verlagern, hole ich in einer Drehung mit dem rechten Fuß aus und platziere einen harten Tritt gegen ihren Oberkörper. Sie bricht atemlos auf der Matte zusammen. Ich warte, dass sie wieder aufsteht.

»Das ging ja schnell«, sagt sie. »Vielleicht sollten wir Polster benutzen.«

»Nein, dir passiert schon nichts«, erwidere ich. »Ich habe dich kaum berührt.«

Widerstrebend rappelt sie sich auf die Füße und macht sich bereit. Wir beginnen aufs Neue. Sie bereitet sich auf denselben Angriff vor, doch ich benutze das andere Bein. Und obwohl ich auf ihren Oberkörper blicke, ziele ich auf ihren Kopf. Sie stößt einen Schrei aus und schlägt die Hände vor ihre blutende Unterlippe.

»Warum bist du so gemein?«

Ich stehe über ihr. »Du hast eine Tracking-App auf meinem Handy installiert. Du bist mir gefolgt. Du bist in mein Zuhause eingedrungen. Du hast mich über alles belogen. Deine Vergangenheit. Deine Familie. Deinen Job. Die Hochzeit…«

»Was ist mit der Hochzeit?«

»Die Location hat abgesagt. Ich werde nicht heiraten.«

»Warum?«

»Vielleicht liegt es daran, dass du ihnen erzählt hast, ich sei jemand Wichtiges. Oder daran, dass im Internet überall Fotos von mir kursieren, auf denen ich nackt in deinem Bett liege. Oder daran, dass ich der Ermordung eines Detective angeklagt wurde, den ich nur getroffen habe, weil ich dich schützen wollte.«

»Du kannst ihn nicht getötet haben. Du warst mit mir zusammen.«

»Genau. Du bist mein Alibi.«

»Ich bin deine Freundin.«

»Nein! Wir sind keine Freundinnen.«

Tempe sitzt immer noch auf der Matte. Sie berührt mit dem Finger ihre Unterlippe, betrachtet das Blut und verwischt es zwischen Daumen und Zeigefinger wie einen Tropfen Öl.

»Hast du Blaine getötet?«

»Wen?«

»Mrs Ainsleys Hund.«

Tempe schüttelt vehement den Kopf. »Ich wollte ihn abschütteln, mehr nicht – ihm eine Lektion erteilen wegen seines Gebells –, aber der kleine Mistkerl hat sich in meiner Hand festgebissen. Ich musste ihn mit einem Ziegelstein schlagen, damit er von mir ablässt.«

»Du bist ein Monster.«

»Ich schwöre, es war ein Unfall.« Sie stemmt sich hoch. »Ich glaube, mir reicht's.«

»Nein. Greif mich an. Gib dein Bestes.«

»Du bist zu wütend.«

»Oh, du hast mich noch nicht wütend gesehen.«

Halbherzig geht sie erneut in die Kiba-Dachi-Stellung und beginnt, mich zu umkreisen. Hin und wieder macht sie einen

Satz nach vorn, als wollte sie einen Schlag oder Tritt landen, zieht jedoch jedes Mal ihr Bein wieder rasch zurück, aus Angst, mich zu verfehlen.

»Hast du die Wohnung in jener Nacht verlassen?«, frage ich.

»Nein.«

»Hast du Darren Goodall getötet?«

»Sei nicht albern. Ich hatte Angst vor ihm.«

»Was hat du der Polizei erzählt?«

»Ich habe ihnen gesagt, dass wir zusammen waren. Ich habe eine Aussage unterschrieben.«

»Niemand glaubt dir. Inklusive meiner Person.«

Wütend und übertrieben selbstbewusst hole ich zu einem Schlag gegen ihre Brust aus. Tempe blockt ihn ab, macht einen Schritt zur Seite und pariert auch meinen nächsten Angriff, bevor sie sich duckt und herumwirbelt. Überrascht von ihrem Tritt, gerate ich aus dem Gleichgewicht. Bevor ich mich fangen kann, packt sie mich und ringt mich zu Boden. Hinter mir sitzend ist sie im Vorteil. Sie hat die Beine um meine Taille geschlungen, legt den rechten Arm um meinen Hals und hakt ihn zu einem klassischen Würgegriff unter ihren linken Bizeps.

Ich zerre mit beiden Händen an ihrem Unterarm, um ihn von meiner Kehle wegzudrücken, doch sie verstärkt ihren Griff und schneidet die Blutzufuhr zu meinem Hirn ab. Ich wehre mich heftiger, schiebe sie nach hinten, um den Hebeldruck ihrer Beine zu verringern. Doch sie ist auf jede meiner Bewegungen vorbereitet, dreht sich, wenn ich mich drehe, kniet, wenn ich knie, und lässt niemals los.

»Klopf ab«, drängt sie mich aufzugeben.

Ich weigere mich.

Sie legt ihren Arm noch enger um meinen Hals. Ich kratze an ihren Handgelenken, während mir schwindelig wird.

»Klopf ab.«

»Nein«, krächze ich.

Mein Griff erschlafft. Sie drückt ihre Stirn gegen meinen Kopf und stößt mich noch fester in ihren Unterarm. Ich spüre, wie ich das Bewusstsein verliere. Es ist wie ein Fernsehbild, das sich auflöst und zu einem einzelnen weißen Punkt zusammenschrumpft, bevor die Welt dunkel wird.

Obwohl ich nur ein paar Sekunden bewusstlos war, fühlt es sich länger an. Als ich die Augen aufschlage, hält Tempe mich immer noch in den Armen, sanfter jetzt. Ihre Beine sind um mich geschlungen wie die einer Geliebten, nicht wie die einer Gegnerin.

»Du hättest abklopfen sollen«, sagt sie.

Ich stoße ihre Beine weg und stehe auf.

»Ich will, dass du dich von mir fernhältst. Hör auf, mich anzurufen. Hör auf, meine Mutter zu besuchen.«

Tempe schüttelt den Kopf, als wäre ich ein Problemkind, das nicht vernünftig sein will. Ihr Ton verändert sich, und ihre Augen werden schmal. »Ohne mich hast du kein Alibi. Ohne mich könntest du im Gefängnis landen.«

»Ich werde ihnen erzählen, dass du mich betäubt und schlafend zurückgelassen hast, um Darren Goodall zu ermorden.«

»Aber das ist nicht wahr.«

»Beweise das Gegenteil.«

»Wie kann ich beweisen, dass etwas gelogen ist?«, fragt sie ernsthaft neugierig. »Es stört mich nicht, wenn du mir wehtust. Ich bin es gewohnt, dass man mir wehtut. Aber bitte hör nicht auf, mich zu lieben.«

»Dich lieben! Du leidest unter Wahnvorstellungen.«

»Du hast gesagt, wir seien wie Schwestern.«

»Ich habe mich geirrt. Ich hasse dich. Ich hasse, was du mir angetan hast.«

Tempe seufzt und springt auf. »Du solltest nach Hause gehen und dich gründlich ausschlafen. Ich rufe dich morgen Vormittag an.«

»Nein! Du wirst mich nicht anrufen! Du wirst mir keine Nachrichten schicken!«

»Aber wir müssen darüber sprechen, wie wir die Sache handhaben wollen.«

»Es gibt kein ›Wir‹!« Speichelfetzen fliegen aus meinem Mund. »Coyle hatte recht – du brauchst Hilfe. Geh zurück in die Klinik, Tempe.«

Sie streicht ihren Karateanzug glatt und berührt ihr Haar. Ich kann ein winziges Spucketröpfchen sehen, das auf ihrer linken Wange trocknet.

»Ich gehe jetzt. Ruf mich an, wenn du dich beruhigt hast.«

»Warum tust du mir das an?«, frage ich flehend.

»Was für eine dumme Frage. Wir sind beste Freundinnen.«

62

Ich bin immer noch wütend, als ich im Haus meines Vaters ankomme. Ich stürme durch die Tür und direkt in die Bibliothek zur Hausbar, nach wie vor Tempes süß säuselnde Stimme im Ohr. »Wir sind beste Freundinnen«, äffe ich sie nach, während ich mir einen Scotch eingieße, der über den Rand des Glases schwappt. Ich brauche beide Hände, um es festzuhalten. Sie war es. Sie hat ihn umgebracht. Und jetzt sitze ich in der Falle. Sie hat immer noch den Arm um meinen Hals gelegt und schnürt mir langsam die Luft ab.

»Alles in Ordnung?«

Mein Vater sitzt in einem großen Ledersessel beim Fenster. Er ist nicht allein. Ihm gegenüber sitzt David Helgarde in einem passenden Stuhl mit hoher Lehne. Der Anwalt hat die Beine übereinandergeschlagen, seine Hosenbeine sind hochgerutscht und entblößen blasse, von Adern durchzogene Schienbeine über seinen dunklen Socken.

»Was macht ihr hier?«, frage ich. »Ist etwas passiert?«

»David hat mich gerade auf den neuesten Stand der Entwicklungen gebracht. Setz dich. Das solltest du hören.«

Ich würde mich lieber in der Badewanne ertränken, denke ich, als ich mir einen zweiten Drink einschenke. Zwischen ihnen steht ein leerer Stuhl, und ich bekomme den Eindruck, dass sie auf mich gewartet haben.

Helgarde beginnt. »Kennen Sie die juristische Bedeutung des Wortes ›Offenlegung‹?«

»Ich bin ja nicht blöd«, antworte ich verärgert.

Das bringt mir einen strengen Blick meines Vaters ein, während Helgarde es gar nicht zu bemerken scheint.

»Die Anklage ist verpflichtet, der Verteidigung sämtliches Material offenzulegen, das die Polizei im Laufe der Ermittlung gesammelt hat. Normalerweise bekommen wir nicht so früh Zugang, aber ich habe meine Quellen.«

»Einen Spion«, sage ich.

»Nicht ganz so dramatisch.« Er räuspert sich. »Positiv betrachtet untermauern Ihre DNA-Spuren und Ihr Daumenabdruck Ihre Geschichte, dass Sie zu einem früheren Zeitpunkt in dem Haus waren. Außerdem hat Finbar eine Aussage gemacht, dass er in Darren Goodalls Wagen eingebrochen ist, die Ihre Version der zeitlichen Abläufe bestätigt. Aber das schließt die Möglichkeit nicht aus, dass Sie zu dem Haus zurückgekehrt sind, deshalb ist Ihr Alibi so wichtig.«

Er blickt auf eine Aktenmappe in seinem Schoß.

»Die Polizei verfolgt immer noch die Bewegungsdaten Ihrer Handys und sichtet Aufnahmen von Verkehrsüberwachungskameras, doch bis jetzt kann sie weder Tempes noch Ihre Anwesenheit in der Nähe des Hauses zum Zeitpunkt des Brandes beweisen. Miss Browns Telefon wurde vom Nachtclub bis zu ihrer Wohnung verfolgt, die es auch nicht wieder verlassen hat, bis Miss Brown Sie am nächsten Vormittag um 10:42 Uhr nach Hause gefahren hat.«

Je länger der Anwalt redet, desto mehr graut mir vor dem Moment, in dem er aufhört. Das nachfolgende Schweigen wird das Zeichen dafür sein, dass ich an der Reihe bin zu sprechen, Bericht zu erstatten, das Wie, Wann und Warum zu erklären.

»Bei der Polizei erhärtet sich offenbar die Überzeugung,

dass Sie und Tempe Brown gemeinsam gehandelt haben«, sagt Helgarde. »Das Strafrecht erlaubt, zwei oder mehr Angeklagte wegen derselben Tat zu verurteilen, selbst wenn sie in unterschiedlichem Maß daran beteiligt waren.«

»Aber ich war nicht beteiligt«, lalle ich. »Ich glaube, Tempe hat die Wohnung verlassen, während ich geschlafen habe.«

Ein kurzer Schatten huscht über die Miene des Anwalts. »Wollen Sie sagen, dass Sie ihr kein Alibi geben können?«

»Ich *will* ihr kein Alibi geben.« Ich wende den Blick ab und betrachte meine Hände.

»Warum sollte sie Darren Goodall umbringen?«

»Er hat sie gestalkt. Ihr Drohnachrichten geschickt.«

Helgarde blickt zu meinem Vater. Irgendwas stimmt nicht.

»Die Polizei hat keine Beweise dafür gefunden, dass Goodall Miss Brown gestalkt oder belästigt hat.«

»Ich habe die Nachrichten gesehen. Es waren Dutzende. Hasserfüllte Texte. Drohungen …«

Helgarde hält inne und wartet, bis ich still bin. »Dagegen hat die Polizei auf Miss Browns Telefon und Computer mehrere Apps entdeckt, mit denen man anonyme Textnachrichten verschicken kann.«

Es dauert einen Moment, bis die Information zu mir vordringt.

»Wollen Sie sagen, sie hat sich die Nachrichten selbst geschickt?«

»Ich berichte Ihnen lediglich, was die Polizei herausgefunden hat.«

Ich spüre, wie meine Kehle sich zuschnürt. »Aber Goodall hat ihre Adresse herausgefunden. Er hat sie terrorisiert.«

»Dafür gibt es keinen Beweis.«

»Er hat einen Säureanschlag auf meinen Wagen verübt.«

»Als Ihr Wagen demoliert wurde, hatte er ein Treffen mit seinem Anwalt.«

»Er hat *Hure* an Tempes Haustür geschmiert.« Noch während ich das behaupte, erinnere ich mich an die roten Farbspritzer auf ihren weißen Schuhen.

»Haben Sie mit irgendjemandem gesprochen, als Sie in der Polizeistation festgehalten wurden?«, fragt Helgarde.

»Nein.«

»Sie haben nicht über Ihre Festnahme und darüber gesprochen, dass Goodall Ihre Karriere ruiniert hat?«

»Nein.«

»Der Polizei liegt die Aussage einer gewissen Katrina Forsyth vor, die eine Zelle mit Ihnen geteilt hat. Sie behauptet, Sie hätten zugegeben, Goodall getötet zu haben.«

»Das ist eine Lüge! Ich würde nie …« Ich verkneife mir den Rest des Satzes. Das Mädchen, das in der Zelle gekotzt hat. Es war ein Spitzel.

»Ich habe kaum mit ihr gesprochen. Sie hat sich übergeben. Ich habe mich um sie gekümmert. Ich habe nichts gesagt.«

Fairbairn versucht, mir etwas anzuhängen. Das Schwein!

»Wie vernichtend ist es?«

»Katrina Forsyth ist wegen Drogenbesitz und aktiver Werbung von Freiern aktenkundig. Das können wir benutzen, um die Glaubwürdigkeit ihrer Aussage zu unterminieren.«

»Was ist mit dem Saphirring?«

»Es wurde nichts dergleichen gefunden.«

»Aber er war in dem Koffer.«

»Laut Angaben der Polizei nicht.«

Goodall muss den Ring versteckt oder entsorgt haben.

Schwankend greife ich nach der Scotch-Flasche.

»Vielleicht hattest du für heute genug«, sagt Daddy.

»Vielleicht solltest du dich um deine Angelegenheiten kümmern«, äffe ich seinen Tonfall nach.

Ich weiß, dass ich auf die falsche Person wütend bin, aber dieser ganze Beschiss ist zu weit gegangen. Es ist nicht die Schuld meines Vaters, aber er hätte eine andere Laufbahn einschlagen können. Er hätte Börsenmakler, Ingenieur oder Aktuar werden können. Ich weiß nicht genau, was ein Aktuar macht, aber es ist bestimmt besser, als Verbrecher zu sein.

»Tut mir leid, David«, entschuldigt er sich für mein Benehmen.

»Zufälligerweise ist er *mein* Anwalt«, sage ich. »Du solltest nicht mal hier sein.«

»Ich bezahle ihn.«

»Da haben wir es, meine Damen und Herren: Wenn man kein richtiger Vater sein kann, schmeißt man das Problem mit Geld zu.«

Daddy steht langsam auf und nimmt mir die Scotch-Flasche aus den Händen.

»Du glaubst, dass ich zwischen dir und deiner Zukunft stehe«, sagt er leise, »aber ich versuche nur, dafür zu sorgen, dass du eine hast.«

Er wendet sich ab, bleibt in der Tür jedoch noch einmal stehen.

»Hat Tempe Brown den Detective getötet?«

Unsere Blicke treffen sich. In meinen Blick liegt eine kalte Gewissheit. Ich nicke.

63

Als ich ein kleines Mädchen war, haben meine Eltern mir ein Aquarium für mein Zimmer gekauft, mit Wasserheizung, Deckenbeleuchtung und einem Luftsprudler, der aus einer Muschel auf weißem Kies, umgeben von Wasserpflanzen, Blasen aufsteigen ließ. Ich durfte die Fische aussuchen und entschied mich für bunte Salmler, Guppys und Schmerlen, denen ich allen Namen gab. An jenem Abend schlief ich mit dem Geräusch der blubbernden Blasen und dem Anblick meines Unterwasser-Edens ein.

Am Morgen fand ich einen winzigen toten Guppy auf dem Teppichboden unter dem Aquarium, das einen Glasdeckel mit nur einer winzigen Lücke in einer Ecke hatte, wo das Kabel des Luftsprudlers verlief. Wir begruben Penny in einer Streichholzschachtel im Garten. Einen Tag später lag Crystal steif und mit glasigen Augen auf dem Boden. Einer nach dem anderen machten meine wunderschönen neuen Freunde kamikazeartige Sprünge und verendeten auf dem Teppich. Man gab mir die Schuld, weil ich sie angeblich überfüttert oder den Deckel offen gelassen hatte, doch nichts von all dem war wahr.

Ersatzfische trafen ein. Die Selbstmorde gingen weiter. Schließlich war von meinem ursprünglichen Dutzend nur noch ein Fisch übrig. Moby war klein und kupferfarben, hatte einen regenbogenartigen Schimmer und kurze Flossen. Überzeugt, dass es mein Fehler gewesen war, brachte ich ihn in einer Plastiktüte voller Wasser zurück in die Tierhandlung.

»Wie ist die denn da reingeraten?«, fragte der Verkäufer. Sein Gesicht wirkte vergrößert, als er in die Tüte blickte. »Sie ist ein siamesischer Kampffisch – sehr aggressiv, mit ausgeprägtem Revierverhalten. Sie muss die anderen terrorisiert haben, bis sie es nicht mehr ausgehalten haben.«

Er setzte Moby in einem eigenen kleinen runden Glas aus.

»Das war unsere Schuld«, sagte er. »Du kannst dir neue Fische aussuchen.«

»Was passiert mit ihr?«, fragte ich.

»Sie bleibt für sich.«

»Wird sie sich nicht einsam fühlen?«

»Sie ist glücklicher so.«

Henry hat Tempe einen Kuckuck genannt, aber ich denke, sie ist mehr wie dieser siamesische Kampffisch, der jeden anderen Fisch aus dem Aquarium drängt, abgesehen von mir. Sie hat mich ausgesucht. Sie hat mich manipuliert. Und nun glaubt sie, wir seien durch ein Geheimnis aneinandergekettet, verbunden durch vergossenes Blut, Freundinnen fürs Leben.

Ich liege zusammengerollt auf dem Bett und drücke eine Stoffpuppe namens Hermione an mich, mit der ich seit meiner Kindheit nicht mehr gespielt habe. Ich habe sie auf dem Regal in dem unbenutzten Schlafzimmer gefunden, zusammen mit einem Stapel Bücher: *Matilda. Der geheime Garten. Der Hobbit.* Ich dachte immer, meine Mutter wäre die Sammlerin meiner Kindheitserinnerungen, aber diese muss sie aufgegeben haben, oder Daddy hat sie ohne ihr Wissen an sich genommen.

Hermione ist aus Wolle mit beigefarbenen Gliedmaßen, kahlem Kopf und Kreuzen als Augen. Ihre Miene ist so leer, dass ich sie um ihre Uneindeutigkeit beneide, als ich mich betrunken im Bett umherwälze und sich jedes Mal alles dreht, wenn ich die Augen schließe. Ich bin schmutzig, verschwitzt, verbraucht und wütend, doch morgen werde ich ein weiteres Streichholz anreißen und hoffen, dass es einen neuen Tag beleuchtet.

64

Der Sommer drückt auf meine Augenlider, weil ich zu betrunken war, um die Vorhänge zuzuziehen. Ich taste in der Schublade des Nachttischs nach Paracetamol, jede Bewegung bringt eine frische Attacke mit sich. Ich schlucke die Tabletten, stecke den Kopf unter die Decke. Würde doch nur die Sonne verschwinden, würden die Möwen aufhören zu streiten!

Zeit vergeht. Ich krieche aus dem Bett und dusche, lehne mich an die geflieste Wand, lasse das Wasser über mich strömen und wünschte, es würde mehr wegspülen als Schmutz. Ich habe Henry verloren. Ich habe meine Karriere verloren. Ich bin des Mordes angeklagt worden. Ich klammere mich an die Trümmer.

Als ich nach unten gehe, treffe ich Constance beim Wischen des Parkettbodens in der Bibliothek an. Sie trägt eine maßgeschneiderte Hose und Bluse.

»Was ist passiert?«

»Jemand hat gekleckert.«

»Das war wahrscheinlich ich«, sage ich. »Ich mach es sauber.«

»Jetzt bin ich schon mal hier.« Sie taucht den Mopp in den Eimer und wringt ihn aus.

»Hast du für so was nicht Molly?«, frage ich.

»Ich kann durchaus einen Fußboden wischen.« Sie schiebt den Eimer mit dem Fuß zur Seite. »Ich weiß, dass ihr mich hinter meinem Rücken alle ›die Herzogin‹ nennt, aber was für

Geld meine Familie vielleicht irgendwann mal hatte, war lange verspielt, bevor ich geboren wurde.«

»Wo ist Daddy?«

»Ich dachte, du wüsstest es vielleicht.«

»Ich?«

»Er ist gestern noch spät abends aufgebrochen, nachdem du schlafen gegangen bist. Er hat Tony gebeten, den Wagen vorzufahren, und ist mit ihm los.«

»Ist das ungewöhnlich?«

»Schon. Er hat sein Handy hiergelassen, was seltsam ist.«

Wasser schwappt über ihre Sandalen.

»Mist«, sagt sie leise. »Er war in letzter Zeit nicht er selbst. Ich habe seinem Herzen die Schuld gegeben, aber ich glaube, er macht sich Sorgen um dich.«

Was sie sagt, kommt kaum bei mir an. Ich setze im Kopf die Einzelteile des vergangenen Abends zusammen. Gesprächsfetzen. Wortwechsel. Es ist, als würde man beobachten, wie sich Teile einer Collage verschieben und zu einem neuen Bild zusammenfügen. Er hat mich gefragt, ob Tempe Darren Goodall getötet hat. Ich habe nicht Ja gesagt. Aber ich habe genickt. Gott möge ihr helfen.

Ich laufe herum und suche mein Handy. Ich muss es gestern Abend in der Bibliothek liegen lassen haben. Ich finde es auf der Hausbar. Ich habe ein Dutzend Textnachrichten. Nur eine ist von Tempe.

Ich wollte dir nicht wehtun. Alles was ich getan habe, habe ich aus Liebe getan. Ich hoffe, ich kann es wiedergutmachen. Vergiss mich nicht. Leb wohl.

Ich versuche, sie anzurufen, werde jedoch sofort auf die Mailbox umgeleitet.

»Wohin gehst du?«, fragt Constance, als ich die Treppe hocheile.

Ich suche meine Autoschlüssel, bis mir einfällt, dass ich gar keine habe. Mein Fiat ist in der Werkstatt, und den VW hat die Polizei beschlagnahmt. Kurz darauf renne ich über den Rasen zu den alten Stallungen, wo große Schiebetüren die Garage schützen. Der Range Rover fehlt. Drei weitere Wagen parken nebeneinander, alle teuer und makellos gepflegt.

Tony hat eine kleine Teeküche in der Ecke des Stalls hinter einer Wand mit Werkzeugen. Die Wagenschlüssel hängen an einer Korkpinnwand über dem Schreibtisch. Ich entscheide mich für den Alfa Romeo, der offensichtlich Constance gehört, denn der Fahrersitz ist weit nach vorn geschoben, und ich kann ihr Parfüm riechen.

Der Motor schnurrt nicht, sondern dröhnt, doch ich lasse ihm keine Zeit zum Aufwärmen. Ich setze aus der Garage, rase den Kiespfad hinunter und warte, dass das elektrische Tor sich öffnet. Wenig später fahre ich auf der Hawley Road nach Norden Richtung Dartford und überhole, wann immer sich die Gelegenheit bietet. Der Duft des Spätsommers erfüllt den Wagen, und über dem Fluss hängen Rauchschwaden. Ein einzelner Ruderer gleitet über das Wasser und zieht breiter werdende Kielwellen hinter sich her.

Mein Handy liegt in meinem Schoß. Ich versuche erneut, Tempe zu erreichen, höre jedoch nur die aufgenommene Begrüßung. Ich hinterlasse eine Nachricht. »*Ich bin's. Wenn du mich hören kannst, geh dran.*« Ich mache eine Pause und hoffe, ihre Stimme zu hören. Dann versuche ich es erneut. »*Geh an das verdammte Telefon, Tempe. Antworte mir.*«

Während ich weiter versuche, sie zu erreichen, fahre ich über die A2 durch Bexleyheath, Eltham, Forest Hill und Dulwich Park. Zwanzig Meilen. Fünfzig Minuten. Sie fühlen sich länger an. Vor ihrem hässlichen Wohnblock aus rotem Backstein parke ich in der zweiten Reihe, haste die Stufen hoch und drücke auf Tempes Klingel. Sie antwortet nicht. Ich drücke auf alle Knöpfe, in der Hoffnung, dass irgendjemand öffnen wird. Die Tür geht auf. Ich bin schon halb die Treppe hochgelaufen, als ich eine Frau schreien höre. Der Schrei kommt nicht aus Tempes Wohnung, sondern aus einem der unteren Stockwerke. Im Keller gibt es einen Waschraum. Ich folge dem Geräusch und lasse mich von der Schwerkraft die Treppe hinuntertragen.

Das Schreien hat aufgehört. Eine Frau hat die Hand vor den Mund geschlagen und weicht von der Tür des Waschraums zurück. Ihre kleine Tochter versteckt sich zwischen ihren Beinen und hält sich die Ohren zu. Ich erkenne die beiden. Sie wohnen in der Wohnung gegenüber von Tempe.

Die Tür zum Waschraum ist angelehnt. Daran klebt ein Zettel.

Nicht betreten. Rufen Sie die Polizei.

Ich versuche, die Tür weiter aufzustoßen, aber irgendetwas stemmt sich dagegen. Ich strecke den Arm durch den Spalt, und meine Finger berühren Stoff. Ich bekomme ein Bein zu fassen. Ein baumelndes Bein.

»Wie heißen Sie?«, frage ich die Nachbarin.

»Alice.«

»Okay, Alice, ich möchte, dass Sie nach oben gehen und den Notruf wählen. Wir brauchen einen Krankenwagen und die Polizei. Sagen Sie, es handelt sich um einen Notfall.«

Alice rührt sich nicht von der Stelle. Sie steht unter Schock. Ich berühre ihre Schulter. Sie zuckt zusammen und fasst sich wieder.

»Die Polizei und den Notarzt. Haben Sie verstanden?«

Sie nickt, nimmt ihr kleines Mädchen und geht. Ich nehme zwei Schritte Anlauf und ramme mit der Schulter gegen die Tür. Jedes Mal spüre ich, wie auf der anderen Seite ein Körper hin- und herschwingt wic ein Pendel und gegen die Tür schlägt. Ich schiebe erst einen Arm, dann ein Bein, eine Schulter und meine halbe Brust in die Lücke und stemme die Tür weiter auf. Vor Anstrengung stöhnend, zwänge ich mich durch den Spalt und sinke auf die Knie.

Tempe hängt über mir. Eine dünne Wäscheleine aus Nylon ist um ihren Hals und ein isoliertes Wasserrohr geschlungen. Ich fasse ihre Taille, um den Druck von ihrem Hals zu nehmen, strecke die Hand aus und versuche, den Finger in die Schlinge zu schieben, die jedoch durch das Gewicht ihres Körpers fester zugezogen wird.

Ihre Haut ist noch warm. Ihre Augen sind offen.

Ich sehe mich in dem Waschraum um. Unter Tempes Füßen liegt eine umgekippte Trittleiter auf dem Boden. Ich muss die Leine durchschneiden, was bedeutet, dass ich Tempe loslassen muss. Behutsam löse ich meine Hände und reiße auf der Suche nach einem Messer, einer Schere oder einem Teppichmesser Schubladen und Schränke auf. Schließlich finde ich eine verrostete Gartenschere mit geschwungenem Griff und kurzen Klingen.

Ich stelle die Trittleiter wieder auf, steige hoch genug und beginne, an der Nylonschnur herumzusäbeln. Ich brauche beide Hände, um die Scheren zu öffnen und wieder zu schließen, doch allmählich franst die Schnur aus. Tempes Gesicht ist ganz dicht an meinem. Ihre Augen blicken mich vorwurfsvoll an und sagen: *Das warst du. Das ist deine Schuld.*

Die Leine franst ganz aus und reißt. Tempe fällt, doch ich fange ihren Oberkörper auf, bevor ihr Kopf auf den blanken Betonboden schlägt.

Ich drehe sie auf den Rücken, überprüfe, ob ihre Luftwege frei sind, und beginne mit einer Mund-zu-Mund-Beatmung und Herzmassage. Ich weiß, wo ich die Hände anlegen und wie hart ich drücken muss, und halte eine stete Frequenz von mindestens hundert Kompressionen pro Minute. Nach jeweils dreißig Kompressionen gebe ich ihr zwei Atemstöße und versuche, mich an den Rhythmus einer Herz-Lungen-Wiederbelebung zu erinnern. Ich rede auf Tempe ein, erkläre ihr, dass sie durchhalten soll, weil ich nicht schuld sein will. Ich will nicht die kommenden Jahre mitten in der Nacht mit pochendem Herzen und Atemnot hochschrecken und diesen Moment wieder und wieder durchleben.

Ich habe schon meine Albträume – der Bombenanschlag auf den Bus am Tavistock Square. Der Attentäter, Hasib Hussain, war erst achtzehn. Auf dem Bild, das ich später von ihm sah, wirkte er so gewöhnlich und unauffällig. Ich versuchte, mich zu erinnern, ob ich ihn in dem Bus gesehen und ob wir Blickkontakt gehabt hatten. Hasib wurde in Leeds geboren und wuchs als jüngstes von vier Kindern in Holbeck in West Yorkshire auf. Sein Vater arbeitete in einer Fabrik. Seine Mutter war Dolmetscherin. Beide waren aus Pakistan eingewandert. Hasib besuchte die Grundschule in der Ingram Road und später die South Leeds High School. Er machte die mittlere Reife in englischer Sprache und Literatur, Mathe, Naturwissenschaften, Urdu und Design-Technologie. Eigentlich sollte er die Bombe an jenem Tag in der U-Bahn zünden, doch wegen vorangegangener Explosionen waren die Bahnhöfe geschlossen, sodass er entschied, mit seiner selbst gebastelten Bombe im Rucksack in einen Bus der Linie 30 zu steigen. Dreizehn Menschen fielen der Explosion zum Opfer, aber es hätten leicht mehr sein können. Wegen einer Straßensperre der Polizei hatte der Bus seine normale Route verlassen, und nur wenige Augenblicke vor der Explosion waren fünfzig Personen ausgestiegen.

Hasib Husain war unter den Toten. Ich kannte ihn nicht und habe ihn auch in dem Bus nicht gesehen, also konnte ich ihn nicht anschreien wie Tempe jetzt. Die Notärzte hören mich, als sie eintreffen. Sie übernehmen die Wiederbelebung mithilfe von Medikamenten und einem Defibrillator, doch ich erkenne, dass sie nur mechanisch ihre Routine abspulen und Tempe nicht zurückkommen wird.

Schließlich führt ein Polizist mich zu einem Wagen, wo ich warten soll. Ich weiß nicht, wie lange ich in dem Streifenwagen sitze und das Kommen und Gehen der Polizisten und Kriminaltechniker beobachte. Nachbarn werden befragt, Aussagen aufgenommen.

Martyn Fairbairn trifft ein. Offenbar ist heute sein freier Tag, denn er trägt alte Jeans und einen Rugby-Pullover, der an seinem hageren Körper schlackert. Er blickt kaum in meine Richtung, bevor er im Haus verschwindet. Wenn ich die Augen schließe, sehe ich jedes Mal Tempes leblosen Körper an dem Rohr hängen. Ich spüre das Gewicht ihres Körpers, den ich zu stützen versucht habe. In Gedanken suche ich erneut hektisch nach der Gartenschere, mit der ich sie abgeschnitten habe, reiße Schubladen und Schränke auf. Auf den Regalen standen Flaschen mit Bleichmittel, Terpentin, Waschmittel, Abflussreiniger und Säure.

Alles ist zum Zeichen geworden. Die roten Spritzer auf

Tempes weißen Schuhen. Die halb volle Flasche Säure in dem Regal. Die bedrohlichen Textnachrichten. Es war *immer* Tempe. Wenn ich von ihr weggetrieben bin, hat sie mich jedes Mal wieder an sich gezogen, indem sie eine neue Drohung oder Gewalttat erfunden oder sich zum Opfer einer weiteren Ungerechtigkeit gemacht hat.

In den letzten vier Monaten war sie der Mittelpunkt meines Lebens. Sie war mein Mädchen für besondere Fälle, meine beste Freundin, meine Stalkerin und mein siamesischer Kampffisch, und alles geschah so langsam, dass ich es erst bemerkt habe, als es zu spät war. Ich verstehe, warum Mallory Hopper sich das Leben genommen hat, warum sie das Gefühl hatte, in einer Falle zu sitzen, aus der sie nicht entrinnen konnte.

Fairbairn kommt aus dem Gebäude. Er läuft über die Straße, und ich zwinge mich, ihn anzusehen, als er die Tür öffnet und sich in den Wagen beugt.

»Alles okay?«

»Ich weiß nicht.«

»Ich habe mit den Notärzten gesprochen. Sie haben gesagt, dass Sie getan haben, was Sie konnten.«

Sein Gesicht verschwimmt hinter meinen Tränen.

»Was haben Sie hier gemacht?«, fragt er.

»Tempe hat mir eine Textnachricht geschickt. Sie hat Lebewohl gesagt. Ich habe mir Sorgen gemacht.«

»Ich dachte, Sie hassen sie.«

»Ich wollte nie, dass sie tot ist«, sage ich, doch die Worte bleiben mir halb im Hals stecken. Ich wische mir die Tränen ab. »Haben Sie sie beobachten lassen?«

»Wie kommen Sie darauf?«

»Sie war eine Verdächtige. Ich dachte, Sie hätten sie überwachen lassen.«

Fairbairn lächelt mich grimmig an. »Warum? Sie haben wir auch nicht überwacht.« Seine Miene wird weicher, und er seufzt. »Gestern hatten wir ein Team auf sie angesetzt, aber nicht rund um die Uhr.«

Er macht mir ein Zeichen, ein Stück zu rücken, und setzt sich neben mich.

»Sie hat eine Nachricht hinterlassen.«

»Die hab ich gesehen.«

»Nicht die an der Waschküchentür. Oben in ihrer Wohnung. Sie hat gestanden, Goodall getötet zu haben, und erklärt, dass Sie nichts damit zu tun gehabt haben.«

»War der Brief getippt?«

»Er lag in ihrem Drucker. Wieso fragen Sie?«

»Nur so.«

Er erwartet, dass ich weitere Fragen habe, doch ich weiß nicht, wo ich anfangen soll.

»Sie sollten erleichtert sein.«

Wäre das die angemessene Reaktion, frage ich mich. Ich weiß nicht genau, was ich empfinde, außer Schuld. Ich bin nicht mehr wütend, und das ist immerhin etwas, schätze ich.

Fairbairn redet immer noch.

»Ich habe gestern mit ihrem Psychiater gesprochen, der mir ihre Geschichte erzählt hat.«

»Sie war nicht von Goodall besessen«, flüstere ich.

»Sie war von *Ihnen* besessen. Deshalb hat sie ihn getötet. In ihrem verdrehten Bewusstsein hatten Sie sie gerettet, als sie Hilfe brauchte, und nun wollte sie sich revanchieren. Sie hat nicht damit gerechnet, dass Sie wegen des Mordes angeklagt werden würden. Sie hat gedacht, ihr gemeinsames Alibi würde ausreichen, um Sie beide zu retten.«

»Warum hätte Goodall sie ins Haus lassen sollen? Warum

hätte er sich mit Handschellen ans Bett fesseln lassen sollen?«

»Sie konnte offensichtlich ziemlich überzeugend sein«, sagt Fairbairn. »Sie hat Sie auch nackt im Bett fotografiert.«

Ich spüre, wie ich rot werde.

»Wir haben die Laborergebnisse zu dem Kleid zurückbekommen, das Sie in dem Club getragen und auf das Sie sich übergeben haben. Man hat Spuren einer Date-Rape-Droge namens Gamma-Hydroxybuttersäure gefunden.«

»K.-o.-Tropfen.«

»Klasse C. Geruchlos, farblos und geschmacklos. Außerdem ist es nach sehr kurzer Zeit nicht mehr im Körper nachweisbar. Wir haben auch den Fahrer des Uber-Taxis gefunden. Er hat sich an Sie erinnert.«

Wir sitzen schweigend da und beobachten, wie sich die Sprenkel von Sonnenlicht auf dem Bürgersteig verändern, wenn eine Brise die Zweige und Blätter der Bäume erfasst.

»Sie haben eine Person in meiner Zelle platziert, die Lügen über mich erfunden hat.«

Fairbairn atmet aus. »Das war nicht meine Idee.«

»Wessen denn?«

»Sie haben sich in sehr kurzer Zeit eine Menge Feinde gemacht.«

Wir betrachten uns gegenseitig, beide mit Fragen, beide mit Geheimnissen.

»Darf ich gehen?«, frage ich.

»Wir brauchen noch eine Aussage von Ihnen, aber das hat Zeit bis morgen.«

65

Meine Großmutter väterlicherseits hat eine gälische Inschrift auf ihrem Grabstein, die übersetzt lautet: *Der Tod hinterlässt einen Schmerz des Herzens, den niemand heilen kann, die Liebe eine Erinnerung, die niemand stehlen kann.*

Ich habe ihr Grab nur einmal besucht – als ich elf war und wir zu der großen Zusammenkunft nach Irland gefahren sind, einer Wiedervereinigung des McCarthy-Clans in Blarney Castle, County Cork. Ich erinnere mich, dass ich die Stufen hochgestiegen und den berühmten Stein geküsst habe, der Menschen der Legende nach die Gabe der Rede verleiht. Vielleicht hat es bei meinem Vater gewirkt, der immer gewandt mit Worten war. Die wird er jetzt brauchen.

Ich finde ihn im Garten bei seiner täglichen Runde um den Teich. Er hat die Strecke um eine neue Etappe erweitert, quer über die Wiese und den Pfad am Fluss entlang, vorbei an einer Koppel mit Ponys und einem überwucherten Tennisplatz, der fast zwischen Buchen verborgen liegt. Mein Vater geht jetzt entschlossener und schwitzt kaum noch. Ich schließe zu ihm auf und halte mit ihm Schritt. Schweigend gehen wir bis zu den wilden Brombeersträuchern, die die Reste einer Steinmauer überwuchern.

Er bleibt stehen und beginnt, Beeren zu essen.

»Sie sind süß dieses Jahr. Wir sollten Marmelade einkochen.«

»Hast du sie umbringen lassen?«, frage ich.

Seine Augen sind groß, klar und braun. »Das ist eine brutale Frage.«

»Antworte mir.«

»Ich glaube nicht, dass ich das tun werde.«

Er sieht mich auf eine vertraute Art an, das Kinn gesenkt, während er mich unter zusammengezogenen Brauen mustert. »Ich habe diese Situation nicht herbeigeführt.«

»Und was soll ich jetzt machen?«

»Akzeptiere dein Glück. Mach weiter und schau nach vorn.«

»Du hast ein Leben genommen.«

»Ich habe eines gerettet.«

»Das ist Bullshit. Das ist falsch.«

Ich will wütend und angewidert sein, doch ich habe dafür *gesorgt*, dass es passiert. Ich habe es geschehen *lassen*. Ebenso gut hätte ich Tempes Hand beim Schreiben des Abschiedsbriefs selbst zwingen können, hätte selbst die Schlinge um ihren Hals legen und die Trittleiter wegtreten können.

Schwere Regentropfen fallen, erst vereinzelt, dann dichter. Wir kehren um und erreichen das Haus, als ein heftiges Gewitter die Landschaft verschleiert und in den Fallrohren gurgelt.

Mein Vater wird von Constance verhätschelt, die seine Haare mit einem Handtuch abtrocknet. Ich gehe hoch in mein Zimmer und entdecke auf einem Stuhl neben dem Bett meine Sporttasche. Daran klebt eine Nachricht von Onkel Finbar.

Die wollte ich dir längst wiedergeben. Jemand hat sie aus dem Fiat genommen, als er neu lackiert wurde. Hoffe, du hast sie nicht vermisst.

Ich ziehe den Reißverschluss auf, gehe meine Karate-Ausrüstung durch und finde die vermissten weißen Sportschuhe, auf die Fairbairn sich fixiert hatte. Ihre Abwesenheit würde meine Schuld beweisen, hat er gesagt, überzeugt, dass ich die Schuhe vernichtet hatte, nachdem ich vom Tatort des Mordes geflohen war. Aber ich habe ihn nicht angelogen. Die Tasche war in meinem Fiat, bis jemand sie unwissentlich herausgenommen hat. Ich stopfe weitere Klamotten hinein und suche meinen Koffer.

»Wohin gehst du?«, fragt Constance, als ich das Gepäck nach unten trage.

»Nach Hause.«

Ich spüre, dass jemand im Haus ist, sobald ich über die Schwelle trete und reglos im Flur stehen bleibe. Ich rieche frisch gekochtes Essen. Als ich die Schlüssel auf den Tisch im Flur fallen lasse, steckt Henry den Kopf durch die Küchentür. Er trägt eine mit Rüschen besetzte Schürze und hat einen Klecks Tomatensoße am Kinn.

»Was machst du hier?«, frage ich.

»Ich mache meine weltberühmten Spaghetti bolognese.«

»Sie sind eigentlich nicht weltberühmt.«

Er wirft mir einen verletzten Blick zu.

»Es gibt mindestens sieben Bolognese-Soßen, die besser sind als deine, allein in Italien.«

»Das heißt, meine ist in den Top Ten.«

»In London, Clapham in der Marney Road definitiv unter den Top Ten.«

Er schlingt ungestüm die Arme um mich und drückt mich fest an sich, und ich fühle mich warm, geborgen und geliebt. Ich drücke mein Becken gegen seines und spüre ein Zeichen, dass das Leben vielleicht repariert oder neu gemacht werden kann.

»Was ich zu dir gesagt habe, tut mir leid«, flüstert er in mein Haar.

»Heißt das, dass du mich noch liebst?«

»Immer.«

»Und du willst mich heiraten?«

»Ich würde dich heiraten, in Socken unter Glocken, mit 'nem Kater im Theater, mit 'ner Nasche in der Tasche, mit 'nem Bär im tiefen Tal, hier und dort und überall.«

»Wusstest du, dass Dr. Seuss, als er *Der Kater mit Hut* geschrieben hat, eine Liste von nur dreihundertachtundvierzig Wörtern hatte, die er benutzen durfte?«

Henry verschränkt seine Finger mit meinen. »Das wusste ich nicht.«

»Und als er *Grünes Ei mit Speck* geschrieben hat, hat er eine Wette mit seinem Verleger gewonnen, dass er es nicht schaffen würde, mit fünfzig Wörtern oder weniger auszukommen.«

»Ich liebe dieses Buch.« Er schnüffelt an meinem Hals. »Woher weißt du solche Sachen?«

»Ich bin ein Schwamm.«

Er führt mich zum Tisch, wo Tupperware-Dosen bereitstehen, um die Bolognese portionsweise einzufrieren.

»Was ist mit Archie?«, frage ich.

»Roxanne wird nicht das alleinige Sorgerecht beantragen. Sie hat mich gern um sich.«

»Um dich zu quälen?«

»Genau.«

Mein Magen knurrt. »Können wir jetzt was davon probieren? Ich habe seit irgendwann gestern keinen Happen mehr gegessen.«

Henry kocht Wasser für die Spaghetti, nimmt ein Stück Parmesan aus dem Kühlschrank, legt es auf einen Teller und stellt es zusammen mit einer Reibe auf den Tisch. Während wir warten, dass die Spaghetti gar werden, erzähle ich ihm, wie ich Tempes Leiche gefunden habe und dass die Polizei alle Anklagepunkte gegen mich fallen lässt.

Ich fühle mich nach wie vor nicht erleichtert. Stattdessen habe ich das nagende Gefühl, eher davongekommen als rehabilitiert worden zu sein. Henry hört zu und stellt Fragen, ohne auch nur ein böses Wort über Tempe zu sagen oder die Polizei zu kritisieren. Er ist glücklich, und ich bin dankbar, aber irgendetwas undurchdringlich Trauriges steht zwischen uns, und ich weiß, dass sich das nicht über einer Schüssel Bolognese beheben lassen wird.

An jenem Abend wird Tempes Selbstmord in den Fernsehnachrichten mit keinem Wort erwähnt. Über Selbstmorde wird selten öffentlich berichtet, es sei denn, das Opfer ist prominent oder die Todesumstände sind ungewöhnlich. »Keine verdächtigen Umstände«, lautet der Euphemismus, den wir verwenden. Hier gibt es nichts zu sehen. Guckt in die andere Richtung. Geht weiter.

»Wir müssen allen wegen der Hochzeit Bescheid sagen«, sagt Henry. »Dass sie abgesagt ist.«

»Sie muss ja nicht abgesagt bleiben.«

»Wir haben keine Location.«

»Uns fällt schon was ein.«

66

Henry kann seine schwarzen Schuhe nicht finden. Er hat ein Paar Budapester mit dicken Sohlen, die er nur zu Hochzeiten und Beerdigungen trägt. Ein Mann kann nicht in braunen Schuhen heiraten. Ich bin sicher, dafür gibt es eine Regel oder einen Aberglauben.

Die Wagen sollen jede Minute eintreffen. Ich will mich erst umziehen, wenn wir in dem Haus eintreffen, aber mein Haar und mein Make-up sind schon von zwei reizenden Frauen gemacht worden, die auch Carmen vor ihrer Hochzeit frisiert und geschminkt haben.

In den ersten paar Tagen nach Tempes Tod stand mein Handy nicht still. Menschen, mit denen ich seit Wochen nicht gesprochen hatte, wollten plötzlich mit mir reden. Einige kondolierten mir zum Verlust einer Freundin, andere bejubelten die Tatsache, dass die Anklage gegen mich fallen gelassen wurde. Ein paar wussten nicht, was sie sagen sollten. Ich habe ihre guten Wünsche entgegengenommen, jedoch die meiste Zeit allein oder mit Henry verbracht. Seine Liebe ist wie eine Flüssigkeit, die in mein Leben fließt und jeden Riss, jeden Hohlraum und jede Lücke füllt.

»Ich hab sie gefunden«, ruft er. Er steht auf einem Stuhl und durchsucht die Kartons auf dem Kleiderschrank.

Es klingelt. Ich vermute, dass es Tony ist, der mich abholen kommt. Er ist zu früh. Doch stattdessen steht ein Kurier in Lycra vor der Tür. Ich unterschreibe für ein großes, in braunes

Papier und Blasenfolie eingeschlagenes Paket. Auf die Rückseite sind Name und Adresse eines Anwalts gestempelt.

Ich reiße das Paket auf und finde einen Bilderrahmen mit einem von Tempes Porträts von mir. Es ist erstaunlich detailliert, wie eine Schwarzweißfotografie, so lebensecht und schön, dass es mir den Atem raubt. Auf die Rückseite hat sie geschrieben:

> Mein Geschenk zu deinem Hochzeitstag. Ich vermisse die Tage, an denen dein Lächeln mir das Gefühl gegeben hat, echt zu sein.

Ich suche nach mehr. An einer Ecke des Rahmens klebt ein Umschlag. Als ich ihn aufreiße, fällt mir ein kleines viereckiges Stück Plastik in die Hand – eine Speicherkarte. Ich klappe meinen Laptop auf, schließe das Kartenlesegerät an und klicke auf die Dateien.

Auf dem Bildschirm erscheint die Weitwinkelaufnahme eines Wohnzimmers. Ich erkenne die Wohnung – Goodalls Apartment am Borough Market. Die Kamera muss in dem Fernsehschrank oder irgendwo in der Nähe versteckt gewesen sein, denn das Bild ist zum Teil durch eine Topfpflanze verdeckt. Ich sehe ein Sofa und zwei Sessel mit Balkontüren im Hintergrund.

Tempe tritt ins Bild, gefolgt von Goodall, der, bis auf ein Handtuch um die Hüften, nackt ist. Er zerrt an ihren Kleidern. Sie will, dass er wartet. Er reißt ihre Bluse auf, stößt sie auf die Knie und beugt sie über den Couchtisch. Er starrt auf sein Spiegelbild in dem Fernsehbildschirm, als er sich an ihr vergeht. Tempe macht keinen Mucks. Als sie versucht, das Gesicht abzuwenden, packt er ihr Haar und zwingt sie zuzusehen.

Nach dem Akt wirft Goodall Tempe ihre zerrissene Bluse zu und sagt, sie solle »verschwinden«, weil Kumpel von ihm zu Besuch kommen. Sie will noch duschen.

»*Keine Zeit.*«

»*Wann kann ich zurückkommen?*«

»*Wenn ich es dir sage.*«

Tempe geht. Die Kamera läuft weiter. Ich spule vor. Es klingelt. Ich höre Stimmen, und drei Männer treten ein, deren Gesichter ich jedoch nicht sehen kann, weil das Bild in Brusthöhe abgeschnitten ist. Bierflaschen werden verteilt und geöffnet. Man stößt an.

»*Scheißjournalisten*«, sagt Goodall. »*Widerlinge*«, ertönt die Antwort. Ich erkenne die Stimme: Superintendent Drysdale. »*Trump hatte recht – Feinde des Volkes.*«

»*Was hast du ausgegraben?*«

»*Seine Schwester war ein halbes Jahr in einer Entzugsklinik – Heroinsucht –, aber sie ist seit fünf Jahren clean. Und sein alter Herr hat wegen Trunkenheit am Steuer den Führerschein verloren, aber das war im vergangenen Jahrhundert. Abgesehen davon konnte ich nicht mal ein Bußgeld für überhöhte Geschwindigkeit oder ein unbezahltes Park-Knöllchen finden.*«

»*Wir brauchen mehr als das.*«

»*Wo ist der rote Pimpernel?*«

»*Zu spät wie immer.*«

Die drei Männer setzen sich. Goodall nimmt auf dem Sessel Platz, die anderen auf dem Sofa. Jetzt sehe ich ihre Gesichter. Drysdale furzt, was ihm Tadel und Gelächter einbringt. Er hat Goodall von Anfang an beschützt, die Aufnahmen der Bodycam gelöscht und die Ermittlung begraben.

Den Mann, der neben ihm sitzt, kenne ich nicht.

»Und wenn wir geheime Dokumente an Holstein durchstechen und ihn dann nach dem Official Secrets Act anklagen?«, fragt Drysdale.

»Damit würde er zum Märtyrer der Redefreiheits-Brigade«, sagt Goodall.

»Drogen?«

»Zu offensichtlich.«

»Kinderpornos?«

»Beweismittel verschwinden zu lassen ist leichter, als sie jemandem unterzuschieben.«

Es klingelt. Goodall erhebt sich grunzend aus seinem Sessel. Ein weiterer Gast ist eingetroffen. Drysdale redet immer noch.

»... ich weiß nur, was von oben durchsickert.«

»Nun, jetzt ist es zu spät.«

Der Neuankömmling tritt vor die Kamera, als er in den Raum kommt.

»Willst du ein Bier?«

»Nee.«

Er holt sich ein Glas Wasser und kehrt zurück zu den anderen.

»Wir brauchen eine dauerhaftere Lösung«, sagt Goodall. *»Holstein hat doch Artikel über das organisierte Verbrechen und Bandenkriege geschrieben. Wieso machen wir ihn nicht zum Opfer seines eigenen Erfolgs?«*

»Ein Bandenmord«, sagt Drysdale.

»Ja. Wir könnten die Albaner, Eddie McCarthy oder meinetwegen auch Curtis ›Cocky‹ Warren dafür verantwortlich machen.«

»Und wir kontrollieren die Ermittlung«, sagt der dritte Mann.

Der Neuankömmling nimmt endlich Platz, und ich sehe sein Gesicht. Blass. Voller Sommersprossen. Roter Haarschopf. Martyn Fairbairn starrt direkt auf sein Spiegelbild in dem Fernsehbildschirm. Er könnte mir in die Augen schauen.

Das letzte Puzzleteil fügt sich ins Bild. Der Detective, der die Ermittlungen zu dem Mord an Dylan Holstein geleitet hat, war daran beteiligt, dessen Ermordung zu organisieren. Jetzt verstehe ich, was er bei der Geburtstagsparty meines Vaters vor dem Tor gemacht hat. Er wollte die Aufmerksamkeit von den wahren Tätern ablenken. Er muss eine Menge Strippen gezogen oder Gefallen eingefordert haben, um sowohl dem Mord an Goodall als auch dem Holstein-Fall zugeteilt zu werden. Er wollte beide Ermittlungen kontrollieren, um sie in die richtige Richtung zu lenken, indem er meinen Vater für den einen und mich für den anderen Mord verantwortlich gemacht hat.

Ich klappe den Laptop zu und ziehe die Memory-Card heraus. Das war es, was Tempe Goodall gestohlen hat, bevor sie geflohen ist. Es war ihr Schutz, ihre Versicherung, ihre Garantie, dass er sie niemals suchen würde. Tempe muss sie mit der Anweisung bei einem Anwalt hinterlegt haben, sie mir zuzuschicken, falls ihr etwas zustoßen sollte.

»Was guckst du dir an?«, fragt Henry, als er in die Küche kommt.

»Nichts Wichtiges«, sage ich und schiebe die Karte zurück in den Umschlag. »Aber ich muss vielleicht noch bei einer Zeitungsredaktion vorbeischauen, bevor wir in die Flitterwochen aufbrechen. Ich möchte jemandem eine Story schenken.«

Es klingelt erneut. Diesmal ist es Tony. Ich nehme die glänzende Schachtel mit meinem Hochzeitskleid, meine Schuhe und meine Reisekleidung für später.

»Warte!«, sagt Henry, kommt in den Flur gestürzt und nimmt mich in die Arme. Der Kuss dauert eine Ewigkeit.

»Das ist eine Anzahlung«, sagt er atemlos.

»Auf was?«

»Auf unser gemeinsames Leben.«

»Das ist kitschig.«

»Ja, aber du liebst es.«

Tony ist mit dem Range Rover gekommen. Er trägt seinen besten Anzug mit einer Nelke am Revers, erinnert jedoch nach wie vor eher an einen Sargträger als an einen Zeremonienmeister.

»Das Haus sieht gut aus«, sagt er, als er meine Sachen im Kofferraum verstaut. »Ihre Stiefmutter weiß, wie man eine Party schmeißt.«

»Dafür wurde sie geboren«, sage ich.

Er wirft mir einen Blick zu und grinst wie ich.

Wir wollen gerade losfahren, als jemand an die Scheibe klopft. Ich wende den Kopf und sehe Lydia Croker, der es offenbar peinlich ist zu stören. Ich lasse das Fenster herunter. Sie entschuldigt sich übermäßig und redet zu schnell. Ich staune, wie anders sie aussieht als bei unserer letzten Begegnung. Leichter. Weniger sorgengeplagt.

»Ich hätte vorher anrufen sollen«, sagt sie. »Und dann habe ich die Nachrichten gesehen.« Sie blickt zu Tony, der eine wunderbare Art hat, gleichzeitig taub und beschäftigt zu wirken. Lydia setzt neu an. »Ich wollte mich bedanken, dass Sie Imogens Ring geborgen haben.«

»Verzeihung?«

»Den Saphirring.«

»Ich weiß nicht, wovon Sie reden.«

Sie greift in die Seitentasche ihres Kleides, zieht eine kleine samtüberzogene Ringschachtel heraus und gibt sie mir. Ich klappe den Deckel auf, der Saphir glitzert im Licht.

»Wie?«

»Er ist mit der Post gekommen«, sagt sie. »Ich war mir sicher, dass Sie ihn geschickt haben.«

»Nein.«

Sie wirkt zunehmend durcheinander. »Aber wer sonst …?«

»War eine Nachricht beigelegt?«

»Nein, aber ich habe den Umschlag noch.«

Sie kramt in ihrer Handtasche und zieht einen kleinen gepolsterten Umschlag ohne Absender heraus. Der Poststempel trägt das Datum des dreiundzwanzigsten Augusts. Da war Goodall schon tot. Sein Haus war ein Tatort.

Henry kommt aus dem Haus. Sein Haar ist noch feucht vom Duschen, und er trägt seine Anzugsjacke über dem Arm.

»Heiraten Sie?«, fragt Lydia, der jetzt mein Make-up und die glänzende Schachtel mit dem Hochzeitskleid auffällt.

»Einen Monat später als geplant, aber heute ist der Tag.«

»Bringt es nicht angeblich Pech, wenn der Bräutigam die Braut vor der Hochzeit sieht?«

»Oh, darüber sind wir hinweg.« Ich lächle. »Er holt jetzt seinen Trauzeugen von der Schule ab.«

»Wie alt ist sein Trauzeuge?«

»Fast sieben.«

Mrs Ainsley winkt mir von ihrer Schwelle zu und wünscht mir Glück. Im Arm hält sie ihren neuen Hund, Rumpole, einen Mops mit einem Gesicht wie eine Bratpfanne, den sie von einem Tierheim in Battersea adoptiert hat. Ich habe sie gefahren, als sie ihn abgeholt hat.

»Sie müssen los«, sagt Lydia. »Nochmals vielen Dank.«

»Ich habe nichts gemacht.«

»Sie haben mir zugehört. Und Sie kannten die Frau, die uns endlich Gerechtigkeit gebracht hat.« Sie spricht von Tempe. »Glauben Sie, sie hat mir den Ring geschickt?«

»Vielleicht«, sage ich und lasse die schonende Lüge eine dunklere Wahrheit verbergen.

67

Alison Goodall wartet am Schultor, um Nathan abzuholen. Chloe ist in einen Buggy geschnallt und knabbert an einem Keks, der in ihrer Faust zerbröselt und feuchte Klumpen auf ihrem Kleid hinterlässt. Auf Alisons Nase sprießen Sommersprossen, und sie trägt Make-up.

»Du bist wieder in dem Haus«, sage ich. Sie dreht sich um, überrascht, mich zu sehen, einen Moment lang ängstlich.

»Wir sind letzte Woche wieder eingezogen, aber ich will es verkaufen. Zu viele schlechte Erinnerungen.«

»Wie geht es dir?«

»Gut. Besser.«

Sie wendet nervös den Blick ab, als hätte sie Angst, dass ich etwas in ihren Augen entdecke. Manche Geheimnisse sind so groß, dass ein einzelner Mensch sie nicht verbergen kann. Es braucht eine Familie, um sie zu wahren; es braucht Blut, Geschichte und Opfer.

Ich sehe die Frau vor mir, wie ich sie vor einem Monat kennengelernt habe. Niedergetrampelt. Unterjocht. Gebrochen. Ein menschlicher Sandsack, verheiratet mit einem Mann, der sie herabgesetzt und erniedrigt hat, der ihr Selbstwertgefühl langsam unterhöhlt und der mit Drohungen und Gewalt ihre Handlungen und Gedanken kontrolliert hat. Eine Frau, die gefangen war in einer gewalttätigen Ehe ohne Liebe und es sich weder leisten konnte zu gehen noch zu bleiben.

Tag für Tag muss sie davon geträumt haben, von ihm frei zu

sein, bis sich eine Idee festsetzte, die nicht wieder verschwinden wollte. Sie war ihm entkommen, ist jedoch nicht weit gelaufen, weil er sie an einer Leine hatte und sicher war, dass sie zu ihm zurückgekrochen kommen würde wie ein getretener Hund.

Er hatte recht. Sie ist zurückgekommen. Eines Abends spät ist sie aufgetaucht und hat ihn um Verzeihung gebeten. Sie ist mit ihm ins Bett gegangen. Sie hat sein Handgelenk an das Kopfteil gefesselt. Sie hat ihn angezündet und zugesehen, wie er gestorben ist.

Sie hatte ein Alibi. Ihr kleiner Sohn war krank. Ihre Mutter und ihr Vater haben es bestätigt. Sie war die ganze Nacht zu Hause und hat sich um Nathan gekümmert, der neben ihr schlief.

Die Brise ist aufgefrischt und hat eine Gänsehaut auf Alisons nackten Armen hinterlassen, wo früher Blutergüsse waren.

»Ich habe mich in dir getäuscht«, sage ich. »Ich dachte, du wärst eine Maus, aber du hast zu brüllen gelernt.«

»Nein, ich bin immer noch derselbe Mensch – langweilig, uninteressant.« Sie lächelt schüchtern. »Das hat Darren mir jahrelang erklärt. Er hat mich nicht geliebt – er mochte mich nicht mal –, doch er wollte mich nicht gehen lassen.«

Sie blickt zu Chloe, die glucksend feuchte Kekskrümel aus ihrem Schoß wischt.

»Ich will nicht, dass du denkst, dass ich das alles geplant hatte«, sagt sie. »Als ich zu dem Haus zurückgekehrt bin, ist er mit mir ins Bett gegangen. Ich konnte den Geruch einer anderen Frau an den Laken riechen. Während er mir noch erklärte, wie sehr er mich liebte und wollte, dass wir es noch einmal versuchen, wusste ich, dass er mich bereits betrogen hatte.«

Die Schulglocke läutet. Kleine, aufgeregte Stimmen dringen aus Klassenzimmern und verbreiten sich in den Fluren.

»Es tut mir leid, dass du verhaftet wurdest«, sagt Alison. »Das habe ich nicht gewollt. Ich dachte, sie würden mich anklagen, doch stattdessen haben sie sich für dich entschieden.«

Ich schweige lange, während ich die Teile zusammensetze. Alison hat die Tat nicht vorsätzlich einer anderen in die Schuhe schieben wollen. Sie hat meine DNA-Spuren nicht im Haus platziert und mich auch über Imogen Crokers Saphirring nicht angelogen.

»Woher wusstest du es?«, fragt sie.

»Lydia Croker hat mich besucht. Du hast ihr Imogens Ring geschickt.«

Einen Moment lang wirkt Alison verwirrt.

»Ich weiß, dass er in dem Koffer war«, sage ich. »Aber als die Polizei Darrens Leiche gefunden hat, war der Ring verschwunden. Der Mörder musste ihn an sich genommen haben. Wer sonst wusste, dass der Ring dort war und wem er gehörte?«

Alison antwortet nicht, scheint die Wahrheit jedoch zu akzeptieren.

»Warum bist du während des Brands in dem Zimmer geblieben?«

»Ich wollte nicht mehr leben.«

Ich blicke zu Chloe. Alison folgt meinem Blick. »Mum und Dad hätten sich um sie gekümmert.«

Vor uns strömen die ersten Kinder durch das Tor. Alison hält Ausschau nach Nathan, ihr Gesicht leuchtet erwartungsvoll. Als sie ihn sieht, ist es, als würde man pure Freude in einem einzelnen Lächeln destilliert sehen. Ich wünschte, ich könnte diese Art Freude in Flaschen abfüllen und jedes Mal einen Schluck davon trinken, wenn ich traurig bin.

»Hallo, Nathan, erinnerst du dich an mich?«

»Ja, du bist die Polizistin.«

Ich lächle und denke, ja, vielleicht irgendwann wieder, hoffentlich. Chloe hebt die Arme, und Nathan beugt sich zu ihr, um sie zu umarmen.

»Was wirst du tun?«, fragt Alison voller Angst vor meiner Antwort.

»Ich werde heiraten.«

Sie wartet, rechnet mit mehr. Tony steht neben dem Range Rover und tippt auf sein Handgelenk. Er trägt keine Armbanduhr, doch ich weiß, dass wir spät dran sind.

Es entsteht eine weitere lange Pause. Nathan zieht an der Hand seiner Mutter. Er will nach Hause. Alison sieht mich weiter ängstlich an, weil sie weiß, dass ihre Zukunft in meinen Händen liegt.

»Ich wünsche dir ein schönes Leben«, sage ich, wende mich ab und gehe zurück zu dem Wagen. Tony hält mir die Tür auf.

»Alles in Ordnung?«, fragt er.

»Alles perfekt.«

Wir fahren los und passieren Alison und ihre Kinder, die die Kempe Road hinuntergehen. Chloe strampelt in dem Buggy mit den Beinen, und Nathan hüpft vor ihr her und versucht, nicht auf die Spalten zwischen den Pflastersteinen auf dem Bürgersteig zu treten. Sie sehen aus wie jede andere Familie auf dem Heimweg von der Schule. Später wird es ein warmes Bad, Abendessen und eine Vorlesezeit geben. Gebete und Gutenachtküsse.

Als ich mich der London Metropolitan Police angeschlossen habe, hat man mich über Justiz und Gerechtigkeit belehrt. Das Wort Justiz geht auf das lateinische *jus* zurück, was so viel bedeutet wie Recht oder Gesetz und die Eigenschaft beschreibt, dass etwas fair und vernünftig ist. Wäre es fair und vernünftig, wenn Alison Goodall des Mordes angeklagt würde? Wäre es fair und vernünftig, wenn ihre Kinder, nachdem sie schon ihren Vater verloren haben, auch noch ihre Mutter verlieren? Manch einer würde das vielleicht mit Ja beantworten, aber ich bin anderer Meinung. Diese Familie ist schon gestraft genug.

Deswegen werde ich Alison, Nathan und Chloe ihr Leben weiterleben lassen. Hin und wieder werde ich nach ihnen sehen und mich auf den neuesten Stand bringen lassen. Ich werde Schulkonzerte, Abschlussfeiern, Aufführungen und Meilensteine besuchen. Ich werde zwei wunderschöne Kinder sehen, die in einer liebevollen Umgebung aufwachsen, statt meine Albträume zu bevölkern. Von denen habe ich eh schon genug.

Der Sommer ist zu Ende, die Luft wird kühler, und die Tage werden kürzer. Ich bin nicht mehr derselbe Mensch, der ich vor vier Monaten oder auch vor einer Woche oder heute Morgen war. Eine unschuldige Frau ist tot. Wenn ich das ändern, wenn ich einen Hebel umlegen und alle retten könnte, würde ich das tun; aber so funktioniert das Trolley-Problem nicht. Eine Unschuldige musste sterben, und ich werde für den Rest meines Lebens mit Tempes Tod leben müssen.

Ich schiebe diese Gedanken beiseite und denke an meinen zukünftigen Ehemann, der im Haus wartet, Archies Fliege richtet und sich bückt, um ein Staubkorn von seinen Schuhen zu wischen. Ich stelle mir meine Onkel vor, die sich in ihren Anzügen unwohl fühlen, während sie die Gäste zu ihren Plätzen in dem Zelt auf dem Rasen führen. Ich stelle mir meine Mutter vor, wie sie starr lächelt und ausgesucht höflich zu Constance ist, während sie heimlich deren Frisur, Kleid und Schuhe abschätzt.

Schließlich sehe ich meinen Vater, wie er nervös vor dem

Haus steht und meine Ankunft erwartet. Ich dachte, ich würde diesen Mann kennen und seine Motive und Instinkte verstehen. Ich habe mich geirrt. Ich habe zehn Jahre lang versucht, seine Existenz zu verleugnen und mich von allem fernzuhalten, was mich mit meiner Familie verbinden könnte, aber das geht jetzt nicht mehr. Wir sind durch unsere gemeinsame Schuld verbunden. Durch Blutsbande und blutige Hände.

Es ist schiere Eitelkeit zu glauben, ich könnte meinen Vater ändern. Ich werde keine Entschuldigungen für ihn vorbringen und auch nicht zulassen, dass er mein Leben kontrolliert. Ich werde darum kämpfen, an meinen Werten festzuhalten, so ramponiert sie auch sein mögen, und ich werde mich von ihm nicht noch einmal auf seine Ebene hinunterziehen lassen. Vielleicht ist das der beste Weg, meine Dämonen abzuwehren – indem ich einen von ihnen zu Hause habe.

Danksagung

Nachdem ich seit nunmehr zwanzig Jahren Romane verfasse, ist es wunderbar, immer noch mit derselben Begeisterung und demselben Staunen vor der leeren Seite zu sitzen wie 2001, als ich die ersten Kapitel von *Adrenalin* hingeschrieben habe. Mit jedem neuen Roman habe ich mich angestrengt, mich als Autor anzutreiben, andere Erzählzeiten, neue Stimmen oder doppelte Erzählperspektiven zu verwenden. Das ist auch einer der Gründe, warum ich hin und wieder einen Roman außerhalb meiner Reihen schreibe wie *Wenn du mir gehörst*; es fordert mich heraus, mir neue Figuren auszudenken und neue Leben zu erkunden.

Dies ist ein Roman über häusliche Gewalt, toxische Freundschaften und das Gepäck, das alle Familien mit sich herumtragen. In Amerika werden pro Tag drei Frauen von ihrem Partner getötet. In Großbritannien sterben jede Woche zwei Frauen als Opfer häuslicher Gewalt, in Australien stirbt daran alle drei Wochen eine Frau. Wenn es sich um Terrorismus handeln würde, hätten wir längst etwas dagegen unternommen.

Ich möchte mich bei Nick Lucas für seinen Rat und sein Fachwissen in Polizeiangelegenheiten bedanken. In dem Text auftauchende Verfahrensfehler sind Absicht, weil das genaue Procedere die Geschichte manchmal bremst. Das ist einer der großen Vorteile beim Schreiben fiktiver Geschichten – ich darf mir Sachen ausdenken.

ank gilt wie immer meinen wundervollen Agent*- ark Lucas, Richard Pine, Nicki Kennedy und Sam rough sowie meinen Lektor*innen Lucy Malagoni, ca Saunders und Colin Harrison. Im Hintergrund arbei- die großartigen Verlagsteams der Little Brown Group in ßbritannien, Hachette in Australien und Scribner in den A sowie die meiner vielen ausländischen Verlage weltweit, esonders bemerkenswert Goldmann in Deutschland.

Dieses Buch zu schreiben war nicht leicht – meine Frau Vivien kann das bezeugen. Und sie wird zweifelsohne das Verdienst beanspruchen, in ihrem Glauben, dass ich es hinkriegen könnte, nie geschwankt zu haben. Sie hatte natürlich recht. Wann werde ich es je lernen? Ich liebe sie unendlich, genau wie meine drei schönen und talentierten Kinder Alex, Charlotte und Bella, die meine großartigsten Schöpfungen sind.